ANDREAS GRUBER

Todesspur

W0242628

GOLDMANN

Buch

Bei einem nächtlichen Großeinsatz im ruhigen Kurstädtchen Bad Kreuznach versuchen BKA-Ermittler Maarten S. Sneijder und Sabine Nemez den Soziologen Dr. Paul Conrad festzunehmen. Der soll entscheidend am Entstehen der nächsten Generation der Terrorgruppe RAF beteiligt sein – und an der Planung einer beispiellosen Anschlagsserie. Doch Conrad gelingt die Flucht, und Sneijder und sein Team heften sich an seine Fersen. Dabei läuft allzu viel schief – und bald muss Sneijder zu ungewöhnlich kreativen Mitteln greifen, um die Terrorgefahr noch abzuwenden.
In Kufstein will die Sicherheitsberaterin Lea Fuchs währenddessen eher unspektakulär ihren Geburtstag feiern. Bis sie unverschuldet in eine mehr als heikle Situation gerät. Um sich daraus zu retten, schmiedet sie einen ebenso skrupellosen wie riskanten Plan. Allerdings hat sie nicht damit gerechnet, bei dessen Ausführung Maarten S. Sneijder zu begegnen. Ein Zusammentreffen, das Sneijders Ermittlungen völlig auf den Kopf stellt – und sie beide in Lebensgefahr geraten lässt …

Weitere Informationen zu Andreas Gruber sowie zu lieferbaren Titeln des Autors finden Sie am Ende des Buches.

Andreas Gruber

Todesspur

Thriller

GOLDMANN

Der Verlag behält sich die Verwertung der urheberrechtlich geschützten Inhalte dieses Werkes für Zwecke des Text- und Data-Minings nach § 44 b UrhG ausdrücklich vor. Jegliche unbefugte Nutzung ist hiermit ausgeschlossen.

MIX
Papier | Fördert gute Waldnutzung
FSC® C014496
www.fsc.org

Penguin Random House Verlagsgruppe FSC® N001967

2. Auflage
Originalausgabe Oktober 2024
Wilhelm Goldmann Verlag, München,
in der Verlagsgruppe Random House GmbH
Copyright © 2024 by Wilhelm Goldmann Verlag, München,
in der Penguin Random House Verlagsgruppe GmbH,
Neumarkter Str. 28, 81673 München
Ein Projekt der AVA international GmbH
Autoren- und Verlagsagentur
www.ava-international.de / www.agruber.com
Umschlaggestaltung: UNO Werbeagentur, München
Umschlagmotiv: Nature Picture Library / Alamy Stock Photo
© FinePic®, München
TH · Herstellung: ik
Satz: Buch-Werkstatt, Bad Aibling
Druck und Bindung: GGP Media GmbH, Pößneck
Printed in Germany
ISBN: 978-3-442-49448-4

www.goldmann-verlag.de

für
Ulrike Schießer

»Zerschneide nie, was du auch aufknoten kannst.«

– Joseph Joubert –

PROLOG

Samstag, 18. Mai

Kara Petzold stand unter dem Vordach des Konferenzgebäudes, kramte in der Handtasche und steckte sich mit zitternden Fingern eine Pall Mall an.

Das verdammte Meeting hatte länger gedauert als gedacht. Mittlerweile war es nach sechzehn Uhr, und Kara musste schnellstens von Berlin zurück nach Leipzig fahren. Sie hatte für diesen Abend für sich und ihren Mann Theaterkarten. Und am Montag flog sie auch schon wieder nach Dortmund ins Büro. Ein Termin jagte den nächsten – aber bevor sie losfuhr, brauchte sie unbedingt noch diese Zigarette, denn das, was bei der Konferenz soeben beschlossen worden war, hatte es in sich.

Während Kara inhalierte, kamen der Reihe nach die Politiker, die an der Sitzung teilgenommen hatten, aus dem Gebäude. Sie nickte ihnen wortlos zu und sah, wie die schwarzen Limousinen vorfuhren, um einen nach dem anderen abzuholen. Erstaunlich, dass noch keine Presseleute aufgetaucht waren. Wenn die erst mal Wind davon bekamen, dann war hier ganz sicher die Hölle los.

Zuletzt trat Philip Degenhard durch die automatische Schiebetür. Er sah verdammt schneidig aus in seinem Designeranzug, den genagelten Schuhen und der eleganten Krawatte. Mit seinen dreiundvierzig Jahren war er zudem noch relativ jung. Trotzdem hatte er in den letzten zwanzig Jahren eine steile politische Karriere hingelegt und als Staatssekretär des Innenministers schon viele Regierungen kommen und gehen gesehen.

Kara warf sich das lange blonde Haar über die Schulter. »Werden *Sie* von keiner Limousine abgeholt?«

Er lächelte. »Ich wollte nur kurz Luft schnappen. Habe hier noch zu tun, danach fahre ich mit dem Bus ins Büro.« Er hatte eine angenehme weich klingende Stimme.

»Tatsächlich?«

Er nickte. »Wird eine lange Nacht. Montag beginnen die nächsten Meetings in Den Haag«, erklärte er. »Sicherheitskonferenz. Eine Woche lang.« Genervt zog er die Augenbrauen hoch.

Sie kannte dieses Gefühl. »Die Welt dreht sich rücksichtslos weiter – keine Zeit zum Verschnaufen.«

Er lächelte müde. »Und Sie? Wie geht es Ihnen jetzt, nachdem das Schlimmste überstanden ist?«

»Nachdem soeben beschlossen wurde, dass die Produktion heruntergefahren wird und ich am Montag siebenhundert Leute kündigen muss? Beschissen. Die Menschen im Ruhrpott werden mich lieben.« *Und überstanden war das Ganze noch lange nicht*, dachte sie.

»Immerhin haben Sie die Rückendeckung der Regierung«, sagte er aufmunternd.

Das war der einzige Vorteil, den sie als Topmanagerin eines staatsnahen Konzerns hatte, der Windräder für den Bundesverband für Windenergie produzierte. Allerdings machte das ihre Aufgabe auch nicht leichter. Sie drückte die Zigarette im Aschenbecher neben der Säule aus und beugte sich zu ihrem vollgepackten Koffer hinunter, in dem sich ihr Laptop und die ganzen Akten befanden.

»Sieht schwer aus. Kann ich Ihnen helfen?«, fragte Degenhard.

»Ja, einen starken Mann wie Sie könnte ich jetzt wirklich gut gebrauchen«, flirtete sie.

»Kein Problem.« Er nahm ihren Koffer. »Ich begleite Sie zu Ihrem Wagen. Stehen Sie in der Tiefgarage?«

»Auf dem Parkplatz. Danke.« Kara schob sich den Riemen der Handtasche über die Schulter und knöpfte den Blazer zu.

Es war bewölkt, Wind kam auf und wehte Zeitungspapier über

die Straße. Degenhard begleitete sie am Schlagbaum vorbei zu der Reihe, wo ihr Wagen stand.

»Sie fahren elektrisch«, stellte er fest.

»Natürlich, ist gut fürs Image.« Sie zuckte mit den Achseln. Da der Autoschlüssel in ihrer Handtasche lag und damit in Reichweite war, entriegelte sich ihr Porsche automatisch und sie konnte die Tür mit nur einem Handgriff öffnen. »Heutzutage muss man auf alles achten.« Wenn sie ehrlich war, traf sie der persönliche Imageverlust, der mit den Entlassungen einhergehen würde, mehr als das Schicksal der gekündigten Mitarbeiterinnen.

Degenhard verstaute ihr Gepäck im Kofferraum und drückte auf den Knopf, der den Deckel schloss. »Kommen Sie gut heim.«

»Danke. Und Ihnen einen guten Flug nach Den Haag, Herr Staatssekretär«, wünschte sie ihm und reichte ihm die Hand.

Während Degenhard wieder zum Gebäude zurückging, stieg sie in den Wagen, klemmte das Handy in die Halterung, legte den Gurt an und drückte den Startknopf.

Kurz bevor der Motor ansprang sah sie, dass jede Menge Flugblätter unter dem Scheibenwischer klemmten. *So ein Mist!* Noch während Kara überlegte, ob sie noch einmal aussteigen sollte, schoss plötzlich ein greller Blitz aus dem Armaturenbrett.

Den darauffolgenden Knall hörte sie schon nicht mehr.

Die Wucht der Explosion warf Philip Degenhard zu Boden. Er spürte die Hitze im Rücken, roch verschmortes Plastik. Um ihn herum prasselten einzelne Metallteile zu Boden.

Mühsam hob er den Kopf. Kara Petzolds Wagen brannte. Die Flammen schlugen meterweit hoch, eine schwarze Rauchwolke quoll in den Himmel.

Erst jetzt spürte er den Druck in den Ohren. Benommen erhob er sich, starrte in die Flammen und wischte sich dabei im Reflex den Staub vom Anzug.

E-Autos konnten durchaus mal in Brand geraten, wenn die Batterie defekt war, sogar gelegentlich explodieren – doch das hier war eine Autobombe gewesen. Sein Herz raste. Beinahe hätte es auch ihn erwischt.

Es war unmöglich, einen Schritt auf den Wagen zuzumachen, um Kara zu Hilfe zu kommen, die Hitze war zu groß. Es stank nach Gummi, Öl und verschmorten Kabeln. Der Wind trug den Rauch zu ihm herüber und wehte ihm ein angekokeltes Flugblatt vor die Füße. Ja, es sah aus wie ein Pamphlet, allerdings ohne Text.

Er stieg mit dem Schuh darauf und betrachtete das Symbol. Ein roter fünfzackiger Stern mit der Spitze nach oben. Und einer Maschinenpistole in der Mitte.

Eine MP5 von Heckler & Koch.

Jetzt war es also so weit.

1. TEIL

Die Nacht auf Sonntag, den 19. Mai

1. Kapitel

»Hast du das auch gehört?« Irene drehte sich zu ihrem Mann um und blickte ihn fragend an.

»Was denn?« Walter lehnte sich quer über die Couch, griff nach der Fernbedienung und stellte den Ton ab. Er neigte den Kopf und lauschte. Bis auf das Prasseln des Regens und den Wind, der ums Haus fegte, war es totenstill. Lautlos flimmerte die Quizshow über den TV-Monitor. Was sollte hier schon zu hören sein, am Stadtrand von Bad Kreuznach? Höchstens ein Marder, der übers Dach rannte, oder ein Kurgast, der sich in der stürmischen Nacht verlaufen hatte und nach dem Kaffeehausbesuch verzweifelt die richtige Kuranstalt suchte.

»Ich habe eine Autotür gehört«, unterbrach Irene seine Gedanken. »Kannst du mal nachsehen?«

»Herrgott.« Walter blickte zur Wanduhr. Es war kurz vor dreiundzwanzig Uhr. Widerstrebend rappelte er sich auf und ging zum Fenster. Regen trommelte gegen das Glas. »Wer sollte um diese Uhrzeit hier schon vorbeiko…?« Er verstummte. In der Auffahrt zu ihrem Carport standen zwei dunkle Fahrzeuge mit ausgeschalteten Scheinwerfern. Obwohl eine Tür offen stand, brannte auch im Wageninneren kein Licht. »Du hast recht. Hier ist jemand … auf unserem Grundstück …«, flüsterte er. Seltsamerweise waren die Bewegungsmelder nicht angesprungen, die normalerweise den Zugang zum Haus beleuchteten.

Irene stand bereits seitlich hinter ihm und spähte an ihm vorbei ins Dunkel. »Soll ich die Polizei rufen?«

Da klopfte es an der Tür. Walter spürte, wie sein Puls hochging.

Auch Irene war zusammengezuckt und starrte ihn jetzt an. »Wer kann das sein?«

»Ganz sicher niemand mit einer Autopanne.« Er ging zur Tür. »Halt das Handy bereit und wähl 110, wenn ich es dir sage.« Ein Blitz erhellte die Nacht, kurz darauf krachte der Donner.

»Willst du wirklich aufmachen? Wer weiß, wer das ist.« Irene lief zu dem kleinen Fenster neben der Eingangstür, schob den Vorhang ein Stück beiseite und starrte hinaus. »Draußen brennt kein Licht«, flüsterte sie.

Das hatte er auch schon bemerkt. Stromausfall konnte es keiner sein. Die Typen mussten die Bewegungsmelder ausgeschaltet haben. Walter sah kurz zu seiner Frau, dann legte er die Kette vor die Tür, sperrte auf und öffnete sie einen Spaltbreit, bis sich die Kette spannte. Im Licht des Vorraums erkannte er, dass vier Personen vor ihm standen. Ein hochgewachsener, glatzköpfiger Mann in seinem Alter – Mitte fünfzig –, eine zierliche junge Frau und ein junger Kerl mit zwei schweren Umhängetaschen über den Schultern. Keiner von ihnen trug Regenkleidung, obwohl direkt hinter ihnen das Regenwasser vom Vordach auf die Terrakottasteine des Wegs prasselte. Die vierte Person dahinter war ein Polizist in Uniform.

Nun löste Walter die Kette und zog die Tür weiter auf. »Was wollen Sie?«

»Herr Gehrmann?«, fragte die junge Frau mit den langen braunen Haaren. »Wir sind vom Bundeskriminalamt Wiesbaden.« Sie hielt ihren Ausweis ins Licht der Vorzimmerlampe.

Walter verglich ihr Gesicht mit dem Foto. Er konnte nicht sagen, ob der Ausweis echt war, aber der Polizist wirkte mehr als überzeugend. Er hatte eine Dienstwaffe am Gürtel, einen Schlagstock, Pfefferspray und ein Funkgerät, das gerade knackte. Eine verzerrte Stimme drang aus dem Lautsprecher. »*Verstärkung in zehn Minuten …*«

»Verstärkung wofür? Was wollen Sie hier?«, fragte Walter verunsichert.

»Wenn wir hereinkommen dürfen, erklären wir Ihnen alles«, sagte die junge Frau.

»Haben Sie einen Durchsuchungsbefehl?«, fragte Walter.

Der hochgewachsene dünne Mann mit der Glatze drängte sich nach vorne. »Erstens heißt es Durchsuchungs*beschluss*«, sagte er mit niederländischem Akzent, »und zweitens wollen wir nichts durchsuchen.« Er schob Walter sanft, aber bestimmt zur Seite und betrat den Vorraum. Auf dem Teppich stampfte er kurz auf und schüttelte sich das Regenwasser von seinem schwarzen Anzug.

Walters Herz pochte bis zum Hals. »Okay, dann kommen Sie ruhig herein …«, versuchte er seine Nervosität durch Sarkasmus zu überspielen.

Die junge Frau trat ebenfalls ein. »Herr Gehrmann … Frau Gehrmann.« Sie blickte kurz zu Irene. »Es ist Gefahr im Verzug – und Sie können uns dabei helfen, sie abzuwenden. Im Namen des BKA möchte ich Sie bitten, mit uns zu kooperieren. Wenn alles klappt, sind wir in ein paar Stunden wieder weg.« Die junge Frau war zwar nicht sehr groß, wirkte aber ziemlich taff.

»Und wenn nicht?«, fragte Walter, erhielt jedoch keine Antwort.

»Dürfen Sie das denn überhaupt?«, fragte Irene. »So einfach hier hereinkommen und …?«

»Wir dürfen noch viel mehr«, sagte der Niederländer, während er durch den Vorraum ging und sich umsah. Er hatte lange dünne schwarze Koteletten, die von den Ohren bis hinunter zum Kinn reichten.

Nun trat auch der junge Mann ein und stellte die Umhängetaschen auf den Boden. Um seinen Hals hing ein dünner Bügel mit Kopfhörern und einem langen Kabel, und unter der Jacke trug er ein ausgewaschenes schwarzes T-Shirt mit dem Aufdruck *Twin*

Peaks. War das nicht eine uralte TV-Serie aus den 90er Jahren? Alles in allem wirkte der Typ wie ein Computernerd. Der Polizist folgte ihm und schloss die Tür, hielt sich aber im Hintergrund.

Walter fiel auf, dass auch die drei in Zivil Waffen trugen. Der Niederländer und die junge Frau im Schulterholster, der Nerd seitlich am Gürtel.

»Meine Kollegin wird Ihnen gleich alles erklären«, sagte der Niederländer, »aber vorher müssen Sie mir ein paar Fragen beantworten.« Er sah Walter eindringlich an. »Antworten Sie in knappen und präzisen Sätzen, haben Sie das verstanden?«

»Ja, schon, aber wir ...«

»Knapp und präzise«, unterbrach ihn der Mann. »Befindet sich außer Ihnen und Ihrer Frau sonst noch jemand im Haus?«

»Nein, aber was soll ...?«

»Erwarten Sie heute noch Besuch?«

»Nein.«

»Wann gehen Sie am Samstagabend normalerweise schlafen?«

»Ich ... also ... wir ...«, stammelte Walter.

»Normalerweise schauen wir bis etwa halb zwölf fern, dann gehen wir rauf ins Schlafzimmer«, antwortete Irene an seiner Stelle. Ihre Stimme klang plötzlich erstaunlich gefasst. »Ich lese dann für gewöhnlich noch ein bis zwei Stunden.«

»Gut.« Der Niederländer nickte. »Dann schalten Sie in fünf Minuten in diesem Stockwerk alle Lichter aus und machen stattdessen im Schlafzimmer und eventuell auch im Badezimmer eine Lampe an. Alles soll so normal wie möglich sein, verstanden?«

»Verstanden.« Irene trat an Walters Seite und griff nach seiner Hand. »Worum geht es hier denn nun?«

Der Niederländer nickte zu seiner jungen Kollegin, die wieder übernahm. »Wir sind unter Zeitdruck, daher hören Sie mir bitte gut zu. Das BKA ist seit geraumer Zeit einer linksextremen Terrorgruppe auf der Spur. Wir haben kürzlich den Namen und den

Wohnort einer Kontaktperson herausgefunden, die im Zusammenhang mit diesem Terrornetzwerk steht.«

»Und was hat das mit uns zu tun?«, fragte Walter.

»Es handelt sich um den Soziologen Dr. Paul Conrad. Er wohnt ein Stück die Straße hinunter im nächsten Haus.«

»Dr. Conrad? Unser Nachbar?«, rief Irene. »Der soll Kontakt zu einer Terrorgruppe haben?«

»Sind Sie mit ihm befreundet?«

»Kann man nicht gerade behaupten. Wir sehen ihn kaum«, sagte Walter. »Er lebt ziemlich zurückgezogen. Wir sind nicht wirklich *Nachbarn*, zwischen unseren Grundstücken liegt ein schmaler Acker und …«

»Das heißt, Sie haben keine engere Beziehung zu ihm?«

»Zuletzt habe ich vor einem halben Jahr mit ihm gesprochen, als wir im Ort Stromausfall hatten und er sich Kerzen ausgeliehen hat.«

»Die wir nie ersetzt bekommen haben«, ergänzte Irene. »Er ist ein seltsamer Typ. Sehr verschroben und eigenbrötlerisch, sagt zumindest unsere Bäckerin, bei der er auch einkauft.«

»Moment mal … was sollen diese Fragen?«, unterbrach Walter seine Frau. »Sie wollen uns doch nicht etwa unterstellen, dass wir mit ihm unter einer Decke stecken?«

Die junge Frau lächelte. Sie hatte faszinierende große braune Augen. »Nein, natürlich nicht. Außerdem haben wir Sie bereits überprüft. Keinerlei kriminelle oder linksextreme terroristische Vergangenheit.«

»Na, wie großartig, besten Dank«, sagte Walter zynisch. »Warum gehen Sie dann nicht einfach rüber und schnappen ihn sich, anstatt hier …?«

»Genau das haben wir vor«, sagte die junge Frau. »Leider wissen wir im Moment noch nicht, wie das Netzwerk der Organisation aufgebaut ist, mit dem Conrad in Verbindung steht, daher brauchen wir ihn lebend. Erschossen auf der Flucht nützt er uns nicht viel.«

Walter schluckte.

Irene blickte kurz auf die Uhr, dann schaltete sie die Lichter im Vorraum und im Wohnzimmer aus, machte das Fernsehgerät aus, ging über die Treppe ins obere Stockwerk und knipste dort die Lichter im Badezimmer und im Schlafzimmer an.

Im schwachen Licht, das über die Treppe nach unten fiel, sah Walter, wie sich der junge Mann die Schuhe auszog, mit seinen Taschen ins Wohnzimmer ging, sie auf den Teppich stellte und ausräumte. Dann baute er vor dem Wohnzimmerfenster ein Kamerastativ auf. Anscheinend wollten sie von hier aus Dr. Conrads Haus beobachten, das zweihundert Meter weit entfernt den Hügel hinunter zwischen Straße und Waldrand lag.

In der Zwischenzeit kam Irene wieder von oben herunter. »Wollen Sie einen Kaffee?«, fragte sie jetzt geradezu gut gelaunt.

Der Polizist wehrte ab. »Für mich nicht, danke.«

»Was?«, entfuhr es Walter. Er war fassungslos, wie sehr seine Frau das alles auf einmal zu genießen schien. »Zuerst machst du dir vor Angst fast in die Hose, weil du eine Autotür gehört hast, und jetzt kochst du Kaffee für das halbe Bundeskriminalamt, das in unser Haus eingezogen ist?«

Sie rieb sich die Hände. »Ich finde das *so* spannend.«

Irene und ihre Krimis, dachte er mürrisch.

»Ist Ihre Küche von Dr. Conrads Haus aus einsehbar?«, fragte der Niederländer.

»Nein, die liegt auf der anderen Seite des Hauses.«

»Gut, dann gern eine Tasse Vanilletee, falls Sie den haben.«

»Rooibos?«

»Perfekt – drei Minuten ziehen lassen, kein Zucker.«

»Darf es auch noch ein Keks dazu sein?«, murmelte Walter in seinen Bart.

Im Hintergrund knackte wieder das Funkgerät des Polizisten. Walter bekam mit, dass bereits Straßensperren um ganz Bad Kreuznach errichtet worden waren, sich Krankenwagen und Feuerwehr am Stadtrand bereithielten und bald weitere Polizeibeamte anrücken würden.

»Krankenwagen und Feuerwehr?«, fragte er mit rauer Kehle.

»Nur zur Sicherheit«, beruhigte ihn die junge Frau.

»Falls die Lage außer Kontrolle gerät«, fügte der Niederländer hinzu. »Bist du so weit?«, rief er ins Wohnzimmer.

Der junge Nerd hob den ausgestreckten Daumen. Auf dem Display der Kamera konnte Walter erkennen, dass er Dr. Conrads Haus extrem nah herangezoomt und das Bild aufgehellt hatte.

»Darf ich Sie in die Küche begleiten?«, fragte die junge Frau Irene, während sie ebenfalls aus ihren Schuhen schlüpfte.

»Sicherlich.«

»Sie haben nicht zufällig ein Foto von Dr. Conrad? Von einer Feier oder einer Veranstaltung im Ort?«

»Nein.« Irene lachte auf. »Zu so etwas geht er doch nicht. Haben *Sie* denn gar keine Bilder von ihm? Fahndungsfotos oder so?«

»Nichts Aktuelles. Nur ein uraltes Foto von seinem Führerschein und ein zwanzig Jahre altes Bild von seinem Reisepass, den er nie verlängern ließ. Darauf haben wir ihn mit einem Computerprogramm künstlich altern lassen und mit einer KI verschiedene Varianten erstellt.«

»Darf ich die sehen?«

»Sicher.« Die junge Frau hielt ihr Handy hoch. »Die wollte ich Ihnen sowieso gerade zeigen.«

»Ich kann Ihnen da bestimmt weiterhelfen – im Gegensatz zu meinem Mann habe ich nämlich ein sehr gutes Personengedächtnis, wissen Sie?«

Walter sah den beiden verblüfft nach, wie sie in die dunkle Küche verschwanden und die Tür hinter sich zuzogen. Erst danach fiel Licht durch den Türspalt. So kannte er seine Frau gar nicht. Vergessen war ihre Lieblingsquizshow im Fernsehen, stattdessen war sie Feuer und Flamme für die Ermittlungen des BKA.

Während der Polizist im dunklen Vorraum immer noch über das Funkgerät mit seinen Kollegen sprach, stand der Niederländer mittlerweile im Wohnzimmer neben seinem jungen Assistenten beim Kamerastativ.

Neugierig trat Walter näher und bemerkte nebenbei, dass der Niederländer seine Schuhe anbehalten hatte. Beide Männer starrten auf das Display, das ein Fenster im Untergeschoss von Dr. Conrads Haus zeigte. Das Bild war unscharf, weil die Kamera durch Conrads dünne Gardine filmte. Ein großer, stattlicher Mann mit grauen Haaren, der den alten Fotos von Dr. Conrad ähnlich sah, saß mit dem Rücken zu ihnen leicht seitlich auf einem Stuhl beim matten Licht einer Schreibtischlampe und tippte auf einem Laptop. Außer dessen Bildschirm leuchtete noch der Monitor eines PCs, und an den Wänden ließen sich zahlreiche Bücherregale erahnen. Wahrscheinlich war das Conrads Büro.

Der Niederländer drehte sich kurz zu Walter um. »Kann das Spezialeinsatzkommando der Polizei auf Ihrem Grundstück parken?«

Walter bemerkte den Geruch von Marihuana, der von seinem Gegenüber ausging. Dieser Typ war wirklich eine seltsame Art Polizist. »Ja, sicher«, murmelte er, ohne den Blick vom Display zu nehmen. »Die sollen sich auf die Auffahrt hinter Ihre beiden Autos stellen. Wegen der Hecken kann Dr. Conrad sie da nicht sehen.«

»Haben Sie das gehört?«, rief der Niederländer in den Vorraum.

»Ja«, kam die knappe Antwort des Polizisten.

»Aber keine Polizeiautos. Sorgen Sie dafür, dass nur zivile Fahrzeuge hochkommen«, verlangte der Niederländer. »Und außerdem sollen die Leute vom BKA zu uns stoßen.«

Das wurde ja ein Großaufgebot. »Seit wann wissen Sie von Dr. Conrad?«, fragte Walter und senkte dabei die Stimme.

»Seit zwölf Stunden«, antwortete der Niederländer.

»Er ist die beste Spur, die wir im Moment haben, um an die anderen Mitglieder des Terrornetzwerks zu kommen«, ergänzte der Assistent.

»Und jetzt lassen Sie uns arbeiten.« Der Niederländer schob Walter ein Stück zurück und legte dem jungen Mann die Hand auf die Schulter. »Schwenk mit der Kamera links runter und geh näher ran. Da liegt etwas auf dem Boden.«

Der junge Mann justierte die Kamera. Auf dem Display war ein großer, rechteckiger Gegenstand zu sehen, der auf dem Boden lag. Der Niederländer ging näher zum Display. »Was ist das? *Verdomme*, das sieht wie ein Koffer aus. Der *schijtkerel* will abhauen!«, fluchte der Niederländer. »Vielleicht hat ihn jemand gewarnt.«

»Greifen wir zu?«, fragte der junge Mann.

»Nein, noch nicht – wir warten ab, was er vorhat, und sperren jetzt erst mal sicherheitshalber seine Konten«, sagte der Niederländer.

Der junge Mann schob sich einen Stöpsel ins Ohr. Während er mit dem Sicherheitsdienst einer Bank telefonierte, tippte er hastig auf seinem Notebook herum.

»Die sollen auch alle Gelddepots einfrieren und, falls er Kryptowährungen hat, diese sofort beschlagnahmen«, fügte der Niederländer hinzu. »Schick denen den Gerichtsbeschluss.«

»Bin gerade dabei.«

»Danach lass dich mit der Hotline verbinden, die sollen seine Kreditkarten sperren.«

Der junge Mann blickte kurz hoch. »Aber wozu? Wir haben ihn doch …«

»Noch haben wir ihn nicht«, korrigierte der Niederländer ihn.

Aber was soll da jetzt noch schiefgehen? Walter blickte auf die Uhr. Es war kurz vor Mitternacht.

2. Kapitel

Kurz nach halb eins in der Nacht starrte Paul Conrad auf das Symbol der Sanduhr, während der Regen ans Fenster seines Arbeitszimmers trommelte.

Seine Kehle war trocken. Er hatte ganz vergessen, den Kaffee mit Rum zu trinken, den er sich um Mitternacht gemacht hatte, um wach zu bleiben, und nippte nun an dem mittlerweile kalt geworden Getränk. Immerhin wärmte der hochprozentige Rum noch seinen Magen.

Obwohl Conrad den Router neu gestartet und den PC erneut hochgefahren hatte, bekam er keinen Zugriff auf sein Konto. *Mist!* An der Internetverbindung konnte es nicht liegen, da alles andere problemlos funktionierte.

Er hatte zwanzigtausend Euro auf sein Konto bei einer spanischen Bank transferieren wollen, doch das ging nicht. Auch auf seine Konten bei anderen Banken hatte er keinen Zugriff mehr. Offensichtlich waren seine Passwörter gesperrt, dabei hatte gestern noch alles funktioniert.

Gedankenverloren starrte er auf den Monitor und kaute an der Unterlippe. Schließlich beugte er sich wieder über die Tastatur. Aus bloßem Interesse versuchte er, bei einem Onlinestore etwas über seine Kreditkarte zu kaufen, doch das ging ebenso wenig. Ein letzter Test zeigte ihm, dass auch seine zweite Kreditkarte nicht mehr funktionierte. Jemand musste im Laufe des Abends seine gesamten Vermögenswerte eingefroren haben. Bestimmt konnte er auch am Automaten kein Bargeld mehr abheben. Und das so kurz vor der Abreise. Sein Puls ging hoch.

Nachdenklich starrte er auf den gepackten Koffer, der neben der Wand offen auf dem Teppichboden lag. *Warum gerade jetzt?* Er glaubte nicht an Zufälle.

»Okay …«, murmelte er und öffnete die Software der Alarmanlage, mit der er das Grundstück gesichert hatte. Der Reihe nach klickte er von einer Kamera zur nächsten. Erfolglos. Wegen des miesen Wetters war außer grauen Schlieren nicht viel zu erkennen, und das, was er sah, wirkte unauffällig.

Die letzte Kamera am Gartenzaun zeigte die Straße und die Zufahrt zu seinem Grundstück. Er drehte die Linse mit Hilfe der Computertastatur per Fernsteuerung so, dass sie die Straße den Hügel hinaufzeigte, wo das Haus der Gehrmanns stand. Die Zufahrt dazu war gerade noch so zu erkennen. Irgendetwas erregte seine Aufmerksamkeit, also zoomte er das Bild so nah wie möglich heran und vergrößerte es auf den gesamten Bildschirm.

Hinter der Buschreihe ragte das Heck eines Wagens hervor. Obwohl er keine Details erkennen konnte, war der Anblick seltsam. Manchmal joggte er den Hügel hinauf am Haus der Gehrmanns vorbei in den Wald. Herr Gehrmann parkte in der Regel direkt vor dem Haus, und der Wagen seiner Frau stand immer im Carport. Und auch, wenn Gäste zu Besuch waren, standen deren Autos zwar in der Auffahrt neben der Heckenreihe, doch ohne dass man die von hier aus sehen konnte. So weit zur Straße hin wie jetzt hatte noch nie ein Wagen gestanden.

Lange Zeit starrte er auf das Bild und kaute weiter an der Unterlippe. Vielleicht war das wirklich nur ein Zufall. Jemand, der einfach schlecht geparkt hatte. *Du wirst langsam paranoid!* Andererseits hatte ihm gerade diese Paranoia schon öfter das Leben gerettet.

Ein heftiger Blitz zuckte, erhellte die Umgebung, und fast gleichzeitig krachte ohrenbetäubender Donner. Obwohl Conrad heftig zusammenzuckte, war er geistesgegenwärtig genug, um mit der Druck-Taste einen Screenshot von der Bildschirmansicht zu machen.

Deutlich war darauf im Licht des Blitzes das Heck des Wagens zu sehen. Kein Polizeiauto, sondern ein normaler Wagen. Trotzdem blieb sein Misstrauen. Also vergrößerte er das Bild und machte es mit einem Fotobearbeitungsprogramm schärfer, bis er Teile des Kennzeichens erkennen konnte. Keines hier aus Rheinland-Pfalz, sondern WI für das nur vierzig Kilometer entfernte hessische Wiesbaden. Der Rest war nicht zu erkennen, aber sowieso uninteressant.

So eine verdammte Kacke!

Sofort schaltete er Schreibtischlampe und Monitor aus, klappte den Laptop zu und griff im Dunkeln in die unterste Schublade. Dort holte er seinen Nachtsichtfeldstecher heraus. Er tastete sich durch die Finsternis zum Fenster, schob den Seidenstore beiseite und warf einen Blick zum Nachbargrundstück. Im oberen Stock brannte Licht, die untere Etage lag im Dunkeln. *Eigentlich wie immer.* Aber dann sah er im Restlichtverstärker, dass hinter dem Wohnzimmerfenster eine Art Stativ stand. War da eine Kamera drauf? Er glaubte den matten Schein eines Displays zu erkennen.

Mehr konnte Conrad nicht sehen, auch weil seine Hände ein wenig zitterten, aber es wirkte so, als ob …

Verdammt, ja! Seitlich am Fenster standen zwei Personen hinter dem Vorhang, die zu ihm herübersahen. *Nein, vielleicht sogar drei!*

Jetzt ist es also so weit.

Sie hatten ihn aufgespürt, selbst hier am Arsch der Welt, in der völlig unspektakulären Kurstadt Bad Kreuznach.

Du weißt, was das bedeutet. Ja, und er wusste auch, was jetzt zu tun war.

Er ließ das Fernglas auf den Teppichboden fallen, holte hastig sein Smartphone aus der Hosentasche und wählte eine Handynummer. Während es läutete, kippte er das Fenster und zog den dicken, blickdichten Vorhang davor. Der kühle Windzug bauschte den Stoff auf.

Niemand ging ran. »Verdammt!« Dann versuchte er es mit einer Festnetznummer, schaltete das Telefon auf laut, und ging, während es läutete, im Licht des Handydisplays zum Wandsafe.

»Das ist die Anwaltskanzlei von Dr. Albrecht in Frankfurt. Sie rufen außerhalb unserer Öffnungszeiten an. Wenn Sie uns eine Nachricht …«

Er wartete den Piepton ab. »Ich bin es. Ich muss für längere Zeit weg. Hör gut zu, was ich dir jetzt sage … Sollte mir etwas zustoßen, sieh zu, dass du das rote Notizbuch in meinem schwarzen Hartschalenkoffer findest. Es darf der Polizei nicht in die Hände fallen, verstanden?«

Während er weitersprach, öffnete er den Safe und holte ein dünnes Notizbuch heraus, das er im Geheimfach des Koffers versteckte. Zum Glück hatte er alles andere schon fertig gepackt. Er schloss den Koffer, wuchtete das Ding hoch und schob es auf den Rollen zur Tür.

Nachdem er das Telefonat beendet hatte, wählte er eine zweite Nummer.

»Hallo …«, meldete sich eine verschlafene Stimme nach dem zweiten Klingelton.

»Ich bin es.«

»Weißt du, wie spät es ist? Mann, Pa…«

»Keine Namen!«, unterbrach er. »Hör mir gut zu …« Während er redete, zündet er mit dem Feuerzeug an mehreren Stellen Papiere und Zeitungen auf seinem Schreibtisch an. Sobald die ordentlich brannten, öffnete er alle Schubladen und goss zusätzlich den Inhalt der Flasche Rum, die neben dem Kaffeebecher stand, über den Schreibtisch. Fauchend schlugen die Flammen hoch.

Er beendete das Gespräch und griff sich aus der Hausbar im benachbarten Zimmer der Reihe nach wahllos mehrere Flaschen

Schnaps, Rum und Whisky, die er in seinem Büro gegen die Wand schleuderte, sodass sie zerbrachen und sich ihr Inhalt über Wand und Teppich ergoss.

Den Scheißbullen würde er keine Hinweise hinterlassen. Und wenn er dazu das ganze Haus abfackeln musste.

Er griff wieder nach seinem Smartphone, aktivierte eine App, die alle Daten löschte und warf das Gerät in die Flammen, die bereits vom Schreibtisch her auf den Rest des Raumes übergriffen. Stinkender Rauch waberte durchs Zimmer, die Atemluft wurde knapp. Während er mit dem Koffer zur Rückseite des Hauses eilte, riss er alle Fenster sperrangelweit auf, damit die Zugluft die Flammen anfachte.

Das Letzte, was er hörte, bevor er in das Unwetter hinaustrat, war der explodierende Akku des Handys.

3. Kapitel

Sneijder stand mit einem dampfenden Becher neben dem Fenster und inhalierte das Aroma. »Verdammt guten Vanilletee haben die hier …«, murmelte er, verstummte jedoch, als Marc hektisch den Nachtsichtmodus der Kamera einschaltete, weil Conrad in seinem Büro soeben alle Lichter gelöscht hatte.

»Was hat er vor?«, flüsterte Sabine, die mittlerweile neben ihnen stand.

Sneijder stellte den Becher aufs Fensterbrett, trat einen Schritt zurück und konzentrierte sich auf das Display, das jetzt durch den Restlichtverstärker in einem leichten Grünton leuchtete.

Es war nicht zu erkennen gewesen, was Conrad an seinem Computer gemacht hatte, und sie hatten auch keine gute Aufnahme von ihm machen können. Immerhin hatte Irene Gehrmann inzwischen mit Sabines Hilfe dasjenige der KI-generierten Bilder ausgewählt, das dem dreiundsechzigjährigen Conrad am ähnlichsten sah.

»Er steht am Fenster«, rief Marc plötzlich. »Er hat uns gesehen.«

»Weg vom Fenster!«, befahl Sneijder.

»Anscheinend will er telefonieren. Fuck, der Vorhang ist zu.« Nun war gar nichts mehr zu erkennen.

»Er weiß Bescheid«, entfuhr es Sabine.

»Zugriff!«, rief Sneijder in den Vorraum, wo mittlerweile zwei Leute vom BKA und drei Polizeibeamte standen. Zwei von ihnen griffen sogleich zu den Funkgeräten.

Schnell wandte sich Sneijder zu Frau Gehrmann um, die mit ihrem Mann auf der Wohnzimmercouch saß und die letzte halbe

Stunde keinen Mucks von sich gegeben hatte. »Gehen Sie mit Ihrem Mann nach oben ins Schlafzimmer und machen Sie alle Lichter aus.«

»Und danke für Ihre Kooperation«, fügte Sabine hinzu. »Wir postieren über Nacht sicherheitshalber einen Beamten vor dem Haus.«

»Was heißt *sicherheitshalber*?«, fragte Herr Gehrmann. »Was …?«

»Komm mit! Du hast doch gehört, was die Polizisten gesagt haben.« Frau Gehrmann packte ihren Mann an der Hand und zog ihn mit sich die Treppe hinauf.

Indessen hatte sich Sneijder einen kabellosen Minikopfhörer ins Ohr gesteckt und stellte über sein Handy die Verbindung zum Einsatzleiter des SEK her. Sein Blick glitt zum Display von Marcs Nachtsichtkamera. Alarmiert erkannte er hinter dem Vorhang von Conrads Büro einen flackernden Lichtschein.

»Er hat Feuer gelegt«, rief Marc im selben Moment.

Sneijder hatte schon reagiert. »Wir brauchen die Feuerwehr!«, rief er in den Vorraum. »Beeilung! Er setzt das Haus in Brand.«

Hinter ihm erwachten die Funkgeräte zum Leben.

»Conrad weiß, dass wir ihm auf der Spur sind, und will alle Beweise vernichten«, stellte Sabine fest. »Gehen wir auch rüber?«

Sneijder reagierte nicht. Durch ein digitales Nachtfernglas beobachtete er, wie sich die Einsatzkräfte des SEK in geduckter Haltung durch den Regen über den Vorgarten dem Haus näherten. Er suchte jede einsehbare Ecke des Gebäudes ab, doch von Conrad war nichts zu sehen.

Das Kommando erreichte die Eingangstür. Mit einer Ramme schlug der vorderste Beamte die Tür ein und trat zur Seite. Hintereinander stürmten die anderen ins Haus.

Mittlerweile brauchte Sneijder die Nachtsichtfunktion nicht mehr. Die Flammen hatten den Vorhang in Conrads Büro binnen weniger Sekunden in Asche verwandelt und waren dann auf Wände und Teppichböden übergesprungen. Mehrere weitere Zimmer brannten ebenfalls, und das Feuer schlug aus zahlreichen offenen Fenstern.

Sneijder wusste, wie rasch Feuer sich ausbreiten konnte, doch dieses hier entwickelte eine Dynamik, wie er sie nur selten gesehen hatte.

»Er muss Brandbeschleuniger benutzt haben«, sagte Sabine, die die Szene ebenfalls durch ein Fernglas beobachtete.

»Wo bleibt die Feuerwehr?«, rief Sneijder.

Mittlerweile war der Feuerschein auch durch die Fenster im oberen Stockwerk zu sehen, also stand wohl auch schon das Treppenhaus in Brand.

Sekunden später kamen die Leute des Spezialeinsatzkommandos wieder aus dem Haus – ohne Conrad. Sneijder sah wieder durchs Fernglas. Einige der Kollegen hielten kurz inne, rissen sich die Masken vom Kopf und schnappten nach Luft, während andere seitlich am Haus vorbei zur Rückseite liefen, wo das schmale, aber bestimmt zweihundert Meter lange Grundstück, auf dem sich jede Menge Apfelbäume befanden, bis zum Waldrand reichte.

Endlich hörte Sneijder die Sirene der Feuerwehr. Grell blitzendes Blaulicht erhellte die Nacht. Zwei Einsatzwagen durchbrachen das Gartentor an der Straßenseite und rasten direkt durch den Vorgarten zur Vorderseite des Hauses. Zum Glück regnete es, sonst wäre das gesamte Gebäude binnen kürzester Zeit bis auf die Grundmauern niedergebrannt.

»Er haut nach hinten ab«, sagte Marc. »Mit einem Auto! Ein Mini Cooper. War direkt neben der Terrasse geparkt.«

Sneijder hatte es auch gesehen. »Er fährt zwischen den Obstbäumen in Richtung Wald«, rief er ins Handy. »Sie müssen ihn …«

Stoppen, wollte er sagen, als bereits Mündungsfeuer auf der Rückseite des Grundstücks aufblitzte. Gleichzeitig waren die Schüsse zu hören.

»Ganz hinten gibt es keinen Zaun«, sagte Marc. »Das Grundstück geht direkt in den Wald über.«

»Haben wir Leute im Wald postiert?«, fragte Sneijder.

»Nein«, drang die Antwort des Einsatzleiters aus dem Handy.

Godverdomme!

Weitere Mündungsfeuer blitzten auf, Schüsse krachten.

»Wir brauchen ihn auf jeden Fall *LEBEND*!«, rief Sneijder ins Handy. »Nehmen Sie den Wagen!«

Im selben Moment sah er, wie das Einsatzfahrzeug des SEK von der Straße her die Auffahrt des Grundstücks hochfuhr, an den Feuerwehrwagen im Vorgarten vorbeiraste, seitlich am Haus über den Wiesenstreifen donnerte und die Verfolgung aufnahm. Doch schon nach wenigen Metern schlingerte das Fahrzeug in der nassen Wiese und blieb im hinteren Garten vor den Obstbäumen stehen.

»Wat in godsnaam?«, rief Sneijder.

Marc hatte die Kamera auf den Wagen gerichtet und zoomte näher heran. »Die sind anscheinend über ein Nagelband gefahren, das quer über den seitlichen Wiesenstreifen gespannt war. Der muss das alles schon vorbereitet haben.«

»Vervloekter mesthoop!«, fluchte Sneijder. Die Einsatzkräfte sprangen aus dem Wagen und liefen zu Fuß weiter.

»Den erwischen sie nicht mehr«, stellte Sabine gedämpft fest. »Wenn ich das richtig sehe, hat er bereits den Waldrand erreicht.«

»Und dort gibt es gleich mehrere Forstwege, die er nehmen kann«, ergänzte Marc.

Sneijder war klar, dass Conrad so gut wie weg war. »Wir brauchen den Helikopter«, rief er ins Handy.

»Wir haben unseren Einsatzwa…«

»Das habe ich gesehen!«, unterbrach Sneijder den Mann. »Erweitern Sie die Straßensperren um das gesamte Waldgebiet!«

»Wiederholen Sie das. Um WAS?«, fragte der Einsatzleiter.

»Sind Sie taub? Um den ganzen Wald!«

»Den Lohrer Wald, die Hardt, den Spreitel oder das Salinental?«

»Alle!«, brüllte Sneijder.

4. Kapitel

Um drei Uhr früh stapfte Sneijder mit Gummistiefeln, Helm und einer Stabtaschenlampe durch die Brandruine, dicht gefolgt von Sabine und Marc. Mittlerweile wussten sie, dass die Straßensperren bei Bad Kreuznach und Umgebung nichts gebracht hatten, da Conrad mit dem Mini Cooper über einen Feldweg durch den Wald entkommen und danach mit einem offenbar für Notfälle am Waldrand geparkten anderen Auto weitergefahren war. Sie hatten nur noch dessen Reifenspuren in der nassen Erde gefunden.

Wenigstens hatte die Feuerwehr den Brand rechtzeitig eindämmen und das obere Stockwerk retten können – wenn auch extrem verraucht und mit einer vom Löschwasser halb zerstörten Einrichtung. Leider ein schwacher Trost, denn im unteren Stockwerk war alles komplett ruiniert. Sneijder stapfte durch einen Morast aus Löschwasser und noch dampfender Asche, die sich zu einer zähen Schlacke verbunden hatten. Da das Gebäude keinen Keller besaß, konnte das Wasser nicht wirklich gut abfließen. Der Feuerwehrkommandant hatte Sneijder, Sabine und Marc den Zugang zum Haus aus Sicherheitsgründen verwehrt, aber Sneijder hatte das Gebrüll des Mannes souverän ignoriert und sich stattdessen drei Helme, drei Atemmasken und drei Paar Stiefel aus dem Feuerwehrauto geschnappt.

Überall waberte noch Rauch, der sich jetzt aber rasch durch die geöffneten Fenster verzog. Endlich erreichten sie das Büro, in dem Paul Conrad gesessen hatte. Sneijder nahm den Helm ab, zog sich die Atemmaske vom Gesicht und wischte sich hustend mit dem

Handrücken die Tränen von den Wangen. Im Licht der Lampe sah er sich um. Von der Decke tropfte Löschwasser. Viel würde die IT-Forensik hier nicht mehr auswerten können.

Marc nahm ebenfalls die Atemmaske ab und leuchtete zur Wand. »Der Safe ist offen. Nichts drin.«

Sneijder sah kurz hin. Mit etwas Glück hatte Conrad kein oder nur wenig Bargeld bei sich. Und was immer sonst er dem Safe entnommen haben sollte – sie würden es bald wissen. Im Moment lief gerade eine landesweite Fahndung nach ihm, und er würde nicht weit kommen.

Sneijder ging in die Hocke, stocherte mit einem Kugelschreiber durch die Reste des verkohlten Schreibtischs und entdeckte ein verbranntes Smartphone.

Marc leuchtete ebenfalls zu der Stelle. »Möglicherweise das auf Conrad registrierte Telefon. Hat er anscheinend nicht mitgenommen, damit wir ihn nicht orten können.« Er bückte sich und ließ das Handy in einer Nylontüte verschwinden.

Sneijder nickte. Conrad war nicht in Panik geraten, hatte einen kühlen Kopf bewahrt und anscheinend gut durchdachte Fluchtpläne gehabt. »Ich will wissen, wen Conrad vorhin angerufen hat«, knurrte er. »Und außerdem möchte ich, dass wir eine Fangschaltung einrichten. Wer auch immer dieses Smartphone anruft, muss zurückverfolgt und lokalisiert werden.«

Marc steckte die Tüte in seine Umhängetasche. »Wird dauern, geht aber klar.«

Sabine hatte unterdessen auch die Maske abgenommen und stocherte mit einem ausklappbaren, kurzstieligen Feuerwehrspaten ebenfalls durch die verkohlen Reste des Tischs. »Ein verbrannter Laptop, ein verkohlter PC und jede Menge verbrannte Aktenordner.«

»Alles einpacken.« Sneijder erhob sich, atmete tief durch und spürte, wie sich seine Spannungskopfschmerzen über den Nacken zu den Schläfen hinaufzogen. *Verdikkeme!* Das alles auszuwerten würde im besten Fall mehrere Tage dauern.

Hinzu kam, dass er, wenn dieser Sonntag erst mal vorbei war, eine Woche lang auf Sabine Nemez und Marc Krüger verzichten musste. Die beiden hatten bereits vor einem halben Jahr Urlaub beantragt. *Verdammt schlechtes Timing.* Aber noch war der Tag nicht vorbei. Knapp zweiundzwanzig Stunden blieben ihnen noch, und in dieser Zeit würde er die beiden so schonungslos und hart rannehmen, dass sie auf dem Zahnfleisch in den Urlaub kriechen würden.

Eine raue Stimme riss Sneijder aus den Gedanken. »Was wissen wir bisher über Conrad?«

Sneijder drehte sich um und leuchtete einem Mann in seinem Alter mit grauem Bürstenhaarschnitt ins Gesicht. Der Kerl stand ohne Helm im Türrahmen, trug ebenfalls Gummistiefel über der Anzughose und gab ebenso einen feuchten Kehricht darauf, dass ihm das Löschwasser das Sakko ruinierte.

»Die Feuerwehr hat Sie ins Haus gelassen?«, fragte Sneijder verwundert.

»Die Frage meinen Sie doch nicht wirklich ernst, Sneijder?«, entgegnete der Mann.

»Nein, war eigentlich nur rhetorisch.« Sneijder leuchtete kurz zu Sabine und Marc, die sich aufrichteten und fragend zu dem Mann blickten. »Major Niels Thomsen vom BND – das sind meine Leute«, stellte Sneijder sie kurz einander vor. Anscheinend wunderten sich weder Sabine noch Marc, dass sich der Bundesnachrichtendienst für Paul Conrad interessierte. Marc schien eher über Thomsens Frage nach Conrad erstaunt.

»Weiß der Geheimdienst nicht, was wir wissen?«, fragte er spitz.

»Erzähl es ihm einfach.« Sneijder wedelte mit der Hand. Er verzichtete darauf, symbolisch drei Finger hochzuheben – Marc würde sich auch so mit knappen und präzisen Antworten kurz halten.

»Da gibt es noch nicht viel zu erzählen«, gab Marc zu. »Immerhin haben wir erst gestern von Conrad erfahren. Er hat in jungen Jahren Soziologie, danach Psychologie und Philosophie studiert, sich aber auch für Politikwissenschaften interessiert. In den 80er Jahren ist er in der linken Studentenszene aktiv und ein Sympathisant der zweiten und dritten Generation der Roten Armee Fraktion gewesen. In den 90er Jahren hat er an der Uni Mannheim Soziologie unterrichtet, bis er während einer Vorlesung eine Panikattacke bekam, danach seine Tätigkeit an der Uni sofort beendete und sich aus der Öffentlichkeit zurückzog.«

»Ungefähr zu der Zeit, als sich die RAF 1998 mit einem Bekennerschreiben selbst aufgelöst hat«, ergänzte Sneijder, was ihm einen warnenden Blick von Thomsen einbrachte.

»Seit dieser Zeit hat er nirgendwo offiziell gearbeitet und kaum digitale Spuren hinterlassen«, fuhr Marc fort.

»Aber irgendwie muss er sein Geld verdient haben«, bemerkte Thomsen. »Mit Diebstählen? Betrügereien?«

»Wissen wir nicht«, sagte Marc. »Jedenfalls ist er nie geschnappt worden, und er ist auch nicht vorbestraft.«

Thomsen machte ein paar Schritte durch den Morast in die Mitte des Zimmers und sah sich im Strahl seiner Taschenlampe um. »Jetzt hat er Kontakt zu einer Terrorgruppe und ist verschwunden.« Er klang ziemlich angepisst.

»Eine Terrorgruppe, zu der wir noch nicht viel wissen, außer dass der BND vermutet, dass sie von einer Frau namens Ruth-Allegra Francke angeführt wird«, erklärte Sneijder seinen Leuten.

»Sneijder!«

»Wie groß und gefährlich muss dieses linksextreme Grüppchen sein«, stellte Sabine die Frage in den Raum, »dass der BND daran interessiert ist?«

An ihrem lauernden Tonfall erkannte Sneijder, dass Sabine den Major aus der Reserve locken wollte. Sie und Marc waren von Anfang an irritiert darüber gewesen, dass Sneijder in der Sache Conrad so unerbittlich vorging. Jetzt hofften sie wohl, von Thomsen mehr darüber zu erfahren.

Und zu Recht. Es wurde Zeit für Antworten. Sneijder sah zu Sabine. »Es ist nicht bloß *irgendeine* linke Gruppe.«

»Sondern?«

»Es ist …«, begann Sneijder, doch Thomsen fiel ihm scharf ins Wort.

»Stopp, Sneijder! Muss ich Sie an unser Gespräch erinnern? Immerhin geht es hier um die nationale Sicherheit und um absolute Geheimhaltung.«

»Und wie lange noch?«, fragte Sabine. »Immerhin sollen wir ja …«

»Bis wir absolut sicher sind, womit wir es hier zu tun haben«, antwortete Thomsen.

»Was Sie allerdings wissen sollten …« Sneijder ignorierte Thomsens düstere Miene. »Das E-Auto dieser Managerin, Kara Petzold, das gestern in Berlin ausgebrannt ist, wurde mit einer Autobombe in die Luft gejagt. Bei dem Anschlag kam auch fast einer der Staatssekretäre des Innenministers ums Leben. Entsprechend dem Logo auf den Flugblättern, die dort gefunden wurden, steckt Ruth-Allegra Franckes Gruppe dahinter.« Er schob die Taschenlampe in seine Hosentasche, wo sie weiterleuchtete, und zog eine Schachtel selbst gedrehter Hasch-Zigaretten aus der Sakkotasche. Mit einem Zippo-Feuerzeug steckte er sich eine der Tüten an. Ohne ein Wort zu sagen, inhalierte er. Augenblicklich roch es nach Shit. Rauch waberte um sein Gesicht, und Sneijder wartete. Er hatte absichtlich nicht mehr verraten und wusste, dass seine Leute wie hungrige Haie nach dem Köder schnappen würden.

»Und diese Ruth-Allegra Francke lässt sich auch mit den Mitteln des BND nicht auftreiben?«, bohrte Marc an Thomsen gerichtet weiter.

»Wenn wir sie finden könnten, wären wir nicht so verzweifelt hinter Paul Conrad her«, knurrte Thomsen genervt.

Plötzlich räusperte sich Sabine. »Die Initialen von Ruth-Allegra Francke …«, sagte sie nachdenklich, »… sind R, A und F.«

Sneijder schielte zu Thomsen, dessen Gesicht versteinerte.

»Ah!«, entfuhr es Marc, als ginge ihm soeben ein Licht auf. »Das erklärt einiges. In internen BKA-Dossiers – die mir *zufällig* in die Hände gefallen sind …«, fügte er rasch erklärend hinzu, »… bin ich vor Kurzem mehrmals auf diese Chiffre gestoßen.« Er hockte sich hin, leuchtete mit der Taschenlampe auf den Boden und schrieb mit dem Finger drei Zeichen in die Asche.

– R4F –

Sabine starrte auf das Wort, blickte zuerst zu Sneijder, dann zu Thomsen. »Das heißt, es ist die vierte Generation der RAF, um die es hier geht?«

Thomsen presste ohne ein Wort zu sagen die Zähne aufeinander und sah noch grimmiger drein als bisher.

Sneijder warf ihm einen triumphierenden Blick zu. »Meine Leute sind nicht dumm … genau deswegen arbeite ich mit ihnen zusammen.«

5. Kapitel

Während Marc den verbrannten Laptop einpackte und anschließend mit der Stabtaschenlampe zwischen den Zähnen durch die Asche stocherte, hantierte Sabine an dem geschmolzenen PC herum.

»Der lässt sich nicht mehr in einem Stück transportieren«, murmelte sie und baute kurzerhand die Festplatte aus.

Indessen erzählte Sneijder ihnen, was er und der BND bisher herausgefunden hatten. Dabei war es ihm komplett egal, dass Major Niels Thomsen ihn die ganze Zeit wütend anfunkelte.

»Im Juni 2011 wurde das letzte Mitglied der Roten Armee Fraktion aus der Haft entlassen. Lange Zeit war es ruhig, aber jetzt ist der alte Feind des BKA wieder da. Seit einem Jahr geistern Informationen über die Bildung einer vierten Generation der RAF durchs Darknet. Die Gruppe hat aus ihren Fehlern der Vergangenheit gelernt und formiert sich gerade still und heimlich und völlig anonym. Bis jetzt kennt der BND nur eine Handvoll Usernamen, aber wir wissen, dass sie sich europaweit vernetzen und in vielen Ländern bereits mehrere Dutzend Mitglieder angeworben haben.«

»Und jetzt ist die Inforunde beendet«, fügte Thomsen zähneknirschend hinzu.

Sabine hielt kurz in ihrer Arbeit inne. »Es ist also die RAF, mit der Paul Conrad in Kontakt steht«, stellte sie mit rauer Stimme fest. Die Luft hier machte ihnen allen zu schaffen. »Und er war unsere einzige Spur zu den anderen Mitgliedern des Netzwerks?« Anscheinend wurde ihr soeben klar, warum Sneijder in den letzten vierundzwanzig Stunden so viel Druck gemacht hatte.

Sneijder nickte. »Wir gehen davon aus, dass Ruth-Allegra

Francke nur das Pseudonym der Anführerin ist – und ja, richtig, im Netz wird ihre Organisation *R4F* genannt. Bis auf die Autobombe ist die RAF in der Öffentlichkeit noch nicht …«

»Sneijder!«, warnte Thomsen ihn erneut scharf.

Sneijder ging kurz in die Knie, löschte die Glut des Joints im feuchten Morast und steckte den Glimmstängel in seine Sakkotasche. »Hören Sie, Thomsen – ich scheiße auf Ihre nationale Sicherheit. Der Fall ist nicht nur BND-, sondern auch BKA-Sache. Mein Chef hat mich hinzugezogen, und nun entscheide *ich*, wie viel meine Leute darüber wissen müssen.«

Der Strahl einer starken Taschenlampe leuchtete plötzlich ins Zimmer. Dahinter waren die Umrisse eines Feuerwehrmanns zu sehen. »Brauchen Sie noch lange in diesem …?«

»Raus!«, fauchte Sneijder.

»Aber wir …«

»Solange ich hier stehe, solange haben wir hier noch etwas zu tun. Schließlich sind wir nicht zum Spaß hier«, rief Sneijder. »In der Zwischenzeit machen Sie sich nützlich und sorgen dafür, dass uns das Dach nicht über dem Kopf zusammenbricht – und schalten Sie endlich das verdammte Licht aus!«

Murrend senkte der Feuerwehrmann die Lampe und verschwand im Gang.

Sneijder wartete, bis er weit genug weg war. »Bisher ist die RAF in der Öffentlichkeit noch nicht in Erscheinung getreten«, fuhr er nun fort. »Sie sind vorsichtig und noch in der Vorbereitungsphase. Aber das kann und wird sich vermutlich nach diesem ersten Anschlag rasch ändern.«

»O Mann«, stöhnte Marc. »Soweit ich weiß, hat bereits die zweite RAF-Generation Menschen gezielt getötet und Geiseln hingerichtet.«

»Und die dritte Generation ging noch brutaler vor«, ergänzte Sabine.

»Genau. Und niemand weiß, was uns jetzt erwartet«, sagte Thomsen. »Darum wäre es schön, wenn Sie jetzt mit Ihrer Arbeit …«

»Ja, schon gut«, seufzte Marc und fischte etwas aus der Asche. »Hier sind die verkohlten Überreste von drei weiteren verbrannten Handys.« Er kratzte mit dem Fingernagel über die Asche. »Eine russische Marke.«

»Vermutlich nicht registrierte Prepaidhandys«, sagte Thomsen.

»Dann sind die quasi nutzlos. Die werden uns bestimmt keinerlei zusätzliche Infos liefern.« Marc richtete sich auf und steckte den Fund in eine Tüte aus Polyethylen.

Sabine stand ebenfalls auf und reichte Marc ein paar volle Beweismittelbeutel, die der in seine Umhängetasche stopfte.

»Haben wir alles?«, fragte Sneijder.

Marc nickte. »Fürs Erste ja.«

»Gut, gehen wir«, entschied Sneijder, »den Rest macht die Spurensicherung.«

Sie verließen den Raum und marschierten ins Vorzimmer. Thomsen folgte ihnen.

»Einen Moment …«, hörte Sneijder Sabine hinter sich rufen, kurz bevor er das Haus verließ. Er drehte sich um und sah, wie Sabine ihre Lampe auf eine massive antike verschnörkelte Kommode richtete, die neben der Eingangstür stand und großteils von den Flammen verschont geblieben war. Allerdings hatte das Löschwasser das Holz aufquellen lassen.

Einige Bilderrahmen waren von der Wand auf die Kommode gefallen. Sabine zog ein nasses, teils angekokeltes Bild zwischen den Glasscherben heraus.

Interessiert kam Sneijder näher. Soviel sich noch erkennen ließ, zeigte das Foto eine junge, attraktive Frau mit dunklem Pferdeschwanz. Es war schwer zu schätzen, ob das Bild schon älter oder aktuell war.

Marc kam ebenfalls näher. »Wir wissen, dass Conrad nie verheiratet war. Seine Freundin?« Er sah zu Major Thomsen, der ebenfalls einen Blick auf das Bild warf, aber nur die Schultern hochzog. »Ich könnte versuchen, das Foto mit einer Software möglichst gut wiederherzustellen«, schlug Marc vor, »um es anschließend durch die Daedalos-Datenbanken zu jagen.«

Sneijder nickte. »Mach das. Danach schicken wir dem BND eine Kopie davon und geben eine Fahndung nach der Frau raus.«

Thomsen verzog unglücklich das Gesicht. »Das Foto ist zu beschädigt. Außerdem könnte das weiß wer sein, der gar nichts mit unserem Fall zu tun hat.«

»Das ist mir *vervloekt* noch mal egal. Wenn sie hier an der Wand hängt, hat sie irgendeine Bedeutung für Conrad«, knurrte Sneijder. »Und hilft ihm vielleicht bei der Flucht. Sobald wir also wissen, wer das ist, geben wir sie zur Fahndung raus. Und frieren wie bei Conrad ihr Konto ein und sperren ihre Kreditkarte.«

»Scheuchen wir sie dadurch nicht erst recht auf?«, fragte Thomsen.

»Die sind bereits alle aufgescheucht«, widersprach Sneijder. »Und jetzt müssen wir sie daran hindern, das Land zu verlassen.« Er zog sein Handy heraus und fotografierte das Bild der jungen braunhaarigen Frau, bevor Marc das Foto in eine Klarsichthülle steckte. Vielleicht hatten sie da sogar Ruth-Allegra Francke vor sich – auch wenn er das eigentlich nicht glaubte.

Als sie kurz darauf im Freien standen, sogen sie gierig die frische Nachtluft ein. Dann ging Sneijder im Nieselregen an den Feuerwehrwagen vorbei und wählte die Telefonnummer, die er unter *Tina K. Martinelli* abgespeichert hatte.

Tina war eine ehemalige Kollegin von Sabine Nemez. Vor sechs Jahren hatte er sie und Sabine an der Akademie des BKA in seinem Modul für Forensische Psychologie und Profilerstellung ausgebildet. Später war Tina in seinem Ermittlerteam gewesen, doch nach einem fast tödlichen Einsatz in Norwegen hatte sie beim BKA gekündigt und sich als Detektivin selbstständig gemacht.

Es läutete bereits zum vierten Mal, als sich endlich eine verschlafene weibliche Stimme meldete. »Sneijder, verdammt, es ist fast vier Uhr früh …«, stöhnte Tina auf.

»Es ist fünf Minuten *nach* vier!«, korrigierte er sie. »Danke der Nachfrage, mir geht es gut, aber jetzt ist Schluss mit dem Smalltalk. Raus aus den Federn, duschen, eine starke Tasse Kaffee – und dann rein in die Klamotten.« Er blickte zu Marc, der gerade sein Equipment zu einem der BKA-Autos schleppte. Nur für den Fall, dass Marc nichts fand, brauchte er so schnell wie möglich einen Plan B.

»Ich nehme an, Sie haben dringend meine Hilfe nötig«, gähnte Tina.

»Schlaues Kind. Ich schicke Ihnen ein Foto.«

2. TEIL

Sonntag, 19. Mai

6. Kapitel

Um sieben Uhr früh hatte Sneijder in seinem Büro im Bundeskriminalamt in Wiesbaden endlich in ein frisches Hemd und einen neuen Anzug schlüpfen können und wartete nun im Büro des BKA-Präsidenten auf seinen Chef, der jeden Augenblick kommen musste.

Und tatsächlich. Durch die angelehnte Tür hörte er, wie Friedrich Drohmeier im Eilschritt das Vorzimmer seiner Assistentin durchquerte.

»Sneijder ist da«, informierte sie ihren Chef knapp.

»Begleiten Sie ihn herein«, antwortete Drohmeier mit sonorer Stimme.

»Er … ist bereits in Ihrem Büro.«

Die Tür flog auf, und Drohmeier trat ein. Groß gebaut, breitschultrig, im grauen Anzug und mit schütterem grauem Haar. Trotz seiner sechsundsechzig Jahre war er noch gut in Form, allerdings war sein Gesicht von schweren Tränensäcken gezeichnet.

Drohmeier hielt sein Handy ans Ohr gepresst und nickte Sneijder nur kurz zu. *LKA Rheinland-Pfalz* formte er lautlos mit den Lippen und rollte genervt mit den Augen. Dann schloss er die Tür, schaltete das Handy auf Lautsprecher und legte es auf den Schreibtisch.

Während der Kollege vom Landeskriminalamt einen Einsatzbericht von letzter Nacht erstattete, schüttelte Drohmeier Sneijder wortlos die linke Hand, und es war ein verdammt harter Händedruck. Dass Sneijder immer noch ein wenig nach Rauch von der

Brandruine stank, schien Drohmeier nicht zu stören. Der hatte im Moment ganz andere Sorgen.

Seit einem Jahr war Drohmeier der neue BKA-Präsident und damit der direkte Nachfolger von Sneijders ehemaligem Vorgesetzten Dirk van Nistelrooy und dessen Vorgänger Dietrich Hess. Drohmeier trug seit einem schweren Autounfall eine Prothese an der rechten Hand. Von einem Streifschuss hatte er zudem eine hässliche lange und tiefe Narbe seitlich am Kopf, die ihn ziemlich unheimlich erscheinen ließ. Er war der härteste und unerbittlichste Boss, den Sneijder jemals erlebt hatte. Den Spitznamen *Eisenfaust* trug er daher nicht nur wegen seiner Prothese, sondern auch wegen seiner unnachgiebigen Art.

Kaum an der Spitze, hatte Drohmeier ordentlich in der Hierarchie des BKA aufgeräumt. An der Wand hinter seinem Schreibtisch hingen die gerahmten Fotos seiner neuen Stellvertreter, des Vize-Präsidenten Jon Eisa – ein einundvierzigjähriger Karrierist und quasi der Rockstar des BKA –, und der dritten BKA-Präsidentin Eva Marquardt, vierunddreißig Jahre jung.

Mit Jon Eisa, Eva Marquardt und wiederum deren Stellvertretern hatte Drohmeier ein relativ junges und dynamisches Team um sich geschart und damit eine neue Ära für das BKA eingeläutet, geprägt von einer effizienten und straffen Führung. Obwohl Sneijder nach wie vor per Sie mit Drohmeier war und dieser sich von Anfang an keine von Sneijders typischen Unverschämtheiten hatte gefallen lassen, gewährte Drohmeier ihm dennoch sämtliche Freiheiten bei seinen manchmal doch sehr unkonventionellen Ermittlungsmethoden. Zumindest solange er Erfolge vorweisen konnte. Das hatte bis jetzt immer gut funktioniert – leider war es damit seit letzter Nacht vorbei.

Während der Kollege des LKA immer noch berichtete und dann das Wort an den Einsatzleiter weitergab, starrte Drohmeier mit einem immer düsterer werdenden Gesichtsausdruck Sneijder an. Der hielt dem Blick seines Chefs regungslos mit hinter dem Rücken verschränkten Armen stand, während er ebenfalls dem Bericht lauschte.

»… sämtliche Straßensperren im Zehnkilometerradius um Bad Kreuznach haben nichts gebracht«, drang die Stimme des Einsatzleiters aus dem Lautsprecher. *»Das Ergebnis der Fahndung inklusive Verkehrskameras, Drohnen- und Satellitenaufklärung ist ebenfalls negativ.«*

Sneijder hatte geahnt, dass genau das passieren würde, wenn er mit den unfähigen Kollegen der Rheinland-Pfälzer Polizei zusammenarbeiten musste. Paul Conrad war kein Anfänger und auf jenen Moment, wo der Staat auf ihn aufmerksam werden würde, bestens vorbereitet gewesen. Aber auch Sneijder selbst hatte ihn unterschätzt, wie er sich eingestehen musste – obwohl er es eigentlich hätte besser wissen müssen. Immerhin ermittelte das BKA insgesamt schon seit über vierzig Jahren gegen Baader, Meinhof und den Rest der immer noch flüchtigen Roten Armee Fraktion.

Drohmeier bedankte sich bei den Kollegen aus dem benachbarten Bundesland, beendete das Gespräch und steckte das Handy in die Hosentasche. Sichtlich angespannt öffnete er sein Sakko und lockerte den Krawattenknoten. »Morgen, Sneijder«, sagte er mit der heiseren Stimme eines Kettenrauchers. »Wie sagen Sie immer? *Verdomme* und *vervloekt?*« Übel gelaunt sah er ihn an. »Ich habe die Zeit mit der RAF Ende der 70er und Anfang der 80er Jahre noch hautnah miterlebt, als ich als blutjunger Bursche Herold unterstellt war.«

Sneijder kannte die alten Erzählungen, die durch das BKA geisterten. Herold, der damalige Präsident, hatte die Abteilungen erweitert, eine bundesweite Computerdatenbank initiiert, die Rasterfahndung eingeführt, der RAF den Kampf angesagt und nach dem Münchner Olympia-Attentat von 1972 die Antiterroreinsatzgruppe GSG-9 ins Leben gerufen, die in weiterer Folge die entführte Landshut befreit hatte. Deshalb war Herold auch *der* erklärte Erzfeind von Baader, Meinhof, Ensslin, Hogefeld, Raspe, Meins, Mohnhaupt und den anderen Mitgliedern der Bewegung gewesen. Zwei Terroristen von damals waren heute sogar immer noch abgetaucht und wurden nach wie vor gesucht, auch wenn sie höchstwahrscheinlich nicht mehr aktiv waren und keine Gefahr mehr darstellten.

Zu jener Zeit hatte Sneijder in Rotterdam noch die Schulbank gedrückt. Trotzdem hatte er schon gewusst, dass er nach Abitur und Militärdienst zur Polizei gehen, die Ausbildung zum forensischen Kripopsychologen machen und als Fallanalytiker Profile erstellen wollte. Wie viele andere seiner Generation war er als Jugendlicher von den Aktivitäten der Terroristen, die einen Polizeistaat zu Fall bringen wollten, auf eine gewisse Weise fasziniert gewesen.

Er selbst hatte jedenfalls Horst Herold nie persönlich kennengelernt, anders als Drohmeier, dem anscheinend gerade alte Erinnerungen hochkamen. Die waren womöglich der Grund dafür, warum er die Angelegenheit so persönlich nahm.

»Scheint so, als wäre die Sache noch nicht vorbei«, bemerkte Sneijder.

»Noch nicht vorbei – oder sie beginnt von Neuem. Je nachdem, wie man es sieht.« Drohmeier runzelte die Stirn. »Jedenfalls sind sie wieder da, und unsere einzige Spur zu ihnen ist gerade entkommen.« Er warf einen Blick auf die Armbanduhr. »Ich muss jetzt zu einem dieser nicht enden wollenden und unnötigen Meetings, weil morgen der Sicherheitskonferenz-Marathon in Den Haag startet. Sneijder, bleiben Sie an der Sache dran, auch wenn Sie das halbe BKA dafür in Beschlag nehmen müssen. Ich verlasse mich auf Sie. Wir müssen diesen Mann um jeden Preis finden, bevor die nächsten Anschläge passieren.«

Damit war alles gesagt, und Sneijder nickte nur kurz, bevor

er Drohmeier aus dessen Büro begleitete. Dann trennten sich ihre Wege, und Sneijder ging in den Trakt, in dem sein eigenes Büro lag. Schon von Weitem sah er, dass Miyu – hoch gewachsen, schlank und wie immer schwarz gekleidet – vor seiner Tür auf ihn wartete.

Er und Sabine Nemez hatten die Kollegin zwei Jahre lang an der BKA-Akademie für hochbegabten Nachwuchs ausgebildet. Miyu war Halb-Asiatin, fünfundzwanzig Jahre jung und wies eine Störung im Bereich des Autismus-Spektrums auf. Das war auch der Grund, warum sich Miyu jeden Tag gleich und so schlicht wie möglich kleidete, damit ihr Gehirn, das sowieso permanent auf Hochtouren lief, sich nicht auch noch mit der Entscheidung herumschlagen musste, was sie anziehen sollte.

Gerade wegen der besonderen Eigenschaften, die Miyus spezielle Form des Autismus mit sich brachte, war sie eines der größten Talente, die das BKA in den letzten Jahren hervorgebracht hatte. Allerdings hatte Sneijder sich sehr für ihre Aufnahme an der Akademie einsetzen müssen. Ohne seine Intervention hätte sie – eben *wegen* ihrer Besonderheit – keine Chance gehabt.

Sneijder öffnete die Bürotür mit seiner Magnetkarte. »Miyu, machen Sie es kurz, meine Zeit ist knapp.«

»Ich möchte in Ihr Team«, sagte sie in ihrem starken Berliner Akzent.

»Ich habe kein Team.«

»Doch«, widersprach sie. »Sabine Nemez und Marc Krüger arbeiten für Sie und …«

»Das nennen Sie ein Team?«

»Ein Team ist laut Definition ein …«

»Lassen Sie die Haarspalterei.« Er betrat das Büro und warf sein Sakko über die Stuhllehne.

Miyu trat ebenfalls ein und schloss lautlos die Tür. Kurz blieb ihr Blick an dem gerahmten und signierten Foto der niederländischen Königsfamilie haften, das hinter seinem Schreibtisch hing. Es war an einer Seite im Rahmen etwas nach unten gerutscht und Miyu schien das zu irritieren.

Er schnippte mit den Fingern, um ihre Aufmerksamkeit wieder auf sich zu lenken. »Hören Sie, Ihre Ausbildung ist beendet und Sie sind unter den zehn Jahrgangsbesten.«

»Laut Punktesystem auf Platz fünf, also genau genommen unter den …«

Er brachte sie mit einer Geste zum Verstummen. Er gab keinen Cent auf dieses bescheuerte Punktesystem, denn seine Intuition sagte ihm, dass Miyu die beste Ermittlerin der gesamten letzten Jahrgänge werden könnte. Na ja, eigentlich nur der letzten *vier* Jahrgänge, wenn man es genau nahm, denn vor vier Jahren hatte Sabine Nemez die Ausbildung abgeschlossen und war – überraschenderweise – sogar *freiwillig* seine Kollegin geworden. Es war eine wilde Zeit gewesen, als sie damals gemeinsam mit dem Schweizer Profiler Rudolf Horowitz den Serienmörder Piet van Loon durch halb Europa gejagt hatten.

»Viele meiner Kollegen wollen Sie für ihr eigenes Team haben«, sagte er schließlich. Er hatte gehört, dass sie sich vor lauter Angeboten kaum wehren konnte. »Außerdem habe ich erfahren, dass sowohl der militärische Abschirmdienst als auch der Bundesnachrichtendienst an Ihnen interessiert sind.«

Für einen Moment weiteten sich ihre mandelförmigen Augen und ihre schwarzen Pupillen blitzten auf. »Woher wissen Sie davon?«

»Marc Krüger«, antwortete er lakonisch und sparte sich jede weitere Erklärung, da sie Marcs Fähigkeiten, sich in so ziemlich jedes Datennetz zu hacken, hinreichend kannte. »Miyu, so jemanden wie Sie gibt es wirklich selten«, fuhr er fort. »Ihnen stehen so viele Türen offen. Sie könnten sich überall dort bewerben, wo Ihre Fähigkeiten gebraucht werden.«

»Genau deshalb bin ich hier«, sagte sie prompt.

»*Godverdomme*, treffen Sie keine voreiligen Entschlüsse, die Sie später vielleicht bereuen. Apropos: Vor einer Sache muss ich Sie warnen …«

»Vor unserer Betriebspsychologin Dr. Ross?«

Er sah sie kurz verblüfft an. »Ja, das auch, aber ich meinte etwas anderes …« Er hob den Finger, denn ihm war bekannt, dass auch Jon Eisa seine Fühler nach Miyu ausgestreckt hatte. »Werden Sie nicht Jon Eisas Assistentin, auch wenn er Ihnen verspricht, dass er Sie zu seiner rechten Hand aufbauen will. Sie sind zu gut für Eisa, und er würde Ihr Talent nur sinnlos vergeuden.«

»Das Büro des Vize-Präsidenten ist sowieso nie eine Option für mich gewesen. Ich will *Ermittlerin* werden und zu *Ihrer* Gruppe dazugehören.«

Er neigte den Kopf. »Und diese Entscheidung steht fest?«

Sie nickte. »Schon seit einem Jahr.«

Sneijder zog eine Augenbraue hoch, auch wenn er wusste, dass jegliche emotionale Reaktion für Miyu fast unmöglich zu lesen war. »Seit *einem* Jahr?«

»Genauer gesagt seit elf Monaten und zwölf Tagen.« Sie nickte wieder. »Als wir nach Sabine Nemez gesucht und den gemeinsamen Fall mit Pulaski in Leipzig und Dresden aufgeklärt haben.«

»Damals wurden Sie angeschossen«, erinnerte er sich.

»Zu diesem Zeitpunkt stand mein Entschluss bereits fest.«

»Ihnen wurde aber nicht in den Kopf geschossen, oder?«, fragte er sarkastisch.

Sie verstand den Witz natürlich nicht und sah ihn nur verwirrt an. »Nein, wurde mir nicht«, antwortete sie ernst. »Sie haben mir die Ausbildung ermöglicht. Mir eine Chance gegeben. Mich geschult. Mir zu meinen ersten Einsätzen verholfen.«

»Sie sind mir nichts schuldig«, sagte er, obwohl er wusste, dass so etwas wie Dankbarkeit ohnehin nicht in Miyus psychologisches

Konzept passte. Aufgrund des angeborenen Asperger-Syndroms tat sie nur das, was ihr konsequent logisch erschien.

»Richtig, ich bin niemandem etwas schuldig«, präzisierte sie. »Aber ich möchte trotzdem zu Ihnen. Haben Sie denn keine Verwendung für mich?«

Sneijder blähte amüsiert die Nasenflügel. »So funktioniert das nicht, Sie müssten schon offiziell einen …« Das Läuten seines Handys unterbrach ihn. Auf dem Display sah er Tina Martinellis Nummer – und er wusste, dass sie nur dann anrief, wenn sie Erfolge zu vermelden hatte.

Also ging es jetzt endlich weiter.

»Miyu, willkommen im Team«, revidierte er seine vorherige Aussage. Offizielle Anträge waren ohnehin etwas für Kleingeister.

7. Kapitel

Als Rentnerin hätte Dorothea Reichhardt eigentlich gemütlich ausschlafen können. Aber sie war eine notorische Frühaufsteherin und schuftete seit mittlerweile schon zwei Stunden in ihrem Garten. Jetzt war es nach neun Uhr früh, und sie hatte bereits so viel Unkraut neben den Kieswegen ausgerissen, dass die Biotonne schon wieder halb voll war. Außerdem hatte sie mit der Blechkanne aus den vollen Regentonnen alle Blumenbeete gegossen, was bei deren Größe fast eine Lebensaufgabe war. Noch dazu in ihrem Alter, sie war schließlich schon siebzig. Aber so lange sie noch fit war, wollte sie sich bewegen – denn wer sich bewegte, blieb fit. Eine oft zitierte Weisheit ihrer zehn Jahre älteren, leider vor Kurzem verstorbenen Lebensgefährtin.

Dorothea hatte sich Ende der 70er Jahre als eine der ersten Frauen in Augsburg geoutet, als sie mit ihrer Partnerin in diese Villa am Stadtrand gezogen war. Vermutlich hatten sie die konservativen Augsburger nur deshalb akzeptiert, weil sie schon in jungen Jahren eine anerkannte Künstlerin gewesen war und unter anderem auch einige Kunstwerke für die Stadt entworfen hatte, die jetzt diverse öffentliche Plätze schmückten.

Über einhundertzwanzig Skulpturen hatte sie als Bildhauerin erschaffen; elf davon standen in ihrem eigenen Garten. Daher bedeutete Frühjahrsputz für Dorothea auch, diese Skulpturen vom Schmutz des Winters zu säubern und blank zu polieren. Mit der ersten hatte sie gerade begonnen, musste sich aber bereits den Schweiß von der Stirn wischen. Das war anstrengender, als sie gedachte hatte, und es wurde Zeit für eine Pause.

Sie wollte schon den nassen Lappen in den Wassereimer werfen und wieder ins Haus gehen, um Kaffee zu kochen und Frühstück zuzubereiten, als sie jenseits der Hecken an ihrem Gartenzaun einen handfesten Streit auf der Gasse mithörte. Dann schrie eine junge Frau verzweifelt auf und Kampfgeräusche waren zu hören.

Ohne lange zu überlegen, rannte Dorothea zum Gartentor, riss es auf und stand keuchend und mit bis zum Hals pochendem Herzen auf der schmalen, von Bäumen gesäumten Gasse. Dort wollte gerade ein älterer grauhaariger Mann einer jungen blonden Frau den Lederrucksack von der Schulter reißen.

»Polizei!«, rief Dorothea sofort und ging ohne zu überlegen auf den Angreifer los. Glücklicherweise hielt sie noch den nassen Lappen in der Hand, mit dem sie dem Mann jetzt ins Gesicht drosch.

»Polizei!«, rief sie erneut, obwohl sie wusste, dass das völlig sinnlos war. Sie waren allein auf dem Gehweg, und auch Autos fuhren keine vorbei. Dennoch zeigte ihr Geschrei Wirkung. Der Mann wehrte die Schläge zwar erst ab, als dann aber auch die junge Frau auf ihn einprügelte, ergriff er tatsächlich die Flucht.

Erst jetzt, als Dorothea die blutige Lippe der Frau und deren ramponierte Frisur sah, begriff sie, wie gedankenlos dumm sie gehandelt hatte. Was, wenn der Räuber ein Messer gezogen oder sie einfach nur über den Randstein auf die Straße gestoßen hätte? Wie leicht hätte sie dabei stürzen und sich alle Knochen brechen können.

»Danke …«, seufzte die junge Frau, wischte sich mit zittriger Hand über den Mund, sah das Blut auf ihren Fingern und begann plötzlich zu schluchzen.

»Ist ja gut, mein Kleines«, versuchte Dorothea die Frau zu beruhigen. »Sind Sie verletzt … ich meine, bis auf die Lippe?«

»Nein.« Die Haare der Frau waren völlig durcheinander, und ihre Bluse hatte einen kleinen Riss an der Schulter. Aber der Rucksack hing immer noch an einem Träger auf ihrem Rücken.

»Kannten Sie den Mann?«, fragte Dorothea, woraufhin die Frau den Kopf schüttelte. »Macht nichts, ich habe mir sein Gesicht gemerkt. Besser, wir verständigen die Polizei. Ich habe ein Telefon im Haus und …«

»Nein, keine Polizei«, rief die Frau rasch.

»Warum denn? Sie sollten …« Doch weiter kam Dorothea nicht, da die Frau verzweifelt zu schluchzen begann. Kurz entschlossen nahm Dorothea sie in die Arme und strich ihr über den Rücken. »Alles gut, mein Kind.« Sie spürte, wie die Knie der jungen Frau zitterten. »Lassen Sie mich Ihnen wenigstens die Lippe versorgen und das Blut aus der Bluse waschen.«

Jetzt nickte die Frau. »Haben Sie auch ein Glas Wasser?«

»Ich kann uns Kaffee kochen.«

»Tee?«, fragte die Frau mit zittriger Stimme.

Dorothea lachte. »Ja, gern auch Tee.« Ihre Lebensgefährtin hatte nur Tee getrunken, und Dorothea hatte noch tonnenweise davon in ihrer Küche. Es wurde ohnehin Zeit, etwas davon zu verbrauchen. »Wie heißen Sie denn?«

»Ingrid …«

»So, es ist alles gut, Ingrid. Wir Frauen müssen schließlich zusammenhalten.« Sie legte der jungen Frau den Arm um die Schulter und führte sie durchs Gartentor und den Kiesweg zum Haus. Sicherheitshalber sperrte sie drinnen die Eingangstür ab. Es war zwar sehr unwahrscheinlich, dass der Mann noch einmal zurückkommen würde, aber der Vorfall hatte sie nachhaltiger erschüttert, als sie sich selbst eingestehen wollte.

Während Ingrid im Wohnzimmer auf der Couch saß und sich mit Desinfektionsmittel die Lippe säuberte, kochte sie Tee.

»Sie sind Künstlerin?«, rief Ingrid in die Küche. Anscheinend hatte sie die Skulpturen im Garten bemerkt.

»Ja, Bildhauerin … Dorothea Reichhardt.« Es wunderte sie nicht, dass ein so junges Ding noch nie von ihr gehört hatte.

»Wenn Sie mir nachher Ihre Bluse geben, wasche ich das Blut mit kaltem Wasser raus und nähe den Riss.«

»Danke, Sie sind so nett.«

Dorothea ging mit einem großen Tablett ins Wohnzimmer, stellte es auf dem Couchtisch ab und schob Briefe, Prospekte und Postwurfsendungen zu einem Stapel zusammen, damit sie Platz hatten. Der Duft aus der Teekanne erinnerte sie an alte Zeiten, ebenso die Anwesenheit der jungen attraktiven Frau.

Ingrid fuhr innen im Mund mit der Zunge unter die Lippe. »Sieht die Schramme schlimm aus?«

»Nein, sogar ziemlich süß.« Dorothea lächelte.

»Ja, ja, das sagen Sie nur so. Haben Sie vielleicht einen Spiegel?«

»Kommt sofort.« Dorothea stand auf und nahm einen kleinen antiken vergoldeten Spiegel von der Wand, doch als sie ihn Ingrid hinhielt, hatte diese schon mit ihrem Handy ein Foto von sich selbst gemacht und deprimiert das Gesicht verzogen.

Dorothea legte den Spiegel weg und setzte sich wieder. Eine Weile tranken sie Tee und plauderten. Ingrid erzählte, dass sie wegen ihres gewalttätigen Stiefvaters von zu Hause abgehauen und mit dem Zug nach Augsburg gefahren war, um ehemalige Studienkollegen zu treffen, und Dorothea erzählte von ihrer Zeit als Künstlerin und wie sie zu dieser großen Villa voll mit Antiquitäten gekommen war.

»Und dann …« Dorothea unterbrach sich, räusperte sich und wischte sich verlegen über die Stirn. Plötzlich hatte sie Hitzewallungen. Waren das die Nachwirkungen von ihrem Angriff auf den Mann? Sie blinzelte den Schweiß aus den Augen. Ihr Herz raste.

»Alles in Ordnung?«, fragte Ingrid.

»Ja … mir ist nur … so schwindlig …«, stöhnte Dorothea. Alles drehte sich mit einem Mal um sie, und sie musste sich an die Lehne der Couch klammern.

»Am Tee kann es nicht liegen, mir geht es gut.« Ingrid stand auf.

»Aber Sie haben doch … noch gar nicht viel … getrunken«, wurde Dorothea gerade klar.

Nun sah sie, wie Ingrid ein Tuch aus der Hosentasche zog und damit penibel den Rand des Couchtisches, das Tablett und den Griff der Teetasse abwischte. Dann ging sie zur Wohnzimmertür und wischte die Klinke ab. »Was … machen Sie da?«

Aber Ingrid gab keine Antwort. Stattdessen ging sie in den Vorraum, und Dorothea sah, wie sie auch dort die Klinke der Eingangstür abwischte, dann das Tuch über den Schlüssel legte und die Tür aufsperrte.

»Nein …« Dorothea versuchte, sich zu erheben, war aber zu schwach und rutschte von der Couch auf den Teppichboden.

Bevor sie ohnmächtig wurde, sah sie noch, wie der grauhaarige Mann ihr Haus betrat.

8. Kapitel

Kurz nach 9.30 Uhr waren Marc und Sabine endlich wieder in ihrer Wohnung in Wiesbaden, die sie sich vor einem Jahr gekauft hatten.

»Was für eine Nacht«, stöhnte Marc und warf seine Taschen auf die Couch im Wohnzimmer. Alles miefte nach Rauch, seine Socken waren immer noch nass vom Regen, und er war todmüde. Am liebsten hätte er sich gleich so – nass, geräuchert und verschwitzt – auf die Couch zwischen die Taschen gelegt, die Decke über den Kopf gezogen und zehn Stunden lang ohne Unterbrechung durchgeschlafen. Aber er wusste, ihr Aufenthalt in der Wohnung würde nur von kurzer Dauer sein, eine kleine Verschnaufpause, denn seit bereits vier Stunden lief die Suche nach der dunkelhaarigen Frau auf dem mittlerweile restaurierten Foto durch alle Daedalos-Datenbanken. Sneijder würde jeden Moment anrufen, und dann ging es weiter. Allerdings nur noch heute, denn morgen früh würden Sabine und er für eine Woche zu Sabines Schwester, ihrem Vater und ihren Nichten Connie, Kerstin und Fiona nach München fahren. Nach eineinhalb Jahren ohne Urlaub hatten sie sich diese Tage redlich verdient.

Sabine schlüpfte im Vorraum aus ihren Schuhen, knallte sie gegen die Kommode, öffnete den Pferdeschwanz, zu dem sie ihre langen braunen Haare zusammengebunden hatte, und zog sich auf dem Weg ins Badezimmer Jacke und T-Shirt aus. »Schatz, stopf die ganze Wäsche bitte gleich in die Maschine – ich muss unter die Dusche.«

»Ja, sicher.« Er sah ihr nach. Wie konnte sie jetzt nur an die Wäsche denken? »Wahnsinn, die RAF ist wieder da«, rief er ihr nach.

»Ich habe das noch gar nicht richtig realisiert«, tönte es aus dem Badezimmer. Kurz drauf hörte er den Ventilator und das Prasseln der Dusche.

Es war ja auch kaum zu glauben. Marc war fünfunddreißig, nur ein Jahr älter als Sabine, und konnte sich – damals noch ein Kind – nur verschwommen an die letzten Jahre des RAF-Terrors erinnern, an die Attentate mit den Autobomben, die Entführungen und Banküberfälle und auch die furchtbaren Hinrichtungen, die von den Mitgliedern vollstreckt worden waren. Und jetzt sollte das alles wieder von vorne beginnen? Der Gedanke kam ihm so surreal vor.

Während er sich aufraffte und in der zum Wohnzimmer hin offenen Küchenzeile eine Tasse starken Kaffee aus der Maschine laufen ließ, läutete es an der Tür. *Das wird doch nicht schon Sneijder sein?*

Dafür war es eigentlich noch zu früh. Er ertappte sich bei dem Gedanken, die Tür zu öffnen und in den Lauf einer Waffe zu blicken, während eine maskierte Frau den Kopf neigte, ihn anstarrte, *Scheiß-BKA-Bulle* flüsterte und den Abzug drückte.

Hör auf! Du machst dich verrückt! Er blickte durch den Türspion und sah Tina Martinelli im Treppenhaus. Erleichtert öffnete er die Wohnungstür.

»Wow, toller Look«, sagte Tina grinsend und deutete auf seine verfilzte Frisur und das geräucherte schwarze T-Shirt, das den FBI-Agenten Dale Cooper aus der TV-Serie *Twin Peaks* zeigte. Dann tat sie so, als schnupperte sie durch die Luft. »Hier riecht es wie in einer Räucherkammer – und nach verdammt gutem Kaffee. Ist der für mich?«

»Aber klar, komm weiter.« Er ging zur Maschine, reichte Tina die volle Tasse und ließ eine zweite für sich selbst aus dem Automaten.

»Ich bin hundemüde – hab die halbe Nacht durchgearbeitet.« Tina ließ sich auf die Couch nieder. Wie immer war sie leger gekleidet – Jeans und Windbreaker – und streifte sich automatisch die langen schwarzen Haare hinters Ohr. Die andere Seite des Kopfes war kahl rasiert. Er hatte sie bisher immer nur mit diesem speziellen Sidecut gesehen. Auch wenn sie jetzt Detektivin mit eigener Kanzlei war – am Ufer des Mains in Mainz-Kostheim, dem südlichsten Stadtteil Wiesbadens –, an ihrem unseriösen Aussehen hatte sich im letzten Jahr nichts geändert. Sie trug immer noch Piercings in Nase und Lippe, und seitlich am Hals war sogar ein neues Tattoo dazugekommen. Ein Pentagramm mit einer Katze, sofern er das richtig deutete.

»Warst du erfolgreich?«, fragte er.

»Wäre ich sonst so entspannt und würde hier herumhängen und mit dir plaudern?«, entgegnete sie.

»Punkt für dich – und *was* hast du herausgefunden?«

»Erzähl ich dir später …«, sie drehte den Kopf in Richtung Badezimmer, »… wenn Sabine aus der Dusche kommt.«

»Wer sagt, dass *Sabine* im Bad ist und nicht eine meiner vielen Geliebten?«

»Der einfache Grund, dass du noch am Leben bist.« Sie grinste. »Denn hättest du tatsächlich eine Affäre, hätte ich das schon längst herausgefunden, Sabine hätte dich kaltgemacht, und Sneijder hätte deine Leiche verschwinden lassen.«

»Zweiter Punkt für dich. Du siehst übrigens hungrig aus«, stellte er fest.

»Ich könnte eine riesige Portion Spiegeleier vertragen.«

Ich auch. Wer weiß, ob sie später noch Gelegenheit haben würden, etwas zu essen. Also ging Marc zur Küchenzeile, holte eine große Pfanne aus der Schublade und eine Packung Eier aus dem Kühlschrank. »Speck oder Schinken?«

»Ja, bitte.« Tina streckte die Arme von sich und gähnte leise. »Wer ist dieser Conrad eigentlich? Und warum seid ihr so verbissen hinter ihm her? Was hat er ausgefressen?«

»Wissen wir noch nicht genau.« Marc schlug sechs Eier in die Pfanne und gab Speckwürfel, Schinkenscheiben und jede Menge geriebenen Käse dazu. Dann schaltete er die Dunstabzugshaube ein.

»Wisst ihr noch nicht?«, wiederholte sie.

Während das Essen in der Pfanne brutzelte, setzte er sich auf die Lehne der Couch. »Die Kollegen vom Staatsschutz am BKA-Standort Meckenheim, die seit mehreren Monaten undercover im Darknet unterwegs sind, haben in einem neuen Messenger-Dienst Chats von linken Terrorzellen abgefangen. Die haben sich dort in diversen Foren vernetzt, fusionieren gerade, und dabei taucht immer wieder ein Name auf: Ruth-Allegra Francke. Sie und ihre Mitglieder bauen seit einem Jahr das Netzwerk einer neuen Terrorgruppe auf.« Er verschwieg, dass es die vierte Generation der RAF war, sich die Kontakte auch ins Ausland erstreckten und der BND in die Ermittlungen involviert war. Wahrscheinlich hatte er Tina ohnehin schon mehr verraten, als er durfte.

»Ich nehme an, die Chats sind verschlüsselt, und ihr kennt keine einzige Adresse und keinen Realnamen.«

Marc nickte. »Aber durch das Abhören von Telefonaten und Abfangen von E-Mails einiger Leute, die das BKA seit Jahren routinemäßig überwacht, sind die Kollegen in Meckenheim auf einige Mitglieder dieser Gruppe gestoßen. Die bewegen sich natürlich nur anonym durchs Netz, allerdings konnten die Kollegen durch eine Sicherheitslücke im System eine einzelne IP-Adresse entschlüsseln und haben so eine Spur zu Paul Conrad entdeckt. Die erste reale Person. Ein echter Volltreffer, denn er steht, wie es scheint, in direktem Kontakt mit Ruth-Allegra Francke – und so kamen wir bei der Observation ins Spiel.«

»Und welche Rolle spielt Conrad in diesem Netzwerk?«

»Wissen wir noch nicht. Die Informationen sind noch ganz frisch. Er könnte einer von Ruth-Allegra Franckes Vertrauten oder, wenn wir Glück haben, sogar der geistige Kopf der Bewegung sein.«

»Vielleicht ist er aber auch nur ein einfacher Sympathisant«, widersprach Tina.

Marc schüttelte den Kopf. »Allein die Tatsache, dass er kurz vor dem Zugriff sein ganzes Haus abgefackelt hat und seitdem auf der Flucht ist, spricht dagegen. Leider kann Conrad fließend Englisch, Italienisch und Französisch und könnte überall untertauchen.«

Die Tür zum Bad ging auf. »Hier riecht es aber lecker … Oh, du bist da, hi.« Sabine kam im Bademantel mit einem über dem Kopf verknoteten Handtuch ins Wohnzimmer und begrüßte Tina mit Handschlag. »Ich nehme an, du warst erfolgreich«, stellte sie als Nächstes fest, »sonst wärst du nicht hier.«

»Du bist so clever«, sagte Tina lachend und schielte zu Marc.

Während der nun auch Sabine einen Kaffee machte, stellte Sabine Pfanne, Brot und Teller auf den Tisch und füllte drei Gläser mit Orangensaft.

Sie nahmen Platz. »Ich habe tatsächlich herausgefunden, wer die Frau auf dem Foto ist«, sagte Tina mit vollem Mund. »Sie wohnt in Augsburg. Das BKA musste ihr Konto gar nicht sperren, weil es sowieso überzogen ist. Und eine Kreditkarte hat sie auch nicht.«

»Das sind ja mal gute Neuigkeiten«, sagte Sabine. »Im Moment ist sie die einzige Spur zu Conrad.«

»Das BKA observiert ihre Wohnung, aber soviel ich weiß, ist sie bis jetzt noch nicht zu Hause aufgetaucht«, erklärte Tina.

»Wie heißt sie?«

»Anna Bischoff.«

Marc warf Sabine einen fragenden Blick zu. »Noch nie gehört«, sagten sie wie aus einem Mund.

Tina schmunzelte. »Ihr erratet nie, wer das ist …«

9. Kapitel

Paul Conrad betrat Dorothea Reichhardts Villa und drückte mit dem Fuß die Eingangstür ins Schloss. Während er vom Vorraum ins Wohnzimmer spähte, wo die alte Frau vor der Couch auf dem Boden lag, schlüpfte er in dünne Latexhandschuhe. »Ist sie verletzt?«

»Nein, die schläft nur.«

»Ich hätte nicht gedacht, dass dein Plan funktioniert.«

»Du hättest sie vermutlich umgebracht.« Anna zog sich die blonde Perücke vom Kopf und stopfte sie in ihren Rucksack, der neben der Eingangstür stand. Sie schüttelte ihr langes braunes Haar aus, das sie unter der Perücke hochgesteckt hatte, und band es zu einem Pferdeschwanz.

»Und das ist für dich okay, wenn wir eine lesbische Bildhauerin ausrauben, die in den Siebzigern …?«, begann Conrad, doch Anna unterbrach ihn.

»Mag sein, dass sie damals wild und verbissen für die Frauenrechte gekämpft hat, aber mittlerweile vertritt die Alte im Stadtrat die AfD …«

»Die AfD?«, unterbrach er sie.

»Ja, die marschiert bei jeder Demo, die den Klimawandel leugnet, in der ersten Reihe mit. Menschen ändern sich … leider.« Anna holte ein Paar Latexhandschuhe aus dem Seitenfach ihres Rucksacks und zog es sich an. »Und darum ist diese Enteignungsaktion völlig korrekt.«

»Okay, labern wir nicht lange herum.« Ihnen blieb jetzt sowieso keine andere Wahl mehr, als es durchzuziehen. Conrad ging ins Wohnzimmer und öffnete alle Schränke und Schubladen. Erst fand er nur ein wenig Bargeld und Schmuck, stieß dann aber in einer kleinen Porzellanvase auf einen typisch aussehenden Safeschlüssel.

»Hier ist ein Tresor in der Wand«, rief Anna fast zeitgleich aus dem oberen Stockwerk. »Hinter dem Bild im Schlafzimmer … ist aber massiv, kriegen wir sicher nicht auf.«

»Ich habe den Schlüssel!« Conrad befand sich bereits auf der alten, knarrenden Holztreppe nach oben.

Vielleicht hatten sie ja Glück, und sie fanden etwas wirklich Wertvolles. Conrad hatte Anna gewarnt, nichts von ihrem ohnehin überzogenen Konto abzuheben. Ebenso wenig kam er selbst im Moment an irgendwelche Gelder ran, ohne eine digitale Spur zu hinterlassen. Die Techniker des BKA hätten jede elektronische Aktion bemerkt und zurückverfolgen können, wodurch er sie direkt zu den RAF-Geldern geführt hätte.

Also hatte Anna noch vor dem Morgengrauen rasch das Wichtigste in einen Rucksack gepackt und war mit einer kleinen Reisetasche von zu Hause abgehauen. Anscheinend gerade noch rechtzeitig, bevor ihre Wohnung von der Polizei observiert wurde. Zumindest hatten sie während ihres Treffens nicht bemerkt, dass ihnen jemand gefolgt wäre. Bargeld hatte Anna jedoch keins daheim gehabt, also hatten sie rasch improvisieren müssen. Ohne genügend Kohle würden sie sich nicht absetzen können.

Doch das Glück war endlich einmal mit ihnen. Nach fünf Minuten hatten sie Dorothea Reichhardts Safe geöffnet und Schmuck und Bargeld im Wert von geschätzten dreißigtausend Euro erbeutet. In einem von Dorotheas Schränken fanden sie eine Umhängetasche, die sie mit Schmuck und Geldscheinen vollpackten. Annas Tipp, den sie von befreundeten Sympathisanten aus der Szene erhalten hatte, war goldrichtig gewesen. Und dann war Reichhardt auch noch in ihrem Garten gewesen.

Zuletzt nahm Conrad der Frau, die immer noch bewusstlos auf dem Boden lag, Ohrringe, Ketten und Armbanduhr ab.

Anna kam ins Wohnzimmer. »Schläft sie noch?«

»Wie ein Stein.«

»Ich habe in ihrer Brieftasche zwei EC-Karten gefunden. Ich schätze, der PIN-Code ist auf diesem Wisch als Telefonnummer getarnt. Ganz alter Trick.« Sie wedelte mit einem kleinen Zettel herum, den sie in einem Seitenfach der Geldbörse gefunden hatte. »Solltest du rasch ausprobieren, bevor sie wach wird und den Diebstahl meldet.«

»Wir sollten sowieso schon längst weg sein.«

Anna hatte recht. Conrad legte ihr den Arm um die Schulter und gab ihr einen Kuss auf die Wange. »Danke, dass du mir geholfen hast!«

»Was bleibt mir denn anderes übrig?« Sie verzog das Gesicht. »War sowieso nur eine Frage der Zeit, bis sie uns entdecken und herausfinden, was wir vorhaben. Und wenn sie dich schnappen, kriegen sie auch mich und dann alle anderen. Die Frage ist, was wir als Nächstes tun?«

»Wir bleiben bei unserem Plan«, sagte er. »Ich fliege morgen. Am besten kommst du mit.«

Sie sah ihn skeptisch an. »Der Flug ist doch schon seit Wochen gebucht. Wer weiß, ob da überhaupt noch ein Platz …«

»Lass das meine Sorge sein. Auf jeden Fall kannst du nicht in Deutschland bleiben. Deine Wohnung ist nicht mehr sicher.« Er nahm ihre Hand. »Und ich würde mir nie verzeihen, wenn dir etwas passiert.«

»Weiß ich doch.« Sie kaute nachdenklich an der Unterlippe. »Hast du schon die anderen darüber informiert, dass die Polizei hinter uns her ist?«

»Nein, mache ich, wenn wir sicher im Ausland sind. Zuerst müssen wir aber aus diesem Land verschwinden. Am besten trennen wir uns jetzt gleich und fahren separat zum Flughafen.« *Falls sie einen von uns schnappen*, fügte er in Gedanken hinzu. »Ich besorge dir inzwischen ein Ticket und eine Hotelreservierung.«

»Die überwachen doch sicher unsere Handys.«

»Bestimmt. Darum habe ich meins auch schon entsorgt«, sagte er.

»Na toll. Wie komme ich dann an mein Ticket?«

Er blickte auf den Stapel auf dem Couchtisch. Zuoberst lag eine Postwurfsendung von einem Speed-Dating in Augsburg, das heute Abend stattfand.

»Geh dorthin, um den Rest kümmere ich mich.«

10. Kapitel

»Moment …« Marc wischte sich mit der Serviette den Mund ab und schob seinen halb vollen Teller beiseite. »… und *wie* hast du herausgefunden, dass das Anna Bischoff ist?«

Tina grinste überlegen und stützte sich mit dem Ellenbogen auf den Tisch. »Da staunst du, was?«

Marc klappte sein Notebook auf und loggte sich in die BKA-Datenbank ein. Am aktuellen Stand sah er, dass Daedalos bis jetzt noch keinen Treffer erzielt hatte.

»Ja, das würde mich auch brennend interessieren«, sagte Sabine mit vollem Mund, während sie einen Blick auf Marcs Bildschirm warf.

Tina pickte ein Stück ihres Spiegeleis mit der Gabel auf. »Zunächst habe ich mir von Sneijder sämtliche Bankdaten von Paul Conrad schicken lassen, und eine Sache ist mir gleich ins Auge gesprungen. Conrad hat jahrelang monatlich siebenhundert Euro auf das Konto einer Frau in Augsburg eingezahlt. Aber vor neun Jahren wurden die Zahlungen plötzlich eingestellt.«

»Und wer ist diese Frau?«

»*War* diese Frau«, korrigierte Tina kauend. »Sie hieß Herta Bischoff und hat sich vor neun Jahren, mit siebenunddreißig, mit einer Überdosis Tabletten selbst weggeschossen. Schwere Depressionen.«

»Herta Bischoff, Augsburg, seit neun Jahren tot … sagst du«, murmelte Marc, während seine Finger über die Tastatur flogen. »Ah, hier. In der Datenbank gibt es einen Eintrag. Sie war wegen kleinerer Delikte mehrfach vorbestraft, in ihrer Jugend eine Sympathisantin der RAF und später wegen psychischer Erkrankung auch in einigen Kliniken.«

Sabine runzelte die Stirn. »Wann begannen diese Zahlungen?«

»Als die Frau neunzehn und Conrad sechsunddreißig war«, erklärte Tina.

Sabine hob die Augenbrauen. »Hat sie damals …?«

»Richtig, ein Kind zur Welt gebracht.« Tina nickte. »Eine Tochter – Anna Bischoff, die braunhaarige junge Frau auf dem Foto. Ich habe die ehemalige Nachbarin von Herta Bischoff ausfindig gemacht und gleich in der Früh mit ihr telefoniert. Sie hat mir erzählt, dass Herta während einer Gastvorlesung an der Uni Augsburg Paul Conrad kennengelernt hat. Anna Bischoff ist Paul Conrads uneheliche Tochter.«

»Dann muss Anna heute … siebenundzwanzig sein«, murmelte Marc, während seine Finger erneut über die Tastatur flogen. »Leck mich am Arsch«, rief er. »Anna ist ebenfalls vorbestraft. Wie ihre Mutter. Einbruch und Sachbeschädigung. Sie gehörte einer linken Studentenbewegung in Augsburg an, wo sie letztes Jahr ein Philosophie- und Sozialwissenschaftsstudium abgebrochen hat.« Er schob Sabine das Notebook hin und zeigte ihr das Foto. »Das ist sie, oder? Kein Wunder, dass Daedalos nichts gefunden hat.« Das vom Wasser aufgeweichte und halb verbrannte Foto war einfach zu schlecht gewesen, um einen Treffer zu erzielen.

Sabine beugte sich über den Tisch. »Was hat die Nachbarin noch erzählt?«

»Nicht mehr viel. Conrad hatte zu Annas Mutter – mit Ausnahme der monatlichen Zahlungen – nur einen losen Kontakt. Aber seit ihrem Selbstmord kümmert er sich anscheinend um seine Tochter, die schon als Kind aufsässig und frech war und sich keinen Regeln unterwerfen wollte.«

Sabine nickte in Gedanken versunken. »Möglicherweise ist sie auch Teil von Ruth-Allegra Franckes Gruppe.«

Tina kniff misstrauisch die Augen zusammen. »RAF-Sympathisanten … Ruth-Allegra Francke … sagt bloß, dass …?«, dämmerte es ihr.

»Wir dürfen nicht darüber reden«, sagte Sabine rasch. »Aber ja, du hast genau ins Schwarze getroffen.«

Tina wurde schlagartig blass. »Ach du Kacke«, entfuhr es ihr. »Deswegen also das Tempo.«

In diesem Moment klingelte Sabines Handy. »Sneijder«, sagte sie, nachdem sie einen Blick auf das Display geworfen hatte. Sie nahm das Gespräch entgegen. »Hallo, Sie sind auf Lautsprecher«, sagte sie kurz angebunden, während sie die Freisprechtaste drückte. »Tina und Marc sind bei mir.«

»Kommen Sie mit Marc sofort ins Büro. Es geht weiter. Wir haben eine Spur zu der jungen Frau gefunden.«

Tina beugte sich nach vorn. »Und wie und wo? In drei knappen und präzisen Sätzen«, fügte sie mit einem breiten Grinsen hinzu.

»Martinelli, versuchen Sie gerade in meiner Gegenwart …?«

»… witzig zu sein?«, fiel sie ihm ins Wort. »Nein, würde ich mir nie erlauben. Also?«

»Nach Ihren Recherchen hat das BKA sämtliche kriminellen Vergehen der letzten zwölf Stunden in Augsburg überprüft. Anna Bischoff ist in der Innenstadt von der Überwachungskamera eines Geldautomaten gefilmt worden, als sie Geld abgehoben hat – und zwar mit einer Karte, die kurz zuvor einer älteren Dame geklaut worden war. Im Moment wird in Augsburg nach ihr gefahndet. Ich bin sicher, dass wir sie bald haben.«

Sabine fuhr Marc durchs verfilzte, struppige Haar. »Wir sind in zehn Minuten unterwegs – Marc muss vorher unbedingt noch duschen.« Bevor Sneijder etwas Gehässiges darauf erwidern konnte, hatte Sabine das Gespräch bereits beendet.

Tina stand auf. »Mann, bin ich froh, dass ich nicht mehr in diesem Verein arbeite und meine eigene Chefin bin.«

»Wirklich?«, fragte Sabine lauernd. »Das geht dir gar nicht ab?«

Tina gab keine Antwort darauf. »Macht schon, ihr beiden«, sagte sie stattdessen. »Ich räume in der Zwischenzeit das Geschirr weg.«

11. Kapitel

Kufstein am Inn lag zwar nur drei Kilometer von der Grenze zu Bayern entfernt, aber Lea Fuchs war mit Leib und Seele Tirolerin und liebte ihren Geburts- und Wohnort über alles.

An diesem Nachmittag saß sie schon seit über einer Stunde im Gastgarten des Cafés *Andreas Hofer* bei Apfelstrudel mit Vanillesoße und mehreren Tassen Kaffee, blickte auf den funkelnden glasklaren, manchmal grün, manchmal blau schimmernden Inn und ließ sich die Sonne ins Gesicht scheinen. Auch wenn es schon fast fünf war, würde es noch eine Weile dauern, bis die Sonne hinter den Berggipfeln versank. Trotzdem musste sie sich langsam auf den Weg machen. Sie kramte ihre Geldbörse aus der Jeanstasche.

Es wird Zeit, dass wir gehen, sonst wachsen wir hier noch fest, drängte Camilla.

»Ja, du hast recht«, murmelte Lea und drehte sich zum Kellner, um ihn herzuwinken.

Heute war Leas dreiundvierzigster Geburtstag, und wie jedes Jahr an diesem Tag gönnte sie sich diese kleine Auszeit, um einmal Abstand von ihrem stressigen Job zu finden. Dass heute Sonntag war, tat nichts zur Sache, da sie normalerweise auch am Wochenende E-Mails beantwortete und mit Kunden telefonierte, weil deren Alarmanlagen einen Fehlalarm produziert oder ganz einfach den Geist aufgegeben hatten. In ihrem Job als Sicherheitsexpertin gab es kein Verschnaufen, da ständig etwas los war.

Lea zahlte, nahm den Blumenstrauß, der in Klarsichtfolie eingepackt auf dem Stuhl neben ihr lag, erhob sich und verließ den Gastgarten des Cafés.

»Sollten wir öfters machen«, sagte Lea. »Der Karamellkaffee hier ist echt köstlich.«

Mag ja sein, aber das Personal ist nicht so der Burner.

»Was stört dich daran?«, fragte Lea.

Das Aussehen, antwortete Camilla prompt.

»Echt jetzt? Die Typen müssen so aussehen … dichter Vollbart, Holzfällerhemd … ist schließlich das *Andreas Hofer*. Was erwartest du da?«

Ist mir doch egal, und wenn es der Freiheitskämpfer höchstpersönlich wäre, der die Gäste bedient. Übrigens hat dir der Kellner zu wenig Retourgeld rausgegeben.

»Wenn schon, ist das nicht egal?«

Wenn du auf fünf Euro verzichten kannst. Außerdem hat er dir vorhin ziemlich offensichtlich auf Busen und Po gestarrt.

»Neidisch? Ist ihm wenigstens aufgefallen.«

Er starrt dich übrigens immer noch an.

»Ja, vielleicht hätte ich die Stöckelschuhe nicht anziehen sollen.«

Ha, witzig. Er glotzt immer noch her.

»Woher willst du das denn wissen?«

Dreh dich doch zur Seite und schau zur Tortenvitrine.

Lea drehte den Kopf und sah sich im Spiegel der Vitrine: schlank, hochgewachsen, breite Schultern und langes feuerrotes Haar, das der Wind aufwirbelte. Sie bändigte ihre Frisur und schob sich die Sonnenbrille ins Haar, dann sah sie in der Spiegelung der Vitrine, dass ihr der Kellner tatsächlich hinterherstarrte.

Ich würde dem Arsch die Meinung geigen.

»Halt die Klappe, Camilla!«

Und Camilla hielt die Klappe, woraufhin Lea schweigend in Richtung Kalvarienberg ging. Auf halber Strecke bog sie zum Kufsteiner Friedhof ein.

Ist es wieder so weit?, fragte Camilla leise.

»Wie jedes Jahr«, antwortete Lea. Sie öffnete das Tor und betrat den schmalen Weg, der an der Urnenwand vorbeiführte. Es waren nur ein paar Abzweigungen, dann stand sie vor einem Grab mit einem glänzenden, großen schwarzen Marmorstein. Dahinter waren die Kufsteiner Festung und die Berge zu sehen, auf deren Gipfeln noch vereinzelte Schneeflecken lagen. Was für ein beeindruckender Anblick. Leas Brustkorb wurde eng, und sie musste das Aufkommen von Tränen unterdrücken.

»Schade, dass du das nicht sehen kannst«, murmelte sie.

Rasch legte sie den Blumenstrauß auf den Steindeckel des Grabs, kniete sich hin und zündete mit ihrem Feuerzeug die mitgebrachte Kerze in der Grablaterne an. Dann richtete sie sich auf und betrachtete die Inschrift auf der Tafel. Dabei wurde es in ihrem Kopf einen Moment lang völlig ruhig.

Sie blickte auf die erste Zeile der Inschrift. Geburts- und Todestag der Person, die hier lag, waren identisch. Der 19. Mai. Ebenso das Jahr.

Sind die Blumen für mich?

»Für wen sonst?« Lea nickte. »Alles Gute zum Geburtstag, Schwesterherz«, flüsterte sie und wischte eine Träne weg.

Camilla war insgesamt nur eine Stunde und sieben Minuten am Leben gewesen, danach hatte ihr kleines Herz zu schlagen aufgehört.

12. Kapitel

Nach einer längeren Einsatzbesprechung in Wiesbaden, zu der sowohl der BND als auch die Augsburger Kripo zugeschaltet worden waren, waren Sabine, Marc und Miyu sogleich nach Augsburg aufgebrochen. Und zwar mit Sabines privatem BMW, denn da Augsburg nur einen Katzensprung von München entfernt lag, hatten Marc und sie in weiser Voraussicht gleich ihre gepackten Urlaubskoffer mitgenommen. Eigentlich hatte Miyu diese geniale Idee gehabt, denn wie sie alle Sneijder kannten, würden die Ermittlungen bestimmt bis tief in die Nacht dauern – und dann konnten sie anschließend gleich nach München weiterfahren, ohne noch einmal nach Wiesbaden zurückkehren zu müssen. Doch noch war es nicht so weit.

Während Marc auf der Rückbank zugleich mit zwei Notebooks arbeitete und fast die gesamte Fahrt hindurch telefonierte, saß Miyu auf dem Beifahrersitz, hörte Marc aufmerksam zu und fixierte einen weit entfernten Punkt am Horizont. Ihre einzigen Kommentare während der knapp vierstündigen Autofahrt waren fünfmal die Worte »Vorsicht, Radar!«. Ansonsten nahm sie alles konzentriert in sich auf, was Marc während der Telefonate sagte und ihnen danach erzählte.

Als sie kurz nach siebzehn Uhr in Augsburg ankamen, waren sie über alle aktuellen Entwicklungen informiert und hatten auch Miyu auf den letzten Stand ihrer Ermittlungen gebracht. Sneijder war schon drei Stunden zuvor mit dem Helikopter des BKA nach Augsburg geflogen und hatte dort inzwischen mit der Kripo vor Ort ein Mobiles Einsatzkommando eingerichtet.

Der vereinbarte Treffpunkt, den Sabine in ihr Navi eingegeben hatte, war eigentlich das Polizeipräsidium Schwaben Nord in der Gögginger Straße gewesen, doch als sie schon fast dort waren, kam Sneijders Anruf. Er dirigierte sie in Richtung Innenstadt um, wo sie sich nun bei der Stadtbücherei treffen sollten.

»… von dort ist es nicht weit in die Fußgängerzone«, lauteten Sneijders letzte Worte aus der Freisprechanlage, mit denen er das Telefonat beendete. Sabine hatte keine Ahnung, warum das von Bedeutung war.

»Und?«, fragte Marc nach einer Weile neugierig von hinten, während Sabine den Wagen durch die Innenstadt lenkte. »Heimatliche Gefühle?«

»Weil wir in Bayern sind?«, fragte sie, während sie sich auf den Verkehr konzentrierte.

»Weil du doch als Kind sicherlich die Augsburger Puppenkiste gesehen hast«, kam es prompt von hinten. »Warst du doch bestimmt ein Riesenfan von, oder?«

Idiot, dachte sie nur schmunzelnd, dann fiel ihr ein, dass sie mit ihrer älteren Schwester Moni tatsächlich einmal das *Urmel aus dem Eis* im Theater gesehen hatte. Sie waren in der Nähe von München auf dem Bauernhof ihrer Großmutter aufgewachsen. Mit einem kleinen Röhrenfernsehgerät und wackeliger Antenne in der Bauernstube und mit Schulausflügen nach Augsburg und Regensburg, die ihr damals wie eine Weltreise vorgekommen waren.

Beim Anblick der Augsburger Altstadt bekam sie allerdings wirklich ein wenig Heimweh. Als eine der ältesten Städte Deutschlands hatte sich Augsburg optisch noch viel von der ehemaligen Fuggerstadt erhalten, und die erinnerte sie sehr an andere bayrische Städte. Die wunderbar hergerichteten alten Gasthöfe ließen sie gleich an die typisch bayerischen Speisen der Wirtshäuser denken, in denen sie als Teenager viel Zeit verbracht hatte. Marc war hingegen schon wieder ganz woanders mit seinen Gedanken und packte ohne weiteren Kommentar sein Equipment ein. Den Rest der Fahrt schwiegen sie.

Sabine parkte den Wagen, da kein anderer freier Platz mehr übrig war, direkt vor der Bibliothek in der Halteverbotszone. Im Gegensatz zu der stürmischen Nacht in Bad Kreuznach war das Wetter hier deutlich besser. Soeben riss die Wolkendecke auf und die Sonne kam hervor. Sabine schnappte sich ihre Sonnenbrille aus dem Handschuhfach und wollte automatisch auch gleich das BKA-Schild auf das Armaturenbrett legen, besann sich dann aber doch rechtzeitig. Falls Anna Bischoff in der Nähe war, musste sie nicht gleich erfahren, dass Ermittler des BKA in der Stadt waren.

Kaum waren sie alle ausgestiegen, winkte ihnen auch schon Sneijder von der gegenüberliegenden Straßenseite aus zu. Dort stand er mit einem Mann und einer Frau in Zivil neben einem gelben Kleinbus von der Post. Anscheinend waren das die Kollegen von der Augsburger Polizei.

Sabine, Marc und Miyu überquerten die Straße. »Meine Leute aus Wiesbaden – Augsburger Kripo«, stellte Sneijder sie vor. Kurz und knapp und dennoch für Sneijders Verhältnisse schon ein selten großzügiger Akt der Freundlichkeit. Alle nickten sich kurz zu.

Sneijder kniff die Augen zusammen und spähte zu Sabines Auto.

»Wir haben kein BKA-Kennzeichen«, erklärte sie.

»Haben Sie ein Schild aufs Arma…?«

»Nein.«

»Gut.« Er wirkte zufrieden. »Wir haben Anna Bischoff gefunden und observieren sie.«

Marc deutete auf den gelben Postwagen neben ihnen. »Ist das der Wagen des Mobilen Einsatzkommandos?«

Sneijder sah ihn mit gerunzelter Stirn an. »*Verdomme*, nein, das ist ein gewöhnliches Postauto.«

Miyu nickte die Straße hinunter zu einem ebenfalls gelben

Kleinbus des Paketdienstes DHL. »Das dort ist der Wagen des MEK«, stellte sie fest.

Die Augsburger Kollegen hoben gleichzeitig die Augenbrauen. »Woher wissen Sie das?«, fragte die Frau.

Miyu sah sie kurz emotionslos an, dann blickte sie wieder zum DHL-Fahrzeug. »Dafür, dass sich um diese Uhrzeit normalerweise nur noch wenige Pakete im Fond des Wagens befinden müssten, hat er einen ziemlichen Tiefgang. Wie viele Leute sitzen hinten drin? Fünf?«, fragte sie, als wäre es das Logischste auf der Welt.

»Vier …«, krächzte die Frau.

»Schluss mit der Klugscheißerei«, ging Sneijder dazwischen. »Anna Bischoff wird von den Augsburger Kollegen observiert.«

»Die sind hoffentlich unauffälliger als die Leute vom MEK«, murmelte Miyu.

Sneijders Augenlid zuckte kurz, aber er ging nicht weiter darauf ein. »Sie hat sich für diesen Abend in einem Restaurant in der Fußgängerzone mit falschem Namen zu einem Speed-Dating angemeldet.«

»Und wir gehen dorthin«, vermutete Sabine.

»Wir gehen nicht nur hin, wir nehmen daran teil«, sagte Sneijder. »Die Show beginnt in eineinhalb Stunden.«

13. Kapitel

Die Abendsonne schien auf die Grabsteine und brachte die Inschrift der schwarzen Marmorplatte zum Funkeln. Lea Fuchs stand immer noch vor dem Grab ihrer Eltern und ihrer Schwester. Sanft strich der Wind über die Einfassung und ließ die Einwickelfolie der Blumen knistern, die auf dem Stein lagen.

Leas Vater war Polizist gewesen und vor zehn Jahren, als Lea erst dreiunddreißig gewesen war, relativ jung gestorben. Und zwar während einer Autofahrt im Dienst. Allerdings nicht bei einem dramatischen Unfall oder Schusswechsel, sondern wegen einer winzigen Kalkablagerung, die sich irgendwo in seinem Körper gelöst, die Herzkranzgefäße verengt, den Blutfluss unterbrochen und einen Herzinfarkt verursacht hatte. Er war sofort tot gewesen, noch während das Auto auf der Straße ausgerollt und schließlich auf einem Grünstreifen vor einer Parkbank zum Stillstand gekommen war. Die halbstündige Reanimation des Notarztes hatte nichts mehr gebracht.

Wobei dieser schnelle, gnädige Tod eigentlich ein Segen gewesen war, wie Lea sich seitdem einzureden versuchte. Denn die Obduktion hatte überraschend ergeben, dass Brustkorb und Bauchbereich ihres Vaters voller Krebszellen gewesen waren, die bereits Metastasen in den Kopf gestreut hatten. Und so war ihm wenigstens ein langer qualvoller Tod in Begleitung von Bestrahlungen und Chemotherapien erspart geblieben. Eine langfristige Rettung – da waren sich alle Ärzte einig gewesen – hätte es für ihn nicht mehr gegeben.

Leas Mutter war noch viel früher gestorben, und an ihrem Tod war nichts Gnädiges gewesen. Ihr Todesdatum war der 19. Mai jenes Jahres, in dem Lea und Camilla auf die Welt gekommen waren. Lea hatte sie nie kennengelernt. Ihre Mutter hingegen hatte – wenn Lea den Erzählungen ihres Vaters Glauben schenken durfte – zumindest noch die ersten Schreie ihrer beiden Zwillingstöchter gehört, die sie nach einer langen und schwierigen Geburt zur Welt gebracht hatte. Eine Geburt, die nicht nur sie selbst, sondern auch Leas Zwilling das Leben gekostet hatte.

Es gab viele Theorien über Camillas unerwarteten Tod, je nachdem welchen Arzt man fragte, aber letztendlich kannte niemand die genaue Ursache. Die wahrscheinlichste Theorie war, dass es an dem stark vergifteten Fruchtwasser gelegen hatte, dessentwegen auch die Wehen eingeleitet werden mussten. Leas Schwester, die wegen mehrerer Komplikationen erst dreißig Minuten nach ihr mit einem Kaiserschnitt aus dem Bauch geholt werden konnte, hatte das meiste davon abbekommen.

Jetzt lag Camillas kleiner Körper ebenfalls in diesem Grab – mit ihrer Mutter gemeinsam in einem Sarg beerdigt.

Lea starrte auf den Grabstein. Im Moment schwieg Camilla. Seltsamerweise war dieser Ort hier der einzige, an dem ihre Stimme verstummte, sodass endlich Ruhe in Leas Kopf einkehrte. Bis jetzt hatte Lea noch nicht ganz herausgefunden, nach welchem Prinzip sich Camilla bei ihr meldete. Was sie hingegen wusste, war, dass Camilla nicht ihre Gedanken lesen konnte und sie deswegen ihre Schwester laut ansprechen musste, um eine Antwort von ihr zu erhalten. Manchmal peinlich, wenn andere zuhörten – allerdings erst, seit sie erwachsen war. In ihrer Kindheit hatte eigentlich nie jemand darauf geachtet, aber so blieb ihr zumindest ein wenig geistige Privatsphäre.

Die zahlreichen Psychologen, bei denen Lea wegen dieses Phänomens im Lauf der letzten Jahre gewesen war, hatten einhellig behauptet, dass Camillas Stimme nur eine Illusion ihres eigenen

Unterbewusstseins war, mit dem sie Selbstgespräche führte. Wegen ihrer unbewussten Schuldgefühle am Tod ihrer Mutter und ihrer Schwester, aus Realitätsflucht oder um Vergebung zu finden. Keine dieser Diagnosen hatte jemals geholfen, außerdem wusste Lea, dass sie nicht psychisch krank war – schließlich hörte sie nicht einfach *irgendwelche* Stimmen, sondern nur die ihrer Schwester. Und sie führte auch nicht einfach Selbstgespräche. Camilla hatte schließlich eine eigene Persönlichkeit und einen eigenständigen Charakter – in vielen Dingen war sie viel aufmerksamer und raffinierter als Lea. Zudem äußerst clever und oft auch sehr zynisch. Sie ließ gehässige Kommentare vom Stapel, auf die Lea nie gekommen wäre. All das schloss ja wohl aus, dass es sich hier um Leas eigenes Unterbewusstsein handelte.

Nein, Lea war fest davon überzeugt, dass sie eine geistige Verbindung zu ihrem Zwilling hatte. Immerhin hatten sie neun Monate lang nebeneinander gelebt, waren miteinander verbunden gewesen, bis sie die Geburt auseinandergerissen hatte. Wäre Camilla zuerst herausgeholt worden, dann stünde *sie* vermutlich jetzt hier, Lea wäre tot – und Camilla würde vielleicht Leas Stimme in ihrem Kopf hören.

Stattdessen konnte *sie* mit Camilla reden. Und Camilla antwortete. Vor allem wenn Lea unter starkem Stress stand oder in Bedrängnis geriet. Etwas, von dem Lea mittlerweile niemandem mehr erzählte, weil es eben doch keiner begriff.

»Mama … Papa … Camilla …«, flüsterte Lea, als sie schließlich zu frösteln begann, »… bleibt anständig, wir sehen uns nächstes Jahr wieder.« Dann drehte sie sich um und ging in Richtung Ausgang.

Eine schöne Ansprache, richtig rührend, hast dir total viel dazu überlegt – echt beeindruckend!, meldete sich Camilla plötzlich wieder zynisch zu Wort, nachdem sich Lea ein paar Schritte vom Grab entfernt hatte.

»Bin eben keine große Rednerin – im Gegensatz zu dir«, murmelte Lea und verstummte, da eine ältere Dame mit Hund und einer schweren Gießkanne an ihr vorbeimarschierte.

Wohin gehen wir jetzt?

Lea wartete, bis die Frau vorbei war. »Nach Hause zu Gernot.«

O Gott, der! Musstest du mich an diesen Typen erinnern?

14. Kapitel

Das Speed-Dating-Lokal war ein asiatisches Restaurant und lag in der Fußgängerzone in der Nähe des Rathausplatzes. Die ortsansässige Polizei hatte es überprüft und auch den Besitzer, einen gewissen Shinichi, und sein Personal durchleuchtet. Sie waren sauber und hatten keinerlei Kontakte zur linksextremen Szene. Demnach diente das Lokal anscheinend wirklich nur als zufälliger Treffpunkt.

Zu Fuß waren es nur noch fünf Minuten bis dorthin. Sneijder ging mit dem Mann von der Augsburger Kripo voraus, gefolgt von Marc und Miyu, während sich die Augsburger Kollegin zurückfallen ließ und mit Sabine das Schlusslicht bildete.

»Ich kenne Ihren Chef ja erst seit wenigen Stunden«, sagte sie mit gedämpfter Stimme. »Aber ist er immer so?«

»Was meinen Sie mit … *so*?«, entgegnete Sabine ebenso leise.

»So distanziert, sachlich, kühl und … ich weiß nicht … emotionslos.«

»Sie meinen *arrogant, direkt und unfreundlich*?«, schlug Sabine vor.

»Ja, genau das meinte ich.«

Sabine lächelte kurz. »Wenn ich für jedes freundliche Wort von Sneijder hundert Euro bekäme …«, murmelte sie, »… wäre ich total pleite.«

Die Frau zog eine Augenbraue hoch. »Verstehe.«

Sneijder erreichte als Erster den Rathausplatz und blieb vor der in einem großen Glaskasten ausgestellten Speisekarte am Eingang eines Cafés mit Biergarten stehen. Von hier aus konnte man gut zu dem asiatischen Restaurant in der Seitengasse hinübersehen. Das hieß *Shinichis Tokio* und hatte ein typisches asiatisches Eingangstor aus rotem Holz in Form eines Torii.

Miyu, Marc, Sabine und die Augsburger Kollegin schlossen auf und stellten sich zu Sneijder. Da bei diesem mittlerweile schönen Frühlingswetter viele Touristen und Reisegruppen in der Fußgängerzone unterwegs waren, würde ihre kleine Gruppe nicht weiter auffallen.

Sabine blickte zur Uhr des so genannten Perlachturms, der neben dem Rathaus stand. Das Speed-Dating würde um neunzehn Uhr beginnen. Sie hatten also noch eine halbe Stunde Zeit.

»Ich fürchte, ich habe keine guten Neuigkeiten«, informierte sie der Augsburger Kripomann, der mit dem Wagen des MEK in Verbindung stand und sich gerade den Stöpsel seines Handys tiefer ins Ohr drückte.

»Nehmen Sie die Hand vom Ohr!«, zischte Sneijder.

»Einen Moment … ich höre gerade …«

»Nehmen Sie die Hand runter!«, fuhr Sneijder den Mann an, woraufhin der endlich die Hand senkte und in die Hosentasche steckte.

»Wenn Sie sich noch einmal ans Ohr fassen, breche ich Ihnen die Finger«, flüsterte Sneijder. »Und wenn es gar nicht anders geht, dann lächeln Sie wenigstens dabei, als würden Sie mit Ihrer Oma telefonieren, Sie *vervloekter stomkop*. Verstanden?«

»Ja, verstanden«, knurrte der Mann, warf seiner Kollegin einen Blick zu und kämpfte offensichtlich mit seinen Hassgefühlen gegenüber Sneijder. »Anna Bischoff ist dem Observationsteam vor fünf Minuten entwischt.«

»*Godverdomme!* Wo?«

»Einen Kilometer von hier entfernt, in der Einkaufspassage am Hauptbahnhof.«

Sneijders Blick war hoch konzentriert. »Haben die Geschäfte dort sonntags geöffnet?«

»Ja.«

»Okay«, knurrte Sneijder. »Kein Grund zur Panik. Sie hat vielleicht noch nicht mitbekommen, dass wir von ihrer Anmeldung zum Speed-Dating wissen. Wir haben also immer noch eine Chance, dass sie hier auftaucht.« Er beruhigte sich wieder und fuhr nun zur Tarnung mit dem Finger suchend über die Speisekarte des Cafés, während er weiterredete. »Ich gehe mit Sabine Nemez und Miyu Nakahara in das Lokal. Wir nehmen am Speed-Dating teil.«

»Ich auch?«, fragte Miyu. »Aber …«

»Ja, Sie auch.«

Sabine hätte das ihrer Kollegin gern erspart, aber anscheinend baute Sneijder auf Miyus Beobachtungsgabe.

»Der Rest von Ihnen trennt sich«, sagte Sneijder. »Allerdings bleiben Sie in der Nähe. Sorgen Sie dafür, dass Marc Krüger mit Ihnen und dem MEK ständig in Verbindung bleibt. Ich rufe Sie an, sobald ich im Lokal bin, und stecke mein Handy in die Sakkotasche. Halten Sie die Verbindung die ganze Zeit aufrecht, sodass Sie mithören können, was drinnen passiert. Verstanden?«

Die beiden Kollegen nickten.

»Wann sollen wir sie schnappen? Sobald sie im Lokal auftaucht?«, fragte der Mann.

Sneijders Mundwinkel zuckte nervös. Seine Backenmuskeln spannten sich an. Sabine kannte diese Anzeichen. Anscheinend bereute er bereits, die Augsburger Kollegen hinzugezogen zu haben. »Wenn wir *das* tun«, sagte Sneijder betont langsam und mit einem kalten Lächeln, »wird sie kein Wort sagen, und es würde Tage dauern, bis wir etwas aus ihr herausbekommen … falls überhaupt.« Er schüttelte leicht den Kopf. »Wir beobachten sie.«

»Wie lange?«

»Was soll die blöde Frage? So lange, wie ich es sage.«

Die Augsburger warfen sich einen kurzen Blick zu.

»Wir möchten nur wissen, mit wem sie sich trifft«, übernahm Sabine die weitere Erklärung. »Vielleicht ist es ein anderes Mitglied der Organisation, hinter der wir her sind.«

»Und wenn sie sich mit niemand Bestimmtem trifft?«, fragte der Mann.

»Unwahrscheinlich«, sagte Marc. »Wir müssen davon ausgehen, dass sie bereits ahnt, dass sie beobachtet, ihr Telefon überwacht und ihre Wohnung abgehört wird. Also ist sie vorsichtig und wird jegliche Datenübermittlung oder digitalen Kontakte vermeiden. Womöglich wird während des Speed-Datings ein konventioneller Austausch von Informationen erfolgen.«

Sneijder wartete nicht ab, ob die beiden Kollegen das kapiert hatten. »Wir stehen hier schon zu lange herum.« Er löste sich von dem Eingang des Cafés, überquerte den Rathausplatz und drängte sich zwischen den Passanten in Richtung *Shinichis Tokio.*

Miyu folgte ihm und in einigen Metern Abstand auch Sabine. Nachdem sie den Platz hinter sich gelassen hatten und in die Fußgängerzone abgebogen waren, betrat sie als Letzte von ihnen das Lokal. Da es ein japanisches Restaurant war, roch es nicht nach den typischen chinesischen Glutamaten, sondern nach Soja, Bambus, Sushi, Seetang und Tintenfischen. Außerdem lief statt dem üblichen Gezupfe nervtötender Langhalslauten dezente japanische Popmusik im Hintergrund. Das Lokal war groß, modern eingerichtet und gut besucht. Die Beleuchtung war gedämpft, und auf jedem Tisch brannte eine Kerze.

Sabine sah sich kurz um und bemerkte im hinteren Teil des Restaurants hinter einer halb geschlossenen Papierschiebetür einen größeren Raum. An den dort in einer Reihe aufgestellten, schön gedeckten Tischen musste das Speed-Dating stattfinden. Einige Gäste saßen bereits dort bei einem Getränk.

Sneijder hatte so getan, als wollte er auf seinem Handy die Uhrzeit überprüfen, und ließ es danach in der Sakkotasche verschwinden. Die Verbindung stand. Dann stellte er sich an die Theke, wo eine Kellnerin gerade ein halbes Dutzend kleine Gläser auf einem Tablett mit Sake füllte.

Sabine folgte Miyu durchs Lokal zur Theke, wo auch sie sich hinstellten. Dabei fiel ihr auf, dass die japanischen Kellnerinnen ganz in Schwarz gekleidet waren – und damit Miyu mit ihrer immer gleichen dunklen Kleidung erstaunlich ähnlich sahen. Für die Kellnerinnen im *Tokio* war das wahrscheinlich die vorgeschriebene Arbeitskleidung – für Miyu eine Überlebensstrategie.

»Ich möchte am Speed-Dating teilnehmen«, sagte Sneijder zu einem jungen, tätowierten Asiaten in roter Kleidung, der offenbar der Chef des Lokals war, da ihn sein Namensschild als Shinichi auswies.

Der Mann lächelte ihn an. »Tut mir leid, mein Herr, wir sind komplett ausgebucht und …«

»Reden wir eine Minute in Ihrem Büro.« Sneijder packte den Mann am Unterarm und zog ihn mit sich hinter den Tresen, wo sie durch eine Schwingtür in den hinteren Bereich des Lokals verschwanden. Die Aktion war so blitzschnell erfolgt, dass nicht einmal die Kellnerinnen etwas mitbekommen hatten.

Sabine sah sich so unauffällig wie möglich um, konnte allerdings nicht alle Tische einsehen, ohne aufzufallen. Bisher war von Anna Bischoff weit und breit nichts zu sehen. »Ist sie hier?«, fragte Sabine.

Miyu, die sich beim Betreten des Lokals nur einmal kurz umgesehen und seitdem den Blick zu Boden gerichtet hatte, schüttelte leicht den Kopf. »Nein.« Und darauf war Verlass, denn Miyu hatte ein fotografisches Gedächtnis und würde Anna Bischoff sofort erkennen.

»Sind Sie nervös?«, fragte Sabine, da sie wusste, dass Miyu sehr schnell unter Reizüberflutung litt.

»Nervös ist ein relativer Begriff«, antwortete Miyu, weiterhin den Blick zu Boden gesenkt. »Auf einer Zehnpunkteskala nur eins Komma fünf.«

Obwohl sie sich schon seit über zwei Jahren kannten, wunderte sich Sabine immer noch über diese Frau. »Nicht mehr? Immerhin werden wir gleich jede Menge fremde Leute treffen, die mit uns plaudern wollen.«

»Nervosität ist nicht hilfreich«, antwortete Miyu knapp.

»Okay.« Sabine lächelte innerlich. *Wenn das bloß immer so einfach wäre.* »Sie werden unglaublich viel Schwachsinn zu hören bekommen. Hören Sie ganz einfach zu, ohne alles gleich auf den Wahrheitsgehalt zu überprüfen, und antworten Sie knapp.«

»Einfach nur zuhören, ohne viel darüber nachzudenken, und Fragen beantworten«, wiederholte Miyu.

»Perfekt. Aber wenn Ihnen jemand ein unpassendes Kompliment macht, dann dürfen Sie ruhig sagen, was Sie sich denken.«

»So wie Sneijder?«, fragte Miyu.

Das war zwar nicht ganz das, was Sabine gemeint hatte, aber sie nickte trotzdem. Schließlich wusste sie, dass Miyu Sneijder bewunderte, weil er die Gefühle anderer komplett ignorierte, wenn er ein bestimmtes Ziel erreichen wollte, und sie ihm in dieser Hinsicht nacheiferte. »Wenn das hilft, okay, ja, dann so wie Sneijder.«

»Aha.« Miyu dachte konzentriert nach. Möglicherweise rief sie in ihrem Gedächtnis gerade die letzten Begegnungen mit Sneijder ab.

»Hallo-ho!« Ein Gast von einem der nahe gelegenen Tische schnippte mit den Fingern und rief zu Miyu: »Noch einen kleinen Espresso bitte, und dann würden wir gern zahlen.«

Miyu, immer noch in Gedanken versunken, sah den Mann nur an, ohne etwas zu sagen.

»Hallo?« Er schnippte wieder mit den Fingern. »Ich würde gern einen kleinen …«

»Ernsthaft?«, unterbrach Sabine ihn.

»He, ich rede mit der Kellnerin.«

»Das ist keine Kellnerin, sondern ein Gast«, fuhr Sabine ihn an.

»Oh, sorry«, rief der Mann, während seine Kumpels am Tisch dämlich grinsten. »Wie heißt denn die hübsche asiatische Lady?«

Ehe Sabine etwas sagen konnte, wandte sich Miyu zu dem Kerl. »Die hübsche asiatische Lady heißt *Verpiss dich oder ich ramme dir dein Essstäbchen in den Hals.*« Sie drehte sich zu Sabine um. Ihr Gesichtsausdruck hatte sich kein bisschen verändert. »War das gut so?«

»Äh, ja … perfekt.«

In dem Moment kam Sneijder durch die Schwingtür und nickte Sabine und Miyu zu. »Wir nehmen am Speed-Dating teil.«

Sabine blickte demonstrativ auf die Uhr. »Und warum hat das so lange gedauert?«

15. Kapitel

Lea Fuchs erreichte ihre Villa am südlichen Stadtrand von Kufstein. Das moderne weiße Hightech-Gebäude mit den vielen Glaselementen und einer großen Fotovoltaik-Anlage auf dem Flachdach thronte am Ende der Gasse auf einer kleinen Anhöhe mit Blick auf den Inn.

In diesem modernen Kasten wohnst du also, stellte Camilla überrascht fest. *Oder wollen wir hier einbrechen, um die Alarmanlage zu testen?*

Lea antwortete nichts darauf. Sie wusste, dass Camilla sie nur wieder einmal auf den Arm nahm.

He, ich mach doch nur Spaß.

»Ja, ich weiß.«

O Gott, was ist denn das?

Lea ignorierte den Kommentar und ging schweigend an dem riesigen Aushub direkt neben dem Haus vorbei. Zum Glück hatte es in dieser Woche nicht geregnet, sonst wäre der Garten mitsamt der Holzverschalung und den drei großen Erdhügeln im Matsch versunken. Eine Woche musste das schöne Wetter noch halten, dann wurde hier das Fundament für ihren großen Wintergartenanbau gegossen, in den Leas neues Büro hineinkam. Sie blieb vor der beeindruckenden Villa stehen und lächelte dankbar. Nie hätte sie gedacht, dass sich ihr Leben nach einer derart verkorksten Jugend so gut entwickeln würde.

Nach einer mittelmäßigen Gymnasium-Matura hatte Lea die Polizeischule absolviert, weil sie in die Fußstapfen ihres Vaters treten wollte. Im Anschluss hatte sie auch ein Jahr lang als Polizistin gearbeitet, dabei jedoch einen schrecklichen Fehler begangen und war wegen fahrlässiger Tötung verurteilt worden. Ein Sache, die sie am liebsten aus ihrer Erinnerung gelöscht hätte.

Immerhin war sie ohne Gefängnis mit einer bedingten Freiheitsstrafe von nur sechs Monaten davongekommen, weil der Richter statt Totschlag nur eine Überschreitung der Notwehr angenommen hatte. Sie hatte zwar ihren Job verloren, diesem aber keine Träne nachgeweint, weil der Beruf sowieso nie der richtige für sie gewesen war. Zum Glück war ihr damals kein Waffenverbot auferlegt worden. Daher hatte sie sich selbst die Ausbildung zur Personenschützerin finanziert, war jahrelang in ihrem neuen Job herumgereist und hatte erfolgreich für Banken, Versicherungen, Politiker und sogar internationale Schauspieler und Musiker gearbeitet, wenn diese nach Österreich kamen.

Ihr Traumjob. Bis sie im Dienst schwer an der Schulter verletzt wurde und sich eingestehen musste, dass sie sich mit ihren damals achtunddreißig Jahren zu alt für die Herausforderungen fühlte. Also hatte sie sich vor fünf Jahren noch einmal verändert, mit einer eigenen Firma selbstständig gemacht und einen Security-Beratungsdienst aufgebaut. Dank ihres guten Rufs als ehemalige Personenschützerin und ihren Kontakten zur High Society besaß sie binnen weniger Monate einen großen Kundenstamm, der durch Mundpropaganda immer noch weiterwuchs. Beruflich war sie heute erfolgreicher denn je, hatte dadurch aber fast kein Privatleben mehr und kaum noch Zeit für die regelmäßigen Selbstverteidigungskurse und ihren Kampfsport, den sie seit der Teenagerzeit trainierte. Dabei hätte sie beides dringend gebraucht, um trotz der vielen sitzenden Bürotätigkeit fit zu bleiben.

Redest du nicht mehr mit mir?

»Was? Ja, doch.« Lea schob ein Holzbrett beiseite, das ein Bauarbeiter wohl an die Wand gelehnt und der Wind umgeworfen hatte, betrat das Haus, streifte die Stöckelschuhe im Vorraum ab, legte Hausschlüssel und Handtasche aufs Board und betrat das Wohnzimmer. »Schatz?«, rief sie, bekam jedoch keine Antwort.

Oh, oh, er wird uns doch nicht verlassen haben?

»Das hättest du wohl gern«, flüsterte Lea. Camilla hatte Gernot von Anfang an nicht leiden können und sparte nicht an ätzenden Kommentaren über ihn. Die ignorierte Lea aber schon seit Langem und unterband jede Diskussion über ihren Freund. Schließlich waren sie schon seit vier Jahren zusammen und führten, wie Lea fand, eine erfüllende Beziehung.

Schließlich hörte sie über sich das Klappern eines Schranks.

Er ist oben, räumt vermutlich gerade hektisch seine Pornoheftsammlung weg.

»Schatz?«, rief Lea und stieg die Treppe hinauf.

Oder er hat eine Geliebte, die sich im Schrank ver…

»Sei still!« Lea erreichte das obere Stockwerk und stieß die Tür zum Schlafzimmer auf.

Gernot Wulff stand über das Bett gebeugt da, einen Stapel Sweatshirts im Arm. Vor ihm lag sein großer Koffer, aufgeklappt und schon fast vollständig gepackt.

Er zieht aus, oh, wie schade!

»Du verreist?«, fragte Lea.

Gernot stopfte die Pullis in den Koffer und richtete sich auf. »Ich habe einen Anruf aus Deutschland erhalten.« Er spielte mit dem braunen Lederband an seinem Handgelenk und wischte sich danach die schulterlangen brünetten Haare hinters Ohr. Na ja, nicht mehr ganz brünett. Wobei ihn die grauen Schläfen, die er letztes Jahr nach seinem fünfunddreißigsten Geburtstag bekommen hatte, in Leas Augen eher noch interessanter machten. Außerdem war so auch der Altersunterschied zwischen ihnen beiden – er war ja um einiges jünger als sie – nicht mehr so deutlich zu erkennen. Mit dem kantigen Gesicht, der schmalen Stahlrahmenbrille und dem grauen stoppeligen Dreitagebart sah er wie ein cooler Unidozent aus, der – wie seine Statur verriet – ziemlich viel Sport trieb.

»Deutschland?«, wiederholte sie. »Beruflich?«

»Schön wär's«, schnaubte er.

Gernot war zwar ein genialer Programmierer und IT-Techniker, aber mit seiner eigenen Firma extrem erfolglos. Statt zu programmieren, verkaufte er mittlerweile nur noch PCs und Drucker über seinen Shop, es sei denn, Lea verschaffte ihm über ihren Beratungsdienst neue Kunden.

»Nein, es war das Heim in Bad Wildbad«, erklärte er.

O Gott, geht es seiner Mami wieder so schlecht?, meldete sich Camilla zu Wort.

»Meine Mutter hatte heute Morgen ihren dritten Schlaganfall«, fügte er hinzu.

»Das tut mir leid, Schatz.« Lea ging ums Bett herum und nahm ihn in die Arme. Sie spürte, wie sich seine Muskeln unter dem Shirt kurz anspannten.

»Ist okay.« Er schob sie von sich. »Ich muss mich beeilen, damit ich heute noch rechtzeitig hinkomme.«

Das Pflegeheim lag im Nordschwarzwald, und zwar in einem der mondänsten Kurorte im Südwesten Deutschlands. Gernot reiste an fast jedem zweiten Wochenende zwischen Kufstein und Bad Wildbad hin und her, was, da der Ort weit hinter Stuttgart fast schon an der französischen Grenze lag, dank der vielen Baustellen knapp fünf Stunden Autofahrt pro Richtung bedeutete. Lästig, aber da Gernot und seine Mutter aus dieser Gegend stammten, wollte die alte Dame nicht mehr umziehen, was Lea nur zu gut verstand.

Sie blickte auf den großen, randvoll gepackten Koffer. »Wie lange bleibst du denn weg?«

»Ja, wie lange werde ich wohl bleiben?«, fuhr er sie plötzlich gereizt an und deutete auf den vollen Koffer.

He, geht das vielleicht auch in einem anderen Ton, fuhr Camilla dazwischen. Aber Lea sagte nichts.

»Sorry, hab das nicht so gemeint.« Er schloss den Koffer und zog den Reißverschluss zu. »Ich fahre erst mal für eine Woche zu ihr, vielleicht sogar für zwei.«

»Zwei Wochen?«, wiederholte Lea und sah, wie er die schwere Armbanduhr vom Nachttisch nahm, sich aufs Handgelenk schob und seinen Reisepass in die Gesäßtasche der schwarzen Designerjeans steckte. »Wozu nimmst du denn den Pass mit?«

»Sicher ist sicher, falls sie mich an der deutschen Grenze kontrollieren.« Er wuchtete den Koffer vom Bett und zog den Griff raus.

Lea hatte Gernot das letzte Mal vor drei Jahren ins Seniorenheim begleitet, als es seiner Mutter ziemlich schlecht gegangen war, und schon damals war es ein schrecklicher Anblick gewesen. Wobei die Betreuung und Pflege in Bad Wildbad wirklich erstklassig waren. Das hatte natürlich auch seinen Preis, aber Lea hatte genug Geld, um alles zu bezahlen, und auch kein Problem damit. In gewisser Weise war es eine Möglichkeit, sich von ihren Verpflichtungen freizukaufen, weil sie seit damals nicht wieder die Zeit gefunden hatte, mit Gernot nach Deutschland zu fahren.

Jetzt, da es seiner Mutter deutlich schlechter ging, hätte sie ihn doch gern nach Bad Wildbad begleitet. Aber ausgerechnet im Augenblick war das völlig unmöglich. In fünf Tagen, am Freitag um zehn Uhr früh, würden die Betonmischwagen der Baufirma anrücken und das Fundament für ihren Anbau gießen. Der Zeitplan musste unbedingt eingehalten werden, denn sobald das Fundament getrocknet war, würden auch schon der Estrich draufkommen, der Wintergarten montiert und kurz darauf die Möbel geliefert werden. Lea war heilfroh, wenn sie das alles endlich ohne Verzögerungen hinter sich gebracht hatte und sich – in ihrem neuen Büro – wieder ganz ihren Kunden widmen konnte.

»Tut mir leid«, sagte sie, »weißt du, diesmal hätte ich dich gern …«

»Ja, sicher, aber du kriegst ja deinen Anbau.« Er gab ihr einen Kuss auf die Stirn und strich ihr kurz über den Po – etwas, das er schon lange nicht mehr getan hatte. Dann stopfte er sein restliches Zeug in eine Umhängetasche.

»Okay, ich lass dich in Ruhe fertig packen.« Sie drehte sich um, ging wieder die Treppe hinunter und machte sich in der Küche einen Martini.

Toller Geburtstag, ätzte Camilla, doch Lea ging nicht darauf ein, nippte nur am Glas. *Verlass endlich diesen pseudointellektuellen Nichtsnutz und leb dein eigenes Leben – ohne ihn. Wir brauchen ihn nicht.*

»Super Plan«, murmelte Lea und senkte die Stimme, da sie hörte, wie Gernot mit dem Koffer die Stufen herunterkam. »Du weißt ganz genau, dass ich verrückt werde, wenn ich allein bin.«

Erstens hast du doch mich …

»Was für ein Trost.«

… und zweitens deine Cousine, diese Öko-Tante.

Womit Camilla die am anderen Ortsende von Kufstein lebende Vicky meinte. Die allerdings genauso wenig von Camillas ständiger Lästerei verschont blieb wie Gernot.

Der rollte den Koffer zur Haustür und kam dann in die Küche. »Ach ja, alles Gute zum Geburtstag.« Er gab ihr einen flüchtigen Kuss auf die Wange. »Wir holen die Feier nach, wenn ich wieder zurück bin, okay?«

»Ja, okay.«

Bleib einfach weg, du Arsch!

Lea starrte ihm nach, wie er das Haus verließ. Zum ersten Mal war sie fast geneigt, Camilla zuzustimmen.

16. Kapitel

Insgesamt nahmen je zwölf Männer und Frauen an dem Speed-Dating teil. Die meisten Teilnehmer waren geschätzt zwischen fünfundzwanzig und fünfunddreißig Jahren alt, und alle hofften offenbar, die große Liebe zu finden. Damit gleichviele Männer und Frauen teilnahmen, musste nachträglich noch ein Mann von der Warteliste dazugenommen werden. Es war ausgerechnet der Kerl, der zuvor versucht hatte, Miyu anzubaggern.

Die Frauen saßen mit dem Rücken zur Wand mit großzügigen Abständen zur Nachbarin, damit man zumindest ein bisschen Privatsphäre beim Plaudern hatte.

Sabine bestellte einen grünen Tee und Miyu, die gleich neben Sabines rechter Tischnachbarin saß, ein alkoholfreies Bier. Nachdem sich alle ein Namensschild auf die Brust geklebt hatten, brachte der Kellner die letzten Bestellungen. Bei der Gelegenheit sah sich Sabine um. Keine Spur von Anna. *Mist!* Plötzlich hatte Sabine den Geruch von Vanilletee in der Nase und wusste, was Sneijder bestellt hatte. Dann stellte sich auch schon Shinichi in die Mitte des Raums und hielt eine kurze Willkommensansprache. Anscheinend gab es dieses Event regelmäßig im *Tokio*.

»Wie immer sind wir hier alle per Du«, erklärte Shinichi am Schluss seiner Rede. »Ihr habt sieben Minuten Zeit, dann ertönt die Glocke, und die Männer rücken um einen Platz weiter. Am Schluss kreuzt ihr auf den Zetteln an, wer euch gefallen hat, und bei einer Übereinstimmung lassen wir euch die Kontaktdaten zukommen. Nach der Veranstaltung könnt ihr dann gern etwas zu essen bestellen.«

Die Glocke läutete, die Männer nahmen Platz, und es ging los. Sabines erster Kontakt hieß Ingo, hatte extremen Mundgeruch, einen weichen, feuchten Händedruck und begann das Gespräch mit der Frage: »Du bist süß, was machst du beruflich? Arbeitest du in einer Konditorei?«

»Ich bin undercover hier«, entfuhr es Sabine spontan, »und schreibe eine Kolumne über Sexisten.«

Damit war das erste Gespräch erledigt, die Stimmung gekillt, und Sabine nutzte die verbleibenden Minuten, um die anderen Gäste zu beobachten.

Alle anderen *echten* Teilnehmer zeigten totales Interesse an ihrem Gegenüber, lächelten, und manch eine der Frauen fuhr sich mit einem gekonnten Griff durch die Haare. Vermutlich war das Wenigste, was sie hier sah, wirklich authentisch.

Von Anna Bischoff war immer noch nichts zu sehen, auch nicht draußen im Gastraum – und das, obwohl sie sich angemeldet hatte. Womöglich war statt ihr eine andere Frau von der Warteliste nachgerückt. Im Moment verschwendeten sie hier jedenfalls ihre Zeit, denn nachdem die Veranstaltung begonnen hatte, würde Anna nicht mehr auftauchen.

Es läutete, und der zweite Kerl, der Sabine gegenübersaß – ein attraktiver Dreißigjähriger, sportlich elegant –, erzählte ihr sechs Minuten lang von seinem Job bei einer Eventagentur, von seinen Dienstreisen, seinem Boot in Kroatien, seiner Ex-Frau und dass er Kinder nicht ausstehen konnte.

Kurz bevor auch die letzte Minute um war, schob er schließlich sein Bourbonglas beiseite und beugte sich über den Tisch. »Und du? Was magst du gern? Vielleicht …?«

»Ich bin schwanger«, unterbrach Sabine ihn, und dann erklang zum Glück auch schon die Glocke. Der Typ würde sie sicher nicht ankreuzen.

Manche Kerle waren wirklich ganz interessant, und die Zeit mit ihnen verging wie im Flug. Bei anderen kamen ihr die sieben Minuten allerdings eher wie sieben Stunden vor. Diejenigen, die es richtig machten, traten nicht zu lässig auf, zeigten sich aber auch nicht zu konservativ, hatten ein paar amüsante Anekdoten über sich parat, stellten viele Fragen und hörten aufmerksam zu.

An manchen Tischen wurde laut gelacht, an anderen herrschte wiederum betretenes Schweigen. Als sich nach dem nächsten Klingeln Sneijder von Miyu verabschiedete und um einen Tisch näher heranrückte, hörte sie konzentriert mit einem Ohr zu, was er mit ihrer Nachbarin sprach, und ignorierte weitgehend ihren eigenen Gesprächspartner.

»In drei kurzen und präzisen Sätzen«, begann Sneijder das Gespräch.

Gelungener Start. Typisch Sneijder!

»Ich bin geschieden, habe zwei Söhne, arbeite in einer Bahnhofsbuchhandlung. Und ich habe viele Interessen«, sagte Sabines Nachbarin, eine nette Dame Ende vierzig im blauen Sommerkleid.

»Zum Beispiel?« Genervt zerrt Sneijder an seinem Krawattenknoten, wie Sabine aus dem Augenwinkel sah.

»Ich liebe Katzen, *Shakespeare in Love*, Céline Dion und …«

»Das alles interessiert mich einen Dreck«, unterbrach Sneijder sie in seinem liebenswürdigen niederländischen Akzent.

Sabine zuckte zwar kurz zusammen, musste sich dann jedoch ein Schmunzeln verkneifen.

»Magst du Katzen nicht?«, fragte die Dame gefasst.

»Was für eine Frage in einem *asiatischen* Restaurant.«

Die Dame tat ihr leid. Ihr eigenes Gegenüber allerdings ebenso, nachdem sie ihm jetzt doch ein wenig Aufmerksamkeit geschenkt hatte. Ein Buchhalter, der mit dreißig Jahren immer noch bei seiner Mutter im Haus lebte, und obwohl das hier schon sein siebtes Speed-Dating war, hatte ihn bisher noch keine einzige Frau angekreuzt.

»Vielleicht mag Shinichi dich nicht und hat deine Kreuze immer wegradiert«, vermutete Sabine schließlich. »Du musst mehr Trinkgeld geben.«

Endlich läutete es, und Shinichi rief die nächste Runde aus. Sneijder setzte sich mit seinem mittlerweile kalten Vanilletee an Sabines Tisch.

»Haben Sie Anna entdeckt?«, flüsterte Sabine, während die Gespräche um sie herum wieder begannen und immer lauter und angeregter wurden.

»Nein, aber Miyu hat es. Die Blondine am hinteren Ende der Reihe«, sagte er hinter vorgehaltener Hand.

Sabine drehte lächelnd den Kopf zur Seite und strich sich dabei das Haar über die Schulter, als wollte sie mit Sneijder flirten. Am letzten Tisch, hinter dem der Gang zu den Toiletten abzweigte, saß eine junge Frau mit langen, glatten Haaren. Soviel Sabine von hier aus erkennen konnte, war sie stark geschminkt und trug eine Brille. Leider waren zu viele Gäste dazwischen, um einen genaueren Blick zu erhaschen, aber mit viel Fantasie konnte es tatsächlich die junge Frau mit dem braunen Pferdeschwanz sein. Wenn Miyu das mit ihrem fotografischen Gedächtnis behauptete, dann musste es jedenfalls stimmen.

»Weiß die Polizei Bescheid?«, flüsterte Sabine.

Sneijder nickte. »Die haben mitgehört. Sind in Alarmbereitschaft und haben das Restaurant umstellt.«

Okay, jetzt heißt es mitspielen und beobachten. Sabine warf einen Blick auf Sneijders Namensschild auf dem Sakko und beschloss, sich ganz auf ihre Rolle als Datingwillige zu konzentrieren. Vielleicht gelang es ihr ja sogar, Sneijder privat aus der Reserve zu locken. »Also Maarten, wie war denn dein erster Kuss?«, fragte sie direkt, wobei es ihr gar nicht so schwer fiel, ihn zu duzen.

Obwohl er nach wie vor möglichst unauffällig die Frau am Ende der Reihe beobachtete, ließ er sich auf ihr Spiel ein. »Katastrophal.«

»Weil es eine Frau war?«

»Ja, leider.«

»Welche Sportarten magst du am liebsten?«, fragte sie.

»Sport?«, entgegnete er abfällig und sah sie endlich direkt an.

»Verstehe. Was ist für dich der perfekte Abend?«

»Kein Smalltalk, keine Cluster-Kopfschmerzen, eine Kanne Vanilletee, ein gepflegter Joint, mein Basset Vincent auf der Couch und ich.«

»Wofür bist du in deinem Leben dankbar?«

»Dass mich bisher noch niemand erschossen hat.«

»Liebst du deinen Job?«

»Wer liebt diesen Job schon?«, seufzte er. »Aber jemand muss ihn machen.«

»Welche Erfahrung hat dich am meisten geprägt?«

Plötzlich wirkte er nachdenklich. »Der Verlust meines Sohnes.«

Sabine schluckte. Sie konnte sich noch gut an Piet van Loon erinnern. Wochenlang hatten sie ihn gejagt, bis Sneijder ihn schließlich im verschneiten Wald hinter dem BKA-Gelände mit einem gezielten Kopfschuss getötet hatte. Und jetzt, viele Jahre später, sah sie immer noch dieses große Leid in seinem Blick. »Tut mir leid«, flüsterte sie und wechselte rasch das Thema, bevor die Stimmung ganz kippte. »Was wäre für dich das perfekte erste Date?«

»Ein gut gebauter Mann, der nicht zu viele Fragen stellt.«

Sabine schmunzelte. »Was würdest du im Leben tun, wenn du wüsstest, dass du nicht scheitern würdest?«

»Heino Ferch um ein Date bitten.«

»Ernsthaft?«, entfuhr es ihr laut. »Das ist Ihr … äh, ich meine, *das* ist dein Typ?«

Er nickte mit einem für ihn höchst ungewöhnlichen halben Schmunzeln.

»Wer war deine große Liebe?«

»Arne Roth.«

»Ein Niederländer?«

»Nein, er lebte in Genf.«

Lebte? Sabine dachte nach und erinnerte sich an eines der ersten Gespräche, das sie mit Sneijder geführt hatte – damals in Wien, als sie noch nicht beim BKA, sondern beim Münchner Kriminaldauerdienst gearbeitet hatte. »War *er* es, der an einer Immunschwäche gestorben ist?«

Sneijder nickte. »So, jetzt bin ich mit der Fragerei dran, *Sabine.*« Er beugte sich nach vorn. »Hast *du* jemals etwas total Schlimmes erlebt?«

»Ja, dieses Speed-Dating.«

»*Me too.*« Er zog die Augenbrauen hoch. »Welche berühmte Person würdest du gern treffen?«

»Fiktiv oder real?«

»Fiktiv.«

»Dr. Hannibal Lecter«, antwortete sie wie aus der Pistole geschossen.

Sneijder setzte sein Leichenhallenlächeln auf. »In einer Zelle oder in einem Restaurant?«

Sie lächelte ebenfalls. »In einem Restaurant – aber erst *nachdem* er gegessen hat.«

»Kluge Antwort.«

»Wie würde dein bester Freund dich beschreiben?«, riss sie die Befragung wieder an sich.

»Er ist nicht mehr am Leben«, sagte Sneijder kalt.

Höchstwahrscheinlich sprach er von Krzysztof, einem ehemaligen polnischen Auftragskiller, der nach seiner Haftstrafe in Sneijders Team gewesen und bei einem ihrer letzten Auslandseinsätze ums Leben gekommen war. »Und wie *hätte* er dich beschrieben?«

Sneijder presste die Lippen aufeinander. »Vermutlich als liebenswerten Kotzbrocken.« Er zog eine Augenbraue hoch.

Sabine nickte. Ja, das klang nach Krzysztof – und die Aussage traf es auf den Punkt. Aus dem Augenwinkel sah sie, wie Shinichi auf die Uhr sah und zur Glocke griff. Rasch beendete sie das Geplänkel, senkte – wieder ganz sie selbst – die Stimme und ging wieder zum *Sie* über. »Darf ich Ihnen noch einen Tipp für die weiteren Gespräche geben?«

»Hab ich den nötig?«, entgegnete er.

»Auf jeden Fall – zumindest wenn Sie nicht auffliegen wollen. Seien Sie nicht so direkt zu den Damen, sondern etwas einfühlsamer. Einige sind ganz nett.«

Er nickte, und die Männer wechselten die Plätze. Sabine war in Gedanken immer noch bei einigen von Sneijders Antworten, als sie endlich den jungen Mann, der ihr jetzt gegenübersaß, registrierte.

»Hi, ich bin Justus«, wiederholte er und sah sie neugierig fragend an.

»Justus, so wie Justus Jonas von den *Drei Fragezeichen*?«, fragte sie.

»Äh, ja …« Er grinste verlegen. »Ich habe etwas von deinem vorherigen Gespräch aufgeschnappt. War interessanter als das mit meiner Partnerin.«

»Und?«

»Es wirkte ein bisschen … merkwürdig, als würdet ihr euch schon lange kennen.«

Sabine verzog nachdenklich den Mund, dann senkte sie die Stimme. »Das dachte ich auch … aber ich beginne erst jetzt, ihn wirklich kennenzulernen.« Sie sah kurz zur Seite.

»Und was gefällt dir so?«, fragte die junge Frau neben Sabine nun Sneijder.

Sneijder setzte sein Leichenhallenlächeln auf. »Katzen, *Shakespeare in Love* und Céline Dion.«

»Wirklich? Mir auch!«

Sabine schmunzelte. Wer hätte das gedacht? Er war tatsächlich noch lernfähig. Während ihr neuer Gesprächspartner von sich erzählte, sah Sabine wieder zum anderen Ende des Raums, wo Anna Bischoff mittlerweile mit Ingo redete, dem Kerl mit dem Mundgeruch und den schweißnassen Händen.

Sabines Gegenüber unterbrach seine Erzählung. »Alles okay?«

»Ja … einen Moment.« Sie sah, wie der peinliche Typ die Speisekarte zu Anna Bischoff schob und sie darin blätterte. Miyu hatte es wohl ebenfalls bemerkt, da sie den Kopf drehte und zu Anna blickte. War das gerade eine Übergabe gewesen?

Nun erhob sich Anna, stopfte etwas in ihren kleinen Lederrucksack und betrat den Gang, der zu den Toiletten führte. Sabine sprang auf. Soviel sie erkennen konnte, klemmte ein Zehneuroschein unter Annas Getränk. Und aus der zusammengerollten Serviette ragte nur ein Messer. *Die Gabel fehlt.* Anna hatte erhalten, weswegen sie hergekommen war – und sie hatte die Falle gewittert.

Nun erhob sich auch Miyu. Sneijder war allerdings schneller gewesen und marschierte bereits zügig durch den Raum in Richtung Gang. Sabine und Miyu folgten ihm. Schlagartig verstummten die Gespräche an den Tischen.

»Was ist denn jetzt passiert?«, rief eine Frau.

Sneijder drehte sich noch einmal um und rief in die Gruppe: »Es wundert mich nicht, dass Sie alle Single sind!« Dann zog er das Handy aus der Sakkotasche. »Hinterausgang – Zugriff!«, flüsterte er.

17. Kapitel

Lea wollte ihren Geburtstag nicht allein zu Hause verbringen, also setzte sie sich, nachdem Gernot das Haus verlassen hatte, in ihren Wagen und fuhr los. Knapp zehn Minuten ans andere Ende von Kufstein, wo ihre Cousine Vicky seit drei Jahren in einem kleinen Mietshaus mit Garten lebte.

Ihre Väter waren Brüder gewesen, und nach dem Tod von Leas Vater war Vicky ihre einzige Verwandte, zu der sie noch Kontakt hatte. Denn Vickys Eltern waren nach Deutschland gegangen, hatten beide Karriere als Manager in einem Ölkonzern gemacht und waren schließlich nach Sylt gezogen. Vicky hatte mit ihren Eltern gebrochen, weil sie – wie Camilla es bezeichnete – eine fanatische Öko-Tante war, die ihren konservativen Eltern die Pest an den Hals wünschte. In ihren politischen Ansichten war Vicky ziemlich radikal – wenn sie mal nach Deutschland fuhr, dann nicht, um ihre Eltern zu besuchen, sondern um bei den Chaostagen in Hannover an vorderster Front zu demonstrieren.

Lea parkte ihren Wagen neben Vickys altem weißen VW-Käfer. Der stand wie fast immer vor dem Haus und nicht in der direkt ans Haus angrenzenden Garage, da Vicky zu faul war, auszusteigen und das Garagentor händisch zu öffnen. Abgesehen von dem Auto wies auch das Licht im Wohnzimmer darauf hin, dass sie zu Hause war. Außerdem drang Hardrock-Musik aus dem Haus. Anscheinend dröhnte sich Vicky gerade zu – und wie Lea sie kannte, wahrscheinlich nicht nur mit lauter Musik.

Lea läutete gleich mehrmals hintereinander, und kurz darauf riss Vicky auch schon die Tür auf. Sie hielt ein Glas in der Hand, war barfuß, trug ausgefranste, kurze Jeans, die gerade mal über die Pobacken reichten, und ein ausgewaschenes Whitesnake-T-Shirt. Auch sie hatte lange rote Haare, allerdings nicht ganz so lang wie Leas, und trug sie meistens – wie auch jetzt – zu einem verfilzten Zopf geflochten, der hinten aus der Öffnung einer Schirmkappe baumelte.

Vicky schob sich ihre Brille auf die Nasenspitze und blickte Lea misstrauisch über den Rand hinweg an. »Kennen wir uns?«, fragte sie mit rauchiger Stimme.

Soll das etwa witzig sein, meldete sich Camilla zu Wort.

Lea antwortete nichts darauf, sondern wartete einfach nur ab, die Hände in die Hüften gestemmt.

Schließlich streckte Vicky einen Zeigefinger aus und deutete damit auf Lea. »Sie sind doch diese unsympathische Dame, die heute Geburtstag hat, oder?«

»Ja, kann sein«, murmelte Lea.

Plötzlich grinste Vicky. »Hast du meine SMS erhalten?«

»Ja, hab ich, danke.«

»Noch mal … Happy Birthday, du Bitch!« Vicky umarmte Lea und drückte ihr einen dicken, feuchten Kuss auf die Wange. Sie roch nach Alkohol. »Komm rein.« Sie reckte den Hals und sah sich draußen um. »Hast du deinen EDV-Heini gar nicht mitgebracht?«

»Der musste für zwei Wochen zu seiner Mutter fahren.«

»Ach du Schande. Macht nichts, wir feiern allein, zünden uns eine Bong an und lassen es ordentlich krachen.«

»Aber keinen harten Stoff, schließlich muss ich noch Auto fahren …«

»Nein, keine Sorge, du Feigling.« Vicky stellte sich hinter Lea und schob sie ins Wohnzimmer, während sie die Geräusche eines Zuges imitierte.

Vicky war ein verrücktes, überdrehtes Huhn und ganz anders als die sechs Jahre ältere, eher ruhige Lea. Trotzdem waren sie seit ihrer Teenagerzeit wie Schwestern. Komischerweise machte es Vicky mit ihrer anarchischen Lebenseinstellung nichts aus, dass Lea für die superreichen Snobs der High Society arbeitete, die Vicky so sehr verachtete – vielleicht, weil sie wusste, wie hart Lea ein Leben lang für diesen Erfolg geschuftet hatte. Dass Vicky außerdem von dem Geld, das Lea tonnenweise scheffelte, immer wieder mal profitierte, war wahrscheinlich auch ein Grund für Vickys wohlwollende Zurückhaltung.

Im Wohnzimmer hielten sie vor der Hausbar. Vicky öffnete sie und stellte ihr Glas ab. »Was trinken wir? Ich würde … *oooh Fuck!*« Sie verzog das Gesicht, beugte sich nach vorn, als hätte sie Krämpfe und presste sich den Handballen an die Stirn.

»Was ist?«, rief Lea. »Schon wieder Migräne?«

»Ja.« Vicky versuchte zu lächeln. »Hab heute schon zwei Tabletten geschluckt, geht hoffentlich bald vorbei.«

Lea wusste, dass Vicky schon lange unter solchen heftigen Anfällen litt. Es half wahrscheinlich nicht, dass sie permanent unter Strom stand – und ihre Anspannung und die Kopfschmerzen mit einer Mischung aus starken Medikamenten, Cannabis und Alkohol zu bekämpfen pflegte. Dann ging sie tagelang nicht raus und verkroch sich in ihrer Bude.

Wobei Vickys Haus nicht nur in solchen Phasen aussah, als lebte hier eine mehrköpfige Hippie-Kommune. Hier konnte man lässig abhängen, Joints rauchen und sich die Birne mit einer Flasche Wodka wegschießen, während Nirvana auf einer alten Schallplatte dahineierte. Vickys Vermieter hatte sicher keine Ahnung, wie sehr Vicky dieses Haus verkommen ließ. Zum Glück schaffte sie es, pünktlich die Miete hinzublättern, die sie sich mit mies bezahlten, fast monatlich wechselnden Jobs verdiente. Und so hatte es bisher keinen Anlass gegeben, hier mal vorbeizuschauen. Zurzeit hatte Vicky allerdings jobmäßig eine Durststrecke und war schon seit Monaten arbeitslos.

Vicky drehte die Lautstärke des Schallplattenspielers höher und marschierte bewaffnet mit zwei Sektflaschen, einer Packung Cannabis-Tabak-Mischung und einer asiatischen Bambus-Bong – bei der eine Kokosnuss als Hohlraum diente – die Treppe ins obere Stockwerk hinauf. Lea folgte ihr mit Gläsern und einer Schachtel Erdbeeren aus dem Gefrierfach. Sie setzten sich in die Liegestühle auf dem Balkon, wickelten sich in Decken und blickten über die Stadt und den Inn hinweg auf die Berge, während Vickys Musik durch die geöffneten Türen von unten zu ihnen heraufdrang.

Während sie rauchten und tranken, lästerten sie zuerst eine Weile über Gernot, dann empfahl Vicky ihr, den Kerl für die nächsten zwei Wochen einfach zu vergessen und sich eine schöne Zeit zu machen. Danach wechselten sie das Thema und zogen allgemein über die moderne Gesellschaft her und wie sich diese in den letzten dreißig Jahren verändert hatte. Lea fiel auf, dass Vicky bei aller Lästerei über ihn manchmal fast wie Gernot klang, der ähnlich radikale Ansichten zu Politik, dem Schulsystem und der schnelllebigen Wegwerfgesellschaft vertrat wie sie.

Rasch war die erste Flasche Sekt fast geleert, den Vicky trotz ihrer Migräne gut zu vertragen schien. Sie schüttete sich den letzten Rest ins Glas und hob zu einer neuen Tirade an. »Also, wenn der Staat nicht wäre, und, zum Beispiel, die …«

»Sag mal …«, unterbrach Lea sie, da sie keine Lust mehr hatte, weiter über Politik zu reden, »… wie machst du das eigentlich zurzeit mit der Miete? Bezahlt die dein geheimnisvoller Freund?«

»Wie kommst du denn jetzt ausgerechnet darauf?« Vicky zog an der Bong, presste die Augen zusammen und verzog das Gesicht.

»Na ja, weil du doch wieder mal seit Monaten keinen Job hast.«

Auf die Frage nach ihrem Freund gab Vicky wie immer keine Antwort. Dabei wäre Lea brennend an einer interessiert gewesen. Bisher wusste sie nur, dass Vicky schon seit fünf Jahren eine Affäre mit einem Kerl hatte, der sie finanzierte – und den sie sorgfältig unter Verschluss hielt. Lea hatte ihn noch nie zu Gesicht bekommen.

Mittlerweile hatte sie genug Zeug geraucht und rutschte bis zum Hals unter die Decke. »Erzähl mir mehr über ihn.«

Vicky stieß eine Rauchwolke aus. »Was willst du denn wissen?« Sie zuckte kichernd mit den Achseln. »Er ist verheiratet und hat eine erwachsene Tochter. Und er ist deutlich älter als ich.«

»Und warum hab ich ihn noch nie gesehen? Sieht er so gut aus, dass du Angst hast, ich könnte ihn dir ausspannen?«

»Na ja, er ist eine bekannte Persönlichkeit, die regelmäßig in der Öffentlichkeit steht.«

»Der Generaldirektor eines Ölkonzerns?«, provozierte Lea sie. »Oder der Boss einer internationalen Bankenholding?«

»Ja, ganz bestimmt.« Vicky lachte auf und verdrehte dabei die Augen. »Ich kann dir einfach nicht verraten, wer es ist. Das wäre ihm sicher nicht recht.«

Lea hatte in den letzten Jahren oft darüber nachgedacht, wer es sein könnte, aber stets ohne Ergebnis.

Ich ahne, wer es ist, meldete sich Camilla nach langer Zeit wieder einmal zu Wort. *Aber das würdest du mir sowieso nicht glauben.*

Die Musik verstummte.

»Gott sei Dank«, entfuhr es Lea, während sie Camillas Stimme erfolgreich verdrängte.

Vicky zog nur eine Augenbraue hoch. Da sie kein modernes Smartphone, sondern nur ein altes Tastenhandy besaß und ohnehin aus Prinzip keine Streamingdienste benutzte, stemmte sie sich aus dem Stuhl, um unten im Wohnzimmer eine neue Schallplatte aufzulegen.

»Können wir etwas anderes hören?«, bat Lea.

»Heino oder Hansi Hinterseer?«, fragte Vicky boshaft.

»Sei nicht albern. Irgendetwas anderes, nur nicht diesen Krach.«

»Komm mit und such dir was aus, hast ja heute immerhin Purzeltag. Aber nur noch ein oder höchstens zwei Alben, okay? Dann fährst du heim, bevor du zu bekifft bist – außerdem geht meine Migräne nicht weg.«

»Du Arme – ein Album reicht völlig.« Lea erhob sich, räumte die Bong ins Zimmer und folgte Vicky zur Treppe, wobei sie schon deutlich die Wirkung von Alkohol und Gras spürte. »Und dieser geheimnisvolle Typ steht wirklich auf dich?«

»Ja, er mag einfache, geradlinige, freche und bodenständige Frauen wie mich und keine aufgedonnerten Schickimicki-Tussis wie dich.«

»Oh, das ist unfair«, protestierte Lea. »Ich bin gar keine Schickimicki-Tussi.«

»O doch! Im Gegensatz zu mir, schon.« Vicky lachte beschwipst und hielt sich die Hand vor den Mund, während sie einen Rülpser unterdrückte. »Ich könnte nie so wie du mit diesen High Heels rumlaufen.«

»Das sind keine High Heels, sondern gewöhnliche Stöckelschuhe«, korrigiert Lea sie. »Probier doch mal.« Sie schlüpfte aus den Schuhen und warf sie Vicky hin. »Die machen eine bessere Figur.«

»Ich brauch keine bessere Figur …« Vicky stützte sich mit einer Hand auf das Geländer neben dem Treppenabgang ab und zog die Schuhe an, stellte sich dabei aber ziemlich dämlich an. Albern stakste sie damit herum, äffte Lea nach, hob das Sektglas und prostete ihr zu. »Ist doch ganz leicht … Siehst du?«

»Und wenn ich das hier mache – immer noch ganz leicht?« Sie tippte Vicky etwas zu fest an die Schulter.

»Zum Wohl … huch!« Vickys Knöchel knickte um, und sie stolperte nach hinten.

»Vorsicht!« Schlagartig waren die jahrelang antrainierten Reflexe einer Personenschützerin wieder da, Lea griff nach Vickys Arm und wollte sie stützen. Doch Vicky riss sich los und ruderte in Panik so wild herum, dass sie das halb volle Glas ausschüttete und mit dem Oberkörper nach hinten kippte. Wie ein steifes Brett fiel sie um, knallte rücklings auf die Treppe und rutschte durch den Schwung weiter die Stufen hinunter. Am Treppenanfang blieb sie reglos liegen.

Lea spürte, wie ihr das Blut aus dem Gesicht wich. Vickys Glas war beim Aufprall zersplittert. Sie hielt den Stiel noch fest umklammert, hatte sich jedoch schlimm an den Scherben verletzt, und Blut tropfte zwischen ihren Fingern auf den Holzboden. Ihr Kopf war unnatürlich verdreht, ihr Blick starr an die Wand gerichtet.

Unfähig, sich zu bewegen, stand Lea am oberen Treppenabsatz und sah ungläubig auf ihre Cousine hinunter. »Vicky?«, krächzte sie, während sie langsam auf Strümpfen die Treppe hinunterstieg. Sie spürte die Glasscherben auf den Stufen und tastete sich vorsichtig weiter. »Vicky?«

Keine Antwort.

»Es tut mir leid … das wollte ich nicht … das war ein Unfall«, flüsterte sie, versuchte sich verzweifelt einzureden, dass sie keine Schuld an dem traf, was gerade passiert war.

Du musstest ja unbedingt bekifft mit ihr herumalbern, tauchte Camillas Stimme plötzlich in ihrem Kopf auf. *Obwohl du weißt, dass du dir keine Fehltritte mehr erlauben darfst, seit du diesen jungen Einbrecher im Supermarkt erschossen hast.*

»Ich dachte, er zieht eine Waffe …«

Hat er aber nicht!

»Sei still! Vielleicht ist ihr ja gar nichts Schlimmes passiert. Ich muss nur die Rettung …«

Echt jetzt? Siehst du, wie komisch ihr Hals verrenkt ist und die Wirbel unter der Haut hervortreten?

Lea wollte es nicht wahrhaben, aber Camilla hatte wie immer recht. Zudem atmete Vicky nicht mehr, und ihre offenen Augen wirkten völlig leblos. Durch den Schock, der Lea jede Menge Adrenalin durch den Körper pumpte, war sie schlagartig wieder nüchtern und hellwach.

Sie erreichte die letzte Stufe, beugte sich über Vicky, tastet über die zertrümmerte Halswirbelsäule und dann mit zwei Fingern zur Halsschlagader.

Kein Puls.

Wenn sie uns jetzt wegen fahrlässiger Tötung drankriegen, gehen wir beide für mindestens ein Jahr in den Knast. Ist dir das klar?

18. Kapitel

Während beim Speed-Dating alle plötzlich laut und aufgeregt durcheinanderredeten, folgte Sabine mit raschen Schritten Sneijder zu dem Gang, wo ein Schild den Weg zu den Toiletten wies. Dabei hörte sie, wie Miyu sich hinter ihr um den jungen Burschen kümmerte, der Anna Bischoff die Speisekarte über den Tisch geschoben hatte, und ihn mit einem lapidaren »Sie sind verhaftet!« zum Schweigen brachte. Gefolgt vom metallischen Klicken der Handschellen.

Beruhigt lief Sabine hinter Sneijder den dunklen Gang entlang.

»Godverdomme«, fluchte Sneijder. Glasscherben knirschten unter seinen Schuhen. Deswegen war es so dunkel im Korridor. Anna musste die Glühlampen an den Wänden zertrümmert haben. Sie wusste also, dass man sie verfolgen würde. Zum Glück war der Gang eine Sackgasse, an deren Ende lediglich die zwei Toilettentüren lagen.

Sabine zog die Glock aus dem Holster und lud die Waffe durch. Während Sneijder die Herrentoilette betrat, stieß sie die Tür zur Damentoilette auf. Der mit weißen Kacheln geflieste Raum, in dem es chemisch nach künstlichem Lufterfrischer mit Rosenduft roch und ein kleiner Springbrunnen plätscherte, war leer. Sabine öffnete die beiden Kabinen. Ebenfalls leer. Und das schmale Fenster in Augenhöhe, durch das man theoretisch in die Gasse hinter dem Lokal hätte abhauen können, war nur gekippt. Fehlanzeige.

»Hier drüben!«, rief Sneijder aus dem Nebenraum.

Sabine stürmte von der Damen- in die Herrentoilette. Bis auf Sneijder war sie ebenfalls leer, aber hier stand das Fenster sperrangelweit offen. Darunter befand sich eine Kommode. Kerzen, Papierhandtücher und Klopapierrollen lagen auf dem Boden.

Sneijder balancierte auf der Kommode und kletterte gerade durchs Fenster nach draußen. Da krachte plötzlich ein Schuss in der Fußgängerzone. Menschen kreischten los.

»Sind Sie getroffen?«, rief Sabine.

»Nein. Schnell, kommen Sie!«, keuchte Sneijder. Er war bereits mit einem Bein und dem Oberkörper draußen, zog nun das zweite Bein nach und sprang hinunter.

Sabine rammte die Glock zurück ins Holster, war mit einem Satz auf der Kommode, prüfte die Vorhangstange, ob sie stabil genug war, und schwang sich daran mit den Beinen voran über das Fensterbrett nach draußen.

Sie war jünger, wendiger, deutlich kleiner und auch viel sportlicher als Sneijder. Kaum kam sie neben ihm auf dem Kopfsteinpflaster der Fußgängerzone auf, zog sie auch schon wieder die Waffe aus dem Holster, während Sneijder noch keuchend sein Sakko richtete.

Die Gasse vor ihnen war wie leer gefegt. Nur ein paar wenige Passanten drängten sich an die gegenüberliegende Häuserfront und starrten entsetzt zu ihnen herüber.

Mit einem Blick erfasste Sabine die Situation. Der Kollege von der Augsburger Kripo lag stöhnend auf dem Boden in einer Blutlache. Seitlich in seinem Hals steckte eine Gabel, alle drei Zacken tief in die Halsschlagader gerammt. Daneben waren viele weitere Wunden zu sehen – Anna hatte mit der Gabel offensichtlich mehrmals in Vene und Arterie gestochen.

Das Schulterholster des Kollegen war leer, und Sabine konnte seine Waffe nirgends entdecken. Nur fünf Meter von ihm entfernt lag ein uniformierter Polizist mit einem Bauchschuss, der sich die Hände auf die Wunde presste.

Anna musste den Kollegen von der Kripo zuerst mit der Gabel

angegriffen und verletzt, ihm dann die Waffe abgenommen und damit auf den herannahenden Polizisten geschossen haben.

Sneijder lief zum Polizisten und presste ihm eine Hand auf die Wunde, während er mit der anderen bereits telefonierte. Unterdessen kümmerte sich Sabine um den Kripokollegen.

»Nicht!« Sie drückte ihm sanft die Hand weg, mit der er sich die Gabel aus dem Hals ziehen wollte. »Lassen Sie die Gabel stecken. Hilfe ist schon unterwegs.« Mit der Waffe im Anschlag blickte Sabine sich um, jederzeit bereit zu schießen. Aber von Anna Bischoff war nichts zu sehen.

»Wohin ist die Frau gelaufen?«, rief sie zur anderen Straßenseite, wo sich die Passanten immer noch schockiert an die Hauswand pressten. Einige waren immerhin so weit aus ihrer Starre erwacht, um die Szene mit dem Handy zu filmen. *Anstatt Erste Hilfe zu leisten. Toll!* Sabine verdrängte ihren aufkeimenden Zorn. »Wohin ist …?«

»Da entlang!«, rief eine alte Frau mit Mantel, Kopftuch und Gehstock. »Zur Kirche, Richtung Martin-Luther-Platz.«

»Danke.« Sabine konnte dem Kollegen im Moment sowieso nicht helfen. Sie richtete sich auf und sah kurz zu Sneijder. Der telefonierte immer noch. Höchstwahrscheinlich mit den Sanitätern. »Ich folge ihr!«, rief sie.

Sneijder sah kurz auf und nickte. *Schnapp sie dir*, schien sein Blick zu sagen.

Sie sah noch einmal zu dem Kripokollegen hinunter. »Nicht rausziehen!«, ermahnte sie ihn wieder. Dann lief sie los.

Zwei- bis dreihundert Meter und ein paar Abzweigungen weiter hatten die Passanten von dem Schuss nicht mehr viel mitbekommen und sich höchstens über den Krach gewundert. Die Leute flanierten völlig unaufgeregt durch die Gassen. Nur in einer schmalen Seitengasse bemerkte Sabine einen kleinen Tumult. Einige Spaziergänger regten sich auf – über eine Frau mit blonden

Haaren, die hastig zwischen den Menschen hindurchlief und sie dabei beiseitestieß. Sabine sah gerade noch, wie die Frau sich die Perücke vom Kopf zog und sie in einen Mülleimer warf. Ihr Haar darunter war braun.

Sofort jagte Sabine ihr hinterher – musste sich aber nach wenigen Sekunden eingestehen, dass Anna genauso schnell unterwegs war wie sie. So würde sie die nicht einholen, noch dazu, da sie jetzt in eine dicht bevölkerte, breite Einkaufsstraße einbog.

Scheiße! Kurz entschlossen blieb Sabine stehen und gab einen Warnschuss in die Luft ab. Die Fußgänger wichen kreischend zurück, drängten sich unter die Baldachine und in die Hauseingänge.

»Anna Bischoff! Stehen bleiben! Polizei!«, brüllte Sabine, als sich die Straße vor ihr fast geleert hatte. Sie legte mit beiden Händen an und zielte auf Anna. »Stehen bleiben!«, wiederholte sie, doch Anna lief weiter.

In diesem Moment tauchte die Augsburger Kripokollegin in Begleitung von zwei uniformierten Polizisten neben Sabine auf. »Nicht schießen«, keuchte die Frau und wedelte mit der Hand herum. »Da sind zu viele …«

»Ich weiß«, presste Sabine hervor. Die Schusslinie war zwar frei, aber Anna lief direkt auf eine Gruppe Touristen zu. Links und rechts von ihr befanden sich außerdem jede Menge Lokale mit großen Fenstern, in denen zahlreiche Gäste saßen. Die Distanz war einfach zu weit für einen präzisen Schuss. Trotzdem behielt Sabine die Frau im Visier. Vielleicht ergab sich ja doch noch eine Gelegenheit.

»Wir verfolgen sie«, keuchte ein Polizist.

Sabine atmete tief aus. »Aber laufen Sie mir nicht in die Schusslinie!«, sagte sie völlig ruhig, den Finger am Abzug.

Die Polizisten und die Kollegin nickten und liefen los.

Sabine sah, wie Anna neben einem stylischen schwarz-goldenen Motorrad stoppte, das zwischen einer Eisdiele und einer Sitzbank stand, und sich die erbeutete Pistole hinten in den Hosenbund schob. Ein Schuss war immer noch zu riskant, aber jetzt saß sie in der Falle. Bevor Anna das Motorrad kurzschließen konnte, würden die Polizisten sie erreicht oder zumindest in perfekter Schussdistanz haben.

Sabine schoss erneut in die Luft, um auch die restlichen Passanten von der Straße zu vertreiben. Kurz darauf hörte sie jedoch schon das Motorrad aufheulen.

Das gibt es doch nicht! Anna hatte einen Schlüssel. *Es ist* ihr *Motorrad!* Sie musste es zuvor hier in der Fußgängerzone abgestellt haben.

Der Hinterreifen drehte durch, feiner Kiesel spritzte hoch, dann raste Anna ohne Helm flach mit dem Bauch auf dem Tank des Motorrads liegend davon.

Verdammt! Sabine nahm die Waffe runter und steckte sie ins Holster. Die Polizisten brachen die Verfolgungsjagd zu Fuß ab und sprachen in ihre Funkgeräte. Vermutlich das Übliche: Personenbeschreibung, Marke und Kennzeichen des Motorrads und die Richtung, in die Anna geflüchtet war. Falls die Straßensperren besser funktionierten als in Bad Kreuznach, würden sie Anna erwischen.

Sabine wartete nicht, bis die Kripokollegin und die Polizisten kehrtmachten, sondern lief gleich zurück zum Restaurant. Dort stand inzwischen ein Krankenwagen mit eingeschaltetem Blaulicht quer in der schmalen Gasse vor der Rückseite des Lokals. Die Polizei hatte den Zugang abgesperrt, und Sanitäter kümmerten sich um die Verletzten. Sneijder war nicht zu sehen.

Sabine zeigte ihren Ausweis, schlüpfte unter der Absperrung durch und ging um das Gebäude herum zum Haupteingang des Restaurants. Auch Teile der Fußgängerzone wurden soeben abgesperrt, während ein Polizist am Eingang des Lokals die Personaldaten der Gäste aufnahm.

Sabine zeigte erneut ihren Ausweis und betrat *Shinichis Tokio*.

»Was soll das?«, rief der Buchhalter, der bei seiner Mutter lebte und zuvor an Sabines Tisch gesessen hatte. »Ist das versteckte Kamera?«

»Schön wär's«, antwortete Sabine. »Das ist übrigens Ihre Chance, jemanden kennenzulernen.« Sie deutete zu ein paar verängstigt herumstehenden Frauen und drängte sich an ihm vorbei. Dann erreichte sie Sneijder und Miyu, die Ingo in der Mangel hatten, jenen Kerl mit Mundgeruch und feuchten Händen. Er saß mit den Armen auf dem Rücken gefesselt auf einem Stuhl in der Ecke des Speed-Dating-Raums und hatte einen hochroten Kopf.

»Ein Kripoermittler ist schwer verletzt, und ein Polizist stirbt vielleicht. Also reden Sie, Mann!«, fuhr Sneijder ihn gerade an. Sneijders Hände waren blutverschmiert, auch sein Sakko hatte Flecken abbekommen. Sein Blick war noch finsterer als üblich, er wirkte wie jemand, der kurz davorstand, sein Gegenüber mit bloßen Händen zu erwürgen.

Ingo hob eingeschüchtert den Kopf und erkannte Sabine. »Du … du bist also *wirklich* undercover hier?«

»Ja, nur dass ich keine Kolumne über Sexisten schreibe, sondern Arschlöcher wie dich in den Knast bringe. Also mach gefälligst den Mund auf!«

Mittlerweile hatte der letzte Gast den Raum verlassen, und ein Polizist schloss die Papierschiebetür von außen. Als hätte Sneijder nur auf diesen Moment gewartet, packte er Ingo am Ohr und zog seinen Kopf zu sich herauf. »Ich bin schon von Haus aus nicht sehr geduldig, aber im Moment bin ich wirklich angepisst, und es ist mir scheißegal, wenn …«

»Sie tun mir weh! Das dürfen Sie nicht. Ich nehm mir einen Anwalt und mach Sie fertig!«

Sneijder zog Ingos Kopf noch näher zu sich heran und senkte die Stimme. »Keine Chance. Ich werde dich nämlich direkt dem

BND übergeben, und dort wirst du monatelang in einer Zelle schmoren, ohne jemals einen Anwalt zu Gesicht zu bekommen.«

»Das werden wir ja sehen … Aua!«

Während Ingo sich in Sneijders Griff wand, läutete Miyus Handy. Sie ging ran, hörte kurz zu, dann steckte sie das Telefon wieder ein. »Es war die Kripo. Der Polizist ist gestorben«, sagte sie völlig emotionslos.

Sneijders Augen funkelten. »Dann wären wir jetzt bei Beihilfe zum Mord.« Er drehte die Faust.

»Aaah … ich weiß nicht, was in dem Kuvert war«, quiekte Ingo auf. Ein nasser Fleck breitete sich im Schritt seiner Hose aus.

»In der Speisekarte war ein Kuvert?«, fragte Sabine, während ihr Herz bis zum Hals pochte und sie versuchte, sich ihre Anspannung, bei dem, was Sneijder gerade tat, nicht anmerken zu lassen.

»Ja, ein längliches weißes, dickes Briefkuvert.« Schweiß lief über Ingos Schläfen.

Sneijder zerrte immer noch an Ingos Ohr. »Wie dick?«

»Ziemlich dick … aaah … Aber es war, glaube ich, nur Papier drin. Vermutlich Geldscheine, mehr weiß ich nicht.«

»Wer hat dir das Kuvert gegeben?«

»Ein … aaah … Mann, älter, um die sechzig, schlank, groß, graue Haare.«

Sneijder langte mit der freien Hand in sein Sakko, holte sein Handy heraus und zeigte Ingo ein Bild. »Sah der Mann so aus?«

Ingo schielte zum Handy. »Nein.«

Das Foto zeigte Krzysztof. Ein Test, ob Ingo die Wahrheit sagte. Dann wischte Sneijder mit dem Daumen weiter zu dem KI-generierten Bild von Paul Conrad, das Frau Gehrmann ausgewählt hatte. »War er das?«

»Ja, ja, das ist er. Ich habe fünfhundert Euro von ihm bekommen. Ich weiß nicht, wie er heißt. Wenn ich gewusst hätte, dass …«

Sneijder ließ Ingo los und stieß ihn kraftvoll auf den Stuhl zurück. »*Verdomme*«, presste er hinter zusammengebissenen Zähnen hervor und wandte sich angewidert ab. Nun läutete auch sein Handy. Er ging ran. »Ja?« Nach ein paar Sekunden erhellte sich sein Blick. »Okay, wir kommen sofort.«

Er nickte Sabine und Miyu zu, ihm zu folgen. Sie ließen Ingo in seiner angepissten Hose allein zurück und durchquerten den Raum. »Die Augsburger Polizei hat Anna in der Innenstadt gestellt«, flüsterte Sneijder.

Sabine ließ die angespannten Schultern sinken. Die erste gute Nachricht an diesem Tag.

Sneijder schob die Papiertür auf und sagte nur ein knappes »Abführen!« zu dem Polizisten, woraufhin der zu Ingo marschierte.

»Ist der Kollege wirklich gestorben?«, flüsterte Sabine, da es ihr plötzlich merkwürdig vorkam, dass man Miyu als Erste darüber informiert haben sollte.

Miyu schüttelte den Kopf.

Sabine zog eine Augenbraue hoch. »Sie haben gelogen?«

»Sneijder hat gesagt, ich soll das so sagen, wenn Marc mich anruft.«

19. Kapitel

In dem Moment, da sie in Vickys leblose Augen blickte, wusste Lea, dass durch den Tod ihrer Cousine auch ihr eigenes Leben ruiniert war.

Nur eine Sekunde der Unachtsamkeit, ein Augenblick der Gedankenlosigkeit – und nichts war mehr so wie früher. Sie hatte nicht nur den wichtigsten Menschen in ihrem Leben verloren, auch alles andere würde sich nun schlagartig für sie ändern.

Zumal sie im moralischen Sinn sogar schuld an Vickys Tod war. Zu viel Gras, zu viel Alkohol und ein provokanter Schubser mit den Fingern. Auf den ersten Blick ein Unfall, aber ein gewiefter Staatsanwalt könnte wegen ihrer Vorstrafe nicht nur fahrlässige Tötung, sondern sogar Mord mit bedingtem Vorsatz daraus machen, da sie in Kauf genommen hatte, dass Vicky durch ihr Herumalbern etwas zustoßen könnte. Durch ihre Vergangenheit wusste Lea leider nur allzu gut, welche juristischen Feinheiten ihr zum Verhängnis werden konnten.

Sie holte tief Luft. »Falls es zur Anklage kommt, werde ich mit etwas Glück vielleicht freigesprochen …«

Ja, träum weiter. Die Polizei wird dich verhören und einen Drogentest mit dir machen, das ist dir doch klar, meldete sich Camillas Stimme wieder in ihrem Kopf. *Und selbst wenn sie uns von allen Vorwürfen freisprechen würden, wären dein Ruf und deine Firma ruiniert. Die Zeitungen werden dich mit ihren Schlagzeilen fertigmachen. BEKIFFTE SICHERHEITSBERATERIN VERSCHULDET TOD EIGENER COUSINE!*

»Nicht gerade hilfreich, was du von dir gibst«, murmelte Lea.

Doch! Hau einfach ab!

Lea reagierte nicht.

Hau ab!

Aber sie blieb weiter wie angewurzelt am Fuß der Treppe hocken und fühlte nach einem Puls, den es nicht gab. Schließlich zog sie die Hand zurück und wischte ihre Finger an den Jeans ab, als wollte sie die Berührung mit der Toten ungeschehen machen.

Was ist denn los mit dir? Versuch es wenigstens!

Zaghaft schüttelte Lea den Kopf. Es hatte keinen Sinn, jetzt rasch von hier abzuhauen. Schließlich hatten sie ganz schön laut gefeiert, und bestimmt hatten Nachbarn und zahlreiche Passanten nicht nur ihren Wagen vor Vickys Haus, sondern auch sie beide lachend und kichernd auf dem Balkon sitzen gesehen.

Sie musste zu dem stehen, was passiert war, musste die Polizei verständigen, von Vickys Tod berichten und genau erzählen, wie alles passiert war. Zu lügen hätte keinen Sinn, das hatte sie noch nie gut gekonnt, und sie würde sich in einem Verhör ohnehin nur in Widersprüche verstricken. Spätestens dann würde die Polizei sowieso auf alles draufkommen.

Sie erhob sich und griff mit zittrigen Fingern in ihre Hosentasche. *Leer.* Ihr Handy lag in ihrer Handtasche im Auto. Da sie nicht wusste, wo Vickys altes Tastenhandy lag, ging sie in den Vorraum, wo ein Festnetzapparat stand. Sie zog das schnurlose Funktelefon aus der Halterung und wählte automatisch die Nummer der Kufsteiner Polizeiinspektion, die sie auswendig kannte, weil sie dort früher regelmäßig ihren Vater angerufen hatte.

Wir haben noch Zeit, um gemeinsam alles zu durchdenken. Bist du sicher, dass du die richtige Entscheidung getroffen hast?

»Ja, bin ich«, sagte Lea apathisch. Während sie das Telefon ans Ohr presste und läuten ließ, wanderte ihr Blick wie in Trance über das Zeug, das auf der Kommode lag. Münzen in einer Glasschale,

Kugelschreiber, Notizblock, Büroklammern, die Speisekarte einer Pizzeria und ein Flugticket.

Ein Flugticket?

Es läutete immer noch. Neben dem Ticket lag ein Reisepass in einer rotbraunen Lederhülle. Mit einer Hand blätterte Lea ihn auf. Es war Vickys Pass.

Schau an, sagte Camilla, *sie wollte verreisen?*

»Polizeiinspektion Kufstein«, meldete sich die Stimme einer jungen Polizistin.

Lea hob den Blick und sah vom Vorraum durch die halb offene Tür in Vickys Ankleidezimmer. In der Dunkelheit lag ein Koffer auf dem Boden.

»Hallo?«, fragte die Polizistin.

Lea betätigte den Lichtschalter im Vorraum, sodass das Licht auch durch den Türspalt ins Ankleidezimmer fiel. Der Koffer war fast fertig gepackt. Sie nahm das Ticket von der Kommode und ging in das Zimmer. Vicky hatte Bikini, Sandalen, Sonnenöl und Sommerkleidung im Koffer verstaut.

»Hallo? Wer spricht da?«

Lea schwieg immer noch. Sie faltete das ausgedruckte Flugticket auseinander. Vicky hatte bereits online für einen Lufthansa-Flug nach Palma de Mallorca eingecheckt. Die Maschine startete morgen um sieben Uhr früh in München. »Was zum Teufel …?«, flüsterte Lea.

»Hallo? Mit wem spreche ich? Nennen Sie mir bitte Ihren Namen! Von wo aus rufen Sie an?«, wollte die Polizistin wissen.

Am Flugticket hing ein Voucher für einen zehntägigen Aufenthalt in der *Aurelia Bay Club Resort* Hotelanlage auf Mallorca. Ein Apartment für eine Person! Warum hatte Vicky ihr nichts davon erzählt? Genierte sie sich dafür, dass eine Rebellin wie sie *so* einen Urlaub buchte? Noch während sie über die komische Geheimnistuerei ihrer Cousine nachgrübelte, spürte sie, wie Camilla von einer prickelnden Euphorie ergriffen wurde, als reifte gerade ein waghalsiger Plan in ihrem Kopf.

Leg den Telefonhörer auf! Rasch! Wir lösen das Problem auf unsere Weise, rief Camilla aufgeregt.

»Und was ist unsere Weise?«, flüsterte Lea.

Leg auf, dann erklär ich es dir.

»Hallo? Können Sie das bitte wiederholen«, verlangte die Polizistin.

»Sorry … ich habe mich … verwählt«, murmelte Lea und legte auf.

20. Kapitel

Während Miyu und Marc bei den Kollegen vom MEK blieben, um die Fahndung nach Paul Conrad in Augsburg zu intensivieren, brachte ein Polizeiauto Sabine und Sneijder durch die Fußgängerzone bis zu dem Kaufhaus, vor dem ein Polizeiaufgebot stand.

»Seien Sie vorsichtig – sie ist immer noch bewaffnet.« Der Polizist deutete zum zersplitterten Schaufenster. »Wir müssen dort rüber«, fügte er unnötigerweise hinzu, denn Sabine sah gleich, nachdem sie ausgestiegen waren, was passiert war.

Zwei weitere Polizeiautos mit Blaulicht sperrten den Zugang zur langen Schaufensterfront des Kaufhauses ab, und mehrere Polizisten riegelten das umliegende Gelände soeben mit einem Absperrband ab. Wie die schwarze Bremsspur auf den Pflastersteinen zeigte, war Anna Bischoff mit dem Motorrad anscheinend jemandem ausgewichen, gestürzt, mit der Maschine frontal ins Schaufenster gekracht und in den Laden geschlittert. Bestimmt war sie viel zu schnell gefahren, denn das Motorrad lag im dunklen Verkaufsraum ziemlich weit hinten zwischen Schaufensterpuppen und Kleiderständern.

Zahlreiche Fußgänger drängten sich hinter dem Absperrband, reckten die Hälse und hielten die Handys hoch, um das Schauspiel zu filmen. Es sah aus wie bei einem Rockkonzert. Hoffentlich streamte das niemand live.

Mit einem griesgrämigen Gesicht fotografierte Sneijder die Schaulustigen.

Ein Polizist kam auf sie zu. »Sind Sie Maarten Sneijder vom Bundeskriminalamt? Mir wurde gesagt, dass …«

»Maarten S. Sneijder«, korrigierte Sabine ihn. »Weiten Sie die Absperrung um weitere zehn Meter aus. Wir brauchen keine Zuschauer.«

»Und beschlagnahmen Sie die Handys aller Passanten. Dann löschen Sie Fotos und Videos«, ergänzte Sneijder. »Nichts davon darf im Internet landen.«

»Aber die Leute haben ein Grundrecht auf …«

»Heute gibt es kein Grundrecht!«

»Aber ich …«

»Ihre Meinung interessiert mich einen feuchten Dreck. Ich schicke dem Kommissariat die Fotos, die ich gerade gemacht habe, damit Ihre Kollegen die Leute ausfindig machen können, die Ihnen durchrutschen – und jetzt kümmern Sie sich um die Absperrung! Sofort!« Sneijder tippte bereits auf seinem Handy.

Sabine zog ihre Waffe und betrat mit Sneijder das Kaufhaus durch die gesplitterte Frontscheibe. Zum Glück hatte der Laden am Sonntag geschlossen, sonst hätte es hier ganz sicher Verletzte gegeben und noch mehr sensationslüsterne Zuschauer, die alles filmten.

»Dort …« Sneijder deutete mit der Waffe nach vorne.

Mit dem Oberkörper an einen Verkaufstresen gelehnt, ein paar Meter von der schwarz-goldenen Yamaha entfernt, saß Anna Bischoff. Ihr Atem ging schwer. Über ihre hochgesteckte braune Mähne war ein Haarnetz gespannt, an dem noch ein paar blonde Fäden von der Perücke hingen.

Offenbar war Annas eingedrückte Schulter komplett zertrümmert, ebenso waren ein merkwürdig wegstehender Unterarm und ein schmerzvoll aussehendes verdrehtes Knie gebrochen. Der feuchte dunkelrote Blutfleck auf dem ausgebeulten Jeansstoff über der Wade ließ auf einen weiteren offenen Knochenbruch schließen. Obwohl Anna bei ihrer Flucht keinen Helm getragen hatte, war der Kopf selbst unversehrt geblieben.

Allerdings blutete sie an mehreren anderen Stellen stark. Am Hals und seitlich am Genick ragten große, spitze Glasscherben hervor, die sie sich vermutlich reingerammt hatte, während sie über den Boden geschlittert war. Ebenso waren ihre Handflächen zerschnitten.

Sabine war klar, dass Anna bei diesen Verletzungen und der Blutmenge, die sie jede weitere Sekunde verlor, nur eine rasche Notoperation mit Bluttransfusionen retten konnte.

»Keinen Schritt näher …«, keuchte Anna und spuckte Blut. Anscheinend hatte sich eine gebrochene Rippe in ihre Lunge gebohrt. Kraftlos wollte sie die Waffe heben, die sie dem Kripobeamten zuvor abgenommen hatte, brachte jedoch nicht mehr die nötige Energie auf.

Sabine sah sich suchend um, aber es war kein Polizist in der Nähe. Niemand, der Erste Hilfe geleistet hatte. Dann erkannte sie den Grund. Neben Anna lagen mehrere leeren Patronenhülsen auf dem Boden, gleichzeitig roch Sabine das Schießpulver. Anna musste mehrmals geschossen haben, kein Wunder, dass sich ihr niemand genähert hatte. Aber jetzt fehlte ihr die Kraft, um das Magazin weiter zu leeren.

Während Sabine sicherheitshalber ihre Pistole auf Anna richtete, kniete sich Sneijder neben ihr hin und nahm ihr sanft die Waffe aus den Fingern.

»Hau ab, du Scheißbulle …«, presste Anna hervor.

»Anna, wo ist Ihr Vater?«, fragte Sneijder mit ruhiger Stimme.

»Das verrate ich dir nicht, Bullen-Arschloch.« Anna hob mit schmerzverzerrtem Gesicht den Kopf und spuckte Sneijder Blut ins Gesicht.

Er wischte sich gelassen mit dem Ärmel des Sakkos über die Wange. »Anna, wir werden ihn sowieso schnappen.«

»Keine Chance …« Sie hustete Blut. »… du kennst ihn nicht … vorher bringt er sich um.«

Sneijder beugte sich näher zu ihr. »Wer ist Ruth-Allegra Francke?«

Sie grinste ihn mit blutverschmierten Zähnen an. »Wenn du das bis jetzt nicht weißt, wirst du Offensive Null-Fünf nicht mehr stoppen können.«

»Offensive Null-Fünf?«, wiederholte Sneijder.

Lächelnd tastete sie mit der unverletzten Hand zu ihrem Hals, und noch bevor Sneijder sie daran hindern konnte, zog sie sich mit einem Ruck den langen Splitter aus der Schlagader. Mit einem Schwall pulste das Blut aus der Wunde.

Sneijder presste sofort den Handballen auf ihren Hals, aber Sekunden später glitt Anna der Glassplitter aus den Fingern. Während sie mit einem zarten Lächeln zur Decke blickte, trübte sich ihr Blick und ihre Atmung versagte.

Die Augsburger Kripokollegin trat mit zwei Polizisten von hinten an sie heran und räusperte sich. »Der Krankenwagen ist in drei Minuten …«

»Brauchen wir nicht mehr.« Sneijder wischte seine blutige Hand an Annas Kleidung ab und erhob sich. »Wir verhängen eine absolute Nachrichtensperre über diesen Unfall. Über Annas Tod darf kein Wort an die Medien durchsickern!« Er warf Sabine einen besorgten Blick zu.

Und Sabine verstand sofort. Sie hatten keine Ahnung, was Offensive Null-Fünf bedeutete.

21. Kapitel

Nachdem Lea das Gespräch mit der Polizeiinspektion abgebrochen hatte, erzählte Camilla ihr in allen Details von ihrem Plan. Und der war so genial absurd, dass er vielleicht gerade deshalb funktionieren könnte.

Also machte sich Lea gleich ans Werk. Sie lüftete das Haus, verstaute die Bong und räumte die Liegestühle vom Balkon weg. Dann holte sie zwei große gelbe Plastikmüllsäcke aus dem Abstellraum, die sie der Länge nach aufschnitt und mit Isolierband zusammenklebte. Sie legte Vickys Leiche darauf und zog sie ein paar Meter weit von der Treppe weg, als sie vom Läuten des Festnetztelefons unterbrochen wurde.

Verdammt, geh nicht ran!

»Ich bin ja nicht blöd.« Lea ging zum Telefon und sah auf dem Display, dass die Kufsteiner Polizeiinspektion zurückrief. Die waren also stutzig geworden. Kein Wunder, so blöd, wie sie sich am Telefon angestellt hatte.

Lea ignorierte das Läuten und putzte stattdessen vom Boden und den Stufen das Blut von Vickys Schnittwunden weg. Danach kehrte sie die Glassplitter des Sektglases zusammen, wusch auch von den Splittern das Blut ab und warf danach alles in den Müll. Anschließend reinigte sie die gesamte Treppe mit dem Staubsauger, sowie jene Stelle, auf der Vicky liegen geblieben war.

Nachdem sie den Sauger wieder verstaut hatte, wischte sie sich den Schweiß von der Stirn. Jetzt kam der schwierige Teil. Wie in Trance schleppte sie die gelbe Plastikfolie mit Vickys Leiche darauf durchs Haus, den kurzen Gang und die Verbindungstür in die nebenan liegende Garage. Neben der Garagentür standen jede Menge Farbeimer, und Lea hätte in der Dunkelheit beinahe einen davon umgeworfen. Schnell schaltete sie das Licht ein.

Aus dem Vorzimmer hörte sie es erneut läuten. Die Polizei war ganz schön hartnäckig. Wenn man sie brauchte, kam sie nie – und wenn man sie nicht brauchte, war sie sofort zur Stelle.

Lea vergewisserte sich, dass man von der Straße aus Vickys Leiche neben den Farbeimern nicht sehen konnte. Dann schaltete sie das Licht aus, öffnete von innen das Garagentor und marschierte im Licht der Laternen zu ihrem Wagen, um ihn mit der Motorhaube voran in die Garage zu fahren.

Mittlerweile war das Läuten des Telefons verstummt. Sie schloss das Garagentor und schaltete das Licht wieder ein. »Okay«, murmelte sie und atmete tief durch. Der schwierigste Teil war geschafft.

Der schwierigste Teil kommt noch, korrigierte Camilla sie.

»Ja, ich weiß, die Leiche für immer verschwinden zu lassen.« Sie öffnete den Kofferraum und wuchtete Vicky mitsamt der Folie in ihren Wagen. Bis jetzt hatte sie rational, kühl und überlegt gehandelt, doch als sie Vicky so leblos und zusammengekauert daliegen sah – mit den zerschnittenen Fingern, dem gebrochenen Genick und dem starren Blick –, brach ihr das Herz. Plötzlich kamen ihr die Tränen. »Das hast du nicht verdient, altes Mädchen«, heulte sie.

Niemand hat das verdient, sagte Camilla in nüchternem Ton, *aber es ist notwendig, wenn du nicht alles, was du dir in deinem Leben aufgebaut hast, ins Klo spülen willst.*

»Du hast ja recht, aber gib mir noch eine Minute.« Sie schloss Vickys Augenlider und wischte sich die Tränen weg.

Hast du das gehört?

»Was?« Lea hob den Kopf und lauschte.

Draußen! Das Gartentor!

Lea stürzte zum Garagenfenster, stellte sich auf die Zehenspitzen und spähte auf die Straße. Vor dem Haus stand ein Polizeiwagen, in dem eine Beamtin saß. Kein Blaulicht. In diesem Moment läutete es auch schon an der Tür.

»Shit!« Lea hielt den Atem an. Sie musste sich die nächsten Minuten nur völlig ruhig verhalten und abwarten. »Der Wagen fährt vielleicht wieder weiter.«

Das glaubst du doch selbst nicht. Du MUSST die Tür öffnen, sonst kommen sie herein, drängte Camilla. *Und dann finden sie deinen Wagen in der Garage. Mit einer Leiche im Kofferraum.*

»Und was soll ich sagen?«, zischte Lea. »Die werden merken, dass Vicky nicht zu Hause ist.«

Bist du wirklich so blöd? Gib dich einfach für deine Cousine aus! Ihr seht euch sowieso ziemlich ähnlich, habt die gleiche Figur, und du kannst ihre rauchige Stimme gut imitieren.

»Okay, aber dann sei jetzt still!« Hastig flocht sie ihre langen roten Haare zu einem schlampigen Zopf, schnappte sich Vickys Schirmkappe und ließ die Haare hinten herausbaumeln. Dann wollte sie nach Vickys Brille greifen, doch die war weg. Was zum Teufel?

Sie dachte nach. Stimmt! Als sie ihrer Cousine die Augen geschlossen hatte, hatte die schon gar keine Brille mehr aufgehabt. »Wo ist die scheiß Brille?«, fluchte Lea.

Es läutete wieder an der Tür.

Ist ihr beim Sturz runtergefallen.

»Danke.« Lea stürzte aus der Garage, durch den kurzen Verbindungsgang ins Haus und sah sich im Vorraum um. Wo lag die Brille? Beim Saubermachen war ihr nichts aufgefallen.

Die Kommode!

Lea drehte sich um. Ja, richtig, die Brille war zwischen den Stufen durchgerutscht und unter der Treppe auf der Kommode gelandet. Zum Glück war sie heil geblieben. Nur ein Bügel war verbogen, den Lea rasch richtete. Während sie zur Haustür lief, setzte sie sich die Brille auf und zuckte kurz zusammen. Verdammter Mist, das waren mindestens fünf Dioptrien. Sie konnte fast nichts damit sehen.

Nun pochte jemand fest gegen die Tür.

»Ich komme ja schon«, rief Lea mit verstellter rauchiger Stimme und öffnete die Tür. Sie sah die verzerrten, verschwommenen Umrisse eines jungen Polizisten, der vor ihr stand.

»Vicky Fuchs?«, fragte er.

Sie nickte. »Ja, worum geht es denn?«

»Haben *Sie* vorhin die Inspektion angerufen?«

»Ja, das war ich. Tut mir leid, ich dachte, ich hätte ein verdächtiges Geräusch in der Garage gehört.«

»Und?«

»Während ich telefonierte, hörte ich plötzlich ein Miauen. Ich bin in die Garage gelaufen, und es war nur die Katze des Nachbarn, die sich reingeschlichen und einen Farbeimer umgeworfen hat. Ich wollte das Biest rausscheuchen und habe dabei aufgelegt.«

Der Polizist nickte. »Darf ich mich trotzdem kurz umsehen?«

»Aber sicher.« Lea lächelte. »Wissen Sie, mein Onkel war früher auch Polizist in Kufstein. Ist aber schon lange her. Ist jung gestorben, hatte im Dienst einen Herzinfarkt.«

»Fuchs? Ja, hab von ihm gehört, ihn aber nicht mehr kennengelernt, tut mir leid.« Der Polizist nickte und betrat das Haus. Aus seinem Funkgerät war ein verzerrter Funkspruch zu hören, der Lea an ihre eigenen Jahre bei der Polizei erinnerte.

»Was wollen Sie denn sehen?« Lea deutete durch den Vorraum. Sie hoffte, er war nicht allzu neugierig, da sie mit der Brille ziemlich unkoordiniert war und nirgendwo gegenlaufen wollte.

»In der Garage brennt Licht«, stellte der Polizist fest. »Darf ich einen Blick hineinwerfen?«

»Aber sicher. Folgen Sie mir.« Während Lea vorausging, nahm

sie kurz die Brille ab und massierte ihre Augen. Mannomann! Dann setzte sie das Ding wieder auf.

Das war keine gute Idee, dem Bullen eine Hausführung zu gewähren, meldete sich Camilla zu Wort. *In der Garage wurde gar kein Farbeimer umgeworfen.*

Lea reagierte nicht darauf, sondern ging weiter durch den kurzen Verbindungsgang.

Außerdem hast du den Kofferraumdeckel offen gelassen, als du aus der Garage gestürzt bist.

22. Kapitel

Die Augsburger Polizei riegelte den Unfallort im Kaufhaus ab, Krankenwagen, Notarzt und Spurensicherung fuhren vor, und die Beamten draußen hatten alle Hände voll zu tun, die Personaldaten der Schaulustigen aufzunehmen. Danach löschten sie auf deren Handys die Bilder und Videos, was bei den meisten Gaffern lautstarken Protest hervorrief.

Aber darum kümmerten sich weder Sneijder noch Sabine. Sie untersuchten in der Zwischenzeit Annas Leichnam und ihr Motorrad. Da jetzt nur noch das matte Licht der Abenddämmerung durch die Schaufenster hereinfiel, schaltete jemand das Deckenlicht im Kaufhaus ein.

Im Seitenkoffer der stylischen Yamaha YZF-R1 befand sich nur eine Reisetasche, darin ein wildes Durcheinander von Schuhen, Kleidung, Unterwäsche, Kosmetikartikeln sowie weiteren Perücken und Brillen, offensichtlich in großer Eile reingequetscht. Sabine übergab alles einem Polizisten.

Der Inhalt von Annas kleinem Lederrucksack, den Sneijder ihr von den Schultern zog, war da schon viel interessanter. Darin fanden sie ihre Brieftasche mit Ausweis, ihren Reisepass sowie ein wenig Bargeld und ihr Handy, das Sabine mit Annas Daumen entsperrte.

»*Godverdomme*«, zischte Sneijder, als er fünf weitere Reisepässe aus einem Seitenfach des Rucksacks zog. Lauter verschiedene Namen mit jeweils anderen Geburtsjahren, Geburtsorten und unterschiedlichen Fotos, die Anna ähnlichsahen. Einen der Pässe hielt Sneijder ins Deckenlicht. »Ziemlich gute Fälschung.«

»Demnach können wir also davon ausgehen, dass auch Paul Conrad mehrere Reisepässe hat«, schlussfolgerte Sabine. Das würde die Suche nach ihm nicht gerade erleichtern.

In einer weiteren Seitentasche mit Reißverschluss fanden sie das dicke, längliche Kuvert, von dem Ingo gesprochen hatte. Während Polizei, Spurensicherung und Notarzt ihre Arbeit im Kaufhaus verrichteten, riss Sneijder den Umschlag auf. Wie von Ingo richtig vermutet, befand sich Bargeld darin, knapp zehntausend Euro. Allerdings auch ein Flugticket. »Der Flug geht morgen um sieben Uhr früh vom Airport München weg«, murmelte er. »Lufthansa nach Mallorca, LH 1796.«

»Schon eingecheckt?«, fragte Sabine.

Sneijder nickte. »Hier ist die Bordkarte. Business Class, dritte Reihe, Sitz A.« Er wedelte mit der Bordkarte herum und dachte nach. »Und zwar unter ihrem echten Namen, Anna Bischoff. Entweder ist das eine falsche Fährte, oder sie dachte naiverweise, sie könnte trotz der Fahndung einfach so das Land verlassen.«

Sabine faltete zwei weitere Papiere auseinander, die auch noch im Kuvert gewesen waren. »Ein Transfervoucher für eine Abholung vom Flughafen Palma de Mallorca und ein weiterer Voucher für ein Einzelapartment im *Aurelia Bay Club Resort*.« Sie zog ihr Handy aus der Tasche und gab den Namen des Hotels ein. »Wow«, entfuhr es ihr Sekunden später. »Sieht nach einem neuen, ganz modernen Fünfsternehotel für Superreiche aus – wusste gar nicht, dass die auf Mallorca so etwas haben.«

»Warum zieht es eine RAF-Terroristin ausgerechnet dorthin?«, sinnierte Sneijder. Gedankenverloren steckte er sich einen Joint an.

Automatisch sah Sabine zur Decke, konnte aber in der Nähe keinen Rauchmelder entdecken. Außerdem wehte sowieso ausreichend kühle Abendluft durch das zerschmetterte Schaufenster ins Innere des Kaufhauses.

»Reist Paul Conrad ebenfalls dorthin?«, murmelte Sneijder nachdenklich, während eine Rauchwolke sein Gesicht umnebelte.

Einer der Beamten der Spurensicherung reckte den Hals zu ihnen. »Können Sie bitte die Zigarette …?«

»Nee!«, entfuhr es Sneijder, ohne dass er den Blick abwendete, woraufhin er wieder in tiefe Konzentration versank.

»Das ist medizinisch«, fügte Sabine diplomatisch hinzu.

»Findet dort ein Kontakt mit Ruth-Allegra Franckes Sympathisanten statt? Ist es ein Anschlagsziel?«, spekulierte Sneijder weiter. »Oder ist es einfach nur Annas Fluchtroute aus Deutschland?«

Sabine nahm Sneijder das Ticket aus der Hand und wählte Marcs Nummer. »Wir haben Anna gefunden, sie ist tot«, erklärte sie kurz und redete gleich weiter. »Sie hatte ein Flugticket auf ihren Namen dabei.« Dann nannte sie ihm den sechsstelligen Reservierungscode auf dem Ticket und wartete. Sie hörte Marc auf seinem Notebook tippen. Nach knapp einer halben Minute meldete er sich wieder.

»Aha, Mallorca«, murmelte er. »Ich sehe hier nicht viel, nur dass es ein Charterflug der Lufthansa ist.«

»Siehst du den Namen des Reiseveranstalters?«

»Nein.«

»Verdammt«, entfuhr es Sabine, denn auf dem Voucher stand er auch nicht. »Danke.« Sie legte auf. Ein Linienflug wäre besser gewesen, dann hätten sie direkt bei der Lufthansa die Namen aller Passagiere abrufen können. Aber bei einem Charterflug gingen die Buchungen über diverse Reiseveranstalter, die der Fluglinie im Normalfall immer erst in letzter Minute ihre Passagierliste durchgaben. »Es ist ein Charterflug«, sagte Sabine zu Sneijder.

Der nickte, als hätte er nichts anderes erwartet. »Wie clever. Vermutlich auch noch ein Last-minute-Angebot.« Er stieß eine Rauchwolke aus.

Sabine winkte die Augsburger Kollegin zu sich, die sofort zu ihnen kam. »Sie und Ihr Team müssen mit allen Reiseveranstaltern und Reisebüros in Augsburg und Umgebung reden.«

»Das können wir frühestens morgen …«

»Nein, *noch heute,* am Sonntag«, beharrte Sabine. »Es ist wichtig. Finden Sie die Besitzer der Reisebüros und gehen Sie mit ihnen sämtliche Buchungen durch, die über einen Reiseveranstalter gelaufen sind. Wir müssen herausfinden, ob es für morgen sieben Uhr früh ein weiteres Flugticket nach Mallorca gibt, das von derselben Person gebucht wurde, die dieses Ticket gebucht hat.«

Die Kollegin starrte auf die Bordkarte. »Und wenn wir direkt bei der Lufthansa …?«

»Das bringt nichts, weil es ein Charterflug ist«, widersprach Sabine. »Wir wissen nicht, wie viele Veranstalter welche Kontingente gebucht haben. Außerdem haben wir keine Ahnung, unter welchem Namen die gesuchte Person reist.«

»Aber wenn diese Person gar nicht über ein Reisebüro, sondern selbst online gebucht hat?«, gab die Kollegin erneut zu bedenken.

»Dieses Ticket …«, mischte sich nun Sneijder in das Gespräch, »… wurde ganz sicher nicht über Kreditkarte gebucht. Hätte zu viele digitale Spuren hinterlassen.«

»Bestimmt wurde es in einem Reisebüro bar bezahlt.« Sabine wischte durch die Fotogalerie von Annas Handy und fand ein zwei Monate altes Selfie von Anna und Paul Conrad, wie sie sich umarmten und mit gespielt bösem Blick in die Kamera blickten. Sabine zeigte Sneijder das Bild. »Jetzt haben wir ein brandaktuelles Foto von Conrad.«

Er nickte. »Schicken Sie es sofort an alle Flughäfen.«

»Okay, also gut.« Die Augsburger Kollegin wollte ebenfalls zu ihrem Telefon greifen, um die Sache mit den Reisebüros anzuleiern, als sie einen Anruf bekam. »Entschuldigung, das Kommissariat«, erklärte sie knapp nach einem Blick auf das Display und nahm das Gespräch entgegen.

Sabine hörte nicht, worum es ging, merkte jedoch, wie das Gesicht der Ermittlerin immer düsterer wurde, bis sie schließlich nur noch geradeaus durch die Scheibe auf die abgesperrte, dunkle und leer gefegte Fußgängerzone starrte.

»Danke«, sagte sie schließlich mit rauer Stimme und legte ohne weiteren Kommentar auf. »Der Kollege von der Streifenpolizei ist soeben im Krankenhaus gestorben.«

Nun war er also wirklich tot. »Tut mir leid«, sagte Sabine mit trockener Kehle. Nach der Autobombe in Berlin war dieser Polizist nun das zweite Opfer der neuen RAF-Generation.

Sie mussten Conrad finden, bevor er das Land verließ und mit all seinem Wissen für immer untertauchte.

23. Kapitel

Lea betrat die Garage vor dem Polizisten, bückte sich gleich und tat so, als wollte sie hinter der Tür einen der Farbeimer aufstellen. Dann richtete sie sich wieder auf. Durchs Garagenfenster sah sie, dass die Polizistin mit einer Taschenlampe ums Haus ging.

Indessen sah sich der Polizist in der Garage um. Anscheinend bemerkte er am leichten Abgasgeruch vom Auspuff, dass der Motor kurz zuvor gelaufen war. »Waren Sie weg?«

Lea ging zum Heck des Wagens und stellte sich so hin, dass sie seinen Blick darauf verdeckte. Der Kofferraumdeckel stand tatsächlich offen. »Ich bin gerade vom Einkaufen heimgekommen.«

»Am Sonntag um diese Zeit?«

»Ich war an der Tankstelle, habe den Wagen aufgetankt und mir ein paar Snacks und etwas zum Trinken gekauft. Ich fliege morgen zeitig in der Früh von München aus in den Urlaub. Die Fahrt dorthin dauert eineinhalb Stunden, mit Stau vermutlich zwei – und ich muss noch meinen Koffer aufgeben.«

Lenk ihn ab und öffne den obersten Knopf deiner Bluse, hallte Camillas Stimme in ihrem Kopf, aber sie tat nichts dergleichen. Das hätte in den 70er Jahren noch gut funktioniert, aber heute nicht mehr. Stattdessen drehte sie sich um und warf den Kofferraumdeckel zu.

Du hast den Müllsack eingeklemmt!

Im gleichen Moment sah sie auch schon den gelben Zipfel aus dem Augenwinkel. Kess lehnte sie sich an den Wagen, verbarg mit ihrer Hüfte die Ecke des Müllsacks und verschränkte die Arme. »Wonach suchen Sie eigentlich?«

»Wie ist die Katze denn hereingekommen?«

»Hab das Garagentor offen gelassen, während ich den Einkauf ins Haus getragen habe.«

»Aha.« Er sah sich alles genau an, überprüfte das Tor, das Fenster und das Schloss an der Verbindungstür zum Haus. »Wir sind gerade besonders vorsichtig, es gab hier in letzter Zeit ein paar Einbrüche«, erklärte er, während er die Augen mit den Händen abschirmte und einen Blick durch die hintere Seitenscheibe in den Wagen warf.

»Ja, weiß ich, danke, dass Sie vorbeigekommen sind.«

Wenn er auch noch in den Kofferraum schauen will, lösen wir das Problem mit dem Wagenheber.

Lea schielte zum Boden, wo der Wagenheber neben den Winterreifen lag. »Und Ihre Kollegin draußen?«, fragte sie völlig ruhig.

»Die sieht sich nur um – reine Routine.«

Um die Kollegin draußen kümmern wir uns später …

Das Funkgerät am Gürtel des Polizisten knackte. *»Auf dem Grundstück ist nichts Verdächtiges«*, drang eine blecherne, weibliche Stimme aus dem Lautsprecher.

Der Polizist führte das Funkgerät zum Mund. »Hier drinnen scheint auch alles in Ordnung zu sein, war nur eine Katze.«

»Beeil dich, wir haben einen Zweihundertneunzehner.«

»In Ordnung, ich komme.« Der Polizist klemmte das Funkgerät an den Gürtel.

»Einen Zweihundertneunzehner?« Eigentlich kannte Lea alle Codes noch aus ihrer Dienstzeit, aber der war ihr neu.

Der Polizist grinste verlegen. »Meine Kollegin muss dringend aufs Klo.«

»Aha, verstehe.« Lea lächelte. »Wenn Ihre Kollegin will …«

Biete ihr ja nicht Vickys Klo an!

»… kann Sie gern meine Toilette benutzen.«

»Nein danke.«

»Wie gesagt, es tut mir leid, dass ich Sie in meiner Panik angerufen habe.«

»Schon okay«, sagte er verständnisvoll. »Aber das nächste Mal sagen Sie das der Kollegin auf der Dienststelle, dann sparen wir uns die Fahrt hieraus.«

»Ja, in Ordnung. Wenn Sie wollen, kann ich Sie gleich hier rauslassen.« Lea öffnete das Garagentor, der Polizist verabschiedete sich und ging raus auf die Straße zum Streifenwagen, in dem bereits seine Kollegin saß.

Lea winkte ihnen, dann schloss sie das Tor, nahm die Brille ab und massierte ihre Augen. »Zum Glück sind die weg«, stöhnte sie.

Wir sind noch lange nicht fertig, Schätzchen, sagte Camilla.

24. Kapitel

Mittlerweile war es kurz vor zweiundzwanzig Uhr, und Sneijder, Sabine, Miyu und Marc verließen das große rostbraune Polizeipräsidium in der Gögginger Straße. Dort hatten sie die letzte Stunde verbracht.

Im Moment konnten sie allerdings nicht viel mehr tun als abzuwarten. Die Polizei überprüfte mittlerweile sämtliche Zug- und Busbahnhöfe in Augsburg und Umgebung auf eine Spur von Paul Conrad hin sowie alle Flughäfen und dort speziell die Flüge in den Süden. Parallel dazu wurden gleichzeitig sämtliche Reisebüros der Stadt abgeklappert, aber noch ohne positives Ergebnis.

Sie standen zu viert neben den überdachten Säulen beim Haupteingang des Präsidiums und verabschiedeten sich. Obwohl es ein heißer Tag gewesen war, wurde es nun rasch kühl. Ferner Autolärm drang die Straße herunter, und irgendwo heulte die Sirene eines Krankenwagens.

Marc wuchtete seine Tasche in den Kofferraum von Sabines BMW, der auf dem Parkplatz des Gebäudes stand.

»Marc und ich fahren weiter nach München.« Sabine drückte Sneijder die Hand. »Ich wünsche Ihnen viel Erfolg bei der Jagd.«

Sneijder nickte. »Schönen Urlaub«, knurrte er.

Miyu wischte unterdessen auf ihrem Handy herum, und soviel Sabine erkennen konnte, bestellte sie sich ein Taxi zum Bahnhof. Sie würde mit dem Nachtzug nach Wiesbaden fahren und von dort mit einem weiteren Taxi zum BKA, wo sie noch bis zum Ende des Sommers ein Zimmer im Studentenwohnheim der Akademie hatte – genauso wie Sabine und Tina Martinelli vor vielen Jahren.

»Kommen Sie allein zurecht?«, fragte Sabine Sneijder vorsichtig, da sie schwer abschätzen konnte, was gerade in seinem Kopf vorging.

»Ich habe ja Miyu«, murmelte er. »Und zur Not kann ich Martinelli für einen Job anheuern.«

Oder eine Handvoll von den restlichen fünftausend BKA-Kollegen, die ihm im Ernstfall zur Verfügung stehen, dachte Sabine. *Theoretisch.* Aus ihrer jahrelangen Zusammenarbeit wusste Sabine allerdings, dass Sneijder in der Praxis lieber mit einer kleinen, überschaubaren Gruppe arbeitete, die zielgerichtet vorging und sämtliche bürokratischen Hürden ignorierte.

»Zurück nach Wiesbaden ist es weit, und es ist schon spät«, stellte Sabine fest. »Wollen Sie nicht bei uns in München übernachten? Meine Schwester könnte …«

»Wirklich fürsorglich«, unterbrach Sneijder sie, »aber ich fahre sowieso nicht zurück zum BKA.«

Miyu sah von ihrem Handy auf.

»Miyu, Sie nehmen allein den Zug nach Hause. Ich muss hier in Augsburg noch etwas mit den Kollegen besprechen, danach fahre ich weiter nach München.«

Marc warf den Kofferraumdeckel zu. »Ich nehme an, zum Flughafen.«

Sneijder nickte. »Ich nehme mir für heute Nacht ein Motelzimmer am Airport.«

Sabine verstand. Immerhin wollte Anna ja von dort aus nach Mallorca fliegen. Wenn es eine Chance gab, Conrad noch zu schnappen, dann wahrscheinlich dort.

»Viel Glück.« Sie nickte Sneijder noch einmal zu.

In diesem Moment kam Miyus Taxi um die Ecke. Marc und Sabine verabschiedeten sich von Miyu, dann stiegen sie in den BMW. Noch während Sabine den Wagen startete, rollte Marc sich seinen Sweater zu einem Kopfkissen zusammen und machte es sich auf dem Beifahrersitz gemütlich. Kurz bevor sie den Wagen um die Kurve lenkte, sah sie im Rückspiegel, wie Miyu ins Taxi stieg und Sneijder noch einmal ins Präsidium ging.

Endlich eine Woche Urlaub. Sie konnte es noch gar nicht richtig glauben. Auf diesen fast unwirklichen Moment hatte sie monatelang hingefiebert. Auch wenn sie gar nichts Aufregendes vorhatte, sondern einfach nur relaxen, Zeit mit ihren Nichten verbringen und massenhaft Schlaf nachholen wollte.

Während Marc Sekunden später bereits leise schnarchte, schaltete sie das Radio ein und drehte den Ton leiser. Es liefen gerade die Nachrichten. In der Villengegend nördlich der Frankfurter Innenstadt war ein Auto explodiert und ausgebrannt.

25. Kapitel

Um 22.05 Uhr sperrte Lea Vickys Haus und Garage zu und verließ das Grundstück mit ihrem eigenen Wagen. Sie fuhr langsam, hielt sich an die Geschwindigkeitsbeschränkung, blieb bei Gelb an der Ampel stehen und verhielt sich auch sonst ziemlich unauffällig.

Es waren ja nur knapp zehn Minuten ans andere Ortsende bis zu ihrer Villa. Eigentlich hätte sie sich keine Sorgen machen müssen – fünfundzwanzig Jahre lang war sie im Ort in keine einzige Verkehrskontrolle geraten. Aber sie wollte nichts riskieren, ausgerechnet heute könnte sie die überhaupt nicht brauchen.

Zum Glück ging alles gut. Sie erreichte ihr Haus, fuhr mit dem Wagen im Rückwärtsgang auf ihr Grundstück und hielt vor dem Aushub, der für das Fundament des Wintergartens gedacht war. Nachdem sie ausgestiegen war, versicherte sie sich, dass Gernot nicht überraschend zurückgekehrt war, weil er etwas vergessen hatte.

Dann zog sie sich im Haus Gummistiefel und ihren blauen Overall für die Gartenarbeit an, schaltete den Bewegungsmelder für die Gartenbeleuchtung aus und sprang mit Spaten, Hacke und Schaufel in die Grube. Im Mondlicht, an das sich ihre Augen rasch gewöhnten, hob sie in der Mitte ein Loch aus. Zwei Meter lang und einen halben Meter breit.

In Filmen sah das immer so einfach aus, doch dieser Boden hier war steinig und hart. Mehrmals musste sie mit der Kreuzhacke nachhelfen, sodass Funken von den Steinen wegflogen. Trotz der kühlen Nachtluft lief ihr der Schweiß über den Rücken, und obwohl sie Handschuhe trug, bekam sie bereits nach kurzer Zeit

Blasen an den Händen. Gruben ausheben war noch mal eine ganz andere Herausforderung als Joggen oder Kampfsport- und Selbstverteidigungstraining. Außerdem begann ihre lädierte Schulter zu schmerzen.

»Was für eine bescheuerte Idee«, keuchte sie immer wieder, während sie das Loch tiefer buddelte.

Obwohl ihr längliches Grundstück das letzte auf der Anhöhe war, fuhr hin und wieder ein Wagen auf der Straße vorbei, und jedes Mal hielt Lea inne, stützte sich auf den Spaten und wartete, ob er stehen bleiben würde. Aber zum Glück drehten die Autos entweder auf der Anhöhe um oder fuhren weiter den Hügel hinauf, um auf der anderen Seite zum Ort hinunterzugelangen.

Nachdem sie eineinhalb Stunden lang wie besessen geschuftet hatte und ihr langsam die Kraft ausging, sackte sie erschöpft am Rand zusammen. Eigentlich hätte sie ein noch viel tieferes Loch ausheben wollen, aber dazu fehlte ihr die Energie. Sie hatte die Arbeit maßlos unterschätzt. Der halbe Meter, den sie bis jetzt geschafft hatte, musste reichen.

Sie ging zu ihrem Auto und öffnete den Kofferraum. Als sie sich in der Kühle der Nacht über Vickys Körper beugte, spürte sie, dass er immer noch ein wenig warm war. Sie ließ Vicky ihren Holzschmuck, die Freundschaftsbänder, die Armbanduhr und die Ringe. Es wäre ihr schäbig vorgekommen, die Tote auch noch zu beklauen, nur weil sie in deren Rolle schlüpfen wollte.

Durchsuch sicherheitshalber die Taschen, meldete sich Camilla nach einer langen Schweigepause wieder zu Wort.

Wortlos tastete Lea Vickys knappe Jeans ab und fand deren altes Tastenhandy in der Gesäßtasche. Es war nicht gesperrt, und sie nahm es an sich.

Zum Glück hast du das gefunden. Stell dir vor, es beginnt zu läuten, wenn die Bauarbeiter am Freitag anrücken.

Völlig mechanisch, wie auf Autopilot, wickelte Lea Vickys Körper in die Plastikfolie ein und hob sie aus dem Kofferraum. Das alte Mädchen war ganz schön schwer, aber es waren ja nur ein paar Schritte bis zum Aushub.

Bei dem Gedanken, wie Vickys Körper unter dem Betonfundament langsam verrotten würde, kamen Lea wieder die Tränen. Es war alles so demütigend und traurig, was mit ihrer Cousine geschah. Würde sie diesen Wintergarten jemals genießen können? Verdient hätte sie es jedenfalls nicht.

Behutsam legte Lea den Körper in die Grube. Erdkrumen rieselten über Vickys nackte Füße. Der Nagellack glänzte im Mondlicht.

Lea ging noch einmal zurück, holte ein Guns-N'-Roses-T-Shirt und eine Schallplatte von Thin Lizzy aus dem Kofferraum. Sie hatte beides aus Vickys Haus mitgenommen und platzierte es nun auf der Leiche.

»Damit du auch dort, wo du jetzt bist, deine Musik hören kannst«, flüsterte sie. »Und ein T-Shirt zum Umziehen, falls du einen netten Kerl kennenlernst, der auf dich steht.«

Lea war zwar nicht besonders religiös – ebenso wenig wie Vicky es gewesen war –, aber dennoch wollte sie noch ein paar letzte Worte sagen.

»Dein Leben war nur kurz, Vicky, aber dafür umso intensiver. Zum Glück warst du ein Mensch, der jede Minute davon genossen und ausgekostet hat … Es tut mir so leid, was passiert ist … Ich hoffe, du verstehst, warum ich das tue und verzeihst mir … und findest deinen Frieden.«

Amen, sagte Camilla. *Und jetzt schaufel das Grab zu!*

26. Kapitel

Eine halbe Stunde vor Mitternacht liefen die Spätnachrichten im Fernsehen. Paul Conrad hatte den Ton des TV-Geräts, das an der Wand des Motelzimmers hing, ganz leise gestellt, um seine Nachbarn nicht unnötig aufzuschrecken.

Sein schwarzer Hartschalenkoffer lag geöffnet auf der zweiten Hälfte des Doppelbetts. Das Zimmer war klein, verfügte nur über eine Duschkabine, einen Schrank, ein weiches Bett, einen winzigen Eckschreibtisch mit Kaffeemaschine und einen schmalen Balkon, von dem aus man auf die beleuchtete Saunalandschaft des Motels blicken konnte, die immer noch in Betrieb war. Aber auf einen Besuch in Sauna oder Fitnessstudio verzichtete er lieber. Nicht dass ihn jemand erkannte. Außerdem sollte er unbedingt versuchen, ein paar Stunden zu schlafen.

Nachdem er am späten Vormittag am Augsburger Bahnhof ein geöffnetes Reisebüro gefunden und für seine Tochter Flug und Hotel cash bezahlt hatte, blieben ihm jetzt nur noch das Bargeld von ihrem gemeinsamen Raubzug und der Schmuck, den er im Ausland verkaufen würde, wenn auch sicher weit unter Wert.

Wie ein Tiger lief er in seinem Zimmer auf und ab, in einer Hand die Tasse mit dem koffeinfreien Pulverkaffee, den er sich gemacht hatte, in der anderen die Fernbedienung. Die Nachrichtensprecherin hatte soeben von einer Autobombe in der Nähe der Frankfurter Innenstadt berichtet. Wenigstens das hatte geklappt. Anscheinend wussten die Medien noch nichts von dem dritten Anschlag in Düsseldorf, aber Conrad war zuversichtlich, dass auch das noch kommen würde. Spätestens morgen früh.

Was ihn jedoch verrückt machte, war die Tatsache, dass er seine Tochter nicht kontaktieren konnte, ohne seinen oder ihren Aufenthaltsort zu verraten. Er hoffte nur, dass bei der Übergabe beim Speed-Dating nichts schiefgegangen war.

Schließlich schaltete er das TV-Gerät aus, löschte das Licht im Zimmer, schob den Vorhang ganz beiseite und trat auf den Balkon.

Die Nacht war angenehm lau. Er spähte zum Münchner Flughafen, der vom Airportmotel nur einen knappen Kilometer entfernt lag, und sah eine Weile den letzten Flugzeugen zu, die mit blinkenden Lichtern im Fünfminutentakt von der Startbahn abhoben und über das Areal des Airports donnerten, bevor das Nachtflugverbot einsetzte.

Für morgen war alles vorbereitet. Er hatte bereits zehn Euro als Trinkgeld für den Zimmerservice auf den Schreibtisch gelegt. Das Panoramarestaurant würde noch nicht geöffnet haben, wenn er zeitig in der Früh aufbrach, also würde er sich ohne Frühstück gleich vom Shuttleservice direkt zum richtigen Terminal bringen lassen.

Sein Flug LH 1796 ging morgen um sieben Uhr früh nach Mallorca.

27. Kapitel

Nachdem Lea das Grab zugeschaufelt hatte, leuchtete sie die Stelle mit der Taschenlampe ab, um zu überprüfen, ob sie nicht irrtümlich etwas vergessen oder verloren hatte. Dann verteilte sie den Rest ihres Aushubs gleichmäßig auf dem Boden.

Sie kletterte aus der Grube, schaltete den Bewegungsmelder wieder ein und verstellte eine der Sicherheitskameras im Garten so, dass sie den Aushub im Blickfeld hatte. Wenn sie sich nun von unterwegs in das Sicherheitssystem der Firma SEC-CURE einloggte, konnte sie überprüfen, ob das Grab immer noch unentdeckt und unangetastet war.

Anschließend parkte sie ihren Wagen vor dem Haus, wo er normalerweise immer stand, verstaute Gummistiefel und Werkzeug im Schuppen, warf den Overall im Keller des Hauses in den Wäschekorb und ging ins Badezimmer.

Mit einer scharfen Schere schnitt sie ihre langen Haare an den Seiten etwas kürzer, so wie Vicky sie trug, franste sie an den Enden aus und stieg danach in die Dusche. Mit dem heißen Wasser, das über ihren Körper lief und Schweiß und Erde wegschwemmte, versuchte sie auch gleichzeitig ihre Schuldgefühle und ihr schlechtes Gewissen wegzuspülen und mitsamt ihren Tränen in den Abfluss laufen zu lassen … Das Wasser lief sehr lange, bis sie sich imstande fühlte, die Dusche zu verlassen.

»Und jetzt konzentrierst du dich auf deine Reise«, schärfte sie sich schließlich ein, während sie den Wasserhahn abdrehte und nach dem Handtuch griff.

So gefällst du mir schon besser, kommentierte Camilla.

Lea rubbelte sich die Haare trocken und flocht sich wie ihre Cousine einen Zopf. Nachdem sich der Dunst im Bad verzogen hatte und sie sich wieder im Spiegel sehen konnte, war sie zufrieden. Schirmkappe und Brille fehlten noch, dann war alles perfekt, denn trotz des Altersunterschieds sahen sie und Vicky sich sehr ähnlich.

Wunderschön siehst du aus!

Lea blickte auf die Uhr. Es war nach ein Uhr früh. Sie schlüpfte in frische Kleidung, goss alle Pflanzen, damit sie ein paar Tage lang ohne Wasser auskommen konnten, schloss alle Fenster und schaltete alle Lichter und Geräte aus.

In einer Bauchtasche nahm sie zweitausend Euro Bargeld, ihren Ausweis, Hausschlüssel und ihr Handy mit. Kreditkarte und EC-Karte ließ sie absichtlich zu Hause, um nicht in Versuchung zu kommen, irgendwo damit zu bezahlen oder Geld abzuheben und damit eine digitale Spur im Ausland zu hinterlassen.

Danach lief sie zur Busstation und erreichte gerade noch den letzten Nachtbus, der quer durch die Stadt fuhr. Während sie zurück zu Vickys Haus gondelte, sagte sie von ihrem Handy aus per WhatsApp alle beruflichen und privaten Termine für die nächste Woche ab. Außerdem sprach sie ihrem Assistenten – der in ihrer Firma die Termine koordinierte, Angebote schrieb und die Buchhaltung machte – eine Nachricht aufs Handy, dass auch er alle ihre Termine wegen einer Sommergrippe, die sie plötzlich erwischt hatte, absagen musste.

Kaum war sie fertig, hielt der Bus auch schon in der Nähe von Vickys Haus. Lea war der einzige Fahrgast. Sie stieg aus und ging die restlichen Meter zu Fuß.

Um zwei Uhr früh stand sie schließlich wieder vor dem Haus ihrer Cousine. Sie war so aufgedreht, dass sie gar keine Müdigkeit verspürte – zum Glück, denn etwas Arbeit lag noch vor ihr.

Sie überprüfte, was Vicky bisher in ihren Koffer gepackt hatte, durchwühlte Vickys Kleiderschrank und Schubladen und ergänzte die Dinge, die sie ihrer Meinung nach auf Mallorca brauchen würde. Zuletzt packte sie auch noch eine kleine Reisetasche, die sie als Handgepäck in den Flieger mitnehmen würde, und in der sie Vickys Flugticket, Voucher, Reisepass, Bargeld und Handy verstaute.

Zu guter Letzt stopfte sie auch noch ihre eigene Kleidung, die sie gerade trug, mitsamt ihren Schuhen in Vickys Koffer und zog sich stattdessen Vickys Kleidung an.

»Hab ich an alles gedacht?«, fragte sie sich, nachdem sie zum wiederholten Male in dieser Nacht durchschnaufte und sich den Schweiß von der Stirn wischte.

Vickys Brille und Brillenetui.

»Oh, ja, danke.« Sie schlug sich auf die Stirn. Auch das packte sie in die Reisetasche.

Vickys Schmuck!

»Stimmt.« Sie durchwühlte eine Schatulle auf der Kommode im Wohnzimmer und entschied sich für eine Holzkette, mehrere Freundschaftsbänder aus Leder und ein paar Ringe mit Drachen- und Schlangenmotiven.

Mittlerweile war sie trotz aller Aufgekratztheit doch schon ziemlich müde. Dabei blieb ihr nur noch wenig Zeit, um auszuruhen – bereits um halb vier Uhr früh würde sie mit Vickys VW-Käfer nach München fahren. Ihr Flieger ging um sieben Uhr und so lange musste sie noch durchhalten. Danach konnte sie im Flugzeug pennen.

Nachdem sie als Vicky Fuchs offiziell nach Mallorca geflogen war, wollte sie von dort so schnell wie möglich mit öffentlichen Verkehrsmitteln anonym wieder zurück nach Kufstein reisen.

»… und jeder wird glauben, dass Vicky auf Mallorca spurlos verschwunden ist«, murmelte sie, während sie den Koffer schloss.

Aber nur wenn du am Münchner Flughafen nicht vergisst, deine Fingerabdrücke von Vickys Lenkrad zu wischen.

»Danke.«

3. TEIL

Montag, 20. Mai

28. Kapitel

Sneijder hatte in seinem Zimmer im Münchner Airportmotel nur drei Stunden geschlafen. Da die chemische Reinigung des Hotels erst am späten Vormittag aufsperrte, hatte er gleich nach seiner Ankunft noch in der Nacht Hose und Sakko im Badezimmer so gut wie möglich von Annas Blut und dem Blut des erschossenen Polizisten gesäubert. Danach hatte er das Sakko mit der Dampfbürste des Hotels auf dem Balkon geglättet, während er einen Joint rauchte. Aber was er auch tat, sein Anzug von *Steenweg en Zonen* war ruiniert.

In Wiesbaden hatte er sowohl in seinem Büro als auch in seinem Haus, einer ehemaligen Mühle außerhalb der Stadt am Waldrand, genügend identische Anzüge – aber eben nicht hier, und so musste er vorerst mit diesem Ärgernis leben. Schließlich hatte er keine Ahnung, wie lange er noch unterwegs sein und wann er wieder nach Wiesbaden kommen würde.

Gestern Nacht war vor der privaten Villa eines Bankiers in der Frankfurter Annastraße eine zweite Autobombe hochgegangen, die ihn und seine Frau getötet hatte. Der Mann hatte für die KfW, die Kreditanstalt für Wiederaufbau gearbeitet, die bundesweit Großprojekte finanzierte und Firmen im In- und Ausland förderte.

Nur wenige Stunden später war in Düsseldorf eine mit Sprengstoff bestückte Drohne in die Fensterfront eines Wohnhauses geflogen und hatte bei der Detonation den Manager eines Rüstungskonzerns und seine komplette Familie im Schlaf getötet.

Das hieß Dauereinsatz für Sneijder. Bereits um fünf Uhr früh telefonierte er im noch nicht offiziell geöffneten Panoramafrühstücksraum des Motels bei einer Tasse Vanilletee mit der Kollegin von der Augsburger Kripo. Spurensicherung und IT-Spezialisten hatten in der Nacht Anna Bischoffs Wohnung auf den Kopf gestellt, Festplatten beschlagnahmt und durchsucht, aber nichts Interessantes gefunden. Allerdings hatte die Kripo herausgefunden, wo Annas Flug gebucht worden war: in einem Reisebüro am Augsburger Hauptbahnhof, das auch am Sonntagvormittag geöffnet hatte. Dass sich der Reiseveranstalter *Borealis Reisen* auf Luxusreisen spezialisiert hatte, erklärte auch, warum Anna Business Class geflogen wäre.

Die Polizei hatte die Nacht durchgearbeitet, aber keinen zweiten, kurzfristig über ein Reisebüro gebuchten Flug nach Mallorca mitsamt Voucher für das *Aurelia Bay Club Resort* finden können – und erst recht keine Buchung von einem Paul Conrad. Genau das hatte Sneijder insgeheim befürchtet. Conrad war eben ein Profi und hätte sich kaum einen solchen Schnitzer geleistet. Trotzdem war es einen Versuch wert gewesen.

Weil er nicht einfach aufgeben wollte, fuhr er kurz nach dem Telefonat mit dem Shuttleservice des Motels direkt zum Airportgelände, nahm sicherheitshalber mit der Flughafenpolizei Kontakt auf, bekam einen roten Ausweis für die höchste Zugangsberechtigung zu allen Bereichen und wurde von den Beamten durch die Sicherheitskontrolle geschleust. Erst mal ohne seine Dienstwaffe, aber nach einem kurzen Telefonat mit Friedrich Drohmeier, der ebenfalls kaum geschlafen hatte, händigten die Kollegen Sneijder seine Glock 17 mit dem dazugehörigen Magazin wieder aus.

Nun befand er sich in der Duty-free-Zone und war per Handy und Ohrstöpsel über eine permanente Standleitung mit den Kollegen von der Security verbunden, die weiter nach Paul Conrad fahndeten. Sobald sie etwas Verdächtiges bemerkten, würden sie es Sneijder sofort melden.

Auf den Anzeigetafeln war Anna Bischoffs Lufthansa-Maschine, die um sieben Uhr früh in Richtung Mallorca abheben würde, zwar schon gelistet, aber noch wurden weder Gate noch Boardingzeit angezeigt. Sneijder hingegen wusste von der Bodenkontrolle, von welchem Gate aus die Maschine starten würde, und begab sich schon einmal vorsorglich dorthin.

Um 5.45 Uhr holte er sich einen Becher Kaffee von einem der ersten Shops, die gerade öffneten, und nahm sämtliche männlichen Alleinreisenden genauer unter die Lupe.

Conrad, ich weiß, dass du hier auftauchst. Du lässt deine Tochter nicht alleine abhauen.

Auf Sneijders Aufforderung hin wurde das Abfluggate schließlich zehn Minuten früher als sonst auf den Infotafeln angezeigt, und er beobachtete alle am Gate ankommenden Gäste genau. Doch es befand sich niemand darunter, der Conrad auch nur im Entferntesten ähnlich sah.

Schließlich musste Sneijder auf die Toilette, betrat die nächstgelegene WC-Anlage und stellte sich ans Pissoir. Um diese Uhrzeit war außer ihm niemand hier, alle Kabinen waren leer.

»Gibt es was Neues?«, fragte er daher, als er kurz darauf am Waschbecken stand und sich die Hände wusch.

»Keine Spur von Conrad«, drang eine weibliche Stimme mit niederländischem Akzent aus seinem Ohrstöpsel.

»Kommen Sie aus den Niederlanden?«, fragte Sneijder erstaunt.

»Meine Mutter stammt aus Eindhoven. Können wir uns jetzt wieder auf die Sache konzentrieren?«

»Okay«, antwortete Sneijder amüsiert.

»Wo sind Sie gerade?«

»Am Gate, auf dem WC.«

»Bleiben Sie dort?«

»Auf dem WC?«, fragte Sneijder.

»Nein, ich meinte am Gate.«

»Ich bewege mich keinen Millimeter von hier weg.«

»Okay, denn routinemäßig würde jetzt eine zweiköpfige Polizeipatrouille mit Hund die Runde durch die Duty-free-Zone am Gate machen. Sollen wir die stoppen, damit es nicht auffällt, wenn …?«

»Nein«, unterbrach Sneijder die Frau. »Machen Sie alles so, als wäre es ein ganz normaler Tag. Jede größere Abweichung von der Routine wäre auffällig.«

»In Ordnung.«

Sneijder hörte im Hintergrund, wie die Kollegin auf einem Schreibtischstuhl wegrollte und über ein Funkgerät sprach, verstand jedoch nichts von der folgenden Konversation.

In dem Moment betrat ein älterer, hochgewachsener Mann im grauen Anzug mit schulterlangen, leicht grau melierten Haaren und einer blauen Spiegelsonnenbrille auf der Stirn den Waschraum, stellte sich neben ihn und wusch sich ebenfalls die Hände.

Um diese Uhrzeit schon die Sonnenbrille bereit? In einem Innenraum?

Jetzt hob der Mann den Blick und betrachtete Sneijder im Spiegel. Dass der einen Stöpsel im Ohr hatte, konnte er glücklicherweise nicht sehen, da er auf der anderen Seite stand. Allerdings blieb sein Blick für einen kurzen Moment auf Sneijders Sakko hängen. Anscheinend bemerkte er die Blutflecken, die Sneijder nicht ganz aus dem Stoff bekommen hatte. Sekunden später wanderte sein Blick unauffällig über Sneijders leicht ausgebeultes Sakko, unter dem sich die Glock im Schulterholster befand. Dann sah er rasch weg.

Zu rasch!

»Er ist hier«, sagte Sneijder so unaufgeregt wie möglich auf Niederländisch.

»Verstanden«, kam die Antwort prompt aus dem Stöpsel.

Dann griff Sneijder unter das Sakko nach der Waffe. Doch bevor er die Glock gezogen und durchgeladen hatte, stürzte der Mann bereits zur Tür.

»Bleiben Sie stehen, Conrad. Sie haben keine Chance«, rief Sneijder.

Doch der Mann ignorierte ihn und riss die Tür auf.

»Vervloekter schijtkerel.« Sneijder verzichtete auf einen Warnschuss in die Decke. Lieber hätte er gezielt in Conrads Bein geschossen, aber da er nicht wusste, ob sich jemand unmittelbar hinter der Tür befand, kam das auch nicht infrage. »Er ist vor der Toilette und haut ab.«

»Wir sehen ihn auf der Überwachungskamera«, drang die Stimme der Kollegin aus dem Ohrstöpsel. *»Wir haben ihn gleich …«*

Während Sneijder die Waffe runternahm, die Tür öffnete und hinaustrat, hörte er bereits das Bellen eines Hundes. Conrad lag nur wenige Meter entfernt mit dem Bauch flach auf dem Boden. Seine Perücke war verrutscht, die Sonnenbrille über den Boden geschlittert. Der Schäferhund hatte ihn gestellt. Eine Polizistin hielt Conrad mit der Waffe in Schach, während ihr Kollege auf ihm draufkniete und ihm unsanft die Handschellen anlegte.

Conrad stöhnte kurz auf und drehte den Kopf nach oben zu Sneijder. »Wer sind Sie?«

Das wirst du noch früh genug herausfinden, dachte Sneijder und steckte die Glock zurück ins Holster.

»Wer, verdammt, sind Sie?«, wiederholte Conrad keuchend.

Sneijder setzte sein Leichenhallenlächeln auf. »*Ich* stelle hier die Fragen.«

29. Kapitel

Noch bevor Lea um halb vier Uhr früh aufgebrochen war, hatte sie die SIM-Karte aus ihrem eigenen Handy herausgenommen, damit man sie nicht orten konnte und sich vor allem nachträglich nicht beweisen lassen würde, dass sie jemals das Land verlassen hatte. Dann war sie mit dem VW-Käfer losgefahren und hatte auch schon bald bei Kiefersfelden die Grenze überquert.

Zum Glück gab es keinen Stau auf dem Weg zum Münchner Flughafen, den sie eineinhalb Stunden später erreichte. Sie löste das Parkticket am Airportparkhaus ein, das Vicky schon Tage zuvor online gekauft hatte, und stellte den Wagen ab. Ihre Fingerabdrücke musste sie gar nicht mühsam entfernen, da sie sicherheitshalber während der Fahrt Handschuhe getragen hatte. Nachdem sie diese in einen Mülleimer geworfen hatte, ging sie den langen Weg zum richtigen Terminal.

Mit pochendem Herzen presste sie Vickys Reisepass auf das Display des Check-in-Automaten und druckte einen Gepäckanhänger für den Koffer aus. Da sie ständig beruflich irgendwohin flog, waren diese Vorgänge für sie normalerweise reine Routine, doch jetzt in Vickys Rolle war ihr Puls ständig auf vollem Anschlag.

Beruhige dich wieder, sagte Camilla. *Was soll schon schiefgehen?*

»Was soll schon schiefgehen?«, zischte Lea. »Dass man mich bei der Kontrolle rausfischt und draufkommt, dass ich gar nicht Vicky bin? Oder dass Vicky gar nicht allein, sondern in Begleitung reist und alles auffliegt? Da fallen mir Dutzende Dinge ein, die schiefgehen könnten.«

Bleib cool!

»Ich fühle mich gerade so cool wie ein Atomkraftwerk kurz vor der Kernschmelze.« Lea wuchtete den Koffer aufs Gepäckband, scannte den Code ein und sah zu, wie der Koffer auf dem Förderband davonfuhr und hinter einem schwarzen Vorhang verschwand.

Okay, jetzt nur noch durch die Security, sagte Camilla. *Links den Gang hinunter.*

»Ja doch, und halt endlich die Klappe, ich muss mich konzentrieren«, murmelte Lea.

Setz die Brille auf!

Lea kramte die Brille aus dem Etui, setzte sie auf, ging mit der Bordkarte durch die Glasbegrenzung, die automatisch nach beiden Seiten aufschwang, und stellte sich in die Warteschlange. Endlich kam sie dran und legte die Reisetasche und ihre Bauchtasche in die Plastikboxen.

»Haben Sie Flüssigkeiten oder einen Laptop dabei?«

»Nein«, krächzte Lea.

Dann wurde sie von einer Sicherheitsbeamtin durch den Metalldetektor gewunken. Er schlug an, sie musste noch einmal durchgehen, und er schlug erneut an. Also wurde sie zur Seite gebeten, von einer anderen Beamtin abgetastet und mit einem Handscanner überprüft.

»Haben Sie Metallgegenstände bei sich?«

»Nein.« Plötzlich rieselte es Lea siedend heiß über den Körper und Schweiß brach ihr aus allen Poren. »Ich habe Schrauben im Schultergelenk.«

Da piepte der Handscanner auch schon in Höhe der linken Schulter. Normalerweise schlugen die Scanner nicht an, doch der Münchner Airport hatte die Geräte anscheinend feiner eingestellt.

»Implantatpass?«, fragte die Dame.

Ja, Scheiße, den haben wir zu Hause vergessen.

Aber selbst wenn sie oder Camilla daran gedacht hätten, hätte sie ihn sowieso nicht vorzeigen können, weil er nicht auf Vicky, sondern auf ihren Namen ausgestellt war.

»Den habe ich blöderweise im Seitenfach meines Koffers«, log Lea lächelnd. »Normalerweise schlagen die Scanner nicht an.« Sie zog sich das schwarze Sex Pistols T-Shirt über die Schulter und zeigte der Dame die lange Narbe.

»Okay, gehen Sie weiter, aber das nächste Mal denken Sie daran.«

»Ja, mach ich. Vielen Dank.« Sie ging zum Förderband, schnallte sich die Bauchtasche um die Taille, schulterte die Reisetasche und ging zur nächstgelegenen Infotafel.

Glück gehabt!

»Und warum hast *du* nicht daran gedacht?«, zischte Lea.

Bin halt auch nicht vollkommen.

Lea nahm die Brille ab und suchte auf dem großen Display ihren Lufthansa-Flug. Das Gate fürs Boarding wurde bereits angezeigt. Zehn Minuten zu Fuß, also hatte sie noch Zeit. Sie suchte sich ein Café mit Stehtischen direkt an einer großen Glasfront. Von dort aus konnte man auf die Gates blicken, an denen der Reihe nach die Flugzeuge angedockt standen, während sich dahinter am Horizont ein zarter oranger Lichtstreifen bildete.

Irgendwo aus der Richtung ihres Gates bellte ein Hund. Lea sah kurz hin, erkannte aber nichts Auffälliges. Dann trank sie einen Cappuccino mit Mandelmilch, kaute an einem Croissant und hoffte, dass Gernot innerhalb der nächsten Tage derart mit seiner Mutter beschäftigt war, dass er vergaß, sie anzurufen. Schließlich würde sie ihr Handy erst wieder einschalten, wenn sie zurück in Österreich war – und das musste spätestens am Freitagvormittag um zehn Uhr sein.

Hoffentlich besucht dich niemand zu Hause, sagte Camilla.

»Warum sollte das jemand tun?«

Um sich nach deiner angeblichen Sommergrippe zu erkundigen?

30. Kapitel

Sogleich war von der Flughafenpolizei Verstärkung zum Gate gekommen, und zu viert führten sie Paul Conrad ab. Um möglichst wenig Aufsehen zu erregen, brachten sie ihn direkt über einen Personalausgang in den Mitarbeiterbereich des Gates und dann zum Verhörraum der Zollbehörde.

Dort saß Conrad nun mit auf den Rücken gefesselten Händen auf einem Stuhl, ohne Gürtel, Schuhbänder, Sakko, Telefon und Uhr, was man ihm alles abgenommen hatte, und starrte in das Licht der Lampe vor ihm auf dem Tisch. Bei der Tür stand ein bewaffneter Wachposten.

Während Conrad in diesem nur sechs Quadratmeter großen fensterlosen Raum mit ausgeschalteter Klimaanlage ohne Getränk im eigenen Saft schmorte, fand Sneijder in Conrads Sakko eine Bordkarte für den Sieben-Uhr-Flug der Lufthansa nach Mallorca – ebenfalls Business Class. Nach zwei Telefonaten wusste Sneijder, dass dieses Ticket schon vor zwei Wochen in einem Wiesbadener Reisebüro bar bezahlt worden war. Allerdings hatte Conrad weder einen Transfer- noch einen Hotelvoucher dabei. Sie konnten also nur vermuten, dass er genauso wie Anna im *Aurelia Bay Club Resort* abgestiegen wäre.

Außerdem reiste er nicht, wie seine Tochter es geplant hatte, unter seinem eigenen Namen, sondern mit gefälschtem Pass unter der Identität eines gewissen Dr. Ron D. Pacula, der in Tel Aviv geboren und laut Geburtsdatum zwei Jahre jünger als Paul Conrad war. Der exzellent gemachte Reisepass hätte jeder oberflächlichen Überprüfung standgehalten und zeigte Conrad mit genau dieser grau melierten Perücke, die er auf der Toilette getragen hatte. Auch das die Handschrift eines Profis.

Die IT-Techniker der Zollbehörde versuchten seit mittlerweile zehn Minuten, das Handy zu entsperren, das Conrad bei der Verhaftung bei sich getragen hatte. Indessen suchte das Flughafenpersonal Conrads Reisekoffer heraus, den er vor dem Securitycheck aufgegeben hatte und der bereits auf halbem Weg zur Lufthansa-Maschine war.

Sneijder stand im Besprechungszimmer der Zollbehörde am Fenster, trank eine Tasse Kaffee und blickte auf die hell beleuchtete Startpiste, als er einen Anruf von der IT-Forensik des BKA Wiesbaden bekam. »Ja?«, knurrte er.

»Rufe ich zu früh an?«, fragte ein junger Mann.

»Kein Anruf ist jemals zu früh, und sparen Sie sich den Smalltalk.« Die Sonne schob sich gerade über den Horizont und ließ den Nachthimmel mit einem grellen Orangeton verschwinden.

»Okay, verstehe, gut ... eine der SIM-Karten jener Smartphones, die in der Nacht von Samstag auf Sonntag in Paul Conrads Haus verbrannt sind, hat überlebt. Wir konnten die Nummer herausfinden ...«

»Und?«, unterbrach Sneijder den Kollegen. »Wen hat er wann zuletzt damit angerufen?«

»Laut Telefonanbieter gab es zwei kurze Gespräche nach Mitternacht. Genauer gesagt einmal um 0.47 Uhr und dann nochmal um 0.49 Uhr.«

Sneijder nickte in Gedanken versunken. Das war kurz vor Conrads Flucht gewesen, als er den Brand in seinem Haus gelegt hatte. »Und wen hat er angerufen?«

»Zuerst einen gewissen Dr. Albrecht, ein Rechtsanwalt in Frankfurt, der Paul Conrad offenbar juristisch vertritt, wie wir mittlerweile ...«

»Und die zweite Nummer?«

»Eine Anna Bischoff in Augsburg.«

»Okay, die zweite Spur können Sie gleich wieder vergessen, hat sich mittlerweile erledigt, aber informieren Sie Friedrich Drohmeier über das erste Telefonat.«

»Drohmeier?«, wiederholte der Techniker. »Unseren Präsidenten?«

»Er wird sich um alles Weitere kümmern.« Sneijder legte auf, da zwei uniformierte Kollegen von der Zollbehörde ins Zimmer kamen und einen schwarzen Hartschalenkoffer hereinrollten. Eindeutig das Teil, das Sneijder durch Marcs Videokamera in Conrads Haus gesehen hatte. »Ist das Ding sauber?«

Die beiden Beamten nickten. »Keine Spuren eines explosiven Materials auf den Teststreifen, die Durchleuchtung des Gepäcks hat nichts ergeben, und die Hunde haben auch nichts gefunden.«

Offenbar hatte Conrad damit also kein Attentat vorgehabt.

»Auf den Besprechungstisch damit«, sagte Sneijder und betrachtete den Koffer. Bei den beiden Schlössern handelte es sich um jeweils vierstellige Zahlenschlösser. Die Zahlenräder waren verstellt, und Sneijder hatte keine Lust, lange Knobelspielchen auszuprobieren. Kurzerhand nahm er einen Brieföffner aus einer Box mit Stiften und Linealen und brach beide Schlösser damit auf. Dann klappte er den Koffer so schwungvoll auf, dass der Deckel auf den Tisch knallte.

Aus dem Augenwinkel sah er, dass die beiden Beamten für einen Moment den Atem angehalten hatten, aber weder ein greller Blitz noch eine Explosion folgten. Ihre verkrampften Körper entspannten sich wieder.

»Lassen Sie mich allein«, befahl Sneijder.

Nachdem die beiden das Besprechungszimmer verlassen hatten, schüttelte Sneijder erst einmal einen Joint aus seiner Zigarettenschachtel, feuchtete ihn mit der Zunge an, roch daran und schob sich die Tüte schließlich hinters Ohr.

Dann wandte er sich dem Koffer zu. Zusätzlich zu jeder Menge Kosmetikartikel, sommerlicher Kleidung, mehreren schicken grauen Anzügen – anscheinend hatten Conrad und er die gleiche Kleidergröße –, fand er auch einen Beutel mit Medikamenten, unter denen sich unter anderem Blutverdünner befanden und ein starkes Präparat, das die Herzfrequenz regelte. Laut beigelegtem Implantatpass hatte Conrad seit zwanzig Jahren einen Herzschrittmacher.

In einem Seitenfach des Koffers entdeckte Sneijder schließlich jede Menge wertvollen Schmuck, der bestimmt von dem Überfall in Augsburg stammte, sowie drei weitere Reisepässe, die auf verschiedene Identitäten lauteten und alternative Fotovarianten von Conrad zeigten. Damit hätte er gewiss unbemerkt von Mallorca aus weiterfliegen können, und sie hätten seine Spur für immer verloren.

Am interessantesten fand Sneijder jedoch einen Packen Seminarunterlagen und Hochglanzflyer auf Deutsch, Englisch und Französisch, die einen Lebensweisheiten-Workshop von Ron D. Pacula bewarben. *Wat in godsnaam?* Sneijder war überrascht, wie detailliert Conrad sein Alias ausgearbeitet hatte, denn der Mentalcoach Ron D. Pacula verfügte laut Flyer sogar über eine eigene Website. Anscheinend war Pacula ein deutsch-israelischer Mentalcoach für »Positives Denken für Gewinner«.

Wie passte das zu einem RAF-Terroristen?

Sneijder schnappte sich den vorbereiteten Joint, rollte ihn erneut zwischen den Fingern hin und her und roch am Marihuana, während er nachdenklich die Flyer betrachtete. Warum hatte sich Conrad mit dieser Fake-Identität so große Mühe gegeben? Und plötzlich sah er es.

Anders als bei den anderen drei Fake-Identitäten bildeten die Buchstaben von *Ron D. Pacula* ein Anagramm von *Paul Conrad*. Demnach musste Pacula eine ganz besonders wichtige Rolle in Conrads Leben spielen. Aber welche, *vervloekt*?

Die Tür zum Zimmer wurde geöffnet, und einer der beiden uniformierten Beamten von vorhin trat ein. Er stellte ein kleines, ovales Tablett auf den Tisch, auf dem ein blaues Smartphone lag. »Die Techniker haben Conrads Handy geknackt. Prepaid, dreihundert Euro Wertguthaben.«

»Wurde der Inhalt schon ausgelesen?«

Der Beamte nickte. »Aber es sind keine interessanten, verdächtigen oder belastenden Informationen darauf zu finden.«

»Anrufliste?«

»Nein.«

»Kontaktdaten?«

»Keine.«

»Fotos?«

»Nur von Conrads Tochter.«

Verdomme! Sneijder griff in die Hosentasche und zündete sich den Joint mit einem silbernen Zippo-Feuerzeug mit Totenkopf darauf an, das früher einmal Krzysztof gehört hatte.

»Äh … Sie sollten …«

»Lassen Sie mich allein«, unterbrach er den Mann und inhalierte kräftig.

Der Mann starrte verblüfft zur Decke. »Oh, Sie haben den Feuermelder abmon…«

»Raus!«, bellte Sneijder.

Nachdem er wieder allein im Zimmer war, klemmte er sich den Joint in den Mundwinkel und öffnete auf seinem eigenen Smartphone Paculas Mentalcoach-Website. Die gab es wirklich, und zwar in einer deutschen, französischen und englischen Version. Der Lebenslauf wies Ron D. Pacula unter anderem als ausgebildeten Psychologen aus, der Paul Conrad ja auch wirklich war. Allerdings befand sich auf der gesamten Internetpräsenz kein einziges Foto von ihm.

Clever, dachte Sneijder. Ein Gesichtserkennungsprogramm

wäre ansonsten, wenn es das gesamte Internet durchsucht hätte, möglicherweise auf einen positiven Match zwischen Ron D. Pacula und Paul Conrad gestoßen – so aber gab es keine sichtbare Verbindung zwischen den beiden Personen.

Sneijder öffnete die Kontaktseite der Homepage, fand aber keine Adresse, sondern nur eine Telefonnummer, die er sogleich anrief. Es läutete zweimal und im nächsten Moment begann das blaue Handy auf dem Tablett zu vibrieren.

Sneijder legte auf. Nun wusste er alles, was er im Moment wissen musste, und war bereit. Er steckte sowohl sein Telefon als auch Conrads Prepaidhandy ein, drückte den Joint auf dem Tablett aus und verließ das Zimmer.

Jetzt würde er sich mal gründlich mit Conrad unterhalten.

31. Kapitel

Sneijder betrat den Raum und schloss die Tür. Dann stellte er sich vor den Tisch hin und betrachtete Conrad, während er die Hände in die Hosentaschen schob.

Conrad sah müde auf. »Ach, Sie sind es. Hab mich schon gefragt, wann Sie wieder auftauchen. Ach, Verzeihung, ich vergaß, *Sie* stellen ja hier die Fragen.« Sein Ton war ironisch und extrem überheblich. Da wusste Sneijder, dass er mit normalen Verhörmethoden kein Wort aus Conrad herauskriegen würde. Jetzt nicht – und auch nicht in drei Monaten oder hundert Jahren. Conrad würde lieber im Hungerstreik in U-Haft draufgehen, als der Polizei auch nur ein winziges Detail über die neue Generation der RAF zu verraten – vor allem jetzt, wo die ersten Aktionen bereits anliefen.

Sneijder mahlte mit den Backenknochen. »Ist Ihre Reise nach Mallorca nur eine Flucht oder soll dort ein geplantes Treffen stattfinden?«, fragte er dennoch, aber Conrad gab erwartungsgemäß keine Antwort, sondern blickte nur gelangweilt zu Boden.

»Ist in der Hotelanlage ein Terroranschlag geplant?«, fragte Sneijder weiter.

Plötzlich bildete sich für den Bruchteil einer Sekunde eine Falte auf Conrads Stirn. Er hob den Blick und sah Sneijder an. »Welche Hotelanlage?«

Sneijder ließ sich keine Reaktion anmerken. »Das *Aurelia Bay Club Resort*«, sagte er wie selbstverständlich.

»Wie kommen Sie ausgerechnet darauf?«, fragte Conrad.

Das wüsstest du wohl gern. Sneijder lächelte nun doch. »Von Ihrer Tochter.«

Conrad kaute an der Unterlippe. Augenscheinlich war er alarmiert. »Was ist mit meiner Tochter?« Seine Stimme klang rau.

»Gehen wir es doch chronologisch an«, schlug Sneijder vor. Bewegungslos blieb er stehen und blickte auf Conrad hinunter. »Reden wir über letzte Nacht. Wurden Sie gewarnt?«

Conrad überlegte. Jetzt wollte er von Sneijder genauso dringend Informationen wie Sneijder von ihm. »Nein«, sagte Conrad schließlich. »Wo ist meine Tochter?«

Sneijder ignorierte die Frage. »Woher wussten Sie dann, dass wir Ihnen auf den Fersen waren? Warum die überstürzte Flucht?«

»Ich habe bemerkt, dass meine Konten gesperrt waren und mein Haus observiert wurde. Widerrechtlich und ohne richterlichen Beschluss, wie ich annehme.«

Richtig, dachte Sneijder, aber für Terrorismusverdacht und Gefahr im Verzug galten nun mal andere Regeln als für Handtaschendiebstahl. Nicht dass er jemanden wie Conrad darüber belehren musste. »Sie haben in jener Nacht, als Sie den Brand gelegt haben, mit Ihrer Tochter telefoniert«, sagte er stattdessen. »Den Grund kennen wir mittlerweile. Sie haben sie gewarnt und sich danach mit ihr in Augsburg für einen gemeinsamen Überfall getroffen. Ich nehme an, Ihre Tochter arbeitet schon seit längerer Zeit mit Ihnen zusammen, andernfalls hätte sie nicht versucht, gemeinsam mit Ihnen zu fliehen, richtig?«

Conrad räusperte sich. Seine anfängliche Arroganz schmolz ein wenig dahin. »Wo ist sie jetzt?«, wiederholte er.

»In Gewahrsam. Sie wird verhört«, log Sneijder. »Vor Ihrem Telefonat mit ihr haben Sie aber noch Ihren Anwalt Dr. Albrecht angerufen. Was haben Sie mit ihm besprochen?«

Conrad lächelte kurz. »Fragen Sie ihn doch.«

»Ja, das werden wir.«

»Viel Spaß dabei. Er ist Anwalt, er wird Ihnen kein Wort sagen.«

»Nicht, wenn wir ihm die Beteiligung an einer terroristischen Vereinigung nachweisen und ihm die Anwaltslizenz entziehen.«

»Wer ist *wir*?«, fragte Conrad.

»Sind Sie der geistige Kopf der vierten RAF-Generation?«

»Sind Sie vom Bundesamt für Verfassungsschutz? Vom Polizeilichen Staatsschutz? Bundeskriminalamt oder Bundesnachrichtendienst?«

Sneijder zeigte zu keinem der Begriffe eine Reaktion. »Gehören Sie zum Führungskader der RAF? Sind *Sie* der Organisator? Der Architekt der neuen Bewegung?«

Conrad schwieg.

»Warum diese vierte Generation? Wodurch wurden Sie und Ihre Mitstreiter radikalisiert?«

»Muss man radikalisiert werden, um die Fehler dieses Staates zu erkennen?«

»Dieser Staat hat keine Fehler«, behauptete Sneijder.

Conrad lachte laut auf. »Und wenn ein Polizist bei der angeblichen Ausschreitung im Rahmen einer Antiatomkraftdemonstration in einer Überreaktion eine junge Studentin erschießt und mit einem Freispruch davonkommt – das nennen Sie fehlerlos?«

Sneijder lächelte innerlich. Er wusste, worauf Conrad anspielte. Das war vor fünf Jahren passiert. Bereitete sich die vierte Generation tatsächlich schon so lange darauf vor, die RAF wiederzubeleben? »Wie groß ist die Unterstützer- und Sympathisantenszene mittlerweile?«

Anscheinend wurde Conrad soeben klar, dass er unbewusst etwas verraten hatte. Er kaute auf der Unterlippe, sagte aber nichts mehr.

»Werden neue Mitglieder in der Studentenbewegung, aus der intellektuellen Szene oder dem Künstlermilieu rekrutiert?«

»Ich sagte nichts mehr ohne meinen Anwalt.«

»Sie haben keinen Anwalt mehr – der braucht in Kürze selbst einen«, sagte Sneijder. »Was ist Ihre Aufgabe beim Aufbau der RAF?«

Conrad blieb eisern und zeigte keine Reaktion.

»Wer sind Ihre Kontakte? Wer hat die beiden Autobomben in Berlin und Frankfurt gezündet? Wer hat den Drohnenangriff in Düsseldorf geplant? Was sind die nächsten Aktionen der RAF?«

Conrad gab keine Antwort.

»Wie ist das Netzwerk aufgebaut?«

Keine Antwort.

»Wen wollten Sie auf Mallorca treffen?«

Keine Antwort.

Sneijder atmete tief durch und überlegte lange, bis er sich schließlich zur letzten, entscheidenden Frage durchrang. »Wer ist Ruth-Allegra Francke?«

Nun zog Conrad die Augenbrauen hoch. »Ach, das wissen Sie noch gar nicht?« Er lachte leise auf. »Von mir werden Sie es jedenfalls nicht erfahren. Schade, denn dabei hätte ich so gern Ihr Gesicht gesehen.«

Sneijder runzelte die Stirn. Er war sicher, dass dieser Kommentar nicht bloß so dahingesagt war. »Wie meinen Sie das?«

Doch Conrad verschränkte schweigend die Arme, und Sneijder wurde klar, dass er, egal was er noch versuchte, jetzt wirklich nichts mehr aus ihm rausbekommen würde. Conrad wusste mittlerweile, dass er schon zu viel verraten hatte.

Kurz darauf klopfte es ohnehin an der Tür. Ein junger, durchtrainierter Polizeibeamter mit Schnauzbart steckte kurz den Kopf ins Zimmer. »Der Tower will Sie dringend sprechen.«

Sneijder nickte und verließ kommentarlos den Verhörraum.

32. Kapitel

Draußen im Gang standen insgesamt drei Polizisten – zwei Männer und eine Frau –, die ihn erwartungsvoll anblickten. Sneijder sah zur Wanduhr. Er wusste, was der Tower wollte, denn mittlerweile war es zwanzig Minuten nach sieben, und Sneijder hatte gleich nach Conrads Verhaftung veranlasst, dass die Lufthansa-Maschine bis auf Weiteres am Start gehindert wurde und man dem Piloten als Grund das Verhör eines Passagiers durch den Zoll genannt hatte.

Der Polizist, der Sneijder aus dem Raum geholt hatte, reichte ihm sein Telefon. »Ja?«, knurrte Sneijder und entfernte sich ein paar Schritte von der Tür, damit Conrad nicht mithören konnte, worüber er sprach.

»Es geht um den Flug …«

»Weiß ich! Was ist damit?«, unterbrach Sneijder den nervös klingenden Mann, der offenbar im Tower saß und dringend auf weitere Anweisungen wartete.

»Das Gate ist schon lange geschlossen, und die Maschine hat bereits einen Startslot. Bis auf Anna Bischoff und Ihren Passagier, den Sie rausgefischt haben, sind schon alle an Bord und warten. Der Flieger müsste dringend abheben …«

»Der Flieger muss gar nichts«, unterbrach Sneijder den Mann erneut.

»Sagt wer?«

»Das Bundeskriminalamt in Wiesbaden in Zusammenarbeit mit dem Bundesnachrichtendienst. Mit anderen Worten – Sie können mich mal.«

Kurzes Schweigen folgte am anderen Ende der Leitung. »Für Linienflüge gibt es fixe Slots, aber das ist ein Charterflug, und wenn der Slot abgelaufen ist, dauert es verdammt lange, bis er wieder drankommt. Jede Minute kostet die Fluglinie enorm viel Geld. Außerdem sind hundertfünfzig Passagiere an Bord und warten …«

»Dann lassen Sie sie warten.«

»Das tut der Pilot bereits seit zwanzig Minuten mit der Begründung, dass es in der Region am Zielflughafen eine Unwetterwarnung gibt. Aber einige Passagiere haben das gegoogelt und sind draufgekommen, dass …«

»Herrgott!«, entfuhr es Sneijder. »Dann nennen Sie einen anderen Grund.«

»Okay, aber was soll der Pilot den Passagieren sagen?«

»Ist mir doch egal, was er den Passagieren erzählt. Von mir aus, dass es eine Verkehrsüberlastung auf der zugewiesenen Flugstrecke gibt oder der Flieger links hinten einen Platten hat.«

»Einen Platten?« Der Mann schluckte. »Und wie lange …?«

»Wir können zurzeit noch nicht hundertprozentig ausschließen, dass sich nicht ein weiterer Terrorist an Bord befindet. Ebenso wenig können wir ausschließen, dass eine Flugzeugentführung geplant ist oder sich eine Bombe in einem der Gepäckstücke befindet.«

Wiederum folgte eine kurze Pause. »Dann sollten wir die Flughafenpolizei einschalten, alle Koffer aus der Maschine ausladen, die Passagiere evakuieren und eventuell das Terminal räumen.«

»So weit sind wir noch nicht. Wenn Sie mich nicht unnötig aufhalten würden, wäre ich schon viel weiter.« Sneijder unterbrach die Verbindung und warf dem Polizisten das Handy hin, der es gerade noch fing, bevor es auf den Boden knallte. »Stellen Sie mir nie wieder ein Gespräch vom Tower durch, verstanden?«

Die Polizisten hatten das Telefonat mitgehört und waren dabei blass geworden, nickten nun aber gefasst. Sneijder glaubte zwar nicht wirklich an eine Bombe oder Entführung, aber so hatte er sich wenigstens noch etwas mehr Zeit verschafft und die Maschine weiter am Start gehindert. Denn dass sich wirklich einer von Conrads Komplizen an Bord befand, war eine reale Möglichkeit.

Sneijder wusste, dass die Zeit drängte. Trotzdem musste er Conrad noch einmal zu den anderen Mitgliedern befragen. Denn nachdem der Brand in Conrads Haus alle Unterlagen vernichtet hatte, Anna gestorben war und die Kripo auch in ihrer Wohnung keine interessanten Hinweise gefunden hatte, war Conrad die einzige Spur, die sie hatten. Irgendwo musste er seine Informationen und Kontaktdaten versteckt haben. Aber wo? Schließlich konnte er nicht alles im Kopf abgespeichert haben. Und was sollte dieser verdammte Flug nach Mallorca? Sie brauchten unbedingt mehr Informationen, um das gesamte Terrornetz lahmzulegen, bevor noch schlimmere Dinge passierten.

Sneijder hatte sich bereits an den Beamten vorbeigedrängt und die Hand auf die Türklinke gelegt, um das Verhör fortzusetzen, als sein Telefon klingelte. *Verdomme!* Friedrich Drohmeiers private Handynummer erschien auf dem Display. *Auch das noch!* Wollte ihn der Boss wegen des Startverbots für die Lufthansa-Maschine zusammenscheißen?

Sneijder entfernte sich wieder von der Tür und nahm den Anruf entgegen. »Rufen Sie wegen Conrads Verhaftung und dem Mallorca-Flug an?«

»Ja, Sneijder, und ich bin bereits über alles informiert«, drang Drohmeiers Stimme gereizt aus dem Apparat, überlagert von einem Rauschen.

»Wir *müssen* die Maschine am Start hi…«

»Ja, Sneijder, ich weiß! Gute Arbeit. Ich bin auf dem Weg zum Airport. Bin in zehn Minuten da. Treffen wir uns beim Securitycheck.« Das Rauschen im Hintergrund war schlagartig verschwunden.

»Bis dann«, entfuhr es Sneijder überrascht, als die Verbindung schon längst weg war. Er steckte sein Telefon ein und wandte sich an die Polizisten. »Ich bin gleich wieder da. Achten Sie in der Zwischenzeit darauf, dass Conrad nicht abhaut. Und reden Sie nicht mit ihm!« Er wandte sich um und marschierte in Richtung Gate.

Zehn Minuten später erreichte er die Sicherheitskontrolle, an der massenhaft Menschen anstanden, und sah, wie zwei uniformierte Damen von der Flughafenpolizei Drohmeier an der Warteschlange vorbeiführten und zum Vollkörperscanner brachten. Der schlug sofort an, doch Drohmeier zeigte den Kollegen den Pass für seine Handprothese und wurde durchgewunken.

Sneijder und er nickten sich kurz zu, Drohmeier steckte den Pass weg, und sie gaben sich die Hand.

»Conrad sitzt im Verhörraum der Zollbehörde«, erklärte Sneijder, während sie im Eilschritt durch die Duty-free-Zone gingen. »Kommen Sie direkt aus Wiesbaden?«

Drohmeier nickte. »Ich habe gestern Nacht von Anna Bischoffs Tod erfahren und heute Morgen von Conrads Verhaftung – also habe ich mich gleich mit dem Helikopter herfliegen lassen.«

Sneijder nickte. Das erklärte zwar, wieso Drohmeier so rasch da war, aber immer noch nicht den genauen Grund, *warum* er eigentlich hergekommen war. »Ich habe alles unter Kontrolle«, knurrte Sneijder.

»Das glaube ich Ihnen, aber die ganze Sache ist mir einfach zu wichtig.«

»Wollen Sie selbst mit Conrad reden?«, vermutete Sneijder.

»Nicht nur das …«, sagte Drohmeier, »… ich habe heute Morgen vom BND beunruhigende Nachrichten bekommen, die ich nicht übers Telefon besprechen wollte.«

33. Kapitel

Paul Conrad zerrte an seinen Handschellen und dachte nach. Bei dem Telefonat, das der glatzköpfige Niederländer zuvor im Gang geführt hatte, hatte Conrad die Ohren gespitzt und unter anderem die Worte *Bombe* und *Flugzeugentführung* aufgeschnappt. Zumindest hatte es sich so angehört. Und das könnte durchaus passen, denn Kuchenrezepte hatte der Niederländer sicherlich nicht mit dem Tower ausgetauscht. Die Bullen waren mit ihren Vermutungen zwar auf dem Holzweg, konnten es aber nicht riskieren, irgendein Szenario auszuschließen.

Unmittelbar darauf hatte der Niederländer ein weiteres Telefongespräch erhalten und war verschwunden. Wenn Conrad richtig mitgehört und mitgezählt hatte, standen jetzt noch drei Polizisten vor der Tür im Gang. Sie unterhielten sich über den Niederländer, der offenbar Sneijder hieß und bei der Polizei genauso unbeliebt war wie in der Kriminellenszene.

Conrad hatte tatsächlich schon einmal etwas von diesem Sneijder gehört. *Na klar!* Plötzlich passte alles zusammen. Er erinnerte sich an den Wagen mit dem Wiesbadener Kennzeichen hinter den Hecken seiner Nachbarn. Sneijder war dieser niederländische Profiler beim BKA und einer der engsten Vertrauten des BKA-Präsidenten. Und jetzt war Sneijder weg – das war seine Chance.

»Ich muss auf die Toilette!«, brüllte Conrad kurzerhand.

Sofort kamen zwei Beamte herein. Während einer ihn mit Argusaugen beobachtete, öffnete ihm der zweite die Handschellen hinter dem Rücken und schloss sie ihm wieder vorne vor dem

Körper. Gleich als Erstes wischte sich Conrad einmal mit dem Unterarm den Schweiß von der Stirn. Dann wurde er abgeführt.

Draußen im Gang war es deutlich kühler, und die Luft durch die funktionierende Klimaanlage viel frischer als in dem dampfenden Verhörraum. Leider dauerte der Ausflug nicht lange. Die WC-Anlage war nur zwei Türen weiter. Während Conrad am Pissoir stand und pinkelte, beobachteten ihn die Polizisten im Waschraum indirekt über den Spiegel.

Conrad zog den Reißverschluss der Hose zu, und noch während er seine Hände mit Seife wusch, begann er eine Unterhaltung mit den Beamten. Wenn er sie jetzt tief in ein emotionales Gespräch verwickeln würde, vergaßen sie vielleicht, ihm die Hände wieder hinter dem Rücken zu fesseln.

»Ich habe gehört, dass meine Tochter auch verhört wird«, begann er das Gespräch, beugte sich zum Wasserstrahl und nahm mehrere Schluck Wasser. »Geht es ihr gut?«

»Davon weiß ich nichts«, sagte der Jüngere der beiden, der einen dieser wieder in Mode gekommenen kurz gestutzten Schnauzbärte trug.

Conrad sah zu dem älteren Beamten mit der Brille. »Haben Sie eine Tochter? Dann wissen Sie, wie es mir gerade geht.«

Der Polizist sah ihn nur argwöhnisch an.

Conrad nahm noch ein paar Schluck, wischte sich mit dem Unterarm über den Mund und trocknete sich danach die Hände mit einem Papiertuch ab. »Wo wird sie verhört? Hier im Zoll?«

»Wissen wir nicht«, sagte der Schnauzbart, während der Alte mit der Brille sich noch immer ruhig verhielt.

»Ich würde gern zu ihr«, sagte Conrad. »Sie nur kurz sehen. Eine Sekunde lang. Das genügt mir. Will nur wissen, ob sie unverletzt ist.«

Der Schnauzbart öffnete ihm die Tür und deutete hinaus. »Weiter!«

Conrad ging voraus, denselben Weg wieder retour in den Verhörraum. »Ich nehme an, sie ist auch hier«, vermutete er. »Ist doch immer wieder das gleiche Spiel. Zwei Gefangene werden gleichzeitig verhört und gegeneinander ausgespielt. Das ist ja auch okay, aber …«

»Davon wissen wir nichts«, sagte der Schnauzbart. »Rein da!« Er schob Conrad in den Verhörraum zurück.

»Ich will doch nur wissen, ob es ihr gut geht.«

Die Tür knallte zu, und er war wieder allein. Wenigstens waren seine Hände jetzt vor dem Körper gefesselt, und er konnte sich am Sack kratzen und den Schweiß von der Stirn wischen.

Er tat so, als setzte er sich wieder hin und rückte den Stuhl geräuschvoll über den Boden, stellte sich aber neben die Tür und presste das Ohr an die Wand.

Die Polizisten unterhielten sich im Gang, und Conrad konnte fast jedes Wort verstehen.

»Hat er dir auf die Schuhe gepinkelt?«, fragte die Polizistin.

Lachen war zu hören.

»Nein, war ganz zahm. Hat aber behauptet, seine Tochter sitzt nebenan. Die haben sie doch gestern Nacht in Augsburg geschnappt, oder?«

»Ja, die sitzt nirgendwo mehr.«

»Wie meinst du das? Erschossen?«

»Weiß ich nicht, aber definitiv tot.«

Conrads Herz blieb für einen Moment stehen. *Wovon reden die da?* Plötzlich fühlte es sich an, als bekäme er keine Luft mehr. War das ein beschissener Trick? *Bestimmt nicht!* Die drei hatten doch keine Ahnung, dass er sie belauschte. Er presste das Ohr noch fester an die Tür.

»Da schau … gestern Nacht … Motorradunfall in der Fußgängerzone … ist voll reingekracht …«

Blecherne Geräusche wie von einem Film, der über ein Handy

abgespielt wurde, waren zu hören. Danach Kreischen von Menschen, Schüsse und Rufe.

»*Mach leiser!*«, zischte einer der Polizisten.

»*Ja doch …*«, sagte die Frau.

»*Und warum weiß er nicht, dass sie tot ist?*«

»*Wurde alles aus dem Netz gelöscht. Die haben alle Videos auf YouTube gesperrt.*«

»*Und dieses Video?*«

»*Hat mir eine Kollegin aus Augsburg geschickt.*«

Schwindel erfasste Conrad. Schweiß brach ihm aus allen Poren. Binnen Sekunden waren seine Achseln nass. Ein beklemmendes Gefühl drückte ihm den Brustkorb zu. Er musste die Augen schließen und presste sich mit dem Rücken an die Wand, da sich plötzlich der Raum um ihm zu drehen begann.

Anna!

Das konnte nicht sein. Sie durfte nicht tot sein. Allerdings war sie *wirklich* mit dem Motorrad unterwegs gewesen. Er selbst hatte ihr noch den Tipp gegeben, die Maschine sicherheitshalber in der Fußgängerzone zu parken, wenn sie das Ticket abholte.

Verfluchter Dreck!

Ja, es passte alles zusammen. Ihm wurde übel. Der Kaffee von heute Morgen stieg ihm die Kehle hoch, und er spürte den säuerlichen Geschmack im Mund. Mit zitternden Fingern ballte er die Faust und pochte an die Tür. Sekunden später verstummte das Handyvideo, und die Tür wurde geöffnet.

Keuchend lehnte Conrad am Türstock. Er sah in den Gang und starrte in drei erschrockene Gesichter. Die junge Polizistin hielt ein Telefon in der Hand. Nein, die drei hatten das nicht für ihn inszeniert, sondern sahen ziemlich betroffen drein, wohl ahnend, dass er sie belauscht hatte.

»Ist meine Tochter … tot?«, krächzte er mit rauer Kehle.

»Dazu können wir Ihnen nichts sagen«, antwortete nun der

ältere Polizist mit der Brille, der vorhin die ganze Zeit geschwiegen hatte.

Conrad schluckte den säuerlichen Geschmack hinunter. »Ist sie tot?«, wiederholte er. »Zeigen Sie mir das Video … bitte.«

»Das geht nicht«, sagte die Frau.

»Ich weiß, dass Sie das nicht dürfen, aber falls das stimmt und meine Tochter tot ist, dann lege ich sofort ein Geständnis ab«, bot Conrad an, während sein Herz unregelmäßig in seiner Brust hüpfte, sodass er kaum noch Luft bekam. »Ich möchte einfach nur wissen …« Tränen liefen ihm übers Gesicht. »… ob sie wirklich tot ist. Wenn ja, holen Sie Sneijder her … Und ich brauche Papier und Stift für ein Geständnis.«

»Beruhigen Sie sich erst einmal.«

»Ich sage alles. Ich verrate Ihnen auch, wo die Bombe liegt. Nur möchte ich vorher das Video sehen.«

Die drei Polizisten sahen sich unsicher an. »Das können wir nicht entscheiden. Wir werden Sneijder holen. Mit dem können Sie dann reden.«

Conrad wischte sich die Tränen aus dem Gesicht. »Viel Zeit haben Sie nicht mehr.« Er blickte zur Wanduhr. »In zehn Minuten geht die Bombe hoch«, drängte er.

In den Blicken, die sich die drei jetzt zuwarfen, lag Panik. Während der Mann mit dem Schnauzbart zum Handy griff, um sich nach Sneijders Nummer zu erkundigen, lief der ältere Kollege los, um Papier und Stift zu holen. Die junge Polizistin hob schließlich die Hand und zeigte Conrad auf ihrem Smartphone das Video, während ihre andere Hand auf dem Griff der Waffe lag.

34. Kapitel

»Was haben Sie vom BND erfahren?«, fragte Sneijder.

»Später.« Drohmeier lief an Sneijders Seite durch die Korridore der Zollbehörde in Richtung Verhörzimmer. Als sie an den Büros der Finanzpolizei vorbeikamen und nur noch knapp hundert Meter hatten, flackerte kurz das Licht im Gang.

Sneijder ignorierte es zuerst, blieb dann aber stehen und blickte hinauf. Die Deckenbeleuchtung fiel aus, danach zuckten die Lichter ein paarmal, um anschließend wieder anzugehen – wie bei einem Flipperautomaten, den man kurz vom Strom genommen hatte.

Drohmeier sah ebenfalls irritiert zur Decke. »Dachte für einen Moment an einen Terroranschlag.« Er verzog kurz den Mund zu einem schiefen Lächeln. »Man wird paranoid im Lauf der Zeit.«

Wen wundert es, dachte Sneijder.

Als sie in den Gebäudeteil kamen, in dem Conrad saß, läutete Sneijders Handy. Bevor er das Gespräch entgegennehmen konnte, sah er, wie ihm der Polizist mit dem Schnauzbart, der ihn zuvor mit dem Tower verbunden hatte, aufgeregt mit dem Handy am Ohr entgegenlief. Als er Sneijder sah, nahm er das Telefon herunter, woraufhin das Klingeln verstummte. »Ah, hier sind Sie. Ich habe versucht, Sie zu erreichen. Paul Conrad will ein Geständnis ablegen.«

»Woher wissen Sie das?«, fuhr Sneijder den Mann an.

»Er will mit Ihnen reden, will alles gestehen und …«

»*Wat in godsnaam* reden Sie da?«

»Er hat gesagt, dass er …«

»Vervloekter mesthoop!« Sneijder spürte, wie ihm das Blut in den Kopf schoss und die Arterien an seinen Schläfen hervortraten. »Ich sagte doch, dass keiner mit ihm reden soll, Sie *godverdomder hansworst*!«

Der Mann wurde blass. »Aber er sagte, dass er uns verraten würde, wo die Bombe …«

»Es gibt keine Bombe, Sie *idioot*!« Sneijder spürte, wie er einen trockenen Hals bekam. »Was haben Sie zu ihm gesagt?«

Der Mann sah unsicher zu Drohmeier, dann schluckte er. »Er hat leider mitbekommen, dass seine Tochter …«

Sneijder stieß den Mann brutal beiseite, lief hastig durch den Gang und nahm die nächste Abzweigung zum Verhörraum. Dort schob er die beiden anderen Polizisten auseinander, von denen einer einen Block Papier in der Hand hielt. Die Tür stand offen, im Verhörraum brannte keine Lampe, nur das Licht vom Gang fiel hinein. Sneijder trat ein.

Noch bevor er sah, was passiert war, roch er den Gestank verbrannter Haare.

Conrad saß in der Dunkelheit vor ihm zusammengesunken halb auf dem Stuhl. Seine Hände waren mit den Handschellen vor dem Körper gefesselt. Offenbar hatte er sich Schuhe und Socken ausgezogen, auf den Fliesenboden gepinkelt und die nackten Füße in die Lache gestellt, die im matten Licht glänzte. In den Händen hielt er die kleine Tischlampe – das Glas der Glühbirne war zerbrochen. Als Sneijder näher kam, roch er verbranntes Fleisch. Offenbar hatte sich Conrad den Glühfaden unter die Zunge in den Mund gesteckt.

Betroffen standen die beiden Polizisten neben Sneijder und blickten auf Conrad. In dessen weit aufgerissenen Augen, die zur Decke starrten, spiegelte sich das Licht vom Gang. Obwohl die Sicherungen nach so einer Aktion garantiert rausgeflogen waren, zog Sneijder sicherheitshalber das Kabel der Lampe aus der Steckdose, ehe er mit zwei Fingern an Conrads Halsschlagader nach einem Puls fühlte. Aber da war nichts mehr. Conrad war tot.

Nun kamen auch Drohmeier und der Schnauzbart keuchend neben Sneijder zum Stehen und sahen ungläubig auf Conrads Leiche. »Was zum Teufel ist hier passiert?«, rief Drohmeier.

Sneijder ballte die Hand zur Faust. Am liebsten hätte er alle drei Kollegen eigenhändig erwürgt und ihnen den letzten Funken Leben herausgepresst. »Sieht so ein Geständnis aus?«, rief er.

»Es tut mir leid, wir dachten …«

»Haben *Sie* Conrad erzählt, dass seine Tochter tot ist?«

Sneijder bekam keine Antwort, aber die Gesichter der drei Polizisten waren ihm Beweis genug. *»Vervloekter klootzak, rotvent, rotzak!«*, brüllte er und trat den Tisch durch den Raum, dass er scheppernd an die gegenüberliegende Wand krachte.

Danach wurde es ruhig im Zimmer.

Sneijder atmete tief durch.

»Vielleicht können wir ihn … reanimieren?«, schlug die Polizistin zaghaft vor.

»Ja, probieren Sie es. Viel Glück«, rief Sneijder. »Er hatte einen Herzschrittmacher.«

»Beruhigen Sie sich, Sneijder«, sagte Drohmeier gefasst. Ihm fiel es wohl leichter, sich mit der neuen Situation abzufinden. »Es ist nicht neu, dass Terroristen den eigenen Körper als Waffe einsetzen.«

Sneijder hielt inne. So hatte er den Suizid noch gar nicht betrachtet. Dann aber wurde ihm klar, worauf Drohmeier hinauswollte. »Jetzt haben wir einen RAF-Märtyrer, der sich in der Haft das Leben genommen hat. Ideal, um den Mythos der RAF neu aufleben zu lassen.«

Drohmeier nickte. »Genau. Wir müssen unbedingt verhindern, dass Anna Bischoff und Paul Conrad zu Kultfiguren hochstilisiert werden. Spätestens wenn die ihre nächsten Kommandos nach ihren toten Mitstreitern benennen, haben wir einen waschechten Märtyrerkult, die Zahl der Sympathisanten wird in die Tausende steigen …«

»… und wir verhelfen dieser neuen RAF zur Unsterblichkeit.«

»RAF?«, fragte der ältere Polizist mit krächzender Stimme.

Drohmeier drehte sich zu den Polizisten. »Es herrscht absolute Nachrichtensperre, verstanden? Das gilt auch für Sie! Kein Wort zu niemandem.«

Die Polizisten nickten. Immerhin wussten sie, wer da gerade zu ihnen sprach.

»Wir haben es vergeigt«, sagte Sneijder völlig desillusioniert. »Conrad und seine Tochter sind tot, und wir haben keine Chance mehr, an irgendwelche Informationen ranzukommen.«

Drohmeier strich sich nachdenklich über die lange Narbe seitlich an seiner Stirn, während er auf Conrads Leiche starrte. »Doch, Sneijder, eine Möglichkeit gibt es noch … Steht die Maschine noch auf dem Rollfeld?«

»Ja, seit über einer Dreiviertelstunde«, antwortete Sneijder mit einem mulmigen Gefühl, da er plötzlich ahnte, worauf Drohmeier hinauswollte. »Warum?«

Drohmeier senkte die Stimme. »Sie müssen an Conrads Stelle nach Mallorca fliegen.«

35. Kapitel

Während Sneijder und Drohmeier zu dem Besprechungszimmer der Zollbehörde gingen, in dem Conrads Koffer lag, dachte Sneijder über alles nach. Egal wie er es drehte und wendete, die ganze Sache gefiel ihm nicht. Die Idee, dass er Conrads Identität annehmen sollte, war absolut verrückt. Hauptsächlich deshalb, weil sie keinerlei Ahnung hatten, worauf sie sich da einließen. Worauf *er* sich da einließ.

Drohmeier warf einen Blick auf Conrads geöffneten Koffer. »Was immer für Gegenargumente Sie jetzt anbringen wollen«, nahm er Sneijder von vorneherein jeglichen Wind aus den Segeln, »ich weiß, dass es riskant wird, aber es ist unsere einzige Chance.«

»Ich weiß.« Sneijder schüttelte sich einen Joint aus seiner Zigarettenschachtel und zündete ihn an. »Aber das letzte Mal, als mich ein BKA-Präsident zu einer hastig improvisierten Dienstreise aufgefordert hat, ist mein halbes Team draufgegangen.«

»Das ist das Risiko, das der Job mit sich bringt.«

Ich weiß. Sneijder nickte. Er war der Letzte, der darauf bestand, streng nach Vorschrift zu arbeiten – was er hingegen hasste, waren in der Eile geborene und nicht zu Ende gedachte Schlachtpläne. Vor allem, wenn es um Terrorismus und das Leben vieler Menschen ging. »Steht Jon Eisa in dieser Sache hinter uns?«

»Wohl kaum«, gab Drohmeier zu. »Der würde sofort Einspruch gegen so eine Aktion erheben.«

»Wofür er aber erst mal davon erfahren müsste …«, gab Sneijder zu bedenken.

»Genau. Aber da müssen Sie sich keine Sorgen machen. Erstens ist er gemeinsam mit Eva Marquardt bis Ende der Woche bei der internationalen Sicherheitskonferenz in Den Haag, zweitens ist er nur mein Stellvertreter, und was *ich* anordne, gilt.«

Sneijder zog am Joint. »Und Eva Marquardt?«

»Die würde genauso agieren wie ich. Also?«

Sneijder stieß den Rauch langsam aus der Lunge. Die dritte BKA-Präsidentin war genauso hart und unnachgiebig wie Drohmeier. Im Ernstfall stand sie garantiert hinter ihnen. Selbst wenn das BKA im Ausland keinen offiziellen Ermittlungsauftrag hatte und die spanischen Behörden ihnen eher Ärger machen würden. Nicht dass Sneijder das wesentlich störte. Er hatte sich bisher noch bei keinem Auslandseinsatz um irgendwelche Einwände örtlicher Behörden gekümmert – und jetzt würde er bestimmt nicht damit anfangen.

»Okay, aber da wäre noch eine Sache … ich bin Profiler und forensischer Kripopsychologe, kein Double im Undercover-Einsatz. Im Grunde genommen endet meine Aufgabe hier an dieser Stelle.«

»Sneijder, das ist mir völlig egal, Sie müssen es tun!«, redete Drohmeier auf ihn ein. »Das ist unsere einzige Chance, solange der Flieger noch in München steht. Wir müssen herausfinden, was auf Mallorca passieren soll. Worin Conrad involviert ist, ob jemand auf ihn zukommt, sich mit ihm treffen oder ihm etwas übergeben möchte.«

»Wir haben doch Zeit und könnten …«

»Nein, können wir nicht! Wir müssen *jetzt* handeln.« Drohmeiers Kopf wurde rot, und er lockerte hektisch seinen Krawattenknoten.

Sneijder betrachtete ihn misstrauisch. »Weshalb stehen Sie so unter Druck? Wegen der drei Anschläge?«

»Nicht nur … erstens war Kara Petzold, die Managerin, die in Berlin starb, die Tochter eines guten Freundes.«

»*Verdikkeme*«, fluchte Sneijder, erkannte aber an Drohmeiers Blick, dass alles in Wirklichkeit noch viel schlimmer war. »Und zweitens?«

»Ich sagte doch vorhin, dass es Neuigkeiten vom BND gibt. Bevor ich nach München geflogen bin, habe ich mich mit Major Niels Thomsen unterhalten. Die Attentate in Frankfurt, Berlin und Düsseldorf waren erst der Anfang.« Drohmeier schlüpfte aus dem Sakko, streckte den Rücken durch und holte tief Luft.

Sneijder zog die Augenbrauen zusammen. »Was weiß der Geheimdienst, was wir nicht wissen?«

»Die haben letzte Nacht Chats im Darknet abgefangen. Da ist die Rede davon, dass die RAF mit dem *Kommando Rote Woche* von diesem Wochenende an mehrere Dutzend neue Anschläge plant. Entsprechende Kampfschriften sind virtuell bereits im Umlauf.«

»Mehrere *Dutzend*?«

»Ja, wir reden deutschlandweit von vierzig bis fünfzig Anschlägen.«

Deshalb war Drohmeier also gleich in aller Herrgottsfrühe von Wiesbaden nach München geflogen. Sneijder wischte sich einen Tabakfussel von der Lippe, drehte die Kippe zwischen den Fingern und starrte in die Glut. »Wissen wir schon was Genaueres? Da gibt es ja zahlreiche Möglichkeiten. Brand- und Sprengstoffanschläge auf Banken, Polizeipräsidien, Haftanstalten, Regierungs- und Gerichtsgebäude, Rüstungsindustrie oder amerikanische Stützpunkte?« Er sah auf und dachte weiter nach. »Geiselnahmen und Mordanschläge auf prominente Politiker, Anwälte, Richter und Wirtschaftsbosse?«

Drohmeier hob die Schultern. »Nein, Sneijder, wir wissen noch nichts Genaueres. Nur, dass es an *diesem* Wochenende beginnen und Ende nächster Woche mit einem gigantischen Anschlag, der alle bisherigen in den Schatten stellt, aufhören wird.«

»Warum ausgerechnet jetzt?«, fragte Sneijder.

»Am 24. Mai 1972 hat ein Kommando der RAF zwei Autobomben im Hauptquartier der US-Landstreitkräfte in Heidelberg gezündet, drei Menschen getötet und fünf verletzt. Fast genau am selben Tag drei Jahre später, am 21. Mai 1975, begann wegen diesem und anderer Anschläge in Stammheim der Prozess gegen Baader, Meinhof, Ensslin und Raspe.«

»Und das *Kommando Rote Woche* beginnt diesen Freitag, am 24. Mai«, überlegte Sneijder. Ihm kam das Kürzel *R4F* in den Sinn. Anscheinend liebte die vierte Generation eine gewisse Symbolik; sicher waren auch die bisherigen Anschlagsziele – eine Managerin, ein Bankier und ein Rüstungsindustrieller – symbolischer Natur gewesen.

»Genau. Der BND glaubt, es ist eine Vergeltung für die damaligen Ereignisse.«

»Fünf Jahrzehnte später?«, fragte Sneijder.

»Und eine Fortführung der alten RAF-Aktionen. Diesmal sind es aber keine Hippiestudenten, die mit gefälschten Autokennzeichen auf der Flucht sind und selbst Bomben und Molotowcocktails in einer Garage basteln. Wir wissen noch nicht, wie diese neue Gruppe sich finanziert, aber sie baut bereits seit mindestens einem Jahr ein europaweites Terrornetz auf. Genug Zeit, eine professionelle Logistik für Waffen, Ausweise, Gelddepots, Fahrzeuge und Verstecke aufzubauen. Der BND geht davon aus, dass diese vierte Generation massiver, brutaler und rücksichtsloser vorgehen wird als alle vor ihr.«

Sneijder war sich des Problems bewusst. »Wenn sie clever sind, haben sie aus den Fehlern der Vorgänger gelernt, und außerdem war es noch nie so einfach, an fortgeschrittene Waffen- und Computertechnik zu kommen.«

»Die drei Attentate waren nur der Startschuss – ein kleiner Vorgeschmack auf das, was noch kommen wird.« Drohmeier griff in die Hosentasche und zog ein eng beschriebenes Blatt Papier mit dem Symbol der RAF heraus, das er Sneijder reichte. Einige Teile waren unleserlich.

»Ich nehme an, das stammt nicht aus den 70er Jahren.«

Drohmeier schüttelte den Kopf. »Unsere IT-Techniker in Meckenheim haben dieses Pamphlet im Darknet entdeckt. Ist vermutlich erst wenige Stunden alt und noch nicht offiziell veröffentlicht worden.«

Sneijder nahm das Blatt. »Und warum fehlen Teile?«

»Die Seite wurde gerade vom Netz genommen, als wir darauf gestoßen sind. Die digitale Kopie war beschädigt, wir konnten nur diese Teile rekonstruieren.«

– Der Kampf geht weiter –

Wir – die vierte Generation der RAF – gehen davon aus, dass wir nach den bisherigen Anschlägen [redacted] *Wir fordern den sofortigen* [redacted]

[redacted]

Für den Fall, dass die [redacted] *konservative und faschistische* [redacted]

Unsere Forderungen sind nicht verhandelbar.
Dieser Weg ist alternativlos.

Denn der deutsche Staat muss wissen, dass er sich durch seine Lügen und Aktionen der letzten Jahrzehnte einen erbitterten Feind geschaffen hat: Das eigene Volk!

Solange deutsche Konzerne [redacted] *der deutsche Polizeistaat mit seiner* [redacted] *die Freiheiten der Bürger unterdrückt, so lange werden wir diesen Staat mit bewaffnetem Widerstand bekämpfen.*

Wir werden das Gewaltmonopol dieser Regierung [redacted] *mit geballter, nie da gewesener Waffengewalt zum Umsturz bringen und den Weg für* [redacted] *freimachen.*

[redacted]

Kommando Silke Eis[redacted]

– R4F –

Das war nicht nur ein Pamphlet, sondern eine Kampfansage. Sneijder drückte den Joint auf dem Tablett aus. »Was könnte die letzte Zeile bedeuten? Silke Eisert?«

Drohmeier nickte. »Davon gehen wir aus.«

Sneijder erinnerte sich an die junge Studentin, die vor fünf Jahren bei einer Demo erschossen worden war. Conrad hatte den Fall erwähnt. Die Terroristen hatten ihrem Kommando Eiserts Namen gegeben.

»Was denken Sie?«, drängte Drohmeier.

»Mir geht die Offensive Null-Fünf nicht aus dem Kopf, von der Anna Bischoff gesprochen hat. Könnte die Abkürzung für Mai sein. Damit sind wahrscheinlich die Anschläge gemeint, mit denen das *Kommando Rote Woche* diesen Freitag beginnen wird. Die drei bisherigen Anschläge waren bestimmt nur ein Testlauf und das Zeichen an die anderen Terrorzellen, dass der Kampf begonnen hat.«

»Sehen wir genauso. Das war der berühmte *point of no return*. Jetzt geht es erst richtig los bis zum großen Finale am Ende der Woche.« Drohmeier blickte auf die Uhr. »Sneijder, Sie müssen Ruth-Allegra Francke unbedingt schnappen. Wir müssen der Schlange den Kopf abschlagen, bevor es zum Äußersten kommt.«

Sneijder spürte Drohmeiers Verbissenheit fast schon körperlich. So hatte er seinen Chef noch nie erlebt. Der hatte zwar im BKA täglich mit anderen, fast genauso großen Gefahrenquellen zu tun – Schlepperbanden, Cybercrime, rechtsradikalem Terror, organisiertem Drogenhandel und internationaler Kriminalität –, aber diesmal wirkte er geradezu manisch. »Ihnen geht es doch nicht ausschließlich darum, ein terroristisches Netzwerk zu zerschlagen, richtig?«, vermutet er.

»Richtig, Sneijder. Ich will Ihnen nichts vormachen. Es gibt noch einen weiteren, mindestens genauso wichtigen Grund für mein Handeln, aber es ist noch zu früh, um darüber zu sprechen. Eines Tages werden Sie ihn erfahren, aber im Moment müssen Sie mir einfach vertrauen.«

Sein Chef verlangte da ziemlich viel von ihm – er hatte bereits zuvor zwei BKA-Präsidenten vertraut und dabei jeweils fast sein Leben verloren. Und Sneijder sah in Drohmeiers Augen, dass er das auch genau wusste. »Okay, mal angenommen, ich steige mit Ron D. Paculas Reisepass und seinem Koffer in diesen Flieger, dann muss uns eines klar sein: Das wird ein absoluter Blindflug. Denn auch wenn wir mittlerweile einiges über Paul Conrad wissen, wird uns das nicht viel nützen. Denn dieser Ron D. Pacula, der möglicherweise ins *Aurelia Bay Club Resort* fliegt, ist ein komplett unbeschriebenes Blatt für uns.«

»Dr. Conrad ist Psychologe – Sie sind Psychologe!«, redete

Drohmeier auf ihn ein. »Wenn das einer hinkriegt, dann Sie. Außerdem wissen Sie, wie ein Krimineller denkt und agiert.«

»Aber ich sehe Conrad kein bisschen ähnlich.«

»Wer weiß denn schon, wie Ron D. Pacula aussieht? Gibt es Fotos von ihm?«

»Nein.«

»Eben.« Drohmeier sah wieder auf die Uhr. »Wir können den Flieger maximal noch eine halbe Stunde, höchstens vierzig Minuten hinhalten, dann wird er starten. Mit Ihnen oder ohne Sie. Oder der Flug wird ganz ausfallen. So oder so – wenn Sie nicht an Bord gehen, verlieren wir unsere einzige Chance, an Conrads Kontaktleute und Mitstreiter ranzukommen.«

»Also gut.« Sneijder kramte seine Packung Gras und die fertig gedrehten Joints aus dem Sakko und stopfte beides seitlich in Conrads Koffer. Dann holte er Conrads Handy aus der Hosentasche, öffnete die Bildergalerie, betrachtet das Foto von Anna Bischoff und vergrößerte es. »Haben wir Annas private Sachen, die sie auf ihrem Motorrad dabeihatte, griffbereit?«

»Ja«, sagte Drohmeier. »Liegen in der Asservatenkammer der Augsburger Kripo. Warum?«

Sneijder strich sich über die langen Koteletten zum Kinn. »Die sollen sie sofort herschicken.«

»Was haben Sie damit …?«

Sneijder hob die Hand, um Drohmeier zu unterbrechen. Mit seinem eigenen Telefon rief er Sabine Nemez an. Es läutete, er wartete, und nach dem siebten Klingelzeichen ging sie endlich ran.

»Morgen, Sneijder«, gähnte sie müde, »na, wie war Ihre Nacht am Flughafen?« Im Hintergrund lief ein Radio.

»Sind Sie noch in München?«, kam er gleich zur Sache.

»Ja … einen Moment … es ist Sneijder«, rief sie, dann redete sie wieder mit ihm. »Marc und ich frühstücken gerade mit meinem Vater bei meiner Schwester und …«

»Ich habe ein gute und eine schlechte Nachricht«, unterbrach er sie.

»Sneijder, bei aller Freundschaft und allen Hochs und Tiefs, die wir in den letzten … hm, sieben Jahren durchgemacht haben, das interessiert mich nicht. Ich habe seit eineinhalb Jahren meinen ersten URLAUB!«

»Den ich Ihnen hiermit streiche«, sagte er. »Kommen Sie sofort zum Flughafen München. Eine Polizeieskorte mit Blaulicht wird Sie von Ihrer Schwester abholen und herbringen.«

»Was zum Teufel?«

»Sie verbringen Ihre Urlaubswoche auf Mallorca.«

»Ist das die schlechte Nachricht?«, prustete sie los.

»Nein, das war die gute. Die schlechte ist, Sie verbringen sie mit mir.«

36. Kapitel

Das Boarding hatte wunderbar geklappt, und Lea hatte um genau sieben Uhr in der achten Reihe auf ihrem Sitz am Fenster gesessen, die wuchtige, kegelförmige Spitze des Münchner Towers im Blickfeld.

Doch dann war erst einmal nichts passiert. Mittlerweile war es schon neun Uhr, sie standen immer noch am Gate, und es tat sich nichts. Zuerst hatte sie der Pilot vertröstet, dass sie noch keinen genehmigten Startslot hatten, wenig später kam dann die Durchsage, dass es in der Region am Zielflughafen eine Unwetterwarnung gab, woraufhin sofort die Hälfte der Passagiere ihre Handys herausholte und zu googeln begann, was lautstarke Aufregung nach sich zog.

Lea wusste auch so, dass diese Begründung nicht stimmte, da sie bis jetzt die Worte *»Boarding completed«* noch nicht über die Lautsprecher gehört hatte. Demnach fehlte also noch mindestens ein Passagier, und vermutlich war *das* der wahre Grund für ihre Verspätung. Immerhin waren in der Business Class noch einige Sitzplätze frei.

Später hatte sich der Captain dann erneut aus dem Cockpit gemeldet, um ihnen zu sagen, dass es auf der zugewiesenen Flugstrecke eine Verkehrsüberlastung gab und sie noch auf die Freigabe des Towers warteten.

Was lassen die sich noch alles einfallen, um uns ruhigzustellen?, fragte Camilla.

Lea wusste, dass auch diese Verkehrsüberlastung sicher nicht der wahre Grund für die Verspätung sein konnte, aber irgendetwas musste der Captain ja behaupten, denn solange die Passagiere einen Grund für die Warterei zu kennen glaubten, gaben sie Ruhe. Die meisten zumindest. Da dies zudem ein Charterflug mit Urlaubsreisenden war, die keinen Anschlussflug zu verpassen drohten, hielt sich der Unmut ohnehin in Grenzen. Jeder freute sich einfach auf Palmen, Strand und Meer.

Lea kramte unterdessen Vickys Tastenhandy aus der Reisetasche, die sie unter ihrem Sitz verstaut hatte, und durchsuchte es. Aber da gab es nicht viel zu entdecken. Auch wenn man mit diesem alten Kasten sogar Fotos machen konnte, gab es keine Bilder sowie nur wenige und schon gar keine interessanten SMS im Speicher. Und nur zwei Dutzend Kontakte. Unter anderem fand sie ihre eigene Nummer, die Vicky unter »Lea-Maus« abgespeichert hatte – sofort stiegen ihr Tränen in die Augen, die sie aber gleich wieder wegwischte. Ansonsten waren noch ein paar gemeinsame Freunde und Leute unter den Kontakten, die auch Lea kannte, der Großteil der Namen aber sagte ihr nichts.

Bestimmt ist unter denen auch Vickys Liebhaber.

»Möglich … vielleicht wollten sie sich sogar auf Mallorca treffen«, flüsterte sie.

Mag sein. Darum sollten wir sofort nach unserer Ankunft von der Insel abhauen.

Das hatte Lea ohnehin vor. Allerdings war dieser ältere Kerl ja verheiratet und hatte eine Tochter, wie Vicky ihr erzählt hatte, weshalb er sicherlich nicht so lange unbemerkt von zu Hause wegbleiben konnte. Vielleicht würde er ja gar nicht auf der Insel auftauchen. Jedenfalls durfte sie nicht an Vickys Handy gehen, falls jemand anrief, sondern höchstens im Notfall eine SMS beantworten.

Lea hob den Blick und wischte sich den Schweiß von der Stirn. Es war zehn Minuten nach neun. Mittlerweile stand die Sonne schon hoch über dem Horizont, brannte auf das Flugzeug herunter, und schön langsam wurde es heiß in der Kabine. Die Klimaanlage wurde eingeschaltet, und die Flugbegleiterinnen teilten Plastikbecher mit Wasser aus.

Weitere zehn Minuten später, nach mittlerweile deutlich über zweieinhalb Stunden Wartezeit, knackte es erneut in den Lautsprechern. Diesmal meldete sich der Co-Pilot. »*Liebe Gäste, ich habe gute Nachrichten für uns. Soeben haben wir vom Tower erfahren, dass zwei weitere Passagiere an Bord kommen. Danach erhalten wir sofort die Startfreigabe. Ich bitte Sie noch um etwas Geduld.*«

Er wiederholte die Ansage auf Englisch, doch die ging bereits im tosenden Applaus der Mitreisenden unter.

Kurz darauf kamen die besagten zwei Passagiere an Bord. Ein hagerer, hochgewachsener Mann Mitte fünfzig mit Glatze und langen, dünnen Koteletten, die am Ohr begannen und bis zum Kinn reichten. Der Kerl sah ziemlich übel gelaunt aus. Er trug ein weißes Hemd und einen schwarzen, etwas fleckigen und zerknitterten Anzug, den Lea aber trotzdem als maßgeschneiderten Designeranzug erkannte. Aber Designerklamotten oder nicht – mit dem Typ war offensichtlich nicht gut Kirschen essen.

Ihm folgte eine kleine, drahtige Frau Mitte dreißig in Jeans und schwarzem Rippshirt, mit intensiven braunen Augen und braunem Pferdeschwanz, die auch nicht gerade sehr amüsiert dreinsah. Anscheinend kannten sich die beiden, da sie sich kurz zunickten, bevor sie rechts und links in der Business Class Platz nahmen.

Der zynische Applaus der anderen Passagiere setzte erneut ein und wurde von ein paar Rufen begleitet, die mit einem freundlichen »Das nächste Mal musst du früher aufstehen, Kollege« begannen und einem sarkastischen »Dass es dann doch so schnell geht« endeten.

Lea sagte nichts und regte sich auch nicht auf. Im Gegenteil, sie war erleichtert, denn tief in ihrem Unterbewusstsein hatte sie schon befürchtet, dass diese Verspätung irgendetwas mit Vicky oder ihr selbst zu tun haben könnte.

»Boarding completed«, drangen nun endlich die heiß ersehnten Worte aus den Lautsprechern.

Dann ging es schnell. Die Türen wurden geschlossen und verriegelt.

»Slides armed ... cross-checked«, sagte eine Flugbegleiterin über Lautsprecher.

Lea legte den Gurt an. Aus ihrer Zeit als Personenschützerin kannte sie diese Begriffe von zahlreichen Flügen – oft auch in Privatjets – und wusste, dass jetzt die Vorflugkontrolle abgeschlossen und die Notrutschen aktiviert waren.

»Liebe Gäste, wir haben einen neuen Startslot erhalten und starten in fünf Minuten«, meldete sich der Captain aus dem Cockpit.

Während eine Flugbegleiterin die Sicherheitsmaßnahmen demonstrierte, ging ein Ruck durch den Flieger. Der Pushback schob die Maschine endlich vom Gate weg.

Lea lehnte sich zurück und schloss die Augen.

Gute Nacht, schlaf gut, sagte Camilla. *Ich wecke dich, wenn wir auf Mallorca sind.*

37. Kapitel

Es war verrückt. Gestern Abend hatte Sabine sich noch über Anna Bischoffs Flugticket gewundert – und jetzt saß sie selbst auf diesem Platz in der dritten Reihe.

Während Sneijder und sie zum Gate gelaufen waren, hatte er sie über Paul Conrads Tod informiert – in knappen, präzisen und gekeuchten Sätzen, denn Joggen war nicht gerade seine große Stärke –, und am Gate wusste Sabine bereits über seinen und Drohmeiers Plan Bescheid.

Nachdem Sneijder und sie von den anderen Passagieren mit einem gehässigen tosenden Applaus empfangen worden waren, hatte sie Anna Bischoffs Reisetasche und den kleinen Rucksack als Handgepäck zwischen den Beinen unter ihrem Sitz und dem Vordersitz verstaut. Offiziell waren Sneijder mit Paculas und sie mit Annas Reisepass an Bord gegangen. Sie sah der Toten ja tatsächlich ein bisschen ähnlich – schlank, durchtrainiert, langes braunes Haar. Zwar war Sabine eine Spur kleiner und sieben Jahre älter als Anna, aber das würde im *Aurelia Bay Club Resort* auf Mallorca niemandem auffallen.

Conrads schwarzer Hartschalenkoffer war ebenfalls wieder an Bord, und mittlerweile wussten sowohl Pilot als auch Co-Pilot und Irina, die Kabinenchefin, über ihren Einsatz Bescheid. Während Sneijders Glock mitsamt dem ausgeworfenen Magazin versperrt in einer Metallbox im Cockpit lag, war Sabines Dienstwaffe bei Marc in München geblieben. Sneijder war in Ron D. Paculas Rolle geschlüpft und saß ebenfalls in der dritten Reihe nur ein paar Sitze von Sabine entfernt auf der anderen Seite des Ganges.

Mittlerweile waren sie seit zehn Minuten in der Luft, und Sabine starrte immer noch mit Groll im Magen aus dem Fenster. Natürlich hätte sie sich hartnäckig weigern können, ihren Urlaub für diese Dienstreise zu unterbrechen – niemand hätte es ihr übel genommen, Drohmeier am allerwenigsten –, aber sie wusste, dass Sneijder sie nur deshalb gefragt hatte, weil er keine andere Möglichkeit sah und sie wirklich brauchte.

Während Sabine in München noch mit ihrer Entscheidung zögerte, hatte ihr Vater bereits Wind davon bekommen, dass diese Reise irgendwie mit den Attentaten in Frankfurt, Berlin und Düsseldorf zu tun hatte – Marc hatte mal wieder nicht die Klappe halten können. Da hatte ihr Vater sie in die Arme genommen und ihr ins Ohr geflüstert: *Mach die Welt sicherer, aber pass gut auf dich auf, mein kleines, schlaues Eichhörnchen.*

Mein Eichhörnchen – er hatte sie schon immer wegen ihrer braunen Augen und Haare so genannt. Sneijder hatte dann vor Jahren in seiner respektlosen Art einfach *Eichkätzchen* daraus gemacht.

Sabine war ehrlich zu sich. Wenn es diesen zweiten Anschlag in Frankfurt und den dritten in Düsseldorf nicht gegeben hätte, wäre sie vermutlich nicht in den Flieger gestiegen. Aber die Wahrscheinlichkeit war groß, dass es so weitergehen würde – und die nächste Bombe vielleicht in der Münchner Innenstadt hochging, während Connie, Kerstin oder Fiona auf dem Weg zur Schule waren, Sabines Schwester auf dem Weg zu ihrem Arbeitsplatz im Münchner Stadtmuseum, oder ihr Vater im Foyer einer Bank Geld abheben wollte.

Irina zog den Vorhang zwischen der Business- und der Economyclass zu und servierte Sabine und den anderen Gästen in den ersten Reihen dann auch schon ein Glas Gin Tonic.

Sneijder verschmähte den Drink und bestand mit ruppigen Worten, die Sabine gleich wieder auf die Palme brachten, auf einen Tomatensaft mit Wodka und Tabasco.

»Kann ich Ihnen gern bringen«, sagte Irina immer noch freundlich, »aber leider ohne Tabasco, den haben wir nicht an Bord.«

»Warum nicht?«, fragte Sneijder, während er auf seinem Handydisplay wischte. »Haben Sie den selbst konsumiert?«

»Wurde vor ein paar Jahren wegrationalisiert.«

»Und da hat man Sie nicht gleich auch wegrationalisiert?«, fragte Sneijder.

Sabine drehte ihr Gesicht weg zur Kopfstütze, schloss die Augen und versuchte die Diskussion auszublenden, was ihr jedoch nicht gelang.

»Dann nehmen Sie das hier«, knurrte Sneijder.

»Woher haben Sie die Flasche?«

»Duty-free-Shop«, antwortete Sneijder knapp. Offenbar drückte er ihr eine Flasche in die Hand. »Mit Eis«, fügte er hinzu. »Im Glas, nicht im Becher … und zwar im großen Glas … und wenn möglich jetzt gleich, nicht erst auf Mallorca.«

»Ich bin mir nicht sicher, ob das geht …«, murmelte Irina ein wenig genervt.

»Was? Das Glas oder das Eis?«

Sabine drehte sich um und sah, wie ihr die Frau einen kurzen Hilfe suchenden Blick zuwarf, woraufhin sich Sabine über ihren Sitznachbar zum Gang beugte. »Bitte, tun Sie es einfach«, sagte sie eindringlich, »andernfalls machen Sie es nur noch schlimmer, und das wollen Sie nicht, glauben Sie mir – der Flug dauert immerhin noch knapp zwei Stunden.«

Sabines Nachbar, ein gestylter Manager Mitte dreißig, der versuchte, in einem Magazin zu lesen, nickte ihr dankbar zu. »Also manche Leute sind echte …«

»Kotzbrocken – Sie haben ja so recht.« Sabine drehte sich wieder weg und versuchte zu schlafen.

Zwei Minuten später bekam Sneijder seinen Drink und schien etwas entspannter zu sein – sofern man bei ihm überhaupt jemals von *entspannt* reden konnte. Zumindest hielt er endlich die Klappe.

Obwohl der Flieger kurz darauf in Turbulenzen geriet, heftig ruckelte und die Anschnallzeichen leuchteten, sah Sabine, wie Sneijder sich von seinem Sitz erhob, sich in den Gang stellte und mit seinem Glas in der Hand zu Sabines Nachbarn heruntergebeugte. »Würden Sie mit mir den Platz tauschen?«

Sabine öffnete die Augen ganz und sah, wie der Manager genervt die Stirn runzelte. »Nein.«

»Nennen Sie mir einen guten Grund, warum Sie das nicht tun sollten«, forderte Sneijder ihn auf.

»Weil ich hier sitzen bleiben möchte und in Ruhe dieses Magazin …«

»Ich sagte einen *guten* Grund.«

»O Mann, ja, ich tu es, aber dann müssen Sie mir versprechen, endlich den Mund zu halten und für den Rest des Fluges nett zu sein.«

Sabine räusperte sich. »Er würde nie ein Versprechen abgeben, das er nicht halten kann.«

Der Mann drehte sich zu Sabine. »Stört es Sie denn nicht, wenn der Kerl neben Ihnen sitzt und Sie belästigt?«

»Ist okay, das ist mein …«, sagte sie und erinnerte sich an ihre Rolle als Anna Bischoff, »… mein Vater.«

»Oh, wirklich? Sie tun mir echt leid.«

»Ja, ich mir auch.«

»Alles Gute.« Der Mann löste seinen Gurt, schnappte sich seine Aktentasche und sein Magazin und wechselte mit Sneijder den Platz.

Kaum saß Sneijder neben ihr, platzierte er sein Glas auf dem heruntergeklappten Tisch und holte sein Akupunkturnadelset aus dem Sakko. Mit gezielten Stichen steckte er sich ein halbes Dutzend Nadeln in kleine tätowierte Punkte auf seinen Handrücken.

»Angespannt?«, fragte Sabine.

Er schüttelte den Kopf, seine Stirn lag in steilen Falten. »Mich nervt nur manches.«

»Verstehe«, sagte Sabine. »Langsam erklärt sich für mich, warum Sie ständig Cluster-Kopfschmerzen haben.«

»Ich habe es eben nicht leicht«, knurrte er.

»Warum wollten Sie hier sitzen?«

»Wir müssen uns vorbereiten.«

Während über die Lautsprecher eine Durchsage des Captains zuerst auf Deutsch und dann auf Englisch kam, beugte sich Sneijder zu Sabine und senkte die Stimme. »Die IT-Techniker in Wiesbaden haben die Kontaktseite und das Impressum von Ron D. Paculas Website wegen eines *vorübergehenden technischen Serverfehlers* vom Netz genommen.«

Sabine zog eine Augenbraue hoch. »Dann kann Sie niemand auf Conrads Handy anrufen, falls jemand Paculas Seite googelt«, flüsterte sie.

Sneijder nickte. »Damit finden wir exakt diejenigen heraus, die Paculas Nummer bereits kennen.«

Ja, das ergab Sinn.

»Bis zur Landung können wir die verbleibende Zeit gut nutzen.« Sneijder holte sein Handy aus der Sakkotasche. »Schalten Sie Ihr Telefon ein und loggen Sie sich ins Bord-WLAN.«

Fünf Minuten später bekamen sie über eine verschlüsselte Verbindung von Wiesbaden ein zweihundertsechzig Seiten dickes Dokument geschickt.

»Rekonstruktion der Propaganda und Philosophie der linken Terrorbewegung in der BRD von 1968–1982, dargestellt am Beispiel der RAF« hieß der Text, bei dem es sich um Paul Conrads Dissertation an der Uni Mannheim aus den 80er Jahren handelte.

Und das, was Sabine da über die mögliche zukünftige Gewaltbereitschaft junger Leute las, gefiel ihr gar nicht.

4. TEIL

Montag, 20. Mai – Nachmittag

38. Kapitel

Von den angeblichen Wetterturbulenzen war bei der Landung am Flughafen von Palma de Mallorca nichts zu spüren gewesen, aber das hatte Lea ohnehin nicht wirklich erwartet.

Kaum dass sie den Flieger verlassen hatte, schob sie sich die Brille so auf die Nasenspitze, dass sie über den Brillenrand sehen konnte, und zog sich Vickys Schirmkappe tief ins Gesicht. Schließlich musste sie davon ausgehen, dass es hier möglicherweise jemanden gab, der Vicky kannte. Aber diese Art Camouflage würde auf Dauer nicht gutgehen. Sie musste sich schleunigst etwas einfallen lassen, denn wenn sie einen oder zwei Tage lang mit diesen Gläsern herumlief, würde sie nicht nur extreme Kopfschmerzen bekommen und über alles stolpern, was im Weg stand, sondern auch keine einzige Zeile lesen können.

Dort drüben, sagte Camilla.

»Hab's schon gesehen, danke«, murmelte sie.

Auf dem Weg zum Gepäckband kam sie an einem Souvenirladen vorbei, der auch Sonnenbrillen anbot. An einem der Drehständer fand sie eine große braune Sonnenbrille, die einen ähnlich dicken Rahmen wie Vickys Brille hatte. Damit sah sie aus wie Vicky, nur mit getönten Gläsern. Sie ließ das Ding gleich auf, bezahlte es und steckte Vickys Brille in ihre Bauchtasche.

Und wenn dich jemand nach deiner Brille fragt?

»Sage ich, dass es eine optische Sonnenbrille ist.«

Und wenn jemand durchschauen möchte?

»Mein Gott, dann sage ich eben, dass ich seit Neuestem Kontaktlinsen trage. Wer sollte schon danach fragen?«

Vickys Liebhaber?

»Schau lieber, ob du unseren Koffer findest.«

Beim Gepäckband hatten sich bereits die Passagiere ihres Fliegers versammelt. Der groß gewachsene, hagere Glatzkopf im Designeranzug hob gerade einen schwarzen Hartschalenkoffer vom Band, der mehrmals mit Klebeband umwickelt war. Wer zuletzt einstieg, bekam sein Gepäck auch als Erstes. Seine junge Begleiterin hatte anscheinend nur ihre Reisetasche und einen Rucksack dabei, denn die beiden begaben sich gleich zum Ausgang.

Danach ging es flott, auch die anderen Gepäckstücke ihres Flugs liefen aufs Band, und alle Urlauber stürzten gleichzeitig hin, als gäbe es etwas zu gewinnen. Nachdem auch Lea ihren Koffer gefunden hatte, marschierte sie ebenfalls zum Ausgang. Sogleich schlug ihr eine schwüle Hitze entgegen, leicht abgemildert durch einen mediterranen Luftzug, der nach Meerwasser und dem Duft von Kiefern roch. Während sie auf einem Förderband neben einer Reihe weißer Säulen an den Taxiständen vorbeifuhr, hinter denen sich saftig grüne Palmwedel im Wind bogen, sah sie, wie der Glatzkopf mit seiner Begleiterin auf eine Frau im dunkelblauen Businessanzug zusteuerte, die ein Schild hochhielt. *Ron D. Pacula* stand auf der Tafel, soweit Lea das erkennen konnte. »Muss wohl ein wichtiger Typ sein«, murmelte sie.

Kümmere du dich lieber um unseren Transfer. Dort drüben stehen die Busse.

»Kannst es wohl kaum erwarten, dass wir uns in der Hotelbar den Begrüßungscocktail reinzwitschern.«

Tatsächlich warteten am Ende des Förderbandes die Shuttlebusse. Lea hielt nach einem Fahrzeug Ausschau, das zum *Aurelia Bay Club Resort* fuhr, und fand einen hochmodernen weißen Bus, in dem bereits einige Leute saßen.

»*Señora Vicky Fuchs?*«, fragte ein braun gebrannter Spanier mit langen schwarzen Locken und Haarreifen, weißem Hemd und Anzughose, vor dem sie zum Stehen kam.

Sie nickte. Anscheinend war sie die letzte Passagierin.

»Ich bin Miguel. Willkommen auf den Balearen.« Er drückte ihr Prospekt und Flyer in die Hand und hakte ihren Namen auf seinem Tablet ab. Danach schob er ihren Koffer ins Gepäckfach, schloss die Ladeklappe und schwang sich, nachdem er Lea den Vortritt gelassen hatte, auf den Fahrersitz. Acht Leute saßen bereits im Luxusbus, der sogar in jeder Sitzreihe mit Monitoren ausgerüstet war. Die Türen schlossen sich, und die Klimaanlage sprang an.

Keine Kinder, stellte Camilla fest, während Lea nach hinten marschierte.

»Zum Glück«, murmelte Lea und setzte sich auf die Bank in der letzten Reihe, wo sie allein war.

»Die Fahrt dauert eine Stunde und fünf Minuten«, erklärte Miguel, während er durch das Gewirr der Autos über das Gelände kurvte.

Sag ihm, er soll sich beeilen.

Lea ignorierte den Kommentar, schaltete den Monitor vor ihr aus und faltete stattdessen den Flyer auseinander.

Der Flughafen von Palma lag im Südwesten der Insel, und ihre Fahrt ging einmal quer durchs Land achtzig Kilometer nach Nordosten in die Gemeinde Pollença, an deren östlichster Spitze die Halbinsel Formentor lag. Dort, in der Bucht Cala Figuera, lag das *Aurelia Bay Club Resort*. Lea öffnete den Hochglanzprospekt des Hotels, und für einen Moment blieb ihr die Luft weg.

»Okay … kein Wunder, dass hier keine Kinder sind«, murmelte sie. Welche jungen Eltern konnten sich schon so ein Resort leisten?

Bist du sicher, dass wir hier richtig sind?

»Laut Voucher und Miguel schon.«

Das *Aurelia Bay Club Resort* war eine riesige und erst ein Jahr alte 5-Sterne-Luxus-Hotelanlage, die von einer Hotelkette aus Dubai, die sich auf Mallorca eingekauft hatte, errichtet worden war. Die gesamte Bucht war extra mit weißem Sand aufgeschüttet worden und glich einem abgeschiedenen Inselparadies für Superreiche.

»Wie konnte sich Vicky diesen Urlaub nur leisten?«, flüsterte Lea und sah kurz zu den anderen Gästen nach vorne, die jedoch weit genug weg saßen, um nichts von ihrem vermeintlichen Selbstgespräch mitzubekommen. »Meinst du, Vickys Macker zahlt ihr diesen Luxustrip?«

Keine Ahnung. Camilla klang desinteressiert. *Vielmehr wundert mich, warum deine rebellische Cousine ausgerechnet hier unter all den Snobs ihren Urlaub verbringen wollte.*

»Guter Punkt. Brunnenbauen in einem Dritte-Welt-Land oder eine Rundreise durch Kuba oder Nordkorea hätten besser zu ihr gepasst als dieser Luxustempel.«

Aber Lea wollte das alles im Moment nicht weiter hinterfragen. Sie packte den Flyer weg, blickte aus dem Fenster und betrachtete die grünen Berge, die an ihnen vorbeizogen, und die weiten Wiesen neben der Schnellstraße, auf denen Wildziegen weideten. Sie würde Vickys Rolle sowieso nur maximal einen Tag lang spielen. Danach würde sie einen Städtetrip mit dem Bus nach Palma vortäuschen, stattdessen aber das Hotel mit dem Taxi im Morgengrauen verlassen. Und zwar nur mit ihrer eigenen Kleidung, die sie in Vickys Koffer gepackt hatte, ihrer Bauchtasche, ihrem Ausweis und dem ganzen Bargeld.

Das Taxi würde sie zum Port d'Alcúdia bringen, der dreiundzwanzig Kilometer vom Hotel entfernt war. Von dort legte täglich um 6.30 Uhr früh eine kleine Fähre zum spanischen Festland ab. Wenn alles klappte, würde sie bereits morgen Mittag im Hafen von Barcelona ankommen.

Den Rest hatte sie schon per ausführlicher Internetrecherche ausgetüftelt. Von Barcelona würde sie sechs Stunden lang mit dem TGV über die französische Grenze bis nach Lyon fahren und dort umsteigen. Nach Genf waren es zwei weitere Stunden, von dort nach Zürich knapp drei Stunden und weiter nach Innsbruck drei Stunden und vierzig Minuten. Danach ein letztes Mal umsteigen, und dann dauerte es mit dem Zug von Innsbruck nach Kufstein nur noch etwas mehr als eine Stunde.

Ein ebenso stressiger wie sportlicher Plan. Aber wenn alles klappte und die Verbindungen einigermaßen pünktlich waren, hatte sie sogar mit Warten und Umsteigen eine Reisezeit von nur insgesamt dreiundzwanzig Stunden, also nicht einmal einen ganzen Tag.

Das Beste daran war, dass das alles – da sie ja nicht flog – ohne Reisepass und mit Barzahlung machbar war. Selbst zwischen Frankreich und der Schweiz, die schon lange dem Schengener Abkommen beigetreten war, gab es an der Grenze keine Personenkontrollen mehr, sondern neben einfachen Fahrschein- nur noch Gepäckkontrollen. Kein Problem für Lea, da sie sowieso nur ihre Bauchtasche dabeihaben würde.

Theoretisch hatte sie jetzt auf Mallorca drei Tage Zeit, da sie allerspätestens Donnerstagfrüh abreisen musste, damit sie rechtzeitig am Freitag um zehn Uhr vormittags, wenn die Betonmischwagen anrollten, um das Fundament ihres Wintergartens zu gießen, wieder zurück war.

Aber so lange wollte sie ihr Glück gar nicht strapazieren. Je früher sie von der Insel verschwand, desto besser, schließlich bestand die ganze Zeit über die Gefahr, dass zu Hause jemand Vickys Leiche in der Grube für den Wintergarten entdeckte. Außerdem konnte sie nur hoffen, dass ihr Assistent nicht auf die Idee kam, sie daheim zu besuchen, um sich nach ihrer Sommergrippe zu erkundigen.

Wie auch immer – wenn sie einmal von der Insel abgereist

war, würde die mallorquinische Kripo vermuten, dass Vicky auf Mallorca spurlos verschwunden war, und damit beginnen, sie zu suchen – aber niemand würde eine Leiche finden, und sie selbst hatte für die Zeit, in der ihre Cousine verschwand, ein perfektes Alibi – und dass sie Österreich verlassen hatte, musste ihr erst einmal jemand beweisen.

Mittlerweile fuhren sie durch eine bessere Wohngegend mit prachtvollen Villen auf den Hügeln. Die letzten Kilometer ging es schließlich auf einer schmalen Küstenstraße mit atemberaubender Aussicht entlang, auf der der Bus öfter mal abrupt abbremsen musste, weil entgegenkommende Autos das Überholen der zahlreichen Radfahrer unmöglich machten.

Lea starrte aufs weite Meer hinaus, bis sie vom Läuten ihres – beziehungsweise Vickys – Handys aus den Gedanken gerissen wurde. Ein osteuropäischer Militärmarsch als Klingelton. Typisch Vicky. Erneut spürte sie bei dem Gedanken aufkeimende Tränen im Augenwinkel.

Willst du nicht zumindest nachsehen, wer da anruft?

»Ja, doch …« Lea wischte sich mit dem Handballen über die Augen und kramte das Telefon aus der Bauchtasche. Der Anrufer war als Kürzel *WG* abgespeichert, darunter stand eine ihr unbekannte Nummer mit österreichischer Vorwahl. Lea ließ es klingeln, reduzierte aber die Lautstärke auf ein Minimum.

Als es ihr nach dem gefühlt zehnten Läuten zu blöd wurde, drückte sie den Anrufer einfach weg. »Wird wohl nicht so wichtig sein.«

Hoffen wir's.

39. Kapitel

Eine spanische Fahrerin im dunkelblauen Businessanzug hatte Sneijder und Sabine mit einer Limousine vom Flughafen abgeholt. Die Frau wusste nicht nur über Ron D. Paculas, sondern auch über Anna Bischoffs Ankunft Bescheid. Offenbar hatte Paul Conrad mit dem Transfervoucher für seine Tochter ihre Abholung gleich zu seiner dazugebucht.

Die Fahrt ging quer durchs Land zum *Aurelia Bay Club Resort* ans andere Ende der Insel. Der Zugang zum Hotel erfolgte direkt von der Straße aus, wo man über eine große Sonnenterrasse in das futuristische Hauptgebäude mit der Rezeption gelangte. Das alles lag auf einer kleinen Anhöhe, von der aus man auf die Playa de Cala Figuera hinuntersehen konnte.

»Ich bringe Ihren Koffer direkt in Ihr Apartment«, sagte die Spanierin.

»Tun Sie das.« Sneijder stand an der breiten Marmorbalustrade, und während Sabine der Frau ein Trinkgeld in die Hand drückte, blickte er zum Meer hinunter.

Es war gewaltig. Das Hotelareal erstreckte sich über die gesamte halbmondförmige Bucht. Der aufgeschüttete Sandstrand mit unzähligen Palmen leuchtete gelb, dahinter funkelte das azurblaue Meer.

Die weitläufige Hotelanlage selbst bestand neben dem großen Haupthaus und den Nebengebäuden, die allesamt auf der Anhöhe thronten, aus ein paar Hundert luxuriösen, eineinhalbstöckigen Bungalow-Apartments, die sich über die ganze Breite der Bucht bis hinunter zum Strand verteilten. Einige wenige Unterkünfte waren Doppelapartments, die sich eine große Terrasse teilten, aber die meisten hatten einen eigenen kleinen Garten und waren vom Nachbarn mindestens zehn Meter entfernt und durch eine Heckenreihe getrennt.

Im Gegensatz zum Hauptgebäude, das einem modernen Konferenzzentrum aus Glas und weißem Carrara-Marmor glich, waren die Gästeapartments alle im maurischen Stil aus weißem Stein mit Terrassen, Säulen, Rundbögen und kunstvoll geschnitzten Türen und Fensterläden errichtet. Dazwischen gab es Grünstreifen mit Palmen und Heckenreihen sowie asphaltierte Wege, auf denen surrende E-Golfcarts herumfuhren.

Im Zentrum der Wohnanlage lag eine riesige, verzweigte Poollandschaft, und an den äußeren Begrenzungen des Geländes befanden sich rechts, soweit Sneijder das erkennen konnte, drei Tennisplätze, ein Golfplatz, ein Amphitheater und sogar ein Helikopterlandeplatz. Linkerhand gab es eine Open-Air-Spa-Landschaft mit Whirlpools, Sauna und Fitnessparcours, in Richtung Meer hinunter eine Stranddiskothek und dahinter einen kleinen Jachthafen mit drei langen Stegen, an denen Dutzende Jachten ankerten. Das alles wirkte wie eine gewaltige, komplett eigenständige Luxussiedlung. Errichtet von einer Hotelkette aus Dubai, wie er während der Fahrt über sein Handy herausgefunden hatte.

»Beeindruckt?«, fragte Sabine.

»Ja«, gab Sneijder zu und deutete mit dem Kinn zum Landeplatz. »Allerdings frage ich mich, warum sie uns nicht mit einem Helikopter abgeholt haben.«

»Ernsthaft?«

Er zuckte mit den Achseln.

»Lassen wir das. Lust auf einen Begrüßungscocktail, bevor wir uns alles genau ansehen?«, fragte Sabine, wartete seine Antwort aber nicht ab, sondern betrat das Gebäude.

Er sah ihr hinterher. Eigentlich konnte es ihm schnurzegal sein, wie sie sich wegen ihres gestrichenen Urlaubs fühlte, denn Job war Job. Trotzdem spürte er ein wenig Erleichterung, weil sie sich anscheinend rasch mit der Situation abgefunden hatte. Immerhin entschädigte das Ambiente für einiges, denn hier war es definitiv schöner als in München.

Er trat ebenfalls durch die automatische Glastür des Hauptgebäudes und wurde sogleich vom Glucksen eines sprudelnden Springbrunnens empfangen. Sie marschierten durch die klimatisierte Halle mit den blau getönten Scheiben, in deren Mitte eine riesige, drei Meter hohe und eineinhalb Meter breite Glassäule die Blicke auf sich zog. Im dunkelblauen Wasser des Deko-Tanks schwammen mehrere mindestens vierzig Zentimeter große Quallen mit meterlangen Tentakeln. Gut, dass die hier eingesperrt waren – so einem Vieh wollte er am Strand ganz sicher nicht begegnen.

Unauffällig sah er sich um. Allein in dieser Halle standen drei Leute von der Hotelsecurity. Keine übermäßig muskulösen Poser, die nur zur Abschreckung dienten, sondern eher unauffällige durchschnittliche Typen, mit Funkgerät und Pfefferspray am Gürtel der Uniform. Profis, wie Sneijder an den wachsamen Blicken der drei Männer erkannte.

Als er auf dem Weg zur großen, geschwungenen Rezeption aus Marmor an mehreren mannshohen Aufstellern vorbeikam, die Workshops für *Positives Denken* anpriesen, schüttelte er nur fassungslos den Kopf. Dann lehnte er sich neben Sabine an den Tresen, die anscheinend gerade dabei war, sie anzumelden. Obwohl er bei Conrads Sachen keinen Hotelvoucher gefunden hatte, war der Mann offenbar hier untergebracht – und nun wurde es interessant, ob eine der Damen hinter dem Tresen Paul Conrad kannte. *Hoffentlich nicht.*

»Willkommen im *Aurelia Bay Club Resort*«, sagte eine schwarzhaarige Schönheit in Sneijders Alter mit spanischem Akzent. *Mer-*

cedes stand auf ihrem goldenen Namensschild, das sie am Revers ihrer dunkelblauen Uniform trug. Schräg hinter ihr hingen große Fotos der spanischen Königsfamilie und des Scheichs von Dubai mit seiner Familie. »War die Anreise angenehm?«

»Beschissen«, sagte Sneijder. »Der Flieger hatte zwei Stunden Verspätung.«

»Oh, das tut mir leid. Dafür sind Ihre Apartments bereits fertig. Einen Moment …« Mercedes hackte auf der Computertastatur herum, während die vielen Uhren, die sich neben den Porträts an der Wand hinter ihr befanden, mit dezentem Ticken die verschiedenen Zeitzonen von Los Angeles über New York bis London, Moskau, Peking und Tokyo anzeigten.

Da es zwischen Deutschland und Mallorca keinen Zeitunterschied gab, musste sich Sneijder wenigstens in dieser Hinsicht nicht umstellen. Das ungewohnte mediterrane Klima reichte ihm schon völlig.

Sabine und er warteten geduldig, unterschrieben ein paar Formulare mit ihren Fake-Namen und beobachteten dabei die Wachleute und ein paar Gäste, die teils mit Golftaschen, teils mit Flossen und Taucherbrillen durch die Lobby gingen. An Sabines Gesichtsausdruck und ihren großen Augen bemerkte Sneijder, dass sie trotz ihrer vorherigen Internetrecherche keine so luxuriöse Location erwartet hatte. Er auch nicht.

Während der Autofahrt hatte er noch einmal ausführlich die Website des Hotels studiert. Hier fand man weder die typische Animation wie in anderen Clubhotels noch Kinder oder Jugendliche, da die Gäste in diesem ausdrücklichen Adults-Only-Resort mindestens achtzehn Jahre alt sein mussten. Stattdessen gab es neben dem großen Wellness- und Massagebereich jede Menge Esoterikkurse, Psychologieworkshops zu allen möglichen Selbsterkenntnisthemen sowie Kunst- und Kreativseminare. Anscheinend kam Europas High Society in dieses überteuerte Selbstfindungshotel zum Relaxen, Töpfern, Malen, zum Ausdruckstanz, für eine Stimmtherapie oder um irgendwelche Energieblockaden gelöst zu bekommen. Und all das, um etwas in sich zu entdecken, von dem sie vorher noch gar nichts geahnt hatte. Zusammengefasst handelte es sich bei den Gästen um besonders reiche Schnösel, die sich einen solchen Urlaub nicht nur leisten konnten, sondern ihr Geld auch für besonders sinnloses Zeug rausschmissen. Wenn ein groß angelegter Anschlag der RAF geplant war, dann war dies der passende Ort dafür.

»Woran denken Sie?«, fragte Sabine, die offenbar seine nachdenkliche Stimmung bemerkt hatte.

»Dass es hier zum Glück keine Kinder gibt«, murmelte er und dachte zwar auch an ein mögliches Attentat, vor allem aber an sein eigenes Nervenkostüm, da ihm schreiende Knirpse und zickige Teenager tierisch auf die Nerven gingen.

»Sie mögen keine Kinder?«, fragte Mercedes und schielte kurz zu Sabine.

Diese lächelte zynisch. »Er mag nicht einmal seine eigenen.«

»Oh.« Mercedes war offenbar leicht betroffen, auch wenn sie versuchte, sich das nicht anmerken zu lassen. Konzentriert sah sie wieder in ihren Monitor.

Sabine wechselte das Thema. »Hat sich in den letzten Jahren hier viel verändert … ich meine auf der Insel?«

Mercedes sah auf. »Wann waren Sie denn das letzte Mal auf Mallorca?«

Gute Frage! Sneijder warf Sabine einen Blick zu.

»Ist schon eine Weile her«, antwortete sie unverbindlich.

»Dann würde ich das definitiv mit Ja beantworten. Die Zeiten, wo Mallorca fest in Händen der Siebzigjährigen war, sind längst vorbei. Immer mehr jüngere Generationen kaufen sich hier ein – Spitzensportler, Influencer, Musiker –, und die Regierung macht auch viel dafür, dass sich die Insel zu einem luxuriösen, aber umweltfreundlichen und nachhaltigen Urlaubsziel entwickelt.« Sie griff in eine Schublade und holte zwei massive Messingschlüssel hervor. »So, hier sind Ihre Apartmentschlüssel. Haus *Apollon* und Haus *Delphi*.«

»Keine Magnetkarten?«, fragte Sabine.

Mercedes lächelte. »Die meisten unserer Gäste sind in ihrem Alltag ständig von Geräten, Apps und elektronischen Karten umgeben. Unsere Managerin hat daher auf dieses altmodische Flair bestanden. *Digital Detox* wird bei uns großgeschrieben.«

Hoffentlich haben die Apartments wenigstens eine Klimaanlage, dachte Sneijder.

»Ein Golfcart bringt Sie hin«, erklärte Mercedes weiter. »Ihre beiden Apartments liegen nebeneinander, und Sie teilen sich eine Terrasse. Ausnahmsweise könnten wir aber auch einen Paravent als Trennwand …«

»Ja, bitte«, sagte Sabine gleich.

Sneijder verzog den Mund zu einem Leichenhallenlächeln. »Waren die Häuser *Medusa* oder *Xanthippe* für Frau Bischoff nicht mehr frei?«

»Wie überaus witzig«, sagte Sabine rasch und wandte sich an die Rezeptionistin. »Sie müssen ihn entschuldigen, manchmal versucht er in meiner Gegenwart lustig zu sein – ja, bitte mit Trennwand.«

»Verstehe.« Mercedes lächelte. Dann sprach sie Sneijder direkt an. »Ich darf Ihnen von unserer Direktorin, Frau Bianca Hagemann, ausrichten, dass sie sich sehr freut, dass wir Sie gewinnen konnten und Sie zwei Wochen lang Gast in unserem Hotel sind.« Sie schob ihm eine Mappe über den Tresen. »Hier sind die Details zu Ihrem Workshop.«

Sneijder starrte auf die Mappe. »Ich nehme an einem Workshop teil?«

Mercedes' Lächeln wirkte jetzt leicht irritiert. »Nein, Sie halten ihn.«

»Ach ja? Ich …«, begann er, hielt aber abrupt inne, als Sabine ihm mit dem Fuß gegen das Schienbein trat und zu einem der Plakate nickte, die an der großen Infotafel hingen.

Reich bin ich schon, jetzt werde ich glücklich!
Ron D. Pacula
Mentalcoach

»Das wird sicher lustig«, lachte Sabine laut auf.

Jetzt werde ich glücklich? Godverdomme und vervloekt! Mit zusammengebissenen Zähnen schlug er die Mappe auf und sah ein Blatt mit Uhrzeiten und einen Hotelplan, auf dem ein Seminarraum eingezeichnet war. »Danke.« Er nahm Zimmerschlüssel und Mappe, machte kehrt und verließ die Lobby durch den seitlichen Ausgang, wo die Elektrocarts standen.

Gerade hielt ein Shuttlebus vor dem Hotel, der ein paar neue Gäste vom Flughafen brachte. Allesamt gestylte Pärchen älteren Jahrgangs, die gleich zur Rezeption schlenderten. Nur eine hochgewachsene junge Frau mit Sonnenbrille, Schirmkappe und auffällig roten Haaren, die unter all den Snobs irgendwie fehl am Platz wirkte, blieb stehen und blickte neugierig zu ihm herüber. Sneijder sah fasziniert zurück.

»Was Interessantes entdeckt?«, fragte Sabine.

Sneijder wandte sich ab. »Nein.«

Ein junger Fahrer brachte sie beide mit einem Wägelchen durch die Anlage zu ihren Apartments, die genau mittig und etwa fünfzig Meter von den Pools und zweihundert Meter vom Strand entfernt lagen. Da das gesamte Hotelareal auf einem Hügel lag und leicht zur Bucht abfiel, hatte man von jedem Apartment aus einen guten Ausblick auf Jachthafen, Strand und Meer.

Sneijder setzte sich Conrads blaue Spiegelsonnenbrille auf und versuchte den Fahrtwind, der ihm über die Glatze strich, und den

Duft der Kiefern, Kakteen und Gräser zu genießen, was ihm jedoch nicht gelang. Er war einfach kein Pflanzenfreund. Hoffentlich befand sich wenigstens in seinem Apartment kein Grünzeug, das ihm den Sauerstoff zum Denken raubte.

Während Sabine sich bemüßigt fühlte, dem Fahrer ein Trinkgeld zu geben – was Sneijder völlig überflüssig fand, schließlich tat der Mann nur seinen verdammten Job –, betrat er sein Apartment. Das Haus *Apollon* war auf neunzehn Grad heruntergekühlt und hatte gut hundertzehn Quadratmeter Wohnfläche auf einer Etage und einem offenen Halbstock.

Conrads Koffer stand bereits neben dem Kingsize Bett, das so ausgerichtet war, dass man durch ein breites Fenster über die Terrasse direkt aufs Meer blickte. In geschmackvollem Kontrast zu den weißen Wänden war der Bettbezug himmelblau, ebenso wie die Treppe, die Lampenschirme und die modernen Gemälde an den Wänden. Auf dem Kissen lag die Hotelzeitung mit den Tagesaktivitäten. Daneben zwei aus Handtüchern geformte Tiere – ein Elefant und ein Schwan.

Noch bevor Sneijder aus dem Sakko schlüpfte, um sich dann in der Minibar einen Drink zu mixen und auszuprobieren, wie weich die Matratze war, suchte er nach dem Wandsafe. Er fand ihn neben dem Bett, wählte seine sechsstellige Dienstnummer beim BKA als Code und verstaute seine Glock mitsamt dem Magazin; beides hatte ihm der Pilot gleich nach der Landung ausgehändigt. Dazu legte er noch Paul Conrads Reisepass sowie dessen Brieftasche und seinen eigenen BKA-Ausweis in den Tresor.

Dann schickte er eine kurze SMS an Marc Krüger und ignorierte dabei genauso wie bei Sabine, dass der eigentlich offiziell noch im Urlaub war. »Du bist wieder im Dienst. Finde alles über Bianca Hagemann heraus; Hotelmanagerin vom Aurelia Bay Club Resort Mallorca. Eilt!«

Als er den Koffer aufs Bett warf, klopfte es an der Terrassentür. Er schob den Vorhang beiseite und ließ Sabine herein. Sie trug Jeansshorts, ein schwarzes Rippshirt und weiße Turnschuhe.

»Schon alles ausgepackt?«, fragte er.

»Ja.« Sie trat ein. »Habe ja nur eine kleine Reisetasche und einen winzigen Rucksack dabei. Damit lässt sich nicht viel anfangen.«

»Was soll ich da erst sagen?«

Sabine schielte zum Bett, wo Conrads großer Hartschalenkoffer lag. »Immerhin haben Sie zehnmal so viel Gepäck wie ich.«

»Normalerweise verreise ich mit einem Schrankkoffer, in dem …«

»Ich weiß«, stöhnte Sabine auf. »Ich habe ihn ja schon mehrmals für Sie schleppen dürfen. Und jetzt hören Sie auf zu jammern, schließlich war es *Ihre* brillante Idee, dass wir gemeinsam hierherfliegen.«

»Ich kann so nicht arbeiten – ich habe nur *einen* Anzug mit, der noch dazu verschwitzt und blutbesudelt ist.« Jetzt schlüpfte er endlich aus dem Sakko, warf es aufs Bett und merkte, dass seine Spannungskopfschmerzen unaufhaltsam aufzogen. *Verdomme!* Er kramte sein Etui aus der Innentasche des Sakkos und stach sich ein paar Nadeln in den Handrücken.

»Oh je, schon wieder Kopfschmerzen?« Mit einem schadenfrohen Lächeln ging Sabine zum Koffer und riss das Klebeband ab, das die beiden Hälften zusammenhielt, nachdem Sneijder ja die Schlösser gewaltsam aufgebrochen hatte. »Mal sehen, was Sie alles dabeihaben – vielleicht kann ich ja etwas davon brauchen.« Sie klappte den Koffer auseinander. »Ah, jede Menge Anzüge.« Sie zog einen davon heraus. »Bringt mir jetzt nichts, dürfte aber Ihre Größe sein.«

Sneijder ignorierte sie und drehte an den Nadeln, die für etwas Entspannung in seinem Kopf sorgten.

Als Nächstes fischte sie ein paar Mappen und Flyer heraus, die sie aufs Bett warf. »Und hier sind offenbar die Unterlagen für Ihre Sinn suchende Klientel«, sagte sie amüsiert.

Er erwiderte nichts darauf, sondern mixte sich einen Gin Tonic mit viel Eis, den er in einem Zug halb austrank.

»Das Notwendigste, was uns fehlt, werden wir uns hier vor Ort organisieren, okay?«, sagte sie plötzlich versöhnlich.

»Wenn wir überhaupt dazu kommen.« Er leerte das Glas und stellte es neben einen Computermonitor auf die Kommode, über der auch noch ein riesiger Flatscreen hing. Dann erzählte er ihr vom *Kommando Rote Woche* und den bevorstehenden Anschlägen der RAF, die schon an diesem Wochenende beginnen sollten. Anschließend griff er in die Hosentasche und zog das Fragment der Kampfschrift hervor, das er von Drohmeier bekommen hatte, und erklärte ihr, wie sie da rangekommen waren.

Sabine las sich alles durch, sank danach aufs Bett und blieb eine ganze Weile lang stumm. Die Scherze waren ihr vergangen. Schließlich räusperte sie sich. »Tut mir leid, dass ich so ... ätzend war. Ich verstehe jetzt, warum Sie mich aus dem Urlaub geholt haben.« Sie warf noch einmal einen Blick auf den Zettel. »Mit dem, was hier steht, hat diese Gruppe ja vielleicht gar nicht einmal so unrecht.«

Sneijder sah sie ernst an. »Es geht nicht um den Wahrheitsgehalt, sondern um die Art und Weise der Umsetzung.«

»Sicher, darum geht es immer.« Sabine faltete das Blatt zusammen. »Und die machen das wirklich geschickt. Sie verbreiten schon allein dadurch Angst und Schrecken, dass sie uns über ihre Größe und Stärke im Ungewissen lassen und darüber, zu welchen Anschlägen sie noch fähig sind.«

Er nickte. Es war auch ein psychologischer Krieg, der hier geführt wurde. »Jedenfalls hatten sie genug Zeit, um alles still und heimlich vorzubereiten – und ich hocke hier in diesem beknackten Hotel. So ein *vervloekter mest*! Was hat das mit den Terroranschlägen zu tun? Wird hier auch ein Anschlag stattfinden?«

»Auf den Balearen?« Sabine zog die Schultern hoch und schüttelte dann den Kopf. »Das glaube ich nicht. Conrads Aufenthalt hier hat vermutlich einen anderen Grund.« Sie wedelte mit den Seminarunterlagen herum. »Jedenfalls müssen Sie diesen Workshop halten.«

»Sind Sie verrückt?«, fuhr er sie an. »Ausgerechnet *ich* soll einen Workshop über Glück und positives Denken moderieren? Das wäre ja so, als würde Ozzy Osbourne …«

»… eine heilige Messe im Petersdom halten, ich weiß«, kam sie ihm zuvor. »Aber wie sollen wir sonst an den Kopf des Terrornetzes herankommen, wenn Sie die Rolle nicht weiterspielen? Sicherheitshalber sollten Sie diese Unterlagen studieren.« Sie blätterte durch die Mappe und die Flyer. »Zum Glück ist darauf kein Foto von Conrad abgebildet.«

Instinktiv wusste Sneijder, dass Sabine recht hatte. Er mixte sich einen zweiten Drink und setzte gerade an, ihn zu trinken, als sein Telefon läutete. »Es ist Marc«, sagte er nur, und offenbar wunderte sich Sabine gar nicht, dass er ihren Freund in die Ermittlungen eingebunden hatte. »Ja?«, fragte er und schaltete danach auf Lautsprecher.

»Ich bin wieder in Wiesbaden. Wie geht es Sabine?«, fragte Marc.

»Total super! Was hast du herausgefunden?«

»Bianca Hagemann ist neununddreißig, in Berlin geboren. Hat an der Uni Betriebswirtschaft, Tourismus und Hotelmanagement studiert, danach in Saudi-Arabien, Katar und den Vereinigten Arabischen Emiraten gearbeitet und leitet seit einem Jahr die Mallorca-Niederlassung der Aurelia Bay Club Resort*-Kette aus Dubai.«*

»Was weiß das BKA über sie?«

»Ledig, kinderlos, nicht vorbestraft, kein Terrorverdacht, kein politisches Engagement, keine Kontakte zur linken Szene, keine offenen Kredite … scheint harmlos zu sein und dürfte eine verdammt hübsche Fr…«

»Du bist auf Lautsprecher«, unterbrach Sneijder ihn. »Danke.« Ohne weiteren Kommentar beendete er das Gespräch.

»Verdammt hübsch ist sie also«, wiederholte Sabine spitz.

»Davon können Sie sich gleich selbst überzeugen.« Sneijder lockerte den Krawattenknoten, streifte sich das Ding ab und öffnete die ersten beiden Knöpfe seines Hemds. »Wir besuchen sie.«

Auf dem Weg zur Tür zog er sich die Akupunkturnadeln aus dem Handrücken.

40. Kapitel

Am frühen Nachmittag war Lea endlich in ihrem Apartment – wobei »Apartment« die Untertreibung des Jahrhunderts war. Die Luxussuite *Pueblo* erstreckte sich über zwei Etagen mit Treppenaufgang in einen offenen Halbstock mit Balustrade. Das Bad verfügte über einen Whirlpool, im Wohnzimmer gab es einen riesigen Flatscreen, und die mordsmäßige Terrasse mit Hammerausblick war ein Luxus, den sich normalerweise nur die Klienten gönnten, für die sie als Personenschützerin gearbeitet hatte.

Beim Einchecken an der Hotelrezeption hatte sie überrascht, aber erleichtert festgestellt, dass Vicky ein Apartment für nur eine Person gebucht hatte. Damit war sie zumindest erst einmal die Sorge los, dass Vickys Liebhaber auch hier auftauchen könnte. Blieb im Moment nur noch das Problem des merkwürdigen Anrufers *WG* mit der österreichischen Vorwahl.

Im Moment stand Lea in Vickys Badeanzug auf der überdachten Terrasse im Schatten und blickte zum Strand hinunter. Ihr feuerrotes Haar war zwar ein fantastischer Blickfang, ging aber leider auch mit einem sonnenproblematischen Hauttyp einher. Wenn sie fünfzehn Minuten ungeschützt in der prallen Frühlingssonne Mallorcas stand, bekam sie einen Sonnenbrand und sah aus wie ein Krebs auf dem Grill. Also schmierte sie sich eine dicke Schicht Sonnencreme auf die Haut. Sie hatte zwar nicht vor, in der Sonne zu liegen, und schon gar nicht, sich öffentlich am Pool oder am Strand zu zeigen, aber schon ein kleiner Spaziergang würde reichen, dass sie mit geröteter Gesichtshaut zurück nach Österreich reisen musste. Und das wollte sie auf jeden Fall verhindern.

Nachdem sie gefühlt die halbe Cremetube auf ihrem Körper verrieben hatte, packte sie den Rest des Koffers aus, verstaute alles im Bad und in den Schränken und machte sich in ihrer Minibar einen Martini mit Eis. Dazu riss sie eine Packung Erdnüsse auf.

Sie ließ noch einmal den Blick durch das Apartment schweifen. Im Wohnzimmer gab es sogar einen eigenen Monitor mit Tastatur, Maus und WLAN. Perfekt, dann musste sie sich gar keinen Internetcorner in der Lobby suchen. Sie öffnete den Browser und loggte sich über das Webinterface des Sicherheitssystems SEC-CURE mit ihrem Passwort ein. Wenn sie länger unterwegs und Gernot nicht zu Hause war, machte sie das normalerweise über eine App auf ihrem Handy, doch das wollte sie unter allen Umständen ausgeschaltet lassen. Schließlich ging das über diesen externen Zugriff genauso. Die Verbindung war zwar nicht gerade die schnellste, genügte jedoch, dass sie von einer Kamera zur nächsten schalten konnte.

In ihrem Haus war alles in Ordnung, ebenso im Garten, wie sie über die Außenkameras sah. In Kufstein war es bewölkt. An der Bewegung der Äste merkte sie, dass der Wind ging. Das Wichtigste war jedoch der Blick auf den Wintergartenaushub. Der Boden war völlig eben und sah genauso aus, wie sie ihn letzte Nacht hinterlassen hatte.

Erleichtert loggte sie sich wieder aus, löschte den Browserverlauf, lehnte sich zurück und massierte ihre Schläfen.

Siehst du, alles okay, meldete sich Camilla.

Ja, das war es, trotzdem raste ihr Herz. Was, wenn ein Nachbar sie nachts bei der Arbeit gesehen und die Polizei gerufen hätte? Zum Glück war das nicht passiert – sonst sähe ihr Garten jetzt anders aus –, aber wer weiß, was noch geschehen würde. Jedenfalls würde sie nicht in der Lage sein, sich zu entspannen.

Sie nippte am Glas und überlegte, sich einen Eisbeutel aus dem Gefrierfach auf die Stirn zu knallen und für eine Stunde aufs

Bett zu legen, um den versäumten Schlaf nachzuholen, als Vickys Handy surrte. Was war denn jetzt schon wieder?

Sie blickte aufs Display. Eine SMS von diesem *WG*.

Der ist aber hartnäckig.

»Ja«, murmelte sie und öffnete die Nachricht.

»Hallo, mein Schatz. Bin im Haus Callisto untergebracht. Warum warst du nicht um 15 Uhr an unserem Treffpunkt bei der Poolbar?«, lautete die Nachricht.

»Ach, du Scheiße«, entfuhr es ihr. Schlagartig stieg ihr Puls an, und sie spürte den trommelnden Herzschlag in der Kehle. »Und jetzt?«, presste sie hervor.

Finde heraus, wer der Kerl ist, antwortete Camilla spontan.

»Woher wissen wir, dass es überhaupt ein Kerl ist?«, fragte sie.

Würde er Vicky sonst MEIN SCHATZ nennen?

»Auch wieder wahr.« Sie glaubte kaum, dass Vicky spontan bi geworden war – wobei man so etwas bei ihrer Cousine nie hatte ausschließen können.

Entspann dich, riet Camilla ihr. *Offenbar kennt er dein Apartment nicht, sonst hätte er schon längst an die Tür geklopft.*

Das hätte noch gefehlt. Sie stand auf, sperrte sicherheitshalber die Eingangstür ab, schloss die Tür zur Terrasse und zog die Vorhänge zu. Dann setzte sie sich an den Schreibtisch, trank den Martini in einem Zug aus und tippte mit zitternden Fingern eine Antwort. Dabei bemühte sie sich, Vickys Stil zu imitieren und verwendete jene Smileys und Emojis, die sie mit den Zeichen auf den Tasten hinbekam.

»Sorry, habe verschlafen, grrr! Blöder Flieger hatte über zwei Stunden Verspätung. Bin müde vom Flug.« Das Risiko war zwar hoch, so etwas zu schreiben, aber sie war sicher, dass dieser Verehrer nicht mit demselben Flugzeug aus München angekommen war wie sie, sonst wäre sie schon längst aufgeflogen.

Sekunden später kam die Antwort. »Wo bist du?«

»Liege im Zimmer, habe Migräne, uaaargh!«, antwortete sie und kam sich dabei reichlich dämlich vor. Aber genauso hätte Vicky es formuliert.

»Welches Apartment?«, fragte der Unbekannte.

Lea überlegte kurz. Dann tippte sie. »Muss kotzen …« Das verschaffte ihr zumindest ein bisschen Zeit.

Bestimmt war das dieser verheiratete Promi, mit dem Vicky eine heimliche Affäre hatte. Möglicherweise war der Kerl sogar mit seiner Frau und seiner Tochter nach Mallorca gekommen.

»Tut mir leid, hoffe, dir geht's bald besser«, schrieb der Mann jetzt.

Lea wollte antworten, doch Camilla meldete sich wieder zu Wort. *Hör auf, mit dem Typen zu schreiben!*

»Du wolltest doch, dass ich herausfinde, wer das ist.«

Das ist jetzt egal. Brich ab! Das Ganze wird zu gefährlich. Er darf dich unter keinen Umständen sehen. Du musst gleich morgen früh noch vor Sonnenaufgang von hier verschwinden.

»Danke, bis später«, tippte sie.

Prompt kam die Reaktion. »Hast du Pacula schon gesehen?«

Wie hypnotisiert starrte Lea auf die Textzeile. Pacula? Sie schloss für einen Moment die Augen und massierte ihre Nasenwurzel. Das war doch der Glatzkopf im Flieger, der in Begleitung dieser jungen Frau am Airport von einer Limousine abgeholt worden war. Was hatte der mit Vicky zu tun?

»Nein, noch nicht«, schrieb sie.

Brich ab, verdammt nochmal, warnte Camilla sie.

»Wann treffen wir uns?«, lautete die nächste Frage.

»Mir geht's nicht gut – muss gleich wieder kotzen …« Kaum war die Nachricht weg, schaltete sie das Handy aus und warf es mit zitternden Fingern auf den Schreibtisch. O Gott!

Sie wischte sich den Schweiß von der Stirn und merkte, wie eiskalt ihre Hand war.

Die ganze Sache gefällt mir gar nicht, sagte Camilla.

»Denkst du, mir?« Lea erhob sich mit zitternden Knien und schlüpfte in ihre Sandalen. Sie schnappte sich Sonnenbrille und Schirmkappe, warf sich Vickys weiß-blau gesprenkelten Strandkimono über die Schultern, stopfte Apartmentschlüssel und Vickys Handy in ihre Bauchtasche und ging zur Tür.

Was hast du vor?

»Ich gehe zur Rezeption. Wir müssen herausfinden, wer dieser Pacula ist.«

In deinem Zustand? Du bist doch völlig durch den Wind.

»Je eher, desto besser.«

Warte einen Moment. Fahr den Computer nochmal hoch.

41. Kapitel

Die Hotelmanagerin empfing Sneijder und Sabine in ihrem großräumigen und lichtdurchfluteten Büro, dessen Zugang gleich hinter dem Tresen der Rezeption lag.

Sabine roch nicht nur den Zitrusduft, sondern spürte beim Eintreten auch gleich die angenehm ruhige Atmosphäre, die in diesem Raum herrschte, was vor allem am weißen Teppich, den hellen Designermöbeln und der tollen Aussicht auf die Bucht lag. Und Marc hatte verdammt nochmal recht mit dem, was er über die Managerin des Hotels gesagt hatte.

Hagemann, eine schlanke Blondine mit sympathischer Ausstrahlung, saß in ihrem eleganten blauen Businessanzug hinter dem Schreibtisch und beendete gerade noch ein Telefongespräch. Dann sah sie auf. Ihre großen blauen Augen mit den schönen, aufgebogenen Wimpern strahlten, als sie Sneijder sah, als hätte sie ein Faible für ältere Herren mit Glatze.

»Mein Name ist …«, begann Sneijder, doch Hagemann unterbrach ihn sofort.

»Weiß ich doch schon längst – Maarten S. Sneijder und Sabine Nemez. Willkommen im *Aurelia Bay Club Resort*.« Hagemann kam um den Tisch herum. Sie war genauso groß wie Sneijder und gab ihnen beiden mit einem kräftigen Druck die Hand. »Das war gerade Friedrich Drohmeier.« Sie deutete zum Telefon. »Der Direktor des Bundeskriminalamts hat Sie …«

»Präsident«, korrigierte Sabine sie, wedelte dann jedoch gleich mit der Hand. »Egal …«

»Hat Sie beide angekündigt«, fuhr Hagemann fort, »und er hat mir erklärt, wie sehr Sie Wert auf das *S* in Ihrem Namen legen. Wofür steht es, wenn ich fragen darf?«

»Dürfen Sie, bleibt aber mein Geheimnis«, sagte Sneijder.

»Na gut, dann werden Sie einige private Dinge über mich eben auch nicht erfahren«, sagte sie prompt und zog keck eine lang geschwungene Augenbraue hoch.

Ich glaub, mich tritt ein Pferd, dachte Sabine. Flirtete die Frau etwa? *Mit Sneijder?* Ihr war noch nie eine Frau begegnet, die Sneijder leiden konnte – eigentlich kannte sie generell *niemanden*, der Sneijder auch nur annähernd ausstehen konnte. So gesehen war das gerade eine Premiere.

»Wie schade«, sagte Sneijder sarkastisch. »Wir …«

»Ihr Chef hat mich darum gebeten, Sie bei Ihrer Arbeit zu unterstützen.« Seufzend hob Hagemann die Schultern. »Kurz zuvor bekam ich auch noch einen Anruf aus Madrid von der deutschen Botschafterin. Die hat wiederum Drohmeiers Anruf angekündigt und mich ebenfalls um Kooperation mit der deutschen Polizei gebeten.«

Okay. Offenbar nutzte Drohmeier jegliche ihm zur Verfügung stehenden Mittel, um ihnen alle Steine so gut wie möglich aus dem Weg zu räumen.

»Und?«, fragte Sneijder neugierig. »Werden Sie das tun?«

»Tja … bisher weiß ich nur, dass es um zwei mutmaßliche Kriminelle in diesem Hotel geht – und eigentlich müsste ich jetzt die mallorquinische Kripo einschalten, um …«

»Nein«, sagte Sneijder prompt. »Dadurch würden Sie uns bei der Arbeit behindern und alles verkomplizieren.«

Schlagartig wurde Hagemann ernst. »Wenn meine Gäste und das Hotel in Gefahr sind, muss ich …«

»Im Moment ist die Sache unter Kontrolle und niemand schwebt in Gefahr«, unterbrach Sneijder sie.

»Okay, das ist schon mal gut.« Hagemann atmete tief durch und strich sich das lange blonde Haar hinters Ohr. Ein silberner, muschelförmiger Ohrring kam zum Vorschein. »Aber ausländische Polizisten haben in diesem Land keine Vollmachten und dürfen eigentlich nicht ermitteln.«

»Nicht nur *eigentlich* nicht, sondern *definitiv* nicht – da haben Sie vollkommen recht«, schaltete Sabine sich in das Gespräch ein, da sie befürchtete, dass eine voreilige harsche Bemerkung Sneijders alles ruinierten würde, was Drohmeier mühsam aufgebaut hatte. »Aber uns bleibt in dieser Situation keine andere Wahl, andernfalls wären die Konsequenzen fatal.«

»Ich würde Ihnen ja wirklich gern helfen, zumal Sie Landsleute sind, aber ich mache mich vor dem spanischen Gesetz strafbar, wenn ich Sie bei dem nicht autorisierten Undercover-Einsatz hier im Hotel, von dem Ihr Chef sprach, unterstützen würde.«

»Das ist uns klar«, besänftigte Sabine sie. »Aber die Verbrecher, um die es geht, sind unter anderem für eine Autobombe in Berlin verantwortlich, bei der kürzlich die Managerin Kara Petzold ums Leben gekommen ist.« Sie machte eine Pause und beobachtete Hagemanns Reaktion. »Sie sind doch selbst aus Berlin, nicht wahr? Haben Sie von dem Vorfall gehört?«

Hagemann nickte, während sie nachdenklich an ihrem Ohrring drehte.

»Kara Petzold war etwa in Ihrem Alter«, sagte Sabine. »Neununddreißig.« Das war zwar heftig geraten, verfehlte aber seine Wirkung nicht. Hagemann war offensichtlich betroffen. »Und wir sind mit den Hintergründen besser vertraut als die spanische Polizei«, fügte Sabine hinzu.

Hagemann straffte ihren Blazer und atmete tief durch. »Okay. Keine spanische Polizei also. Ich werde Ihnen helfen, aber nur um Schaden von meinen Gästen abzuwenden und den Ruf des Hotels nicht in Misskredit zu bringen. Was brauchen Sie?«

Sabine merkte, wie ihre angespannten Schultern nach unten

sanken. Gott sei Dank, sie hatten Hagemann auf ihrer Seite. Kurz schielte sie zu Sneijder hinüber, der das Gespräch die ganze Zeit über ruhig mitverfolgt hatte.

»Zwei Laptops würden für den Anfang reichen«, sagte Sneijder.

»Unser IT-Techniker ist zwar gerade im Urlaub, aber gut, das sollte trotzdem kein Problem sein. Was brauchen Sie noch?«

»Haben Sie eine chemische Reinigung im Hotel?« Zur Erklärung zog Sneijder das Innenfutter seiner Tasche heraus.

Hagemann warf einen professionellen Blick darauf und begutachtete Sneijder von vorne und von der Seite. »Ein echter *Steenweg en Zonen*. Steht Ihnen gut.« Sie lächelte. »Das kriegen wir hin. Wäre ja gelacht. Schließlich will ich, dass Sie in meinem Hotel verdammt gut aussehen.«

Sneijder verzog keine Miene, sondern nickte nur.

Plötzlich runzelte Hagemann die Stirn, ging wieder um den Schreibtisch herum und warf einen Blick auf ihren Rechner. »Ich überlege nur, wo ich Sie unterbringen soll, denn wir sind restlos ausgebucht. Ich habe kein einziges freies Apartment mehr.«

O Gott, dachte Sabine, da ihr soeben klar wurde, dass die Hotelmanagerin wohl doch noch nicht alles wusste. Sie blickte auffordernd zu Sneijder. Aber der nickte Sabine nur kurz zu und murmelte: »Sagen Sie es ihr.«

Hagemann blickte auf. »Was sollen Sie mir sagen?«

»Bei den beiden Kriminellen handelt es sich um Anna Bischoff«, erklärte Sabine, »und …«

»Die hat doch erst gestern gebucht und unser letztes Apartment erhalten.« Hagemann setzte sich hin und tippte auf der Tastatur herum.

»… und der zweite ist Ron D. Pacula«, vollendete Sabine ihren Satz. »Beide werden nicht nach Mallorca kommen.«

Hagemann hielt inne und sah auf. »Sie veräppeln mich doch, nicht wahr?«

»Nein«, schaltete sich Sneijder in das Gespräch ein, »die Ermittler des BKA haben gar keine Zeit, jemanden zu veräppeln.«

»Ron D. Pacula kommt also nicht her?«, wurde Hagemann gerade bewusst, während sie wieder auf der Tastatur klapperte. »Aber das muss ein Irrtum sein, er hat sein Apartment bereits bezogen.«

»Es ist so …« Sneijder kam näher und setzte sich mit einer Pobacke auf die Kante des Schreibtischs. »Ich bin anstelle von Ron D. Pacula nach Mallorca gereist, und meine Kollegin in der Rolle von Anna Bischoff.«

»Verstehe.« Hagemann bekam zwar für einen Moment große Augen, blieb jedoch angesichts dessen, was sie soeben erfahren hatte, ziemlich gefasst. Nun sah sie Sneijder an. »Und was hätten die beiden hier vorgehabt?«

»Wissen wir nicht.«

»Warum fragen Sie sie nicht?«

»Weil sie tot sind.«

»Oh, wie toll, das wird ja immer besser!« Sie warf die Arme in die Luft. »Wer übernimmt dann Paculas Workshops?«

»Workshops?« Nun zuckte Sneijders Augenlid. »Mehrzahl?«

»Ja, insgesamt sechs Stück.«

Sneijder zerrte an seinem Hemdkragen, dann ließ er den Kopf kreisen, bis die Halswirbel knackten. »Sechs? *Verdikkeme!* Die übernehme ich.«

»Sie?«, entfuhr es ihr prompt, wobei sie Sneijder anlächelte und ihm vertraulich die Hand auf den Arm legte. »Bei allem Respekt, Sie haben eine sehr präsente Ausstrahlung und sind bestimmt wirklich gut in dem, was Sie tun, aber …«

Sabine räusperte sich. »Mein Kollege ist Fallanalytiker und forensischer Kripopsychologe mit abgeschlossenem Psychologiestudium«, erklärte sie, bevor Sneijder ausfällig werden konnte. »Außerdem haben wir Paculas Unterlagen in seinem Koffer gefunden – er ist ein Betrüger, und Sneijder wird in seine Rolle schlüpfen, bis wir herausgefunden haben, was er hier wollte.« Bewusst hatte sie das Wort *Terrorist* vermieden.

»Okay, verstehe …« Hagemann tippte auf der Tastatur, dann drehte sie den Monitor zu ihnen herum. »… aber was ist mit dieser Website?«

Sabine sah Ron D. Paculas Homepage auf dem Monitor. »Ist nur ein Fake. Das BKA hat übrigens die Kontaktdaten vom Netz genommen.«

Hagemann überprüfte das, richtete sich dann auf und zog erneut ihre Bluse glatt. »Also gut, ich denke, ich bin über alles im Bilde. Arbeiten wir zusammen und finden wir heraus, was Pacula und Bischoff hier vorgehabt hätten.« Sie wirkte wieder total gefasst. Gehörte bestimmt zu ihrem Job, sich blitzschnell auf neue Gegebenheiten einzustellen.

»Wer nimmt denn an den Workshops teil?«, fragte Sneijder.

»Wissen wir noch nicht. Unsere Gäste können nicht schon von zu Hause aus einen Platz für die Kurse reservieren.«

»Sondern?«

»Die müssen sich hier vor Ort an der Hotelrezeption für die Workshops und Programme anmelden, und zwar solange es noch freie Plätze gibt. Das gesamte Wellness- und Selbsterfahrungsprogramm ist ein kostenloser Service, den dieses Hotel anbietet.«

»Wie ist der Kontakt zu Pacula entstanden?«, fragte Sabine.

»Er hat unser Hotel vor einem Jahr angeschrieben und sein Programm angeboten. Wir haben einen Vertrag über sechs Workshops in zwei Wochen für ein Honorar von 7 500,- Euro sowie kostenlose Unterkunft und Verpflegung abgeschlossen.«

»Ist Ihnen das nicht etwas wenig erschienen?«, fragte Sneijder.

»Vermutlich halten Sie mich jetzt für naiv …«

»Nein, tun wir nicht«, sagte Sabine rasch, bevor Sneijder eine Antwort geben konnte.

»… aber ich dachte, das wäre ein Schnäppchen für dieses Hotel, das ich gerade im Begriff bin aufzubauen – und Paculas Website mit seinem Lebenslauf machte wirklich etwas her. Allerdings hat mich schon gewundert …« Sie kaute am Fingernagel, das erste Anzeichen dafür, dass sie die Sache doch etwas mitnahm. »… dass ich nirgendwo ein Foto von ihm entdecken konnte.«

»Unser Glück«, sagte Sneijder, »sonst könnten wir das gar nicht so durchziehen, wie wir es im Moment vorhaben. Also gut.« Er erhob sich vom Schreibtisch. »Fürs Erste haben wir keine weiteren Fragen.«

Hagemann erhob sich ebenfalls. »Ich lasse Ihnen die Laptops ins Apartment bringen.« Für einen Moment bekam sie einen schwermütigen Blick. »Was auch immer Sie zuvor bei Ihren Ermittlungen getan haben, danke für Ihren Einsatz und dass Sie dieses Hotel vor etwas Schlimmem bewahren wollen.«

Sneijder nickte. »Dafür sind wir da.«

Sie reichte ihm die Hand. »Was immer Sie brauchen – sagen Sie einfach Bescheid, Maarten … äh, ich meine Herr *Pacula.*« Sie lächelte ihn und Sabine an. »Frau *Bischoff.*«

Sie verließen das Büro, und während Sabine die Tür schloss, schielte sie zu Sneijder. »Hatten Sie auch den Eindruck, dass Bianca ein Auge auf Sie geworfen hat?«, flüsterte sie.

Sneijder blieb unbeeindruckt. »Bin eben ein anziehender und charmanter Typ.«

Ja, ganz bestimmt. Beinahe hätte Sabine laut aufgelacht. »Was stimmt mit dieser Frau nicht?«, fragte sie amüsiert, während sie um den Tresen herumgingen.

42. Kapitel

Lea hatte die Sonnenbrille aufgesetzt, Vickys Schirmkappe tief ins Gesicht gezogen und den Strandkimono um die Schultern gewickelt. So lief sie im Schatten der Palmen über die schmalen Pfade durch die Anlage. Statt des asphaltierten Hauptwegs, der direkt zur Rezeption führte und auf dem die vielen E-Wägelchen unterwegs waren, nahm sie einen Schleichweg, den sie zuvor dank Camillas Idee über die Satellitenansicht bei Google-Maps entdeckt hatte.

Der Weg führte im Schatten einer Palmenreihe an einer weißen Mauer entlang, hinter der sich die Wellness-, Spa- und Saunalandschaft befand. Und auch er brachte sie zur Rezeption; nur unauffälliger.

Da diese jedoch gerade von einer neu ankommenden Reisegruppe belagert wurde, stellte sie sich in der klimatisierten Lobby hinter den großen Wassertank. Dort war sie vor den Blicken der Hotelsecurity sicher, konnte aber unauffällig durch das dunkelblaue beleuchtete Wasser zur Rezeption blicken.

Während sie wartete, betrachtete sie interessiert die Quallen. »Faszinierend«, murmelte sie ehrlich beeindruckt. Eine Infotafel erklärte, dass diese dekorativen Tiere *Aurelia limbata* und *Aurelia solida* – wie das Hotel – hießen und aus dem Persischen Golf vor Dubai stammten. An der dicken Gallertmasse des Schirmrands entsprangen jeweils an die zwanzig Tentakel, die wie lange Fäden durchs Wasser schwebten und zuckten, sobald die Tiere mit sich zusammenziehenden Bewegungen das Wasser nach unten ausstießen, um sich fortzubewegen.

Ja, total faszinierend, sagte Camilla zynisch. *Diese Quallen erinnern mich an Gernot … genauso hässlich und giftig.*

Lea strafte Camilla mit Schweigen. Endlich verschwand ein Großteil der Gäste, woraufhin sie sich vorsichtig weiter der Rezeption näherte, vor eine Infotafel stellte und so tat, als interessierte sie sich für die Bootsausflüge und Ausfahrten mit dem Jeep, die das Hotel anbot. Zusätzlich gab es geführte Gebirgswanderungen, Mountainbike- und E-Bike-Touren, Kajakfahrten sowie Tauchkurse und Tagesausflüge mit Tauchgängen zu einigen Schiffswracks. Während sie ihren Blick über die zahlreichen Aushänge schweifen ließ, schielte sie auch immer wieder zum Tresen und schaltete schließlich Vickys Handy ein, um zu überprüfen, ob *WG* in der Zwischenzeit nochmal angerufen oder eine SMS geschickt hatte. Aber das war zum Glück nicht passiert.

Endlich verließ auch der letzte Gast die Rezeption, und die Empfangsdamen waren allein. Lea schlenderte zur ältesten der Frauen, die ihr zugleich am kompetentesten erschien, und lehnte sich an den Tresen. *Mercedes* stand auf dem Namensschild der Dame. Da es keinen Sinn hatte, lange um den heißen Brei zu reden, fragte sie geradeheraus: »Sagen Sie, Mercedes, hat ein Gast namens Ron D. Pacula bereits in Ihrem Hotel eingecheckt?«

»Ja, warum?«, kam die prompte Gegenfrage.

Wirf doch mal einen Blick nach rechts, sagte Camilla.

Im selben Moment fiel Leas Blick auch schon auf das Plakat an einer weiteren Infotafel direkt neben der Empfangsdame. *Reich bin ich schon, jetzt werde ich glücklich!* »Wie schön, dann findet der Workshop also statt«, sagte sie unverzüglich mit einem breiten Lächeln.

»Ja, der findet statt. Mehrere sogar. Sind Sie daran interessiert?«

Der Typ war also ein Mentalcoach. Was hatte Vicky mit dem zu tun? »Ja, vielleicht, vielen Dank.« Lea wollte sich schon wieder abwenden, als sich die Bürotür hinter der Rezeption öffnete.

»Ah, hier ist *Señor Pacula* ja«, rief Mercedes erfreut.

Der hochgewachsene, schlanke Mann mit Glatze und den schmalen Koteletten, wegen dem der Flug Verspätung gehabt hatte, kam soeben in Begleitung der jungen braunhaarigen Frau heraus, die zusammen mit ihm eingestiegen war. Krawatte und Designersakko hatte er mittlerweile abgelegt, die obersten Knöpfe seines Hemds waren offen.

»Ja?« Pacula sah sich um und zog dabei ein wenig genervt die Augenbrauen zusammen.

Mercedes deutete zu Lea. »Diese Dame interessiert sich für Ihren Workshop.«

»Wie schön.« Der Mann, der mit niederländischem Akzent sprach, klang wenig begeistert.

Der Typ ist Holländer und heißt Pacula?, wunderte sich Camilla. *Pacula klingt doch eher polnisch.*

Lea lächelte Pacula an. »Ich habe Sie am Flughafen gesehen. Sie sind aus München gekommen, nicht wahr?«

Was machst du, verdammt? Hör auf, hier beschissenen Smalltalk von dir zu geben! Wer weiß, wie der mit diesem WG *zusammenhängt. Nachher fliegt noch alles auf.*

»Ja, wir sind aus München gekommen. Vielleicht sehen wir uns ja bei einem meiner Kurse«, sagte Pacula und wollte sich bereits abwenden.

»Der deutschsprachige Workshop beginnt morgen um elf Uhr«, fügte Mercedes hinzu. »Ein paar freie Plätze haben wir noch.«

»Vielleicht nehme ich ja daran teil. Muss ich mir aber noch überlegen«, sagte Lea mit einem Lächeln.

Pacula wollte sich erneut mit einem Nicken abwenden, als Lea den spontanen Entschluss fasste, alles zu riskieren und vorzupreschen, um endlich herauszufinden, ob Vicky und dieser Pacula irgendwie unter einer Decke steckten. »Mein Name ist Vicky Fuchs.« Sie streckte ihm die Hand hin.

Bist du von allen guten Geistern verlassen!

Pacula ignorierte ihre ausgestreckte Hand. »Sagen Sie mir das einfach morgen nochmal, okay?«

Lea hört nicht auf Camillas Toben in ihrem Kopf. Pacula hatte in keiner Weise verunsichert oder verwirrt gewirkt – nur abweisend und kurz angebunden. Die innere Anspannung fiel von ihr ab. Ganz offensichtlich kannte Pacula Vicky nicht, und die Situation war harmloser, als sie befürchtet hatte.

43. Kapitel

»Mir ist diese Vicky Fuchs bereits im Flugzeug aufgefallen, als ich mir die Beine vertreten habe«, sagte Sabine, während sie zurück zu Sneijders Apartment gingen. Sie wartete, bis sie an dem Gärtner vorbei waren, der die Palmen goss, ehe sie weiterredete. »Hat merkwürdige Selbstgespräche geführt.«

»Vielleicht ist sie nicht ganz dicht«, knurrte Sneijder und dachte mit einem Ziehen im Magen an diese Kurse. Eigentlich konnte keiner ganz dicht sein, der sich für so einen Pseudo-Selbstfindungs-*mesthoop* interessierte.

»Was wäre«, überlegte Sabine, »wenn Conrad wirklich nur diese Workshops halten wollte, um ein bisschen Kohle zu verdienen? Ohne kriminellen Hintergedanken?«

»Mit einer gefälschten Identität? Und zu dem verdächtig niedrigen Honorar? *Nee, nee!*«, erwiderte Sneijder. »An dieser Sache muss etwas faul sein.«

»Okay«, lenkte sie ein, »aber möglicherweise haben diese Workshops gar nichts mit Conrads Verbindung zur RAF oder Ruth-Allegra Francke zu tun.«

Sneijder nickte. Sein Blick wurde düster. Er wollte etwas sagen, hielt aber kurz inne, während zwei Hotelgäste auf orangefarbenen E-Bikes mit gelben Streifen an ihnen vorbeifuhren. »Seit wir hier angekommen sind, denke ich ständig darüber nach, ob wir möglicherweise auf der falschen Spur sind und hier nur unsere Zeit verplempern, während woanders die Weichen gestellt werden.«

»Sie wollen wieder heimfahren – nachdem Sie mich hierhergeschleppt haben?«

»Nein, noch nicht …« Sie erreichten sein Apartment, er sperrte auf, ließ Sabine hinein und warf den Schlüssel auf die Kommode. »Wir sind gerade mal ein paar Stunden hier. Noch ist es zu früh, um den Aufenthalt abzubrechen. Warten wir den heutigen Abend noch ab, ob etwas passiert und …« Das Klingeln eines Telefons unterbrach ihn.

Sabine sah zum großen Wohn- und Schlafzimmer, wo Conrads Handy auf dem Schreibtisch neben dem Computermonitor lag. »Interessant – jemand kennt diese Nummer.«

Sneijder ging hin und nahm das Handy hoch. »Das ist schon der dritte Anruf von derselben Nummer, während wir weg waren. Muss verdammt wichtig sein.« Er betrachtete das Display. Eine nicht abgespeicherte Nummer mit spanischer Vorwahl. Rasch aktivierte er die Freisprechfunktion und ging ran. »Hallo?«

»Hola! Spreche ich mit Señor Ron Pacula?«, erklang eine junge weibliche Stimme mit einem etwas merkwürdigen spanischen Akzent auf Deutsch.

»Ja«, sagte er selbstbewusst und warf Sabine einen erwartungsvollen Blick zu.

»Ich bin Ramona, Ihre Assistentin bei Ihren Workshops. Sind Sie gerade schwer beschäftigt?«

Er sah Sabine immer noch an. »Nein. Wo sind Sie?«

»In zwanzig Sekunden bei Ihnen.« Sie legte auf, und aus dem Lautsprecher war nur noch ein Tuten zu hören.

»Sie haben eine Assistentin?«, fragte Sabine überrascht.

»Sieht ganz danach aus.« Im nächsten Augenblick klopfte es bereits an der Tür. »*Spickaal* und *Speigatten*, ist die schnell!«

»Vielleicht sollte ich besser von hier verschwinden.«

Sneijder deutete mit dem Kinn zur Terrassentür. Sabine lief durch den Raum, zog den Vorhang beiseite und riss die Tür auf. »Schreien Sie, falls Sie Hilfe brauchen«, flüsterte sie, ehe sie nach draußen verschwand und an dem mittlerweile aufgestellten Paravent vorbei und über einige Blumentöpfe hinweg auf ihre eigene Terrasse hüpfte.

Es klopfte erneut. Sneijder dachte an seine Glock im Safe, entschied sich dann aber, die Dame unbewaffnet zu empfangen. Nun wurde es interessant – gleich würde er wissen, ob sie Paul Conrad bereits kannte oder nicht. Er öffnete die Tür und warf einen Blick auf die knapp dreißigjährige Frau, die am Türrahmen lehnte und so tat, als betrachtete sie schon seit Stunden gelangweilt ihre langen roten Fingernägel. Wie die radikalisierte Sympathisantin einer linksextremen Terrorgruppe sah sie nicht aus, viel eher wie ein Fotomodel.

»Wollen Sie mich nicht hereinbitten?«, fragte sie frech und warf sich das lange, glatte schwarze Haar über die Schulter.

44. Kapitel

Nach dem merkwürdigen Gespräch mit Pacula an der Rezeption hatte Lea wieder den Schleichweg an der Wellnesslandschaft vorbei in Richtung ihres Apartments genommen.

Im Schatten der Palmenreihe lief sie erneut an der weißen Mauer entlang, hinter der Wasserdampfwolken aufstiegen, es brodelte, gluckste und nach Duftölen roch. Auf einer der Wiesen auf der anderen Seite des Weges fand gerade eine Mischung aus Yoga- und Aerobic-Kurs statt, bei dem sich ein Dutzend Frauen und ein paar Männer zu orientalischer Musik bewegten und lange Holzstöcke kreisen ließen.

»Was hältst du von diesem Pacula?«, wollte Lea wissen.

Ich dachte schon, du fragst mich nie. Sieht nicht nach einem Mentalcoach aus.

»Wie sieht denn ein typischer Mentalcoach aus?«

Braun gebrannt, strahlend weißes Lächeln, positive Ausstrahlung und ein ständiges Motivationsgrinsen im Gesicht. Dieser Typ ist das genaue Gegenteil davon. Sieht blass und krank aus – und ich hatte den Eindruck, dass ihn die ganze Situation tierisch genervt hat. Außerdem hat er nach Gras gerochen.

Lea nickte. Dieses Gefühl hatte sie auch gehabt. »Und warum fragt mich dieser *WG* in seiner SMS, ob ich Pacula schon gesehen habe?«

Keine Ahnung, aber ist dir aufgefallen, dass dir seit der Rezeption jemand folgt?

»Wer sollte …?«

Nicht umdrehen!

Lea ging geradeaus weiter. Vor ihr befand sich der Lieferanteneingang zum Wellnessbereich. Über der Ausfahrt befand sich ein Verkehrsspiegel. Darin sah Lea zuerst sich selbst verzerrt mit Schirmkappe, rotem Zopf und blau-rot gesprenkeltem Kimono. Etwa fünfzig Meter weiter hinten folgte ihr ein Mann in weißen Shorts und weißem T-Shirt.

»Zufall«, sagte Lea.

Im Glas des Wassertanks in der Lobby habe ich auch schon sein Spiegelbild gesehen.

»Vielleicht nimmt er denselben Weg.«

Diesen Weg?

Lea antwortete nicht darauf, aber Camilla hatte natürlich recht. Sie hatte sich ja gerade deswegen für diesen Schleichweg entschieden, weil hier sonst kein Mensch unterwegs war. Kurz bevor sie am Spiegel vorbei war und den Mann aus den Augen verlor, sah sie noch, wie er ein Handy zum Ohr führte.

»Der telefoniert gerade mit seiner Frau, weil er sich verlaufen hat …«, sagte Lea, verstummte jedoch, da in diesem Moment in ihrer Bauchtasche Vickys Handy klingelte. »Shit!«, entfuhr es ihr.

Von wegen seine Frau. Der ruft gerade dich an. Nicht rangehen!, warnte Camilla sie.

»Ich bin ja nicht blöd.« Vor ihr teilte sich der Weg. Links ging es zum Strand, rechts zu jenem Teil der Apartmentanlage, in der auch ihr Haus lag. Lea bog nach links in Richtung Meer ein.

Wohin gehst du?

»Irgendwohin«, murmelte sie. »Herausfinden, ob er uns wirklich folgt.«

Lea marschierte an mehreren Apartments vorbei, die in diesem Teil des Areals englische Namen trugen. Nachdem sie wie zufällig einige Haken geschlagen hatte, nahm sie einen von Orchideen gesäumten, asphaltierten Weg, der zum Strand hinunterführte.

Und jetzt?

Lea erreichte den breiten aufgeschütteten Sandstrand mit den Palmen und Strohhütten. Hier sah alles so aus wie bei jedem anderen Strandurlaub, nur dass zwischen den Liegen mehr Platz war und es weder Sandspielzeug noch Sandburgen gab. Weiter hinten brachen sich die azurfarbenen Wellen in der Bucht. Einige Urlauber ließen sich auf Luftmatratzen treiben, andere sprangen von Motorbooten, die in der Bucht ankerten, ins Wasser. Eine angenehm sanfte, kühlende Brise kam vom Meer über den Strand und streifte Leas Gesicht. Sie spürte das Salz auf den Lippen. Irgendwie hatte das alles ein karibisches Flair.

Von hier aus konnte man auch die atemberaubenden Steilklippen der Halbinsel Formentor sehen, die hinter der Bucht noch ein paar Kilometer weitergingen und auf denen sich die Küstenstraße in Serpentinen bis zum Cap de Formentor hinaufwand – dem nordöstlichsten Teil der Insel, wo ein Aussichtspunkt mit Leuchtturm lag.

Toller Blick. Und jetzt?, fragte Camilla erneut.

Lea steuerte nach links auf die Strandbar zu, an der jeder Platz von Urlaubern besetzt war. Daneben lag die Open-Air-Stranddiskothek. Die hatte zu dieser Zeit zwar noch nicht geöffnet, aber neben der Tanzfläche standen jede Menge Spiegel.

Verstehe!

Lea ging so an der Bar vorbei, dass sie sich selbst und alles, was hinter ihr lag, in einem der Spiegel sehen konnte. Und da war der Kerl wieder, der ihr in einem angemessenen Respektsabstand folgte. Hätte sie sich ein einziges Mal nach ihm umgedreht, hätte er bemerkt, dass sie von der Verfolgung wusste, und das Katz- und Mausspiel wäre beendet gewesen.

Und wohin jetzt?

»Ich werde versuchen, ihn abzuhängen.« Lea verließ den Hotelstrand und ging am Ufer entlang zum Jachthafen, der direkt an die Hotelanlage grenzte. Die immer noch kräftige Abendsonne setzte ihrer Haut mittlerweile ziemlich zu. Zum Glück hatte sie sich vorhin reichlich mit Creme eingeschmiert, andernfalls hätte dieser kleine Ausflug genügt, dass sie einen gewaltigen Sonnenbrand bekam. Sie spürte sogar die Hitze, die vom Sand reflektiert wurde.

Selbstbewusst, als wäre sie in Eile, marschierte sie an einem Securitymann des Hotels vorbei, der ihr zunickte. Nur noch hundert Meter trennten sie vom ersten Steg. Während des Shuttletransfers hatte sie in einem der Prospekte gelesen, dass es auf Mallorca insgesamt achtunddreißig Jachthäfen gab – das war einer davon. Mit den nur drei langen Stegen, die aufs Wasser führten, eher einer der kleineren, aber dafür waren die Schiffe, die hier lagen, umso beeindruckender. Neben einigen luxuriösen Ausflugsbooten fanden sich hier auch kleine Segelschiffe und größere private Motorjachten.

Je näher sie kam, desto mehr Details konnte sie erkennen. Und da sie sich als Personenschützerin oft unter den wirklich Reichen bewegt hatte, kannte sie sich aus. Keines der Boote, das hier vertäut war, kostete weniger als vier oder fünf Millionen Euro. Es waren schwimmende Apartments mit Satellitenschüsseln, kleinen Pools und Rettungsbooten.

Lea nahm den mittleren Steg, und kaum befand sie sich im Sichtschutz der ersten Jachten, fing sie an zu laufen. Da kurz zuvor ein Motorboot an der Küste entlanggefahren war, schwappten die Wellen jetzt gegen die Holzpfosten. Das Wasser in den Autoreifen, gegen die die Schiffe stießen, gluckste. Lea blieb bei einer etwa zwanzig Meter langen, zweistöckigen Jacht mit türkischer Fahne stehen, die mit dem Heck am Steg festgezurrt war. Auf den ersten Blick war niemand an Bord, und das Fallreep war hochgezogen.

Lea sprang vom Steg auf die hintere Holzplattform der Jacht, an der ein Schlauchboot angebunden war und stieg von dort rasch die Treppe zum ersten Deck hinauf. Sie lief an der Reling entlang, ging zwischen Tisch und Stühlen in die Hocke und verbarg sich hinter einer getönten Seitenscheibe. Erst jetzt sah sie sich mit rasendem Herzen um. Die Glastür zum Innenbereich des Boots war zu, dahinter konnte sie keine Bewegung erkennen. Offenbar war wirklich niemand an Bord. Nun hob sie vorsichtig den Kopf und spähte durch die getönte Seitenscheibe zum Strand, wo der Steg begann.

Vielleicht machte sie sich ja gerade zum Affen, aber wenn sie Pech hatte, war ihr der Mann bis hierher gefolgt. Eine Weile passierte nichts, dann tauchte der Kerl tatsächlich am Beginn des Stegs auf, sah sich um und ging zögerlich ein paar Schritte weiter.

»Wer zum Teufel bist du?«, flüsterte sie. Um das herauszufinden, hätte er noch ein Stück näher kommen müssen, doch er blieb zwischen den ersten Booten stehen und blickte sich um. Dann sah sie, wie er wieder zum Handy griff.

»O Scheiße!«, entfuhr es Lea. Hastig kramte sie Vickys Telefon aus der Bauchtasche. Das Display zeigte ihr einen versäumten Anruf. Der war zehn Minuten alt. Von *WG*. Mit zitternden Fingern schaltete sie das Handy auf lautlos. Gerade rechtzeitig, denn im nächsten Moment sah sie den nächsten eingehenden Anruf von *WG*. Sie atmete tief aus und wischte sich den Schweiß von der Stirn.

Während sie auf das Display starrte und darauf wartete, dass der Anruf endete, kam ihr eine Idee. Vickys Telefon hatte schließlich auch eine Kamera. Zwar nur eine ganz bescheidene, aber immerhin. Sie nahm die Sonnenbrille ab, klemmte sie auf die Schirmkappe, dann hob sie den Kopf und kniff die Augen zusammen. Der Typ stand etwa hundert Meter weit entfernt und hatte die untergehende Sonne im Rücken, sodass Lea nur seine Silhouette erkennen konnte. Trotzdem machte sie mit Vickys Handy mehrere Fotos von ihm.

Dann wartete sie ab. Der Kerl hatte immer noch das Telefon am Ohr. Schließlich nahm er es herunter, drehte sich um und ging wieder Richtung Hotel.

Erst jetzt merkte Lea, dass sie den Atem angehalten hatte. Langsam stieß sie die Luft aus und atmete gierig ein. Ihre Schultern sackten hinunter, und sie lehnte sich erleichtert an die Bordwand.

Mach es nicht so spannend! Öffne die Fotos und zoom sie ran.

»Ja doch.« Mit immer noch zitternden Fingern wählte Lea ein vielversprechendes Bild aus, das nicht verwackelt war und auf dem man noch am besten etwas erkennen konnte. Vickys Telefon hatte tatsächlich eine Zoomfunktion. Lea vergrößerte das Bild, soweit das auf dem winzigen Display ging. Die Pixel waren zwar sehr grob, aber es ließen sich eine Gestalt und ein vertrautes Gesicht erkennen, bei dessen Anblick Lea der Atem stockte. »Das … das gibt es nicht …«

O verdammt, entfuhr es Camilla – und dann wurde es plötzlich still in Leas Kopf.

Sie kannte den Verfolger. Es war Gernot, ihr eigener Freund. Das konnte doch gar nicht sein. Was machte der hier? Er war doch zu seiner Mutter in den Schwarzwald gefahren.

Und dann wurde Lea klar, dass das Kürzel *WG* für Wulff Gernot stand.

»Dieser Wichser hat seinen Urlaubstrip mit Vicky ausgerechnet an *meinem* Geburtstag geplant«, flüsterte sie.

Eigentlich hätten ihr jetzt die Tränen über die Wangen laufen müssen, doch sie war weit davon entfernt zu heulen. Stattdessen kroch Wut in ihr hoch – auf Gernot, aber letztendlich noch mehr auf sich selbst.

Das hat er perfekt geplant, sagte Camilla nun leise.

»Was?«, fragte sie.

Der Arsch konnte sicher sein, dass du ihn nicht zu seiner Mutter begleiten würdest, weil der Termin für das Wintergartenfundament schon seit zwei Monaten feststeht.

»Dieses raffinierte Schwein …« Leas Zittern war verschwunden, und während sich ein Puzzleteil ans nächste fügte, ballte sie wütend die Hände. »*Er* ist also seit all den Jahren Vickys heimlicher Freund und nicht dieser vermeintliche Promi mit der angeblichen Tochter.«

Um ehrlich zu sein …, flüsterte Camilla, *… habe ich so etwas Ähnliches schon seit einiger Zeit geahnt.*

»Echt jetzt?«, zischte Lea. »Und du hast die Klappe gehalten? Wie überaus rücksichtsvoll von dir!«

Ja, das war es! Ich wollte dich nämlich schützen … außerdem hättest du mir das sowieso nicht geglaubt.

Stimmt. Das hätte sie nicht. Sie musste ihn erst auf frischer Tat ertappen, damit sie sich diese Selbsttäuschung eingestehen konnte. Jetzt allerdings hatte sie keine Zweifel mehr, dass er sie betrogen hatte. Einerseits war es wie eine Befreiung, endlich die Wahrheit zu kennen, andererseits war es extrem schmerzhaft.

»Am liebsten würde ich dem Kerl den Hals umdrehen …«

Wir sollten nichts überstürzen.

45. Kapitel

»Aber sicher, kommen Sie rein.« Sneijder steckte die Hände in die Hosentaschen, spürte dort sein Akupunkturnadelset, trat zur Seite und ließ Ramona herein.

Mit wiegenden Hüften spazierte sie in ihren hochhackigen Schuhen in sein Apartment und sah sich um, während sie Kaugummi kaute. »Mein Apartment ist eine Spur kleiner als Ihres. Aber der Ausblick ist genauso schön. Gut ausgewählt, *Señor Pacula.*«

Sneijder nickte und betrachtete ihr eng anliegendes weinrotes Kleid mit den Spaghettiträgern. Darunter zeichneten sich ihre sportliche Figur ab, die strammen Waden, die festen Oberschenkel und die schlanke Taille. Er stand nicht auf Frauen, deshalb konnte ihm diese Lady auch in keiner Weise gefährlich werden, aber wäre er nicht schwul, wäre diese elegante und selbstsichere Spanierin sicherlich eine Versuchung.

Sie drehte sich einmal im Kreis, während sie den Blick nach oben schweifen ließ, und war dabei verdammt trittsicher in ihren hohen Stöckelschuhen. Dann kam sie auf ihn zu. *»Estic encantada de conèixer-vos i de poder fer feina amb vostè. L'admir molt per tot lo que ha aconseguit.«*

»Mein Spanisch ist nicht so gut«, sagte er, da er nur die Hälfte davon verstanden hatte.

»Das war nicht Spanisch, sondern Mallorquinisch«, korrigierte sie ihn. »Der auf Mallorca gesprochenen Dialekt der katalanischen Sprache«, erklärte sie. »Immerhin haben Sie auf eine einheimische Assistentin bestanden.«

»Ausgezeichnet, aber Mallorquinisch kann ich nicht«, sagte Sneijder.

»Gut, dann ab jetzt nur noch Spanisch. Oder wir bleiben beim Deutschen. Kann ich genauso fließend wie Englisch oder Französisch.« Sie lächelte. »Ich sagte vorhin übrigens, dass ich mich freue, Ihre Bekanntschaft zu machen und mit Ihnen zusammenarbeiten zu dürfen. Sie haben wahrhaft Großes vollbracht und …«

»Sparen Sie sich die Lobhudelei«, unterbrach Sneijder sie. »Sie werden verstehen, dass ich Ihnen sicherheitshalber einige Fragen stellen muss.«

Sie verschränkte die Arme vor der Brust. »Schießen Sie los.«

»Wann haben Sie eingecheckt, und wo sind Sie unterbracht?«

»Vor einer Stunde – im Apartment *Ojo Gótico*, nicht weit von Ihrem entfernt.«

»Wie ist ihr voller Name?«

»Ramona Vilar.«

»Geburtsdatum?«

»Neunter Juli.«

»Was machen Sie, nachdem wir hier fertig sind?«

»Ich verschwinde wieder nach Valldemossa und halte den Kopf unten.«

Sneijder nickte zufrieden.

»Wenn das alles war, habe ich jetzt ein paar Fragen an Sie …«, sagte sie und senkte die Stimme, »… *Señor Conrad.*«

Sneijder ließ sich seine Überraschung nicht anmerken. Sein Gesicht blieb ausdruckslos. »Wenn Sie mich noch einmal bei meinem richtigen Namen nennen, landen Sie als Fischfutter in der Bucht, ist das klar?«

Sie machte eine Kaugummiblase und ließ sie zerplatzen. »Sonnenklar, *mi amigo*«, versicherte Sie, fuhr mit den Fingern zum Mund und tat so, als wollte sie ein Schloss absperren und den Schlüssel wegwerfen.

Im Moment war ihm noch nicht klar, ob Conrad diese Assistentin selbst ausgesucht oder entweder Ruth-Allegra Francke oder jemand anderes sie für ihn organisiert hatte. »Was wollen Sie wissen?«

»Wissen Sie, was merkwürdig ist?«, murmelte sie und schob den Kaugummi von einer Seite auf die andere. »Ich habe schon so viel von Ihnen gehört und habe Sie mir auf Grund der Erzählungen ein wenig älter und attraktiver und auch mit mehr Ausstrahlung vorgestellt.«

Sneijder war wider Willen von dem Selbstbewusstsein dieser jungen Frau beeindruckt. Gleichzeitig spürte er, dass sich hinter ihrem forschen Auftreten eine gewisse Skrupellosigkeit verbarg. Eine brandgefährliche Kombination. »Soll ich jetzt beleidigt sein?«, entgegnete er und vermied es, sich für irgendetwas zu rechtfertigen, weil das die ganze Sache nur noch verdächtiger gemacht hätte.

»*Pero no* … außerdem wusste ich nicht, dass Sie einen niederländischen Akzent haben. Woher kommt der?«

»Aus den Niederlanden. Hätten Sie sich besser über mich informiert, dann wüssten Sie, dass ich fünfzehn Jahre in Antwerpen an der niederländischen Grenze gelebt habe, wo man Flämisch spricht«, log er.

Zum Glück schien sie wirklich nicht allzu viel über Conrad zu wissen. Auch nicht, wie er aussah. Warum sollte sie ihm etwas vorspielen? Offenbar kannten sich die Mitglieder der einzelnen Terrorzellen der verschiedenen Länder aus Sicherheitsgründen nicht – was durchaus Sinn ergab, denn falls jemand geschnappt wurde, konnte er die anderen nicht verraten.

»Sie wirken angespannt«, stellte Ramona fest.

»Ich *bin* angespannt.« Wenn er es nicht verkacken wollte, musste er in seiner Rolle als Paul Conrad so nah wie möglich an der Wahrheit bleiben. »Ich war gezwungen, in Deutschland ein wenig umzudisponieren, weil mir das BKA auf den Fersen war.«

Ramona hörte auf zu kauen und schien zum ersten Mal besorgt. »Ist man Ihnen gefolgt?«

»Nein – ich konnte gerade noch rechtzeitig mit falschem Pass das Land verlassen.«

»Sollten wir die Aktion dann nicht besser abbrechen?«

Sneijder schüttelte entschieden den Kopf. »Erstens würde das Ruth-Allegra Francke nicht wollen …«, sagte er auf gut Glück und beobachtete dabei ihre Reaktion. Sie nickte und begann dann wieder zu kauen. Anscheinend wusste sie also über Ruth-Allegra Francke Bescheid, und die ganze Aktion auf Mallorca lief tatsächlich unter dem Banner der RAF. »… und zweitens hat das BKA meine Konten in Deutschland gesperrt«, erklärte Sneijder weiter. »Ich brauche das Workshop-Honorar.«

»Na schön, dann ziehen wir es also durch.« Sie machte eine Pause. »Sind außer mir noch andere Kontaktleute vor Ort?«

Das ist die große Frage. Sneijder blieb ruhig. »Ich weiß nicht, ob es geklappt hat. Bis jetzt hat sich bei mir außer Ihnen noch niemand gemeldet.«

»Verstehe.« Sie zuckte mit den Achseln. »*No pasa nada* – kein Problem.«

Die Frage war jetzt nur noch, was sie in diesem Hotel vorhatten. »Einen Drink?«, fragte er, während er zur Minibar ging.

»*No, gracias.*« Sie sah sich wieder im Apartment um und warf einen Blick auf den schwarzen geöffneten Koffer. »Haben Sie schon die Liste mit den ersten Workshopteilnehmern?«

»Ja, sicher«, log er. »Bekommen Sie später von mir. Ich möchte erst noch auspacken.«

»Gut.« Sie ließ erneut eine Blase zerplatzen.

»Muss der Kaugummi sein?«, fragte er.

Kommentarlos nahm sie ihn aus dem Mund und warf ihn zielsicher in den Mülleimer, der neben dem Schreibtisch stand. »Sie melden sich bei mir, *amigo*.«

»Mach ich.« Er nippte am Glas.

Mit wiegenden Hüften ging sie zur Tür, winkte, ohne sich umzudrehen, lässig mit den Fingern und verließ sein Apartment. Die Tür blieb offen.

Er sah ihr nach. *Im Haus* Ojo Gótico *wohnst du also.*

Nachdem er die Tür mit dem Fuß zugeworfen hatte, wählte er Sabines Handynummer. Sie ging gleich nach dem ersten Läuten ran, als hätte sie nur auf seinen Anruf gewartet.

»Ich sehe durchs Fenster, wie sie davongeht«, sagte Sabine. »Scheint ja eine echte Killerbraut zu sein.«

Sneijder sparte sich jeden Kommentar. »Wir sind auf der richtigen Spur. Gehen Sie zur Rezeption und lassen Sie sich von Bianca Hagemann sämtliche Daten aller bisherigen Anmeldungen zu meinem ersten Workshop geben. Dann kommen Sie sofort wieder her.«

»Und danach?«

»Besprechen wir mit dem BKA, wie wir weiter vorgehen.«

46. Kapitel

Lea hatte bis zur Abenddämmerung gewartet und war erst danach von der Jacht geklettert und am Strand entlang zur Hotelanlage zurückgegangen, bis zu den Knöcheln im Wasser und mit den Sandalen in der Hand. Dabei hatte sie ständig nach Gernot Ausschau gehalten, ihn zum Glück aber nirgends gesehen.

Erst als sie zu den Apartments hinauflief, fiel die Anspannung von ihr ab. Von Minute zu Minute wurde sie ruhiger, sicherer und selbstbewusster. Erst wunderte sie sich selbst darüber, merkte dann jedoch, dass ihre alten Instinkte als Personenschützerin langsam wieder zum Vorschein kamen.

Schließlich erreichte sie ihr Haus *Pueblo* und verschwand darin, erleichtert, den Rückweg heil überstanden zu haben. Aber Gernot brauchte nur besonders hartnäckig zu sein und ein paar Euro springen zu lassen, um an der Rezeption zu erfahren, in welchem Apartment Vicky untergebracht war. Und dann würde er vor ihrer Tür stehen.

Also sperrte sie ihr Apartment sorgfältig von innen ab, verriegelte auch Terrassentür und Fenster und zog die Vorhänge zu. Einen weiteren Ausflug oder auch ein Abendessen auf der Hotelterrasse konnte sie vergessen. Bis morgen früh würde sie wie eine Gefangene in dieser Unterkunft festsitzen.

Hatte Gernot sie erkannt? Nein, bestimmt nicht. Sie versuchte die gleich aufkeimende Angst zu unterdrücken. Erstens sah sie mit Sonnenbrille, Schirmkappe, kürzeren Haaren und Zopf wie Vicky aus, zweitens hatte sie Vickys Kleidung getragen, und drittens rechnete er fest damit, ihre Cousine hier zu treffen. Und wenn man etwas Bestimmtes zu sehen erwartete, dann sah man es auch, weil sich das Gehirn selbst austrickste. Also war sie diese Sorge vorerst einmal los.

Sie ging zur Minibar, öffnete eine Flasche Mineralwasser und riss jeweils eine Packung Schokolade und Kartoffelchips auf. Ihr heutiges Abendessen. Falls das nicht reichte, würde sie sich von der Rezeption etwas bringen lassen.

Ich an deiner Stelle würde ja …

»Sei bitte einen Moment still«, unterbrach Lea sie. »Ich muss nachdenken …«

Da sie die Telefonnummer, von der Gernot anrief und schrieb, nicht kannte, besaß dieser Mistkerl offenbar extra ein Zweithandy, um mit Vicky in Verbindung zu bleiben. Aber was hätte er gemacht, wenn *Lea* ihn nicht erreicht und stattdessen direkt in der Seniorenresidenz angerufen hätte?

Sie startete den PC auf ihrem Schreibtisch, stellte die WLAN-Verbindung her und googelte die Panorama-Vital Seniorenresidenz mit angeschlossenem Pflegeheim sowie Klinik und Thermal-Kurhaus in Bad Wildbad im Schwarzwald. Nach ein paar Sekunden war sie auf der richtigen Website und fand im Impressum die Telefonnummer der Verwaltung.

Darf ich endlich was sagen?, meldete sich Camilla zu Wort.

Lea stöhnte auf. »Bitte …«

Das hätte ich an deiner Stelle auch getan.

»Dann sind wir ja ausnahmsweise mal einer Meinung – und jetzt leise.« Sie nahm Vickys Handy und dachte nach. Da man diesen Anruf leicht zurückverfolgen konnte, musste sie das Telefon gleich morgen früh, wenn Vicky Fuchs offiziell verschwinden würde, ebenfalls verschwinden lassen.

Dann wählte sie die Nummer in Deutschland und wartete. Trotz ihrer Befürchtung, nach irgend so einer nervtötenden Bandansage wie *Wenn Sie ein Angehöriger sind, wählen Sie die 1* ewig in der Warteschleife zu hängen, meldete sich nach dem fünften Klingelton zum Glück ein echter Mensch aus Fleisch und Blut.

»Panorama-Vital Seniorenresidenz«, sagte ein freundlicher Mann.

Lea räusperte sich. »Guten Abend, mein Name ist Wulff«, log sie. »Ich würde gern mit Hermine Wulff sprechen, eine Ihrer Patientinnen.«

»Einen Moment … sind Sie …?«

»Die Tochter«, fügte sie rasch eine kleine Notlüge hinzu, bevor der Mann auf die Idee kam, sie wegen irgendwelcher Datenschutzbestimmungen abzuwimmeln. »Mein Bruder, Gernot Wulff, ist gerade zu Besuch bei ihr, weil sie vorgestern ihren dritten Schlaganfall hatte – und ich kann ihn nicht am Handy erreichen.«

»Ich habe hier …«, sagte der Mann, während er lautstark auf eine Tastatur hämmerte, »… keine Patientin namens Hermine Wolf.«

Wolf? O Gott! Sehr aufmerksam hatte ihr der Typ ja nicht gerade zugehört – aber dann würde er hoffentlich die Sache mit der falschen Tochter schlucken. »Wulff«, wiederholte sie und buchstabierte diesmal den Nachnamen. »Sie ist seit sechs Jahren in Ihrem Heim und …«

»Einen Moment!« Wiederum Tastaturgeklapper. »Wir hatten mal eine Patientin dieses Namens.«

»Hatten?«, wiederholte Lea. »Wurde sie woandershin verlegt? Sehen Sie vielleicht, ob sie …?«

»Nein, sie ist vor drei Jahren gestorben. Tut mir leid.« Der Mann machte eine Pause. »Wie sagten Sie, ist Ihr Name?«

Lea starrte ins Nichts. Langsam sank ihr Arm mit dem Handy auf die Schreibtischplatte. Die Stimme des Mannes hörte sie nur noch wie aus weiter Ferne blechern aus dem Lautsprecher.

Leg auf!

Sie sah irritiert auf. »Was?«

Leg verdammt nochmal auf! Sofort!

Sie unterbrach die Verbindung und starrte auf das Telefon. »Die Frau ist seit drei Jahren tot«, flüsterte sie.

Ja, ich hab's gehört.

»Hast du das auch vermutet, du Hellseherin?«

Nein.

Schlagartig wurde ihr klar, dass sie mit dem Geld, das sie Gernot monatlich überwies, nicht den Aufenthalt und die Pflegekosten seiner Mutter finanziert hatte, sondern stattdessen Gernots und Vickys Affäre und damit auch indirekt das Leben ihrer Cousine mitsamt der Miete für deren Haus. Drei Jahre lang. Deshalb hatte er also darauf bestanden, dass sie die Summe nie direkt ans Heim überwies – und nicht weil er ihr den ganzen bürokratischen Kleinkram ersparen wollte, wie er behauptet hatte. Dieses Arschloch!

Vicky lebt seit genau drei Jahren auf deine …

»Ja, der Gedanke ist mir auch gerade gekommen.« Sie holte sich eine Schale mit Eiswürfeln aus dem Gefrierfach und presste sie gegen die Schläfe. »Und immer wenn wir dachten, er wäre im Schwarzwald bei seiner alten kranken Mutter, hat er die Tage in Wirklichkeit bei Vicky verbracht. Nur ein paar Autominuten von zu Hause entfernt.«

Deshalb stand Vickys Auto auch immer vor der Garage, damit sein Auto …

»Ich weiß!« Obwohl ihr das Tauwasser über die Wange in Hals und Nacken lief und trotz der immer intensiver werdenden Kälte, nahm sie die Eiswürfel nicht weg. Der Schmerz machte sie hellwach. Und genau diese geistige Klarheit brauchte sie im Moment. Denn die letzten Jahre ihres Lebens kamen ihr gerade so vor, als hätte sie diese im Dämmerschlaf verbracht und in einer Fantasiewelt gelebt, die nichts mit der Realität zu tun hatte.

Der Typ hat uns kräftig verarscht!

»Ja, das hat er.« Lea umklammerte die Schale so fest, dass das

Plastik zerbrach und die Eiswürfel in alle Richtungen sprangen. Sie wischte sich das kalte Wasser aus dem Gesicht.

Wir sollten dieses miese Schwein umbringen.

»Du hast recht, aber so einfach ist das nicht.«

Warum? Bei deiner Cousine hat es ja auch geklappt.

47. Kapitel

Nachdem die Mallorquinerin sein Apartment verlassen und Sabine sich auf den Weg zur Rezeption begeben hatte, begann Sneijder damit, Conrads Koffer auszupacken.

Da sich Ramona bei ihm gemeldet hatte, würde er nun doch auf Mallorca bleiben. Offensichtlich hatte die Scharade funktioniert und erste Ergebnisse gebracht. Er schlüpfte aus Hemd und Anzughose und hängte beides mit seinem Sakko auf einen Kleiderbügel. Dann entschied er sich für eines von Conrads weißen Hemden und einen der schickeren Anzüge. Sabine hatte recht. Hose, Hemd und Sakko waren aus einem angenehmen Material und passten ihm sogar einigermaßen. Nur die Schuhe waren viel zu klein, aber da konnte er ja seine eigenen hernehmen. In der fremden Kleidung fühlte er sich wie ein neuer Mensch. Er zog das Sakko wieder aus, warf es aufs Bett und rollte die Hemdsärmel auf. Doch bevor er den Koffer weiter auspacken konnte, rief Drohmeier an.

»Tag, Sneijder …« Ohne weitere Worte der Begrüßung erklärte Drohmeier ihm, dass das BKA deutschlandweit die Ermittlungen der ländereigenen Kripodienststellen koordinieren würde. Es gab Dutzende Zeugen, Spuren und Hinweise auf die jeweiligen Attentäter, aber noch keine konkreten Ergebnisse. Auch die Forensiker, die das Material der Bomben im Labor analysierten, hatten noch keinen Hinweis auf dessen genaue Herkunft. Sneijder wusste, dass das eine Unmenge Arbeit war – entsprechend erschöpft klang Drohmeier. »Und was gibt es bei Ihnen Neues?«, wollte sein Chef schließlich wissen.

Sneijder trat an die Terrassentür. »Erfahren Sie in einer Stunde, dann machen wir eine Videokonferenz.«

»Brauchen wir Major Thomsen vom BND dabei?«, fragte Drohmeier.

»Nein, Miyu und Marc reichen«, wehrte Sneijder ab.

»Marc Krüger?«, fragte Drohmeier. »Ist der nicht im Urlaub?«

»Ist heute wieder zum Dienst erschienen.« Es klopfte an der Tür, und Sneijder sah einen Schatten vor dem Fenster neben der Eingangstür. »Muss Schluss machen. Sie hören später von mir.«

Es war Miguel, einer von Bianca Hagemanns Angestellten, der schwer beladen ins Zimmer kam und einen portablen Drucker, der auch scannen und kopieren konnte, sowie zwei Notebooks mit dem dazugehörigen Kabelsalat in nagelneuen Verpackungen neben dem Schreibtisch abstellte.

Als Gegenleistung drückte Sneijder ihm den Kleiderbügel mit seinem Anzug in die Hand. »Da sind Blutflecken drauf – die müssen raus.«

Miguel nickte, als wäre das die selbstverständlichste Sache der Welt. »*No pasa nada.* Direktorin Hagemann hat gesagt, Sie kriegen alles, was Sie wollen, und wenn es …«

»Dann bin ich ja beruhigt.« Sneijder schob den jungen Mann wieder zur Tür raus und riss die Verpackungen der Notebooks auf. Darin befanden sich modernste leistungsstarke Modelle mit Videokamera, hoher Bildschirmauflösung und vorinstallierter Software inklusive aller Office-Anwendungen. Umgehend installierte er auf einem der Computer eine App, über die er einen verschlüsselten Videocall mit Wiesbaden abhalten konnte.

Danach surfte er durchs Netz und war froh zu sehen, dass die deutschen Medien in Bezug auf die letzten drei Terroranschläge bisher sehr sachlich und zurückhaltend berichteten. Hoffentlich ließen die sich noch etwas Zeit mit ihrer üblichen Panikmache. Er tippte eine SMS an Marc.

»Ramona Vilar, Geburtsdatum 9. Juli, Jahr unbekannt, Anfang dreißig, Valldemossa, Mallorca. Möglicherweise Fremdsprachenstudium. Kein Ehering.«

Mehr war nicht nötig. Marc kannte seinen Auftrag. Anschließend telefonierte Sneijder kurz mit Bianca Hagemann, um zwei Details mit ihr zu besprechen. Danach konnte er nicht mehr viel tun, außer abzuwarten.

Er machte sich einen weiteren Drink, demontierte den Rauchmelder im Apartment und zündete sich einen Joint an. Da er am Münchner Flughafen nur einen kleinen Vorrat für maximal zwei Tage bei sich gehabt hatte, musste er sich das Gras gut einteilen. *Niet goed!* Das würde Dr. Ross, die Betriebspsychologin des BKA, die ihm geraten hatte, den Konsum drastisch einzuschränken, sicher freuen. Und zeigte mal wieder, dass sie keine Ahnung hatte, womit er es bei seinen Fällen zu tun bekam.

Mit dem Glimmstängel im Mundwinkel packte er weiter Conrads Koffer aus, legte die restliche Kleidung in die Schränke und die Kosmetikartikel ins Bad. Das war genau so luxuriös wie der Rest des Bungalows und verfügte nicht nur über zwei Handwaschbecken mit vergoldeten Armaturen und eine großräumige, barrierefreie Dusche, sondern auch über einen Whirlpool, dessen Bedienungsdisplay so kompliziert wie die Armaturen eines Cockpits aussah.

Das letzte Kleidungsstück war ein Pyjama aus schwarzer Seide, den Sneijder sofort wieder zurück in den Koffer warf. Da würde er lieber nackt schlafen.

Nach einer Dreiviertelstunde schlüpfte Sabine endlich wieder über die Terrasse in sein Wohnzimmer und sah sich um, ob Sneijder allein war. »Mannomann, die Direktorin ist ganz hin und weg von Ihnen«, keuchte sie. »Hat mich tatsächlich gefragt, ob Sie verheiratet sind.«

»Sie haben hoffentlich *Ja* gesagt«, knurrte Sneijder.

»Ich habe – um ehrlich zu sein – die Wahrheit gesagt, habe

damit aber, fürchte ich, alles nur noch schlimmer gemacht. Ich glaube, jetzt will sie Sie bekehren.«

»Ich bin Ihnen ja so dankbar«, sagte Sneijder ironisch.

»Sorry, hier ist jedenfalls die vorläufige Liste. Ein paar Plätze sind noch frei, es könnten also noch welche dazukommen.« Sie wedelte mit zwei Blättern herum. »Hat länger gedauert, dafür habe ich auch Namen, Geburtsdatum, Wohnort und Apartment der bisherigen Teilnehmerinnen.«

»Teilnehmer*innen*?«, wiederholte er.

»Ja, sind fast nur Frauen.« Sie musterte ihn. »Conrads Anzughose steht Ihnen übrigens hervorragend«, bemerkte sie.

»*Wat een geluk*«, knurrte er. »Wenn Sie morgen im Workshop auch herumerzählen, dass ich schwul bin, und eine der Frauen auf die Idee kommt, den Urlaub zu nutzen, um mich zu bekehren, bringe ich Sie um, einverstanden?«

Sabine nickte grinsend.

»Und ich kenne Mittel und Wege, um …«

»Ja, schon verstanden!«

»Gut.« Sneijder warf einen Blick auf die Liste. Insgesamt zwölf Namen, zwei Österreicherinnen, eine Schweizerin, eine Dame aus Liechtenstein, der Rest kam aus Deutschland. Vicky Fuchs' Name war nicht darunter.

»Wofür ist diese Liste?«, fragte Sabine.

»Ramona wollte sie haben.« Er deutete zum Schreibtisch. »Unsere Notebooks sind da. Nehmen Sie Platz, in fünf Minuten haben wir einen Videocall mit dem BKA.«

Sabine holte sich aus Sneijders Minibar eine Coke und inspizierte ihren Computer. »Nicht schlecht – damit könnte sich Marc in eine gesicherte Datenbank hacken.«

»Der kann sich sogar mit Nadel, Bindfaden und einem alten Telefon in eine gesicherte Datenbank hacken«, präzisierte Sneijder, woraufhin Sabine grinsend einen Schluck trank, nur um im nächsten Moment das Gesicht zu verziehen, weil ihr die Kohlensäure in die Nase schoss.

Sneijder schloss die Terrassentür, zog die Vorhänge zu, hing draußen das *Do-not-disturb*-Schild an die Klinke und sperrte die Eingangstür ab. Dann erschien auf seinem Monitor auch schon die Einladung zur Videokonferenz, der er unverzüglich beitrat.

In der Mitte des Bildschirmfensters, das sich daraufhin öffnete, saß Friedrich Drohmeier, flankiert von Miyu Nakahara und Marc Krüger. Am Hintergrund erkannte Sneijder, dass die drei sich in Drohmeiers Büro befanden. Während Marc sich offenbar direkt neben dem Präsidenten etwas unwohl fühlte und nervös herumrutschte, schien das Miyu kein bisschen zu beeindrucken. Die konnte man überall hinsetzen, und ihr Gesichtsausdruck würde sich kein bisschen verändern.

»Sneijder, was haben Sie herausgefunden? Wir haben nur eine halbe Stunde Zeit, danach muss ich in die nächste Konferenz«, begann Drohmeier.

»So lange brauchen wir nicht«, versicherte Sneijder ihm. Er sah, wie Marc kurz lächelte und Sabine verstohlen eine Kusshand zuwarf. »Erspar uns dieses Liebesgedöns, Marc, und sag mir lieber, was du über Ramona Vilar erfahren hast.«

»Okay.« Marc wurde ernst und lehnte sich etwas nach vorn, Richtung Kamera. »Leider nichts. Ich habe zusätzlich auch nur den Vornamen gecheckt, falls sie doch verheiratet sein sollte und einen anderen Geburtsnamen hatte, und alle Geburtsdaten für eine Fünfundzwanzig- bis Fünfunddreißigjährige abgeglichen. Schließlich auch die Meldeadressen in Valldemossa und Umgebung durchsucht, aber nichts gefunden.«

»Godverdomme«, fluchte Sneijder. Dabei hatte Ramona nicht den Eindruck erweckt zu lügen.

Drohmeier strich sich mit dem Finger über die lange Narbe an der Schläfe. »Was hat es mit dieser Frau auf sich?«

Sneijder fasste in knappen Sätzen sein Gespräch mit Ramona zusammen und schloss damit, dass die Frau Conrads echten Namen kannte und ihr auch der Name Ruth-Allegra Francke ein Begriff war, weshalb er davon ausging, dass sie zum Netzwerk der RAF gehörte und möglicherweise von den geplanten Anschlägen wusste.

»Und jetzt?«, fragte Drohmeier.

»Ich spüre, dass wir auf der richtigen Spur sind«, sagte Sneijder. »Darum sollen Miyu und Marc morgen früh mit der ersten Maschine von Frankfurt nach Mallorca fliegen.« Sofort redeten alle wild durcheinander, inklusive Sabine, doch Sneijder hörte gar nicht hin, schloss nur kurz die Augen und presste sich den Daumen seitlich an die Schläfe. »Es interessiert mich einen feuchten *mesthoop*, was Sie alle von diesem Plan halten«, sagte er dann leise, woraufhin es wieder ruhiger wurde. »Es ist die beste Möglichkeit, die wir haben. Wir brauchen hier Verstärkung, denn morgen beginnt Conrads erster Workshop, und dann finden wir hoffentlich heraus, was die ganze Show soll.«

»Dienstwaffen?«, fragte Drohmeier.

»Nein«, entschied Sneijder. »Ich habe meine, das genügt. Aber Marc, du nimmst dein gesamtes Computerequipment mit und Nemez' Sachen, denn die hat nur Anna Bischoffs Reisetasche mit.«

»Ich schicke dir eine Liste«, sagte Sabine rasch.

»Und ich brauche meinen großen Schrankkoffer«, fuhr Sneijder fort. »Steht für Notfälle fertig gepackt neben dem Bett in meinem Haus. Mein Reisepass liegt gleich daneben auf der Kommode. Und in der Schublade findest du eine Tüte Gras. Bring das alles mit.«

»Okay … und das Codewort für die Alarmanlage?«, fragte Marc.

»Niederländischer Maler, sieben Buchstaben, zusammengeschrieben«, erklärte Sneijder.

»Vincent?«, fragte Marc.

»Van Gogh«, sagte Miyu. »Manchmal frage ich mich, wie du es zum BKA geschafft hast.«

»Ha, ha, sehr witzig«, murrte Marc.

»Das war nicht witzig«, sagte Miyu todernst.

Drohmeier runzelte die Stirn. »Sind Sie sicher, dass Sie die beiden …?«

»Ja, bin ich«, antwortete Sneijder.

»Einverstanden«, sagte Drohmeier. »Ich lasse gleich zwei Flüge für die Morgenmaschine buchen. Das BKA wird sich um die Zimmer im Hotel kümmern.«

»Das Hotel ist völlig ausgebucht«, wandte Sneijder ein.

»Kein Problem.« Drohmeier kratzte sich mit der Handprothese am Kinn. »Ich habe gute Kontakte zur deutschen Botschafterin. Wir lassen über die Botschaft zwei Urlaubspärchen in ein anderes Hotel umquartieren und …«

Sneijder verzog unglücklich das Gesicht. »Ich bin dagegen.«

»Weil Sie plötzlich so viel Empathie für die Urlauber empfinden?«, fragte Drohmeier überrascht.

»*Wat in godsnaam? Nee*, bestimmt nicht. Aber erstens könnten wir dadurch versehentlich einen von Conrads RAF-Sympathisanten ausquartieren – was wir unter keinen Umständen wollen –, und zweitens können Miyu und Marc, wenn sie offiziell als Urlauber hier anreisen, nicht unauffällig im Hotel herumschnüffeln.«

Miyu strich sich mit einer knappen Geste das lange schwarze Haar hinter die Ohren. »Als wer oder was reisen wir an?«

»Das habe ich bereits mit Bianca Hagemann, der Hoteldirektorin, besprochen«, erklärte Sneijder. »Wir machen es so: Dadurch, dass zwei EDV-Techniker des Hotels gerade im Urlaub sind, wird Marc offiziell als EDV-Spezialist einspringen. Und Sie, Miyu, sind ab sofort Eventmanagerin. Ihr werdet im Angestelltentrakt untergebracht. Dort fallt ihr nicht sonderlich auf, da Bianca Hagemann viele Neuerungen im Hotel eingeführt und sowieso ein junges Team eingestellt hat.«

Sneijder merkte, wie Sabine an seiner Seite unruhig wurde und die Stirn runzelte. »Miyu kann keine Rolle als Eventmanagerin spielen.«

»Ich kann *gar keine* Rolle spielen«, präzisierte Miyu.

»Sie wollten in mein Team«, unterbrach Sneijder sie. »Also sind Sie jetzt Eventmanagerin, und das ist die beste Alternative, die wir haben. Oder wollen Sie vormittags Zimmer reinigen und nachmittags in der Küche Kartoffeln schälen?«

»Nein.«

»Aber als Eventmanagerin des Hotels mit dem Personal zusammenarbeiten und sich um das Wohl der Gäste kümmern?« Marc verdreht die Augen. »Dafür ist ja gerade Miyu die perfekte Wahl.«

»Bin ich nicht!«, widersprach sie.

»Das war ironisch.«

»Schluss jetzt!«, fuhr Sneijder dazwischen. »Du hast morgen im Flieger Zeit, Miyu auf diese Rolle vorzubereiten. Und wenn ihr dann hier seid, warten sowieso andere Aufgaben auf euch.«

»Und die Hotelmanagerin spielt bei der ganzen Sache mit?«, fragte Drohmeier skeptisch. »Vier BKA-Ermittler undercover in dem 5-Sterne-Haus einer Luxushotelkette aus Dubai?«

Sneijder nickte. »Sie war anfangs noch ein wenig widerspenstig, aber …«

»… Sneijder hat sie gezähmt«, unterbrach Sabine ihn. »Die Frau hat ein Auge auf ihn geworfen und frisst ihm aus der Hand.«

Drohmeier blickte irritiert zu Marc. »Was stimmt mit dieser Frau nicht? Haben Sie die überprüft?«

»Ja, habe ich«, antwortete Marc ebenso verdattert. »Sie ist sauber.«

Domkop, dachte Sneijder. »Bis morgen im Hotel – wir haben jetzt zu tun.« Er unterbrach die Verbindung und sah Sabine an. »Wir brauchen den Zweitschlüssel für das Apartment *Ojo Gótico* – und nein, *ich* werde den Schlüssel nicht bei Bianca Hagemann besorgen.«

48. Kapitel

Lea saß am Schreibtisch, starrte an die Wand und stopfte abwechselnd eine Rippe Schokolade und eine Handvoll Kartoffelchips in sich hinein, obwohl sich ihr Magen schon jetzt schmerzhaft zusammenzog. Gedankenverloren kaute sie, schluckte und spülte alles mit Mineralwasser hinunter. Andere hungerten sich die Kilos vom Leib, wenn sie frustriert waren, sie hingegen schob sich Zucker und Kohlenhydrate hinein. Das hatte sie schon immer so gemacht.

Vor allem durfte sie jetzt nichts überstürzen und in einer Kurzschlusshandlung durchdrehen, sondern musste vor allem überlegt und clever vorgehen.

Für einen Moment sah sie sich selbst im Wandspiegel. Mit einem Mal hasste sie dieses Spiegelbild und hatte ihre Rolle als Vicky satt. Sie zog sich die Schirmkappe vom Kopf und schleuderte sie zornig durchs Zimmer. Dann öffnete sie den geflochtenen Zopf und schüttelte ihr langes rotes Haar aus. Nachdem sie einen ganzen Tag lang eine andere verkörpert hatte, war sie jetzt endlich wieder sie selbst. Erneut blickte sie in den Spiegel.

So gefällst du mir viel besser, sagte Camilla.

»Ich mir auch.«

Und da fiel ihr auf, dass ihr schlechtes Gewissen wegen Vickys Tod verschwunden war. Sie hatte sich einen Tag lang die Augen aus dem Kopf geheult, dabei hatte ihre eigene Cousine sie nach Strich und Faden verarscht, ihr den Mann, über den sie sogar ständig gelästert hatte, ausgespannt und sie obendrein noch finanziell abgezockt. Wobei Lea es dabei gar nicht so sehr um das Geld ging – wenn Vicky sie darum gebeten hätte, hätte sie deren Miete auch freiwillig übernommen. Aber dass sie damit das heimliche Liebesnest der beiden finanziert hatte, ärgerte sie bis ins Mark.

Lea warf die leere Chipspackung und das Schokoladenpapier in den Mülleimer, trank die Flasche Wasser aus und wischte sich über den Mund.

Satt?

»Ja.«

Immer noch in Mordsstimmung?

»Ja.«

Also werden wir ihn …?

»Nein, das war nur im Zorn dahingesagt«, murmelte sie.

Wie schade.

»Stattdessen werde ich mit Gernot, gleich wenn er von seiner *kranken* Mutter wieder zurückkommt, einfach Schluss machen, ihm die Koffer und Kartons mit seinem Zeug vor die Tür stellen und ihn aus dem Haus werfen.«

Mit welcher Begründung?

Sie leckte sich das Salz von den Fingern. »Brauche ich eine?«

Okay, nein, ist ja schließlich dein Haus.

Das war der simple Teil. Aber bis dahin durfte Gernot auf keinen Fall erfahren, dass sie Vickys Reise angetreten hatte und auf Mallorca war. Andernfalls würden ihre ganzen Bemühungen, Vickys Tod zu verschleiern, auffliegen.

Sie griff zum Zimmertelefon und wählte die Rezeption. Kurz darauf hatte sie eine Dame am Apparat. »Rezeption *Aurelia Bay Club Resort*, mein Name ist Mercedes, was kann ich für Sie tun?«

»Mercedes?«, fragte Lea überrascht. »Machen Sie eigentlich nie Pause?«

»Na ja«, seufzte sie. »Mein Dienst endet erst in einer Stunde. Wie kann ich Ihnen helfen?«

»Hier spricht Vicky Fuchs vom Apartment *Pueblo*«, sagte sie.

»Ich würde morgen gern eine Inselrundfahrt machen und mir dabei unter anderem auch Palma ansehen.«

»Eine ausgezeichnete Wahl«, sagte Mercedes. »Das Wetter morgen wird perfekt. Die Insel hat einige schöne Parks und Naturschutzgebiete zu bieten, und morgen ist Markttag in Palma. Außerdem sollten Sie sich die Kathedrale ansehen.«

»Super, das klingt toll!« Lea bemühte sich, begeistert zu klingen. »Da will ich ganz früh los. Wann fährt denn der erste Bus von hier weg?«

»Unser Shuttlebus fährt leider erst am späten Vormittag gegen zehn los.«

»Schade, viel zu spät.«

»Sie könnten sich aber, wenn Sie wirklich schon morgens los wollen, ein Taxi bestellen. Das geht schon vor sechs Uhr früh. Es sei denn, Sie möchten …«

»Nein, ausgezeichnet, ich werde ein Taxi nehmen.«

»Das Frühstücksrestaurant öffnet da gerade erst. Soll ich Ihnen vielleicht ein Lunchpaket aus der Küche zusammenstellen lassen?«

»Nein danke, das ist nicht notwendig«, sagte Lea.

»Darf ich Ihnen wenigstens das Taxi vorbestellen?«

»O nein, vielen Dank, aber ich überlege noch, wann genau ich losmöchte, und kümmere mich dann selbst. Schönen Feierabend.« Lea legte den Hörer auf die Gabel. Das mit dem Restaurant war kein Problem. Sie würde morgen früh sowieso nichts runterbringen und erst später auf der 6.30-Uhr-Fähre nach Barcelona frühstücken.

Und plötzlich ist die arme Vicky spurlos verschwunden, gab Camilla ihren Senf dazu. *Wann brechen wir morgen auf?*

»Zehn Minuten vor sechs Uhr.«

So zeitig?

»Kannst ja länger schlafen.«

Werde ich auch tun.

Was ihrer Langschläferschwester ähnlich sah. Lea selbst jedoch war innerlich so aufgewühlt, dass sie vermutlich kein Auge zumachen würde. Trotzdem stellte sie sicherheitshalber den Wecker neben dem Bett.

Während von weit entfernt dumpf und leise die hämmernden Bässe der Stranddiskothek zu hören waren, griff Lea zur Fernbedienung und warf sich aufs Bett. Nachdem sie durch einige spanische und englische Sender gezappt war, fand sie ZDF, ARD und weitere deutschsprachige Sender, drehte lauter und schaltete wahllos zwischen ihnen hin und her. Schließlich blieb sie bei den Nachrichten hängen, wo eine live aus München zugeschaltete Reporterin ziemlich aufgebracht von einem vierten Terroranschlag in nur einer Woche redete.

Scheiß Islamisten, meldete sich Camilla zu Wort.

»Das sind keine Islamisten«, widersprach Lea.

Aber …

»Halt doch mal die Klappe!« Lea drehte lauter. Die Rede war von einem Anschlag am Münchner Hauptbahnhof, bei dem fünf maskierte Personen auf der Plattform vor den Augen zahlreicher Passanten einen Mann und seine beiden Leibwächter erschossen hatten. Das Opfer des Anschlags war ein deutscher Politiker mit rechtsradikalen Ansichten gewesen, der Kontakt zur deutschen NPD und zur österreichischen Identitären Bewegung gehabt hatte.

Verdammtes politisches Gewichse, schimpfte Camilla. *Dass die sich immer gegenseitig die Schädel einschlagen müssen.*

»Finde ich gar nicht schlecht, wenn die sich selbst eliminieren«, widersprach Lea.

Ausschnitte von einer Überwachungskamera wurden gezeigt, in denen man die mit schwarzen Skimasken vermummten Täter sah. Die Ermordung war wie eine präzis geplante militärische

Aktion abgelaufen – rasch und effizient. Die Reporterin sprach von einer öffentlichen Hinrichtung, wobei die Tat selbst zwar nicht gezeigt wurde, man aber sehr wohl die Schüsse und das Kreischen der Menschen hörte.

Plötzlich klopfte es lautstark an die Tür, sodass Lea vom Bett hochfuhr. »Verdammt«, zischte sie, während ihr Herz raste.

»Mach auf!«, rief jemand von draußen. Sie erkannte Gernots Stimme.

Langsam beruhigte sie sich und sank wieder zurück aufs Kopfkissen. Diese Nacht musste sie noch durchstehen – zur Not mit Vogel-Strauß-Taktik den Kopf in den Sand stecken. Sie drehte den Ton wieder leiser. Gernot musste ja nicht unbedingt mitkriegen, dass sie Nachrichten schaute.

Es klopfte noch einmal. Lea schaltete auf einen anderen Sender, auf dem eine Folge von *Bares für Rares* lief. Das war genau die Ablenkung, die sie jetzt brauchte. Einer der Antiquitätenhändler hatte gerade einen Scherz gemacht, und alle lachten. Sie war ein großer Fan dieser Show, wobei ihr Lieblingshändler eindeutig Waldi war. Wenn sie sah, wie der für eine wertvolle Rarität achtzig Euro bot, war die Welt für sie wieder in Ordnung.

Lea gelang es, sich auf die Sendung zu konzentrieren – zumindest so lange, bis sie die von der Außenbeleuchtung angestrahlten Umrisse einer Person sah, die am Fenster vorbeischlich. Hinter dem Vorhang war nun deutlich Gernots Silhouette zu erkennen. Sekunden später klopfte er an die Terrassentür. Lea zuckte kurz zusammen, beruhigte sich aber gleich wieder.

Lass ihn nur, er wird bald aufgeben, sprach Camilla ihr Mut zu.

»Nicht, wenn er hormongesteuert ist.« Lea stand auf, holte sich Vickys Handy. Da sie es auf der Jacht auf lautlos geschaltet hatte, merkte sie erst jetzt, dass ihr Gernot eine weitere Nachricht geschickt hatte.

»Was ist los mit dir? Warum gehst du mir aus dem Weg?«

Sie tippte eine Antwort. »Habe entsetzliche Migräne – wäääh – muss schlafen.«

Prompt kam Gernots Reaktion. »Das soll ich dir glauben? Was hast du am Jachthafen gemacht?«

»Wir sehen uns morgen beim Frühstück um neun im Speiseraum. Gute Nacht«, tippte sie und wartete seine Antwort gar nicht mehr ab, sondern schaltete das Handy einfach aus.

Morgen um neun Uhr würde sie schon längst mit der Fähre auf halbem Weg zum spanischen Festland sein.

49. Kapitel

Das Abendessen – ein mediterranes Büfett im Freien auf der großen Terrasse bei Livemusik und offenem Feuer –, nahm Sneijder allein ein. Danach wartete er bei Kerzenschein und ein paar Drinks bis zum Sonnenuntergang gegen einundzwanzig Uhr und ging dann zu seinem Apartment.

Eine halbe Stunde später kam schließlich Sabines Anruf. »Sie ist zum Strand gejoggt.«

Das war Sneijders Stichwort. Er verließ in seinen eigenen Schuhen, aber Conrads Anzughose und dessen Hemd, sein Apartment und ging in Richtung Jachthafen. Dabei versuchte er den Gedanken zu verdrängen, dass er die Kleidung eines Toten trug. Nur noch diese Nacht und das morgige Frühstück. Wenn alles klappte, hatte er bereits vor Beginn seines ersten Workshops seinen Schrankkoffer mit seinen eigenen Sachen.

Schon bald erreichte er das Apartment *Ojo Gótico*, eines der kleineren in der Anlage mit schmälerer Terrasse. Auf einer Wäschespinne hingen Handtücher, ein Bikini, Schnorchel und Taucherbrille. Auf dem Steinboden darunter lagen zwei große schwarze Flossen. Offenbar war Ramona tauchen gewesen. Im Haus brannte kein Licht, die Fenster waren gekippt, die Seidenstores zugezogen.

Sneijder ging um das Apartment herum zur Eingangstür, die teilweise von einer Heckenreihe abgeschirmt war. Umso besser. Er schob das *Do-not-disturb*-Schild zur Seite und öffnete die Tür mit dem Generalschlüssel, den Sabine ihm von Bianca Hagemann besorgt hatte. Viel besser als sein Pick-Set mit den Dietrichen –

das sich ohnehin genauso wie die UV-Licht-Lampe in seinem Schrankkoffer befand. Wenn er eine Sache nicht besonders gut konnte, dann war das, Schlösser zu knacken.

Er schlüpfte ins Apartment, schloss die Tür und wartete einen Moment, bis sich seine Augen an die Dunkelheit gewöhnt hatten. Im schwachen Licht der Bodenlaternen, das vom Weg draußen hereinfiel, schlich er durch die Zimmer und zog die schweren Stoffvorhänge zu. Erst danach tastete er an der Wand zum Lichtschalter und drehte die Beleuchtung auf, dimmte sie jedoch gleich wieder.

Offensichtlich hatte das Zimmermädchen hier noch nichts für die Nacht hergerichtet. Das Bett war zerwühlt, der Rest des Zimmers sah ebenso verheerend aus. So elegant Ramona gewirkt hatte, so saumäßig sah es in den Räumen aus. Halb volle Flaschen aus der Minibar standen herum, aufgerissenes Müsliriegelpapier, Kleider und Unterwäsche, wohin man schaute, ein voller Aschenbecher am Fensterbrett und gebrauchte Kaffeetassen und zerfledderte spanische Tageszeitungen auf dem Schreibtisch.

Ramona hatte ihren Koffer zwar ausgepackt, die Sachen aber nicht im Kleiderschrank verstaut, sondern quer im Zimmer über die Stuhllehnen verteilt. Mitten im Wohnzimmer lagen Hanteln auf dem Boden – beeindruckt sah Sneijder, dass es sowohl 5- als auch 7-kg-Hanteln waren – sowie eine Gymnastikmatte und zwei bunte Therabänder. Wohl alles aus dem Fitnesscenter des Hotels geliehen, wie diverse Aufdrucke zeigten.

Im Badezimmer lag im leeren Whirlpool ein enger schwarzer, kurzärmliger Neoprenanzug, dessen Beine auch nur bis zu den Oberschenkeln reichten. Darunter ragte eine Kunststoffscheide hervor, in der ein Tauchermesser steckte, mit Gummibändern, um es an der Wade zu befestigen.

Sag mir, wie du wohnst, und ich sage dir, wer du bist. Offensichtlich war Ramona nicht das harmlose Mannequin, als das sie auf den ersten Eindruck hin erschienen war.

Nachdem Sneijder sich einen Überblick über das gesamte Apartment verschafft, aber weder Brieftasche noch Reisepass, Führerschein, Handy, Schlüsselbund, Schmuck oder Bargeld entdeckt hatte, stand er vor dem Wandsafe.

Sechs Ziffern!

Das ergab eine Million mögliche Kombinationen. Er sah auf seine Armbanduhr. 22.10 Uhr. Nachdem sich Sabine bis jetzt nicht mehr gemeldet hatte, war Ramona immer noch unterwegs.

Er tippte 0907 für den neunten Juli. Da Ramona ihm kein Geburtsjahr genannt hatte, er sie aber auf Ende zwanzig bis Anfang dreißig schätzte, probierte er mehrere Jahreszahlen aus. Beim fünften Versuch klappte es. Ramona war also einunddreißig – und sie hatte wie so viele andere auch ihr Geburtsdatum gewählt.

Er öffnete den Safe, leuchtete mit seiner Handytaschenlampe hinein und fand alles, wonach er gesucht hatte. Dort lang Ramonas Handy mit pinkfarbener Hülle, das jedoch leider mit Fingerprint gesperrt war. *Verdomme!* Glücklicherweise befand sich im Tresor auch ein bordeauxroter spanischer Reisepass mit Ramonas Foto, der sie als Ramona Vilar auswies, geboren am neunten Juli in Palma.

Darunter versteckt lag noch ein zweiter Reisepass, der ebenfalls ein Foto von Ramona zeigte, aber auf Consuela Javier ausgestellt war und den elften Mai als Geburtsdatum sowie Madrid als Geburtsort aufwies. Beide Dokumente begutachtete er im Deckenlicht, kippte sie, betrachtete die Sicherheitsmerkmale und strich mit dem Finger über die maschinenlesbare Zone. Zumindest einer davon war eine perfekte Fälschung, die ein Heidengeld gekostet haben musste – aber um herauszufinden, welcher, hätte er ein Dokumentenprüfgerät mit Magnetstreifenleser gebraucht. Er machte von beiden Pässen ein Foto und schickte sie Marc. Zumindest einer der beiden Namen musste eine Fake-Identität sein; vielleicht sogar beide, dann hatte er hier zwei perfekte Fälschungen in der

Hand. Sie mussten unbedingt herausfinden, wer diese Frau wirklich war und wo sie wohnte. Vielleicht würden sie bei einer Hausdurchsuchung und Analyse ihres Computers nicht nur ihre Kontakte und Verbindungen herausfinden, sondern auch mehr über Conrads Pläne erfahren.

Sein Handy vibrierte. Eine Nachricht von Sabine.

»Hab sie kurz verloren – jetzt wiedergefunden –, ist auf dem Weg zum Apartment!«

»Niet goed«, entfuhr es Sneijder. Er stopfte alles wieder in den Safe und spürte dabei ganz hinten eine schmale weiche Ledertasche. *Was zur Hölle ist das?* Sollte er bleiben und sich das ansehen oder lieber jetzt gleich über die Terrasse abhauen?

Er entschied sich zu bleiben, zog die Ledertasche heraus und öffnete den Reißverschluss. Das Ding ließ sich zweimal aufklappen. Darin befanden sich mindesten zwölf Dietriche aus Edelstahl und fünf Spannschlüssel. Ein hochprofessionelles Einbrecherwerkzeug. *Aber wofür?*

Im nächsten Augenblick klimperte ein Schlüssel in der Tür. Sneijders Puls ging hoch, aber äußerlich blieb er gelassen. Abzuhauen war nicht mehr möglich. Er schloss das Pick-Set und stopfte es wieder hinten in den Safe, wobei er darauf achtete, dass am Ende alles wieder so im Tresor lag, wie er es vorgefunden hatte.

Während Ramona durch den Vorraum ging und sich vermutlich wunderte, warum das Licht in ihrem Apartment brannte und die schweren Vorhänge zugezogen waren, verriegelte er die Safetür wieder mit dem Zahlencode, wischte eine Bluse von der gepolsterten Lehne eines bequemen Lesesessels und ließ sich hineinfallen.

Kurz darauf stand Ramona bereits vor ihm. Er hörte ihren keuchenden Atem und roch die Ausdünstung von Schweiß.

»Mierda«, fluchte sie und starrte ihn an. »Was machen Sie hier?«

Sneijder blieb sitzen, legte ein Bein über das andere und wischte alibihalber über sein Handy, falls Ramona das Piepen des Tresors gehört haben sollte. Dann musterte er sie von unten bis oben. Sie trug feste Laufschuhe, ein schwarzes Joggingoutfit mit dünnen Trägern, ein Schweißband am Handgelenk und hatte sich die Haare zu einem Knoten hochgebunden. Ihre gebräunte Haut und die sehnigen Muskeln glänzten im Deckenlicht. Jetzt sah sie nicht mehr so elegant wie bei ihrer ersten Begegnung aus, sondern war so verschwitzt und außer Atem, als wäre sie einen Marathon in Bestzeit gelaufen.

»Was ich hier mache, Ramona?«, wiederholte er. Für einen Moment dachte er an das Tauchermesser im Whirlpool, das sie innerhalb kürzester Zeit erreichen konnte. Er selbst war unbewaffnet, hatte sich absichtlich entschieden, seine Glock nicht mitzunehmen in der Überzeugung, die Waffe nicht zu brauchen. »Ich bin nur vorsichtig und sichere mich ab, bevor ich jemandem vertraue, den ich noch nicht gut genug kenne. Immerhin ist mir das deutsche BKA auf den Fersen.«

Sie stemmte die Arme in die Hüften. »Und Sie glauben, dass ich für diese Wichser arbeite?«

»Nicht für das BKA, aber vielleicht für das *Centro Nacional de Inteligencia*. Hätte ja sein können.«

»Ganz bestimmt nicht. Der spanische Geheimdienst hat meine Eltern ermordet.« Ihr Blick wurde kalt.

»Das tut mir leid.«

Sie wischte sich mit dem Schweißband über die Stirn. »Okay, und wonach haben Sie gesucht?«

»Mikrofone, Wanzen, Diensthandy, Polizeiausweis.«

»Und, fündig geworden?«

»Nein.«

Sie nickte. »Ich hoffe also, dass Sie mir jetzt vertrauen.«

»Das tue ich.« Sneijder erhob sich und steckte sein Handy weg. Dann griff er in die Gesäßtasche seiner Anzughose, holte die beiden Blätter hervor, die er zuvor in seinem Zimmer kopiert hatte, und faltete sie auseinander. »Hier ist die Liste mit den bisher angemeldeten Teilnehmern des morgigen Workshops.«

Sie nahm die Zettel an sich, doch bevor sie einen Blick darauf warf, ging sie zur Minibar, holte eine Plastikflasche Mineralwasser heraus und trank sie in einem Zug leer. Achtlos warf sie die Flasche danach auf den Boden, trat den Kühlschrank mit der Ferse zu und betrachtete die Liste. »Zwölf Teilnehmerinnen«, stellte sie fest.

»Vielleicht werden es noch mehr.«

»Wird nicht einfach …«, sie presste die Hand auf den Mund und unterdrückte einen Rülpser, »… ist aber zu schaffen.«

»Das hoffe ich. Brauchen Sie noch etwas?«

»Nein, wir sehen uns morgen um elf Uhr im Seminarraum.«

Okay, du nimmst also auch teil, dachte Sneijder. Noch hatte er keine Ahnung, was hier gespielt wurde – ob sie nur ein kleines Rädchen innerhalb eines großen Netzwerks war, angeheuert für diesen einen Job auf Mallorca, oder ob sie eine größere Rolle spielte. Das professionelle Pick-Set und ihr Interesse an der Teilnehmerliste deuteten möglicherweise darauf hin, dass Ramona einige der Workshopteilnehmer ausrauben wollte. Entweder gehörte das zum Job, oder es ging auf ihre eigene Kappe.

Jedenfalls musste er mitspielen und ihr diese Gelegenheit geben, um zu erfahren, wer noch alles in diese Aktion involviert, wie weitverzweigt das Netzwerk war und wie man eventuell mit Ruth-Allegra Francke in Kontakt treten konnte.

»Bis morgen.« Sneijder ging zur Tür. »Und versauen Sie es nicht.«

5. TEIL

Dienstag, 21. Mai

50. Kapitel

Leas Befürchtungen, in dieser Nacht nicht allzu gut zu schlafen, hatten sich mehr als bestätigt. Im Endeffekt hatte sie sogar fast gar nicht geschlafen und im Halbstundentakt auf die Digitalanzeige des Weckers neben dem Bett gesehen.

Um vier Uhr hatte sie beschlossen, dass das ständige Herumwälzen im Bett sowieso nichts brachte, also löschte sie die eingestellte Weckzeit, stand auf und zog sich Vickys Sporthose, T-Shirt und Laufschuhe an. In der Dunkelheit verließ sie die Hotelanlage und lief an der Security vorbei hinauf zur Hauptstraße, wobei sie ein streunender Hund begleitete. Auf der Hauptstraße streichelte sie sein zotteliges Fell und ließ ihn von ihrer Wasserflasche trinken, danach verlor er das Interesse an ihr und ließ sie den Rest der Strecke allein. Ihr Plan war, an der Steilküste an den Klippen entlang zum Cap Formentor zu joggen, wo der Leuchtturm lag.

Über die Küstenstraße waren es knapp sechs Kilometer hin und genauso viele wieder zurück. Wenn sie Tempo machte, hatte sie noch genug Zeit, um kurz in ihrem Apartment zu duschen, bevor sie wegmusste. Ihre Kleidung für die Reise hatte sie bereits hergerichtet und die Bauchtasche schon gepackt. Davor würde sie vom Zimmertelefon aus ein Taxi rufen und sich dann gleich – immer noch im Schutz der anbrechenden Morgendämmerung – zur Busstation beim Hafen von Alcúdia bringen lassen, dem Fahrer erzählen, dass sie von hier nach Palma weiterreisen wollte, aber in Wahrheit den Sonnenaufgang dann schon auf der Fähre sehen.

Anscheinend hatte es vor ein paar Stunden genieselt. Die Straße war noch feucht, und es roch frisch. Während sie im Mondlicht über den Asphalt joggte, ging sie im Geiste nochmal ihren gesamten Rückreiseplan im Detail durch, ob alles passte, aber sie entdeckte keinen Schwachpunkt. Der Plan war perfekt, und wenn alles reibungslos verlief, war sie bald sauber aus der ganzen Sache draußen. Nur auf Gernots Anwesenheit in diesem Hotel war sie nicht vorbereitet gewesen. Aber bald war sie sauber aus der ganzen Sache draußen.

Nachdem sie mit Hilfe der Taschenlampe von Vickys Handy durch den stockdunklen Furmat-Tunnel gelaufen war, kam sie auf die Serpentinenstraße, die zum Cap führte. Alles war absolut friedlich. Keine Autofahrer, keine Reisebusse. Nur die kühle Nachtluft, das Tosen der Brandung und das Schreien einiger vereinzelter Seemöwen. Der Wind trieb ihr etwas Salzwasser ins Gesicht, und nun wusste sie auch, warum das Cap *Treffpunkt der Winde* genannt wurde.

Die Sterne funkelten, und in weiter Ferne sah sie die roten Positionslichter eines vorbeifahrenden Schiffes. Fast war es schade, dass sie den sicherlich atemberaubenden Ausblick von der Panoramastraße aus nie bei Tageslicht zu Gesicht bekommen würde. Im fahlen Mondschein konnte sie bloß die karge Vegetation am Wegesrand erkennen. Ungefähr einen Meter hohe Kakteen und einige Bäume, die sich mit im Freien liegenden Wurzeln an die trockenen Felsen klammerten. Immer wenn das Licht des Leuchtturms sie streifte, sah sie zudem die roten Felsen am Wegesrand.

Die Serpentinen wurden enger, und dann lag auch schon der weiße Leuchtturm vor ihr. Um diese Uhrzeit waren hier weder Touristen noch Wanderer. Sie sah auf die Uhr. Zweiunddreißig Minuten hatte sie gebraucht. Heimwärts würde es schneller gehen.

Sie rannte die Stufen zur großen, betonierten Aussichtsplattform hinauf, auf der der Leuchtturm thronte, ging eine Runde um den Turm, beugte sich schließlich über die Balustrade und blickte hinunter auf die schäumende Brandung. Was für eine einsame Gegend. Genau konnte sie es nicht erkennen, aber wenn das Licht des Leuchtturms übers Meer wanderte, glaubte sie da unten, hundert Meter tiefer, einen unzugänglichen schmalen Küstenabschnitt mit schroffen Felsen zu sehen. Das war der perfekte Ort.

Sie griff in die hintere Tasche der Trainingshose und holte Vickys Handy heraus. So weit draußen gab es nur noch ganz schlechten Empfang. Sie nahm die Rückseite des Telefons ab, und als der Lichtschein des Leuchtturms sie das nächste Mal streifte, schob sie Akku und SIM-Karte aus der Vertiefung. Dann wartete sie, bis der Rückenwind ein wenig zunahm, und warf alle Teile so weit sie konnte hinaus aufs Meer. Auf Wiedersehen! Schon bald würde Vicky genauso verschwunden sein wie dieses Handy – irgendwo zwischen Palma und diesem Punkt.

Guten Morgen …

Lea lächelte innerlich. »Auch schon wach?«

Camilla war eine Schlafmütze und meldete sich normalerweise frühestens gegen neun Uhr, nachdem Lea ihre erste Tasse Kaffee getrunken hatte.

Was tust du hier?

»Was wohl? Das Handy entsorgen und die Ruhe und Einsamkeit genießen.«

So einsam sind wir gar nicht.

»Was?«

Dort unten am Sockel des Leuchtturms steht ein Fahrrad.

Lea drehte sich um und blickte hinunter. Tatsächlich – ein Mountainbike. Der rote Rückstrahler leuchtete noch schwach. Als sie die Steintreppe hinaufgelaufen war, hatte es noch nicht dort unten an der Mauer gelehnt. Nun fiel das Licht des Turms darauf. Ein orangefarbenes E-Bike mit gelben Streifen. Im *Aurelia Bay Club Resort* gab es genau solche Leihräder.

Ich glaube, du bekommst gleich Besuch von jemandem aus dem Hotel …

Lea hörte das Knirschen von Kieselsteinen hinter sich und drehte sich um. Es war wie in einem Albtraum. Sie kannte den Mann, der ihr nun gegenüberstand.

»Schau an«, sagte Gernot. Das Licht des Leuchtturms streifte sein Gesicht. Keuchend wischte er sich den Schweiß von der Stirn.

»Hallo«, krächzte sie.

»Was machst du hier?«, fragte er mit kalter Stimme. »Und wo ist Vicky?«

51. Kapitel

Kurz nach fünf Uhr früh hatte Marc bereits Sneijders großen Schrankkoffer, Sabines Koffer, seine eigene Reisetasche und Miyus Trolley in Frankfurt am Schalter der Lufthansa aufgegeben. Da bei Dienstreisen des Bundeskriminalamts für Übergepäck nichts extra verrechnet wurde, war der bürokratische Kram schnell erledigt.

Sein eigenes technisches Equipment hatte Marc als Handgepäck in einer Umhängetasche dabei. Sein Zeug würde er nie aus der Hand geben und schon gar nicht zwei Stunden lang in einem Frachtraum bei null Grad transportieren lassen. Im Gegensatz zu ihm hatte Miyu nur einen kleinen schwarzen Rucksack dabei.

Sie waren bereits beide eingecheckt – erste Reihe fußfrei – und gingen durch die Security, wo Marc seinen ganzen Technikkram mitsamt dem Kabelsalat auf drei Plastikboxen verteilen musste. Am Flughafen Frankfurt, der schon an ruhigen Tagen viele Reisende mit seiner Komplexität in die Verzweiflung trieb, war es heute noch stressiger als sonst. Marc konnte es förmlich am eigenen Leib spüren und merkte es auch an Miyus Unruhe, die jedem Blickkontakt auswich, murmelnd Selbstgespräche führte und ständig auf ihre Schuhspitzen starrte, um so wenig Umweltreize wie möglich in sich aufzunehmen. *Na, das wird ja ein toller Flug!*

Die Kontrollen dauerten länger als gewöhnlich, und es war ein größeres Polizeiaufgebot unterwegs, das auch mit Hunden patrouillierte. Ständig kamen Durchsagen, dass Flüge aus Sicherheitsgründen verschoben wurden oder ausfielen. Nach den jüngsten Anschlägen und auch den gestrigen Morden am Münchner

Hauptbahnhof war es nur noch eine Frage der Zeit, bis die ersten Attentate auf Flughäfen und Fluglinien stattfinden würden. Im Moment verschoben deswegen nur wenige Menschen ihren Urlaub, aber Marc rechnete damit, dass in den nächsten Wochen Online-Video-Konferenzen wieder einen großen Boom erleben würden.

Nachdem Miyu und er die ganze Tortur am Personen- und Gepäckscanner überstanden hatten, saßen sie endlich in der Duty-free-Zone in einem Café, blickten auf eines der beleuchteten Rollfelder und betrachteten den Sonnenaufgang.

Murmelnd sagte Miyu alle Primzahlen von siebenundneunzig rückwärts auf und schob dabei ein Glas Wasser so lange auf der Serviette herum, bis es exakt in der Mitte stand. Ihr schwarzes T-Shirt zeigte einen Aufdruck in einem simplen weißen Schriftzug mit dem Unendlichkeitszeichen darunter. *18. Juni – Autistic Pride Day.*

»Heute ist nicht der achtzehnte Juni«, stellte Marc fest.

»Für mich ist jeder Tag der achtzehnte Juni«, antwortete sie knapp.

Verstehe. Er betrachtete sie besorgt. Wusste er doch, dass Lichter, Lärm, Gerüche und sich bewegende Menschenmassen sie extrem nervös machten. Im Moment wirkte ihr Verhalten so, als hätten sich Teile ihres Gehirns aus reinem Selbstschutz abgeschaltet, um weniger der ohnehin überflüssigen Informationen um sie herum aufzunehmen. Hoffentlich würde das nicht so weitergehen – vor allem nicht die nächsten Tage, in denen Miyu in die Rolle einer Eventmanagerin eines Luxushotels schlüpfen sollte.

Er rückte auf seinem Stuhl herum, schob die Kaffeetasse zur Seite und beugte sich über den Tisch zu ihr. »Darf ich dich etwas fragen?«

Sie sah nicht auf. »Das war absolut sinnlos, denn das gerade war ja eine Frage.«

»Stimmt … äh, was ich wissen wollte, ist … nimmst du eigentlich Medikamente?«

Jetzt sah sie zwar auf, allerdings mit demselben emotionslosen und leicht abwesenden Gesichtsausdruck wie zuvor. »Warum sollte ich?«

»Na … ich weiß ja, du leidest unter dem Asperger-Syndrom … und ich dachte …«

»Okay, hör mir einfach gut zu.« Sie deutete zu seinem Handy auf dem Tisch. »Und nimm es auf, denn ich erkläre es dir nur einmal. Offiziell ist Asperger eine psychische Behinderung, aber bisher kennt niemand die wahre Ursache dafür. Wie können Ärzte diesen Zustand also richtig beurteilen, wenn sie nicht einmal den Grund dafür kennen? Die Antwort ist: Diese Einordnung haben Menschen getroffen, die nicht Asperger haben. Ja, wir *haben* es einfach, und nein, wir *leiden* nicht darunter. Es ist Teil unseres Lebens, und wir haben Rituale im Alltag geschaffen, wie wir damit umgehen können. Für uns ist es gut so. Darüber hinaus ist jeder Autist einzigartig, weil die Mischung der Symptome immer grundverschieden ist. Eine falsche Medikation könnte diese Symptome also verschlimmern oder zumindest verändern – und wenn wir etwas nicht brauchen, dann sind das Veränderungen.« Sie blickte zum Handy. »Du hast vergessen, das aufzunehmen.«

»War nicht nötig.« Marc schluckte. »Das habe ich alles kapiert – so doof bin ich nicht.« Er dachte nach, wie er den nächsten Satz formulieren sollte, kam jedoch zu dem Schluss, dass eine diplomatische Umschreibung nutzlos war, da Miyu sowieso keine Nuancen erkannte. Sie war ein offenherziger und ehrlicher Mensch, der alles direkt aussprach – aber nicht deshalb, weil sie so taktlos wie Sneijder war, sondern weil es für sie so am effizientesten war. Am besten kommunizierte man mit ihr, indem man die Dinge klipp und klar sagte.

»Was?«, fragte sie.

»Ich weiß, du verstehst weder Metaphern noch Ironie und kannst auch Gefühlsregungen nicht interpretieren. Aber für die Rolle als Eventmanagerin brauchst du ein wenig Empathie.«

»Ich habe keine Empathie. Mein Gehirn ist anders entwickelt, meinen Nervenzellen fehlen die Verbindungen, die …«

»Ich weiß«, unterbrach er sie. »Aber du kannst diese Empathie zumindest *vortäuschen*, indem du so tust, als würdest du Emotionen *haben.*«

»Das ist unlogisch. Wie kann ich so tun, als würde ich etwas verstehen, wenn ich es gar nicht erkennen kann, eben *weil* ich es nicht verstehe.«

»Okay«, murmelte er und wischte sich übers Gesicht, weil er gerade Miyus Grundproblem erkannt hatte. Das würde schwierig werden. Er breitete die Arme aus. »Sneijder möchte, dass ich dich auf diese Rolle vorbereite, und wenn ich das nicht schaffe, wird er mich in tausend Teile zerfetzen.«

»Tausend?«, wiederholte sie und sah ihn an. »Woher weißt du, dass es ausgerechnet *tausend* sein werden?«

»Siehst du!« Lächelnd zeigte er mit dem Finger auf sie. »Genau das ist es, was ich gerade meinte. Es gibt Dinge, die sagt man eben einfach so. Du darfst die nächsten Tage nicht alles wörtlich nehmen und sofort hinterfragen, was andere Leute zu dir sagen. Ignoriere einfach alles, was dir nicht sinnvoll erscheint, und zieh ab und zu die Mundwinkel hoch. Dann sieht es so aus, als würdest du freundlich lächeln.«

»Das ist alles?« Sie verzog das Gesicht. »So?«

Er nickte. »Genau, das ist das ganze Geheimnis im Umgang mit Menschen. Und versuch hin und wieder einen Wortwitz.«

»Und wie mache ich das?«

»Du fügst einfach zwei Dinge, die dir sinnlos erscheinen und nicht zusammenpassen, zusammen.«

Sie dachte nach. »So einfach ist das?«

»Ja.«

Dann nickte sie. »Okay, ich glaube, ich habe es verstanden.«

»Wirklich?«

»Ja, danke für den Tipp. *Fuck you very much.*«

Er grinste. »Genau so.«

52. Kapitel

Automatisch wich Lea ein paar Schritte zurück, doch Gernot folgte ihr, bis sie das Ende des Geländers erreichte, wo eine Tafel vor dem Felsvorsprung und dem Abgrund dahinter warnte.

»Was machst du hier?«, wiederholte er.

»Sollte nicht besser ich *dich* fragen, was *du* hier machst?«, reagierte Lea prompt. »Urlaub mit deiner kranken Mutter? Ist die Mittelmeerluft so gut für sie?«

»Lassen wir den Zynismus«, schlug er vor. »Versuchen wir, wie zwei vernünftige Erwachsene zu reden.«

»Einfach so?«

»Ja, einfach so. Irgendwann hättest du es sowieso herausgefunden.«

»Nicht wenn du mich in Ruhe gelassen hättest und mir gestern nicht zum Jachthafen gefolgt wärst.«

»Ging leider nicht anders – ich musste wissen, was los ist.« Gernot umklammerte die letzte Stange des Eisengeländers. »Aber nachdem mir das nicht gelungen ist, war ich ziemlich angepisst. Konnte nicht wirklich gut schlafen – offenbar genauso wenig wie du – also stand ich auf der Terrasse, habe eine Tasse Kaffee getrunken und plötzlich gesehen, wie Vicky joggend ihr Apartment verlässt. *Vicky und joggen*, dachte ich.«

»Also bist du mir mit dem E-Bike gefolgt.«

»Ich wollte endlich herausfinden, was hier läuft. Jetzt weiß ich es. Weiß Vicky, dass du hier bist? Hat sie dir von diesem Trip erzählt? Wo ist sie jetzt?«

So viele Fragen! Aber Lea hatte keine Lust, auch nur eine einzige davon zu beantworten. In diesem Moment hatte sie nicht einmal Angst, dass Gernot alles herausfinden könnte, sondern verspürte nur eine unglaubliche Wut auf ihn. Weil er kein bisschen Reue zeigte, keine einzige Entschuldigung hervorbrachte, es nicht einmal mit einer Ausrede versuchte und ihm die ganze Sache anscheinend nicht einmal unangenehm war – sondern er nur wissen wollte, wo diese verdammte Vicky war.

»Ich nehme an, ihr habt absichtlich zwei verschiedene Flüge nach Mallorca genommen«, überlegte Lea. »Du am Sonntagabend und Vicky am Montagmorgen – damit euch nicht jemand zufällig gemeinsam sieht, richtig?«

Gernot gab keine Antwort. Seine Pupillen glänzten im Mondlicht.

»Warum habt ihr euch kein Doppelzimmer genommen?«, spie sie aus.

»Du weißt, dass ich schnarche und …«

»Ja, prima, auf meine Kosten sind zwei einzelne Luxusapartments ja leicht möglich«, unterbrach sie ihn. »Wie lange seid ihr eigentlich schon zusammen? Seit drei Jahren, als deine Mutter gestorben ist und Vicky sich das Miethaus genommen hat?«

»Davon weißt du also auch schon«, stellte er fest. »Okay … nein, wir waren schon vorher zusammen.«

Sie schluckte. »Seit wann?«

Er schwieg.

»Wie lange geht das schon?«, brüllte sie ihn an.

Er blieb vollkommen ruhig. »Ich kannte Vicky schon vor dir.«

Lea spürte, wie ihr die Hitze ins Gesicht schoss. »Das bedeutet …« Sie schnappte nach Luft. »… dass ihr …?« Nun wurde ihr erst so richtig die gesamte Tragweite bewusst. »War es Vickys Idee, dass du dich an mich heranmachst?« Sie hätte nie vermutet, dass Vicky so abgebrüht gewesen war – aber nach alldem, was sie in den letzten zwölf Stunden über sie erfahren hatte, lag ein solch berechnender Egoismus durchaus im Bereich des Möglichen. Und gerade weil Gernot keine Antwort gab, erkannte sie die Wahrheit und fühlte sich nun umso mehr ausgenutzt.

»Ich möchte …«, begann Gernot, wobei er immer noch fordernd klang und nicht so, als wollte er sich bei ihr entschuldigen.

»Wie ist das eigentlich *genau* gelaufen?«, fuhr sie ihn an. »Vicky hat vermutlich den ganzen Plan ausgeheckt. Solltest du dich an ihre reiche Cousine heranmachen, um der das sauer verdiente Geld rauszuleiern? War wahrscheinlich kein großes Opfer für dich. Immerhin sahen Vicky und ich uns sowieso ähnlich, dann konntest du dir wenigstens vorstellen, du würdest Vicky vögeln.«

»Lea, ich …«

»Wie lange hättet ihr mich denn noch ausgenommen? Drei Jahre? Fünf Jahre? Wie lange hätte das eure Beziehung ausgehalten? Ah, wahrscheinlich bis zum Sankt-Nimmerleins-Tag, denn warum aufhören, wenn es so gut läuft?«

Gernot schwieg. An seinem Blick erkannte sie, dass er mit sich rang, ob er überhaupt noch etwas sagen sollte oder nicht.

»Was sagt das über eure Psyche aus?«, schrie Lea ihn an, da Gernots Ruhe sie zur Weißglut trieb. »Siehst du nicht, dass sie dich die ganze Zeit nur benutzt hat, um an ihr Ziel zu kommen?«

»Nein, so war es nicht.«

»Sondern?«

»Wieso stellst *du* hier eigentlich ständig die Fragen, wenn ich mindestens genauso viele an dich habe. Wo ist Vicky?«

»Zuerst erzählst *du* mir, warum ihr euer Liebesnest ausgerechnet *hier* eingerichtet habt. Scheint doch ein ziemlicher Aufwand gewesen zu sein.«

»Die Wahrheit ist ein bisschen komplizierter, als du denkst«, murmelte er. »Ja, wir haben ein Verhältnis, das gebe ich zu«, lenkte er ein, »aber wir sind aus einem ganz anderen Grund hier.«

»Und zwar? Wolltet ihr gemeinsam einen Positiv-Denken-Workshop bei diesem Pacula machen, um eure verkorksten Probleme in den Griff zu kriegen?«

»Den wahren Grund kann ich dir nicht sagen. Außerdem würdest du das sowieso nicht verstehen.«

»Aber Vicky hätte das natürlich verstanden.«

Plötzlich sah sie im Scheinwerferlicht des Leuchtturms, wie Gernot die Stirn runzelte. »Warum sprichst du von Vicky eigentlich immer in der Vergangenheit?«

Sei vorsichtig, was du jetzt sagst, meldete sich Camilla besorgt zu Wort. *Sonst fliegt alles auf.*

»Ich weiß! Ich weiß!«, schrie Lea heraus, ballte die Fäuste und drückte sie gegen die Schläfen. »Sei endlich still und lass mich in Ruhe – das geht nur mich und ihn etwas an.« Sie spürte, wie ihr die Tränen kamen. Rasch wischte sie sich über die Augen. Mit einem Mal fühlte sie sich ungemein verletzlich.

Statt sie in die Arme zu nehmen, sah Gernot sie nur mitleidig an. »Führst du schon wieder Selbstgespräche, du Halbverrückte?«

Halbverrückte? Das war zwar nicht das erste Mal, dass er sie so nannte, nur hatte es nie so gemein geklungen wie gerade. Ihr Brustkorb krampfte sich zusammen, und sie heulte erst recht los. »Du hast mich … noch nie … verstanden«, schluchzte sie. »Lass mich doch einfach in Ruhe!«

»Redest du jetzt mit mir oder mit deiner toten Schwester?«, fragte er zynisch.

»Mit dir! Hau ab!«

»Das geht nicht.« Gernot kam näher, packte sie an den Schultern und schüttelte sie. »Wo ist Vicky? Warum redest du von ihr in der Vergangenheit?«

Ihr wurde noch heißer. »Lass mich in Ruhe!«, schrie sie und machte einen Schritt zurück.

»Du bist ja komplett irre! Du hast keine Ahnung, was auf dem Spiel steht.« Er drängte sie weiter zurück und schüttelte sie erneut. »Es ist wichtig! Was hast du mit ihr gemacht?«

Sie spürte, wie sie mit den Schuhen den Halt verlor und die Kieselsteine hinter ihr über die Böschung rieselten.

Setz dich zur Wehr, erklang Camillas Stimme in ihrem Kopf, doch Lea bewegte sich nicht und ließ alles über sich ergehen.

»Wo ist sie, verdammt nochmal?«, brüllte Gernot. »Warum hast *du* ihr Handy? Rede endlich!« Während er sie mit einer Hand brutal am Kragen ihres T-Shirts packte, holte er mit der anderen aus, um ihr ins Gesicht zu schlagen.

In diesem Moment übernahmen ihre antrainierten Reflexe. Sie blockte automatisch seinen Schlag, wich vom Abgrund zurück, packte seinen Arm am Handgelenk, drehte ihn herum und rammte ihm den Handballen der anderen Hand so stark gegen den Solarplexus, dass er zurücktaumelte. Der nächste Schlag traf ihn am Kehlkopf. Gernots Schmerzensschrei ging in ein ersticktes Röcheln über. Lea ließ ihn los, er wankte noch einen Schritt zurück, seine Füße rutschten auf dem glatten Felsen weg, und dann trat er ins Leere.

Er schlug mit dem Knie auf die abschüssigen Steine und versuchte, sich festzuhalten, verlor jedoch den Halt und rutschte mit den hinunterfallenden Kieselsteinen noch tiefer ab. Lea wollte ihn am Arm packen, erwischte ihn jedoch nicht mehr richtig und hinterließ nur Kratzspuren auf seiner Haut. Er glitt ab, versuchte noch, sich weiter unten mit den Fingern an die Felsen zu klammern. Vergeblich. Im Licht des Leuchtturms sah sie, wie er an den Klippen entlang in die Tiefe stürzte, mehrmals mit dem Kopf gegen die Felsen schlug und schließlich in der schäumenden Brandung verschwand, die sich an der Küste brach.

Benommen starrte sie in die Tiefe. Der Schock über das, was sie gerade gesehen hatte, saß so tief, dass sich ihr Magen umstülpte und sie Magensäure erbrach. Mit zitternden Fingern wischte sie sich über den Mund.

Erst nach mehreren Minuten konnte sie ihren ersten klaren Gedanke fassen. Du musst den Notarzt holen, einen Hubschrauber oder ein Boot der Küstenwache. Aber während sie noch immer hinunterblickte und von Gernot keine Spur mehr sah, wurde ihr klar, dass das völlig sinnlos war. Einen solchen Sturz aus über hundert Metern konnte er unmöglich überlebt haben.

»Camilla …?«, fragte sie zögernd.

Doch Camilla meldete sich nicht. Zum ersten Mal in einer Stresssituation war es vollkommen und fast schon unheimlich still in ihrem Kopf.

Absurderweise kam ihr gerade jetzt ein Satz in den Sinn, den Gernot zuvor gesagt hatte.

Wir sind aus einem ganz anderen Grund hier.

53. Kapitel

Mitten in der Nacht fuhr Sabine mit einem Schrei hoch und riss die Arme nach vorn, als wollte sie sich vor einem Angriff schützen. Dann saß sie aufrecht im Bett, tastete herum, spürte, dass sowohl Decke als auch Kopfkissen feucht waren, und fuhr sich mit zitternden Fingern über die schweißnasse Stirn und den Nacken.

O Gott! Hatte sie wirklich laut aufgeschrien oder nur im Traum? Sie hielt kurz den Atem an und lauschte, aber es war mucksmäuschenstill. Niemand reagierte. Also doch alles nur geträumt. Erleichtert atmete sie aus und lauschte auf ihren hämmernden Herzschlag.

Sie tastete auf die andere Seite des Betts, aber da war nichts außer einer zusammengefalteten Decke und einem aufgeschüttelten Kissen. »Marc?«, flüsterte sie.

Keine Antwort. Dann erinnerte sie sich, dass sie gar nicht zu Hause war, sondern allein in einem Apartment auf Mallorca. Sie ließ sich ins Kissen zurückfallen und rieb sich die Augen. *Verdammter Mist.* Marc hätte sie jetzt in die Arme genommen und an sich gedrückt, so wie er es regelmäßig tat, wenn sie – wie so oft im letzten Jahr – schlecht träumte.

Bruchstückhaft erinnerte sie sich nun an ihren Albtraum … Es waren sogar mehrere hintereinander gewesen. Die üblichen Motive. Sie war in einem engen Raum eines untergehenden Schiffes gefangen, während das Wasser immer schneller bis zu ihrem Hals stieg. Dann wechselte die Szenerie, und jemand hielt sie in einem Kellerloch gefangen, drohte ihr, sie mit einem Messer und einem Lötkolben zu verstümmeln.

Und dann waren da noch andere Dinge – brutale Verhöre und Schmerzen von Schlägen, Feuer, Stich-, Schnitt- oder Schussverletzungen –, von denen sie nicht wusste, ob sie jetzt gerade auch davon geträumt hatte oder es nur Erinnerungen an alte Träume waren. Eigentlich egal – all diese Schreckgespenster tauchten sowieso regelmäßig auf, als verschwommene, teils verzerrte Erinnerungen an Dinge, die sie in den letzten sieben Jahren am eigenen Leib erlebt hatte.

Schlimme Erfahrungen, die man in Ihrem Job leider nie völlig ausschließen kann, wenn man da ermittelt, wo Sie ermitteln – so hatte es Dr. Ross ausgedrückt, bei der Sabine seit letztem Jahr in psychologischer Behandlung war.

Plötzlich musste sie an Connie, ihre jüngste Nichte, denken. »Ist dein Job gefährlich?«, hatte die eines Tages gefragt.

»Nein, ist er nicht«, hatte sie gelogen. »Wir haben ja Nachtsichtgeräte, schusssichere Westen, Funkgeräte, Rückendeckung durch den Partner und Spürhunde, die uns beschützen.« Damals hatte das noch funktioniert, aber mittlerweile war Connie elf und erkannte bereits an Sabines Blick und dem Klang ihrer Stimme, wenn Sabine sie dermaßen anschwindelte. Und dennoch – und das war das Erschreckende daran – interessierte sich Connie immer mehr für diesen Beruf. In dieser Hinsicht war sie wie Sabine. Neugierig und abenteuerlustig, gepaart mit einer großen Portion Gerechtigkeitssinn. Sabine fragte sich, wann Connie nicht nur die körperlichen Narben ihrer Tante, sondern auch deren seelischen Narben erkennen würde, die ihr vermeintlich ungefährlicher Job im Lauf der Zeit hinterlassen hatte. Und ob das ihr Interesse schmälern würde.

Sabine seufzte. Sie war schon lange nicht mehr die junge und ambitionierte Ermittlerin, die beim Münchner Kriminaldauerdienst arbeitete und ihren kleinen Nichten haarsträubende Märchen über ihre Einsätze erzählte. Wie naiv sie damals gewesen war. Denn alle diese Märchen waren inzwischen auf die eine oder andere brutale Art und Weise wahr geworden. Und auch, wenn sie immer noch ambitioniert war – die vielen Jahre an Sneijders Seite beim BKA hatten sie verändert, und sie war nicht mehr so unbeschädigt, wie sie sich gern nach außen hin zeigte. Sneijder und Marc waren die Einzigen, die das wussten. Marc, weil sie offen mit ihm darüber sprach – und Sneijder, weil er es ihr ganz einfach ansah.

Der süße Geruch von Marihuana, der durch das gekippte Fenster zu ihr ins Zimmer zog, riss sie aus ihren Gedanken. Anscheinend war Sneijder schon munter und rauchte hinter dem Paravent auf seiner Terrasse einen Joint.

Wenn sie jetzt aufstand, um das Fenster zu schließen, würde sie sowieso nicht mehr wieder einschlafen können. Außerdem hatte sie ohnehin Angst vor einem weiteren Schwung Albträume, also blieb sie gleich wach, duschte heiß und stand danach, in ein Badetuch eingewickelt, vor dem Wäscheschrank, in den sie gestern Anna Bischoffs Unterwäsche gelegt hatte. Unglücklich verzog sie das Gesicht. Wenn alles klappte, würde Marc heute Mittag mit ihren Sachen anreisen. Bis dahin würde sie einfach ihre gebrauchte Kleidung von gestern noch einmal tragen.

Dann fiel ihr Blick jedoch auf Annas blauen Bikini, an dem noch das Preisschild hing. Offenbar hatte sich Anna den Bikini kurz vor ihrer Abreise gekauft. Sie zog ihn hervor. Ein modern geschnittenes Teil in ihrer Größe. Sabine schlüpfte hinein, riss das Schild ab, streifte den Hotelbademantel über, schulterte ein Badetuch und verließ barfuß das Zimmer.

Draußen, im matten Licht einer Bodenlaterne, stand Sneijder in Anzughose und Hemd unter einer Palme und wirkte wie ein blasses Hotelgespenst. Sie erkannte ihn nicht nur an seiner Figur, sondern auch an der schimmernden Glatze. Sein Glimmstängel glühte rot, und die süßliche Rauchwolke wehte zu ihr herüber.

Er paffte also gar nicht auf seiner Terrasse, wie sie angenommen hatte, sondern in seinem Vorgarten, direkt vor dem Eingang seines Apartments. »Können Sie nicht schlafen?«, fragte sie und ließ ihren Schlüssel in der Tasche des Bademantels verschwinden.

»Nein, und Sie?«

»Schon seit Monaten nicht mehr.«

Verständnisvoll verzog er das Gesicht. »Mir hilft da oft der Blick in die Ferne.« Er deutete zum Strand, wo der Mond über dem Meer hing und die Wellen zum Glitzern brachte.

Und eine Tüte Marihuana, dachte sie. »Mir helfen Bewegung und Sport.«

»Gehen Sie ins Meer schwimmen?«

Fröstelnd wickelte sie sich das Badetuch um den Nacken, dann deutete sie hinauf zur Hotelanlage. »Ein paar Längen im Sportbecken tun es auch.«

»Es ist noch Nacht, der Pool hat noch nicht geöffnet.«

»Seit wann kümmern Sie sich um Regeln?« Sie zuckte mit den Achseln. »Glauben Sie ernsthaft, dass man mich deswegen aus der Anlage wirft?«

»Sie werden mir immer ähnlicher«, stellte er fest und stieß einen Rauchring aus.

»Tja, um das zu vermeiden, bräuchte ich mehr Abstand zu Ihnen.« Sie nickte ihm kurz zu, dann marschierte sie hinauf zur Poollandschaft.

Weit und breit war kein Mensch zu sehen, die Liegen standen alle symmetrisch aufgereiht am Beckenrand. Sie entschied sich für das größte Becken von fünfundzwanzig Metern Länge und mit vier beleuchteten Bahnen, warf Bademantel und Handtuch auf eine Liege, stieg über die Absperrung hinweg und ließ sich über die Stufen ins Wasser gleiten. Im Gegensatz zur kühlen Nachtluft war das Wasser angenehm warm. Zuerst schwamm sie ein paar Längen Brust, danach ein paar Längen Rücken, und zum Schluss kraulte sie. Dabei verblassten langsam die emotionalen Bilder aus ihren Albträumen. Sie spürte, wie ihre Muskeln warm und geschmeidig wurden, und machte immer mehr Tempo, bis sie eine halbe Stunde später erschöpft am Beckenrand hing und sich das Wasser aus dem Gesicht wischte.

Schließlich kletterte sie aus dem Pool, wrang die Haare aus, trocknete sich ab und stellte fest, dass der Mond ein gutes Stück weitergewandert war. Schon bald würde der erste zarte Lichtstreifen am Horizont zu sehen sein, und dann würde sie eine Riesenportion Eier mit Speck verdrücken.

Während sie zurückging und die frisch nach Bäumen und Gräsern duftende Luft einatmete, fühlte sie sich schon deutlich besser. *Diese Ermittlung noch, dann nimmst du dir drei Wochen Urlaub*, schwor sie sich. *Komme, was wolle!*

Zurück bei ihrem Apartment bemerkte sie Licht auf Sneijders Terrasse. Sie ging um das Haus herum, und dort lümmelte er auf zwei zusammengeschobenen Stühlen. Ein neuer Joint klemmte in seinem Mundwinkel, das Sakko hing über seinen Schultern, neben ihm auf dem Tisch dampfte eine Tasse Tee, und auf seinem Schoß lagen Conrads Workshop-Unterlagen, die er gerade durchblätterte.

»Bereiten Sie sich vor?«

Er nickte. »Die Übungen sind gar nicht so schlecht.«

»Keine billige Hausfrauenesoterik?«, spöttelte sie.

»*Nee.* Sind recht brauchbare Mental-Coaching-Übungen.«

Sie senkte die Stimme. »Dann dürfte Conrad ja doch kein so großer Scharlatan sein, wie wir angenommen hatten.«

Er schüttelte den Kopf. »Anscheinend nicht. Allerdings frage ich mich, wozu er Ramona angeheuert hat.«

»Kann ja nicht so schwer sein, das herauszufinden.« Sie rubbelte sich die Haare trocken. »Am besten nehme ich an Ihrem Kurs teil.«

»Okay … es wäre wirklich gut, wenn wir bald weiterkämen«, murmelte er nachdenklich. »Es hat gestern Nacht einen weiteren Anschlag gegeben … diesmal am Münchner Hauptbahnhof.«

Sie spürte eine plötzliche Kälte ums Herz. »Das sagen Sie mir erst jetzt?«

Er sah auf. »Ich dachte, das wüssten sie schon … weil sie mehrmals in der Nacht aufgeschrien haben.«

54. Kapitel

Nachdem Lea bitteren Gallensaft ausgespuckt und sich noch einmal mit dem Handrücken über den Mund gewischt hatte, versuchte sie, sich zu beruhigen. Aber ihre Gedanken überschlugen sich.

Sie hatte schließlich einiges zu verarbeiten. Nicht nur, dass Gernot und Vicky schon seit vielen Jahren ein Paar gewesen waren und ein hinterhältiges Spiel mit ihr getrieben hatten. Noch viel mehr setzte ihr zu, dass sie Gernot gerade hatte sterben sehen und er nun auch endgültig aus ihrem Leben verschwunden war. Tot … wie Vicky. Ironischerweise ebenfalls durch einen Sturz, nur einen sehr viel tieferen. Damit hatte sie innerhalb weniger Tage zwei geliebte Menschen verloren. Und ihre sorgfältig konstruierten Pläne waren komplett durcheinandergeraten.

Haben wir jetzt nicht Wichtigeres zu tun, als in die Tiefe zu starren, riss Camillas Frage sie schließlich aus den Gedanken.

»Da bist du ja wieder«, murmelte sie. »Ja, du hast recht, aber ich muss nur noch kurz überlegen …«

Was gibt es da noch zu überlegen?

Lea antwortete nicht. Stattdessen hob sie den Kopf und sah sich um. Bis jetzt hatte sie hier niemand gesehen. Also würde sie auch niemand mit Gernots Tod in Verbindung bringen können. Seine Leiche würde vermutlich frühestens in zwölf oder vielleicht sogar erst vierundzwanzig Stunden entdeckt werden – ohnehin nur dann, wenn die Strömung sie an einen von Touristen besuchten Strand spülte. Vielleicht würde sie auch einfach aufs offene Meer hinausgetragen.

Bis dahin war Lea bereits weg von der Insel.

Nun sah sie auf die Uhr. »Scheiße …«, zischte sie. Durch das Gespräch mit Gernot, das ewig lange Hinunterstarren zu den Klippen und das endlose Grübeln hatte sie zu viel Zeit verloren. Selbst wenn sie jetzt loslief, würde sie das Hotel nicht mehr rechtzeitig erreichen, um sich in ihrem Apartment umzuziehen, die Bauchtasche zu schnappen, mit dem Taxi nach Alcúdia zu fahren und zum Fährhafen zu rennen. Sie blickte zu Gernots E-Bike hinunter.

»Ich könnte das Rad nehmen«, murmelte sie.

Bist du verrückt?, erklang sogleich Camillas Stimme.

»Was denn? Mit dem Rad könnte ich es noch rechtzeitig schaffen.«

Soviel ich gesehen habe, sind die E-Bikes nummeriert. Wenn Gernot sich das Rad gestern Abend offiziell an der Rezeption ausgeliehen hat, weiß dann jeder, dass du etwas mit seinem Verschwinden zu tun hast, weil DU es zurückgebracht hast.

»Ich muss ja nicht bis zum Hotel fahren, sondern könnte es vorher irgendwo in den Straßengraben …«

Und wenn dich jemand dabei sieht, ist erst recht klar, dass du etwas mit Gernots Verschwinden zu tun hast.

»Falsch«, korrigierte Lea sie. »Jeder wird denken, dass *Vicky* etwas mit seinem Verschwinden zu tun hatte, nicht ich. Und das kann mir doch egal sein.«

Großartig durchdacht, du weiblicher Sherlock Holmes, ätzte Camilla. *Aber wenn du die Fähre verpasst, wieder zurück ins Hotel musst und Gernots Leiche in der Zwischenzeit entdeckt wird, wirst DU von der Polizei verhört. Und dann nützt es dir herzlich wenig, wenn du steif und fest behauptest, du seist Vicky Fuchs, denn die werden innerhalb kürzester Zeit herausfinden, wer du wirklich bist.*

»Verdammt …« Lea kaute an der Unterlippe. Da war etwas dran. Wenn sie also jetzt mit dem Rad losfuhr, musste sie die

Fähre hundertprozentig erreichen. War das noch zu schaffen? Das Risiko war zu hoch.

Denk in Ruhe nach. Du darfst jetzt auf keinen Fall in Panik geraten und etwas Dummes und Unüberlegtes tun.

»Wenn ich allerdings laufe und das Rad hierbleibt, suchen sie erst recht nach Gernot.«

Dann musst du es verschwinden lassen.

»Über die Klippen werfen?«

Wieso nicht? Was wird die Polizei dann glauben? Wahrscheinlich, dass Gernot es mit dem Mountainbiken übertrieben hat. Er wollte nachts einmal auf der Plattform um den Leuchtturm herumfahren, ist dabei an die Kante geraten, auf dem Kies abgerutscht und über die Felsen gestürzt. Wäre ja nicht das erste Mal, dass irgendein Idiot so etwas Schwachsinniges macht.

»Dann ist das Rad zwar weg, das Ganze würde seinen Tod plausibel erklären, es gäbe keine Verbindung zu mir – aber ich müsste zurücklaufen und versäume die Fähre.«

Dann nimmst du eben erst die nächste Fähre morgen in der Früh. Ist immer noch genug Zeit, um rechtzeitig nach Kufstein zu gelangen.

»Oder ich nehme eine andere Fähre von Palma aus«, überlegte sie.

Wo sie deinen Reisepass kontrollieren? Nein, du musst morgen früh die kleine Fähre von Port d'Alcúdia nehmen und bar bezahlen. Nur so bleibst du völlig anonym.

Das klang am sinnvollsten und war vermutlich von allen Möglichkeiten, die sie hatte, die sicherste und beste Variante. Also ging sie langsam die Steintreppe zum Fahrrad hinunter und merkte bei jedem Schritt mehr, wie ihre Knie zitterten. Ihre Glieder waren von der nächtlichen Kälte mittlerweile steif geworden, und der kalte Schweiß ließ sie frieren. Sicherheitshalber zog sie ihr T-Shirt aus und legte es über den Lenker, um keine Fingerabdrücke zu hinterlassen.

Ist das jetzt nicht ein bisschen übertrieben?

»Wenn schon? Kann es schaden?«, entgegnete Lea.

Mit fast nacktem Oberkörper, nur mit dem Sport-BH bekleidet, fror sie zwar noch mehr, aber es waren ja nur wenige Meter die Treppen hinauf zu der Stelle, an der Gernot abgerutscht war. Sie lehnte das Rad an die Tafel, die davor warnte weiterzugehen, und schlüpfte wieder in ihr Shirt. Das feuchte Teil klebte sofort an ihrem Körper, und eine Gänsehaut überzog ihre Arme. Dann trat sie das Fahrrad mit einem kräftigen Stoß über die Felsen hinunter. Es krachte ein paarmal, einmal ertönte sogar die Klingel, dann klatschte das Ding ins Meer.

Und jetzt los, bevor der erste Touristenbus kommt.

Lea antwortete nicht, sondern sprang die Treppe hinunter, nahm den Weg zur asphaltierten Straße und joggte zurück. Nicht so schnell, wie sie gekommen war, sondern gemächlich. Sie war ziemlich erschöpft und hatte es schließlich nicht mehr eilig, da sie nun doch einen weiteren Tag im Hotel bleiben und erst morgen ihre angebliche Inselrundfahrt machen würde.

Immerhin musst du dich jetzt nicht mehr im Zimmer verstecken, kannst im Meer schwimmen gehen und den Urlaubstag genießen.

Den Urlaubstag genießen, wiederholte Lea in Gedanken. Wie das klang, in Anbetracht von Gernots Tod und dem, was sie kurz vorher erfahren hatte. »Und hole mir dabei einen Sonnenbrand samt Sonnenstich«, murmelte sie zynisch.

Dann trägst du eben die Kappe und cremst dich sorgfältig ein.

»Hör auf damit!«, presste sie heraus. »Auch wenn das für dich schwer vorstellbar ist, ich habe Gernot geliebt.«

Du trauerst ihm doch nicht etwa nach?

»Natürlich tue ich das.«

Hallo! Er hat dich jahrelang betrogen, angelogen und ausgenutzt.

»Und das ist ein Grund, ihn zu töten?«

Gestern wolltest *du ihn noch umbringen.*

Lea schwieg. Tränen liefen ihr übers Gesicht und vermischten sich mit der salzigen Prise, die der Wind vom Meer hochtrieb. Sie wischte sie nicht weg, sondern lief einfach weiter. »Vielleicht wäre es besser gewesen … wenn ich nichts von alldem jemals … herausgefunden hätte …«, schluchzte sie.

Und weiterhin in einer Illusion gelebt hättest? Enttäuscht sein heißt doch nur, dass du jetzt eine Täuschung weniger in deinem Leben …

»Erspar mir dieses psychologische Geschwätz!«

Camilla schwieg den Rest des Weges. Kurz nach sechs Uhr tauchte der erste zarte orangefarbene Streifen am Horizont auf. Die Vögel erwachten zum Leben und zwitscherten fröhlich. Von Minute zu Minute wurde es heller. Das Meer begann zu glitzern, und nun sah sie doch noch die Aussicht bei Tageslicht. Es war ein wunderbarer Anblick. Über den beeindruckenden Klippen und dem endlos scheinenden Ozean hingen weiße Wolken reglos am weiten Himmel und wurden nur von dem Kondensstreifen eines Flugzeugs durchbrochen, der sich langsam wieder auflöste.

Der Wind hatte sich mittlerweile gelegt, und nun roch Lea den Duft der Kiefern, der Oliven- und Mandel- und Johannisbrotbäume. Alle Eindrücke waren plötzlich ungemein intensiv. Nach dem Tunnel kam sie an einer Herde Wildziegen vorbei, die neben der Straße grasten, und sogar die konnte sie riechen. Und dann war auch der streunende Hund wieder da. Jetzt sah sie, dass er ein rotbraunes Fell hatte und mit der schmalen Schnauze ein bisschen wie ein Fuchs wirkte.

Als sich der Rand der Sonne über den Horizont schob, erreichte Lea das Hotel. Nur noch ein Tag hier – nicht länger, schwor sie sich. Denn falls Gernots Leiche gefunden wurde, man ihn identifizieren und dem *Aurelia Bay Club Resort* zuordnen konnte, würde die Kripo garantiert herausfinden, dass es einen zweiten Hotelgast gab, der ebenfalls aus Kufstein kam, nämlich Vicky Fuchs. Und bei einer Polizeibefragung würde sie Vickys Rolle nicht lange überzeugend spielen können. Vor allem dann nicht, wenn die Polizisten ihre Fingerabdrücke nahmen und mit den digitalen Abdrücken in Vickys Reisepass verglichen. Dann war die Kacke am Dampfen.

Ihr Magen krampfte sich plötzlich zusammen. Vielleicht war es doch kein so schlauer Plan gewesen, die Abreise um einen Tag zu verschieben. Aber jetzt war es zu spät. Die Entscheidung war gefallen, und sie musste eben mit den Konsequenzen fertigwerden.

In Begleitung des Hundes lief sie an der Security vorbei, auf das Hotelareal und durch die Anlage, die allmählich zum Leben erwachte. Die große Terrasse des Frühstücksrestaurants wurde gerade für die Frühaufsteher geöffnet, und es roch bereits nach warmen Tortillas und geröstetem Brot mit Olivenöl, Tomaten und Serranoschinken sowie frisch gebrühtem Kaffee. Der Hund folgte ihr.

Auf den Büfett-Tischen, die jetzt von zwei Mitarbeitern aufgebaut wurden, sah Lea unter anderem auch jede Menge mallorquinische Spezialitäten zum Frühstück, wie mit Pudding gefüllte Teigtaschen, Brötchen aus Kartoffelteig oder das typische mallorquinische *Ensaïmada*, eine süße, mit Puderzucker bestreute Hefeschnecke.

»Na, Lust auf etwas Leckeres?«, fragte sie die verfilzte Promenadenmischung.

Lea machte einen Stopp unter dem Palmendach der Fruchtsaftbar, stützte sich kurz auf den Knien ab und atmete tief durch. Dann zapfte sie sich ein Glas frisch gepressten Orangensaft und trank gierig, um den galligen Geschmack im Mund loszuwerden. Dem Hund warf sie ein Stück gebratenen Speck zu.

»Guten Morgen, Frau Fuchs«, sagte eine Dame hinter ihr.

Lea fuhr herum. Zum Glück war es nur Mercedes von der Rezeption, die soeben ein paar Reserviert-Schilder auf einige Tische stellte. »Belästigt Sie der Hund?«

»Nein, im Gegenteil – wir haben uns angefreundet. Er ist mir von draußen …«

»Ich weiß, Diego ist öfters hier. Er ist ein Streuner. Ich kümmere mich später um ihn.« Mercedes hielt inne und wandte sich ihr zu. »Wollten Sie nicht heute gleich in der Früh nach Palma fahren?«

»Eigentlich ja, aber ich …« Lea hielt inne und verwarf die spontane Ausrede, die ihr als Erstes in den Sinn gekommen war, dass sie verschlafen hatte. Unwahrscheinlich, wo sie offensichtlich gerade vom Joggen kam. Da sah sie das Plakat von Paculas Workshop direkt neben der Getränkebar, und ihr fiel etwas Besseres ein. »Ich verschiebe den Ausflug auf morgen«, sagte sie stattdessen. »Heute ist doch dieser Mentalcoaching-Kurs über Reichtum und Glück.« Der Hund rieb seinen Kopf an ihrem Bein.

»Richtig, daran wollten Sie ja teilnehmen. Er beginnt um elf.« Mercedes blickte auf die Uhr. »Da haben Sie noch genug Zeit.«

»Und wie lange dauert der Workshop?«

»Bis zum späten Nachmittag. Ist ziemlich intensiv, habe ich gehört.« Mercedes lächelte und warf dem Hund einen kurzen Blick zu. »Soll ich Sie anmelden?«

»Also …« Lea zögerte. Bis zum späten Nachmittag? So ein Mist! Eigentlich hatte sie nicht vorgehabt, sich einen ganzen Tag lang in einen Seminarraum zu hocken. Andererseits wäre das eine gute Gelegenheit zu erfahren, was Vicky und Gernot von Pacula gewollt hatten.

Jetzt zier dich nicht so! Nimm daran teil, drängte nun auch Camilla. *Was kann dir Besseres passieren, als dass dich viele Menschen sehen, denen du erzählst, dass du für morgen einen Ausflug nach Palma planst?*

Stimmt. Außerdem konnten hier sämtliche Teilnehmer »Vicky« noch einmal zu Gesicht bekommen, bevor sie spurlos verschwinden würde.

»Ja, bitte«, sagte sie schließlich. »Melden Sie mich an.« Dann warf sie Diego ein weiteres Stück Speck zu, das er in der Luft fing.

55. Kapitel

Um 10.30 Uhr stand Sabine neben Sneijder in Bianca Hagemanns Büro. Sabine trug ihre eigenen Jeans und das T-Shirt von gestern und Sneijder einen von Conrads dunkelgrauen Anzügen. An den Hüften warf der Stoff zwar ein paar Falten, aber sonst passte er ihm gar nicht so schlecht, wie sie fand.

Die Direktorin wartete draußen vor der Hotelanlage darauf, Marc und Miyu in Empfang zu nehmen, die jeden Moment kommen mussten.

Sneijders Workshopunterlagen stapelten sich auf dem Schreibtisch, darauf thronte sein Laptop. Die Videoverbindung zu Friedrich Drohmeier stand bereits seit fünf Minuten.

»*... dann haben die Kollegen aus Meckenheim Paul Conrads Anwalt ins Kreuzverhör genommen*«, drang Drohmeiers Stimme blechern aus den Lautsprechern des Laptops. Die Kamera seines Handys ließ erkennen, dass er gerade durch einen fensterlosen Gang des BKA-Gebäudes lief.

»Was hat das gebracht?«, fragte Sneijder.

»*Nichts. Dr. Albrecht ist ein ganz ausgefuchster Anwalt*«, sagte Drohmeier. »*Der hat nicht nur die Aussage verweigert, sondern uns auch noch mit einer Klage gedroht.*«

»Aber ...!«

»*Nichts da mit aber, Sneijder!*«, unterbrach Drohmeier ihn. »*Wir haben nichts gegen ihn in der Hand, und den Leuten vom BND kann ich ihn nicht zum Fraß vorwerfen, sonst ist der Medienrummel noch größer als ohnehin schon. Also habe ich die Juristen aus Meckenheim drauf angesetzt. Die werden ihn sicher kleinkriegen.*«

»Haben wir denn noch so viel Zeit?«, fragte Sabine.

»*Nein.*« Drohmeier erreichte ein Büro, ging hinein, und Sabine erkannte, dass es eine der vielen EDV-Abteilungen des BKA mit einer Batterie Server im Hintergrund war. »*Seit dem gestrigen Anschlag am Münchner Hauptbahnhof, der vermutlich nur ein weiterer Vorgeschmack auf das war, was da noch kommt, sind die Medien alarmiert und wittern bereits eine große Story.*«

Sneijder massierte seine Nasenwurzel. »Sie müssen unbedingt dafür sorgen, dass …«

»*Ja, ja, das weiß ich*«, unterbrach Drohmeier ihn schroff. »*Noch macht sich keine Panik in der Bevölkerung breit. Die offiziellen Nachfragen von den Medien speisen wir zurzeit noch mit Standardfloskeln ab, und gleichzeitig nehmen wir sämtliche Verschwörungstheorien in den sozialen Medien sofort vom Netz. Aber lange schaffen wir es nicht mehr, den Deckel draufzuhalten. Trotz Nachrichtensperre werden die ersten Reporter bald von dem Pamphlet erfahren und es als Bekennerschreiben der RAF deuten. Dann ist hier die Hölle los.*«

»Das ist am Wochenende sowieso der Fall«, sagte Sneijder. »Wie weit sind die Kollegen von den anderen Diensten mit den Ermittlungen?«

»*BKA, BND und Europol arbeiten Hand in Hand, um die Drahtzieher der Anschläge ausfindig zu machen.*« Drohmeier bedeutete einem Mann, der an einem Monitor saß, mit einer Geste, sich noch kurz zu gedulden. »*Insgesamt sind über siebenhundert Beamte mit den Ermittlungen betraut. Und wie weit sind Sie?*«

»Wir haben eine dünne Spur.« Sneijder berichtete, dass außer Ramona bisher keine weiteren Komplizen Kontakt mit ihm aufgenommen hatten, woraufhin Drohmeier angespannt das Gesicht verzog. Das war nicht die Antwort, mit der er gerechnet hatte.

»In Kürze treffen Marc und Miyu hier ein, und außerdem beginnt Conrads Workshop in wenigen Minuten.« Sabine versuchte, zumindest ansatzweise optimistisch zu klingen. »Danach wissen wir vielleicht mehr.«

»Falls nicht, Sie von dieser Ramona nichts herausbekommen und sich die ganze Sache auf Mallorca als Sackgasse herausstellt, brechen Sie den Einsatz umgehend ab und kommen wieder zurück«, knurrte Drohmeier.

In diesem Moment klopfte es. »Wir müssen Schluss machen.« Sneijder unterbrach die Verbindung und klappte den Laptop gerade noch rechtzeitig zu, ehe die Tür geöffnet wurde.

Bianca Hagemann betrat in Begleitung von Marc und Miyu das Büro. Während Miyu, wie immer schwarz gekleidet, neben der Tür stehen blieb und nur ein kurzes »Hallo« von sich gab, ging Marc sofort zu Sabine, umarmte sie und drückte ihr einen Kuss auf den Mund.

Sneijder verzichtete auf jegliche Begrüßungsworte. »Wo sind unsere Koffer?«

»Die werden soeben in Ihre Apartments gebracht«, erklärte Hagemann. »Und diese beiden jungen Leute bringe ich im Angestelltentrakt des Bürogebäudes unter.« Sie ging zu ihrem Schreibtisch, öffnete eine Schublade und holte zwei Magnetkarten heraus. »Im Unterschied zu den Apartments haben die Büros und Unterkünfte der Angestellten elektronische Schlösser.« Sie gab jedem von ihnen eine Karte. »Zimmernummer dreihundertelf und dreihundertzwölf im dritten Stock.«

»Wie groß ist das Zimmer?«, fragte Miyu.

»Ungefähr fünfundzwanzig Quadratmeter mit WC, Bad, kleiner Küchenzeile, Wohn- und Schlafbereich«, antwortete Hagemann. »Ich habe Ihnen Räumlichkeiten reserviert, die eigentlich fürs Management vorgesehen sind. Die sind etwas größer – Sie werden sich wohlfüh…«

»Was heißt *ungefähr*?«, fragte Miyu.

Hagemann sah sie verwirrt an.

»Wie groß ist es *genau*?«, wollte Miyu wissen.

»Exakt vierundzwanzig Komma drei Quadratmeter«, sagte Sneijder rasch, bevor die Sache zu kompliziert wurde, »und Sie dürfen die Möbel in Ihrem Zimmer so umstellen, wie es Ihnen gefällt.«

»Ja, richtig, das dürfen Sie.« Hagemann lächelte Sneijder an und wandte sich dann wieder an die beiden. »Ihr Chef hat mir bereits ihre Kleidergrößen genannt. Eine passende Hoteluniform finden Sie in Ihren Zimmern, damit sehen Sie perfekt aus, und niemand wird den Unterschied merken.«

»Perfekt aussehen müssen nur die, die nichts können«, sagte Miyu.

»Ja, okay …« Hagemann lächelte kurz irritiert. »In Ihren Zimmern finden Sie ebenso einen Ausweis, mit dem Sie in jeden Bereich des Hotels gelangen können.«

»Müssen wir auch für das Hotel arbeiten?«, fragte Miyu.

»Offiziell schon, aber inoffiziell …«, sagte Hagemann, während sie zu Sneijder und Sabine blickte.

»… arbeiten wir nur an unseren Ermittlungen«, erklärte Sabine.

Miyu senkte den Kopf und starrte auf ihre Schuhspitzen. »Und wenn mich ein Hotelgast anspricht?«

»Godverdomde mest!« Anscheinend platzte Sneijder gleich der Kragen. »Dann sagen Sie, Sie haben keine Zeit für diesen Bullshit, und schicken die Person zur Rezeption.«

Hagemann kaute an der Unterlippe. »Also, ja, vielleicht formulieren Sie es nicht gerade so, aber die Rezeption ist immer eine gute Alternative.«

Miyu nickte. *»Fuck you very much«*, murmelte sie.

Hagemann schien irritiert, reagierte aber nicht auf die Aussage und strich sich nachdenklich mit dem Finger über die hochgezogene Augenbraue. »Sagen Sie, diese Anschläge in Deutschland, über die gerade …?«

»Dazu kann ich nichts sagen«, unterbrach Sneijder sie. Er blickte auf seine Armbanduhr, eine Swatch in den Farben der niederländischen Flagge, dann sah er zu Marc. »Was hast du über Ramonas Reisepässe herausgefunden?«

»Nichts – auch nichts über eine Consuela Javier. Beides sind Fake-Identitäten. Es gibt nur fünf Personen dieses Namens, die optisch aber rein gar nichts mit dieser Frau zu tun haben … Sie ist ein Phantom.«

Sneijder zerbiss einen Fluch zwischen den Zähnen und drückte mit den Daumen auf einen Punkt auf seinem Handrücken. »Wer hat das Apartment *Ojo Gótico* für Ramona Vilar gebucht?«, fragte er die Direktorin. »War das Pacula?«

Bianca Hagemann ging zu ihrem Schreibtisch, beugte sich im Stehen zu ihrer Tastatur hinunter und tippte darauf herum. »Nein, die Buchung kam über ein Reisebüro in Madrid herein.« Sie nannte einen langen, komplizierten Namen, Anschrift und Telefonnummer der Firma.

»Vermutlich bar bezahlt«, dachte Sneijder laut nach.

»Von denen werden wir mit ziemlicher Sicherheit keine Auskünfte erhalten«, sagte Marc, »aber versuchen sollten wir es trotzdem. Wie war der Name nochmal?« Er zog sein Notebook aus der Umhängetasche und wollte es starten.

»Ich hab mir alles gemerkt«, unterbrach Miyu ihn.

Hagemann warf Sneijder einen fragenden Blick zu.

»Asperger-Syndrom«, sagte er nur.

Hagemann nickte verständnisvoll, dann wurde ihr Blick ernst. »Meine Mutter hatte Asperger. Wenn Sie möchten, lasse ich alle Gemälde, Blumenvasen, Decken und Kissen aus Ihrem Zimmer entfernen.«

Miyu nickte dankbar.

»Okay, aber wir wollen es jetzt nicht übertreiben, sondern uns aufs Wesentliche konzentrieren«, murmelte Sneijder. »Haben Ron

Pacula oder ein Mann namens Paul Conrad für irgendjemanden in diesem Hotel – abgesehen von sich selbst und Anna Bischoff – ein Apartment gebucht? C-O-N-R-A-D«, buchstabierte er den Namen.

»Einen Moment …« Hagemann tippte auf der Tastatur herum. »Nein … nein … nein … Momentchen noch … nein – alle aktuellen Reservierungen gingen entweder über Reisebüros, Reiseveranstalter oder andere Privatpersonen.«

Sabine sah an Sneijders Blick, dass er genau das vermutet hatte. »Lassen Sie uns jetzt ein paar Minuten allein«, sagte er zu Hagemann.

»Aber Ihr Workshop beginnt in …«

»Ja, ich weiß!«

Sie schaltete den Monitor aus und ging zur Tür. Jede andere Person hätte es vermutlich längst bereut, mit Sneijder zusammenarbeiten und ihm und seinem Team all diese Sonderwünsche erfüllen zu müssen, doch die Direktorin lächelte ihn nur kurz an, bevor sie das Büro verließ, als wollte sie ihm Mut machen. »Viel Erfolg bei Ihrem Workshop, und Ihnen allen wünsche ich gutes Gelingen bei den Ermittlungen.«

Nachdem sie draußen war, zog Sneijder einen Joint hervor, rollte ihn zwischen den Fingern und roch daran.

»Die lässt uns hier so einfach allein in ihrem Büro zurück?«, fragte Marc verwundert.

»Gestern hat sie mich gefragt, ob Sneijder verheiratet ist«, sagte Sabine, was aus ihrer Sicht alles erklärte.

»Verstehe …« Marc räusperte sich. »Mich hat sie auf dem Weg zur Lobby gefragt, ob er einen festen Freund hat.«

»Wieso hat sie das?«, fragte Miyu.

»Könnten wir uns jetzt ausnahmsweise mal auf den Fall konzentrieren?«, fuhr Sneijder dazwischen und sah auf die Uhr. »Wir haben noch zehn Minuten Zeit, dann muss ich zu diesem *vervloekten* Kurs.« Er holte tief Luft. »Wir müssen uns abstimmen, was wir mit Ramona machen und wie wir bei ihr vorgehen.«

»Welche Alternativen haben wir?«, fragte Miyu.

»Alle«, antwortete Sneijder.

»Deshalb alle, weil dir die Konsequenzen egal sind?«, fragte Marc vorsichtig nach.

»Ja, erstens das«, antwortete Sneijder, »aber darüber hinaus steht Drohmeier zu hundert Prozent hinter uns und deckt jede unserer Vorgehensweisen.«

»Okay, also dann würde ich Ramona durch die mallorquinische Polizei wegen Terrorverdachts festnehmen und ohne Anwalt verhören lassen«, schlug Marc vor.

Miyu schüttelte den Kopf. »Ich habe mich seit gestern in das Thema RAF eingelesen und bin davon überzeugt, dass Ramona – wenn sie nur ein bisschen so fanatisch ist wie ihre Vorgänger – nichts sagen und in den Hungerstreik treten würde, bis sie einen Anwalt bekommt.«

Sneijder nickte. »Und dann würden wir diesen sowieso schon hauchdünnen Draht zu Ruth-Allegra Francke ganz verlieren. Was schlagen Sie stattdessen vor?«

Miyu strich sich eine lange schwarze Haarsträhne aus der Stirn. »Wir sollten uns Ramona schnappen und in einem der Apartments selbst verhören – ohne Polizei, ohne Anwalt, ohne Zeugen.«

Sneijder verzog unglücklich das Gesicht. »Die Idee hatte ich auch schon, aber ich glaube, dass wir aus der nicht einmal mit raffinierten psychologischen Mitteln etwas herauskriegen. Die wird sofort die Rollläden dicht machen.«

»Die Rollläden …?«, fragte Miyu.

»Sich jeglicher Befragung verweigern und schweigen«, erklärte Sabine.

»Deshalb würde *ich* vorschlagen«, überlegte Sneijder, während er sich auf den Schreibtisch setzte und weiter den Joint zwischen den Fingern hin und her rollte, »dass wir bei dem Verhör gewaltig nachhelfen.«

Sabine schluckte. »Und das bedeutete konkret *was*?«

Sneijder hob die Schultern. »Dass wir sie nachts mit einem Boot aufs offene Meer schaffen und dort zum Reden bringen.«

»Etwa mit einem Anker am Bein?«, entfuhr es Sabine. »Sind Sie verrückt? Das geht nicht!«

Sneijder blieb gelassen, strich sich über die Koteletten und dachte in Ruhe nach. »Stimmt, Sie haben recht. Hier im Ausland fehlen uns die Möglichkeiten, das unbeobachtet durchzuziehen.«

Sabine stieß die Luft aus. So hatte sie das zwar nicht gemeint, aber zumindest war Sneijder selbst draufgekommen, dass das eine ganz beschissene Idee war. »Außerdem weiß Ramona höchstwahrscheinlich ohnehin zu wenig über Ruth-Allegra Francke«, gab sie zu bedenken.

»Ja, vermutlich.« Sneijder erhob sich vom Schreibtisch, klemmte sich den Joint hinters Ohr und knöpfte das Sakko zu. »Bleibt also nur noch eine Möglichkeit übrig.«

Sabine nahm seinen Laptop und drückte ihm die Workshopunterlagen in die Hand. »Sie müssen die Rolle des Mentalcoachs weiterspielen und abwarten, was passiert.« *Während zu Hause weiter Menschen sterben*, fügte sie in Gedanken hinzu.

Sneijder nickte. »Nemez, Sie nehmen zwar am Workshop teil, aber sobald Ramona den Kurs verlässt, observieren Sie sie. Ich möchte wissen, was sie tut, wohin sie geht und mit wem sie sich trifft.«

»Aber das könnten doch wir übernehmen«, schlug Marc vor.

»*Nee, nee, nee!* Für dich und Miyu habe ich zwei andere Aufgaben«, sagte Sneijder. »Organisiert euch von Hagemann eine Liste mit allen Angestellten sowie allen aktuellen Hotelgästen und jenen, die in den nächsten Tagen noch kommen werden, und nehmt jeden Einzelnen unter die Lupe.«

Marc nickte nachdenklich. »Wird dauern … sind fast nur internationale Gäste und ein paar Hundert Apartments.«

»Exakt dreihundertfünfzig Unterkünfte für maximal siebenhundert Gäste«, sagte Miyu. »Und vermutlich ein Drittel so viel Personal im großen Hotelgebäude. Das macht neunhundert…«

»Ja, ich kann rechnen!«

Miyu schwieg. Anscheinend hatte sie sich bereits während der Herfahrt einen Plan des Hotels im Internet angesehen und alle Informationen dazu in ihrem Hirn abgespeichert. »Und die zweite Aufgabe?«, fragte sie schließlich.

Sneijder ging zur Tür. »Findet heraus«, sagte er, bevor er nach draußen verschwand, »in welche Länder und Hotels Paul Conrad in seiner Identität als Ron D. Pacula in den letzten Jahren gereist ist.«

Sabine folgte ihm nach draußen und senkte die Stimme. »Sie denken, dass er das schon öfter getan hat?«

Sneijder nickte. »Was immer die hier abziehen – es wirkt für mich nicht so, als passierte das alles zum ersten Mal.«

56. Kapitel

Fünf Minuten nach elf betrat Sneijder den großen, klimatisierten Seminarraum *Hemingway* im Erdgeschoss des Nebengebäudes. Aus dem Augenwinkel sah er, wie Sabine ihm folgte und in der Mitte eines länglichen, großen weißen Tisches auf einem weißen Designerstuhl Platz nahm.

Außer Sabine waren exakt fünfzehn Personen anwesend. Das hier war die deutschsprachige Gruppe, morgen würde er dann die englische und übermorgen die französische leiten. Unter den Leuten hier befanden sich unter anderem Vicky Fuchs, die sie gestern an der Rezeption kennengelernt hatten, und drei weitere Damen, die ihm heute auf der Frühstücksterrasse aufgefallen waren. Hauptsächlich gut aussehende Mittvierziger, in Schale geworfen, reichlich parfümiert und mit Schmuck behängt. Sah aus wie ein Empfang auf einer Fashion-Week. Die meisten standen noch mit einem Getränk an der großen Glasfront und genossen die Aussicht auf die Bucht.

Unter den Teilnehmern waren nur drei Männer. Einer davon – ein junger, sportlicher Bursche Anfang zwanzig im lässigen Armani-Anzug mit einer gelbgoldenen Omega Armbanduhr aus der Serie Seamaster, schulterlangen Haaren und frechem, vorwitzigem Gesichtsausdruck – stand vor einem großen Flatscreen an der Wand und sah sich gerade die internationalen Nachrichten an, die von dem Anschlag in München berichteten. Sneijder wusste sofort, dass dieser Typ Ärger machen würde. Er ging auf ihn zu.

»Ich würde mir das noch gern anschauen, bevor Sie …«, sagte der Mann, ohne den Blick vom Bildschirm zu nehmen.

Sneijder beugte sich hinunter und zog den Stecker des Geräts aus der Steckdose. »Die Sendung ist gerade zu Ende gegangen.«

»Aber ich …«

»Sie sehen kräftig aus.« Sneijder deutete zu den Topfpalmen, die vor den Glasschiebetüren standen. »Machen Sie sich nützlich, krempeln Sie die Ärmel hoch und schieben Sie die Pflanzen aus dem Raum.«

»Aber die Palmen …«

»… rauben mir den Sauerstoff zum Denken«, unterbrach Sneijder ihn, klatschte in die Hände und hob die Stimme. »Mein Name ist Ron D. Pacula – Ihre Namen interessieren mich nicht. Nehmen Sie Platz.« Er wartete, bis alle saßen, das Gemurmel verstummt war und der Armani-Kerl die Pflanzen grummelnd auf die Terrasse geschoben hatte.

»Normalerweise sind bei solchen Workshops alle per Du«, sagte Sneijder. »Das können Sie untereinander gern so halten, wie Sie wollen. Ist mir egal. Aber ich bin mit niemandem per Du, nur damit das von Anfang an klar ist.« Eine junge Dame ganz vorne kicherte. Sneijder ging zu ihr hin. »Warum lachen Sie?« Er breitete die Arme aus. »Wir wollen vielleicht alle mitlachen.«

»Soll das hier alles ein Scherz sein? Also ich meine, die Art und Weise, wie Sie …?«

»Hier wird in den nächsten Stunden intensiv gearbeitet«, unterbrach Sneijder sie. »Da ist kein Platz für Scherze. Wenn Sie das überfordert und Sie es vorziehen, dass Ihr Gehirn für die nächste Zeit Arbeitslosengeld bezieht, können Sie sich gern an den Strand legen. Andernfalls bleiben Sie hier, hören zu und lernen. Warum? Weil ich zufällig ein Talent habe, mit Menschen umzugehen.«

»Okay …«, sagte die Frau mit einem echauffierten Lächeln, »… aber etwas mehr Respekt wäre vielleicht …«

»Vielleicht was?«, fuhr Sneijder sie an.

»… angebracht?«, schlug sie vor. »Alle anderen Vortragenden, die ich kenne, würden …«

»Ich bin nicht so wie alle anderen«, unterbrach er sie erneut. »Ich bin viel schlimmer.«

Sie rollte mit den Augen. »Das habe ich gerade gemerkt.«

»Mein Motto ist simpel«, sagte Sneijder. »Sende niemals ambivalente Signale aus, und gib den Menschen klipp und klar zu erkennen, *wer* du bist und *was* du willst. Verstanden?«

Einige der Anwesenden nickten, andere lächelten, keiner widersprach und sogar die junge Frau blieb sitzen. Einzig und allein Sabine versuchte, sich zu verkriechen.

Sneijder hörte, wie sich im Gang ein Rollwägelchen näherte. Kurz darauf kam Ramona mit einem Wagen herein, auf dem sich Getränke, Notizblöcke, Kärtchen und Stifte befanden. »*Hola! Buenos días*, mein Name ist Ramona Vilar«, rief sie fröhlich in die Runde.

Mit dem weinroten Kleid und ihrem strahlenden Lächeln sah sie wieder genauso hinreißend aus wie bei ihrer ersten Begegnung. Sie reichte Sneijder eine weiße Mappe mit dem Hotellogo, die er öffnete und darin die endgültige Teilnehmerliste fand. Seit gestern waren noch ein paar Anmeldungen dazugekommen. »Haben Sie einen Blick darauf geworfen?«, fragte er.

Ramona nickte. Während sie Getränkeflaschen, Gläser, Blöcke und Stifte austeilte, studierte Sneijder die Liste.

Nachdem sie fertig war, fuhr er fort. »Ich hoffe, Sie haben sich alle an meine Vorgaben gehalten, die Ihnen die Rezeption ausgerichtet hat, und Ihre Handys, Tablets und Notebooks in Ihren Apartments gelassen. Die nächsten Stunden werden wir digital entgiften, ohne Bildschirm arbeiten, mit der Hand schreiben und unsere kreative Gehirnhälfte trainieren ... sofern Sie die überhaupt haben.« Er würde versuchen, sich die meiste Zeit an Conrads Ablauf und Notizen zu halten, die er in den Unterlagen nachgelesen hatte, und nur die Punkte verändern, die ihm wichtig erschienen.

Nachdem Ramona alle aufgefordert hatte, Namenskärtchen zu schreiben und vor sich auf den Tisch zu stellen, ging Sneijder eine Runde durch den Raum. »Sind Wiederholungstäter anwesend, die schon einmal einen Workshop bei mir besucht haben?«

Alle verneinten, und Sneijder warf Sabine einen kurzen, erleichterten Blick zu. Wobei er damit ohnehin schon gerechnet hatte, denn niemand hatte ihn vor den anderen bloßgestellt. Wäre das anders gewesen, hätte er den Kurs gleich an dieser Stelle abbrechen und den Notfallplan einleiten müssen. Nämlich Ramona zu schnappen und doch noch zu einem Verhör aufs weite Meer hinauszubringen. Das Glück schien ihnen offenbar gnädig zu sein.

Nachdem jeder sein Namensschild gebastelt hatte, forderte Sneijder die Teilnehmer auf, sich in einer kurzen Runde den anderen vorzustellen. »In drei möglichst knappen und präzisen Sätzen«, verlangte er und hielt dabei drei Finger hoch. »Wer bin ich? Warum bin ich hier? Was will ich im Leben erreichen?«

Nachdem diese Vorstellungsrunde beendet war, trat Ramona an seine Seite. »Brauchen Sie mich noch?«

Er sah sie fragend an und senkte die Stimme. »Brauche ich Sie noch?«

»Ich denke nicht … gut, dann sehen wir uns später nach dem Kurs.« Sie wandte sich an die Teilnehmer. »Und Ihnen wünsche ich einen interessanten Mentalcoaching-Workshop.« Mit wehendem Kleid verließ sie den Seminarraum.

»Mentalcoaching?«, fragte Sabine laut. »Ist das hier nicht die Literaturgruppe?«

Ein paar kicherten, andere schüttelten amüsiert den Kopf.

»Nur weil wir im Seminarraum *Hemingway* sind, junge Dame«, knurrte Sneijder, »heißt das noch lange nicht, dass wir hier herausfinden, wem als Nächstem die Stunde schlägt.« Einige, die den

Wortwitz kapiert hatten, lachten laut auf. »Die Literaturgruppe ist einen Gang weiter. Dort ist die Tür.« Er deutete zum Ausgang.

Sabine erhob sich und ging mit einem Schmollmund an Sneijder vorbei. »Ich finde selbst hinaus, danke«, murmelte sie.

»Oh, Sie überraschen mich«, rief er ihr nach und wartete, bis sie die Tür geschlossen hatte. Dann wandte er sich an die Gruppe. »Der Rest von Ihnen schnappt sich jetzt Stift und Papier und macht die erste Übung – und nein, wir streben kein Hemingway'sches Meisterwerk an.«

Er ging zum Flipchart und schrieb mit Filzstift fünf Fragen aufs Papier, während er sie laut vorlas. »Warum bin ich erfolgreich? Was habe ich bisher im Leben geleistet? Was sind meine größten Fehler und Schwächen? Worauf bin ich stolz? Was habe ich in meinem Leben bereut?«

Er drehte sich um. »Machen Sie ein Brainstorming. Schreiben Sie alles auf, was Ihnen in den Sinn kommt. Bewerten Sie nichts, lassen Sie die Worte zu und werden Sie sich Ihrer selbst bewusst. Sie haben zehn Minuten Zeit.«

Während die Teilnehmerinnen schrieben, ging er auf die Terrasse, rauchte einen Joint, beobachtete die Gruppe durch die Glasfront und orderte mit Paculas Handy von der Rezeption eine große Tasse Vanilletee – Rooibos, drei Minuten lang gezogen.

Nachdem Mercedes ihm den Tee samt Keks auf einem Tablett gebracht hatte, betrat er wieder den Seminarraum und sah auf die Uhr. »Legen Sie den Stift weg. Was Sie jetzt geschrieben haben, ist die Basis für die nächste Übung. Sie werden Ihren Brainstorming-Wortsalat in knappe und präzise Sätze umwandeln, aber dabei auf die Wortwahl achten.« Er spazierte um den Tisch herum, während er am Tee nippte. »*Was* wir denken und mit *welchen Worten* wir es denken, entscheidet darüber, wie unsere Entscheidungen ausfallen und wie wir unsere Realität wahrnehmen. Ein Beispiel …«

Während ihn alle ansahen, stellte er die Tasse ab, holte sein

Etui aus der Sakkotasche und stach sich eine Nadel in den Handrücken. Er verzichtete auf das Beispiel, das Conrad an dieser Stelle in seinen Unterlagen notiert hatte, und verwendete stattdessen ein eigenes. »Sie kommen ins Krankenhaus und müssen sich entscheiden, ob der Chirurg Ihren bösartigen Gehirntumor entfernen soll oder nicht. Das chirurgische Team erklärt Ihnen, dass die OP zu 85 % erfolgreich sein wird. Wer von Ihnen lässt sich auf den Eingriff ein?« Sneijder wartete und zählte dreizehn Arme, die hochgingen. »Und wer von Ihnen lässt den Eingriff machen, obwohl Ihnen der Chirurg sagt, dass die OP zu 15 % schiefgehen könnte?«

Nun gingen nur noch vier Arme hoch.

»Der Rest von Ihnen zögert«, stellte Sneijder fest, »und das, obwohl das Ergebnis im Endeffekt genau dasselbe ist wie vorhin.«

Nun nickten alle.

»Es kommt darauf an, wie Sie bestimmte Botschaften und Inhalte verpacken. Achten Sie auf Ihre Worte. Entscheiden Sie sich für die Variante, die Sie besser motiviert. Und jetzt machen Sie eine knappe und präzise Reinschrift von Ihrem Text.«

Während alle arbeiteten, ging Sneijder wieder auf die Terrasse, wo er seinen Tee trank. Von Ramona war weit und breit nichts zu sehen, und auch Sabine hatte ihm bisher keine Nachricht geschickt. Alles schien unauffällig – die Urlaubsgäste genossen wie gewohnt das Strandleben oder flanierten entspannt über die Hotelwege.

Nachdem er wieder im Seminarraum war, lasen die Teilnehmer der Reihe nach ihre Texte vor. Einzig und allein Armani-Anzug sträubte sich dagegen, woraufhin Sneijder sich von hinten über seine Schulter beugte. »Brauchen Sie mehr Licht, um das lesen zu können?«

»Nein, aber ich …«

»Dann machen Sie schon, Sie halten uns alle auf.«

»Ich will aber nicht …«

»Es geht nicht darum, was *Sie* wollen, sondern was *wir* wollen.

Denn nachdem *Sie* sich gerade vierzehn intime Texte angehört haben, sind wir nun alle auf *Ihren* privaten Seelenstriptease gespannt. Also los, sonst verpassen wir das Mittagessen – und hungrig bin ich noch unausstehlicher als jetzt.«

Einige grinsten, und Vicky Fuchs gab ein zynisches »Mitgefangen, mitgehangen« von sich, woraufhin Armani-Anzug ihr einen bissigen Blick zuwarf und zögerlich damit begann, seinen Text vorzulesen, in dem es vor allem um ältere Frauen ging, und wie viele er schon im Lauf seines Lebens erfolgreich flachgelegt hatte.

Nachdem er fertig war, seufzte Sneijder laut auf. »Ich gebe Ihnen recht, es wäre besser gewesen, wir alle hätten das nicht gehört – aber jetzt ist es nun mal passiert.« Dann breitete er die Arme aus. »Der Rest von Ihnen ist gar nicht einmal so untalentiert wie befürchtet.« Er warf einen Blick auf die Armbanduhr. »Wir sehen uns in fünfundvierzig Minuten wieder. Genießen sie die Mittagspause.«

Nun bekam er sogar einen Applaus von seiner Gruppe, den er jedoch mit dem Kommentar »Schluss mit dem Personenkult!« sofort wieder unterbrach. Alle erhoben sich murmelnd, kramten ihre Unterlagen zusammen und gingen entweder in Richtung Toiletten oder Speiseraum.

Sneijder sah ihnen nach und rief sich noch einmal in Erinnerung, was Armani und die anderen geschrieben hatten. Diese Übungen hatten ihm einen kleinen Blick hinter die Fassaden dieser wohlhabenden Hotelgäste ermöglicht, was wahrscheinlich genau das war, was Conrad mit dem Workshop bezweckt hatte. Da er wie Conrad ausgebildeter Psychologe war, hatte sich Sneijder aufgrund des Verhaltens, der Mimik, Gestik, des Aussehens und der Texte ein exaktes Bild von jedem einzelnen der fünfzehn Teilnehmer machen können.

Aber was brachte das bei dieser willkürlich zusammengewürfelten Gruppe?

57. Kapitel

Nach der Mittagspause trafen sie sich um 13.45 Uhr wieder, und Sneijder folgte weiter Conrads Anleitungen. Rollenspiele, Trancereisen unter mündlicher Anleitung und haptische Spiele mit Bauklötzen folgten. Für die Teilnehmer verflog die Zeit – für Sneijder verging sie elend zäh, und er musste sich ungemein zusammenreißen, um nicht zu viele seiner zynischen Kommentare loszulassen.

Die vorletzte Schreibübung am späten Nachmittag konnte hingegen wieder sein Interesse wecken. *Bei wem muss ich mich wofür entschuldigen?* Das Ergebnis ließ er alle wieder laut vorlesen, diesmal auf freiwilliger Basis, und erfuhr dadurch die geheimen Schuldgefühle und Gewissensbisse sowie die persönlichen Reuegefühle der meisten Teilnehmer.

Nach dieser Übung erhob sich die älteste Teilnehmerin der Gruppe, eine schick gekleidete und überaus sympathische Dame, deren elegante Halskette und Ohrringe mit Rubinen gut zu ihren auftoupierten roten Haaren passten. Sie packte ihre Unterlagen zusammen und räusperte sich. »Ich bedanke mich für einen außerordentlich interessanten und inspirierenden Tag, Herr Pacula«, sagte sie betont langsam mit ihrem schweizerischen Akzent. »Aber ich fürchte, das lange Sitzen in diesem klimatisierten Raum fördert zusehends meine Kreislaufbeschwerden.«

Auf ihrem Namensschild stand *Käthe*, und Sneijder wusste von der Teilnehmerliste, dass sie Käthe van Zwieten hieß, Architektur studiert hatte, aus Zürich stammte, einundsiebzig Jahre alt war und im Apartment *Sunset* wohnte. Er öffnete sein Akupunkturnadelset und bot es ihr an. »Ein paar Nadeln, mit einem Erfrischungstuch gesäubert, an der richtigen Stelle und Sie fühlen sich wieder fit.«

»Sehr aufmerksam von Ihnen, aber nein danke.« Sie lächelte, und ihr Gesichtsausdruck ließ ahnen, dass sie heftige Kopfschmerzen hatte. »Ich fürchte, in meinem Hirn herrscht mittlerweile gähnende Leere, und ich hätte nichts Sinnvolles mehr beizutragen. Ich werde mich für ein paar Stunden ins Bett legen.« Sie nickte ihm zu. »Danke für alles. Ich denke, es gibt nicht viele Menschen, die Ihnen ebenbürtig sind. Durch Sie ist mir einiges im Leben klar geworden.«

»Schön zu hören«, murmelte Sneijder.

»Den anderen wünsche ich noch einen schönen Abend.« Sie klemmte sich ihre Unterlagen unter den Arm und verließ den Raum.

Sneijder sah auf die Uhr. Mittlerweile war es 16.30 Uhr. »Vor der letzten Übung machen wir noch eine kurze Pause.«

Alle erhoben sich dankbar, streckten die Glieder und strömten auf die Terrasse, auf die die Nachmittagssonne jetzt gnadenlos herunterbrannte. Indessen blieb Sneijder noch eine Zeit lang im Seminarraum und warf einen Blick in Conrads Unterlagen zur finalen Übung. Danach orderte er an der Rezeption eine weitere Tasse Vanilletee, die prompt geliefert wurde, und ging dann schließlich auch ins Freie.

Vorsorglich stellte er sich mit seinem Tee in eine abgeschiedene Ecke der Terrasse unter den Schatten einer Palme. Da er sich bis jetzt nicht unbedingt als der König des Smalltalks präsentiert hatte, gesellte sich auch niemand von den anderen zu ihm, um ihm ein Gespräch aufzuzwingen. So konnte er in aller Ruhe die Teilnehmerinnen beobachten, wie sie miteinander sprachen, sich über den Workshop austauschten und unauffällig herausfinden wollten, wer die größere Jacht und die besseren Aktienpakete besaß. Unter denen war kein einziger Terrorist, da war er sich fast hundertprozentig sicher.

Kurz bevor die Pause zu Ende ging, sah er, wie Sabine über einen der Wege zu ihnen kam.

»Ist der Literaturkurs schon zu Ende?«, rief Sneijder ihr für alle hörbar laut zu, während er die Tasse auf die breite Marmorbalustrade stellte und einen selbst gedrehten Glimmstängel aus der Schachtel schüttelte.

Sabine betrat die Terrasse. »Ja, war interessant, hab viel geschrieben.«

Er zündete sich den Joint mit dem Zippo an. »Uns ist gerade eine Teilnehmerin ausgefallen. Wenn Sie noch fit genug sind, könnten Sie bei unserer Abschlussübung mitmachen.«

»Danke, wie überaus nett, sehr gerne«, sagte sie zynisch. »Müssen Sie eigentlich ständig kiffen?«

»Machen Sie mir etwa Vorwürfe, weil ich bekifft bin? Ich mache Ihnen ja auch keine, weil Sie es nicht sind.« Sneijder musterte sie von oben herab, dann senkte er die Stimme. »Was ist mit Ramona?«

»Sie hat sich umgezogen – dunkle Leggins, dunkles Top – und ist in die Apartments der Teilnehmer eingestiegen«, flüsterte Sabine.

»Am helllichten Tag?«

»Sie ist schnell, geradezu katzenhaft, und sehr unauffällig.«

»War sie auch in Ihrem Apartment?«

»Nein, sie hat gesehen, wie ich den Workshop nach ihr verlassen habe.«

Sneijder erinnerte sich an Ramonas professionelles Pick-Set. Nachdenklich stieß er einen Rauchring aus, der sich langsam auflöste. »Hat sie in den Apartments etwas deponiert?«

»Sprengstoff?« Sabine schüttelte kaum merklich den Kopf. »Bis auf eine schmale schwarze Handtasche hatte sie nichts bei sich.«

»Hat sie etwas gestohlen?«

»Glaube nicht, raus kam sie immer ohne erkennbare Beute.«

Sneijder sah sie an. »Und was hat sie Ihrer Meinung nach dort gemacht?«

»Keine Ahnung – sie war immer etwa zwanzig Minuten in jedem Haus.«

»*Godverdomme!*«, entfuhr es ihm, als ihm plötzlich etwas einfiel. Rasch zog er Conrads Handy aus der Hosentasche und begann zu tippen.

»Was machen Sie?«, flüsterte Sabine.

»Ich schreibe Ramona«, murmelte er. »Eine der Teilnehmerinnen hat vor fünfundzwanzig Minuten den Kurs verlassen.«

58. Kapitel

Ramona hatte sich eine bestimmte Route zurechtgelegt, um nicht unnötig doppelte Wege durch die Anlage laufen zu müssen. Der Reihe nach klapperte sie auf dem Areal einen Bereich nach dem anderen ab. Zuerst waren die Apartments mit den griechischen Namen dran gewesen, danach die mit den römischen und spanischen, und zuletzt marschierte sie zu jenen mit den englischen Bezeichnungen.

Die letzte Unterkunft auf ihrer Liste war das Haus *Sunset* von einer gewissen Dr. Käthe van Zwieten, das an dem Ende des Hotelareals lag, von wo aus es zum Jachthafen ging. Diesmal musste Ramona nicht besonders vorsichtig sein, da sie wusste, dass diese alte Dame ihren Urlaub auf Mallorca allein verbrachte und sich niemand im Apartment aufhalten würde.

Ramona streifte durchsichtige Latexhandschuhe über und steckte die beiden Teile ihres Dietrichs ins Türschloss. Eine Magnetverriegelung wäre schwieriger gewesen, doch dieses herkömmliche Riegelschloss war ein Klacks. Trotzdem hatte sie letzte Nacht an ihrem eigenen Apartmentschloss so lange geübt, bis sie den Dreh rausgehabt und die Tür binnen Sekunden hatte öffnen können.

Da die einzelnen Apartments durch die Wege und die dazwischenliegenden Gärten mit den Heckenreihen ausreichend weit voneinander entfernt lagen, konnte sie unauffällig und unbeobachtet agieren. Rasch öffnete sie die Tür und schlüpfte hinein. Drinnen war es angenehm kühl, die Klimaanlage surrte leise. Außerdem war es dunkel. Käthe hatte alle Vorhänge zugezogen.

Ramona ließ das Licht ausgeschaltet, sie brauchte nur eine Minute, bis sie sich an das Dämmerlicht gewöhnt hatte, dann sah sie auch schon Käthes Handy auf der Kommode neben der Eingangstür liegen.

Die Dame hatte sich wie die meisten anderen Workshopteilnehmer brav an Paul Conrads Anweisung gehalten, Handy, Tablet und Notebook in ihrem Apartment zu lassen.

Käthes Smartphone war nicht gesperrt, was die Sache vereinfachte. Andernfalls hätte Ramona es über ein Kabel mit ihrem eigenen Handy verbunden und den Display-Sperrcode mit einer App ausgelesen.

Sie kopierte Käthes Fotoordner und den Bereich mit den privaten Notizen. Danach durchstöberte sie die Schubladen und Schränke des Apartments, Käthes Handtasche und ihren Koffer, der im Vorraum stand, fand jedoch nichts Interessantes.

Sie blickte auf die Uhr. Noch zehn Minuten, dann musste sie aus dem Apartment draußen sein. Als Nächstes nahm sie sich den Hotelsafe vor, ein modernes Fabrikat einer spanischen Firma.

Kaum jemand wusste, dass jeder Hersteller immer einen Administratorzahlencode mitlieferte, mit dem man einen Safe notfalls öffnen konnte. Dazu drückte Ramona zweimal hintereinander auf die Taste *Lock* und tippte danach den Herstellercode der spanischen Firma ein: Sechs Mal die 9. Da das Hotel bisher versäumt hatte, diesen Code zu ändern, funktionierte er immer noch.

Das Display zeigte *O-P-E-N*, und die Tür sprang auf. Im Safe lag Käthes Schmuck. Ringe, Halsketten, Broschen, Armbanduhren, Ohrringe, diverse Kreditkarten sowie Bargeld, was Ramona jedoch alles ignorierte. Sie war ein Profi und hatte nicht vor, sich irgendetwas davon unter den Nagel zu reißen.

Weiter hinten fand sie Käthes Reisepass, Personalausweis, Führerschein und ihren Schlüsselbund, was schon viel interessanter war. Sie fotografierte alles mit ihrem Handy. Auch jeden einzelnen Schlüssel in Hochauflösung und von beiden Seiten. Danach schloss sie den Safe wieder.

Blieb nur noch eine Sache übrig. Sie hatte bisher weder einen Laptop noch ein Tablet gefunden, schätzte die ältere und rüstige Dame aber so ein, dass sie zumindest eines dieser Geräte besaß.

Da jedes Apartment innen anders eingerichtet war, hatten manche das Schlafzimmer unten mit Ausblick auf die Terrasse, andere im oberen Stock mit Balkon. Käthes Schlafzimmer war anscheinend oben, und möglicherweise fand sie dort die gesuchten Geräte.

Nur noch ein paar Minuten.

Flink huschte sie die Treppe hinauf. Auch oben waren die schweren Vorhänge zugezogen, aber Ramona fand sich gut zurecht. Dieses Apartment war genauso aufgeteilt wie das des jungen Bankers, in dem sie zuvor gewesen war, und tatsächlich lag neben dem zerwühlten Bett ein Tablet.

Sie öffnete es, scrollte zum Fotoalbum und fand jede Menge Bilder von Käthes Haustieren und ihrer Villa in der Schweiz. Sie steckte gerade ihr Handy an das Tablet, um die Fotos zu kopieren, da hörte sie ein Geräusch neben sich.

Eine Decke raschelte. Im Bett bewegte sich etwas. Ramona machte einen Satz zur Seite. Da lag jemand!

»Was … tun Sie hier? Wer … sind Sie?«, krächzte eine ältere weibliche Stimme mit Schweizer Akzent.

Ramonas Herz pochte bis zum Hals. *Puta mierda!* Warum war die Frau nicht im Workshop? Und warum lag sie in ihrem Bett?

Das Licht des Tablets strahlte auf Ramonas Gesicht. Rasch drehte sie das Gerät weg, sodass das Display aufs Bett zeigte.

Käthe van Zwieten wühlte sich gerade aus der Decke. Da sie ihre rote Perücke nicht trug, sah man ihr schütteres graues Haar. Ihre Schlafmaske hatte sie sich auf die Stirn geschoben und blinzelte jetzt ins Licht des Tablets. »Sie sind doch …?«

Ramona warf das Tablet zusammen mit ihrem Handy aufs Bett, schnappte sich ein Kopfkissen und drückte es Käthe fest aufs Gesicht. Die Frau stöhnte auf, schlug sofort um sich, doch Ramona setzte sich rittlings aufs Bett, packte Käthes Arme an den Handgelenken und presste dann mit Oberschenkeln und Knien das Kissen über Käthes Gesicht.

Dios mio, vaya mierda!

Die Frau versuchte immer wieder, nach Ramona zu schlagen oder sie zumindest zu kratzen, doch die hielt deren Gelenke so fest, dass die langen Fingernägel keine Gefahr für sie darstellten. Viel gefährlicher waren die Beine der Frau, mit denen sie wild um sich trat, um Ramona vom Bett zu stoßen, doch Ramona hielt sich wie auf einem Bullen beim Rodeo.

Mitten im Kampf surrte Ramonas Handy. *Mierda!* Sie blickte kurz zum Display, konzentrierte sich dann aber wieder auf die Frau. Die hörte nicht auf zu stöhnen, und Ramona verstärkte den Druck ihrer Oberschenkel. Wie in einem Schraubstock hielt sie das Kissen fest.

»*Muérete ya* – stirb endlich!«, presste sie hervor und schielte erneut zum Handy. Sie hatte eine SMS bekommen.

Der eigentliche Todeskampf dauerte vermutlich nur eine Minute, aber Ramona kam es unendlich länger vor. Ihre Muskeln waren permanent angespannt, sie keuchte, trotz der Kälte in dem Raum lief ihr Schweiß über die Stirn, und ihr Herz hämmerte laut in ihrer Brust.

Verdammt, wann stirbt die Alte endlich? Und dann spürte sie, wie Käthes Widerstand schwächer wurde. Sie trat nicht länger um sich, ihre Arme sanken hinunter, die Körperspannung erschlaffte.

Jetzt nur nicht nachlassen! Sonst ist alles umsonst gewesen.

Die Alte durfte keine Luft mehr bekommen, sie musste hundertprozentig tot sein. Ramona ließ die Handgelenke los, und drückte nun mit einer Hand auf die Stelle des Kissens, unter der sich Käthes Mund und Nase befanden. Im Geiste zählte sie bis zweihundert, dann kletterte sie vom Bett und nahm das Kissen weg.

»Oh, mierda!«, schimpfte sie und wischte sich mit dem Arm den Schweiß von der Stirn.

Dann las sie die Nachricht auf ihrem Handy. Sie war von Conrad. »Van Zwieten hat den Workshop verlassen!«

Prima, dachte sie und blickte im fluoreszierenden Licht des Tablets auf das erstarrte Gesicht der Leiche. Die Augen waren aufgerissen, Lippenstift und Lidschatten waren verwischt, und die dünnen grauen Haare standen wirr ab.

Im Geiste ging Ramona kaltblütig ihre Möglichkeiten durch. Einen Selbstmord zu inszenieren konnte sie vergessen. Selbst wenn sie Käthe vom Bett zerrte, mit einem Gürtel an die Türklinke hing und einen Tod durch Strangulation vortäuschte, würde der Rechtsmediziner jene Spuren finden, die Ramona zwangsläufig hinterlassen hatte. Damit würde auch die Theorie eines autoerotischen Unfalls zusammenbrechen. Egal was sie tat, die Kripo würde sowieso Mord vermuten.

Also riss Ramona der Toten Halskette und Ohrringe herunter, zog ihr die Ringe von den Fingern und steckte alles ein. So sah es zumindest wie ein Raubmord aus.

59. Kapitel

Lea lehnte im Schatten einer Palme an der Balustrade und achtete darauf, dass die Sonne sie nicht erwischte.

Das war die letzte Pause vor dem Ende des Workshops. Sie hatte bereits mit einigen anderen Teilnehmerinnen geplaudert und ein paarmal nebenbei erwähnt, dass sie für morgen eine Inselrundfahrt plante. Nach Camillas Warnung, es mit dem Smalltalk nicht zu übertreiben, damit es nicht zu gewollt wirkte, hatte sie sich wieder zurückgezogen.

Das kam ihr sowieso entgegen, da sie im Moment keinerlei Bedürfnis verspürte, mit jemandem zu reden. Stattdessen beobachtete sie die anderen Teilnehmer aus der Distanz. Es waren lauter stinkreiche Menschen, und obwohl sie selbst eine gut laufende Firma hatte, war sie anscheinend unter allen Anwesenden die normalste. Hier hatten sich Millionärinnen aus den Bereichen Industrie, Architektur, Modedesign oder der Finanzbranche versammelt, sowie eine Schauspielerin aus München, eine Opernsängerin aus Dresden, eine junge, erfolgreiche Influencerin aus Berlin, ein Regisseur von Werbefilmen, ein junger Banker, die Tochter eines EU-Politikers und noch ein paar andere Figuren aus der High Society.

Dass die rebellische Vicky ausgerechnet in *so* einem Hotel unter all den schwerreichen Spießern ihren Urlaub hatte verbringen wollen, war schon ziemlich seltsam. Und Gernot passte hier genauso wenig hinein. Wieder kam ihr in den Sinn, was er heute Morgen gesagt hatte. *Wir sind aus einem anderen Grund hier*. Aber aus welchem? Der Workshop konnte es jedenfalls nicht gewesen sein, denn Paculas Assistentin, diese rassige Mallorquinerin, war während der Vorstellungsrunde die Teilnehmerliste durchgegangen, und Gernot war nicht angemeldet gewesen.

Die einzig wirklich sympathische Frau unter all den Teilnehmern war die ältere rothaarige Schweizerin mit der auffälligen Rubinkette und den Kreislaufproblemen gewesen, doch die hatte sich vor der Pause verabschiedet.

»Vielleicht sollte ich auch verschwinden«, murmelte sie.

Und den Schluss verpassen? Wo du bis jetzt so fleißig warst und stundenlang Vickys Rolle gespielt hast?

»Es ist ungemein anstrengend, jemand anderer zu sein«, murmelte sie mit halb geschlossenen Lippen und zog sich dabei die Schirmkappe tiefer ins Gesicht. »Außerdem sollte ich im Apartment wieder einmal die Überwachungskameras zu Hause checken.«

Mach dich nicht verrückt! Wie oft denn noch? Das hast du bereits vor dem Workshop und ein weiteres Mal in der Mittagspause gemacht. Das Wetter in Kufstein ist sonnig, kein Regen, und bis jetzt hat kein Mensch Vickys Leiche entdeckt. Alles ist gut.

»Ja, bis jetzt …«

Schau doch mal, mit wem Pacula sich gerade unterhält.

Lea blickte zu dem Mentalcoach. Neben ihm stand die junge Frau mit den langen braunen Haaren, die gestern im Flieger nach Mallorca neben Pacula gesessen, danach neben ihm an der Hotelrezeption gestanden und vorhin so getan hatte, als wäre sie im falschen Kurs.

Die beiden kennen sich doch.

»Und? Vielleicht ist sie seine Geliebte.«

Blödsinn! Wer will schon mit diesem Kotzbrocken ein Verhältnis haben?

»Dann ist es vielleicht seine geheime Assistentin, die im Hintergrund Dinge checkt.«

Möglich.

Pacula drückte seine Kippe im Aschenbecher aus und ging zurück in den Seminarraum. Die braunhaarige Frau, die zuvor *Anna* auf ihr Namenskärtchen geschrieben hatte, folgte ihm ebenso wie der Rest der Gruppe. Lea ging als Letzte hinein und setzte sich wieder auf ihren Platz.

»Kommen wir zur Abschlussübung, an der diesmal auch *Miss Hemingway* teilnehmen wird.« Pacula deutete zu Anna, die Käthes Platz eingenommen hatte. »Die Aufgabe heißt *Brief an dich selbst*, und dazu brauchen Sie nur einen Stift und ein Blatt Papier.«

Jeder riss einen Bogen von dem Notizblock, während Pacula um seinen Tisch herumging. »Niemand wird das, was Sie jetzt schreiben, später vorlesen. Es ist absolut privat, nur für Sie gedacht, und niemand außer Ihnen wird es zu Gesicht bekommen. Ziehen Sie also ein ehrliches Resümee und schreiben Sie einen offenen und persönlichen Brief an sich selbst.«

Lea knabberte an ihrem Stift und dachte nach. »Und was sollen wir schreiben?«

Am anderen Ende des Tisches stützte sich Pacula auf die Arme und sah sie eindringlich an. »Sie können sich Ihre Sorgen und Ängste von der Seele schreiben, aber auch Ihre Wünsche und Erkenntnisse zu Papier bringen, um sich später mal daran zu erinnern, oder sich einen motivierenden und anspornenden Brief schreiben. Manche verfassen eine Abrechnung mit sich selbst, andere einen Liebesbrief – das bleibt Ihnen überlassen.«

Einige hörten Pacula schon gar nicht mehr zu, sondern hatten bereits zu schreiben begonnen. Andere starrten noch in die Luft und dachten nach.

Lea nahm ihren Stift und schrieb: Liebe Vicky, …

Schreib ja nichts, warnte Camilla sie, woraufhin sich Lea die Hand vor den Mund hielt und so tat, als grübelte sie nach. »Halt doch bitte einfach mal nur für fünf Minuten die Klappe und kritisier nicht immer alles, was ich tue«, zischte sie leise.

Tu es nicht! Du musst dir nichts von der Seele schreiben.

»Vielleicht geht es mir danach besser.«

Rede stattdessen mit mir!

»Sei still!«

Leas Nachbarin warf ihr einen seltsamen Blick zu.

»Sorry«, sagte Lea rasch, dann starrte sie auf das weiße Blatt Papier. Camilla schwieg tatsächlich, Lea genoss die augenblickliche Ruhe in ihrem Kopf und ließ langsam die angespannten Schultern sinken.

Sie setzte den Stift an und schrieb weiter. … *nach deinem Tod hatte ich tatsächlich ein schlechtes Gewissen. Habe mir enorme Vorwürfe gemacht und mir selbst die Schuld an allem gegeben. Konnte kaum schlafen, hatte Bauchschmerzen und habe mir immer wieder vorgehalten, dass ICH es war, wegen der du gestürzt bist. War es richtig, was ich danach getan habe? Dass ich so egoistisch nur an mich, meine Firma, meine Karriere, meinen Ruf und meine Zukunft gedacht habe? Ich weiß, dir ist es völlig egal, wo du liegst, aber für mich macht es einen enormen Unterschied, ob dich jemand findet oder nicht. Ich hatte innig gehofft, dass du das verstehen würdest.*

Sie machte eine kurze Pause und spürte, wie gut es war, das alles einmal aufzuschreiben und loszuwerden. Plötzlich kam auch der ganze Frust in ihr hoch, der sie seit heute Morgen begleitete und vieles in ihr verändert hatte. Automatisch schrieb sie weiter, ließ hastig den Stift übers Papier gleiten.

Aber dass ich heute erfahren habe, was du die letzten Jahre getan hast, dass du mein Vertrauen missbraucht, mich ausgenutzt und hintergangen hast, dass du noch dazu meinen Lebensgefährten manipuliert und für deine Pläne benutzt hast und dass ihr mir jahrelang etwas vorgespielt habt – das verändert alles für mich. Ich bin so dankbar, das zufällig herausgefunden zu haben. Mein Gott, ansonsten hätte sich mein schlechtes Gewissen vermutlich jahrelang durch meine Eingeweide gefressen, bis ich elend daran zugrunde gegangen wäre.

Jetzt stört es mich auch nicht mehr, dass ich nicht gleich zur Polizei gegangen bin. Denn dann wäre nicht nur meine Zukunft zerstört gewesen, nein, zudem hätte ich das alles, dumm und naiv wie ich bin, niemals erfahren!

Seitdem ich dahintergekommen bin, warum du nach Mallorca fliegen wolltest, bereue ich nichts mehr. Das Schicksal hat es so gewollt.

Jedes einzelne Wort tat ihr gut – und je mehr sie schrieb, desto befreiter fühlte sie sich.

Und so werde ich jedes Mal, wenn ich bei offenen Glastüren in der Sonne meines neuen Wintergartens sitze und arbeite, wieder an dich und deinen geliebten Seelenpartner denken, diesen rückgratlosen miesen Arsch. Er ist dir nun gefolgt – und auch das bereue ich keine Sekunde. Ich habe mich nicht nur von einer Illusion befreit, sondern auch von euch beiden, die ihr ein teuflisches Spiel mit mir getrieben habt.

Deine Lea

Lea legte den Stift beiseite. Ja, das war mal ein Mentalcoaching-Text, der es in sich hatte. Sie fühlte sich wie neugeboren, war beim Schreiben aber so tief versunken und konzentriert gewesen, dass sie erst jetzt bemerkte, dass alle anderen Teilnehmer ihre Briefe bereits zusammenfalteten, in ein weißes Kuvert steckten und zuklebten.

Auch vor Lea lag ein Kuvert. Pacula musste es ihr während ihrer Schreibphase auf den Tisch gelegt haben. Mechanisch faltete sie den Brief zusammen, schob ihn in den Umschlag und klebte ihn zu. Erleichtert lächelte sie für einen Moment. Das hatte richtig gutgetan. Vielleicht hätte sie das schon viel früher machen und den Brief anschließend am Strand verbrennen sollen. Als kleines Ritual zum Abschied von ihren Gewissensbissen.

Pacula ging um den Tisch herum. »Und jetzt schreiben Sie noch Ihren Namen auf das Kuvert.«

Sie schrieb *Vicky Fuchs* auf den Umschlag.

»Gut gemacht.« Pacula hielt hinter ihr, beugte sich nach vorn und sammelte ihren Brief und den ihrer Nachbarin ein.

»Nein!«, rief sie und wollte sich den Brief krallen, aber Pacula ging bereits weiter und sammelte die anderen Briefe ein. »Den will ich zurückhaben!«, rief sie.

»Sie müssen sich davon trennen«, sagte Pacula seelenruhig.

»Aber Sie sagten doch, dass …«

»… dass niemand außer Ihnen den Brief zu Gesicht bekommen wird. Ja, das ist richtig.« Pacula machte die Runde fertig, bis er alle Briefe in der Hand hielt.

Verdammter Mist, siehst du jetzt, was du angerichtet hast? Hol dir den Brief zurück, dröhnte es in Leas Kopf.

»Aber was machen Sie damit?«, fragte Lea laut, während ihr heiß wurde und ihr der Angstschweiß auf die Stirn trat.

»Ich? Gar nichts. Ich hebe die Briefe auf.« Pacula lächelte. »Sie brauchen Abstand zu dem, was Sie gerade geschrieben haben. Und zu einem Zeitpunkt, wenn Sie diesen Brief schon längst vergessen haben – in einem halben Jahr, Ende November, wenn die Weihnachtszeit beginnt –, werden Sie ihn plötzlich in Ihrem Briefkasten finden.«

»Oh, wie cool«, rief eine junge Frau.

»Tolle Idee«, sagte eine andere.

War das zu fassen? Leas Herz begann zu rasen. »Aber Sie haben doch gar nicht unsere …«

»Adressen?« Pacula setzte sich ans Ende des Tisches. »Doch, die habe ich von der Anmeldeliste der Rezeption.« Aus seiner weißen Mappe zog er nun einen Bogen, auf dem sich bereits beschriftete Etiketten befanden. Diese klebte er auf die Briefe. »Das ist das Besondere an meinem Workshop. Betrachten Sie es als kleinen Überraschungsbonus.«

Was für eine schöne Überraschung. Ganz toll gemacht, Lea! Hauptsache, ICH musste die Schnauze halten!

Lea ging nicht darauf ein, sondern beobachtete Pacula, wie er die Kuverts adressierte. Sie war die einzige Teilnehmerin, die sich aufregte, alle anderen waren einverstanden. Einige fanden die Idee sogar großartig und betonten, wie sehr sie sich schon darauf freuten, dass ihr Brief wie eine Zeitkapsel erst nach einem halben Jahr wieder auftauchen würde. Nun wuchs in Leas Kehle ein dicker Kloß heran.

Sie sah durch die Glasfront, wie sich zwei Damen vom Hotelservice der Terrasse näherten. Verdammt, auch das noch. Die anderen Teilnehmer verabschiedeten sich inzwischen und gingen mit ihren Unterlagen zum Ausgang.

Hol dir den Brief zurück, verdammt nochmal. Und zwar jetzt. Hörst du? Jetzt!

»Ja, sicher«, knurrte Lea. Die Hotelangestellten betraten den Seminarraum und begannen wortlos, Getränke und Geschirr abzuräumen.

Lea stand auf und ging zu Pacula, der die Kuverts gerade zu einem Stapel schob und zwei Gummiringe darüberzog. Sie baute sich vor ihm auf. »Ich will meinen Brief zurückhaben!«

Pacula lächelte sie mit einem Gesichtsausdruck an, der sie an die Kälte einer Leichenkammer erinnerte. »Das mag sein, aber Sie haben es sicher schon bemerkt, ich kann nicht jeden auf dieser Welt glücklich machen – ich bin schließlich kein Nutellaglas.« Er erhob sich und stopfte das dicke Bündel Briefe in die große Innentasche seines Sakkos.

Lea wollte gerade noch etwas sagen, da schob sich der junge Banker im Armani-Anzug an ihr vorbei. »Mitgefangen, mitgehangen«, murmelte er mit einem schadenfrohen Lächeln.

60. Kapitel

Nachdem alle Teilnehmer den Seminarraum verlassen hatten, stellte sich Sneijder mit verschränkten Armen neben das Flipchart und betrachtete Sabine, die langsam auf ihn zukam.

Sie wartete, bis die beiden Servicekräfte das vollgeladene Wägelchen aus dem Raum gerollt hatten, dann setzte sie sich vor ihm auf den Tisch. »Der ganze Workshop war nur eine Ablenkung, um die Teilnehmer zu beschäftigen.«

Er nickte. »Ja, *verdikkeme*, der ganze Kurs hat rein gar nichts gebracht.«

»Und jetzt?«

Er griff zum Handy und rief Marc an, der sich sogleich meldete. »Wie weit seid ihr mit den Recherchen?«, fragte Sneijder prompt.

»Wir brauchen noch ein bis zwei Stunden, bis wir die ersten Ergebnisse haben.«

»Beeilt euch.« Sneijder legte auf, holte den Packen Briefe aus der Sakkotasche und schlug sich damit nachdenklich gegen den Oberschenkel. »Was haben Sie in Ihrem Brief geschrieben?«

»Das geht Sie nichts an«, antwortete Sabine lächelnd. »Sie sagten doch, dass niemand …«

»Ja, schon gut.« Er drückte ihr den Stapel in die Hand.

»Was soll ich damit?«

»Ist mir egal. Was immer Sie für richtig halten. Lesen oder wegwerfen.«

»Wegwerfen?« Sabine blätterte durch die Kuverts. »Wollen Sie die Briefe gar nicht verschicken?«

Er musterte sie überrascht. »Ist das Ihr Ernst? Wann soll ich die verschicken? Zu Weihnachten von Wiesbaden aus? Da habe ich ganz andere Sorgen. Außerdem ist Paul Conrad seit gestern tot, und diesen Workshop mit ihm hat es in Wahrheit nie gegeben.«

Nun wedelte Sabine mit dem Packen herum. »Und Sie wollen gar nicht wissen, was da drinsteht?«

Er zog eine Augenbraue hoch. »Diese Menschen sind völlig uninteressant. Das zu lesen wäre reine Zeitverschwendung – keiner von denen hat etwas mit der RAF zu tun. Die sind alle Jetset und Geldadel …« Er drückte mit dem Daumen auf seinen Handrücken. »… bis auf eine Person«, fügte er nachdenklich hinzu.

»Vicky Fuchs«, vermutete Sabine.

Er sah auf. »Ja, richtig. Wie kommen Sie darauf?«

»Sie passte als einzige der Gruppe nicht zur üblichen Klientel dieses Hotels.«

Er nickte langsam. »Sie gab sich die ganze Zeit ein bisschen naiv, doch in Wirklichkeit ist sie viel intelligenter. Mir ist auch aufgefallen, dass sie ab und zu Selbstgespräche führte, sobald sie sich unbeobachtet fühlte. Möglicherweise ist sie ein wenig verrückt, aber ganz bestimmt keine Terroristin. Da hätte sie sich ganz anders verhalten.«

Er knöpfte sein Sakko zu und drehte sich von ihr weg. »Ich gehe in mein Apartment und telefoniere mit Drohmeier. Was wir hier tun, bringt nichts. Vielleicht zieht er uns ab.«

»Soll ich Ramona weiter beschatten?«

»Unnötig. Wir wissen, was sie getan hat, und vermutlich wird sich das Schema morgen beim englischsprachigen Workshop wiederholen.« Er schüttelte einen Joint aus der Zigarettenschachtel. »Helfen Sie Miyu und Marc bei den Auswertungen.«

Er ließ Sabine im Seminarraum zurück und ging auf die Terrasse, wo er sich den Glimmstängel anzündete. Auf dem Weg zu seinem Apartment kam ihm zuerst eine Gruppe junger Urlauber auf Segway-Stehrollern entgegen, danach gingen drei ältere Damen mit Sportbögen auf der Schulter und Pfeilen im Köcher an ihm vorbei. Auf einer nahe gelegenen Wiese fand in der Abendsonne ein Yogakurs zu orientalischer Musik statt.

Und du verkackst deine Zeit hier, während zu Hause die Vorbereitungen zu einer riesigen Terrorwelle laufen!

Mit dem Zigarettenstummel im Mundwinkel erreichte er sein Apartment. Er hatte bereits den Schlüssel in der Hand und wollte mit der anderen gerade Drohmeiers Nummer auf dem Handy wählen, als er innehielt und das Fenster neben der Tür anstarrte.

Der Vorhang dahinter war leicht verschoben, außerdem bewegte er sich ein bisschen in der Zugluft – und das, obwohl Sneijder weder die Klimaanlage eingeschaltet noch ein Fenster gekippt hatte. Er trat den Stummel vor der Tür aus, steckte das Handy wieder ein und betrat sein Apartment.

Es war nicht zugesperrt, außerdem blies das Klimagerät über der Tür kühle Luft herunter. Die Servicekräfte konnten das nicht gemacht haben, denn draußen hing unverändert das *Do-not-disturb*-Schild an der Klinke.

Langsam ging Sneijder durch das Apartment. Sein Blick glitt zur Couch, die neben der Terrassentür stand. Im Dunkel des Zimmers erkannte er Ramona, die dort leger mit schwarzen Leggins und schwarzem Top saß und ihn betrachtete.

Da er von ihrem Pick-Set wusste und von Sabine erfahren hatte, dass sie mühelos in die Häuser aller Workshopteilnehmer eingebrochen war, wunderte er sich nicht, sie hier zu sehen.

Mit der Fernbedienung schaltete er die Klimaanlage aus. »Alles erledigt?«, fragte er.

Sie stand auf, stellte sich vor ihn hin und starrte ihn mit schmalen Augen und zusammengezogenen Brauen an. »Ihre SMS kam ziemlich spät«, warf sie ihm mit harter Stimme vor.

»Aber sie kam«, sagte er gelassen.

»Ja, aber nicht rechtzeitig!«, fuhr sie ihn an und stemmte die Arme in die Hüften. »Warum haben Sie mich nicht früher gewarnt, dass die alte Krähe den Kurs verlassen hat?«

»Sie sagte, sie würde gleich wiederkommen«, log er. »Was ist passiert? Wurden Sie erwischt?«

Ramona ließ den Unterkiefer langsam hin und her wandern, als überlegte sie, was sie als Nächstes sagen sollte. »Ja, sie hat mich überrascht«, sagte sie schließlich. »Sie hat mich erkannt. Ich musste sie töten, andernfalls hätte sie mich verraten – und mit mir wären auch Sie dran gewesen.«

Töten? Sneijder starrte Ramona eine Weile an. Dann nickte er und versuchte, möglichst gelassen zu bleiben. Zum Glück hatte er heute schon einige Joints geraucht, sonst hätte sie sicher seine schockierte Reaktion bemerkt. So etwas ließ sich kaum verheimlichen. *Verdomder mest!*

Er betrachtete ihre saubere Haut und die fleckenlose Kleidung. »Wie haben Sie es getan? Ich nehme an, nicht mit dem Messer?«

Sie schüttelte den Kopf. »Ich habe sie mit dem Kopfkissen erstickt. Um einen Raubmord vorzutäuschen, habe ich ihren Schmuck geklaut.«

Vorzutäuschen? Sabine hatte also recht gehabt. Es ging bei den Einbrüchen nicht darum, an Wertgegenstände heranzukommen. »Was haben Sie mitgehen lassen?«

»Ringe, Halskette, Ohrringe – ist das wichtig?«, fuhr Ramona ihn an. »Irgendwelche Klunker eben.«

Sneijder erinnerte sich an die teuren Rubine, die Käthe van Zwieten getragen hatte. Zehn- bis fünfzehntausend Euro war der Schmuck bestimmt wert. Also ging es Ramona nicht ums Geld. Sie war hinter etwas anderem her. »Haben Sie den Schmuck ins Meer geworfen?«

»Noch habe ich ihn an einem sicheren Ort versteckt. Vielleicht brauche ich ihn noch, um den Mord jemandem in die Schuhe zu schieben.« Sie machte eine Pause. »Wer ist die kleine Braunhaarige, die ständig in Ihrer Nähe ist?«

Prima! Andererseits war es zu erwarten gewesen, dass Ramona ihn auf Schritt und Tritt beobachtete. »Das geht Sie nichts an«, sagte er scharf.

»Das geht mich sehr wohl etwas an, denn immerhin riskiere ich meinen Kopf für Sie – und darum muss ich wissen, worauf ich mich einlasse. Also, wer ist das?«

»Anna Bischoff.«

»Und weiter? Ist das Ihre Freundin?«

Sneijder sah sie mit einem kalten Blick an und verzog dabei missbilligend das Gesicht. »Sie ist meine Tochter, und mehr müssen Sie nicht wissen. Sie hat mit der ganzen Sache hier nichts zu tun.«

»Okay.« Ramona atmete tief durch.

»Liegt die Leiche noch im Apartment?«, fragte Sneijder.

Ramona nickte. »Ich konnte sie wohl schlecht auf der Schulter durch die Anlage tragen.«

Sie war wirklich eiskalt. Mittlerweile war ihm klar, warum Conrad ausgerechnet sie für diesen Job engagiert hatte. Eine Fanatikerin, die nicht einmal vor Mord zurückschreckte, um ihre Aufgabe zu erfüllen. Und damit das perfekte Mitglied für ein skrupelloses Netzwerk.

Sneijder wunderte sich selbst, warum er angesichts dieser Entwicklung so gelassen blieb. Eine reizende ältere Dame lag ermordet in ihrem Apartment, und er kannte ihre Mörderin. Dennoch ließ er sich nichts anmerken. Auch nicht, als ihm im nächsten Moment klar wurde, dass er der mallorquinischen Kripo den Mord nicht melden durfte. Er musste in Conrads Rolle bleiben, musste weiterhin mitspielen und den Mord noch eine Weile ignorieren. Denn vielleicht wusste Ramona ja doch mehr, als sie bisher angenommen hatten, und dann würden sie über Ramona an Ruth-Allegra Francke und die Hintermänner der RAF herankommen.

»Brechen wir die Aktion ab?«, fragte Ramona.

»Haben Sie Spuren am Tatort hinterlassen?«

»Nein, ich habe Handschuhe getragen.«

»Ein Haarnetz?«

»Nein.«

»Besser wäre es gewesen. Hat Sie jemand bei Käthes Apartment gesehen?«

»Nein.«

»Haben Sie das *Do-not-disturb*-Schild an die Klinke gehängt?«

»Ja.«

Sneijder überlegte. »Gut, dann brechen wir die Aktion nicht ab. Aber sobald die Leiche gefunden wird, werden die Kripobeamten sämtliche Apartments nach dem gestohlenen Schmuck durchsuchen.«

»Warum? Der Dieb hätte doch genauso gut vom Strand oder übers Meer kommen …«

»Nein, die Anlage wird von einer Securityfirma überwacht. Die Polizei wird wissen, dass sich der Mörder *in* der Anlage befindet. Wir müssen den Schmuck so schnell wie möglich loswerden.«

»Gut. Lassen Sie das meine Sorge sein.«

»Von mir aus«, knurrte er, während sich sein Magen in dem Wissen zusammenzog, dass das ein schwerer Fehler war, ihr die Vernichtung der Beweise zu überlassen. »Dann sehen wir uns morgen beim Kurs mit der englischen Gruppe.«

Sie nickte und ging an ihm vorbei zur Tür. »Und danach treffen wir uns in meinem Apartment, werten die Daten aus, die ich sammeln konnte, lesen die Briefe der Teilnehmer und entscheiden, bei wem wir weitermachen.«

Weitermachen? Anscheinend war das erst der Anfang. Langsam fügten sich die Puzzleteile in seinem Geist zusammen und ließen ein sinnvolles Bild entstehen. »Sind die Daten wenigstens brauchbar?«, fragte er.

»Sie werden staunen«, sagte sie. »Einige haben die Codes ihrer Alarmanlagen und Kombinationen ihrer Safes auf dem Handy abgespeichert.«

Er schluckte und konnte gerade noch ein verräterisches Krächzen in seiner Stimme verhindern. »Großartig.«

Ramona drehte ihm den Rücken zu, winkte mit den Fingern und verließ sein Apartment.

Was für ein abgebrühtes Biest!

Das Telefonat mit Drohmeier konnte warten. Kaum war die Tür ins Schloss gefallen, schickte Sneijder eine Nachricht an Sabine, Marc und Miyu.

»Treffpunkt in zehn Minuten in Marcs Hotelzimmer.«

61. Kapitel

In Marcs Apartment im dritten Stock des Verwaltungsgebäudes roch es nach Knoblauch, Zwiebeln und Käse. Auf der schmalen Küchenzeile lagen aufgerissenes Schokoladenpapier und einige Pizzakartons mit dem Logo des Hotels, daneben stand eine Reihe leerer Colaflaschen.

Jeder motiviert sich eben anders. Aber solange das Ergebnis stimmte, war es Sneijder egal, was Marc in sich hineinstopfte.

Sneijder schob die Tür mit dem Fuß zu und betrat das Wohnzimmer. Hier knisterte es förmlich. Auf mehreren Notebooks liefen Programme, Handys hingen an Ladekabeln, ein großer Hoteldrucker spuckte seitenweise Papier aus, und quer durch den Raum wand sich ein Kabelsalat aus Verlängerungskabeln und Verteilersteckdosen, der sich wie ein Spinnennetz in alle Richtungen ausbreitete. Miyu saß in einer Zimmerecke im Schneidersitz auf dem Fußboden mit ihrem Tablet auf dem Schoß, Marc lümmelte auf zwei zusammengeschobenen Stühlen mit Kopfhörern und seinem Notebook auf dem Bauch, und Sabine arbeitete auf einem Rollhocker beim Schreibtisch über ihren Laptop gebeugt.

Das Ganze sah aus wie die LAN-Party nerdiger Computerspielfreaks, die beschlossen hatten, das Zimmer bis auf Weiteres nicht mehr zu verlassen. Noch dazu war der Raum in ein fluoreszierendes Flimmern getaucht, weil ein Videobeamer den Bildschirm eines der Notebooks an die große weiße Wand projizierte, von der Marc die gerahmten Gemälde abgenommen hatte. Auf der Projektion war die Bildschirmmaske von Daedalos zu erkennen, dem international vernetzten Datenbanksystem des BKA.

Marc nahm die Kopfhörer ab und ließ den Kopf kreisen, sodass die Halswirbel knirschten. »Sabine hat uns schon erzählt, wie dein Workshop gelaufen ist.« Er setzte sich aufrecht hin, streckte die Arme von sich und ließ die Fingerknöchel knacken. »Warum treffen wir uns ausgerechnet hier? In der kleinsten Bude. Dein Apartment wäre viel größer und schöner.«

»Stimmt«, knurrte Sneijder. Er zog sein Sakko aus und warf es über eine freie Stuhllehne. »Und wenn wir in meinem schönen, großen Apartment alle gemütlich beisammensitzen, lecker Cocktails schlürfen und den Meerblick genießen, kommt plötzlich Ramona herein und fragt uns, was wir da treiben.«

»Ich trinke keine Cocktails«, sagte Miyu, was Sneijder jedoch unkommentiert ließ.

»Haben Sie die Briefe noch?«, fragte er stattdessen Sabine.

Sie tippte eine Abfrage zu Ende, dann drehte sie sich zu ihm um. »Ich habe sie weggeworfen, warum?«

»Holen Sie sie wieder zurück. Ramona und ich brauchen sie noch.« Er ging zum Fenster, kippte es, um frische Luft in den Raum zu lassen, und warf durch die sich aufbauschende Gardine einen Blick auf die Anlage. Die Aussicht von der Rückseite des Gebäudes mit den Lieferantenzufahrten war nicht gerade Fünf-Sterne-tauglich aber das hier war ja auch nur der Trakt für die Angestellten. Er drehte sich um und lehnte sich ans Fensterbrett. »Zuerst dachte ich, dass es Conrad und Ramona nur darum ging, die Urlauber vor Ort auszurauben – aber davon sind wir weit entfernt.«

»Wir haben bereits darüber gesprochen und sind zu dem Schluss gekommen«, sagte Sabine, »dass sie an die privaten Daten der Leute wollen.«

Sneijder nickte. »Höchstwahrscheinlich. Während Conrad in seiner Rolle als Mentalcoach herausfindet, welche Teilnehmer alleinstehend und superreich sind, spioniert Ramona deren Privatsphäre in den Apartments aus, wirft einen Blick in Hotelsafes,

Handys, Notebooks und Terminkalender und erfährt mit etwas Glück, wer zu Hause leicht zu knackende Sicherheitssysteme hat. Manchmal findet sie wohl auch direkt die Securitycodes der Alarmanlagen der Villen oder die Kombinationen der heimischen Tresore.«

Marcs Gesicht erhellte sich. »Wenn sie clever ist …«

»Das ist sie«, bestätigte Sneijder.

»… dann deinstalliert sie möglicherweise sogar die automatischen Nachrichten aufs Handy, wenn die Alarmanlage daheim losgeht.«

»Und die Briefe sind nicht nur ein Trick, um an die Namen und Adressen der Leute zu gelangen«, vermutete Sabine. »Denn wenn man sie geschickt öffnet und wieder zuklebt, erfährt man vielleicht intime Details über die Teilnehmer und weiß dann, ob sich ein Einbruch, eine Entführung oder Erpressung lohnt.«

»Das ist der ganze Trick dahinter«, gab Sneijder ihr recht. »Wenn sich Menschen bei einem Workshop emotional öffnen und die Schutzbarrieren fallen, schreiben sie alles Mögliche, solange sie niemand kontrolliert.« Er betrachtete Miyu, die man normalerweise explizit ansprechen musste, damit sie ihre eigene Einschätzung einer Situation abgab. »Was meinen Sie dazu?«

»Wozu der ganze Aufwand?«, fragte sie prompt. »Nur um ein paar Leute in ihren Villen daheim auszurauben, während sie im Urlaub sind? Warum keine Banküberfälle?«

»Banküberfälle sind schwieriger, auffälliger, hinterlassen mehr Spuren, werden härter geahndet und gehen meistens schief«, sagte Marc.

Marc hatte recht. Trotzdem blickte Sneijder Miyu lange an. Ohne dass es ihr vermutlich bewusst war, hatte sie gerade etwas verdammt Wichtiges gesagt. … *Während sie im Urlaub sind.* Die Einbrüche fanden natürlich nicht erst Wochen später statt, sondern noch während die Opfer im Urlaub waren.

»Wozu der Aufwand?«, wiederholte Miyu beharrlich.

»So finanziert sich das Terrornetz der vierten Generation der RAF«, sagte Sneijder schließlich. »Vermutlich schon seit längerer Zeit.« Er sah zu Marc. »Hast du herausgefunden, ob Conrad in den letzten Jahren als Ron D. Pacula noch woandershin gereist ist?«

»Und ob!« Marc zog die Augenbrauen hoch. »Er ist die letzten fünf Jahre durch halb Europa geflogen, stets zu den mondänsten Urlaubsorten.«

Seit fünf Jahren! Sneijder sah zu Miyu. »Beantwortet das Ihre Frage, warum es keine Banküberfälle sind?«

»Tut es, aber warum ist fünf Jahre lang niemand dahintergekommen, dass all diese Einbrüche zusammenhängen?«

Ja, warum nicht? Sneijder ging zur Minibar, brach ein paar Eiswürfel aus der Box im Gefrierfach und rieb sich damit über die Schläfen und den verspannten Nacken. »Weil Conrad und seine Helfer clever vorgegangen sind. In all den Jahren ist vermutlich deshalb nie ein Zusammenhang zwischen den ausgeraubten Opfern hergestellt worden, weil es immer Gäste aus *verschiedenen* Ländern waren – stets aus Europa –, die nur zufällig für ein paar Tage in *einem* Hotel zusammengekommen sind. Außerdem waren es über all die Jahre bestimmt immer verschiedene Hotels in unterschiedlichen Ländern.«

»Und vermutlich hatte Conrad dabei auch immer andere Helfer«, ergänzte Marc. »Einheimische, so wie Ramona, die jeweils fließend die Landessprache sprechen und mit allen Gebräuchen vor Ort vertraut sind.«

»Klingt zwar einleuchtend«, gab Sabine zu, »ist bis jetzt aber trotzdem nur reine Theorie.«

»Ich weiß«, sagte Sneijder, »und darum werdet ihr im Moment das Durchleuchten der restlichen Hotelgäste vernachlässigen. Jetzt gibt es eine andere Priorität.« Er ging durchs Zimmer und dachte nach. »Findet heraus, ob es in den Hotels, die Paul Conrad in den letzten fünf Jahren besucht hat, Workshops von Ron D. Pacula gegeben hat. Davon gehe ich im Moment nämlich aus. Wenn ihr dann auch noch eine Liste *aller* Gäste jener Hotels für den jeweiligen Zeitraum habt, in dem Pacula dort war, dann kommen wir vielleicht dahinter, ob es bei ihnen Einbrüche, Entführungen oder Erpressungen gegeben hat.«

»Das wird eine … puuuh, ziemlich mühsame … Recherche«, murmelte Marc.

»Ist aber machbar«, ergänzte Miyu, die bereits auf ihrem Tablet zu tippen begann. Anscheinend war das genau die richtige Herausforderung für sie und ihren Verstand, der ständig auf Hochtouren arbeitete. Ähnlich einem Computer, auf dem gleichzeitig Dutzende Apps liefen.

»Und parallel dazu macht ihr noch eine zweite Auswertung …« Sneijder strich sich nachdenklich über die langen, dünnen und exakt rasierten Koteletten. Er zog die Visitenkarten von zwei befreundeten Europol-Kollegen in Den Haag aus seiner Brieftasche und legte sie auf den Tisch. »Findet über Daedalos und meine Kontakte zu Europol heraus, wann und in welche Villen und Penthäuser in den letzten fünf Jahren in Europa Einbrüche verübt wurden, während die Besitzer auf Urlaub waren. Mindestschaden: eine halbe Million Euro.«

Alle – diesmal sogar Miyu – stöhnten auf, was Sneijder jedoch großzügig ignorierte. »Erstellt ein klassisches europaweites Raum-Zeit-Diagramm – wie ihr es an der BKA-Akademie gelernt habt.«

»Aber wenn das alles vielleicht gar nicht …?«, maulte Marc.

»Ich bin davon überzeugt, dass dieses Muster existiert und dass sich die RAF seit fünf Jahren so finanziert«, unterbrach Sneijder ihn.

»Das wird dauern.«

»Nicht, wenn ihr gezielt und effizient zusammenarbeitet«, widersprach Sneijder. »Ich will das Ergebnis noch heute Nacht auf meinem Tisch haben, also klemmt euch dahinter.«

»Ja, Sir«, knurrte Sabine.

»Und ich hatte schon befürchtet, er hätte seine herrische Art ein wenig abgelegt«, raunte Marc ihr zu. »Aber er ist immer noch derselbe alte Sklaventreiber.«

»Ich versklave hier niemanden«, stellte Sneijder klar. »Hier kann jeder das machen, was ich will.« Er hörte die einzelnen Reaktionen nicht mehr, da er sich bereits sein Sakko geschnappt hatte, zur Tür ging und das Apartment verließ.

Auf dem Weg zum Fahrstuhl rief er die Hotelrezeption an und bestellte Cola, Schokolade und weitere Pizzen für Marcs Apartment.

62. Kapitel

Lea hatte sich direkt nach dem Ende des Workshops zu der großen Terrasse vor dem Hotelgebäude begeben, dort einen Kaffee an der Bar getrunken, ihre Seminarunterlagen durchgeblättert und die Leute beobachtet, die an ihr vorbeiliefen, während Camilla ihre Betrachtungen mit ätzenden Bemerkungen kommentierte.

Später am Abend wurde es etwas kühler, und lästige Mückenschwärme schwirrten über die Wiese. Lea ging direkt von der Terrasse aus zum Speiseraum, wo es heute einen *Arabischen Abend* gab, brachte trotz ihrer Appetitlosigkeit ihr Abendessen hinter sich und schlenderte nun mit ihren Unterlagen unter dem Arm zu ihrem Apartment zurück. Um diese Uhrzeit würde sie endlich im Meer schwimmen können, ohne Gefahr zu laufen, sich einen Sonnenbrand zu holen – vermutlich die einzige und letzte Möglichkeit in diesem Urlaub, doch noch ins Wasser zu gehen.

Was hast du jetzt vor?, fragte Camilla.

»Zuerst einmal die Videokameras zu Hause checken, und danach im Meer schwimmen gehen.«

Vielleicht noch Cocktails schlürfen, eine Heilmassage oder ein Wellnessbad im Whirlpool, schlug Camilla zynisch vor. *Hast du nicht etwas Wichtigeres zu tun?*

»Ja, ich weiß«, knurrte Lea. Die Sache lag ihr schon die ganze Zeit wie ein Stein im Magen.

Du musst unbedingt diesen dämlichen Brief zurückholen.

»Ja, ich weiß.«

Einen Scheißdreck weißt du! Ich glaube nicht, dass du dir der Konsequenzen bewusst bist, Fräulein. In diesem Moment hörte sich

Camilla exakt wie ihr Vater an, dem als jungem Alleinerziehenden manchmal die Nerven durchgegangen waren.

»Doch, bin ich mir«, widersprach sie.

Der Brief ist an Vicky Fuchs in Kufstein adressiert! Aber in einem halben Jahr wird es die spurlos verschwundene und höchstwahrscheinlich für tot erklärte liebe Vicky nicht mehr geben. Hallo? Dann wird der Brief entweder vom Besitzer des Miethauses oder von dem neuen Mieter geöffnet werden. Oder jemand gibt ihn gleich der Polizei. Oder er wird als unzustellbar an Pacula zurückgeschickt, und spätestens der wird ihn dann vermutlich öffnen, lesen und alles herausfinden.

»Oder der Brief wird einfach weggeworfen oder an Vickys nächste Verwandte übergeben, nämlich mich«, sagte Lea nicht gerade überzeugt.

Und wenn nicht? Auf diesen Zufall willst du dich verlassen?

»Herrgott, was soll ich denn tun?«, rief sie nun. »Pacula erschlagen?«

Schrei nicht so rum!

»Was soll ich denn jetzt tun?«, wiederholte sie leise zischend.

Klau Paculas Sakko und nimm deinen Brief raus.

Eine Dame im Golfcart fuhr an ihr vorbei, und Lea wartete, bis sie wieder allein auf dem Weg war. »Gut, ich werde in Paculas Apartment einbrechen. Aber zuerst muss ich herausfinden, wo es überhaupt ist.«

Ist ja nicht so schwer. Dort drüben ist er übrigens. Auf zehn Uhr.

Lea sah hin. Tatsächlich … Pacula marschierte zügig zwischen den Apartments hindurch, telefonierend und wie immer im schicken Anzug. Er hielt auf die Einheiten mit den griechischen Namen zu.

Lea blieb unter einer Palme stehen und beobachtete ihn. Die Sonne hing inzwischen nur noch eine halbe Handbreit über den Bergspitzen und tauchte den wolkenlosen Himmel in ein orangegelbes Licht. Ein Schwarm Vögel zog kreischend über die Hotelanlage.

Schließlich verschwand Pacula in einem der Apartments. Lea merkte sich die Position. In der Hotelmappe in ihrer eigenen Unterkunft hatte sie zwar einen Lageplan des gesamten Areals gefunden, ihn jedoch bis jetzt nur einmal flüchtig überflogen. »Weißt *du*, welches Apartment das ist?«

Schaut nach Apollon *aus, wenn ich mich recht erinnere.*

»*Apollon*, ja, könnte sein …«, murmelte Lea. »Liegt gleich neben dem Haus *Delphi*.«

Hauen wir ab, bevor uns jemand hier neugierig herumstehen sieht!

Lea ging in ihr eigenes Apartment, warf ihre Workshopunterlagen auf die Kommode, schlüpfte aus den Kleidern, ließ die Wanne des Whirlpools mit heißem Wasser volllaufen und startete in der Zwischenzeit den Computer.

Wolltest du nicht im Meer schwimmen gehen?

»Mach ich später.«

Und vorher nimmst du ein Bad?

»He, ich bin total verspannt.« Sie stand in der Unterwäsche vor dem Schreibtisch, loggte sich in ihr Securitysystem ein und checkte die Überwachungskameras zu Hause. Dort war es bereits dunkler als hier, Kufstein war schließlich von hohen Bergen umgeben. Doch ihre Kameras hatten einen Restlichtverstärker, und so sah sie sämtliche Details gestochen scharf. Der Aushub für das Wintergartenfundament war immer noch unberührt. Erleichtert löschte sie den Browserverlauf und schaltete den Computer wieder aus.

Hier war jemand.

Lea sah sich um. »Ja, die Putzfrau. Hat die Handtücher gewechselt, die Minibar aufgefüllt und …«

… deinen Koffer zur Seite gestellt?

Lea sah zu Vickys Koffer, der nicht mehr exakt an jener Stelle stand, wo er noch heute früh gestanden hatte. Sie ging näher, schaltete das Deckenlicht ein und sah auf dem Teppichboden noch die vorherigen Abdrücke des Koffers. Er musste erst vor Kurzem zur Seite geschoben worden sein. »Vermutlich hat die Putzfrau den Teppich gesaugt.«

Siehst du die Fussel? Der Teppich wurde nicht gesaugt.

Stimmt. »Aber warum sollte jemand den Koffer …?« Sie verstummte, da sie die Antwort auf ihre Frage bereits kannte. An der Stelle, wo der Koffer gestanden hatte, befand sich der Wandsafe. Jemand musste ihn zur Seite geschoben haben, um besser an den Safe zu gelangen.

Lea tippte die Kombination ein, öffnete den Tresor und überprüfte den Inhalt. »Ist alles noch da.«

Liegt aber jetzt an einer anderen Stelle.

»Was meinst du?«

Du hast doch Vickys Reisepass auf die Brieftasche gelegt.

»Richtig …« Und jetzt lag der Reisepass *neben* der Brieftasche. »Shit – jemand war hier.«

Sag ich doch.

Leas Herzschlag beschleunigte. Zum Glück trug sie ihren eigenen Reisepass und ihr eigenes Handy stets in der Bauchtasche bei sich – sicherheitshalber, falls sie plötzlich unverhofft von hier abhauen musste. Und außerdem wären zwei verschiedenen Pässe im Safe eines Einzelapartments verdächtig gewesen.

Nun marschierte Lea durchs gesamte Apartment und überprüfte alles. Manche Dinge lagen verschoben und ein klein wenig anders da als vorher, doch nichts fehlte.

Anscheinend schnüffelt jemand hinter dir her.

»Aber wer sollte das sein?«

Camilla kannte die Antwort darauf genauso wenig wie sie selbst – aber beide wussten, dass sie sowieso bald von hier verschwinden würden. Also beschloss Lea, sich nicht komplett verrückt machen zu lassen, mixte sich einen Drink, stieg in den Whirlpool, entspannte sich im warmen Wasser, ließ die Zehen kreisen und versuchte zur Abwechslung mal an nichts zu denken.

Danach ging sie eine halbe Stunde im Meer schwimmen, kam zurück, duschte und setzte sich im Bademantel mit einer Tasse Kaffee auf ihre Terrasse. Nun wurde es rasch dunkel, die Nachtfeuchtigkeit kroch über die Wiese, und die Bodenlaternen, die die Wege der Anlage beleuchteten, gingen an.

Es wird Zeit, dass du dich um Paculas Apartment kümmerst.

Sie sagte nichts, nickte nur nachdenklich. Im Schutz der Dunkelheit würde sie zum Haus *Apollon* schleichen und, wenn es keiner sah, die Glühlampen der Wegbeleuchtung mit einem Taschentuch aus der Fassung drehen. Falls Pacula zu Hause war, hoffte sie, dass er sein Apartment nochmal verlassen würde – notfalls müsste sie ihn mit einem gefakten Anruf zur Rezeption holen –, und dann einbrechen. Zwar war sie schon etwas aus der Übung, aber als Sicherheitsberaterin würde sie das Schloss an der Eingangstür bald offen haben. Dazu musste sie nur einen der dünnen Wandnägel, an denen die Gemälde in ihrem Wohnzimmer befestigt waren, zurechtbiegen. Zusätzlich brauchte sie dann noch eine aufgebogene Büroklammer oder alternativ ein Stück von dem Draht, mit dem die Gärtner der Anlage die Rosenstöcke zusammengebunden hatten.

»Dann mal los.« Sie schlürfte den letzten Schluck aus der Kaffeetasse, erhob sich und wollte gerade durch die Glasschiebetür in ihr Apartment gehen, um in dunkle Kleidung zu schlüpfen, als plötzlich zwischen den Apartments, die weiter unten beim Strand lagen, ein paar Gäste aufgeregt nach oben zum Haupthaus liefen.

»Eine Leiche, eine Leiche«, rief jemand auf Französisch.

Lea hielt inne. Was zum Teufel? Hatte sie sich gerade verhört? Ihr Herz begann zu rasen.

»Sie haben eine Leiche gefunden«, rief jetzt eine andere Urlauberin auf Englisch.

Im Licht der Laternen sah Lea, wie einige Gäste herumliefen und aufgeregt telefonierten. Die Nachricht verbreitete sich wie ein Lauffeuer.

Schöne Scheiße!

»Du sagst es …« Lea merkte, wie ihre Stimme rau wurde.

Jetzt war es also so weit. Jemand hatte Gernots Leiche entdeckt.

63. Kapitel

Kurz nach zwanzig Uhr betrat Sneijder erneut Marcs Apartment. Ein kurzer Blick zur Küchenzeile bestätigte ihm, dass Miyu, Marc und Sabine wie die Heuschrecken über alles hergefallen waren, was er ihnen an der Hotelrezeption bestellt hatte. Anscheinend hatte sich Bianca Hagemann zusätzlich darum gekümmert, dass sie mit reichlich Kaffee und Kuchen versorgt wurden.

Mittlerweile stand auch noch ein Flipchart im Wohnzimmer, auf dem in Sabines Handschrift mehrere Zeitlinien aufgemalt worden waren.

Die Sonne färbte den Horizont bereits rötlich, und da die drei bald im Dunkeln sitzen würden, schaltete Sneijder das Licht ein. »Wo stehen wir im Moment?«

Miyu ignorierte seine Frage und tippte weiterhin konzentriert auf ihrem Tablet herum, woraufhin der an die Wand projizierten langen Liste eine weitere Zeile hinzugefügt wurde.

Sabine speicherte ihre Datei, dann schwang sie auf dem Rollhocker herum. »Es ist folgendes Muster …« Sie unterdrückte ein Gähnen. »Zwischen fünf und acht Einzelpersonen, Paare oder Familien waren stets zur gleichen Zeit im selben Hotel wie Pacula auf Urlaub, während bei ihnen zu Hause eingebrochen wurde.«

Sneijder verschränkte die Arme. »Und weiter?«

»Hier haben wir ein Beispiel …« Marc erhob sich, schüttelte die Beine aus und streckte sich. Sein Blick war müde, die Augen waren gerötet – immerhin war er schon seit mindestens vier Uhr früh auf den Beinen. Er blätterte auf dem Flipchart zu einem vollgekritzelten Blatt zurück und deutete auf die jeweiligen Notizen.

»Im Juli vor zwei Jahren urlaubten in einem Fünfsternehotel auf Korfu eine Schauspielerin aus Wales, ein Immobilienmaklerpärchen aus Dänemark, eine Managerin aus Rumänien, ein Bankier aus Paris, ein Industrieller aus Stockholm, eine Ärztin aus Rom und ein pensionierter Polizeipräsident aus Athen. In alle sieben Häuser wurde während ihrer Abwesenheit eingebrochen.«

»Und so setzt sich das Schema fort … Reeder, Sportler, Ex-Formel-I-Fahrer und jede Menge B-Promis«, ergänzte Sabine und warf einen Blick in ihren Laptop. »Die Opfer waren stets zur selben Zeit in Hotels in Ägypten, auf den Kanarischen Inseln, Madeira, Kreta, Malta, Sardinien, Korsika, Ibiza, Rhodos, in Montenegro, Dubai, an der Côte d'Azur oder auf einer Mittelmeerkreuzfahrt. Keine Urlaubsdestination wiederholt sich in diesen fünf Jahren – und in jedem Hotel waren es jeweils Urlauber aus *verschiedenen* Ländern, die ausgeraubt wurden.«

»Das ist unsere bisherige Liste der Opfer.« Miyu wischte auf dem Tablet herum und projizierte statt der Liste eine große Tabelle an die Wand.

Sneijder drehte sich um und betrachtete die einzelnen Zeilen. Langsam scrollte Miyu nach unten, sodass er einen Überblick über das gesamte Ausmaß erhielt. Zwar fehlten immer wieder einzelne Daten in der Tabelle, dennoch weiteten sich seine Augen unwillkürlich – es waren über hundert Zeilen. »Mir fällt auf …«, murmelte er, »dass die Einbrüche hauptsächlich im Ausland stattfanden. Unter den Opfern sind kaum Deutsche.«

»Haben wir auch gesehen«, sagte Sabine, »aber wir kennen den Grund dafür nicht.«

»Wir sind aber auch noch lange nicht fertig mit der Auswertung«, sagte Marc.

»Im Moment gehen wir doch davon aus, dass die RAF dahintersteckt«, überlegte Sneijder laut. »Eine zwar international vernetzte, aber dennoch *deutsche* Terrorgruppe. Und dann macht es natürlich Sinn, dass es in Deutschland kaum Einbrüche gibt. Erstens wildert man nicht gern im eigenen Revier, solange man noch unerkannt bleiben möchte, und zweitens wäre es zu auffällig und demnach zu riskant, dass das BKA hinter diesen groß angelegten Plan kommt.« Er betrachtete das Ende der Liste. »Und *wann* fanden diese Urlaubsworkshops jeweils statt?«

»Im Schnitt alle drei Monate – immer in einem anderen Land«, erklärte Miyu. »Aber das sind im Moment nur Näherungswerte, die wir hochgerechnet haben.«

Fünf Jahre lang, überlegte Sneijder, *und jedes Quartal mit im Schnitt sieben Einbrüchen ergibt über hundertvierzig Aktionen. O Mann!* Er ließ sich auf Marcs Couch sinken. »Die müssen in jedem Land Kontakte zu Sympathisanten und verbündeten Terrorzellen aufgebaut haben … oder die RAF hat in Deutschland bereits eine so große Gruppe fester Mitglieder, dass sie auf Abruf in die jeweiligen Länder reisen können.« Nachdenklich strich er sich übers Kinn. »Und da sie immer zeitgleich in *verschiedenen* Ländern zuschlagen, müssen wir es mit einer gewaltigen, topstrukturierten Organisation und einem international gut funktionierenden Netzwerk zu tun haben.«

Niemand widersprach, alle waren wohl zu der gleichen Erkenntnis gelangt. Sneijder wunderte das alles kein bisschen, denn bereits die vorherigen RAF-Generationen waren mit straff geführten Hierarchien und paramilitärisch koordinierten Kommandos extrem gut organisiert gewesen. In Zeiten von Drohnen, modernster Hightech-Kommunikation und den Möglichkeiten, die Internet und Darknet mittlerweile boten, konnte eine solche Bewegung noch viel effizienter geführt werden als damals.

»Gab es auch Entführungen und Erpressungen?«, fragte er.

»Nur Einbrüche«, antwortete Sabine.

»Okay.« Sneijder stand wieder auf und hob die Hand als Zeichen, dass ihn niemand unterbrechen sollte. Er musste nachdenken. Nun hatten sie es also schwarz auf weiß. So lange bereitete sich die vierte Generation der RAF also schon vor. *Aber warum seit ausgerechnet fünf Jahren?* Unwillkürlich kam ihm Paul Conrads Aussage über die Studentin Silke Eisert in den Sinn, die bei der Ausschreitung einer Antiatomkraftdemonstration von einem Polizisten erschossen worden war. Jede Aktion, jeder Aufstand, jeder Freiheitskampf und jede Revolte hatten einen Auslöser, und anscheinend war dieser Vorfall die Initialzündung für die Geburtsstunde der neuen RAF gewesen. *Aber was haben die vor?*

»Alles gut?«, fragte Sabine.

»Nichts ist gut«, murmelte er. »Wenn wir pro Einbruch von einer erbeuteten Summe von 500 000 bis einer Million Euro für Schmuck, Bargeld, Münzen, Diamanten und Goldbarren ausgehen … Ist das realistisch?« Er sah in die Runde, woraufhin alle nickten. »Dann macht das eine Gesamtsumme von rund … hundert Millionen Euro.« *Und das in nur fünf Jahren*, überlegte er.

Er ging durch den Raum. »Das Konzept ist zwar simpel, aber clever«, murmelte er weiter und hob erneut die Hand. »Conrad versucht nicht herauszufinden, *wann* bestimmte Leute in den Urlaub fahren, um dort einzubrechen, sondern erfährt direkt vor Ort, wer gerade im Urlaub *ist*. Und da sich die Einbrüche lohnen müssen, bieten sich natürlich hauptsächlich Bankenchefs, Fabrikbesitzer und andere superreiche Arschlöcher der High Society als Opfer an. Entsprechend hochpreisig werden die Hotels für diesen Coup ausgewählt, und in denen bietet Conrad dann seine Workshops an. Damit schlagen sie zwei Fliegen mit einer Klappe, denn das größte Problem jeder Terrororganisation ist die Beschaffung von Geld. Hinzu kommt, dass sie schon allein durch diese indirekte Enteignungsaktionen reicher Bonzen einen ersten strategisch konsequenten Schritt in ihrem Programm setzen können.«

Niemand widersprach.

Sneijder dachte an sein letztes Telefonat mit Drohmeier. Die

Kollegen daheim wussten zwar immer noch nicht, was das *Kommando Rote Woche* im Rahmen der Offensive Null-Fünf an diesem Wochenende genau plante, doch mit hundert Millionen Euro im Rücken ließ sich etwas Gewaltiges durchführen. *Aber was?*

Sneijder blickte in drei komplett übermüdete Gesichter. Im Gegensatz zur wächsernen Blässe seiner Truppe spürte er, wie ihm mit einem Kribbeln das Blut in die Wangen stieg. Wie immer, wenn ein Fall Fahrt aufnahm und sich die ersten konkreten Spuren ergaben, verschwand seine Leichenblässe, neue Energie und Tatendrang durchfluteten ihn. »Ich sage das nicht oft und nicht gerne, aber diesmal lässt es sich nicht vermeiden. Wir sind einen ganzen Schritt weiter, und das war verdammt gute Arbeit. Danke.«

»*Das* haben Sie *noch nie* zu uns gesagt«, präzisierte Miyu.

»Das können Sie doch gar nicht wissen«, konterte Sneijder.

»Doch.« Miyu unterdrückte ein Gähnen.

Marc grinste von einem Ohr zum anderen. »Sie hat eine extrem hohe visuelle und auditive Merkfähigkeit, darum muss es wohl stimmen.« Er kramte den letzten Riegel Schokolade aus einem Papier, warf Miyu ein Stück davon zu und teilte sich den Rest mit Sabine.

»Was wäre demnach Conrads nächster Schritt?«, fragte Sabine kauend.

Sneijder dachte an seinen morgigen Termin mit Ramona. »Das frage ich mich auch gerade.« Er fuhr sich mit der Zunge über die Zähne und entfernte ein Tabakfussel von seiner Lippe. »Conrad hätte vermutlich jetzt schon Kontakt mit den Sympathisanten der RAF in den entsprechenden Ländern aufgenommen, damit die in die Villen einbrechen, während ihre Besitzer noch hier im Urlaub sind.«

»Am besten für den Einbruch wäre der Tag ihrer Heimreise«, fügte Miyu hinzu, »damit die Polizei sie nicht mehr rechtzeitig im Urlaub davon verständigen kann.«

Sneijder nickte. »Sonst würde den Gästen diese Gemeinsamkeit auffallen.« Er sah auf. »Aber wo finde ich die Kontaktdaten zu diesen Sympathisanten?« In Ron D. Paculas Handy, das Sneijder bei sich hatte, waren sie jedenfalls nicht gespeichert.

»Vielleicht hat Ramona diese Daten?«, schlug Marc vor.

»Möglich …«, murmelte Sneijder, obwohl er diese Variante für nicht besonders wahrscheinlich hielt. »Was ich mich allerdings auch frage, ist, ob Ramona Conrads einzige Helferin vor Ort ist. Bei einer so groß angelegten Durchsuchungsaktion hätte ich auf mehrere Helfer getippt, die sich abwechseln.«

»Wir sind mit unseren Recherchen zu allen Angestellten und Gästen noch lange nicht durch«, sagte Marc, »aber bisher haben wir keine verdächtigen Personen gefunden.«

»Wir sollten …«, begann Sneijder, hielt jedoch inne, weil von draußen plötzlich aufgeregtes Gemurmel durchs gekippte Fenster zu hören war. Im nächsten Augenblick tönte kurz die Sirene eines Einsatzfahrzeugs auf, dann wurde auch schon grelles Blaulicht von den Hauswänden der Hotelanlage reflektiert.

Was ist denn jetzt schon wieder passiert? Automatisch dachte er an Ramona. »Bin gleich wieder da.« Er wollte das Apartment schon verlassen, um vom Korridorfenster aus einen Blick auf das Areal zu werfen, da räusperte sich Marc.

»Bleib hier.« Marc tippte auf seinem Notebook herum. »Ich habe draußen am Gangfenster eine Minikamera mit Funkverbindung an die Hauswand geklebt.« Er klickte mit der Maus herum, und Sekunden später sah Sneijder auf Marcs Notebook eine Weitwinkelaufnahme des Hotelareals.

»Kannst du das auf die …?«, fragte Sneijder, aber im nächsten Moment wurde das Bild auch schon vom Beamer an die Wand geworfen. Sneijder schaltete das Licht im Zimmer aus, damit die Projektion deutlicher und schärfer zu sehen war.

Miyu erhob sich aus ihrem Schneidersitz, und auch Sabine kam näher. Beleuchtet vom dunkelorange gefärbten Sonnenuntergang, waren einige Polizeiwagen zu sehen, die zwischen den Apartments standen. Schaulustige Urlauber drängten sich zusammen.

»Kannst du das näher heranzoomen?«, fragte Sneijder.

Marc vergrößerte die Stelle mit einigen Mausklicks.

»*Verdikkeme*«, entfuhr es Sneijder. Vor einer der Unterkünfte stand ein schwarzer Leichenwagen. Mit abgehackten Bewegungen betraten einige uniformierte Polizisten ein Apartment. Und zwar das *Sunset* – jenes von Käthe van Zwieten. Ausgerechnet jetzt. Viel zu früh.

Wat een toeval, dachte er grimmig.

64. Kapitel

Sneijder und Sabine standen etwa fünfzig Meter vom Apartment *Sunset* entfernt auf der Anhöhe. Mittlerweile war die Sonne ganz hinter den Bergen verschwunden, am Horizont zeigte sich nur noch ein schmaler Silberstreifen, das Meer vor ihnen glitzerte dunkelblau. Der Garten und die Wege rund um das Apartment waren jedoch durch Laternen und Autoscheinwerfer hell erleuchtet.

Die Kripo hatte ein Absperrband um das Grundstück gezogen, das nun zum Tatort geworden war. Und das bedeutete, dass die Polizei bereits wusste, dass es sich um ein Verbrechen handelte. Trotz des Vorfalls drangen aus der Ferne die dumpf hämmernden Bässe der Stranddiskothek über die Wiese zu ihnen. Hin und wieder erhellte das zerhackte, stroboskopartige Laserlicht den Himmel über dem Meer. Beide Ereignisse passten so gar nicht zusammen. Dort feierten die Gäste Party, und hier scharten sich Dutzende Schaulustige vor der Absperrung und reckten die Hälse. Und wieder zeigte sich, dachte Sneijder, dass es egal war, ob es sich um eine einfache Frühstückspension oder um einen Fünfsterne-Luxustempel handelte – die Menschen waren alle gleich, Arme wie Reiche. Wenn es eine Tragödie gab, standen sie in der ersten Reihe, um ja nichts zu verpassen.

Sneijder hielt sich bewusst weiter hinten, da die Szene von der kleinen Anhöhe aus besser zu überblicken war. Kripoermittler und Leute von der Spurensicherung mit Overalls, Schuhüberziehern, Handschuhen und Haarnetzen trugen einen Koffer nach dem anderen in das Apartment. Alle Zimmer waren hell erleuchtet, und hinter den Vorhängen waren Schatten zu sehen, die ständig hin und her liefen.

Draußen vor der Eingangstür wurde gerade eine Frau vom Hotelpersonal, die eine Housekeeping-Uniform trug, von einem Mann befragt. Anscheinend hatte sie die Tote gefunden. Der Zeitpunkt würde passen, denn vor etwa einer Stunde waren die Betten für die Nacht hergerichtet worden. Aber *warum* zum Teufel war Käthe überhaupt gefunden worden?

Sneijder zog sein Handy heraus, fotografierte den Eingangsbereich und zoomte das Bild näher heran.

Sabine beugte sich zu ihm. »Wonach suchen Sie?«

Sneijder gab keine Antwort. Etwa einen Meter neben der Eingangstür lag ein kleines rotes Schild im Gras. Er konnte zwar nicht genau erkennen, was darauf stand, wusste aber, dass es das *Do-not-disturb*-Schild sein musste. Und zwar jenes, das Ramona an die Tür gehängt hatte. Offenbar hatte es der Wind von der Klinke geweht, und das Zimmermädchen hatte das Apartment für die Nacht herrichten wollen. Er löschte das Foto und ließ die Hand sinken.

»Sieht so aus, als wäre da drin jemand ermordet worden«, vermutete Sabine.

Sneijder nickte. »Käthe van Zwieten.«

»Sie wissen das schon?«

Er nickte wiederum.

»Sie sind verdächtig ruhig«, stellte Sabine fest.

»Was sollte ich denn Ihrer Meinung nach tun?«

»Der Sneijder, den *ich* kenne, hätte sich Zugang zum Tatort verschafft – auch im Ausland, ohne Befugnisse, unter dem Radar der örtlichen Polizei – und hätte den Mord auf eigene Faust untersucht.«

»Das brauche ich nicht«, sagte er ruhig.

»Sie …« Sabine drehte sich zu ihm um. »… wissen, wer die Frau ermordet hat?«

Er nickte.

»War es Ramona?«, flüsterte sie gedämpft, obwohl niemand in ihrer unmittelbaren Nähe stand.

Erneut nickte Sneijder.

»O nein«, presste Sabine hervor. »Wenn ich an ihr drangeblieben wäre, dann …«

»… wäre die Frau jetzt trotzdem tot«, unterbrach er sie. »Es sei denn, Sie wären Ramona ins Apartment gefolgt – aber Sie konnten ja nicht wissen, was da drinnen passiert.« Mit ein paar knappen Sätzen gab er wieder, was Ramona ihm darüber erzählt hatte.

»Und das erfahre ich erst jetzt?«, entfuhr es Sabine.

»Ich wusste, Sie würden sich aufregen.«

»Stattdessen haben Sie mich mit den anderen in aller Ruhe Namenslisten erstellen lassen?«

»Genau«, sagte er. »Ich wollte Sie nicht mit den Details belasten.«

Sie schwiegen eine Weile, während immer mehr Schaulustige zum Tatort strömten, als handelte es sich um ein extra organisiertes Show-Event des Hotels. Unter den Leuten, die die Polizei verhörte, waren auch das Securitypersonal des Hotels sowie Bianca Hagemann, die abwechselnd Fragen beantwortete und hektisch telefonierte.

»Na gut, es hätte sowieso nichts geändert, wenn ich es gewusst hätte«, sah Sabine schließlich ein. »Die Kripo wird uns jedenfalls alle verhören. Vor allem Sie, Ihre Assistentin und alle Workshopteilnehmer, weil diese Käthe zuletzt gesehen haben.«

»Bis auf Ramona haben wir dank des Workshops ja alle ein Alibi«, flüsterte Sneijder.

»Werden Sie der Kripo sagen, wer die Frau ermordet hat?«, fragte Sabine vorsichtig nach.

Das ist der Knackpunkt. Sneijder strich sich übers Kinn. »Wir stecken schon zu tief in der Sache drinnen, um jetzt die Reißleine zu ziehen … nein, das werde ich nicht tun.«

»Okay, aber wenn die Kripo den Mord trotzdem löst, Ramona verhaftet und in U-Haft steckt«, überlegte Sabine, »dann kommen wir nicht mehr an sie ran.«

»Genau, also darf das nicht passieren.« Sneijders Stimme wurde kalt. »Notfalls müssen Sie Ramona ein Alibi geben.«

Sabine atmete laut hörbar durch. »Ja, fuck, schönen Dank, das habe ich vermutet …«

Mittlerweile hatte die Polizei von Bianca Hagemann abgelassen, und die Direktorin kam den Hügel herauf direkt auf sie zu.

»Wir bekommen Besuch«, stellte Sabine fest.

»Hab's gesehen.«

Kurz darauf war Hagemann bei ihnen. Die Frau wirkte blass, und das nicht nur wegen der Scheinwerferbeleuchtung. Außerdem war es nun vorbei mit ihrer Freundlichkeit. »Hat der Vorfall etwas mit Ihren Ermittlungen zu tun?«, fragte sie direkt heraus.

»Nein«, log Sneijder, bevor Sabine Gelegenheit bekam, den Mund aufzumachen. Er wollte verhindern, dass sie eine Verbindung zwischen der Toten und ihrem Fall zugab. Sie mussten den Entschluss, die Unwissenden zu spielen, konsequent durchziehen. *Und wenn es noch mehr Tote werden?*, fragte er sich. *Wirst du dann immer noch die Klappe halten?* Jedenfalls würde er dann abwägen müssen, was ihm wichtiger war – einzelne Menschenleben in diesem Hotel oder die Vielzahl an möglichen Terroropfern, die ihnen in Deutschland bevorstanden.

»Ich tue mich schwer, Ihnen das zu glauben«, sagte Hagemann nach einer Weile, »kann aber verstehen, wenn Sie mir die Wahrheit nicht sagen können.« Sie atmete tief durch. »Doch falls die Polizei dahinterkommt, dass ich von Ihren Ermittlungen …«

»Das wird nicht passieren. Wenn meine Identität auffliegt, behaupten Sie einfach, dass Sie keine Ahnung hatten, wer ich wirklich bin«, sagte Sneijder. »Offiziell haben Ihre Gespräche mit der deutschen Botschaft und dem BKA nie stattgefunden. Ich werde Sie da nicht mit reinziehen.«

»Okay, danke, das ist ja schon mal ein kleiner Trost. Andernfalls wäre ich nicht nur meinen Job los.«

»So weit wird es nicht kommen.«

»Wird es weitere Tote geben?« Diesmal sah sie Sabine an.

»Nicht, wenn wir es verhindern können«, antwortete Sabine.

»Ich hoffe, das können Sie.« Hagemann sah zum Apartment hinunter, von wo soeben ein Mann im dunklen Anzug zu ihnen heraufstieg. »Das ist übrigens *Comisario* Quintana von der mallorquinischen Kripo. Ein hartnäckiger Kerl. Er hat sich nach Ihnen erkundigt.«

»Dachte mir schon, dass die sich für mich interessieren.«

»Ich muss jetzt ein paar wichtige Telefonate mit meinen Vorgesetzten in Dubai führen und ihnen eine Menge erklären.«

Sneijder sah auf die Uhr. »Die schlafen jetzt.«

»Die schlafen nie«, korrigierte ihn Hagemann. »Ich wünsche Ihnen viel Glück.« Sie wandte sich ab und ging hinauf in Richtung Haupthaus.

Kurz darauf war Quintana bei ihnen. Er war Ende dreißig, ein gut aussehender schwarzhaariger Mann mit kantigem Gesicht, dessen scharfer Blick Sneijder verriet, dass er wusste, wie man die Karriereleiter hochstieg. Auch die Lackschuhe, der schneidige Anzug und das sportlich aufgeknöpfte Hemd mit dem steifen Kragen passten gut zu ihm.

»Es usted Ron D. Pacula?«, fragte Quintana.

»Tut mir leid, ich spreche kein Spanisch«, log Sneijder. »Ich kann nur mit Englisch, Deutsch, Niederländisch oder ein wenig Französisch dienen.«

»Deutsch ist gut«, antwortete der Mann gelassen mit einem typisch katalanischen Akzent. »Sind Sie Ron D. Pacula?«

Sneijder nickte.

Quintana dreht sich zu Sabine. »Und Sie sind?«

»Anna Bischoff.«

Quintana wedelte mit dem Arm. »Sie beide kennen sich?«

»Würden wir sonst so weit abseits vom Geschehen nebeneinanderstehen?«

Quintana blieb ruhig. »Sind Sie befreundet?«

»Nein.«

»Was dann?«

»Wir kennen uns bloß vom Workshop«, sagte Sneijder.

»Aha.« Quintana zog eine Liste aus seiner Hosentasche und leuchtete mit der Handytaschenlampe darauf. Sneijder schielte kurz hin und merkte, dass es die Teilnehmerliste seines Kurses war. Vermutlich hatte Quintana gerade überprüft, ob Anna Bischoffs Name auch wirklich darauf stand.

Der *Comisario* ließ das Blatt wieder verschwinden. »Die Tote hat auch an Ihrem Workshop teilgenommen. Angeblich haben Sie und die Teilnehmer Ihres Kurses Frau Dr. van Zwieten noch kurz vor ihrem Tod gesehen.«

»Nicht nur angeblich.« Sneijder wandte bewusst gelangweilt den Blick von Quintana und sah zum Tatort hinunter.

»Sie scheinen deswegen nicht gerade besorgt zu sein.«

»Ich wüsste nicht, weshalb. Eigentlich sollten doch eher *Sie* besorgt sein«, sagte Sneijder, »immerhin müssen Sie einen Mord aufklären und nicht ich.«

»Sie wissen bereits, dass es sich um Mord handelt?«

»Wären Sie sonst hier?«

»Ich …« Quintanas Handy klingelte, doch nach einem kurzen Blick auf das Display ließ er es läuten. »Gut, fürs Erste reicht mir das. Verlassen Sie das Hotel nicht und halten Sie sich zur Verfügung. Ich werde noch heute Nacht mit der Vernehmung der Zeugen beginnen.«

»Welcher Zeugen?«

»Der Teilnehmer Ihres Workshops.« Quintana sah auf die Uhr. »Kommen Sie um dreiundzwanzig Uhr zur Rezeption. Frau Hagemann hat mir ein Büro für die Verhöre zur Verfügung gestellt.«

Sneijder zog eine Augenbraue hoch. »Jetzt sind aus den Vernehmungen schon *Verhöre* geworden.«

»Sie sind ein witziger Kerl«, sagte Quintana. »Aber das Lachen wird Ihnen schon noch vergehen, zusammen mit Ihrer Arroganz und Ihrer Großkotzigkeit.«

»Sie haben mich noch nie so richtig großkotzig erlebt.«

Quintana ging nicht darauf ein. »Dreiundzwanzig Uhr. Und bringen Sie Ihren Reisepass mit.«

»Aber sicher.« Sneijder kannte das Procedere.

Grußlos wandte sich Quintana ab und ging wieder hinunter zum Tatort.

»Mussten Sie ihm gleich so direkt ans Bein pinkeln?«, warf Sabine ihm vor.

»Dabei hatte ich mir diesmal wirklich vorgenommen, nett zu sein. Leider gab es da plötzlich so viele andere Optionen.« Er machte eine Pause. »Aber Sie haben recht, das war vielleicht wirklich ein Fehler.«

Sie schielte nachdenklich zu ihm. »Sie geben mir einfach recht? Nein, Sie machen keine Fehler«, widersprach sie plötzlich. »Also, was war der Grund für Ihre Widerborstigkeit?«

Sneijder seufzte. Sabine kannte ihn inzwischen zu gut, als dass er ihr etwas vormachen konnte. »Wenn Quintana etwas Grips in der Birne hat, dann weiß er, dass Mörder, die etwas vertuschen wollen, sich meist hilfsbereit, interessiert und kooperativ zeigen – und gerade das macht sie verdächtig. Darum soll er ruhig spüren, dass er mir mit seiner Fragerei schon jetzt ziemlich auf den Sack geht.«

»Verstehe ... wenn er *Sie* als möglichen Täter ausgeschlossen hat, dann tut er das vielleicht auch bei Ihrer Assistentin Ramona.«

»Möglicherweise.«

»Nicht nur *möglicherweise*«, sagte Sabine etwas verstimmt. »Das ist Ihr Plan. Sie wollen Quintanas Interesse von sich und Ramona ablenken.«

»Ja …« Er machte eine Pause. »… das ist der Plan.«

»Ein Hasardspiel, das ziemlich nach hinten losgehen kann«, stellte sie fest.

Das wusste er, andererseits war es die beste Option, die er hatte. Er reckte leicht den Hals und beobachtete die Urlauber, die sich immer noch neugierig vor das Absperrband drängten. Unter ihnen war jetzt auch Vicky Fuchs, die sich mit einigen anderen Hotelgästen unterhielt.

Anscheinend erfuhr sie schon recht bald, was sie wissen wollte, denn kurz darauf wandte sie sich wieder ab und ging fort. Sneijder sah ihr interessiert nach.

»Woran denken Sie?«, fragte Sabine.

»Alle Hotelgäste dort unten wirken aufgebracht, neugierig, angespannt und telefonieren aufgeregt …« Sneijder deutete zu Vicky Fuchs. »… bis auf eine. Sie wirkt plötzlich ziemlich entspannt und locker.«

65. Kapitel

»Danke, das ist alles«, sagte Quintana, tippte ein paar Zeilen auf seinem Laptop und sah dann lächelnd auf. Neben ihm stand eine frische, dampfende Kaffeetasse, aus der ein Löffel ragte.

»Okay, gerne.« Lea blickte zur Wanduhr des Büros und erhob sich. Es war kurz vor dreiundzwanzig Uhr. Wenn sie die Liste neben Quintanas Computer richtig deutete, dann hatte er heute noch eine lange Nacht mit vielen weiteren Verhören vor sich.

Eigentlich schade, dass es schon vorbei ist, sagte Camilla. *Dem hätte ich gut und gern noch eine weitere Stunde lang zuhören können.*

Lea räusperte sich, sagte aber nichts. Das Gespräch, das der *Comisario* mit ihr geführt hatte, war ziemlich kurz gewesen. Mit insgesamt fünfzehn Zeugen, die beweisen konnten, dass sie während der Tatzeit in Paculas Workshop gewesen war, hatte sie ein hieb- und stichfestes Alibi. Was er natürlich nicht wissen konnte, war, wie erleichtert sie vorhin darüber gewesen war, dass die entdeckte Leiche nicht Gernot, sondern die nette ältere Schweizerin gewesen war, die vorzeitig ihren Kurs verlassen hatte. Irgendjemand hatte sie in ihrem Apartment ermordet und ihren Schmuck geklaut.

Quintana krempelte sich die Hemdsärmel auf. Darunter waren seine gebräunten, sehnigen Unterarme zu sehen. »Falls Ihnen noch etwas zu Käthe van Zwieten einfallen sollte, rufen Sie mich bitte an – egal zu welcher Uhrzeit.« Er reichte ihr eine Visitenkarte mit seiner Handynummer.

Und ob wir den anrufen!

Lea steckte die Karte in ihre schwarzen Jeans. »*Muchas gracias.*« Sie lächelte.

»Schicken Sie mir bitte den Nächsten herein, Miss Vicky.«

»Aber sicher.« Sie wandte sich um und ging zur Tür.

Ist der süß, oder ist der süß?, meldete sich Camilla erneut zu Wort.

»Seit wann stehst du auf Spanier?«, flüsterte sie verwundert, erhielt aber keine Antwort.

Sie öffnete die Tür und trat ins gedämpfte dunkelblaue Licht der Hotellobby. Da warteten bereits fünf weitere Leute. Der Nächste war offensichtlich Pacula, der soeben ein Telefonat beendete und sich den Hörstöpsel aus dem Ohr zog. Trotz der späten Stunde war er gar nicht mehr so leichenblass wie noch am Nachmittag während des Workshops, als sie dachte, er wäre halb tot und nur Vanilletee und Joints würden ihn am Leben erhalten.

»Der Nächste«, sagte sie.

Pacula ging mit einem kalten Lächeln an ihr vorbei.

Du wirst dich noch wundern, dachte sie und ließ die Hände in den Jeanstaschen verschwinden, wo sie Nagel, Draht und Büroklammer ertastete. Das war die ideale Gelegenheit, sich in seinem Apartment umzusehen.

Zügig marschierte sie am Dekotank vorbei, in dem die Quallen mit ihren geisterhaften Nesseln ruhig und gleichmäßig ihre Bahnen zogen, während ihre phosphoreszierenden Rosa-, Gelb- und Violetttöne nun voll zur Geltung kamen.

»Erinnern dich die Tiere immer noch an Gernot?«, flüsterte sie.

Mehr denn je, kam die prompte Antwort. *Inzwischen hat er bestimmt am Meeresgrund Kontakt mit ihren Artverwandten aufgenommen.*

»Die stammen aus dem Persischen Golf.«

Wenn wir Glück haben, treibt er ja dorthin.

Schön wär's, dachte Lea. Sie trug Vickys schwarzen Hoodie und zog sich, während sie durch die automatische Glastür ins Freie trat, die Kapuze über den Kopf.

Draußen erwartete sie geradezu ein Idyll. Die Nacht war feucht, die Grillen zirpten in der Wiese, die Diskothek strahlte ihre Lasershow in den Himmel, und weit draußen am Meer zog ein Frachter mit roten Positionslichtern vorbei. Der Mond hing über dem Meer und ließ die Wellen glitzern – völlig unbeeindruckt von den menschlichen Dramen, die sich hier gerade abspielten.

Schnurstracks marschierte Lea in Richtung Paculas Apartment. Als sie es fünf Minuten später erreichte, ging sie kurz davor in die Hocke und tat so, als wollte sie ihre Schuhbänder neu binden. In Wirklichkeit schraubte sie neben dem Weg die Glühlampe aus der Bodenlaterne. Nur um auf Nummer sicher zu gehen – wahrscheinlich war das jetzt gar nicht mehr nötig, denn durch die allgemeine Aufregung, die seit dem Mord im Hotel herrschte, befand sich kaum jemand im Freien. Die meisten hatten sich in ihren Apartments verkrochen oder zu größeren Gruppen im Haupthaus zusammengefunden, um über den Vorfall zu diskutieren.

Nachdem Lea sicherheitshalber auch noch eine zweite Glühlampe aus der Fassung gedreht hatte, schlich sie im Dunkeln zu Paculas Eingangstür. Rasch schlüpfte sie in ein Paar Latexhandschuhe, das sie zuvor von einem Putzwägelchen geklaut hatte.

Gleichzeitig fuhr sie mit dem zurechtgebogenen Nagel und dem Stück Blumendraht, für das sie sich entschieden hatte, ins Schloss, tastete herum, spürte den Riegel und wollte ihn zur Seite drehen. Aber es funktionierte nicht auf Anhieb. Ihre Hände begannen in den Handschuhen zu schwitzen.

Ruhig bleiben, versuch es nochmal, sagte Camilla.

Lea atmete tief durch und startete einen zweiten Versuch, bei dem es zum Glück klappte. Erleichtert drückte sie die Klinke mit dem Ellenbogen hinunter, schlüpfte ins Vorzimmer und schloss die Tür hinter sich.

Gleich als Erstes zog sie die schweren Vorhänge zu, erst danach schaltete sie ihre Handytaschenlampe ein. Außerdem aktivierte sie die Stoppuhr. In der Hoffnung, dass Paculas Verhör deutlich länger dauern würde als ihres, gab sie sich zwanzig Minuten Zeit. Immerhin wusste er als Mentalcoach mehr über Käthes Charakter und ihren emotionalen Zustand als alle anderen in diesem Hotel. Und da Quintana, wenn sie das richtig mitbekommen hatte, andere Motive abseits von Raubmord nicht ausschloss, würde ihn das brennend interessieren.

Rasch ging sie von einem Raum zum nächsten, durchsuchte konsequent Schränke, Schubladen, Kommoden und alle Stellen, wo Pacula den Packen Workshopbriefe hätte verstecken können. Sie sah sogar unter der Matratze und hinter dem TV-Gerät an der Wand nach, fand aber nichts. Es gab zwar jede Menge Mappen, Flyer und Unterlagen, aber keine Briefe. Es war zum Aus-der-Haut-Fahren.

Abgesehen von dem schwarzen Hartschalenkoffer, mit dem sie Pacula am Flughafen von Palma gesehen hatte, stand auch noch ein riesiger Schrankkoffer im Zimmer. Entweder war der schon vorab hergeschickt oder erst nachträglich geliefert worden. Aber auch sein Inhalt brachte sie nicht weiter, denn darin befanden sich nur mehrere Paar schwarze Lackschuhe, jede Menge weißer Hemden und einige identische Designeranzüge von *Steenweg en Zonen.* Auch hier keine Briefe.

»Shit!«, zischte sie und wischte sich den Schweiß von der Stirn. Bis auf eine Sache hatte sie alles durchsucht. Sie ließ das Licht der Taschenlampe zum Wandsafe gleiten. Abgesehen davon, dass es ihr etwas übertrieben schien, solche Briefe darin zu deponieren – so wichtig waren sie nun auch wieder nicht –, konnte sie ohnehin nicht nachsehen. Schließlich kannte sie die Kombination nicht, und auch wenn sie aus beruflichen Gründen über die Administratorcodes für Notfälle Bescheid wusste, kannte sie den von dieser speziellen spanischen Firma nicht. Und ihr blieb nicht die Zeit, lange herumzuexperimentieren.

»Shit«, murmelte sie wieder.

Ihre Stoppuhr zeigte neunzehn Minuten. Frustriert warf sie Paculas großen Hartschalenkoffer aufs Bett. Vielleicht gab es da ja irgendwo innen ein Seitenfach, das sie übersehen hatte und in dem die Briefe verstaut waren. Während sie mit der Hand alles abtastete, spürte sie, dass Camilla etwas sagen wollte, kam ihr aber zuvor. »Sag jetzt nichts.«

Doch. Wir sind im Arsch!

»Verdammt richtig!« Sie richtete sich auf und versetzte dem Koffer einen zornigen Tritt, sodass er übers Bett glitt, auf der anderen Seite hinunterfiel und gegen die Wand knallte. Dabei hörte sie das knackende Geräusch von zerbrechendem Plastik.

Toll gemacht! Jetzt ist er kaputt.

Rasch lief sie auf die andere Seite und sah im Licht der Taschenlampe, dass an einer Ecke des schwarzen Koffers unübersehbar der weiße Wandverputz klebte. Auch das noch. Sie kniete sich hin, säubert die Stelle und merkte dabei, dass vermutlich durch ihren Tritt oder den Aufprall ein Teil der Außenhülle abgebrochen war.

Du machst alles nur noch schlimmer!

Lea gab keine Antwort. Wütend über sich selbst drückte sie das weggesplitterte Teil wieder an die richtige Stelle, platzierte den Koffer dorthin, wo er vorhin gestanden hatte, und betrachtete ihr Werk. Sicherheitshalber tippte sie den Koffer mit der Schuhspitze an. Das Teil hielt nicht und fiel wieder heraus.

Super!

»Na und?«, reagierte Lea prompt. »Das könnte genauso gut während des Transports zum Apartment passiert sein. Oder die Putzfrau hat ihn versehentlich kaputt gemacht.«

Ja, klar, die Putzfrau war es. Oder der Gärtner. Ganz sicher!

Lea lehnte das Handy an die Wand, kniete sich hin und drückte das lose Teil erneut in die Bruchstelle. Sie wollte es gerade so präparieren, dass es nicht auffiel, als sie mit einem Finger abrutschte und dabei hinter dem Sprung einen schmalen Hohlraum entdeckte.

»Der Koffer hat einen doppelten Boden«, stellte sie fest.

Ein Geheimfach?

Lea tastete erneut die Außenwand ab und entdeckte die kaum erkennbaren feinen Umrisse eines etwa zwanzig Zentimeter langen und halb so breiten, rechteckiges Teils, von dem die Ecke abgesplittert war. Nachdem sie an einer bestimmten Stelle dagegendrückte, ließ sich das Ding wie ein Deckel abnehmen. Es war ein raffinierter Klickverschluss, den kaum jemand gefunden hätte, wenn man nicht genau wusste, wonach man suchen musste.

Allerdings war das Fach, das sich darunter verbarg, zu klein, um einen Stapel Briefe darin zu verstecken. Dennoch leuchtete sie mit der Lampe hinein und entdeckte tatsächlich etwas. Ein dünnes rotes Notizbuch, auf dessen Deckblatt *Für Rechtsanwalt Dr. Albrecht in Frankfurt* stand.

Lea lehnte das Handy so an die Wand, dass das Licht auf das Notizbuch fiel. Rasch blätterte sie durch die Seiten, die alle mit Bleistift in kleiner, aber fein säuberlicher Handschrift vollgekritzelt waren.

»Was zur Hölle ist das?«, entfuhr es ihr.

Die Seiten waren voll mit deutschen und europäischen Postfachnummern, dutzenden Realnamen und deren Codenamen sowie privaten Anschriften und Kontaktdaten in Form von Telefonnummern und E-Mail-Adressen. Auch jede Menge Onion-Sites und TorBox-Adressen aus dem Darknet waren darunter. Der Name einer gewissen Ruth-Allegra Francke war mehrmals mit Rotstift eingekreist und mit mehreren Telefonnummern verknüpft, als wäre er besonders wichtig.

Auf den nächsten Seiten folgte eine lange Liste mit Terminen und internationalen Treffpunkten, die beeindruckende fünf Jahre zurückreichten. Den Abschluss des Notizbuchs machte eine Art Auftrags- und Rechnungsbuch mit bestimmt über hundert datierten Einträgen und jeweils sechsstelligen Eurobeträgen, die alle mit kleiner Schrift fein säuberlich notiert worden waren.

»Wonach sieht das für dich aus?«, keuchte Lea.

Erpressung, Betrug, Diebstahl, Schutzgeld, Bestechung, Schwarzgeldtransfer … was weiß denn ich? Bin ich aus dieser Branche?

»Was immer es ist – legal wirkt das Ganze jedenfalls nicht.«

Scheint so, als wäre Pacula ein ziemlich übler Gauner.

»Vielleicht hat *er* die alte Dame ermordet?«, vermutete Lea.

Wie denn? Er hat ein Alibi. Schon vergessen?

»Stimmt. Aber vielleicht war es seine Assistentin? Diese …«

Wie spät ist es eigentlich?

»Scheiße!« Leas Herz begann zu rasen. Die Stoppuhr zeigte bereits neunundzwanzig Minuten. »Verdammt, verdammt, verdammt …« Hastig präparierte sie die abnehmbare Fläche mit dem weggesplitterten Plastikteil so, dass es nicht sofort auffiel, und stellte den Koffer an genau dieselbe Stelle, an der er vorhin gestanden hatte.

Das rote Notizbuch steckte sie sich hinten in den Hosenbund und zog den Hoodie darüber.

Jetzt werden wir auch noch zur Diebin?

»Du sagst es.« Lea schnappte sich ihr Handy, schaltete die Taschenlampe aus, zog die Vorhänge wieder auf und ging zur Tür. Mist! Sie musste ihre Flucht um einen weiteren Tag verschieben. Ohne den Brief konnte sie nicht abreisen. Aber selbst wenn sie ihn nicht fand, hatte sie jetzt immerhin ein Druckmittel gegen Pacula in der Hand.

»Clever, nicht wahr?«

Ja, bist so ein schlaues Mädchen. Vergiss nicht, draußen die Glühbirnen wieder reinzudrehen.

66. Kapitel

Als Sneijder nach dem Verhör mit *Comisario* Quintana fünfzehn Minuten vor Mitternacht endlich in sein Apartment kam, piepte sein Handy. Die Nachricht war von Drohmeier.

Videokonferenz in zehn Minuten!

Der Mann schlief wohl nie. Sneijder schaltete seinen Laptop ein, und während das Gerät hochfuhr, warf er sein Sakko aufs Bett und wollte zur Minibar gehen, als er innehielt. Die Bettdecke war verrutscht und schlug Falten.

Neugierig ging er ums Bett herum. An der Wand neben dem Nachttisch sah er weißen Staub auf dem Teppichboden. Der Verputz war von der Wand gerieselt. *Von allein?* Wohl kaum. Jemand musste etwas gegen die Wand geschlagen haben, und er wusste auch schon, wo, denn an einer Stelle war ein dunkler Strich zu sehen.

»Okay, jemand ist also hier gewesen«, stellte er trocken fest und sah sich um. Hatte die mallorquinische Polizei heimlich sein Apartment durchsucht, während Quintana ihn verhört hatte? Aber warum hätten die das tun sollen? Das Gespräch mit Quintana war zwar nicht gerade entspannt verlaufen, und der Mann hatte auch versucht, ihn unter Druck zu setzen, aber Sneijder hatte rasch bemerkt, dass das meiste davon nur heiße Luft war.

Vielleicht war Quintana auch nur deshalb so angepisst gewesen, weil Sneijder den Reisepass von Ron D. Pacula nicht mitgenommen, sondern behauptete hatte, ihn gerade nicht gefunden zu haben. Andernfalls hätte sogar ein besoffener Wachmann bemerkt, dass er Conrads Passfoto kein bisschen ähnlich sah. Zum Glück hatte Quintana nicht weiter nachgehakt, sondern sich rasch wieder beruhigt. Offensichtlich war Sneijder aufgrund seines wasserdichten Alibis kein Verdächtiger, und Quintana war es nur um Sneijders Einschätzung zu Käthe van Zwietens Person gegangen.

Oder ist Ramona hier gewesen, weil sie an deiner Identität zu zweifeln begonnen hat? Das klang schon plausibler. Fatal wäre allerdings, wenn sie den gestohlenen Schmuck in seinem Apartment versteckt hätte.

Rasch lief Sneijder durchs gesamte Apartment und stellte fest, dass es tatsächlich jemand durchsucht haben musste, und zwar so, dass man es nicht gleich bemerkte. Vermutlich wäre er ohne die verrutschte Bettdecke und den Verputz auf dem Boden gar nicht draufgekommen. Eine erste rasche und oberflächliche Durchsuchung brachte keinen Hinweis darauf, dass Ramona den Rubinschmuck bei ihm deponiert hatte. Und seine Glock im Safe war auch noch da.

Dann piepte auch schon sein Laptop. Die verschlüsselte Videokonferenz zum BKA Wiesbaden stand. Er setzte sich mit einer Plastikwasserflasche aus der Minibar, die er sich an die Schläfe drückte, an den Schreibtisch und loggte sich mit seinem Passwort ein. Auf dem Monitor tauchte Drohmeier auf, mit erschöpftem Gesichtsausdruck, Tränensäcken unter den Augen und einem müden Blick.

»Wie ist die Stimmung zu Hause?«, fragte Sneijder, obwohl er sich die Antwort bereits denken konnte.

»Vor wenigen Stunden gab es weitere Anschläge.«

Sneijder wurde plötzlich kalt. »Davon weiß ich noch gar nichts.«

»Damit sind Sie nicht allein, denn BKA, BND, Staats-, Verfassungsschutz und Innenministerium unterdrücken die Weitergabe sämtlicher Informationen an die Medien.«

»Schön zu hören, dass wenigstens einmal alle Behörden am gleichen Strang ziehen.«

»Das ist auch schon die einzige gute Nachricht.«

»Was ist passiert?«

»In Hamburg sind zur gleichen Zeit zwei Aufsichtsräte, eine Pressesprecherin und eine Geschäftsführerin desselben Ölkonzerns in ihren Häusern und Wohnungen mit gezielten Kopfschüssen exekutiert worden. Laut Zeugenaussagen von mehrköpfigen Kommandos mit automatischen Waffen.«

Sneijder lief ein Schauder über den Rücken. Das klang wie eine Kriegserklärung. Er schluckte. »Vier Tote?«

»Wenn wir Glück haben, nur drei. Die Pressesprecherin schwebt in Lebensgefahr, allerdings sind ihre Chancen, es zu schaffen, verschwindend gering.«

»Ein Ölkonzern als Zielobjekt?« Sneijder schob sich die Flasche in den Nacken. »Wie passt das ins Konzept der RAF?«

»Der Konzern betreibt schon seit Jahren übles Greenwashing. Statt tatsächlich in den Umweltschutz zu investieren, fließen Milliarden in Werbung, Public Relations und an die großen Medienhäuser, um dem Konzern in der Öffentlichkeit ein grünes Image zu verleihen. Alles Lug und Trug, und unsere Regierung unterstützt das indirekt mit Steuergeldern.«

»*Verdomme* …« Sneijder begann die Zusammenhänge zu begreifen. Diese junge Generation bekämpfte nicht nur die deutsche Trendwende nach rechts, wie aus der abgefangenen Kampfschrift hervorging, sondern wohl auch das ewiggestrige Gedankengut, das den Klimawandel leugnete, weiterhin fossile Brennstoffe propagierte und erneuerbare Energiequellen unterdrückte.

»Die Verflechtungen zwischen politischem Terrorismus und Ökoterror sind mittlerweile so komplex geworden, dass man ein halbes Wirtschafts- und Politikwissenschaftsstudium braucht, um da durchzublicken«, sagte Drohmeier.

Sneijder kannte die sogenannte Hufeisentheorie – wonach die bürgerliche Mitte den Bauch eines Hufeisens bildete, während sich Links- und Rechtsextremismus an den jeweiligen Enden einander wieder annäherten. Letztlich hatte es für ihn aber keine Bedeutung, welcher Theorie der Terror folgte. Denn egal, ob Links- oder Rechtsextreme, unterm Strich blieb das Ergebnis das gleiche. Die Gesellschaft wurde gespalten, Angst, Hass und Panik verbreiteten sich.

»Ich bin gespannt …«, überlegte Sneijder laut, »… welche Bekennerschreiben die RAF bei ihrer Offensive Null-Fünf zum Beginn der *Roten Woche* in die Öffentlichkeit bringen wird und ob es Forderungen oder ein Ultimatum geben wird.«

»Bisher lassen sie uns über ihre konkreten Ziele im Unklaren, aber unsere Experten gehen davon aus, dass sie den Rücktritt der kompletten Regierung fordern werden.«

»Tja, wenn es weiter nichts ist …« Sneijder lächelte müde. »Außerdem fragte ich mich, warum sie schon jetzt, vor dem eigentlichen Startschuss, diese ganzen Anschläge durchgeführt haben.«

»Auch das wissen wir nicht, aber unsere Analysten in Meckenheim gehen davon aus, dass das alles nur ein sanfter Vorgeschmack ist, bevor sie wirklich ernst machen.«

»Dieser Vorgeschmack würde mir persönlich schon völlig ausreichen«, kommentierte Sneijder.

»Nicht nur Ihnen«, stimmte Drohmeier zu. »Diesen Freitag geht die einwöchige internationale Sicherheitskonferenz in Den Haag zu Ende. Unsere deutsche Delegation – darunter Philip Degenhard, der Staatssekretär unseres Innenministers, sowie dessen gesamter Stab und meine beiden Vize-Präsidenten Eisa und Marquardt – zittert schon jetzt vor ihrem Rückflug, weil sie nicht weiß, was am Flughafen passieren wird.«

»Dann sollen sie doch die Bahn nehmen. Jeder einen anderen Zug.«

»Witzig, Sneijder. Während Sie mit Ihrem Laptop am Palmenstrand sitzen, ist die Stimmung bei uns daheim so explosiv wie noch nie zuvor.«

»Und wessen Idee war es, dass ich nach Mallorca fliege?«

»Ja, Sie haben recht, tut mir leid«, seufzte Drohmeier, »meine Nerven liegen genauso blank wie die aller anderen.«

»So kenne ich Sie gar nicht.«

»Das liegt daran, dass Sie noch nicht alles wissen, Sneijder.«

»Was denn noch?« Sneijder wechselte die Flasche auf die andere Seite.

Drohmeier wischte sich sein schütteres graues Haar zurück und strich sich nachdenklich über die lange Narbe am Kopf. »Dieser Dr. Albrecht, Paul Conrads Anwalt, ist heute Abend plötzlich in meinem Büro gestanden.«

»Der Haussicherungsdienst hat ihn einfach ins Gebäude gelassen?«

»Anscheinend kennt er jemanden beim BKA – ist ja jetzt auch egal. Jedenfalls wusste er von Anna Bischoffs Tod.«

»*Niet goed.*« Sneijder waren die Konsequenzen sofort klar, und seine Kehle wurde eng. »Wie hat er verdammt noch mal davon erfahren?«

»Kurz bevor Conrad sein Haus in der Nacht von Samstag auf Sonntag niedergebrannt hat, hat er eine Nachricht auf dem Anrufbeantworter seines Anwalts hinterlassen. Wir wissen nicht, was er ihm gesagt hat, aber Dr. Albrecht hat am Montagmorgen gleich zurückgerufen, konnte Conrad aber nicht erreichen.«

»Kein Wunder«, überlegte Sneijder, »alle seine Handys sind im Haus verbrannt. Und von dem Prepaidhandy, das auf Ron Pacula angemeldet ist, wusste der Anwalt anscheinend nichts.«

»Sehe ich genauso«, sagte Drohmeier. »Daraufhin ist Dr. Albrecht zu Conrads Haus in Bad Kreuznach gefahren und hat nur noch eine Brandruine vorgefunden. Er konnte auch Conrads Tochter nicht erreichen. Bei seinem anschließenden Verhör hat er erfahren, dass das BKA Annas Wohnung in Augsburg auf den Kopf gestellt hat. Und hat dann über gute Kontakte zur Polizei herausgefunden, dass Anna Bischoff bei einem Motorradunfall tödlich verunglückt und ihr Vater am Flughafen während eines Verhörs gestorben ist.«

»*Godverdomme, vervloekter mest!*«, fluchte Sneijder. Auch das noch! Er sprang auf und warf die Wasserflasche so fest auf den Boden, dass sie abprallte, in weitem Bogen durchs Zimmer flog, irgendwo dagegenknallte und liegen blieb. Er krempelte sich die Ärmel auf und beugte sich über den Monitor. »Sie müssen den Mann sofort und um jeden Preis zum Schweigen bringen!«

»Beruhigen Sie sich wieder. Haben wir bereits. Dr. Albrecht weiß, was eine laufende Ermittlung ist.«

»Scheiß auf die laufende Ermittlung. Darum geht es gar nicht«, fluchte Sneijder aufgebracht. »Mittlerweile gab es einen Mord im Hotel. Die mallorquinische Kripo ist hier und ermittelt.«

Drohmeier wurde blass. »Jemand aus Ihrem Team?«, fragte er mit rauer Kehle.

»Nein, eine ältere Dame, eine Urlauberin – nicht weiter wichtig«, spielte Sneijder die Dramatik des Vorfalls herunter. »Aber wenn die Kripo mich und Nemez bei den Verhören näher unter die Lupe nimmt und herausfindet, dass Ron D. Pacula in Wahrheit Paul Conrad ist und der und Anna Bischoff bereits tot sind, sind Nemez und ich hier im Arsch. Dann verlieren wir unseren Kontakt zu Ramona – und der ist im Moment die beste Spur, die wir haben.«

»Ich verstehe …« Drohmeier wischte sich übers Gesicht. »Eine vertrackte Situation. Ich werde alles tun, damit von den beiden Todesfällen nichts durchsickert. Aber damit wir Dr. Albrecht zum Schweigen bringen, will er etwas von uns haben. Nämlich Paul Conrads schwarzen Hartschalenkoffer.«

»Kann er gern haben«, sagte Sneijder großzügig. »Wenn es hart auf hart kommt, könnten wir ohne richterlichen Beschluss wegen des Beweismittelverwertungsverbots sowieso nichts davon verwenden.«

»Er will den Koffer mit dem gesamten Inhalt«, betonte Drohmeier.

Sneijder wurde stutzig. »Was ist denn so Wichtiges darin?«

»Das habe ich ihn auch gefragt, woraufhin er sich ziemlich geziert hat. Schließlich habe ich behauptet, dass wir sein nächtliches Telefonat mit Conrad abgehört und mitgeschnitten haben.«

»Clever«, sagte Sneijder. »Und?«

»*Dann wissen Sie ja bereits von dem roten Notizbuch*, hat er gesagt. Es soll nach Conrads Tod an ihn gehen.«

Sneijder richtete sich auf, machte einen Schritt zurück und starrte mit zusammengekniffenen Augen auf den Monitor hinunter. »Welches rote Notizbuch?«

»Das rote Notizbuch im Koffer – hat Albrecht zumindest behauptet.«

Nun wurde Sneijder klar, was Conrad in der Nacht seiner Flucht seinem Anwalt auf den AB gesprochen hatte. »Im Koffer war kein Notizbuch.« Er spähte zu Conrads Koffer, der beim Bett auf dem Teppichboden stand. Die Wasserflasche lag daneben, ebenso wie ein kleines schwarzes Teil der Hartschale. »Einen Moment, bin gleich wieder da.«

Sneijder ging zum Koffer, riss ihn herum und fand das Loch in der Hartschale. Mit dem Finger fuhr er in die Öffnung und brach ein längliches rechteckiges Teil heraus. Dahinter verbarg sich ein Geheimfach. Das leer war.

»Leck mich doch am Arsch!«, rief er. Instinktiv sah er zur anderen Seite des Betts, wo der dunkle Strich an der Wand war. Was immer in diesem Zimmer passiert war – in diesem Buch befanden sich garantiert die Informationen, hinter denen er bis jetzt her gewesen war. Er hatte sie die ganze Zeit über, ohne es zu wissen, in diesem Koffer mit sich herumgetragen. Und jetzt waren sie weg. Drohmeiers Anruf war genau um eine Stunde zu spät gekommen.

Am liebsten hätte er auf den Koffer eingetreten und ihn in

einen Haufen Schrott verwandelt. Stattdessen zerbiss er einen Fluch zwischen den Zähnen, setzte sich wieder an den Schreibtisch und starrte mit wildem Blick in den Laptop.

»Sneijder? Was um Himmels willen ist denn passiert?«, fragte Drohmeier.

»Ich weiß, wo sich das Notizbuch befunden hat«, sagte er zerknirscht. »Jemand hat es gestohlen. Ich muss herausfinden, wer es war. Sobald ich mehr weiß, melde ich mich wieder.« Er beendete das Programm und klappte den Laptop zu. Dann stand er auf und sah sich um.

Wer verdammt nochmal hatte sein Zimmer durchwühlt?

Kurzerhand griff er zum Handy und rief Marc an. Der meldete sich mit einer derart müden Stimme, dass man ehrliches Erbarmen mit ihm hätte haben können. »Ja … was ist?«, gähnte er erschöpft. »Wir haben gerade für heute Schluss gemacht.«

Sneijder wusste, dass es keinen Sinn hatte, ihn und Miyu, die seit dem Morgengrauen auf den Beinen waren und von Mittag bis Mitternacht ununterbrochen in Monitore gestarrt hatten, länger auf Trab zu halten. Er brauchte sein Team geistig fit und ausgeschlafen. »Morgen müsst ihr dort weitermachen, wo ihr heute aufgehört habt. Nämlich sämtliche Urlauber und Hotelangestellte zu durchleuchten.«

»Jetzt also doch wieder«, schnaubte Marc. »Geht es um den Mord an der alten Dame?«

»Nein, vergiss die alte Dame! Jemand besitzt Conrads Notizbuch, in dem sich höchstwahrscheinlich alle wichtigen Daten befinden, die wir dringend brauchen.«

6. TEIL

Mittwoch, 22. Mai

67. Kapitel

Nach einer erneuten morgendlichen Joggingrunde zum Leuchtturm und einer halben Stunde Schwimmen in der Bucht entlang der Klippen saß Lea auf einem Hocker der Strandbar neben der Diskothek. Die Sonne stand bereits zwei Handbreit über dem Horizont, ließ das Meer golden glitzern und begann auf den Strand herunterzubrennen, doch im Schatten des Strohbaldachins ließ es sich noch gut aushalten.

Der Barkeeper beugte sich grinsend über den Tresen zu ihr herüber. »Wie trinken Sie Ihren Kaffee morgens am liebsten, *Señorita*?«

»Allein«, antwortete sie spontan.

Daraufhin verzog sich der Kerl auf die andere Seite der Bar und schaltete die Maschine ein.

»Einen Cappuccino, *por favor*«, rief sie hinüber. »Und sorry.«

»*No pasa nada.*« Während der Kaffee in die Tasse lief, säuberte er die Arbeitsfläche vom Sand.

»Machen Sie das jeden Tag?«

»Mehrmals täglich.« Nun wischte er über ein altmodisches Telefon mit Hörer, das neben dem Stapel Speisekarten stand.

Sie beugte sich über den Tresen. »Echt jetzt? Sie haben hier noch einen Festnetzanschluss?«

»Nicht für mich – für die Gäste«, erklärte er, dann stellte er ihr den Cappuccino hin. »Viele versuchen während ihrer digitalen Entgiftung ohne Handy auszukommen, geben es zum Teil sogar an der Rezeption ab. Wenn sie dann doch mal dringend telefonieren müssen, kommen sie hierher.«

»Verstehe.« Sie nippte am Kaffee.

Die Hotelangestellten hatten die Open-Air-Diskothek schon von den Folgen der langen Party von letzter Nacht gereinigt, und an der Strandbar gab es bereits die ersten Snacks zum Frühstück. Lea aß ein Thunfischsandwich zum Kaffee.

Mit Sonnenbrille und tief ins Gesicht gezogener Schirmkappe saß sie auf ihrem Handtuch, das sie über den Hocker gelegt hatte. Sand klebte auf ihren Waden, und der nasse, von Salzwasser verklebte Badeanzug haftete an ihrem Körper und scheuerte auf der Haut. Doch sie wollte noch nicht in ihr Apartment gehen, um zu duschen, sondern lieber hier sitzen bleiben, um den Kitesurfern zuzusehen, die über die Wellen flogen. Die perfekte Ablenkung von den ganzen Problemen, in die sie sich selbst hineingeritten hatte.

Nach einer Weile kam eine junge Hotelangestellte im dunkelblauen Businessanzug telefonierend über den Stand zur Bar. »Könnte interessant sein …«, sagte sie, beendete das Gespräch und steckte das Handy weg. Dann bestellte sie ein Glas Coke Zero ohne Eis, das sie in einem Zug leerte.

Lea beugte sich zur ihr. »Hallo, ich würde gern einen Ausflug nach Palma machen. Was kann ich mir dort ansehen?«

»Alles«, antwortete die Frau knapp.

»Ich meine, was ist sehenswert?«

»Woher soll ich das wissen? Kommt darauf an, was Sie als sehenswert erachten.«

»Was schauen sich die Touristen denn normalerweise an?«

»Das weiß ich nicht.«

»Warum nicht?«, fragte Lea mittlerweile etwas irritiert.

»Weil ich keine Touristin bin.«

»Okay, aber Sie sind doch …« Lea deutete zum Schild am Revers ihrer Uniform. »… Eventmanagerin.«

»Und?«

»Da müssten Sie doch wissen, was man sich in der Gegend anschauen kann.«

»Das sagte ich doch schon – alles.«

»Alles?«

»Ja, es ist nichts gesperrt.«

»Okay.« Lea stieß die Luft geräuschvoll aus und strich sich eine Haarsträhne hinters Ohr. »Möglicherweise ist das nicht gerade der richtige Job für Sie.«

»Danke für den Tipp.« Die Frau zog kurz die Mundwinkel zu einem Lächeln hoch und löste sich von der Theke. *»Fuck you very much.«* Sie drehte sich um und ging.

Lea starrte ihr nach. »Was ist denn mit der?«, flüsterte sie.

Was soll mit der sein?, fragte Camilla. *Die kann dich halt nicht leiden. Ich fand sie jedenfalls witzig.*

»Ja, sehr witzig.« Lea lehnte sich nun so an die Theke, dass sie den Jachthafen im Rücken hatte und zur anderen Seite der Bucht sehen konnte, wo sich die Tennisplätze und die Golfanlage befanden … und wo die seltsame Eventmanagerin hergekommen war. Dort sperrte die Hotelsecurity gerade einen großen Strandbereich ab. Wenn man den Gesprächen der aufgeregt herumlaufenden Gäste glaubte, hatte ein Fischerboot im Morgengrauen in der Nähe der Klippen eine Leiche entdeckt, die von der Strömung in die Bucht gespült worden war. Die Fischer hatten den Toten zum Strand gebracht.

Eine halbe Stunde später trank Lea bereits die dritte Tasse Kaffee und blickte immer noch zur selben Stelle. Mittlerweile waren auch schon der Rechtsmediziner, jede Menge Polizeibeamte und die Kripo da.

Comisario Quintana war sowieso schon seit den frühen Morgenstunden wieder im Hotel, weil er weiterhin seine Verhöre mit den Urlaubern und dem Hotelpersonal führte und anscheinend von allen, die kein Alibi hatten, Fingerabdrücke und DNA-Proben nahm. Nachdem er jetzt ebenfalls am Strand auftauchte, nahm Lea an, dass auch dieser zweite Tote zu seinem Fall geworden war.

Willst du nicht hingehen und dich unter die Schaulustigen mischen, um mehr zu erfahren?, drängte Camilla.

Lea spürte, wie ihre Finger zitterten, während sie mit dem Löffel in der Kaffeetasse rührte. »Nein«, flüsterte sie, nachdem sie sich überzeugt hatte, dass der Barkeeper auf der anderen Seite des Strandcafés den Geschirrspüler ausräumte. »Wir wissen doch beide, wer der Tote ist.«

Aber vielleicht erfahren wir mehr.

»Was willst du denn noch erfahren? Wir wissen doch schon alles«, murmelte Lea.

Aber vielleicht …

»Was? Beim Anblick von Gernots Leiche würde ich mich nur verdächtig machen«, krächzte Lea. »Und Quintana müsste mir nur einmal kurz ins Gesicht blicken, um an meiner Reaktion zu erkennen, dass ich den Toten kenne … und dann sind wir beide im Arsch.«

Verstehe … dann wäre es vielleicht besser, wenn du dich in dein Apartment verziehst.

Leas Finger zitterten immer noch. »Ja, mach ich gleich.« Sie reckte den Hals und rief zum Barkeeper: »Noch eine Tasse Cappuccino, *por favor.*«

»*Sí, Señora*«, rief er zurück.

Einen vierten?

»Ja, was dagegen?«

Während der Barkeeper den Kaffee aus der Maschine laufen ließ, löste sich der Tauchlehrer des Hotels aus der Menschenansammlung und schlenderte am Ufer entlang zur Strandbar.

»Was ist dort drüben passiert?«, rief der Barkeeper auf Englisch.

»Vermutlich ein Tourist«, antwortete der Tauchlehrer, ein junger, durchtrainierter Brite mit schulterlangen blonden Locken. Er warf zwei Neoprenanzüge in den Sand und lehnte sich an die Bar.

»Von unserem Hotel?«

Der Brite stützte sich auf den Tresen. »Wissen wir noch nicht. Ist wahrscheinlich bei einer Wanderung abgestürzt und über die Klippen ins Meer gefallen. Wird nicht leicht, den zu identifizieren. Er hatte keine Papiere bei sich – und sein Kopf ist beim Aufprall zertrümmert worden. Kein schöner Anblick, sage ich dir.«

Der Barkeeper stellte die dampfende Tasse mit einem verpackten Keks und einem Glas Wasser vor Lea auf den Tresen und räumte die leere Tasse ab. »Schrecklich, was in den letzten Tagen alles passiert ist, nicht wahr?«

»Ich will das gar nicht hören. Ich bin im Urlaub«, sagte sie auf Englisch, stand auf, faltete das Handtuch zusammen und warf es sich über die Schulter.

Die beiden Männer sahen sie betroffen an. »Tut uns leid, Miss«, entschuldigte sich der Brite nun.

Lea nahm ihren Zimmerschlüssel und den Kaffee. »Schon okay.« Sie nickte ihnen zu, wandte sich um und ging in Richtung Apartment. Dabei zitterte ihre Hand so sehr, dass die Schale auf der Untertasse klapperte.

Jetzt wird es eng für uns.

»Die Kripo wird sicher noch einige Zeit brauchen, um Gernots Identität herauszufinden. Wir müssen nur noch diesen Tag durchhalten …«

… den Brief beschaffen und morgen in aller Herrgottsfrüh abhauen.

»Alles ganz einfach.«

68. Kapitel

Miguel hatte Sneijder am Morgen noch vor dem Frühstück seinen Anzug aus der chemischen Reinigung zurückgebracht, und wiederum kein Trinkgeld erhalten. Niemand sollte Sneijder nachsagen, dass er in seiner Unfreundlichkeit inkonsequent wäre.

Er hatte Hose, Hemd und Sakko gleich angezogen, um zu sehen, ob auch alles in Ordnung war, und stand jetzt mit seinen schwarzen Lackschuhen im feuchten Sand, den die nächtliche Flut am Strand hinterlassen hatte.

»Miyu hatte recht, das könnte wirklich interessant sein«, flüsterte er Sabine zu, die nur schweigend nickte.

Vor ihnen spannte sich das Absperrband aus Plastik, das die Polizei im Umkreis von zwanzig Metern um den kurzen Holzsteg gezogen hatte, an dem die Fischer ihren Kutter festgezurrt hatten. Ein intensiver Geruch von Muscheln und alten Fischernetzen wehte herüber.

Während die Fischer den Polizisten etwas auf der Karte zeigten und danach zu einer Stelle aufs Meer deuteten, wo sie vermutlich die Leiche gefunden hatten, wurde der Tote auf eine Bahre mit Rädern gehoben und mit einem weißen Laken zugedeckt. Anschließend wurde das Gestell hochgeklappt, bis es einrastete.

»Ich konnte einen kurzen Blick auf die Leiche erhaschen«, flüsterte Sabine nun, während sie das Sonnenlicht mit der Hand abschirmte. »Hat sicher noch nicht viel länger als vierundzwanzig Stunden im Wasser gelegen.«

»Mhm …« Sneijder nickte. Er sah mit zusammengekniffenen Augen immer noch zu den Fischern hinüber, die hinaus aufs Meer zu den Klippen deuteten. Weiter hinten am Horizont fuhr gerade ein Kreuzfahrtschiff vorbei. »Wenn es stimmt, dass es sich um einen Touristen handelt, ist er vermutlich an der Spitze der Halbinsel, am Cap de Formentor, über die Felsen ins Meer gestürzt und eine Zeit lang am Ufer entlanggetrieben, bis ihn die Flut in die Bucht gespült hat.« Er machte eine Pause und dachte nach. »Obwohl es in dieser Gegend von Touristen wimmelt, weiß die Polizei offenbar noch nicht, dass der Mann vermisst wird. Da niemand Meldung erstattet hat, wurde der Unfall anscheinend nicht beobachtet. Folglich muss er allein im Urlaub und vor allem allein unterwegs gewesen sein. Höchstwahrscheinlich gestern im Morgengrauen oder in der Nacht davor – andernfalls *hätte* ihn jemand gesehen.«

»Aber vielleicht wusste die Polizei ja schon von einer vermissten Person«, überlegte Sabine.

Sneijder schüttelte den Kopf. »Die wirken alle insgesamt ziemlich überrascht.« Nun warf er auch einen Blick auf die Bahre, die tiefe Furchen im Sand hinterließ, als sie über den Strand zu dem Weg gezogen wurde, wo der Leichenwagen stand.

Dort wartete neben *Comisario* Quintana anscheinend schon der Gerichtsmediziner. Jedenfalls hob der Mann das Leichentuch und nahm mit Spatel und Pinzette eine erste Untersuchung am Kopf des Toten vor. Quintana und er sprachen miteinander, und obwohl Sneijder nicht verstehen konnte, worüber sie redeten, sah er ihren blassen und schockierten Gesichtern an, dass es sich um einen ziemlich grausigen Fund handeln musste. Wasserleichen waren nie ein schöner Anblick, und schon gar nicht, wenn die Brandung sie stundenlang gegen die Felsen geworfen hatte.

»Kommen Sie«, flüsterte Sneijder. »Wir müssen mehr herausfinden und einen Blick auf die Leiche werfen.«

»Würden *Sie* neugierige Zuschauer am Tatort einen Blick auf einen Toten werfen lassen, den Sie gerade untersuchen?«, fragte Sabine.

»Nur, wenn ich mir dadurch Informationen zum Fall erhoffe«, konterte Sneijder und näherte sich dem Leichenwagen. Die Hecktür stand offen, davor befand sich die Bahre mit dem Toten, über den der Gerichtsmediziner gerade wieder das Leichentuch zog.

Einige Meter vor dem Auto wurde Sneijder jedoch von den Polizisten aufgehalten, die nicht nur Sabine und ihn, sondern auch alle anderen Schaulustigen daran hinderten, näher zu kommen.

Sneijder drehte sich zu Sabine und deutete zur Bahre. »Ist das nicht Geoffrey McCann, der sich heute für meinen Workshop angemeldet hat?«, fragte er und nannte den erstbesten Namen von der aktuellen Liste, der ihm einfiel.

»Könnte sein«, spielte sie sofort mit und reckte den Hals. »Jedenfalls trug er gestern auch weiße Turnschuhe und so eine blaue Jogginghose.«

Sogleich begannen einige der Leute, die neben Sneijder standen, zu telefonieren. Dabei wurde der Name Geoffrey McCann mehrfach wiederholt. Genervt befahl Quintana einem der Polizisten auf Spanisch, die Leute wegzuschaffen. Dann drehte er sich zu Sneijder und fragte auf Deutsch: »Sie kennen den Toten?«

»Möglich.« Er zuckte mit den Achseln. »Die Kleidung kommt mir bekannt vor.«

»Einer Ihrer Workshopteilnehmer?«

»Jedenfalls keiner von gestern, aber vielleicht einer, der sich für heute angemeldet hat.«

Quintana bedeutete dem Polizisten, dass er Sneijder durchlassen sollte, woraufhin der Uniformierte das Absperrband hochhielt und Sneijder durchwinkte.

»Geben Sie mir Ihr Handy … rasch«, flüsterte Sneijder.

Sabine drückte es ihm in die Hand. Er wischte das Display an der Hose sauber und verbarg das Telefon dann unauffällig im Ärmel seines Sakkos. »Kommen Sie mit«, zischte er. »Sie müssen Quintana ablenken.«

Sneijder zog den Kopf ein und schlüpfte unter dem Band durch. Sabine folgte ihm.

»Der Anblick ist nicht schön«, warnte Quintana. »Ein Blick auf die Kleidung sollte genügen.« Skeptisch blickte er zu Sabine. »Und Ihnen würde ich empfehlen, dass Sie …«

»Ich bin Doktor der Psychologie und kann mir gut vorstellen, wie eine Wasserleiche aussieht«, antwortete Sneijder mit einem übertriebenen großkotzigen Blick.

»Nein, können Sie nicht!«

»Lassen Sie das meine Sorge sein.« Sneijder trat näher an die Bahre heran.

Quintana lächelte. »Ganz wie Sie wollen, *Señor Pacula*.« Eine gewisse Genugtuung zeichnete sich auf dem Gesicht des *Comisario* ab. Schließlich hatte er Sneijder prophezeit, dass ihm das arrogante Lachen noch vergehen würde – und dies schien ihm jetzt eine gute Gelegenheit, dem überheblichen Mentalcoach eine Lektion in Sachen Demut zu erteilen.

Die Polizisten schirmten die Bahre so ab, dass die neugierigen Gäste des Hotels nicht viel sehen konnten. Dann lüftete Quintana das Laken zuerst von unten und zog es langsam hoch. Ein Turnschuh fehlte, die blaue Jogginghose war von den scharfkantigen Felsen komplett zerrissen, ebenso die blaue Trainingsjacke.

Zuerst am Fuß und dann an den anderen freigelegten Stellen sah Sneijder die blauvioletten Totenflecken, die an den Händen am ausgeprägtesten waren. Jede Wasserleiche trieb mit dem Gesicht nach unten in Bauchlage im Wasser, wobei die Arme nach unten hingen – und dort sammelte sich das Blut.

Sabine hatte recht. Der Mann konnte noch nicht viel länger als vierundzwanzig Stunden tot im Wasser gelegen haben. Er konnte auch nicht besonders viel Tierfraß von Fischen oder Krabben feststellen. Den größten Schaden hatten die Felsen verursacht.

Wie Sneijder an der Fußsohle und den Handflächen sah, hatte

sich bereits die sogenannte Waschhaut gebildet. Gröbere Falten, die jenen ähnelten, wenn man zu lange in der Badewanne saß. Trotz allem war die Hand jedenfalls noch so intakt, dass man Fingerabdrücke davon nehmen konnte.

»Und?«, fragte Quintana.

»Ich bin mir nicht sicher«, antwortete Sneijder. »Die Kleidung sieht der von Geoffrey McCann ähnlich. Ich müsste das Gesicht des Mannes sehen.«

Quintana zeigte schadenfroh die Zähne. »Ganz wie Sie wollen, *Señor Doctor Pacula*.« Langsam zog er das Laken vom Gesicht herunter.

Hals, Kinn, Wangen und Nase waren blass, mehrfach gebrochen und durch den Felssturz fürchterlich entstellt. Das Gebiss war eingedrückt, der Unterkiefer schief, mehrere Zähne fehlten.

Ruckartig entfernte Quintana nun den Rest des Lakens. Sneijder zuckte für einen Moment zurück. Die Augen des Toten fehlten, die Schädeldecke war seitlich offen, vermutlich an den Felsen auseinandergebrochen, und das Salzwasser hatte das Gehirn komplett herausgespült. Der Anblick war zwar entsetzlich, aber nicht neu für ihn.

»O Gott«, würgte Sneijder dennoch hervor.

Im selben Augenblick hörte er Sabine unterdrückt stöhnen und sah aus dem Augenwinkel, wie sie zusammenklappte und neben den Reifen des Leichenwagens in den Sand fiel.

Während der Gerichtsmediziner und zwei Polizisten sogleich zu ihr stürzten und Quintana sich kurz nach ihr umblickte, klammerte sich Sneijder an die Bahre und stieß dabei unauffällig den Arm des Toten an, sodass dieser verrutschte und über den Rand der Bahre baumelte.

Würgend krümmte sich Sneijder nach vorn. Dabei klaffte sein Sakko auf und bot für eine Sekunde einen guten Sichtschutz. Er packte den Daumen des Toten, überstreckte ihn mit zwei Fingern, sodass sich die Haut straffte und presste die Fingerkuppe auf das Display von Sabines Handy.

Während er immer noch zu würgen vorgab, zurücktaumelte und in den Sand spuckte, ließ er das Handy wieder im Ärmel seines Sakkos verschwinden.

»Genug gesehen?«, witzelte Quintana.

»Sie hätten mich vorwarnen müssen, Sie dämlicher Idiot, dass der halbe Kopf fehlt«, warf Sneijder ihm röchelnd vor.

»Und ich dachte, Sie wüssten, wie eine Wasserleiche aussieht. So kann man sich täuschen.« Quintana schüttelte gespielt verwundert den Kopf, ehe er das Laken wieder über den Toten zog. »Ist das nun dieser Geoffrey McCann?«

»Nein, McCann hat einen Vollbart … ich weiß nicht, wer das ist.«

Die Polizisten halfen Sabine auf, grinsten dabei übers ganze Gesicht und wollten die Chance nutzen, ihr den Sand von der Kleidung zu wischen, doch sie schlug einem von ihnen noch vor der ersten Berührung auf die Finger.

Ohne weiteren Kommentar wurden Sneijder und Sabine von den Polizisten wieder unter dem Band hindurch hinter die Absperrung geschoben.

»Und wer ist es?«, riefen die Gäste. »Wie sieht er aus? Was haben Sie gesehen? War es wirklich so schlimm?«

Doch Sneijder gab keine Antwort.

»McCann war es jedenfalls nicht«, sagte Sabine, woraufhin sie und Sneijder sich schweigend zwischen den Leute durchdrängten und in Richtung Haupthaus marschierten. »Was haben Sie herausgefunden?«, fragte sie schließlich, als sie weit genug entfernt waren.

»Der Tote ist schwer zu identifizieren. Weiß, kein Ehering und schätzungsweise zwischen dreißig und fünfzig Jahre alt. Die Kripo wird als Nächstes in diesem und allen umliegenden Hotels fragen, ob ein Gast fehlt, und sich mit den Botschaften in Kontakt setzen, ob jemand vermisst wird. Bis die herausfinden, wer das ist, könnte es Tage dauern.«

»Gab es Spuren eines Kampfes?«, fragte Sabine. »Offensichtliche Hinweise auf einen Mord?«

»Lässt sich nicht sagen. Bemerkt habe ich nichts.«

Sabine drehte sich zum Leichenwagen um. Soeben knallten die Türen zu, der Motor wurde gestartet. »Jedenfalls sind wir bei der Polizei und den Hotelgästen die Lachnummer des Tages«, stellte sie fest.

»Ganz bestimmt sind wir das«, bestätigte er, was ihm jedoch völlig gleichgültig war.

Sabine ging es offenbar genauso, denn ohne ein weiteres Wort darüber zu verlieren, wechselte sie das Thema. »Haben Sie den Fingerabdruck?«

Er nickte. »Sicher.«

»Dann hat sich mein Ohnmachtsanfall wenigstens ausgezahlt.«

»Ja, der war filmreif.«

69. Kapitel

Marc scannte den Abdruck, den der vom Salzwasser faltige und aufgedunsene Daumen auf Sabines Handydisplay hinterlassen hatte, und jagte ihn der Reihe nach durch die internationalen Datenbanken.

»Das kann dauern«, murmelte Marc. »Könnte theoretisch auch ein Amerikaner, Kanadier oder Australier sein.«

»Ich weiß.« Sneijder gab Sabine das Handy zurück und verließ Marcs Unterkunft.

Falls der Tote vorbestraft war, würden sie seine Identität binnen weniger Stunden herausfinden. Falls nicht, hatten sie Pech gehabt, wussten aber zumindest, dass es sich um keinen bekannten Kriminellen handelte.

Als Nächstes holte Sneijder die Workshopunterlagen aus seinem Apartment und danach von der Rezeption die weiße Mappe mit der endgültigen Liste der Anmeldungen und den Adressetiketten für seine abschließende Briefübung. Mittlerweile war es 10.35 Uhr. Sein Kurs mit der englischen Gruppe würde in knapp einer halben Stunde beginnen.

Kaum hatte er alle Unterlagen in seiner Mappe verstaut, öffnete sich die Tür von Bianca Hagemanns Büro. Sie steckte nur den Kopf heraus und winkte ihn kommentarlos mit dem Zeigefinger zu sich.

Sneijder betrat ihr Büro, in dem es nach Kaffee und Zimt roch. »Ich habe nicht viel Zeit, mein Workshop beginnt gleich.«

Hagemann sah aus, als hätte sie eine schlaflose und anstrengende Nacht hinter sich. Sie lehnte sich an den Schreibtisch und verschränkte die Arme vor der Brust. »Quintana führt seit den frühen Morgenstunden pausenlos ein Verhör nach dem anderen mit den Gästen und Angestellten des Hotels durch. Vor einer Stunde gab es sogar erste Apartmentdurchsuchungen mit richterlichem Beschluss – ich nehme jedenfalls an, dass das einer war … ich habe so einen Wisch noch nie gesehen.« Jetzt wedelte sie aufgebracht mit den Armen herum. »Und teilweise haben die Beamten sogar Hunde dabei.«

Sneijder warf einen Blick zum Schreibtisch, wo ein typisches Gerichtsdokument mit breitem Briefkopf lag. »Ja, das ist ein richterlicher Beschluss. Und es sind nur zwei Hunde, soviel ich gesehen habe, vermutlich ein Leichen- und ein Drogenspürhund – Standardprozedur.«

»Na, wie schön«, seufzte sie. »Woher soll ich das wissen? Ich hatte noch nie mit Ihrer Welt zu tun, und jetzt stecke ich auf einmal mittendrin.«

Sneijder presste die Lippen aufeinander. »War's das?«

»Kennen Sie den Toten am Strand?«, fragte sie angespannt.

»Nein.«

»Hat der mit Ihren Ermittlungen zu tun?«

»Woher soll ich das wissen? Ich denke nicht.« Dann bremste er sich ein und versuchte, nicht ganz so unhöflich wie sonst zu sein. Immerhin gewährte Hagemann ihm und seinen Leuten sämtliche Freiheiten für seine Ermittlungen und deckte ihn sogar gegenüber Quintana. Zumindest bis jetzt. Andererseits blieben ihr im Moment gar nicht viele andere Möglichkeiten übrig.

»Ich verstehe, dass Sie nervös sind«, lenkte er ein, »aber ich verspreche Ihnen, dass die ganze Show heute Abend vorbei ist.«

»Heute Abend?«, wiederholte sie skeptisch.

»Heute Abend.« Entweder würde er bei seinem Treffen mit Ramona freiwillig von ihr erfahren wie, wo und wann es mit den Einbrüchen weiterging – oder er würde ignorieren, dass es im Hotel vor Polizei nur so wimmelte, sie ordentlich in die Mangel nehmen und alles aus ihr herausquetschen, was sie wusste. Wenn selbst das nichts brachte, würde er sie Quintana als Mörderin ausliefern und seinen Aufenthalt auf Mallorca beenden. Zu Hause warteten genug andere Aufgaben auf ihn.

»Ich vertraue darauf«, seufzte Hagemann. »Einen weiteren Toten kann ich hier nicht brauchen. Dann ist der Ruf des Hotels komplett im Eimer, und ich sitze arbeitslos auf der Straße.«

»Sie könnten in Wiesbaden in der Kantine der BKA-Akademie die Menüs austeilen«, schlug er vor. »Ich würde ein gutes Wort für Sie einlegen.«

»Das würden Sie wirklich für mich tun? Nettes Angebot, vielen Dank, dann könnte ich Ihnen auch jeden Tag in die Suppe spucken.« Sie verzog die Lippen zu einem Schmollmund und warf ihm einen warnenden Blick zu. »Bringen Sie Ihren Job zu Ende – und zwar ohne weitere Vorfälle.«

Genau das hatte er vor. »*Goedendag!*« Er drehte sich um und verließ ihr Büro.

Schnurstracks ging er am Quallentank vorbei durch die Lobby und in den Verbindungstrakt zum Nebengebäude, wo sich der Seminarraum *Hemingway* befand.

Die Glasschiebetüren zur Terrasse waren offen, die Vorhänge bauschten sich in der frischen Meeresbrise. Ramona war bereits da – als Einzige. Sie hatte schon das Rollwägelchen mit den Gläsern, Getränken, Notizblöcken, Stiften und Kärtchen gebracht und riss gerade die noch von gestern beschrifteten Blätter von dem Flipchart herunter.

Diesmal trug sie ein eng tailliertes cremefarbenes Kleid mit den dazupassenden Schuhen, und ihre Fingernägel waren weiß lackiert und strahlten genauso wie ihr Lächeln.

»Guten Morgen.« Sneijder schloss die Tür, schob die Glastüren zu und schaltete die Klimaanlage ein. »Wie war Ihr Verhör mit Quintana?«

Sie zuckte die Schultern. »*No pasa nada.*«

»Geht es etwas detaillierter?«

Sie lächelte. »Er hat meinen besten Schmuck an mir gesehen und gleich kapiert, dass eine gut situierte Frau wie ich keinen Raubmord begehen würde. Der verdächtigt mich nicht.«

Bis er draufkommt, dass deine Identität ein Fake ist, dachte Sneijder. Er hielt Quintana nicht für dumm, und möglicherweise stand Ramona, ohne es zu ahnen, schon längst ganz oben auf seiner Liste Verdächtiger. »Hat Quintana Ihr Apartment durchsuchen lassen?«, fragte er.

»Nein.«

»Gab es Spuren einer *heimlichen* Durchsuchung?«

»Nein«, sagte sie überrascht. »Bei Ihnen?«

»Nein«, log er. Sie brauchte nicht zu wissen, dass er bemerkt hatte, dass jemand sein Zimmer durchwühlt und Conrads rotes Notizbuch geklaut hatte.

»Sie wirken ein wenig … nervös«, stellte sie fest.

Dir entgeht auch wirklich nichts. »Haben Sie gestern einen zweiten Mord begangen?«, fragte er direkt heraus.

»Was?« Sie hielt mit ihrer Arbeit inne, stemmte die Hände in die Hüften und sah ihn vorwurfsvoll an. »Sie meinen den Toten am Strand? Das ist ein Tourist, der über die Klippen gestürzt ist.«

»Wird zumindest behauptet«, entgegnete Sneijder. »Aber das beantwortet meine Frage nicht. Haben Sie den Mann getötet?«

»*No, puta mierda!*«, rief sie. »Das war ich nicht, und – bevor Sie fragen – das hat auch keiner meiner Freunde getan. Auch wenn es keine dumme Idee gewesen wäre, um für Ablenkung zu sorgen und die Polizei zu beschäftigen.«

Freunde? Sneijder wurde hellhörig, ließ sich seine Überraschung jedoch nicht anmerken.

»Vielleicht war es ja Ihre Tochter?«, knurrte Ramona vorwurfsvoll.

»Meine Tochter arbeitet anders«, sagte er kalt.

»Okay, ich war es jedenfalls nicht.«

»Gut, ich glaube Ihnen.« Ihre Reaktion wirkte echt. Was aber auch bedeutete, dass, falls der Tote doch nicht verunglückt war, es außer Ramona noch mindestens einen zweiten Mörder auf der Halbinsel gab.

Sie wollte noch etwas sagen, als sich im Gang Schuhgetrampel und Stimmen näherten. Gleich würde die Tür aufgehen, und die ersten englischsprachigen Teilnehmer würden den Raum betreten.

Sneijder sah zum Wägelchen. »Sie müssen mir heute beim Einstieg in den Workshop nicht helfen. Ich habe alles – und Sie können gleich loslegen.« Er öffnete seine Mappe und reichte ihr eine Kopie der Teilnehmerliste.

»Sie schaffen das allein?«

Er gab keine Antwort darauf. »Passen Sie auf, dass es diesmal keine Toten gibt. Und lassen Sie sich nicht erwischen. Es läuft unglaublich viel Polizei auf dem Gelände herum«, mahnte er sie.

»Okay, und Sie sagen rechtzeitig Bescheid, wenn wieder jemand den Workshop verlässt oder gar nicht erst erscheint.«

»Adiós!«, sagte Sneijder.

Die Tür flog auf, und eine Gruppe lautstark lachender Briten stürmte herein. Diesmal waren es hauptsächlich Männer.

Ramona rollte die Liste zusammen, winkte mit den Fingern der anderen Hand und verließ mit wiegenden Hüften den Raum.

Während die Teilnehmer Ramona nachglotzten, tippte Sneijder eine SMS an Sabine. »Sie können Ramona schon folgen. Falls Sie bemerkt werden, kein Problem – sie weiß mittlerweile, dass Sie meine Tochter sind.«

70. Kapitel

Am späten Nachmittag hatte Sneijder seine Gruppe lustiger und lautstarker Engländer, Schotten und Iren – neun Männer und vier Frauen, die ihm seine spitzen Kommentare mit gleicher Münze heimzahlten – durch den Workshop geboxt.

Da es diesmal nur dreizehn Teilnehmer waren, ging alles rascher als am Vortag, und um sechzehn Uhr machte er die letzte Pause vor der Abschlussübung mit dem Brief. Während die Truppe – allesamt Börsenspekulanten, Immobilienmakler, Ärzte, Anwälte und Industrielle – auf der Terrasse stand, ein dunkles Bier nach dem anderen wegkippte und sich gegenseitig derbe Witze über britische Politiker erzählte, stand Sneijder abseits und las auf seinem Handy die aktuellen Geheimdienstnachrichten aus Deutschland.

Zu Hause wurde vereinzelt schon darüber diskutiert, ob man, ähnlich wie in Frankreich oder England, Terrorwarnstufen einführen sollte, auch wenn man sich in Deutschland vor Jahren dagegen entschieden hatte. Zum Glück hatte es an diesem Tag – zumindest bis jetzt – keinen weiteren Anschlag gegeben. Aber vermutlich war das nur die Ruhe vor dem Sturm. *Relative* Ruhe, denn an einigen Stellen begann es bereits zu brodeln. Bis jetzt wusste die Öffentlichkeit zwar noch nicht, dass eine neue RAF-Generation hinter den Anschlägen steckte, aber sobald das bekannt war, würde der Teufel los sein. Eine Welle der Sympathie würde von links auf die lautstarken Proteste rechter Organisationen treffen, die gegen den neuen linken Terror aufmarschierten. Und all das würde die Stimmung im Land nur noch mehr aufheizen.

Er wischte die Nachrichten weg und schaltete sein Handy aus.

Wenn das so weiterging – woran kein Zweifel bestand, da die Ankündigungen eindeutig gewesen waren –, würde ihm und seinen Kollegen vom BKA die Sache rasch über den Kopf wachsen. *Du musst unbedingt Ergebnisse liefern und den ganzen Spuk beenden*, dachte er, *sonst beendet der Spuk dich!*

Er stieß einen Pfiff aus und deutete zum Seminarraum. Alle folgten ihm, und er schloss den Kurs mit Conrads Briefübung ab. Diesmal wehrte sich niemand dagegen, als er die Kuverts einsammelte und in sein Sakko steckte. Beim Verabschieden klopften ihm sogar einige auf die Schulter und nannten ihn einen *coolen Dude*. Normalerweise hätte er das nicht so stehen lassen, quittierte es jedoch diesmal nur mit einem müden Lächeln. Für weitere Wortgefechte plagten ihn im Moment zu viele Probleme.

Noch bevor sich die Teilnehmer in alle Richtungen zerstreuten, schickte er von Paculas Handy aus eine SMS an Ramona.

»Workshop beendet!«

Während die Damen vom Service kurz darauf den Seminarraum wieder auf Vordermann brachten, stand er allein auf der Terrasse, blickte zum Strand hinunter und telefonierte mit Marc, diesmal mit seinem eigenen Handy. Dabei lehnte er das Telefon an eine Palme hinter der Balustrade und öffnete den Videochat.

Im Vordergrund sah er Marcs Gesicht, hinter Marc hockte Miyu im Zimmer, blickte nur kurz auf und arbeitete dann wieder weiter. »Wie war dein Workshop?«, fragte Marc.

Sneijder steckte sich den Stöpsel ins Ohr. »Kenne jetzt eine Menge derber schottischer Witze.«

Marc grinste. »Wollten die Teilnehmer in deiner Gegenwart lustig sein?«

»Hast du einen Treffer gelandet?«, knurrte Sneijder.

Schlagartig wurde Marc ernst. »Ich habe den Fingerabdruck durch sämtliche Datenbanken weltweit laufen lassen, aber nichts gefunden.«

»Europol und Interpol?«, flüsterte Sneijder.

»Auch negativ.«

Sneijder nickte, während er an der Unterlippe kaute. Möglicherweise hatte die Leiche am Strand ja gar nichts mit ihnen zu tun. »Was machen die anderen Recherchen?«

»Das Durchleuchten der Urlauber und des Personals? Geht schleppend voran, weil hier so viele Nationen versammelt sind und wir immer wieder auf die Auskünfte der Kollegen aus dem Ausland …«

»Ich habe nach dem Ergebnis gefragt!«

»Äh, ja … bisher haben wir keine verdächtigen Personen finden können, und immerhin sind wir schon mit gut zwei Drittel aller Leute durch.«

Miyu sah kurz auf.

»76 Prozent aller Personen«, präzisierte sie.

»Bei so viel Prominenz und Geldadel sind sicher etliche darunter, die Dreck am Stecken oder ein paar Leichen im Keller haben«, überlegte Sneijder.

»Ja, aber ohne linksterroristischen Hintergrund«, widersprach Marc. »Und während wir auf die Daten der ausländischen Kollegen warten, haben wir zwischendurch immer wieder an unserer Liste mit den Einbrüchen weitergearbeitet.«

»Und wie weit seid ihr da?«

Miyu sah wieder auf. »Die ist mittlerweile komplett. 152 Einbrüche mit einem Gesamtwert von 141 Millionen 20 Tausend 403 Euro und …«

Sneijder stieß einen Pfiff aus. »Gute Arbeit … schickt diese Liste Drohmeier. Die Kollegen in Meckenheim sollen alle damit im Zusammenhang verdächtigen oder festgenommenen Kriminellen auf linksterroristische Kontakte überprüfen …« In seiner Hosentasche läutete Paculas Handy. »Ich muss Schluss machen.« Er zog sich den Stöpsel aus dem Ohr, ließ sein Handy in der Anzugtasche verschwinden und blickte auf das Display von Paculas Telefon. Ramona rief an. »Sind Sie fertig?«, fragte er.

»Ja. Mit wem haben Sie gerade telefoniert?«

Aha! Du beobachtest mich also. Er blickte auf und sah, wie sie zwischen den Apartments in seine Richtung kam. Sie hatte ihre dunkle Einbrecherkluft wieder gegen ihr cremefarbenes Kleid getauscht. »Mit meiner Tochter.«

»Die ist mir heute ein paarmal begegnet.«

»Wollte nur sichergehen, dass Sie Rückendeckung haben, falls Sie in Schwierigkeiten geraten«, sagte er prompt.

»Habe nur neun Apartments geschafft – war viel Polizei unterwegs.«

»Alles Weitere besprechen wir unter vier Augen.« Er beendete das Gespräch und wartete, bis sie die Terrasse erreichte.

Gut gelaunt setzte sie sich auf die Balustrade, schlug ein Bein über das andere, stützte sich mit den Armen hinten ab und schüttelte das lange schwarze Haar im Wind aus.

Diese Frau war wirklich ein Phänomen. Sie hatte unter dem Radar der Kripo am helllichten Tag neun Apartments durchsucht, war nicht geschnappt worden, wirkte kein bisschen gestresst und strahlte jetzt übers ganze Gesicht, als hätte sie den perfekten Urlaubstag hinter sich.

Sneijder griff in die Innentasche des Sakkos und reichte ihr den Stapel Briefe der britischen Gruppe. »Dreizehn Stück.«

»Gut, ich sortiere die aus, in deren Apartments ich es nicht geschafft habe.«

Er dachte an das Versprechen, das er Bianca Hagemann gegeben hatte, heute Abend alles zu Ende zu bringen. »Wollen wir heute vor unserer Besprechung gemeinsam zu Abend essen?«

Sie lächelte. »Neunzehn Uhr im großen Restaurant?«

Er nickte.

»Heute gibt es einen asiatischen Abend mit Livemusik.« Sie

wischte sich das Haar hinters Ohr und tat so, als wollte sie tanzen. »Danach kommen Sie zu mir ins Apartment, sagen wir um halb neun. Dort öffnen wir dann die Kuverts und gehen alle bisherigen Informationen durch. Vergessen Sie die Briefe von der deutschen Gruppe nicht.«

»Keine Sorge.« So professionell, klar strukturiert, effizient und zielstrebig, wie diese Frau arbeitete, wirkte es beinahe, als leitete *sie* die Operation auf Mallorca und nicht Ron D. Pacula. Die Frage war, ob es genauso abgelaufen wäre, wenn Conrad selbst hergekommen wäre.

Jedenfalls war dieses Treffen nach dem Abendessen in ihrer Unterkunft seine letzte Chance, hier vor Ort mehr über das Netzwerk der RAF zu erfahren. Plötzlich kam ihm ein absurder Gedanke. *Was, wenn Ramona in Wirklichkeit Ruth-Allegra Francke ist?* Aber wüsste sie dann nicht, dass er gar nicht Paul Conrad war, und hätte ihn die ganze Zeit über verarscht? Warum hätte sie sich auf so ein Spiel einlassen sollen? War sie tatsächlich so durchgeknallt?

Vielleicht. Und möglicherweise hatte ja sogar *sie* das rote Notizbuch aus Conrads Koffer geklaut.

»Was haben Sie?«, fragte Ramona.

Sneijder mahlte mit den Backenknochen. »Bei meiner Flucht aus Deutschland musste ich sämtliche Unterlagen verbrennen, damit sie den Ermittlern nicht in die Hände fallen … Handys, Notebooks, Computer, Festplatten, USB-Sticks.«

»Und?«, fragte sie lauernd.

»Möglicherweise werden meine alten Kanäle überwacht, und ich frage mich, wie wir am besten mit den Genossen der Bewegung in Kontakt treten sollen.«

»Okay, verstehe.« Mit spitzen Fingern zupfte sie sich eine lose Wimper aus dem Augenwinkel, dann lächelte sie. »Lassen Sie das meine Sorge sein.«

71. Kapitel

Lea hatte nur noch eine einzige Chance, um herauszufinden, was Pacula mit den Briefen gemacht hatte – und zwar nach seinem heutigen Workshop mit der englischsprachigen Gruppe. Also saß sie auf der Terrasse im Schatten einer Palme, trank frisch gepressten Orangensaft und wartete das Ende der Veranstaltung ab.

Um sich abzulenken, hatte sie sich ein Buch aus der Hotelbibliothek geholt, bekam allerdings nicht wirklich mit, was sie da eigentlich in dieser zerfledderten Liebesschmonzette las. Lustlos überflog sie die Seiten, während sie immer wieder einen Blick über den Rand ihrer Sonnenbrille hinweg zum Seminarraum *Hemingway* warf.

Endlich war der Workshop zu Ende, und Pacula betrat die Terrasse vor dem Seminarraum. Interessanterweise telefonierte er hintereinander mit zwei verschiedenen Handys, und dann tauchte auch schon seine Assistentin Ramona auf, mit der er jetzt an der Balustrade plauderte.

Mit dem Typen stimmt irgendetwas nicht, stellte Camilla fest.

»Wissen wir doch schon, nachdem wir sein rotes Notizbuch entdeckt haben«, murmelte Lea. Sie legte ihre Lektüre auf den Tisch, nippte am Glas und tat danach so, als würde sie mit ihrem eigenen Handy telefonieren, das in Wahrheit aber immer noch ausgeschaltet war. Dabei sah sie in die Ferne, schielte jedoch durch die Sonnenbrille zu Pacula und seiner glamourösen Assistentin.

Sie wirkt ja ziemlich entspannt und locker, er allerdings eher nicht so.

»Der wirkt generell nicht sehr relaxt«, kommentierte Lea und musste diesmal nicht vertuschen, dass sie sprach.

Du müsstest öfter so tun, als würdest du telefonieren, wenn du mit mir sprichst.

»Ich kann doch nicht pausenlos mit einem Telefon am Ohr herumlaufen.«

Machen andere doch auch. Aber vielleicht haben die ja genauso einen an der Waffel wie …

»Sei doch mal still!« Lea kniff die Augen zusammen. »Schau an, schau an …«

Ihr hat er also die Briefe gegeben. Kein Wunder, dass wir nichts bei ihm gefunden haben.

»Darauf hätten wir eigentlich kommen können.«

Dann finden wir die Briefe vom gestrigen Workshop also in ihrem Apartment.

»Und wo ist das?«

Ich habe sie mal mit Flossen und Taucherausrüstung zum Apartment Ojo Gótico *gehen sehen.*

»Nur hingehen … oder auch *rein*gehen?«

Hingehen!

Lea sah, wie Ramona sich von Pacula verabschiedete. Automatisch nahm sie ihr Telefon herunter, leerte das Glas, schnappte sich ihr Buch und stand auf. Mit einigem Abstand folgte sie der Frau.

Fünf Minuten später verschwand diese tatsächlich im *Ojo Gótico*. Die Heckenreihe vor dem Eingang war perfekt. Niemand würde es bemerken, wenn sie heute Abend in Ramonas Apartment einstieg.

»Bald haben wir alles erledigt«, murmelte sie und ging zu ihrer eigenen Unterkunft.

Dort kontrollierte sie als Erstes am Computer die Überwachungskameras auf ihrem Grundstück. Erleichtert atmete sie auf. Das Wetter in Kufstein war immer noch perfekt sonnig, und das

Loch für das Fundament genauso unverändert wie in den letzten beiden Tagen, als handelte es sich um ein festgefrorenes Standbild.

Sie ließ sich ein Schaumbad ein, legte sich ein in ein Handtuch gewickeltes Coolpack aus dem Gefrierfach auf die Stirn und döste zufrieden eine halbe Stunde in der Wanne. Danach duschte sie kalt und zog sich an. Dunkle Jeans, dunkles T-Shirt. In der Hosentasche einen Nagel, eine Büroklammer, ein Stück Draht und ein paar erneut vom Putzwagen geklaute Latexhandschuhe. So ging sie zum Haupthaus.

Kurz vor neunzehn Uhr, als das Abendrestaurant öffnete und die Liveband ihren Soundcheck beendete, war sie eine der ersten Gäste auf der Terrasse. Sie saß an einem schön gedeckten Tisch unter einem großen weißen Sonnenschirm, aß mit Stäbchen einen kleinen Teller Sushi mit Butterfisch und Lachs, trank Jasmintee dazu und hielt nach Ramona Ausschau. Irgendwann würde sie bestimmt hier auftauchen. Und in der Tat – zehn Minuten später betraten Pacula und kurz darauf auch Ramona das Restaurant, Letztere mit hohen Riemchenstöckelschuhen und einem eleganten schwarzen Wickelkleid, das vorne zwei raffinierte Schlitze hatte.

Lachend setzte sie sich zu Pacula an den Tisch und strich dabei den Rock nach hinten, sodass er einen großzügigen Blick auf ihre wohlgeformten Oberschenkel gewährte.

Was für ein schönes Paar, kommentierte Camilla – und diesmal klang es gar nicht ätzend.

Lea wollte bereits aufstehen, um ihren Tisch zu verlassen, als plötzlich der junge Banker vom gestrigen Workshop vor ihr stand. Er trug wieder den sportlichen Armani-Anzug und hatte dieselbe dicke Omega am Handgelenk. Nur die schulterlangen Haare waren jetzt mit Gel nach hinten geklatscht, was fürchterlich aussah. Außerdem trug er orangefarbene Socken zu seinem Anzug.

»Du willst schon gehen?«, fragte er. »Wie schade, ich wollte dir gerade Gesellschaft leisten.«

Um uns flachzulegen?

Lea war so baff, dass ihr gar nichts darauf einfiel.

»Wir hatten gestern einen schlechten Start«, sagte er. »Tut mir leid, was ich beim Hinausgehen zu dir gesagt habe, Vicky. War nicht so gemeint. Du bist nämlich echt nett.«

»Was?«, fragte sie perplex.

»Hast du deinen Brief wiederbekommen?«

Erst jetzt wurde ihr klar, was der Typ eigentlich meinte. *Mitgefangen, mitgehangen,* hatte er ihr schadenfroh zugeraunt. Der Junge war ihr so was von unwichtig, dass sie sich nicht einmal an seinen Namen erinnern konnte.

Lass ihn stehen und geh! Wir müssen was erledigen!

»Sorry, aber …«

»Tut mir leid, wenn ich dich so überfalle, aber das ist nun mal meine Art. Ich komme immer direkt zum Punkt«, redete er weiter, mit den Händen lässig in den Hosentaschen. »Es muss dir nicht peinlich sein, wenn du mit einem jüngeren Mann zu Abend isst.«

Echt jetzt?

Lea erhob sich und legte die Serviette auf den Tisch.

»Wenn du keinen Hunger hast, können wir auch gern etwas an der Bar trinken oder in der Stranddisco …«

»Klar können wir mal was trinken gehen«, sagte sie, »aber nicht miteinander.«

Er ignorierte ihre Antwort und blieb hartnäckig stehen. »Schau, Vicky, wie du weißt, habe ich ein Faible für ältere Frauen, vor allem, wenn Sie so interessant sind wie du. Das muss dir wirklich nicht peinlich sein.«

»Also ehrlich, ich …« Lea schloss für einen Moment die Augen und presste sich den Finger zwischen die Augenbrauen.

Mein Gott, serviere den Typ endlich ab!

»Weißt du, was deine Augen, dein süßer Tiroler Akzent, dein

Lachen und deine Art gemeinsam haben?«, fragte er sie. »Sind alle extrem faszinierend und …«

»Weißt du, was deine Frisur, dein Kleidungsstil, deine Erziehung und dein Charakter gemeinsam haben?«, unterbrach sie ihn.

Ja, sind alle scheiße!

Plötzlich musste Lea laut auflachen und hielt sich die Hand vor den Mund. »Sind alle scheiße«, wiederholte sie laut. »Sorry, Kleiner, aber such dir ein anderes Opfer.« Sie ließ ihn stehen, ging an der Liveband vorbei, die gerade den ersten Song anspielte, und verließ die Terrasse.

Den Einbruch nachts zu bewerkstelligen, wäre ihr lieber gewesen. Aber sie musste es *jetzt* tun, solange Ramona mit Pacula zu Abend aß, auch wenn es noch mindestens eineinhalb Stunden lang hell sein würde.

Zügig ging sie in jenen Teil der Anlage, in der sich das Apartment *Ojo Gótico* befand.

»Verfolgt uns mein Verehrer?«, murmelte sie.

Die arme Sau mit der Scheißfrisur? Nein, ist auf der Terrasse geblieben.

Gut! Lea erreichte Ramonas Apartment und verlangsamte ihren Schritt. Unauffällig sah sie sich um. Im Moment befand sich niemand in der Nähe. Nur ein Stück weiter weg sah sie ein paar Gäste, die ihr aber bereits den Rücken zukehrten, vermutlich auf dem Weg zum Restaurant. Sie griff in die Hosentasche, zog die Handschuhe heraus, blies kurz hinein und streifte sie über. Gar nicht so einfach, diese Mistdinger anzuziehen. Dann war sie auch schon bei der Heckenreihe, hinter der sich der Eingang zu Ramonas Apartment befand. Zum Glück hing das *Do-not-disturb*-Schild an der Klinke – somit würde sie auch nicht vom abendlichen Servicepersonal überrascht werden.

Keiner da, mach jetzt!

»Ja-haaa …« Sie fischte Nagel und Draht aus der Hosentasche, fuhr damit ins Schloss und hatte es diesmal gleich beim ersten Versuch offen. Rasch drückte sie sich ins Apartment und schloss die Tür hinter sich.

Abgesehen von der Klimaanlage, die kalte Luft von der Decke blies, war es ruhig. Niemand schien in der Unterkunft zu sein. Schwer atmend lehnte sie sich an die Tür und sah sich um.

»O Gott!«, entfuhr es ihr. Das Apartment sah aus, als wäre Hannibal mit seiner Elefantenherde durchgeritten. Überall lag Zeug herum, Verpackungen von Müsliriegeln, leere Dosen, dazwischen Kleidungsstücke, Schuhe, Hanteln, eine Gymnastikmatte und bunte Therabänder.

Die war sicher eine beliebte Mitbewohnerin in der Studenten-WG, bemerkte Camilla.

»Zumindest muss ich hier nicht mühsam aufpassen, dass ich keine Spuren hinterlasse.«

An die Arbeit!

Da genug Tageslicht durch die Gardinen fiel, musste sie diesmal, anders als bei Paculas Apartment, die schweren Vorhänge nicht zuziehen und konnte auch auf die Handytaschenlampe verzichten. Rasch durchsuchte sie zuerst auf der Empore und danach im Untergeschoss alle Stellen, an denen man einen Brief aufbewahren konnte. Und zwar genauso akribisch wie in Paculas Apartment. Doch sie fand nur die Briefe der englischen Gruppe. Nach zwanzig Minuten stand sie frustriert im Badezimmer, dem letzten Raum, und sah sich um.

Du glaubst doch nicht wirklich, dass sie die anderen Briefe im Badezimmer versteckt hat?

»Nein, das glaube ich nicht. Aber wo sollten sie sonst sein?« Sie starrte auf den eng geschnittenen, kurzen Neoprenanzug, der in der Wanne lag. Der schwarze Gummi glänzte nass, Ramona musste ihn kürzlich vom Salzwasser gereinigt haben. Außerdem hatte sie wohl vor dem Abendessen geduscht, da Duschtasse und Glaswand nass waren und immer noch Wasserdampf in der Luft hing.

Rasch durchwühlte sie auch hier sämtliche Schubladen und Schränke. Nachdem sie die Suche erfolglos beendet hatte, wischte sie sich den Schweiß von der Stirn.

»Shit!«, fluchte sie und trat vor Wut und Frust gegen die Duschwand, sodass diese in der Halterung schepperte.

Hör auf, verdammt! Willst du schon wieder etwas ruinieren? Du kannst nicht einmal ein mickriges Apartment durchsuchen, ohne etwas kaputt zu machen!

»Ja, schon gut, ist ja nichts passiert.« Verärgert hockte sich Lea auf den feuchten Fliesenboden und starrte vor sich hin.

Und jetzt?

»Lass mich nachdenken.« Die Wand des Whirlpools war mit denselben weißen Kacheln wie der Boden verfliest. Vor der Fliese, hinter der sich der Putzschacht mit dem Abfluss verbarg, war der Boden zerkratzt. Außerdem befand sich hier eine Schmutzspur. Sie kroch darauf zu und drückte auf die lose Fliese in der Wand.

Du glaubst doch nicht wirklich, dass dein Brief da drinnen versteckt ist?

»Wer weiß?« Sie popelte die Fliese aus der Wand, stellte sie zur Seite, beugte sich tiefer und starrte in den dunklen Hohlraum, sah aber nur Staub, Spinnweben, Edelstahlrohre und ein Absperrventil.

Wie verzweifelt muss man sein, dass … Moment mal!

»Hab's schon gesehen.«

Im Licht, das durch das Milchglasfenster ins Bad fiel, funkelte weiter hinten etwas im Schacht.

Lea griff tief hinein, ertastete mehrere kleine harte Gegenstände und zog sie heraus. Ringe, eine Halskette und rote Ohrringe. Schön verarbeitet mit teuren Rubinen. Im gleichen Moment wusste sie, wem dieser Schmuck gehörte. Besser gesagt: Gehört hatte! Käthe van Zwieten, der netten älteren Dame aus der Schweiz.

O Mann, meldete sich Camilla zu Wort. *Ramona hat die Frau bestohlen und umgebracht.*

»Und Pacula arbeitet mit ihr zusammen.«

Wie Bonnie und Clyde.

»Während er seine Workshops hält, beklaut sie die Urlauber.«

Wusste ich es doch! Er kam mir von Anfang an nicht wie ein richtiger Mentalcoach vor. Bestimmt war es Ramona, die unser Apartment durchwühlt hat.

»Und warum hat sie nichts gestohlen? Immerhin hat diese Person auch unseren Safe geöffnet.«

Keine Ahnung.

»Ist ja auch egal …«, murmelte Lea. Dann fiel ihr Quintanas Visitenkarte ein. Möglicherweise würde die sich doch noch als nützlich erweisen.

72. Kapitel

Ramona kniff die Augen zusammen. *Was für ein Krach!* Die Musik der asiatischen Band wurde immer lauter, außerdem hatte sie rein gar nichts Traditionelles, sondern klang eher nach nervendem K-Pop. Den anderen Gästen des Restaurants auf der Terrasse schien es allerdings zu gefallen. Dazu kam jetzt auch noch eine kleine Feuershow. Selbst ihrer Frohnatur wurde das jetzt alles zu viel. Immerhin hatte sie einen anstrengenden Tag hinter sich.

Conrad beugte sich über den Tisch näher zu ihr. »Fühlen Sie sich nicht wohl?«

»Mir wird es hier zu laut … und zu heiß«, sagte sie. Einen asiatischen Abend hatte sie sich ganz anders vorgestellt.

Conrad hatte seine Krawatte während des Essens abgelegt. Die ersten beiden Knöpfe seines Hemds waren offen, noch dazu hatte er die Ärmel aufgerollt. Sein Sakko hing hinter ihm auf der Stuhllehne. »Wollen Sie woanders hingehen?«

»Danke.« Sie wehrte ab. »Ich muss mich eine Weile in mein Apartment zurückziehen – brauche etwas Ruhe, bevor wir starten«, log sie.

»Wie Sie wollen.« Er schob den Aschenbecher näher zu sich und zündete sich einen Joint an. »Ich rauche den hier noch in aller Ruhe, esse was und komme dann nachher wie vereinbart vorbei.«

Sie versuchte nicht auf sein Handgelenk und vor allem nicht auf seine Armbanduhr zu starren. Ihr war aufgefallen, dass das Zifferblatt rot, weiß und blau gestreift war. Die Farben der niederländischen Flagge. Warum sollte er eine Armbanduhr in diesen

Farben tragen? Nur weil er, wie er behauptet hatte, fünfzehn Jahre lang dort gelebt hatte?

Außerdem hatte sie ihn einmal während des Abendessens nach seiner Zeit in Holland gefragt, woraufhin er sie schroff korrigiert und patriotisch behauptete hatte, es hieße *Niederlande*. Soviel sie wusste, lebte Paul Conrad aber in Bad Kreuznach in der Nähe von Wiesbaden; zumindest hatte sie das gehört, und je länger sie beim Abendessen über diese niederländische Verbindung und seinen Akzent nachdachte, umso merkwürdiger kam ihr das alles vor.

»Ja, in Ordnung. Wir sehen uns dann um halb neun bei mir.« Sie griff nach ihrer Stola und legte sie sich über die Schultern. *»Adiós, Señor Pacula!«* Diesmal verzichtete sie darauf, ihm zu winken, und ging über die Treppe zu einem der Wege hinunter, der zu den Apartments führte.

Sie war froh, dass er ihr nicht gleich gefolgt war. So würde sie in ihrer Unterkunft noch eine knappe Stunde Zeit haben, um Erkundigungen über Conrad einzuholen. Sie hatte zwar nur die Adresse einer einzigen Ansprechpartnerin in Deutschland – derjenigen, die sie engagiert hatte –, aber die sollte genügen. Dass sie sich möglicherweise unbeliebt machte innerhalb der Bewegung, weil sie die internen Hierarchien überging und Erkundigungen über ein hochrangiges Mitglied anstellte, war ihr im Moment egal. Sie hatte schließlich einen begründeten Verdacht, und der ließ sich nicht wegdiskutieren.

Während sie durch die Anlage marschierte und sich daran erfreute, dass ihr die Männer nachglotzten – sogar die an der Hand ihrer Ehefrauen –, sprangen die Bodenleuchten entlang der Wege an.

Sabbert ihr mir nur hinterher. Ihr werdet bald alle den jüngsten Tag erleben, wenn die Revolution losbricht, sich die Bevölkerung erhebt, eure Jachten brennen, eure Villen gestürmt werden und eure Aktienbestände keinen Cent mehr wert sind, weil die Börsenkurse in den Boden krachen.

Immer noch in Gedanken versunken, erreichte sie ihr Apartment und wollte bereits den Schlüssel ins Schloss schieben, als sie innehielt. Das rote *Do-not-disturb*-Schild, das seit ihrer Ankunft ständig draußen hing – sie wollte nicht, dass die ausgebeuteten Angestellten auch noch hinter ihr herräumen mussten –, baumelte leicht im Wind.

Und das, obwohl sie, seit der Wind fatalerweise das Schild von Käthe van Zwietens Apartmenttür weggeblasen hatte, ihr eigenes sicherheitshalber immer zusätzlich zwischen Tür und Türrahmen einklemmte.

Aber jetzt klemmte es nicht!

Ramona legte die Hand auf die Klinke und drückte sie langsam und leise hinunter. Die Tür ließ sich lautlos öffnen. Durch den Spalt hörte sie die Klimaanlage im Zimmer.

Mit einer geschmeidigen Bewegung legte sie ihre schmale Handtasche und den Zimmerschlüssel neben der Tür ins Gras, öffnete die Riemen ihrer Stöckelschuhe und schlüpfte hinaus. Wie eine Katze schlich sie barfuß in ihr Apartment und schloss lautlos die Tür hinter sich.

Der Raum sah so aus, wie sie ihn verlassen hatte. Für den Fall, dass sich doch eine Putzfrau in ihr Zimmer verirrte, pflegte sie ganz bewusst den wüsten Saustall einer überdrehten Jetset-Tussi. Die perfekte Tarnung. Am letzten Tag vor ihrer Abreise würde sie dann selbst wieder alles wegräumen und in Ordnung bringen.

Sie legte den Kopf schief und lauschte. Aus dem Badezimmer waren Geräusche zu hören. *Doch die Putzfrau?* Nein, die hätte um diese Zeit hier gar nichts zu suchen.

Ramona ließ die Stola über ihre Schultern zu Boden gleiten, schlich auf leisen Sohlen durch den Raum und gelangte ins Badezimmer. Dort kniete eine Frau in schwarzen Jeans und schwarzem T-Shirt auf dem Boden und …

Mierda!

Das war eine der Teilnehmerinnen aus dem gestrigen Workshop. Und sie hatte Käthes Schmuck gefunden. Während Ramona noch fieberhaft überlegte, was sie als Nächstes tun sollte, fuhr die Frau plötzlich hoch, ließ den Schmuck fallen und wich mit einer fließenden Bewegung zwei Schritte zurück, während sie gleichzeitig die Arme zur Verteidigung hochriss und eine professionelle Kampfstellung einnahm.

Die Frau war sehnig und muskulös, aber auch mindestens zehn Jahre älter als Ramona. Andererseits trug sie selbst ein Kleid, das sie bei einem Kampf behindern würde. Während ihr all das blitzschnell durch den Kopf schoss, musterte die Frau sie wachsam.

»Ja, ich weiß …«, sagte Ramonas Gegenüber, als führte sie Selbstgespräche. Dann zuckte sie kurz mit dem Kopf und zischte: »Sei jetzt still, ich muss mich konzentrieren.«

Ramona betrachtete sie im dämmrigen orangegelben Licht, das durch das Milchglasfenster ins Badezimmer fiel. Ob sie verkabelt war? Zumindest auf den ersten Blick konnte sie kein Mikrofon am Körper der Frau erkennen. Also doch Selbstgespräche?

Ramona machte einen Schritt auf die Frau zu. »Vicky, richtig?«, stellte sie fest. Im Moment war egal, warum diese Frau hier war. Wichtig war nur, dass sie den Schmuck entdeckt hatte und ahnen musste, dass Ramona eine Diebin und Mörderin war. Darum blieb ihr in Wahrheit nur eine Möglichkeit. Sie musste Vicky hier und jetzt töten.

Die Leiche würde diesmal kein Problem darstellen. Im Gegenteil! Sobald Vicky tot war, hätte sie zwei Probleme auf einmal gelöst. Es war so einfach. Sie musste diese Vicky nur in »Notwehr« töten und könnte sie danach *Comisario* Quintana als Einbrecherin in ihr Apartment präsentieren.

Wenn sie davor auch noch Käthe van Zwietens Schmuck in Vickys Apartment deponierte, würde die Polizei ihn dort finden und hätte damit auch gleich die Mörderin der alten Frau überführt. Eine tote Vicky war der perfekte Sündenbock.

»Ramona, stimmt's?«, stellte Vicky fest. »Was ist so verdammt lustig? Warum lachen Sie?«

Ramona machte einen weiteren Schritt und stand jetzt neben dem Whirlpool, vermied jedoch mit Absicht einen Blick auf den Neoprenanzug, der immer noch dort lag. »Warum ich lache? Sie haben mir dabei geholfen, ein Problem zu lösen.«

»Sie haben Käthe van Zwieten ermordet!«

»Nein«, widersprach Ramona. »*Sie* haben sie getötet.« Ohne Vicky aus den Augen zu lassen, beugte sie sich zum Whirlpool hinunter, schob den Neoprenanzug zur Seite, griff nach dem Tauchermesser, zog es aus der Scheide und hob es hoch.

»Sei still!«, murmelte Vicky genervt.

Ramona ignorierte das Gequatsche der verrückten Frau. Ein schneller Angriff, ein Schnitt am Hals und ein Stich ins Herz, und die Sache war erledigt. Wobei es auch nicht zu professionell wirken durfte.

Mit der freien Hand strich sie sich den Rock nach hinten, damit sie sich unbehindert und rascher bewegen konnte. Sie hob das Messer und griff an.

73. Kapitel

Die scharfe Klinge schoss blitzschnell nach vorn.

Wehr dich, dröhnten Camillas Worte panisch in Leas Kopf, woraufhin sie nur »Sei still!« zischte und Camillas Stimme verstummte.

Konzentriert, mit allen Sinnen im Hier und Jetzt, nahm sie wahr, wie ihr Hirn die Bewegungen verlangsamte. Sie sah, wie Ramona in Zeitlupe angriff, sah das Messer auf sich zukommen und wich zur Seite. Danach war alles wieder Normalzeit, aber ihre Reaktionen liefen ganz von allein ab. Sie blockte den Angriff mit dem Unterarm und versuchte Ramonas Kehlkopf mit der Handkante zu erwischen.

Doch Ramona wich zurück, woraufhin Lea mit dem Handballen nachsetzte und ihr einen Schlag gegen die Schläfe versetzte. Perplex taumelte Ramona zurück, was Lea sofort ausnutzte und ihr die Ferse gegen das Knie rammte und mit einer halben Drehung den Ellenbogen gegen das Kinn schlagen wollte.

Weil Ramona auswich, streifte sie der Schlag nur. Dann stand sie einen Meter von Lea entfernt, und ihr Blick sprach Bände. Anscheinend hatte sie nicht mit einer so harten und unerbittlichen Gegnerin gerechnet. Aber trotz Leas Training war der Kampf ungleich. Ramona hatte ein Tauchermesser mit rutschfestem Griff, dessen eine Seite mit einem glatten scharfen Schliff versehen war, die andere mit Sägezähnen. Wenn es ihr gelang, damit zum Beispiel Leas Arm zu treffen und ihre Sehnen und Muskeln zu durchtrennen, wäre der Kampf rasch entschieden.

Im nächsten Moment griff Ramona wieder an. Diesmal kam

das Messer von unten und zielte auf Leas Kinn, aber sie blockte auch diesen Hieb. Dann packte sie blitzschnell Ramonas Handgelenke und wollte ihr einen Kopfstoß gegen die Stirn verpassen, doch ihre Gegnerin wich zurück.

Eng umschlungen wie bei einem Tanz taumelten sie durch das Badezimmer. Lea riss Ramona herum, und diese knallte mit Rücken und Hinterkopf gegen den Wandspiegel, der mit einem lauten Knall zersplitterte. Bei der nächsten Drehung knallte Lea ihrerseits mit Schultern und Ellenbogen gegen die Duschwand aus Kunststoff, die ebenfalls zerbarst. Trotzt des scharfen Schmerzes, der sie durchfuhr, nutzte sie den Schwung, um Ramona mit der Hüfte gegen das Keramikwaschbecken zu rammen, woraufhin diese aufschrie.

Keuchend versuchten sowohl Ramona als auch Lea, sich gegenseitig mit Tritten zu Fall zu bringen. Dabei hielt Lea Ramonas Messerhand mit aller Kraft fest – sie musste um jeden Preis verhindern, dass sie zustechen und damit den Kampf entscheiden konnte.

Nach einer weiteren schwungvollen Drehung, bei der Lea diesmal mit dem Rücken gegen den kaputten Wandspiegel knallte und ihr kurz der Atem stockte, konnte Ramona die Messerhand befreien. Sie stieß sofort zu.

Lea tauchte rechtzeitig zur Seite und wich zwei große Schritte zurück. Dabei knirschten die Scherben unter ihren Turnschuhen, und als sie einen kurzen Blick auf den Boden warf, wurde ihr bewusst, dass Ramona barfuß im Badezimmer stand. Und die Fliesen mit Glassplittern übersät waren.

Den kurzen Moment, in dem Ramona automatisch ihrem Blick folge, nutzte Lea, um sich ein Handtuch vom Ständer zu schnappen, einmal um ihre Hand zu wickeln und einen langen schmalen Plastiksplitter aus der Duschwand zu brechen.

Dann griff Ramona wieder keuchend an, stieg und schlitterte dabei ohne Rücksicht auf sich selbst über die Fliesen und riss das Messer hoch. Um ein Haar hätte sie dabei Leas Halsschlagader erwischt. Während Lea auswich, fuhr sie mit der Hand nach vorn und rammte Ramona den Kunststoffsplitter in den Bauch. Überrascht riss Ramona den Mund auf, brachte aber keinen Ton hervor.

Mit einer Hand blockte Lea die Messerhand, mit der anderen drückte sie den Splitter tiefer in Ramonas Bauch. Ramonas Körperspannung ließ nach, ihre Finger erschlafften. Klirrend fiel das Messer zu Boden.

Lea trieb den Splitter noch tiefer hinein, diesmal mit beiden Händen, und schob Ramona dabei über die Fliesen bis zur Wand. Die nackten Füße der Mallorquinerin hinterließen blutige Schlieren auf den Fliesen.

Dann rutschte Ramona schlaff an der Wand zu Boden. Verzweifelt versuchte sie, den Splitter aus dem Körper zu ziehen, doch ihre Hände sackten kraftlos neben ihr auf die Fliesen.

Das Ende des Splitters immer noch mit dem Handtuch umklammernd, beugte Lea sich über sie. »Wo ist mein Brief?«

Ramona sah sie mit großen Augen an und schnappte gierig nach Luft, als versuchte sie, im luftleeren Raum zu atmen.

»Wo – ist – mein – Brief?«, keuchte Lea.

Tränen bildeten sich in Ramonas Augenwinkel, ihr Blick wurde glasig, sie wollte schlucken, aber ihr Kehlkopf verharrte regungslos, die Atembewegungen erstarrten und ihr Brustkorb hob sich nicht mehr. Unter ihr breitete sich langsam eine Blutlache aus.

Erst jetzt ließ Lea den Splitter los. Wie in Trance richtete sie sich auf und löste das Handtuch von ihren Fingern. Da wurde ihr bewusst, was sie soeben getan hatte.

Entsetzt wich sie zurück. Mit Ekel und unfassbarer Abscheu vor sich selbst starrte sie auf die junge Frau hinunter, die vor wenigen Sekunden noch geatmet, gelebt, gesprochen, jede Menge Erinnerungen und gewiss zahlreiche Pläne für die Zukunft gehabt hatte. Und die jetzt unwiederbringlich tot war. Bei dem Gedanken, dass das nicht mehr rückgängig zu machen war, wurde Lea übel. Sie würgte.

Pass auf das Blut auf!

Wie in Trance wich Lea zurück und vermied gerade noch, dass sie mit den Turnschuhen in die Blutlache tappte. Vorsichtig stieg sie mit großen Schritten weiter zurück, um auch in den Blutschlieren keine Abdrücke zu hinterlassen.

Aus sicherer Entfernung blickte sie auf die tote Frau. »Ich habe sie … umgebracht«, keuchte sie verzweifelt.

Nicht umgebracht, widersprach Camilla mit fester und klarer Stimme. *Du hast dich verteidigt. Es war Notwehr, verstehst du? Andernfalls würdest DU jetzt in deinem eigenen Blut dort auf dem Boden liegen.*

»Ich habe sie getötet«, beharrte Lea.

Du hast eine Mörderin hingerichtet!

»Und bin jetzt selbst eine Mörderin …«

Nicht du! Vicky ist eine Mörderin. Und sie wird ab morgen früh spurlos verschwunden sein, während du Kufstein in den letzten Tagen nie verlassen hast, schon vergessen?

»Hör auf mit diesem Quatsch! ICH habe diese Frau ermordet«, rief sie.

Können wir vielleicht später klären, was du bist und was du getan hast? Wir müssen jetzt weg. Verstehst du? Wir müssen von hier verschwinden. Sofort!

»Du hast recht …« Lea wischte sich mit einer fahrigen Bewegung übers Gesicht und spürte dabei den Gummihandschuh. Mein Gott, zum Glück hatte sie Handschuhe getragen. Zumindest hatte sie keine Fingerabdrücke am Tatort hinterlassen.

»Du hast recht«, versuchte sie, sich erneut einzureden. »So wie Vicky und Gernot Unfälle waren, war das hier Notwehr. Ich konnte gar nicht anders handeln.«

Ich verstehe ja, dass das für dein Seelenheil wichtig ist, aber labere nicht rum. Weg hier!

Lea riss sich von dem grausigen Anblick los und taumelte aus dem Bad. Auf wackeligen Beinen ging sie zur Eingangstür. Mit einem Blick seitlich am Vorhang vorbei vergewisserte sie sich, dass niemand vor der Tür stand, dann öffnete sie diese einen Spalt. Die Abenddämmerung hatte bereits eingesetzt. Für einen Moment schloss sie die Augen und atmete den Geruch der Kiefern, Palmen und Gräser ein. Wie das duftete.

Sie öffnete die Tür ganz und machte den ersten Schritt aus dem Apartment, als ihr Blick auf Ramonas Handtasche fiel, die dort im Gras neben dem Schlüssel und den Schuhen lag.

Da wäre vielleicht noch eine Sache, die wir sicherheitshalber tun könnten.

»Und was?«

Bist du tatsächlich so begriffsstutzig?, fragte Camilla und erklärte es ihr.

»Das kann ich nicht tun«, reagierte Lea prompt.

Doch! Das ist die letzte Chance, die wir haben.

Seufzend betrat Lea noch einmal das Apartment.

74. Kapitel

Sneijder stocherte lustlos mit Stäbchen in seiner Schüssel zwischen Morcheln, Tofu, gebratenen Garnelen und Bambussprossen herum.

»Na, ganz allein?«

Er sah auf und bemerkte Sabine, die vor seinem Tisch stand. Ihre Haare waren noch nass vom Duschen, und sie trug Jeans, ein Poloshirt und einen um die Taille gebundenen Pulli.

»Ramona hat mich versetzt. Ihr war es hier zu laut.«

Sabine nahm Platz. »Wie lange wollen Sie diese Farce noch aufrechterhalten?«

»Wollen – gar nicht«, antwortete er. »Aber die eigentliche Frage lautet, wie lange ich es noch *kann*. Ramona beginnt bereits zu ahnen, dass ich gar nicht Paul Conrad bin.«

»War eh nur eine Frage der Zeit.«

Er nickte. »Hat sowieso schon länger gedauert, als ich gehofft hatte.« Neben ihm schoss die Flamme eines Feuer spuckenden Artisten in den Abendhimmel, woraufhin Sneijder den Kopf wegdrehte und genervt seine Schläfe massierte.

Sabine schob ihm den Packen Briefe über den Tisch. »Hier.«

Sneijder wischte den Stapel auseinander und betrachtete die fleckigen und schmutzigen Kuverts. Anfangs hatte er es nur für einen Scherz gehalten, dass Sabine die Briefe weggeworfen hatte, aber die Kuverts waren wohl tatsächlich irgendwo im Müll gelandet. »Wo haben sie die wieder rausgefischt? Aus dem Gully?«

»Gar nirgends«, gab sie zu. »Sind die ganze Zeit in meinem

Apartment gelegen. Marc hat versehentlich Kaffee drübergeschüttet.«

»Marc?«, wiederholte er und zog eine Augenbraue hoch.

»Ja, er hat gestern bei mir übernachtet.«

»Verstehe.« Ausnahmsweise verkniff er sich eine Bemerkung, dass sie ein unnötiges Risiko eingegangen war. War ja klar, dass die beiden nicht getrennt übernachten würden.

Sabine deutete auf die Schüssel. »Wie ist das Essen?«

»Keine Ahnung.« Er blickte auf die Uhr. Es war bereits kurz nach halb neun. »Ich muss los.« Er schob den Stapel Briefe zusammen, steckte ihn in die Innentasche seines Sakkos, das an der Stuhllehne hing, dann stand er auf und schwang sich das Kleidungsstück lässig über die Schulter.

»Wir bleiben erreichbar, falls es Ärger gibt«, sagte Sabine.

Mit dem rechnete er fest für die heutige Nacht. »Bleiben Sie in der Nähe.« Er verließ die Terrasse und machte sich auf den Weg zu seinem Apartment. Die Musik der Band wurde immer leiser, je weiter er sich vom Haupthaus entfernte, bis er schließlich nur noch das dumpfe Dröhnen der Bässe hörte.

Als er seine Unterkunft erreichte, trat er ein, öffnete den Safe, legte das Schulterholster um und rammte das Magazin in die Glock. Er lud die Waffe durch, steckte sie ins Holster und zog das Sakko darüber. Wegen des Holsters und der Briefe spannte es ein wenig um die Brust, aber er schaffte es trotzdem, es zuzuknöpfen.

Rasch verließ er sein Apartment wieder und machte sich auf den Weg zum *Ojo Gótico*. Es waren nur ein paar Hundert Meter.

Die Abenddämmerung hatte inzwischen eingesetzt, und es wurde rasch kühl. Aus dem Augenwinkel sah er eine Fledermaus, die im Zickzackkurs zwischen den Palmen umherflog.

Er blickte auf die Uhr. Es war schon zehn Minuten vor neun. Diesmal musste er unbedingt erfahren, wie es weiterging und wie der Kontakt zu den anderen Mitgliedern hergestellt wurde. Er brauchte ja nur ein paar Ansatzpunkte, Telefonnummern, Adressen oder Realnamen, dann konnte das BKA mit Hilfe des BND und Europols die restlichen Personen ausfindig machen und nach und nach das gesamte Netzwerk ausheben. Wenn alle reibungslos zusammenarbeiteten, würde das alles noch an diesem Wochenende über die Bühne gehen.

Er erreichte die Eingangstür des *Ojo Gótico* und sah Ramonas offene Handtasche neben ihren Stöckelschuhen und einem Schlüssel im Gras liegen. Verwundert ging er in die Hocke und durchsuchte die Tasche. Der übliche Frauenkram, dazu noch ein paar Euroscheine und eine Packung Kopfschmerztabletten. Ihr Handy fehlte. Falls das ein bestimmter Code für ihn sein sollte, hatte er keine Ahnung, was sie ihm damit sagen wollte.

Seltsam. Er stopfte den Schlüssel in Ramonas Tasche und nahm sie zusammen mit den Schuhen in eine Hand, damit die Sachen nicht weiterhin auffällig herumlagen. Dann richtete er sich auf, zog sicherheitshalber mit der anderen Hand die Glock aus dem Holster und drückte die Klinke sachte mit dem Ellenbogen hinunter. Die Tür schwang auf, und er trat ein.

75. Kapitel

Sicherheitshalber hatte Lea gleich nach dem Kampf mit Ramona in ihrem Apartment gründlich geduscht, den Körper dabei fest geschrubbt und danach frische Kleidung angezogen. Bis auf ein paar blaue Flecken hatte sie zum Glück keine Verletzungen davongetragen; vor allem irgendwelche Schnitt- oder Stichwunden von Ramonas Messer hätten sie auf den ersten Blick als Täterin überführen können.

Danach hatte sie die schwarzen Jeans, das schwarze T-Shirt, die Turnschuhe und Gummihandschuhe, die sie vorhin getragen hatte, in eine Plastiktüte gepackt, mit Steinen beschwert, alles fest verschnürt und am Ende des Stegs beim Jachthafen in der Abenddämmerung ins Meer geworfen. Dabei hatte sie darauf geachtet, dass sie niemand beobachtete. Zum Glück waren die meisten Urlauber ohnehin bei der asiatischen Feuershow auf der großen Terrasse.

Erleichtert darüber, dass dieser erste wichtige Schritt erledigt war, ging sie zurück zur Hotelanlage.

Sie wusste, dass man Ramonas Leiche schon bald finden würde. Allerspätestens morgen um elf Uhr am Vormittag, wenn die Mallorquinerin nicht pünktlich zum nächsten Workshop erschien. Und dann würden Quintana und die mallorquinische Kripo mit noch mehr Leuten antanzen. Nach Käthe van Zwieten und Gernot war das immerhin schon die dritte Tote innerhalb kürzester Zeit. In der Hotelanlage würde heilloses Chaos ausbrechen. Wenn das Haus nicht ohnehin gleich von den Behörden geschlossen werden würde.

»… aber dann bin ich schon lange weg«, murmelte sie im Selbstgespräch, während sie zwischen den Apartments durchlief.

Ohne Brief?

»Ja …« Sie stoppte abrupt in der Bewegung, als sie sah, wie Pacula in Richtung Ramonas Apartment ging.

»… zur Not auch ohne Brief«, murmelte sie. Wo konnten denn diese verdammten Briefe überhaupt noch sein, wenn nicht in Paculas oder Ramonas Apartment? Möglicherweise befanden sie sich ja in einem der Büros bei der Rezeption.

Was macht er da, verdammt?

»Keine Ahnung.« Lea ging weiter, langsamer diesmal, und heftete sich an Paculas Fersen.

Er war wirklich unterwegs zu Ramonas Apartment. Während er die letzten Schritte zur Eingangstür ging, verbarg sich Lea hinter einer Palme und spähte hinüber. Wegen der Hecken beim Eingang konnte sie nicht genau erkennen, was Pacula dort trieb. Aber es sah so aus, als bückte er sich. Vermutlich hatte er Ramonas Handtasche und Schuhe entdeckt.

Du hättest das Zeug ins Apartment werfen müssen!

»Jaaa …«, zischte Lea. Vorsichtig ging sie näher, reckte den Hals, und sah, wie Pacula eine Waffe zog und das Apartment betrat.

»Shit!«, entfuhr es ihr. Jetzt würde die Leiche viel früher gefunden werden, als sie gehofft hatte. Innerhalb der nächsten Stunden war hier garantiert die Hölle los, und der Boden unter ihren Füßen würde verdammt heiß werden.

Sollte sie in Anbetracht dieser Entwicklung wirklich noch einen weiteren Tag hierbleiben, um doch noch den Brief zu finden? Oder wie geplant morgen früh nach Hause fahren? Unschlüssig kaute sie an einem Fingernagel, bis sie ihn schließlich mit knirschenden Zähnen unabsichtlich abbiss. Verdammt!

Natürlich erkannte auch Camilla die Zwickmühle, in der sie

sich befand. *Bevor du den Brief nicht hast, kannst du von hier nicht weg!*

»Was soll ich denn stattdessen tun?«, zischte sie. »Noch einen weiteren Tag im Hotel dranhängen? Ich muss heim nach Kufstein!«

Wegen des Fundaments?

»Nein, wegen der großen *Bares für Rares*-Abendshow im Fernsehen. Natürlich wegen des Fundaments! Ich muss zu Hause sein, wenn die Bauarbeiter kommen.«

Den Termin kannst du zur Not verschieben. Sag, dass du krank bist.

»Und riskieren, dass in der Zwischenzeit jemand Vickys Leiche findet?«, flüsterte sie. »Nein, es muss endlich eine dicke Betondecke über Vickys Grab gegossen werden, bevor ein streunender Hund beginnt, die Leiche auszubuddeln.« Ihre Nerven hielten diese Ungewissheit nicht mehr länger aus.

Aber wenn jemand den Brief liest, dann finden sie Vickys Leiche garantiert. Darum …

»Einen Punkt hast du übersehen, du Superhirn«, murmelte Lea.

Da bin ich aber gespannt.

»Sobald die mallorquinische Kripo die Leiche vom Strand identifiziert hat, werden die spanischen Behörden die österreichische Botschaft verständigen, die dann das Wiener Bundeskriminalamt informiert. Und die werden dann bei mir zu Hause antanzen, um mir mit tröstenden Worten vom tragischen Schicksal meines Lebensgefährten zu berichten.«

Camilla schwieg.

»Spätestens dann *muss* ich zu Hause sein«, fuhr Lea fort. »Und schlimmstenfalls könnte das schon morgen oder spätestens übermorgen der Fall sein.«

Okay …

»Ja, dazu fällt dir jetzt nichts ein«, murrte Lea. Ihre Entscheidung war gefallen. Sie würde morgen in der Früh um 6.30 Uhr die Fähre nach Barcelona nehmen – egal, was in der Zwischenzeit passierte. Die Reise würde zwar stressig werden, andererseits konnte sie im Zug schlafen, damit sie am Freitagmorgen frisch und ausgeschlafen wirkte.

Sie spähte immer noch zu Ramonas Apartment hinüber. Seltsamerweise hatte sie bis jetzt weder einen erschreckten Schrei noch einen panischen Hilferuf gehört. Einige Minuten waren bereits vergangen, und Pacula befand sich immer noch in der Unterkunft.

»Außerdem habe ich ja noch diese Nacht Zeit, um irgendwie an den Brief zu kommen«, überlegte sie laut.

Und wo könnte der sein?

»Möglicherweise bei der Rezeption.«

Ich hätte da eine Idee, wie wir den Herrn Mentalcoach ausschalten und gleichzeitig für etwas Chaos in der Anlage sorgen könnten.

»Ich auch.« Sie setzte sich in Bewegung und lief zur Strandbar, die direkt neben der Diskothek lag.

Im Trubel der Gäste drängte sie sich zum Tresen und holte Quintanas Visitenkarte aus der Bauchtasche. Danach rief sie vom alten Festnetzapparat aus den mallorquinischen Kommissar an.

Es läutete dreimal.

»*Hola?*«, meldete er sich.

Sie legte die Hand ein wenig über die Sprechmuschel und verstellte ihre Stimme. »Ich habe soeben einen Mord in einem Apartment im *Aurelia Bay Club Resort* beobachtet.«

76. Kapitel

Sneijder legte die Handtasche und Ramonas Schuhe auf die Kommode neben der Eingangstür und schob die Tür mit dem Fuß zu.

»Ramona?«, rief er.

Keine Antwort, nur die Klimaanlage surrte über seinem Kopf. Das Apartment sah nicht besser aus als bei seinem ersten Besuch, wobei er sich fragte, wie eine so elegante Frau wie Ramona in so einem Saustall leben konnte.

Er warf einen Blick in Schlaf- und Wohnzimmer und ging zuletzt ins Bad. Noch bevor er in der Dämmerung sah, was dort passiert war, roch er den typischen Geruch von geronnenem eisenhaltigem Blut.

Die Waffe im Anschlag, tastete er mit dem Ellenbogen an der Wand entlang und betätigte den Kippschalter. Das Deckenlicht ging an, und er sah das Chaos. Zersplitterter Spiegel, zerbrochene Duschkabine, schmierige Blutspuren auf den Fliesen und schließlich Ramona, die mit einem großen, länglichen Milchglassplitter im Bauch tot an der Wand lehnte.

Ihre Fußsohlen waren zerschnitten, neben ihrer Hand lag ihr Tauchermesser. Wer immer der Angreifer gewesen war – er hatte sie mit dem Splitter aufgespießt, obwohl Ramona mit einem Messer bewaffnet gewesen war. Das sprach für einen Profi.

Sein nächster Blick fiel auf die blutige Klinge des Messers. Anscheinend hatte Ramonas Mörder entweder eine Stich- oder Schnittverletzung davongetragen. Umso leichter würde es sein, ihn zu finden, zumal sie jetzt seine Blutgruppe und DNA hatten.

Wenigstens etwas!

Die Tote erinnerte ihn, so wie sie da in einer großen Blutlache lag, an Anna Bischoff, die nach ihrem Motorradunfall im Einkaufscenter ebenfalls verblutet war, wenn auch mit einem Glassplitter in der Halsschlagader.

»*Godverdomme*«, fluchte er, als ihm die Konsequenzen dieser Tat schlagartig bewusst wurden. Ramona war seine einzige verbliebene Spur zur RAF gewesen – und irgendjemand in dieser Hotelanlage hatte sie ausgeschaltet, noch bevor er weitere Informationen von ihr hatte bekommen können.

Dann fiel sein Blick auf die geöffnete Putztür in der Wand des Whirlpools, und verdutzt starrte er auf den Schmuck, der daneben auf dem Fliesenboden lag. Das war doch Käthe van Zwietens Kette. Und ihre Ringe und Ohrringe.

Godvervloekt!

Wer zum Teufel war das gewesen? Jemand, der alle Spuren zu Ruth-Allegra Francke verwischen wollte? Wobei – zumindest hoffte er das – bis jetzt nur Conrads Anwalt von dessen Tod wusste, und den hatte das BKA zum Schweigen gebracht. Also wie war es zu diesem Mord gekommen?

Aber darüber konnte er sich auch nachher Gedanken machen. Viel dringender brauchte er stattdessen Conrads rotes Notizbuch und Ramonas pinkfarbenes Handy. Beides konnte ihnen weiterhelfen. Hastig durchsuchte er das gesamte Apartment, stellte alles auf den Kopf und warf sogar einen Blick in den Spülkasten der Toilette, in den Schrank der Klimaanlage über der Tür und in Ramonas Wandsafe, den er ja schon mal geöffnet hatte.

Nichts!

Verzweifelt stand er danach wieder im Badezimmer und wischte sich den Schweiß von der Stirn. »*Verdomder mesthoop!*«

Es war zum Aus-der-Haut-Fahren. Nach dem Brand in Paul Conrads Büro, Anna Bischoffs Tod, Conrads Selbstmord und dem verschwundenen Notizbuch aus Conrads Koffer war Ramona die einzig übrig gebliebene Möglichkeit gewesen, um an Ruth-Allegra Franckes Netzwerk zu kommen. Und die lag jetzt brutal ermordet vor ihm. Alle Spuren waren kalt. Er stand in einer verfluchten Sackgasse.

Sneijder atmete tief durch, setzte sich an den Rand des Whirlpools und zwang sich zur Ruhe. Er schüttelte einen Joint aus der Zigarettenschachtel und zündete ihn an. Nachdem er in den letzten fünfzehn Minuten ohnehin jede Menge Spuren im Apartment verwischt hatte, war das jetzt auch egal. Die spanische Polizei hatte ihn sowieso an den Eiern.

Er zog am Joint, inhalierte tief und schnippte die Asche in die Wanne. Dabei fiel ihm auf, dass auch Ramonas Hand blutig war. Er sah genauer hin – an ihrer rechten Hand fehlte das letzte Glied des Daumens.

»Oh, verdikkeme!« Er blickte zum Tauchermesser. Ramonas Mörder hatte der Frau den Daumen abgetrennt. Als einziger Grund dafür fiel ihm ein, dass der damit irgendein Sicherungssystem austricksen wollte. Am wahrscheinlichsten die Sperre ihres Smartphones.

Und das bedeutete zwei Dinge: Erstens, dass er Ramonas Handy selbst bei neuerlicher gründlicher Durchsuchung des Apartments nicht finden würde. Und zweitens, dass das Blut am Tauchermesser womöglich gar nicht von Ramonas Mörder stammte, sondern vielleicht ausschließlich von dem Schnitt an ihrem Daumen.

Klote!

Damit war die ganze Sache noch trostloser und aussichtsloser, als er ursprünglich angenommen hatte.

Langsam und intensiv tat er den nächsten Zug, ließ den Rauch lang in der Lunge und stieß ihn etappenweise aus. Er betrachtete Ramona, deren Gesichtszüge im wabernden Rauch vor seinen Augen verschwammen.

»Warum hast du dich von deinem Mörder überwältigen lassen … obwohl du ein Messer hattest?«

Ramona drehte ihm langsam den Kopf zu. Ihre Augen glänzten. Tränen liefen ihr über die Wangen. *Wie du siehst, habe ich es ihm nicht leicht gemacht.*

Aus dem Augenwinkel nahm er das verwüstete Badezimmer wahr. »Hast du ihn verletzt?«

Würde ich jetzt hier liegen, wenn mir das gelungen wäre?

»War er bewaffnet?«

Hätte ich dann nur diesen Splitter im Bauch?

»Warum liegt Käthes Schmuck hier herum?«

Offenbar hat ihn jemand entdeckt.

»Derjenige, der bei dir eingebrochen ist?«

Fällt dir eine andere Erklärung ein?

»Nein.« Sneijder betrachtete Ramonas verstümmelte Hand. »Warum hat dir dein Mörder den Daumen abgeschnitten?«

Ist das nicht offensichtlich?

Sneijder zog an der Kippe. »Ja, klar, um dein Handy zu entsperren. Aber warum hat er es nicht einfach gleich getan? Wozu musste er ihn abtrennen?«

Schau doch genauer hin!

»Hat er ihn mitgenommen?« Sneijder beugte sich nach vorn, stützte sich auf den Knien ab und versuchte den Rauch mit den Augen zu durchdringen. »Das erste Glied deines Zeigefingers fehlt ebenfalls«, stellte er fest.

Na, dämmert es jetzt?

»Dein Mörder wusste nicht, ob du dein Handy mit dem Daumen oder dem Zeigefinger gesperrt hast.«

Kluges Kerlchen.

»Aber warum hat er es nicht ausprobiert?«

Ich sagte doch schon: Schau genauer hin!

Sneijder starrte die Tote an, und dann fiel es ihm endlich auf.

Ihre Hände waren mit ihrem Blut besudelt. »Dein Mörder hätte dir vorher die Finger waschen müssen … aber so viel Zeit hatte er nicht. Er war in Panik und wollte weg.«

Genau. Ihm kam es vor, als lächelte Ramona. *Darf ich dir jetzt auch eine Frage stellen?*

»Aber bitte.« Sneijder nahm einen weiteren Zug.

Warum sprichst du immerzu von einem Mörder und nicht von einer Mörderin?

»Gute Frage.« Er zog eine Augenbraue hoch. »War es denn eine Mörderin?«

Ramona gab keine Antwort mehr. Ihr Lächeln verschwand, ihre Augen wurden trüb und der Kopf rollte wieder in die ursprüngliche Position zurück.

Sneijder verzog schmerzvoll das Gesicht, fasste sich an die Schläfen und drückte mit dem Handballen dagegen. *Verdammte Scheiße!* Wie immer nach einer solchen Befragung – dem Visionären Sehen, wie er es nannte –, kamen seine Kopfschmerzen. Und die wurden von Mal zu Mal heftiger. Heute hatte er das Gefühl, ihm würde der Kopf zerspringen. Und genau das würde eines Tages sicher passieren, wenn die Visionen zu heftig wurden.

Er biss die Zähne zusammen, griff zum Handy und wählte Sabines Nummer.

Sie ging sofort ran. »Waren Sie erfolgreich?«, rief sie.

Er drückte den Joint am Rand der Wanne aus und rieb sich mit dem Handballen über die tränenden Augen. »Wir haben ein Problem«, krächzte er.

»Was für eins?«

»Es …« Ein knirschendes Geräusch hinter ihm ließ ihn verstummen.

»Ein ziemlich großes sogar«, sagte eine dunkle Stimme.

Er sah auf und erkannte im zersplitterten Spiegel eine dunkle Figur im Türrahmen.

77. Kapitel

Lea stand jetzt wieder über fünfzig Meter von Ramonas Apartment entfernt halb verborgen hinter einer Palme und wartete.

Sie hatte die Glühlampe am Wegesrand aus der Fassung gedreht, stand nun im Dämmerlicht und tat so, als telefonierte sie. Tatsächlich blickte sie zu Ramonas Apartment.

Pacula muss die Leiche doch schon vor über zwanzig Minuten entdeckt haben, sagte Camilla.

»Ja«, murrte Lea. Bis jetzt war er aber nicht wieder aufgetaucht. Er hatte sich während seiner Hausdurchsuchung auch nicht die Mühe gemacht, die Vorhänge zuzuziehen, und durch die Gardine konnte sie seinen regungslosen Schatten im Badezimmer sehen.

Was macht er da drinnen?

»Wenn ich das wüsste …« Sie stand da, wartete und sprach mit Camilla, während der orange Streifen hinter den Bergen komplett verschwand, es immer dunkler wurde und kühle Feuchtigkeit vom Strand über die Wiese zu ihr heraufkroch. Mittlerweile drang nicht nur die asiatische Popmusik von der Terrasse dumpf zu ihr, sondern auch die stampfenden Bässe der Stranddiskothek, die bereits geöffnet hatte.

»Wo verdammt nochmal bleibt die Polizei?«, fragte sie sich. Ihr Gespräch mit dem Kommissar hatte nur ganz kurz gedauert, danach hatte sie aufgelegt. »Meinst du, er hat den Anruf für einen Scherz gehalten?«

Glaube ich kaum, Quintana hat nicht sonderlich humorvoll auf mich gewirkt. Der nimmt so etwas sicher ernst.

»Das dachte ich eben auch, aber …«

Dort sind sie.

Lea sah sich um.

Mehrere Polizisten näherten sich gleichzeitig aus verschiedenen Richtungen und zogen einen immer enger werdenden Kreis um Ramonas Apartment.

Dann drängte sich *Comisario* Quintana zwischen ihnen durch und betrat das Apartment. Drei Polizisten folgten ihm, die Waffen im Anschlag.

78. Kapitel

Innerhalb kürzester Zeit standen außer Quintana noch drei weitere Polizisten im Badezimmer. Während sie mit ihren Waffen auf Sneijder zielten, achteten sie peinlichst genau darauf, dass keiner von ihnen in die Schusslinie des anderen trat. Sneijder blieb ruhig am Wannenrand sitzen und signalisierte mit erhobenen Händen, dass er nicht vorhatte, einen Schusswechsel vom Zaun zu brechen.

Nachdem Quintana sich einen Überblick über den Tatort verschafft hatte, ging er auf Sneijder zu und holte eine Karte aus der Sakkotasche. Ohne weiteren Kommentar begann er Sneijder seine Rechte auf Deutsch vorzulesen.

»Ich weiß, wonach das aussieht, aber ersparen Sie mir den Quatsch«, unterbrach Sneijder ihn. »Ich kenne das Procedere.« Er erhob sich, zog mit zwei Fingern ganz langsam seine Glock aus dem Holster, nahm sie am Lauf und übergab sie einem der Polizisten. Dann überreichte er einem anderen Kollegen seine Brieftasche und sein Handy.

»Wenn wir auf dem Kommissariat sind, dürfen Sie im Beisein eines Beamten mit einem Rechtsanwalt telefonieren«, sagte Quintana weiter.

»Danke, nicht nötig, ich hatte mein Telefonat bereits.« Die paar Worte, die er zuvor mit Sabine gewechselt hatte, genügten. Sie würde herausfinden, was passiert war, Drohmeier verständigen und sich um alles Weitere kümmern.

Einer der Polizisten tastete ihn nach weiteren Waffen ab, fand aber nichts außer Zigaretten, Feuerzeug und einem Akupunkturnadelset. Das alles nahm er ihm ebenso ab wie den Stapel Briefe, der in der Innentasche des Sakkos steckte.

Sneijder war hinlänglich vertraut mit dem, was nun folgen würde. Schließlich wurde er nicht zum ersten Mal im Ausland verhaftet. Seine Pistole würde er nie wiedersehen. Die verschwand für immer in einer spanischen Asservatenkammer. Ein weiteres Exemplar der mittlerweile beachtlichen Sammlung seiner Dienstwaffen im Ausland.

Dann streckte Sneijder die Arme aus, die Handschellen klickten, und Quintana las ihm trotz seines Einwands weiter seine Rechte vor. »… Sie haben das Recht zu schweigen, keine oder nur einige der Fragen zu beantworten …«

»Wer hat Sie verständigt?«, unterbrach Sneijder ihn.

»Sie haben das Recht auf den unverzüglichen Beistand eines Rechtsanwalts. Sollte der Rechtsanwalt …«

»Hören Sie auf damit. Wer hat Sie angerufen?«

»Sie haben das Recht, einen Dolmetscher …«

Sneijder sprach den Satz gemeinsam mit Quintana zu Ende, dann sah er ihm fest in die Augen. »Diejenige, die Sie angerufen hat, ist die Mörderin«, behauptete er auf gut Glück. »Wer war es?«

Quintana sah ihn verblüfft an. »Woher wissen Sie, dass es eine Frau war.«

»*Jetzt* weiß ich es.« Sneijder blickte kurz zu Ramonas Leiche, und lächelte innerlich. *Du hattest recht.* Jetzt musste er nur noch herausfinden, wer genau es gewesen war.

Einer der drei Polizisten überprüfte, ob die Handschellen fest saßen, dann wurde er unsanft aus dem Badezimmer geschoben. Sneijder wusste, dass eine Verhaftung in Spanien einem Zeitlimit unterlag. Er musste innerhalb von zweiundsiebzig Stunden entweder freigelassen oder einem Haftrichter vorgeführt werden.

Quintana schob ihn weiter durch das Apartment, hielt jedoch im Wohnzimmer inne. »Haben *Sie* die Unterkunft so verwüstet?«

»Die sah bereits vorher so aus«, sagte Sneijder. »Trotzdem werden Sie hier überall meine Fingerabdrücke finden.«

»Ist das ein Geständnis?«

»Nein, Sie Idiot, ist es nicht. Denn genau diese Fingerabdrücke werden Sie weder auf dem Kunststoffsplitter noch auf dem Tauchermesser finden. Und wie Sie sehen, trage ich keine Handschuhe. Also was zum Teufel sollte ich hier gestehen?«

»Ach, *ich* bin ein Idiot?«

»Ja, ein bisschen Beobachtungsgabe und Fachkenntnis würden Ihnen ganz guttun. Das sieht doch ein Dilettant, dass ich diesen Mord nicht begangen habe. Oder sehen Sie etwa Blut an meiner Kleidung?« Er verstummte schlagartig, da ihm im selben Moment bewusst wurde, dass er einen großen Fehler begangen hatte.

Quintana schnippte mit den Fingern und streckte die Hand aus, woraufhin ihm einer der Polizisten eine kleine UV-Licht-Lampe reichte. Quintana knipste sie an und ließ den Lichtstrahl über Sneijders Sakko gleiten. »Ja, ich sehe Blut an Ihrer Kleidung. Sogar jede Menge.«

Godverdomme! »Das sind alte getrocknete Blutspuren, die die Wäscherei nicht ganz rausgebracht hat. Die stammen von einer Frau namens Anna Bischoff.«

»Von Anna Bischoff?«, wiederholte Quintana überrascht. »Der jungen Frau, die ich gestern Abend vor Dr. Käthe van Zwietens Apartment kennengelernt habe und die heute Morgen am Strand zusammengebrochen ist? Haben Sie die auch umgebracht?«

Sneijder schwieg. Bei seinem Pech hatten Anna Bischoff und Ramona Vilar dieselbe Blutgruppe, und dann sah es die nächsten zweiundsiebzig Stunden wirklich duster für ihn aus.

Quintana knipste die UV-Lampe aus. »Für mich sieht es so aus, als hätten Sie soeben Ihre Assistentin ermordet. Oder sollte ich besser sagen … Ihre Komplizin?«

»Warum hätte ich das tun sollen?«, krächzte Sneijder.

»Um ihr die Beute abzunehmen.«

»Welche Beute? Die paar Rubine, die im Bad liegen?«

»*Exactamente.* Offenbar hat Ihre Assistentin Käthe van Zwieten ermordet, Sie beide gerieten wegen der Beute in Streit, es kam zum Kampf, und Sie haben sie im Affekt umgebracht. Alles passt wunderbar zusammen, womit ich schlagartig zwei Morde aufgeklärt habe.«

»Und statt mit der Beute abzuhauen, bleibe ich einfach so auf der Wanne sitzen und rauche einen Joint? Haben Sie schon mal so einen dämlichen Mörder getroffen?«

»Ich mache meinen Job schon seit zehn Jahren, und weiß, dass es immer ein erstes Mal gibt.«

»Nur weil Sie Ihren Job seit zehn Jahren machen, heißt das nicht, dass Sie ihn *gut* machen.«

»Ich werde mich nicht länger mit Ihnen streiten …«

»Ich streite nicht«, wurde Sneijder laut, »ich erkläre nur, warum ich recht habe.«

»Das werden wir auf dem Kommissariat klären.« Quintana packte Sneijder an der Schulter und schob ihn weiter zur Tür, die einer der Polizisten aufhielt. Sneijder wusste, dass man ihn jetzt unverzüglich nach Palma brachte, wo er die Nacht in einer Zelle verbringen würde.

»Einen Moment noch …« Quintana stoppte Sneijder, bevor er den ersten Schritt nach draußen setzen konnte, schlüpfte aus seinem Sakko, faltete es zusammen und legte es Sneijder über die Handgelenke. »Muss ja nicht jeder sehen, dass Sie in Handschellen abgeführt werden.«

Sneijder blieb eine ätzende Bemerkung im Hals stecken. So viel Professionalität und Rücksichtnahme hätte er Quintana gar nicht zugetraut, vor allem nicht nach alldem, was er ihm gestern Abend und gerade eben an den Kopf geworfen hatte.

Nun schob Quintana ihn durch die Tür nach draußen. In der

Dunkelheit – mittlerweile war es finster geworden, der Mond blitzte zwischen den Palmenblättern durch, und zudem war die Bodenbeleuchtung ausgefallen – warteten weitere Polizisten, die ihm mit der Taschenlampe kurz ins Gesicht leuchteten und ihn dann eskortierten.

Die Ansammlung der Polizisten hatte viele neugierige Hotelgäste angelockt, die sehen wollten, was nun schon wieder passiert war. Sneijder wurde an den Leuten vorbei in Richtung Haupthaus abgeführt. Am Nebenausgang wartete bestimmt schon ein Polizeiwagen auf ihn.

Unter den Schaulustigen bemerkte er auch die Umrisse von Vicky Fuchs, die im Schatten einer Palme gestanden hatte, jetzt neugierig näher kam und zu ihm herübersah.

Eingeklemmt zwischen den beiden Polizisten, die ihm seine Waffe und die Briefe der Hotelgäste abgenommen hatten, schielte er zu Vicky, die noch ein Stück näher herantrat und zusah, wie er an ihr vorbeigeführt wurde. Ihr Blick sprach Bände.

DU hast Quintana angerufen, wurde Sneijder in diesem Moment klar.

7. TEIL

Donnerstag, 23. Mai

79. Kapitel

Sneijder hatte die Nacht in einer Zelle am Polizeiposten in Palma in Untersuchungshaft verbracht. Der Raum befand sich im dritten Stock der *Policía Local de Palma*, war acht Quadratmeter groß und verfügte gerade mal über eine Toilette, ein Bett, einen Tisch und einen Stuhl. Sämtliche Möbelstücke waren aus Metall und fest im Boden verschraubt. Aus der Wasserleitung kam kein einziger Tropfen, und zum Trinken hatte er nur einen halb vollen Plastikbecher bekommen. Schnürsenkel und Hosengürtel hatte man ihm abgenommen. Warum man ihn für das Verhör ausgerechnet hierhin gebracht hatte, in die *Carrer de son Dameto 1,* und nicht aufs *Comisaría de Policía*, das Kommissariat der Kripo im Norden der Stadt, wusste er nicht.

Dieses Gebäude hier lag westlich vom Stadtzentrum, etwa einen Kilometer vom Meer entfernt. Das vergitterte Fenster in seiner Zelle war in Kopfhöhe. Wenn er sich auf die Zehenspitzen stellte, sah er die hohen Laubbäume, und wenn er sich am Fensterbrett hochzog und das Ohr an die Scheibe presste, hörte er den Straßenlärm.

Kommissar Quintana hatte ihn seit den frühen Morgenstunden mehrmals verhört, stets in Begleitung eines anderen Polizisten. Sneijder hatte von Anfang an immer wieder die Wahrheit über seine Person und die Hintergründe seines Aufenthalts auf Mallorca erzählt, mit knappen und präzisen Sätzen ohne irgendwelche Beschönigungen. Danach war Quintana rausgegangen, wo er offenbar seine Angaben überprüfte, um dann das Verhör von vorne zu beginnen. Seit Stunden drehten sie sich so im Kreis, ohne dass etwas Neues passierte, und Sneijder wurde von Mal zu Mal ungemütlicher und hielt mit seiner Meinung über Quintana und seine Kollegen immer weniger hinter dem Berg.

Mittlerweile war es später Nachmittag, die Luft im Raum war stickig, die Hitze wurde unerträglich, und Sneijder schmorte in Handschellen im eigenen Saft – genauso, wie er es jahrelang mit seinen eigenen Verdächtigen gemacht hatte, wenn er sie kleinkriegen wollte.

Abgeschnitten von sämtlichen Informationen, hatte er keine Ahnung, was gerade in Deutschland passierte, worüber Drohmeier bereits informiert war und ob Sabine, Marc und Miyu es außer Landes geschafft hatten oder ebenfalls verhaftet worden waren. Sein einziger Trost war, dass ihm an diesem Tag der Workshop mit der französischsprachigen Gruppe erspart geblieben war.

Ohne seine Armbanduhr konnte Sneijder die Uhrzeit nur schätzen, und am Stand der Sonne und dem Schatten, den die Bäume warfen, vermutete er, dass es bereits nach siebzehn Uhr sein musste, als Quintana erneut in die Zelle kam.

Diesmal hockte er sich nicht vor Sneijder an den Tisch, sondern blieb vor ihm stehen. Sneijder sah nicht auf, hielt die Augen geschlossen, atmete langsam und drückte sich die Fingerknöchel seitlich an die Schläfen, um den überwältigenden Druck der Kopfschmerzen zu reduzieren.

»Wissen Sie, was meine Kollegen über Sie sagen?«, fragte Quintana.

Sneijder sah kurz mit müdem Blick auf. »Woher soll ich das wissen, bin ich Hellseher?«

»Das war eine rhetorische Frage«, bemerkte Quintana.

»Ach so, das sollten Sie das nächste Mal dann vielleicht erwähnen.«

»Also wollen Sie nun wissen, was meine Kollegen über Sie sagen?«

Sneijder nickte zur Tür. »Diese Idioten da draußen? Nein, behalten Sie es für sich.« Er schloss wieder die Augen. »Was andere über mich denken, geht mich nichts an«, sagte er gelangweilt.

Quintana schnaufte genervt. »Mittlerweile müssten Sie extrem hungrig sein«, stellte er fest.

Sneijder hielt die Augen geschlossen und verstärkte den Druck. Hungergefühle hatten ihn noch nie besonders gestört. »Geben Sie mir meine Zigaretten, ein Streichholz, eine Tasse Vanilletee und eine starke Kopfschmerztablette, dann wird niemand verletzt.«

»Mit Sport lassen sich Stresshormone übrigens wunderbar abbauen, falls Sie da Probleme haben.«

Sneijder sah auf. »Mit einem Joint auch.«

Quintana lächelte milde, griff in die Hosentasche, holte Sneijders eingedrückte Zigarettenschachtel heraus und warf sie ihm zusammen mit einem Streichholzheftchen auf den Tisch. Dann griff er zu dem kleinen Funkgerät an seinem Gürtel. »Eine Tasse Tee für Zelle Nummer sechs«, sagte er auf Spanisch.

»Vanilletee!«, präzisierte Sneijder.

»Té de vainilla.« Quintana klemmte das Funkgerät wieder an seinen Gürtel, ging zum Fenster und öffnete es mit einem Inbusschlüssel, sodass heiße, aber frische Luft hereinströmte.

Das Heftchen stammte aus einem Nachtclub in Palma. Sneijder riss ein Streichholz an und zündete sich einen Joint an. Dankbar schloss er die Augen, inhalierte kräftig und ließ den Rauch lange in der Lunge, ehe er mehrere Rauchringe durch den Raum schickte. »Warum plötzlich so entgegenkommend?«, krächzte er und wischte sich einen Tabakfussel von den Lippen.

Quintana setzte sich ihm gegenüber an den Tisch. »Wir haben mittlerweile all Ihre Aussagen überprüft.«

Sneijder zog eine Augenbraue hoch. »Sie sind ja von der ganz schnellen Truppe.«

Quintana ignorierte seinen ätzenden Tonfall. »Sie haben in allen Punkten die Wahrheit gesagt.«

»Und dafür haben Sie einen ganzen Tag gebraucht?«

»Ihre zynischen Bemerkungen helfen uns nicht weiter.«

»Nett sein könnte ich auch, bringt aber nichts.«

Quintana atmete seufzend durch. »Okay, also mittlerweile wurden wir auch vom deutschen Bundeskriminalamt offiziell darüber informiert, wer Sie sind, welche Position Sie und Ihre Kollegen innehaben, an welcher Sache Sie dran sind, dass Ron D. Pacula nie existiert hat, wer Paul Conrad und Anna Bischoff sind, dass die beiden schon seit Tagen tot sind und mitverantwortlich für die Planung der jüngsten Terroranschläge in Deutschland waren.«

Das alles war Schnee von gestern und interessierte Sneijder nicht. »Hat es heute neue Anschläge gegeben?«

»Das weiß ich nicht.«

»Mann, Sie brauchen doch nur die Nachrichten zu hören!«

»Im Moment habe ich ganz andere Sorgen als Ihre Handvoll Anschläge in Deutschland.«

»Das wird sich ab morgen dramatisch ändern.«

»Auch das haben wir mittlerweile erfahren.« Quintana atmete tief durch und senkte die Stimme. »Ist wirklich eine neue Generation der RAF dafür verantwortlich?«

Sneijder nickte, hob die gefesselten Hände und schnippte die Asche in den Plastikbecher.

»Das BKA hätte von Anfang an mit offenen Karten spielen und mit uns in dieser Sache kooperieren sollen.«

Ja, sicher, tolle Idee! »Wir mussten binnen weniger Stunden eine Entscheidung treffen«, erklärte Sneijder. Eigentlich waren es am Flughafen München ja sogar nur wenige Minuten gewesen, in denen Drohmeier und er diesen Plan ausgeheckt hatten. »Und Sie wissen, wie lange offizielle Anfragen und diplomatische Kontaktversuche zwischen Wiesbaden und Madrid dauern. Dann säßen wir nämlich noch heute in Deutschland, würden E-Mails verschicken und hätten den Kontakt zu Ramona entweder gar nicht aufbauen können oder rasch wieder verloren. Selbst wenn Sie Ramona in der Zwischenzeit verhaftet hätten, wüssten wir gar nichts, da sie den Mund nicht aufgemacht hätte.«

»Jetzt ist sie tot – und wird den Mund erst recht nicht aufmachen«, konterte Quintana. »Und dann wäre da noch Käthe van Zwieten – der Mord an dieser unschuldigen alten Dame hätte verhindert werden können.«

»Durch die Anschläge in Deutschland werden noch viel mehr Menschen sterben.«

»Ich werde mit Ihnen nicht über den Wert eines einzelnen Menschenlebens diskutieren, außerdem ist die bevorstehende Terrorwelle bis jetzt nur eine theoretische Annahme. Fakt hingegen ist, dass Sie durch Ramonas Tod genauso wenig wissen wie vorher.«

Sneijder hob den Blick und lächelte eiskalt. »Sehen Sie, und genau das ist der Irrtum«, entgegnete er. »Denn jemand *hat* sie ermordet. Und darum wissen wir, dass es eine weitere Person im Hotel geben muss, hinter der wir her sind.«

»Okay«, seufzte Quintana und breitete die Hände aus. »Die Spurensicherung konnte Ramona zwar den Einbruch und Mord an Käthe van Zwieten nachweisen, aber uns fehlt jeglicher Hinweis auf Ramonas Mörder.«

»Ich habe es Ihnen doch bereits gestern gesagt – und heute mehrmals wiederholt«, wurde Sneijder laut. »Sie müssen herausfinden, wer Ihnen den Tipp mit Ramonas Apartment gegeben hat, dann haben Sie Ihre Mörderin.«

»Der Anruf kam von der Bar neben der Stranddiskothek.«

»Okay, dann müssen Sie eben herausfinden, wer um diese Uhrzeit dort war.«

»Das ist nicht so einfach, wie Sie denken.«

»*Verdomme*, ich weiß sehr genau, wie schwierig das ist, Sie *hansworst* – dann müssen Sie eben kreativ werden.«

»Jeder könnte von dort aus angerufen haben. Es gibt keine Überwachungskameras und auch keine Zeugen, die jemanden telefonieren gesehen haben.«

»Mittlerweile haben Sie doch die Fingerabdrücke von allen Gästen im Hotel.«

»Die wurden vom Hörer weggewischt.«

»Ah, *godverdomme*!«, fluchte Sneijder.

»Warum sind Sie überhaupt so sicher, dass da ein Zusammenhang zur Terrorgruppe besteht?«

»Weil es so ist!«

»Das verstehe ich nicht.«

»Besser kann ich es nicht erklären, nur lauter!«, brüllte Sneijder.

Es klopfte an der Tür, und ein uniformierter Kollege brachte einen dampfenden Plastikbecher mit einem Teebeutel darin herein, den er vor Sneijder auf den Tisch stellte. Sneijder roch gleich, dass es parfümierter Früchtetee war. Den konnten sie selbst trinken. Angewidert schob er den Becher zur Seite, versenkte den Zigarettenstummel darin, fummelte die nächste Kippe aus der Packung und zündete sie an.

Quintana ignorierte Sneijders Aktion.

»Wie oft denn noch?«, fragte Sneijder, nachdem der Polizist den Raum wieder verlassen hatte. »Mein Bauchgefühl sagt mir, dass Vicky Fuchs etwas damit zu tun hat. Sie müssen sie vernehmen.«

»Hatten wir auch vor …«, gab Quintana zu, »… aber sie ist inzwischen verschwunden.«

»Verschwunden?« Sneijder sah auf. »Ich habe sie gestern Nacht bei meiner Verhaftung noch in der Hotelanlage gesehen.«

»Das mag ja sein, aber seit den frühen Morgenstunden ist sie weg. Die Damen an der Hotelrezeption sagten, dass sie einen Ausflug nach Palma machen wollte. Von dem ist sie noch nicht wieder zurückgekehrt.«

Sneijder klemmte den Joint zwischen die Finger und vergrub das Gesicht in den Händen. »Das wird sie auch nicht«, murmelte er. »Sie müssen den Flughafen und alle Fähranlegestellen überprüfen.«

»Das tun wir bereits. Bisher haben wir nur herausgefunden, dass sie mit dem Taxi nach Alcúdia gefahren ist, danach verliert sich ihre Spur …« Plötzlich riss Quintana die Arme hoch. »Warum rede ich überhaupt mit Ihnen darüber?«

Sneijder sah auf. »Weil Vicky Fuchs Ihre Hauptverdächtige ist.«

»Wer leitet hier die Ermittlungen?«, brüllte Quintana, der langsam die Fassung verlor. »Ich oder Sie?«

»Anscheinend ich.« Sneijder klemmte sich den Joint in den Mundwinkel. »Denn Sie sind zu inkompetent.«

»Sie sind unglaublich eingebildet!«

»Nein«, widersprach Sneijder und klimperte mit den Handschellen, »mich gibt es wirklich.«

Quintana sah ihn lange an, bis er schließlich den Wortwitz begriff und den Mund zu einem genervten Lächeln verzog. »Eigentlich bin ich gekommen, um Ihnen zu erzählen, dass ich gute Nachrichten habe.«

»Gut für Sie oder gut für mich?«

»Für Sie.«

»Und was bedeutet das jetzt?«

»Ich persönlich würde Sie ja – trotz Ihrer höflichen und kooperativen Art – gehen lassen, aber mein Vorgesetzter legt sich quer. Der will vorher alles aufgeklärt wissen, und so lange bleiben Sie noch weiter in U-Haft.« Er griff in die Hosentasche und holte einen Schlüssel heraus. »Aber ich kann Ihnen wenigstens die Handschellen abnehmen.«

»Und das sind die guten Nachrichten?«

»Nein, aber Ihre drei Kollegen vom BKA – Miyu Nakahara, Marc Krüger und Sabine Nemez – wurden soeben freigelassen.« Quintana schloss die Handschellen auf.

Also hat Quintana sie auch verhaften lassen. Sneijder atmete tief durch und rieb sich die Handgelenke. *Wenigstens sind die drei jetzt frei!* »Danke.«

»Gleich bei unserer ersten Begegnung wusste ich« sagte Quintana, »dass zwischen Ihnen und dieser angeblichen Anna Bischoff mehr war als nur eine flüchtige Workshop-Bekanntschaft. Ihre Ohnmacht am Strand war nur gespielt, richtig?«

»Natürlich …« Bevor Sneijder mehr darauf erwidern konnte, klopfte es.

Quintana erhob sich und öffnete die Zellentür. Ein Kollege stand draußen und drückte ihm wortlos ein Telefon in die Hand. Quintana schloss die Tür wieder, meldete sich mit einem kurzen *»Sí«* und marschierte in der Zelle auf und ab, während er nur zuhörte.

Sneijder verstand nichts von dem, was die andere Person sagte, ahnte jedoch, dass es ein deutschsprachiger Gesprächspartner sein musste, da Quintana zwischendurch immer wieder ein knappes »Ja« von sich gab.

Schließlich schaltete er den Lautsprecher ein und legte das Telefon vor Sneijder auf den Tisch. »Ihr Vorgesetzter.«

Der Anruf hätte zu keinem ungünstigeren Zeitpunkt kommen können. »Hallo?«, knurrte Sneijder.

»Mein Gott, Sneijder, wo sind Sie da jetzt wieder hineingeraten?«, dröhnte Drohmeiers Stimme aus dem Gerät.

Sneijder gab keine Antwort. »Wie viel wissen Sie bereits?«, fragte er stattdessen.

»Ich bin von Nemez, der deutschen Botschaft und den Kollegen in Palma bereits über alles informiert worden«, fuhr Drohmeier fort. *»Wann sind Sie wieder in Deutschland?«*

Sneijder warf Quintana durch die Rauchwolke einen Blick zu. »Das kann noch Wochen dauern, weil die Kollegen hier zu dämlich sind, eine bestimmte Anruferin ausfindig zu machen!«

»Regen Sie sich nicht auf, Sneijder.«

»*Ich* rege mich nicht auf«, wurde er laut. »*Die anderen* regen mich auf.«

»Frühestens morgen.« Quintana setzte sich an den Tisch und beugte sich zum Telefon. »Ich gebe mein Bestes.«

»Gut, danke«, murmelte Drohmeier. *»Uns bleibt nur noch ein Tag, bevor es beginnt.«*

Quintana warf Sneijder einen fragenden Blick zu. »Aber es hat doch schon begonnen«, widersprach er. »Diese Anschläge in Berlin und den anderen Städten …«

»Das war nur die Vorhut, eine Ankündigung«, erklärte Drohmeier. *»Seitdem ist die Polizei in höchstem Alarmzustand. Tausende Beamte ermitteln bereits bundesweit.«*

Quintana runzelte die Stirn. »Und warum gab es diese Ankündigung überhaupt?«

Sneijder warf die Kippe in den Becher. Er ahnte, worauf Quintana hinauswollte. »Gute Frage. Dadurch haben sie bis jetzt nur erreicht, dass in Deutschland sämtliche Sicherheitsvorkehrungen verschärft werden.«

»Eben«, sagte Quintana. »Ist das schlau aus deren Sicht?«

»Wir fragen uns dasselbe, bisher erfolglos«, antwortete Drohmeier. *»Comisario* Quintana, *beeilen Sie sich mit Ihren Ermittlungen – wir brauchen Sneijder zu Hause. Und Sneijder – benehmen Sie sich um Gottes willen! Ich muss jetzt zu einer Besprechung.«*

»Adiós!« Quintana griff über den Tisch, beendete das Telefonat und steckte das Handy ein.

»Ich muss hier weg«, sagte Sneijder mit rauer Kehle.

Quintana erhob sich und nickte. »Ich weiß, aber leider ist der Mord an Ramona nicht unser einziges Problem. Wir müssen auch noch den Mörder finden, der den Mann vom Strand getötet hat.«

Sneijder wurde hellhörig. »Der wurde ermordet?«

Quintana nickte erneut. »Wir haben eindeutige Spuren eines Kampfes gefunden.«

80. Kapitel

Lea saß im Speisewagen des französische Zugs, der gerade von Lyon kommend die Grenze zur Schweiz überquerte.

Es war kurz vor zweiundzwanzig Uhr, und in etwa fünfzehn Minuten würde sie die Südspitze des Genfer Sees erreicht haben und in Genf in einen Zug der Schweizer Bundesbahnen umsteigen, der sie über Bern nach Zürich brachte. Diese Fahrt einmal quer durch die Schweiz bis nach Österreich war der kritischste Abschnitt der gesamten Reise, da sie die EU zuerst verließ und danach wieder in sie einreiste.

Angespannt sah sie auf die Monitoranzeige über ihr. Noch vierzehn Minuten bis nach Genf.

Nervös?, fragte Camilla.

»Nein«, log sie.

Sie musste sich nicht bemühen, besonders unauffällig zu reden, da sich der Speisewagen innerhalb der letzten Viertelstunde bis auf zwei ältere Damen komplett geleert hatte. Und was sich die beiden Frauen dachten, die Karten spielten, während sie sich angeregt auf Schwyzerdütsch unterhielten, war ihr egal.

Trotz des leeren Abteils hatte sich Lea auf ihrem Vierertisch mit Kaffeetasse, Kuchenteller, Zeitschriften, Servietten und ihrer Bauchtasche so ausgebreitet, dass niemand auf die Idee gekommen wäre, sich zu ihr zu setzen.

Wenn sie sich konzentrierte, konnte sie trotz des hell erleuchteten Wagens durch ihr eigenes Spiegelbild im Fenster hindurch die Landschaft an ihr vorbeiziehen sehen. Sie stützte das Kinn auf die Handfläche und presste die Nase an die kalte Scheibe.

Hinter Bäumen, Äckern und Wäldern tauchte immer wieder das Ufer der Rhône auf, an dem die Gleise entlangführten. Im Hintergrund lagen ein paar Berge, die sie nur deshalb als solche erkannte, weil auf dem Weg zu den Gipfeln die Lichter einiger Häuser brannten.

Nun spähte sie zur Tür, die in den nächsten Wagon führte, und blickte dann erneut zum Monitor. Noch dreizehn Minuten.

Sei nicht so angespannt.

»Bin ich nicht.«

Mir kannst du nichts vormachen. Bleib locker! Du brauchst kein Visum für die Einreise in die Schweiz, sondern nur einen gültigen Ausweis.

»Und wenn es eine stichprobenartige Personenkontrolle gibt und die aus irgendeinem Grund meinen Reisepass registrieren?«

Wir sind gleich in Genf – danach gondelst du ganz easy durch die Schweiz.

Ja, alles ganz easy! Lea nahm den letzten Schluck Kaffee und pickte die einzelnen Kuchenbrösel vom Teller auf. Sie leckte gerade den Finger ab, als die automatische Tür hinter ihr mit einem Zischen aufglitt. Aufgeschreckt fuhr sie herum, ließ aber gleich wieder erleichtert die verspannten Schultern sinken. Es war nur ein etwa sechsjähriges Mädchen mit Jeansrock und Jeansjacke und einer Schleife im Haar, das mit einem noch jungen braun-weiß-schwarz gefleckten Beagle den Speisewagen betrat.

Der Hund zerrte an der Leine und versuchte an einer Bank den Maulkorb von der Schnauze zu streifen.

»Spike, hier! Bei Fuß!«, rief das Mädchen mit einem niedlichen Schweizer Dialekt und nahm die Leine etwas kürzer.

Anscheinend gehörte das Mädchen zu den beiden Damen, die die Kleine darauf aufmerksam machten, dass sie gleich aussteigen würden. Während die Frauen ihr Kartenspiel wegpackten, zerrte Spike bis zu Leas Platz, wo er an ihrem Bein schnüffelte.

Pass auf, dass dich der Köter nicht vor Freude anpinkelt, warnte Camilla.

»Wenn schon, der ist ja noch klein.«

Ich fand es ja schon seltsam, dass du den Streuner im Hotel gefüttert hast. Seit wann magst du denn Hunde?

»Seit Kurzem. Ein Hund hätte mich beispielsweise nie betrogen. Tiere geben einem so viel zurück.«

Ja, vor allem die Blumenzwiebeln, die man vor einer Woche gepflanzt hat.

»Sei nicht so zynisch.«

Ja, schon gut, murmelte Camilla. *Mir tun die Menschen ja leid, die keinen Hund haben.*

»Eben.«

Sie müssen das Essen, das ihnen auf den Boden fällt, selbst aufheben.

»Du bist wirklich garstig.« Lea streckte die Hand nach unten und kraulte den Beagle hinter dem Ohr. Nun sprang das Tier auf die Bank und schob die Schnauze über die Kante des Tisches.

»Mit wem sprichst du?«, fragte das Mädchen.

»Mit mir«, antwortete Lea.

Die Kleine wischte sich mit dem Handrücken über die Nase und rieb sich dabei unabsichtlich einen Schokofleck auf die Wange. »Und warum?«

Manchmal braucht sie kompetente Beratung, weißt du, Kleine, mischte sich Camilla in das Gespräch.

Lea musste lachen. »Weil … ich oft allein bin.«

»Mein Hund mag dich.«

»Das sehe ich.« Lea streichelte den Beagle, der die Schnauze über den Tisch gleiten ließ und so lange herumschnüffelte, bis er Leas Bauchtasche entdeckte. »Wobei ich glaube, dass er eher an meiner Tasche interessiert ist.«

»Was hast du da drin?«

Wir wissen, was da drin ist! Schaff den Hund weg! Und werd die Kleine los, verdammt nochmal!

Die Tür ging auf, und ein Fahrkartenkontrolleur in Begleitung eines Polizisten kam herein. Langsam schritten sie durch den Speisewagen.

Mach schon!

Lea versuchte, den Beagle von ihrer Bauchtasche wegzuschieben, doch der Hund schnüffelte wie besessen daran herum. »Hat er heute noch nichts gefressen?«, fragte Lea so ruhig wie möglich.

»Doch, hat er.«

Kontrolleur und Polizist kamen ins Gespräch vertieft näher, stoppten vor ihrem Tisch und verstummten. Nun zerrte die Kleine endlich den Hund von der Bank herunter und trat zur Seite. *»Excusez-moi«*, murmelte sie mit zu Boden gerichtetem Blick. Die beiden Männer gingen weiter und setzten ihr Gespräch fort.

Du hast so viel Glück, stellte Camilla fest.

Lea ließ die Schultern sinken und versuchte, sich ihre Anspannung nicht anmerken zu lassen. »Müsstest du nicht eigentlich schon längst im Bett sein?«, fragte sie die Kleine.

»Meine beiden Uromas haben heute mit mir einen Ausflug zu Papa gemacht«, sagte sie stolz, zog ein rosa Handy aus der Jackentasche und schaute aufs Display. »In einer halben Stunde sind wir bei meiner Mama.«

Mein Gott, die Kleine ist höchstens vier und hat schon ein Handy!

»Du bist sicher schon sieben, richtig?«

»Ja, sechseinhalb.« Die Kleine strahlte.

Wenn schon! Heutzutage kannst du nicht mal mehr ein Kind im Wald aussetzen. Die haben alle ein ein Handy mit GPS.

»Sei nicht so bös!«

»Wie bitte?«, fragte die Kleine.

»Ach nichts, bloß Selbstgespräche.«

Sag der kleinen Leonie-Chantal-Cheyenne, dass sie sich endlich verziehen soll.

Lea schielte zum anderen Ende des Speisewagens und sah, wie der Schaffner und der Polizist das Abteil verließen. »Wie heißt du denn?«, fragte sie.

Das Mädchen strahlte wieder. »Bine.«

Alle Kinder fahren Zug, nur nicht Bine, die liegt auf der Schiene.

»Mir reicht es mit dir!«

»Entschuldige«, murmelte die Kleine, jetzt sichtlich verängstigt. »Ich bring Spike schon weg. Wir müssen sowieso gleich raus.«

»Nein, so habe ich das nicht gemeint«, rief Lea rasch.

Doch, das hast du so gemeint!

Bine nahm den Beagle ganz eng an die Leine und zog ihn zu ihren Uromas, von denen ihr eine mit einem Taschentuch den Schokofleck von der Wange wischte. Dann verließen die beiden Damen mit dem Kind und dem Hund den Speisewagen.

»Toll gemacht«, rief Lea. »Jetzt kann ich mich nicht einmal mehr mit einem kleinen Mädchen unterhalten, nur weil du so unfreundlich bist.«

Dabei liebe ich es, freundlich zu sein, widersprach Camilla.

»Und warum bist du es dann so selten?«

Es soll ja etwas Besonderes bleiben.

Lea stand auf und schnallte sich die Bauchtasche um die Taille. Der Zug ruckelte und wurde spürbar langsamer. Als es über eine Brücke ging, stieß die Lok einen Pfiff aus. Lea beugte sich zum Fenster und erkannte in der Ferne die Lichter des Genfer Bahnhofs.

Der Zug hatte eine halbe Stunde Verspätung. Wenn sie sich am Bahnsteig beeilte, würde sie noch den Anschlusszug erreichen und um zwei Uhr früh in Zürich sein. Von da waren es dann nur noch wenige Stunden bis nach Innsbruck.

Rasch stellte sie ihr Geschirr auf dem Tablett zusammen und

verstaute es im Servierwagen. Während sie zur Tür ging, tastete sie über die Bauchtasche, in der sie ihr eigenes Handy spürte. Das war schon seit Montag früh ausgeschaltet, und sie würde die SIM-Karte erst wieder reinstecken, wenn sie in Österreich war – keine Sekunde früher.

Dabei hatte sie die stille Hoffnung, dass nicht allzu viele Anrufe und Nachrichten sie erwarteten. Inklusive der irritierten Nachfragen, denen sie dann eine Entschuldigung schuldig sein würde.

81. Kapitel

Mitten in der Nacht lag Sneijder in der Dunkelheit auf dem harten Bett seiner U-Haft-Zelle, die Hände hinter dem Kopf verschränkt. Er ließ die Zehen kreisen und starrte an die Zimmerdecke, wo die Lichter des Straßenverkehrs Schatten warfen. Das Fenster war immer noch gekippt, und mittlerweile drang kühle Nachtluft in die Zelle. Hin und wieder waren Stimmen zu hören, ein Auto hupte, oder ein Hund bellte.

Dann näherten sich Schritte im Gang, und der Schlüssel im Schloss wurde umgedreht. Kurz darauf kam jemand herein und schaltete das Deckenlicht ein. Geblendet richtete Sneijder sich auf, schirmte das Licht mit der Hand ab und erkannte Quintana. »Wie spät ist es?«

»Kurz nach Mitternacht«, sagte der *Comisario*.

»Schlafen Sie nie?«

»Keine Zeit.« Quintana blieb vor Sneijders Pritsche stehen.

»Wie laufen die Ermittlungen?«

»Läuft alles nach Plan«, sagte Quintana.

»Nutzt aber nichts, wenn der Plan scheiße ist.«

»Sie können wohl niemals nett sein.«

»Sehen Sie hier irgendwo einen Heiligenschein? Nein? Ich auch nicht. Passt nicht zu meinem Outfit.« Sneijder ballte mehrmals die Faust und ließ die Fingerknöchel knacken.

»Wollen Sie wissen, warum ich hier bin?«

»Ist das wieder eine Ihrer rhetorischen Fragen? Oder wollten Sie mir mitteilen, dass Sie doch Vanilletee in der Kantine gefunden haben?«

Quintana verzog das Gesicht und steckte die Hände in die Hosentaschen. »Wir konnten mittlerweile die Identität des Toten herausfinden, der von den Fischern in der Nähe der Klippen gefunden wurde.«

»Ein Gast des Hotels?«

»Verdammt richtig. Ein gewisser Gernot Wulff, Deutscher, sechsunddreißig Jahre alt. Sagt Ihnen der Name etwas?«

»Nein, stand auf keiner meiner Workshop-Teilnehmerlisten.«

»Steht er in Deutschland im Zusammenhang mit irgendwelchen kriminellen Aktivitäten?«

Sneijder verzog den Mund. »Bisher ist mir dieser Name nicht untergekommen. Aber ich kenne natürlich auch nicht jeden Kleinkriminellen nördlich der Alpen.«

»Wulff stammte aus dem Nordschwarzwald«, erklärte Quintana, »lebte aber die letzten sechs Jahre in Kufstein, Österreich. Hatte dort einen Computerladen.«

Kufstein! Da klingelte etwas bei Sneijder, er wusste aber nicht, was. »Haben Sie ein Foto von ihm?«

Quintana kramte sein Handy aus der Hosentasche und zeigte Sneijder das Passfoto von Wulff. Kantiges Gesicht, längere blonde Haare, Marke Surferboy.

Sneijder prägte es sich ein, dann schüttelte er langsam den Kopf. »Nein, ist mir im Hotel nicht begegnet. Hat aber nichts zu bedeuten, das Hotel ist groß. Wie wurde er ermordet?«

»Offenbar hat es einen Kampf gegeben. Er hatte Druckstellen am Handgelenk und Kratzer von Fingernägeln am Unterarm. Vermutlich ist er beim Leuchtturm am Cap de Formentor über die Felsen ins Meer gestürzt … oder gestürzt worden. Die Spurensicherung hat Blutspuren an der nördlichen Felswand entdeckt, allerdings müssen wir noch das Ergebnis des DNA-Abgleichs abwarten.«

»Zum Zeitpunkt von Käthe van Zwietens und Ramonas Ermordung war er längst tot«, sinnierte Sneijder.

»Stimmt – sein Tod hat höchstwahrscheinlich gar nichts mit Ihren Ermittlungen und den Vorfällen im Hotel zu tun.«

»Haben Sie geprüft, ob er einen terroristischen Hintergrund hat?«

»Wir warten noch auf das Ergebnis unserer Anfrage an die österreichischen Behörden, aber es sieht nicht danach aus.« Quintana ging durch die Zelle. »Die Fahndung nach Vicky Fuchs läuft – ebenso wie die Befragung der Gäste von der Strandbar.«

Sneijder ließ den Nacken kreisen. »Warum erzählen Sie mir das alles?«

»Ihr Gepäck ist bereits hier in Palma. Wenn die Kollegen gegen fünf Uhr früh wieder im Dienst sind, müssen Sie noch jede Menge Protokolle und Aussagen unterschreiben, danach werden Sie zum Flughafen begleitet und dürfen heimfliegen.«

»Jetzt auf einmal?«

Quintana zog die Schultern hoch. »Das deutsche BKA hat mit unserem Innenminister gesprochen, und der hat unseren Polizeipräsidenten angerufen.«

Sneijder verstand. Drohmeier hatte ein paar Hebel in Bewegung gesetzt. »Und was ist mit dem Mord an Ramona?«

»Was soll damit sein? Ist meine Sache – den werde ich allein aufklären.«

»Falsch. Der ist *unsere* Sache«, widersprach Sneijder. »Mich geht der Mord genauso etwas an wie Sie.« Er dachte an Marc Krügers Recherchen. »Also werden wir den gemeinsam aufklären.«

»Wenn Sie ein genauso guter Ermittler sind wie Sie ein großes Arschloch sind, besteht sogar die Hoffnung, dass wir das schaffen«, seufzte Quintana.

»So ein schönes Kompliment habe ich schon lange nicht mehr bekommen.«

»Fein, das freut mich. Allerdings müssen Sie trotzdem abreisen.

Sie bekommen Ihr gesamtes Gepäck zurück, nur Ihre Waffe bleibt hier.«

»Die ist mir nicht wichtig. Ich brauche nur Ron D. Paculas Handy.«

»Okay, mal sehen, ob das möglich ist.«

»Und tun Sie mir noch einen Gefallen.«

»Was?«, stöhnte Quintana auf.

»Richten Sie Bianca Hagemann aus, dass mir leidtut, was in ihrem Hotel passiert ist.«

8. TEIL

Freitag, 24. Mai

82. Kapitel

Seitdem Lea im Morgengrauen erleichtert die Grenze nach Österreich überquert hatte, regnete es. Jetzt, kurz nach neun Uhr früh, legte sie gerade das letzte Teilstück ihrer Reise von Innsbruck nach Kufstein zurück.

Obwohl die Reise bis jetzt ohne Zwischenfälle verlaufen war, hatte Lea kaum geschlafen, da sie die ganze Zeit zu aufgekratzt gewesen war, um sich auszuruhen. Sie musste ständig an den Wintergartenaushub und die bevorstehende Betonierung des Fundaments denken. Noch dazu fuhr der Zug gerade in eine wirklich schlimme Schlechtwetterzone ein, und der Wind drückte den Regen gegen die Scheiben.

Lea fröstelte. Blöderweise hatte sie nur die eher sommerliche Kleidung mit, die sie am Körper trug, an einen Pullover oder eine Regenjacke hatte sie nicht gedacht.

Angespannt blickte sie aus der beschlagenen Fensterscheibe. Seit eineinhalb Stunden fuhr der Zug am Inn entlang. Viele Male hatte er den Fluss überquert, gerade eben in Brixlegg noch einmal, und ein letztes Mal würde er es noch tun, kurz bevor sie Kufstein erreichte.

Obwohl sie so angespannt und das Wetter so mies war, weckte der Anblick des dahinpreschenden türkisen Wassers und der Berge im Hintergrund Heimatgefühle bei Lea. Auch der wohlvertraute Tiroler Dialekt der anderen Reisenden im Wagen vermittelte ihr das beruhigende Gefühl, endlich wieder daheim in ihrer vertrauten Umgebung zu sein. Der Aufenthalt auf Mallorca, das *Aurelia Bay Club Resort*, die Palmen und das Meer schienen ihr plötzlich unendlich fern. Wie in einem Traum verblassten nach und nach die Erinnerungen an die letzten Tage.

Der Zug stieß einen Pfiff aus und raste durch eine kleine Bahnstation. Jetzt, wo sie sich zwischen Schwaz und Wörgl befand, bereits die Hälfte der letzten Etappe hinter sich hatte und nur noch eine halbe Stunde unterwegs sein würde, kramte sie ihr Handy aus der Bauchtasche.

Guten Morgen.

»Guten Morgen, du Schlafmütze«, murmelte Lea, während sie alibihalber ihr Handy zum Ohr hielt.

Wie lange noch?, gähnte Camilla herzhaft.

»Eine gute halbe Stunde, dann haben wir es geschafft.«

Lea fingerte ihre SIM-Karte aus dem Seitenfach der Bauchtasche und steckte sie am Gehäuserand ihres Handys in den dafür vorgesehenen Schacht. Dann schaltete sie das Telefon ein. Der Akku hatte noch zwölf Prozent Leistung. Nach ein paar Sekunden fand das Telefon ein Netz.

Lea wartete, trommelte mit den Fingern auf ihrem Oberschenkel und blickte aus dem Fenster. Sie fuhren gerade durch den kleinen Ort Kundl, als es Schlag auf Schlag ging. Ihr Handy piepte in einer Tour. Achtundzwanzig verpasste Anrufe, fünf Sprachnachrichten, ein paar SMS und mehrere Dutzend WhatsApp-Nachrichten. Die meisten von ihrem Assistenten und ihren Kunden. Zum Glück waren weder eine Absage noch eine Terminverschiebung der Baufirma darunter. Allerdings zeigte das Display auch einen verpassten Anruf von Gernot, der am Montagabend versucht hatte, sie zu erreichen. Vermutlich um ihr zu erzählen, dass es seiner Mutter verdammt schlecht ging und er voraussichtlich doch ganze zwei Wochen im Schwarzwald bleiben müsse. Der Arme!

Sie ignorierte Gernots Anruf und beantwortete die wichtigsten Nachrichten. Ihre Standardantwort lautete, dass ihr Handyakku kaputt gegangen und sie darüber hinaus krank gewesen wäre, jetzt aber wieder erreichbar war.

Um 9.35 Uhr hatte sie das Wichtigste erledigt, lehnte sich erleichtert zurück und betrachtete den Regen, der am Fenster in langen Streifen ablief. Nur noch ein paar Stationen.

Ihr Handy klingelte schrill. Lea zuckte zusammen.

Nur die Ruhe.

»Ja«, seufzte sie und blickte auf das Display. Vielleicht rief ja jemand zurück, dem sie soeben geschrieben hatte – aber das war nicht der Fall. »Kennst du diese Nummer?«

Tiroler Landeskriminalamt.

Zuerst dachte sie, dass Camilla einen dämlichen Scherz gemacht hatte, doch dann erinnerte sie sich an ihre Zeit bei der Polizei. Ja, tatsächlich, das war die Nummer des LKA in Innsbruck.

Mit zitternden Fingern nahm sie den Anruf entgegen und führte das Telefon zum Ohr. »Ja, hallo?«

Eine Dame räusperte sich am anderen Ende der Leitung. »Guten Morgen, mein Name ist Wiesinger vom Landeskriminalamt Tirol. Spreche ich mit Lea Fuchs?«

»O Gott!«, entschied sich Lea spontan für eine kleine Show. »Steckt meine Enkeltochter in Schwierigkeiten und braucht zehntausend Euro für die Kaution? Wohin soll ich das Geld denn bringen? Bar ist Ihnen doch sicher lieber, richtig?«

»Nein, Frau Fuchs, das ist kein Trick. Die Kollegen von LKA haben Sie bereits zu Hause in Kufstein besucht, aber nicht vor Ort angetroffen. Andernfalls würden wir nicht anrufen.«

Jetzt ist es so weit.

Lea wurde ernst, atmete tief durch, schloss mehrmals die Faust und versuchte, das Zittern aus ihrer Stimme zu bekommen. »Worum geht es denn?«, fragte sie ruhig.

»Das besprechen wir besser nicht am Telefon. Die Beamten

könnten in Kürze noch einmal bei Ihnen zu Hause vorbeikommen. Sind Sie daheim?«

»Es ist gerade ungünstig, da ich jeden Moment Bauarbeiter erwarte.«

»Wir halten Sie nicht lange auf, die Kollegen haben nur ein paar Fragen.«

»Und das lässt sich nicht am Telefon klären?«

»Nein.«

»Ich …« Lea überlegte. »… besorge gerade Frühstück für meine Arbeiter. Ich bin in …« Sie sah auf die Uhr. »… einer knappen halben Stunde zu Hause.«

»Danke. Ich schicke zwei Kollegen bei Ihnen vorbei. Auf Wiederhören.«

Lea legte wortlos auf und ließ den Arm mit dem Telefon sinken. Über Lautsprecher kam soeben eine Durchsage, dass der Zug in Kürze Kufstein erreichen würde.

Jetzt musst du auch noch Frühstück kaufen?

»Kein Problem.« Lea stand auf und streckte die steifen Glieder durch. »Neben dem Taxistand am Bahnhof ist eine Pommesbude, die haben auch Wurstsemmeln.«

83. Kapitel

Sabine saß im großen Besprechungszimmer im dritten Stock des BKA-Hauptgebäudes. Vor ihr lagen die Briefe aus Sneijders deutschsprachigem Workshop.

Comisario Quintana und seine Kollegen von der mallorquinischen Kripo hatten sie alle aufgerissen, im Beisein eines Dolmetschers und Grafologen gelesen, zwar für harmlos erachtet, aber dennoch Kopien davon angefertigt, und Sabine die Originale kurz vor ihrem Heimflug ausgehändigt. Danach waren Sabine, Marc und Miyu von Palma aus mit ihrem Gepäck nach Deutschland geflogen.

Jetzt lagen die Originalbriefe vor Sabine. Sie hatte sie mehrfach gelesen und dann an Miyu weitergereicht. Hoch konzentriert, ohne jegliche erkennbare Regung speicherte Miyu die total unterschiedlichen Inhalte mit ihrem fotografischen Gedächtnis ab.

Es waren lauter interessante Geschichten von faszinierenden, aber dennoch grundverschiedenen Menschen, die entweder schonungslos mit sich selbst ins Gericht gegangen waren oder sich zu etwas beglückwünschten oder anspornen wollten.

Ein Brief allerdings fehlte. Es waren nämlich nur vierzehn, obwohl es eigentlich fünfzehn hätten sein müssen. Käthe van Zwieten hatten den Workshop vor dieser Übung zwar verlassen, doch an ihrer Stelle war Sabine eingesprungen. Sie versuchte, sich zu konzentrieren, aber ihr wollte einfach nicht einfallen, wessen Kuvert fehlte; und die Teilnehmerliste lag irgendwo unter einem Berg von Akten. Sie wollte bereits danach suchen, als Miyu vom letzten Brief hochsah, auf dem Sabine ihre eigene Handschrift erkannte.

»Ich verstehe den Sinn und den Inhalt Ihres Briefes nicht«, sagte Miyu.

»Tja«, seufzte Sabine. »Ist nicht so wichtig.« Sie hatte ihren eigenen Brief vorhin einfach beiseitegelegt und erinnerte sich nicht wirklich, was sie am Dienstag auf Mallorca zu Papier gebracht hatte, als sie wegen ihres verpatzten Urlaubs in München noch ziemlich frustriert gewesen war.

»Nicht wichtig?«, wiederholte Miyu. »Ich verstehe ihn trotzdem nicht. *Lieber Maarten, du wirst diesen Brief sicherlich eines Tages lesen*«, gab sie den Inhalt aus dem Gedächtnis wieder, ohne aufs Papier zu schauen. »*Danke, dass du so selbstlos bist, immer an deine Kolleginnen denkst und ihnen zu einem gemütlichen und entspannten Urlaub im Ausland verhilfst, wo sie den Arbeitsalltag vergessen, sich erholen und so richtig die Seele baumeln lassen können. Danke für deine jahrelange nette, verständnisvolle, rücksichtsvolle und zuvorkommende Art. Bleib so, wie du bist, so habe ich mir den perfekten Kollegen immer vorgestellt.*«

Sabine kniff die Augen zusammen. »Und?«

»Warum haben Sie den Brief an Sneijder geschrieben und nicht an sich selbst? Das war doch die Aufgabe.«

Sabine zuckte mit den Achseln. »Einfach so halt, ich war wütend.«

»Wütend? Aber Sie loben Sneijder doch in diesem Brief.«

»Das war reine Ironie.«

»Das heißt, nichts davon, was hier drinsteht, ist ernst gemeint?«

»So ist es.«

»Okay …« Miyu dachte nach. Offenbar ging sie den Brief Satz für Satz erneut im Geiste durch. »Aber den letzten Satz verstehe ich trotzdem nicht. Sneijder ist doch der perfekte Vorgesetzte und Kollege. Was ist daran ironisch?«

Sabine lachte laut auf. »Sneijder ist in Ihren Augen also perfekt?«

»Natürlich.«

»Miyu, vielleicht sind ja in Ihrem Hirn gerade zu viele Tabs offen. Denken Sie doch einmal konzentriert darüber nach. Auch Sneijder macht Fehler, so wie jeder andere auch – vielleicht deutlich weniger, aber er macht sie.«

»Vielleicht macht er nur deshalb Fehler, damit nicht gleich jeder merkt, wie perfekt er ist«, schlug Miyu vor.

»Okay …« Sabine schüttelte belustigt den Kopf. *In Wahrheit macht er keine Fehler, sondern ruft Katastrophen hervor*, dachte sie.

Bevor Miyu noch etwas dazu sagen konnte, klopfte es an der Tür, und ein zerknautschter, ungepflegter, älterer Kollege mit grauem Stoppelbart kam herein. Sabine kannte ihn nur flüchtig, und soviel sie wusste, war er vorübergehend vom Außendienst in die Kantine strafversetzt worden, weil es heftige Beschwerden wegen seines ungebührlichen Benehmens gegeben hatte. »Hallo«, murrte er.

»Hallo.« Sabine blickte auf die Uhr. Es war kurz nach zehn Uhr vormittags, und der Kollege brachte Kaffee und Sandwiches – das war wohl das Frühstück, das sie in der Kantine bestellt hatte. Ziemlich ruppig stellte er es zwischen Sabine und Miyu auf den Tisch. Anscheinend kam er nicht damit klar, dass Drohmeier ihn zu einer solchen Tätigkeit degradiert hatte.

»Danke«, sagte sie zu dem Mann und goss Kaffee aus der Kanne in einen Becher.

»Darf es für die Ladys sonst noch etwas sein?«

Sabine ignorierte den unverschämten Ton. »Nein danke.«

Miyu sagte nichts, griff nur nach einem Sandwich und wickelte es aus der Folie.

»Schüchtern, Ihre Kollegin, was?«, sagte er.

O Gott. Sabine massierte ihre Nasenwurzel. Sie hatte weder die Zeit noch die Geduld, diesem Idioten die Hintergründe für Miyus Verhalten zu erklären.

»Schüchtern, was?«, wiederholte er grinsend.

Miyu sah auf. »Ich bin nicht schüchtern, Sie sind mir einfach nur unsympathisch.«

»He, ich …«

»Wir haben zu tun«, sagte Sabine rasch, bevor der Kollege noch mehr von sich geben konnte. Danach ignorierte sie ihn und sah nur aus dem Augenwinkel, wie er grummelnd verschwand. »Warum solche Typen nicht gleich suspendiert werden?«, murmelte sie, nachdem er die Tür geschlossen hatte. Nächstes Mal würde sie die Brötchen selbst aus der Kantine holen.

»Er hat eine Frau und zwei kleine Kinder«, antwortete Miyu.

»Woher wissen Sie das? Er trägt nicht mal einen Ehering.«

»Von seiner Personalakte. Habe mir die aller Kollegen durchgelesen, als ich am BKA begonnen habe.«

»Reingehackt?«

»Mit meinem Daedalos-Zugang von der Akademie.«

»Okay.« Sabine zog eine Augenbraue hoch, dann deutete sie auf den Papierhaufen. »Ein Brief fehlt«, stellte sie fest.

»Ich weiß«, bemerkte Miyu kauend.

»Und welcher?«

»Der von Vicky Fuchs – ich hatte auf Mallorca Gelegenheit, einen Blick auf die Anmeldeliste zu werfen.«

Sabines Gesicht hellte sich auf. »Ja, richtig.« Jetzt erinnerte sie sich auch wieder. Das war jene seltsame Frau gewesen, die ständig Selbstgespräche geführt hatte und am Schluss der Übung den Brief von Sneijder unbedingt wieder zurückhaben wollte. Offenbar fand Quintana den Brief interessant genug, um ihn als Beweismittel einzubehalten.

»Haben wir keine Kopie?«, fragte Miyu.

»Nein.« Sabine schob den Stapel Briefe und Kuverts zusammen. »Das ist alles, was mir die mallorquinische Kripo ausgehändigt hat.«

Im gleichen Moment flog die Tür auf, ohne dass jemand angeklopft hatte. Sneijder betrat den Raum und knallte seine Handgepäck-Reisetasche mit seinem Laptop auf den Tisch.

Er sah zwar erbärmlich müde aus, trug aber ein sauberes Hemd, polierte Lackschuhe und einen frisch gebügelten Anzug. Außerdem hatte er einen Hauch von Farbe im sonst so totenbleichen Gesicht, was stets ein gutes Zeichen war. Denn es wies darauf hin, dass er im aktuellen Fall ein Stück weitergekommen war.

»Es freut mich, dass Sie wieder da sind«, entfuhr es Sabine.

Miyu warf ihr einen Blick zu. »Ist das jetzt auch wieder ironisch?«

»Nein, das meine ich ernst.« Sie blickte zu Sneijder. »Ich hätte nicht damit gerechnet, dass Quintana Sie so rasch aus der U-Haft entlässt.«

»Keine Festreden! Wir haben zu tun.« Sneijder klatschte in die Hände. »Marc muss jeden Moment kommen. Mittlerweile liegen uns alle Daten sämtlicher Urlauber aus dem Hotel vor.«

»Sie sind so gut gelaunt«, stellte Sabine verwundert fest. »Ich dachte, dass nach Ramonas Tod alle unsere Spuren kalt sind.«

»Sind sie auch, trotzdem sind wir einen Schritt weiter.«

Hinter Sneijder betrat Marc mit Notebook, Kopfhörern und mehreren Kabeln den Besprechungsraum. Zwischen seinen Zähnen klemmte ein Sandwich, und weil er keine Hand freihatte, trat er die Tür mit dem Fuß zu. Obwohl Sabine ihm zu Hause ein frisches Hemd hingelegt hatte, trug er sein ausgewaschenes graues Lieblings-T-Shirt, auf dem eine fliegende Telefonzelle zu sehen war.

Unter seiner Achsel steckten zwei Aktenmappen. Er stellte sein Notebook auf dem Tisch ab, legte den Rest der Sachen daneben und setzte sich zu Sabine.

Sneijder durchstreifte indessen unruhig den Raum. »Was hast du herausgefunden?«

Marc nahm das Sandwich aus dem Mund. »Von allen Angestellten und Gästen im *Aurelia Bay Club Resort* gibt es nur zwei interessante Treffer, die ins Raster linksextremer Sympathisanten passen«, erklärte er, während Sabine die beiden Dossiers öffnete und die Blätter auseinanderschob. »Gernot Wulff ist zwar in Deutschland aufgewachsen, lebt jedoch seit sechs Jahren in Österreich. Er ist IT-Techniker mit einem eigenen kleinen Computerfachladen in Tirol – völlig uninteressant, das vergessen wir gleich wieder. Aber er hatte früher in Deutschland Kontakt zu zwei ehemaligen RAF-Sympathisanten. Die österreichischen Behörden wissen nichts davon, aber es ist in den Akten unseres Staatsschutzes vermerkt.«

Sneijder hörte konzentriert zu, während ein kaltes Lächeln seine Mundwinkel umspielte. »Das passt. Gernot Wulff ist nämlich der Tote von den Klippen«, unterbrach er Marc. »Mittlerweile geht die spanische Polizei davon aus, dass er ermordet worden ist. Und die zweite Akte?«

»Eine gewisse Vicky Fuchs. Sie hatte früher ebenfalls Kontakte zur linken Szene. Ist wegen einiger kleinerer Delikte wie Handtaschen- und Kaufhausdiebstahl aufgefallen«, erklärte Marc.

Vicky Fuchs! Da war dieser Name schon wieder. Sabine warf Miyu einen kurzen Blick zu. »Das mit Vicky Fuchs könnte reiner Zufall sein«, sagte sie. »Andererseits hat die mallorquinische Kripo ihren Brief nicht herausgerückt.«

»Ich glaube nicht an Zufälle.« Sneijder griff in seine Sakkotasche, zog ein Kuvert hervor und wedelte damit herum. »Das ist ihr Brief … eigentlich hätte ich gleich draufkommen müssen.« Er warf einen Blick auf das Adressetikett, das er am Ende des Workshops selbst draufgeklebt hatte. »Beide – Gernot Wulff und Vicky Fuchs – wohnen in Kufstein.«

»Woher haben …?«, fragte Sabine.

»Quintana hat ihn mir vor meiner Abreise gegeben. Allerdings nicht den Originalbrief, sondern nur eine Kopie.«

»Aber das Kuvert ist original?«, fragte Sabine erstaunt.

»Darauf habe ich bestanden«, erklärte Sneijder. »Und für Quintana war der Umschlag sowieso unwichtig.« Er zog ein Blatt Papier aus dem Kuvert, das er auseinanderfaltete und laut vorlas. *»Liebe Vicky, nach deinem Tod hatte ich tatsächlich ein schlechtes Gewissen. Habe mir enorme Vorwürfe gemacht und mir selbst die Schuld an allem gegeben. Konnte kaum schlafen, hatte Bauchschmerzen und habe mir immer wieder vorgehalten, dass ICH es war, wegen der du gestürzt bist. War es richtig, was ich danach getan habe? Dass ich so egoistisch nur an mich, meine Firma, meine Karriere, meinen Ruf und meine Zukunft gedacht habe? Ich weiß, dir ist es völlig egal, wo du liegst, aber für mich macht es einen enormen Unterschied, ob dich jemand findet oder nicht. Ich hatte innig gehofft, dass du das verstehen würdest.*

Aber dass ich heute erfahren habe, was du die letzten Jahre getan hast, dass du mein Vertrauen missbraucht, mich ausgenutzt und hintergangen hast, dass du noch dazu meinen Lebensgefährten manipuliert und für deine Pläne benutzt hast und dass ihr mir jahrelang etwas vorgespielt habt – das verändert alles für mich. Ich bin so dankbar, das zufällig herausgefunden zu haben. Mein Gott, ansonsten hätte sich mein schlechtes Gewissen vermutlich jahrelang durch meine Eingeweide gefressen, bis ich elend daran zugrunde gegangen wäre.

Jetzt stört es mich auch nicht mehr, dass ich nicht gleich zur Polizei gegangen bin. Denn dann wäre nicht nur meine Zukunft zerstört gewesen, nein, zudem hätte ich das alles, dumm und naiv wie ich bin, niemals erfahren!

Seitdem ich dahintergekommen bin, warum du nach Mallorca fliegen wolltest, bereue ich nichts mehr. Das Schicksal hat es so gewollt.

Und so werde ich jedes Mal, wenn ich bei offenen Glastüren in der Sonne meines neuen Wintergartens sitze und arbeite, wieder an dich und deinen geliebten Seelenpartner denken, diesen rückgratlo-

sen, miesen Arsch. Er ist dir nun gefolgt – und auch das bereue ich keine Sekunde. Ich habe mich nicht nur von einer Illusion befreit, sondern auch von euch beiden, die ihr ein teuflisches Spiel mit mir getrieben habt.«

»Das klingt alles extrem verwirrend und konfus«, sagte Marc.

»Und alles andere als aufschlussreich.« Sabine warf Miyu einen Blick zu. »Was halten Sie davon?«

Miyus Pupillen zuckten rasch hin und her, als läse sie den Text vor ihrem geistigen Auge ein weiteres Mal. »Das ergibt keinen Sinn. Vicky soll tot sein und ist irgendwo hinuntergestürzt?«

»Das ist aber noch lange nicht alles«, sagte Sneijder. »Der Brief ist mit *Deine Lea* unterschrieben.«

»Was mich wiederum gar nicht wundert«, sagte Sabine, »Vicky hat schließlich ständig Selbstgespräche geführt. Vielleicht hat sie eine dissoziative Identitätsstörung, und diese Lea ist eine ihrer gespaltenen Persönlichkeiten.«

Marc blätterte unterdessen durch die Dossiers, die er mitgebracht hatte. »Gernot Wulff wohnt in Kufstein bei …«

»Aber du hast doch gesagt, dass das völlig uninteressant ist und wir das gleich wieder vergessen sollen«, unterbrach Miyu ihn.

»Stimmt – aber intelligente Menschen ändern ihre Meinung«, sagt er etwas zu schroff, während er ein Blatt aus dem Dossier zog. »Gernot Wulff ist mit Hauptwohnsitz in Kufstein gemeldet, und zwar bei einer gewissen Lea Fuchs.« Er sah mit verwirrtem Gesichtsausdruck auf.

»Jetzt wird es spooky«, gestand Sabine.

Sneijder warf Marc das Kuvert über den Tisch. »Wir kennen Vickys Adresse. Nimm Kontakt mit der österreichischen Polizei auf. Die sollen Vickys Wohnsitz checken.«

»Alles klar.« Marc schnappte sich das Kuvert, zog sein Handy aus der Tasche und verzog sich in die gegenüberliegende Ecke ans Fenster, wo er in Ruhe telefonieren konnte.

Sneijder wollte etwas sagen, wurde jedoch vom Klingeln seines Handys unterbrochen.

Miyu sah auf. »Hat Marc versehentlich Sie angerufen?«

»Was?« Sneijder blickte kurz irritiert zu Miyu, dann betrachtete er sein Display. »Nein, das ist Quintana.« Er nahm das Gespräch entgegen. »Ja, was gibt es? Rasch!«

»Wir haben interessante Neuigkeiten«, rief Quintana so laut, dass Sabine ihn auch ohne Freisprechfunktion hören konnte.

»Wir auch«, unterbrach Sneijder ihn. »Ich schicke Ihnen einen Link für eine gesicherte BKA-Verbindung. Video Konferenz in zwei Minuten.«

»Alles klar.«

Noch bevor Sneijder das Gespräch beenden konnte, hatte Miyu sich bereits Sneijders Laptop geschnappt und über ein Kabel mit dem Videobeamer verbunden.

Sabine verdunkelte indessen den Raum, indem sie mit der Fernbedienung die Jalousien herabließ. Sneijders frischer Teint hatte sie nicht getrogen – ihre Ermittlungen nahmen Fahrt auf.

84. Kapitel

Drei Minuten nach zehn näherte sich Leas Taxi ihrem Grundstück. *Was für eine Punktlandung*, kommentierte Camilla die Ankunft.

Ja, und die war auch dringend nötig, dachte Lea, denn schon als das Taxi in ihre Straße eingebogen war, hatte sie den Lastwagen mit dem Schotter vor ihrem Grundstück stehen sehen, ebenso wie die beiden Pritschenwagen mit den Eisengittern auf den Ladeflächen und den dahinter parkenden Betonmischwagen. Das Wetter war nach wie vor schlecht und der Himmel so bewölkt, dass die Scheinwerfer der Fahrzeuge durch das Dämmerlicht schnitten und den Nieselregen zum Glitzern brachten. Bis vor Kurzem musste es hier sogar noch heftig geschüttet haben, da große Lachen auf der Straße standen.

Einer der Arbeiter zog sich die Kapuze seiner Regenjacke über den Kopf und versuchte mit der anderen Hand das Gartentor zu öffnen.

»Halten Sie hier, dann können Sie auch gleich wenden«, bat Lea den Taxifahrer, da der Mischwagen die gesamte Straße blockierte.

Das Taxi hielt, sie bezahlte den Fahrer und sprang aus dem Wagen. Während das Auto wendete, lief sie zum Gartentor und sperrte auf. Es war windig und saukalt, und in weiter Ferne krachte ein Donner.

Der Arbeiter hielt sein Handy hoch. »Ich wollte Sie gerade anrufen!«

»Bin schon da, habe Ihnen bloß Frühstück geholt.« Zur Erklärung schwenkte sie die Papiertüte. Dann öffnete sie das Tor und ließ die Arbeiter auf ihr Grundstück fahren.

Die Autoreifen hinterließen im vom Regen aufgeweichten Boden tiefe, matschige Fahrrinnen auf der Wiese. Aber Lea war sowieso von Anfang an klar gewesen, dass dieser Wintergartenanbau ihren Garten komplett zerstören würde und sie im Spätsommer eine neue Wiese anlegen musste. Eine Kleinigkeit im Vergleich dazu, dass sie jetzt auch ihr komplettes Leben von Grund auf neu gestalten musste.

Die Lastwagen parkten hintereinander vor dem Aushub. Während sich der Beton im Mischwagen langsam weiterdrehte, würden die Arbeiter zuerst einmal die Baustelle einrichten und Schotter und Eisengitter abladen.

»Ist das schlechte Wetter ein Problem?«, fragte Lea.

»Stärker sollte der Regen nicht wieder werden – aber falls doch, bekommen wir auch das hin«, antwortete der Mann. »Wir haben extra keinen Schnelltrockner bestellt, sondern Beton mit einem chemischen Verzögerer.«

»Das heißt?«, fragte Lea.

»Der Beton trocknet nur ganz langsam. So sind wir flexibler und können eventuelle Wartezeiten auf der Baustelle überbrücken, falls uns das Wetter einen Strich durch die Rechnung macht«, erklärte er.

Trocknet nur langsam?, wiederholte Camilla. *Das ist gar nicht gut.*

»Hauptsache, Sie werden heute noch fertig«, sagte Lea. »Kann ich Sie und Ihre Leute für eine halbe Stunde allein lassen?«

»Sicher.«

Lea nickte dankbar. »Gut, wenn es Probleme gibt, läuten Sie. Ich bin im Haus.« Sie lief zum Eingang und warf, bevor sie die Tür aufsperrte, noch einen Blick zur Grube. An den tiefsten Stellen hatten sich ein paar schlammige Pfützen auf dem Boden gebildet, da das Wasser nicht mehr ordentlich versickerte.

Statt die Leute mit Wurstsemmeln vollzustopfen, solltest du sie zum schnelleren Arbeiten antreiben, murrte Camilla.

Lea sperrte die Tür auf, trat ein, stellte die Semmeln ab, zog die Schuhe aus und deaktivierte die Alarmanlage. »Ein satter Bauch arbeitet besser.«

Den Spruch hast du doch gerade erfunden.

Lea gab keine Antwort. Sie stopfte ihre Bauchtasche in die Schublade zu ihren Handtaschen, zog das rote Notizbuch aus der Gesäßtasche ihrer Jeans, faltete es auseinander und versuchte, den Knick zu glätten. In den letzten vierundzwanzig Stunden auf der Fähre und im Zug hatte sie es richtiggehend plattgesessen. Hastig ließ sie es ebenfalls in der Schublade verschwinden.

Dann zog sie sich aus, warf ihre verschwitzte, durchnässte und zerknitterte Kleidung in den Wäschekorb und betrat im Slip das Badezimmer. Mit einer fahrigen Bewegung wischte sie sich das lange, nasse Haar zurück.

»Shit …«, entfuhr es ihr, als sie sich selbst im Deckenlicht nackt im Spiegel sah. Trotz aller Vorkehrungen waren ihre Unterarme und Handrücken im Vergleich zum Rest ihres Körpers deutlich gebräunt. Auch ihr Gesicht und ihr Hals waren dunkler.

Nicht so schlimm, beruhigte Camilla sie. *Bevor die Bullen kommen, ziehst du schwarze Jeans und einen braunen Rollkragenpulli an, dann fällt es nicht so auf.*

Camilla hatte recht. Die Polizei würde sie schließlich nicht nackt zu sehen bekommen.

Sie drehte den Wasserhahn auf und wartete, bis es heiß war. Dann schlüpfte sie aus dem Slip, legte ihre Armbanduhr ab, stieg in die Dusche und wusch sich Schweiß, Sonnenöl, Salzwasser und den Sand vom Körper und aus den Haaren. Viel konnte es ja nicht mehr sein, was noch an ihr haftete, dennoch hatte sie das Gefühl, Tonnen von Sandkörnern und Meersalz durch den Ausguss zu spülen.

Während sie sich abtrocknete, dunkle Kleidung anzog und ihre rote Mähne in einen Handtuchturban wickelte, sah sie immer wieder durchs Fenster in den Garten. Insgesamt sechs Arbeiter liefen dort herum, hantierten mit Holzverschalungen und Eisengittern.

Das Läuten der Eingangstür ließ sie zusammenfahren.

Nur die Ruhe jetzt!

»Das sagst du so leicht.«

Ich wette, die bringen dir die traurige Nachricht von Gernots Tod und sind dabei selbst viel nervöser als du.

»Kann sein.« Lea nahm den Turban ab, fuhr sich durchs Haar und marschierte zur Tür.

Stopp, rief Camilla.

Lea blieb stehen. »Was denn?«

Leg deine Armbanduhr an, sonst sieht jeder gleich den weißen Streifen auf deinem Handgelenk.

»Richtig, danke.« Während Lea zurück ins Bad lief, läutete es erneut.

Eine halbe Minute später öffnete sie die Tür. Unter dem Vordach standen zwei Männer in ihrem Alter in ziviler, dunkler Kleidung und eine ältere Frau mit Hut und gelbem Regenmantel. »Sind Sie vom Landeskriminalamt?«, fragte Lea.

Einer der Männer nickte. Er stellte sich selbst als Kommissar Leonhardt vom LKA Innsbruck vor, danach seinen Kollegen, dessen Namen Lea gleich wieder vergaß, und deutete dann zur Dame im Hintergrund. »Frau Ulmer-Vogt ist vom Kriseninterventionsteam des Roten Kreuz.«

»Krisenintervention?«, wiederholte Lea und zog skeptisch die Augenbrauen zusammen.

Leonhardt zeigte seinen Dienstausweis. »Dürfen wir hineinkommen?«

Lea blieb in der Tür stehen. »Worum geht es denn?«

»Ist das Ihr Wagen dort draußen vor dem Haus?«, fragte Leonhardt.

»Ja, warum? Steht er im Weg?«

Versuch nicht, lustig zu sein, warnte Camilla sie.

»Haben Sie einen zweiten Wagen?«, fragte Leonhardt.

»Ich nicht, aber mein Freund hat ein Auto, warum?«

»Wo befindet sich das?«

»Er ist damit nach Bad Wildbad in den Schwarzwald gefahren, warum?«

Statt ihre Frage zu beantworten, warfen sich die beiden Beamten einen kurzen Blick zu. »Wann ist er weggefahren?«, fragte Leonhardt.

»Am …« Lea blickte kurz nach oben und tat so, als dachte sie nach. »… Sonntagabend. Warum fragen Sie? Ist ihm etwas zugestoßen?« Sie legte ein nervöses Zittern in ihre Stimme und blickte mit gespielter Besorgnis zu der Frau, die sich immer noch im Hintergrund hielt.

»Apropos fahren …«, murmelte Leonhardts Kollege. »Sie sagten doch unserer Kollegin am Telefon, Sie wären unterwegs, um Frühstück zu kaufen.«

»Richtig, war ich, und?«, fragte Lea.

»Nun, die Motorhaube Ihres Wagens ist kalt, und unter dem Auto ist der Asphalt trocken«, stellte der Mann mit einem misstrauischen Gesichtsausdruck fest.

Wird das etwa ein Verhör?, fragte Camilla angriffslustig.

»Ich verstehe nicht, worauf Sie hinauswollen.«

»Nur so aus Neugierde … Womit sind Sie denn gefahren, wenn ich fragen darf?«

85. Kapitel

Nachdem Marc sein Telefonat mit der österreichischen Polizei beendet hatte, setzte er sich wieder zu ihnen an den Tisch. Mittlerweile stand die Videokonferenz mit der mallorquinischen Kripo, und der Videobeamer projizierte Quintanas Gesicht an die Wand.

Sneijder marschierte wieder nervös durch den Raum. »Welche Neuigkeiten haben Sie?«

»Bisher hat zwar unsere Fahndung nach Vicky Fuchs an allen Flughäfen, Bahnhöfen und Fährstationen in ganz Spanien mitsamt allen Baleareninseln nichts gebracht«, erklärte Quintana. »Aber wir haben ihre Handynummer herausgefunden. Das Telefon ist zuletzt am Dienstag in den frühen Morgenstunden, noch vor Sonnenaufgang, in einen Handymasten eingeloggt gewesen.«

»Zu dem Zeitpunkt, als Gernot Wulff gestorben ist?«, fragte Sneijder.

»*Exactamente*«, bestätigte Quintana. »Und zwar in einen Masten, der ungefähr drei Kilometer östlich des *Aurelia Bay Club Resorts* liegt, also auf dem Cap de Formentor.«

»Wo Gernot Wulff vermutlich die Felsen hinuntergestürzt ist«, schlussfolgerte Sneijder.

»Oder hinuntergestoßen *wurde*«, ergänzte Quintana. »*Exactamente.* Vickys Verschwinden und Gernot Wulffs Tod hängen also zusammen.«

»Und beide wohnen in Kufstein«, ergänzte Sneijder, »und haben einen terroristischen beziehungsweise kriminellen Hintergrund, wie wir mittlerweile herausgefunden haben.«

»Können Sie mir dazu genauere Informationen schicken?«, bat Quintana.

»Nein«, antwortete Sneijder, »aber ich lasse Sie gern an meinen Überlegungen teilhaben.« Er lehnte sich gegen die Fensterbank, blickte in den Innenhof des BKA-Hauptgebäudes und erklärte Quintana in knappen Worten, was sie bisher über die seit fünf Jahren andauernde Einbruchsserie herausgefunden hatten.

»Und bei seinem letzten Coup auf Mallorca hatte Paul Conrad neben Ramona anscheinend noch zwei weitere Helfer als Unterstützung für das Ausspionieren der Hotelgäste auf die Insel geholt«, überlegte Sneijder laut, während er einen Joint aus der Packung kramte, zwischen den Fingern rollte und daran roch. »Oder jemand *anderer* in der Organisation hat die drei ausgewählt. Denn weder Vicky Fuchs noch Gernot Wulff oder Ramona kannten Conrad persönlich. Andernfalls hätten sie wohl gemerkt, dass ich nicht Ron D. Pacula bin und sofort Kontakt mit dem RAF-Führungskader aufgenommen. Ich wäre aufgeflogen, und jemand hätte mich noch vor Ort eliminiert. Aber genau das ist nicht passiert.«

»Stattdessen wurden Gernot Wulff und Ramona ermordet – und Vicky Fuchs ist untergetaucht«, schloss Quintana die Überlegung.

»Die Theorie mit den Komplizen hinkt noch ein wenig für mich«, sagte Sabine. »Warum hat Gernot Wulff nicht Kontakt mit Ihnen aufgenommen – so wie Ramona es getan hat?«

»Vielleicht hätte er das«, vermutete Sneijder, »aber er ist bereits am Morgen nach meiner Ankunft umgebracht worden.«

»Und warum hat Vicky nicht Kontakt mit Ihnen aufgenommen und sich als Komplizin zu erkennen gegeben?«

Sneijder nickte. »Die Frage ist berechtigt. Stattdessen hat sie an meinem Workshop teilgenommen …«

Sie sahen sich ratlos an, und auch Quintana konnte nichts beitragen. Schließlich sah Sabine zu Miyu. »Was denken Sie?«

Miyus Antwort kam wie aus der Pistole geschossen, als hätte sie nur darauf gewartet, dass sie jemand nach ihrer Meinung fragen würde. »Ramona ist am ersten Workshoptag in die Apartments der Teilnehmer eingebrochen. Vielleicht hätte Gernot die Einbrüche am zweiten Workshoptag übernehmen sollen, kam aber nicht mehr dazu, sich bei Pacula zu melden, da er schon tot war. Darum hat Ramona auch den zweiten Tag übernommen, weil es keine anderen Anweisungen gab.«

»Und Vicky wäre möglicherweise für die Teilnehmer des dritten Tages zuständig gewesen«, führte Sneijder Miyus Theorie fort. »Aber auch sie kam nicht mehr dazu, sich die Teilnehmerliste von mir zu holen, da man mich mittlerweile verhaftet hatte.«

»Die Komplizen-Theorie ist nach wie vor ziemlich schlüssig«, pflichtete Quintana ihnen bei, »denn mittlerweile haben wir *Señor Wulffs* Apartment im Hotel durchsucht. In seinem Koffer fanden wir Einbrecherwerkzeug und technisches Equipment zum Auslesen von Handy- und Computerdaten.«

Sneijder nickte, als hätte er damit gerechnet.

»Bei Ramona Vilar sind wir allerdings kein bisschen weitergekommen«, gab Quintana zu. »Sie hatte auch noch einen zweiten Reisepass, der auf eine Consuela Javier ausgestellt ist, doch beide Identitäten sind gefakt.«

»Wissen wir bereits …«, murmelte Sneijder, während er seinen Joint meditativ zwischen den Fingern rollte und am Gras roch.

»Wenn sie nicht vorbestraft ist, wird es schwierig herauszufinden, wer sie wirklich war«, sagte Quintana. »Ich hatte gehofft, dass mir das deutsche Bundeskriminalamt weiterhelfen könnte …«

Sneijder schüttelte den Kopf. »Wir konnten ebenso wenig ihre wahre Identität herausfinden …« Plötzlich hielt er inne und sah auf. »Allerdings habe ich ein Detail komplett übersehen, das uns weiterhelfen könnte.« Aufgeregt blickt er direkt in die Kamera. »Sie hat mir gegenüber erwähnt, dass ihre Eltern vom *Centro Na-*

cional de Inteligencia ermordet wurden. Wenn Sie also alle Todesfälle der letzten dreißig Jahre überprüfen, die im Zusammenhang mit dem spanischen Geheimdienst stehen …«

»… müssten wir Ramonas Identität herausfinden können«, führte Quintana den Gedanken zu Ende. »*Sí, Señor Sneijder*, das hilft uns weiter.«

Es klopfte an der Tür, und Friedrich Drohmeier kam herein. Er sah sich um, und sein Blick blieb an der Leinwand hängen. »Ah, wie ich sehe, kooperieren wir mit der mallorquinischen Kripo.«

»Das ist richtig«, sagte Sneijder, »aber *Comisario* Quintana folgt gerade einer heißen Spur und hat zu tun. *Adiós!*« Sneijder unterbrach die Verbindung, indem er sich über den Tisch beugte und einfach seinen Laptop zuklappte.

»Was konnten Sie herausfinden?«, fragte Drohmeier. Sein Anzug sah frisch gebügelt aus, die Schuhe waren blank geputzt, seine Krawatte saß perfekt, und er roch nach Aftershave, was jedoch alles nicht darüber hinwegtäuschen konnte, dass er ziemlich erschöpft und bedrückt wirkte.

»Wir sind da einer Sache auf der Spur«, sagte Sneijder, aber sein Ton implizierte, dass es noch zu vage war, um mehr darüber zu verraten. Er setzte sich auf den Tisch. »Und Sie?«

Drohmeier warf ihnen allen einen müden Blick zu. »Europol hat sich alle Verdächtigen, die im Zusammenhang mit der fünfjährigen Einbruchsserie stehen könnten, zur Brust genommen und versucht nun zu klären, ob es da internationale terroristische Verbindungen gibt. Inzwischen konnten weder unsere Leute noch die IT-Techniker des BND irgendetwas Neues über das RAF-Netzwerk, die Verbindungsleute oder die weiteren Anschlagsziele herausfinden. Im Darknet herrscht absolute Funkstille. Die sind alle untergetaucht und haben ihre Spuren verwischt, als wüssten sie …«

»… dass wir hinter ihnen her sind«, führte Marc den Satz zu Ende. »Kein Wunder. Durch die bisherigen fünf Anschläge, die

Flugblätter mit dem Logo und das Pamphlet im Darknet haben sie uns ja förmlich eine Einladung geschickt.«

»Das finde ich nach wie vor höchst seltsam. Wozu haben sie das Moment der Überraschung geopfert?«, fragte Sabine. »Dadurch versetzen sie die Behörden doch nur in Alarmbereitschaft. Welchen Vorteil haben sie dadurch?«

»Das fragen Sneijder und ich uns schon lange«, murmelte Drohmeier. »Die bisherigen Attentate haben nur dazu geführt, dass wir die Sicherheitsvorkehrungen in Berlin, Frankfurt, Düsseldorf, München und Hamburg dramatisch erhöht haben.«

Plötzlich sprang Sneijder vom Tisch auf. »Ablenkung!«, rief er, woraufhin ihn alle anstarrten. »Damit haben sie erreicht, dass wir uns hauptsächlich auf diese Städte konzentrieren. Aber dort schlagen sie nicht noch einmal zu. Die wollen nur, dass wir unsere Einsatzkräfte zusammenziehen und dort bündeln.«

»Und *wo* schlagen sie zu?«, fragte Sabine.

»Ganz woanders«, behauptete Sneijder.

Drohmeier runzelte die Stirn. »Und wenn sie nun wollen, dass wir genau *das* denken? Damit wir die Sicherheitsvorkehrungen für diese Städte lockern, um andere Städte besser zu sichern?«

»Dafür hätten sie nicht schon jetzt mit der Anschlagserie beginnen müssen«, gab Sneijder zu bedenken.

»Auch wieder wahr«, räumte Drohmeier ein.

»Vielleicht hast du ja doch irgendwie recht«, überlegte Marc, »und die bisherigen Attentate dienen zwar sehr wohl der Ablenkung, aber nicht in *geografischer* Hinsicht, sondern in Bezug auf bestimmte *Ziele.* Bisher haben sie es ja überwiegend auf Politiker, Bankiers und Manager der Öl- und Rüstungsindustrie abgesehen.«

Sneijder nickte langsam. »Und ihre nächsten Ziele gehen in eine ganz andere Richtung.«

»Zum Beispiel?«, fragte Sabine.

»Wenn man ihre Ankündigung ernst nimmt, dann würde alles Sinn machen, was für Wegwerfgesellschaft und Medien- und Konsumkapitalismus steht – Autohäuser, Einkaufszentren, Zeitungs- und Verlagshäuser, Radio- und Fernsehstationen. Zahlreiche Möglichkeiten, die wir höchstwahrscheinlich außer Acht gelassen hätten.« Sneijder blickte misstrauisch zu Miyu. »Sehen Sie das anders?«

»Letztendlich ist diese Frage nicht zu lösen«, antwortete sie, »da niemand weiß, ob sie einfach nur geradlinig strategisch vorgehen oder ob sie mehrmals taktisch …« Sie stockte und warf Marc einen Blick zu.

»… mit einem Knoten im Hirn um die Ecke denken«, ergänzte er rasch.

»Genau. Hinzu kommt, dass die bisherigen Anschläge auch einzig und allein dazu hätten dienen können«, fuhr Miyu fort, »ihre Entschlossenheit zu demonstrieren.«

Drohmeier nickte. »Sie haben recht, diese Spekulationen bringen nichts. Dadurch verlieren wir nur Zeit.« Er nickte Sneijder zu. »Außerdem bin ich noch aus einem anderen Grund hier. Ich muss Sie unter vier Augen sprechen.«

Sneijder steckte sich den Joint hinters Ohr, breitete die Arme aus und deutete mit einer auffordernden Geste zur Tür. »Sie haben es gehört. Raus mit Ihnen!«

Sabine, Marc und Miyu erhoben sich kommentarlos und gingen zur Tür.

»Worum geht es?«, fragte Sneijder, während Sabine als Letzte das Besprechungszimmer verließ.

Bevor die Tür hinter ihr ins Schloss fiel, hörte sie noch Drohmeiers Antwort.

»Sie wollten doch den Grund wissen, warum ich mich so persönlich in diesen Fall reinhänge. Jetzt ist es an der Zeit, die Karten auf den Tisch zu legen …«

86. Kapitel

Lea wischte sich das nasse Haar hinters Ohr. »Ich bin mit dem Taxi gefahren …« Fast hätte sie als Begründung angegeben, dass ihr Wagen nicht angesprungen war, doch das hätte die Polizei nur allzu rasch als Lüge entlarven können. »Ich hatte es eilig und konnte den Autoschlüssel nicht finden«, erklärte sie stattdessen. »War in einer meiner anderen Handtaschen.« Sie lächelte kurz verlegen. »Wenn Sie mir nicht glauben, können Sie gern die Bauarbeiter fragen. Die haben gesehen, wie ich mit dem Taxi zurück…«

»Schon gut, danke«, sagte Leonhardt und bedeutete seinem Kollegen, sich zurückzuhalten.

»Darf ich jetzt endlich erfahren, warum Sie hier sind?«, fragte Lea nun eine Spur schroffer.

»Sie müssen das Auftreten der Herren entschuldigen«, sagte Frau Ulmer-Vogt. »Die tun nur ihre Arbeit, und dazu gehört nun mal, alles zu hinterfragen. Es geht in der Tat um Ihren Lebensgefährten. Dürfen wir hereinkommen?«

»Also ist ihm tatsächlich etwas zugestoßen?«, wiederholte Lea ihre Frage.

»Reden wir doch drinnen und nicht zwischen Tür und Angel«, schlug Ulmer-Vogt vor.

Lea trat zur Seite und ließ die beiden Polizisten und die Dame von der Krisenintervention herein. Während die Männer nicht ablegten, hängte Frau Ulmer-Vogt ihren Regenmantel an einen Garderobenhaken. Darunter trug sie einen rot karierten Schottenrock und eine schwarze Bluse.

Kurz darauf saßen sie alle zusammen im Wohnzimmer, während draußen die Bauarbeiter zu hören waren. Durch den bewölkten Himmel war es so finster, dass Lea das Licht einschalten musste. Während der Nieselregen stetig ans Fenster tröpfelte, rutschte Leonhardt vor an die Kante der Couch. »Bevor wir weiterreden, muss ich Ihre Personalien überprüfen.«

»Was?«, fragte Lea. »Ich …«

»Sind Sie Lea Fuchs, wohnhaft in …?«, fragte er und nannte ihre Straße und Hausnummer.

»Ja.« Lea stand auf und reichte ihm ihren Personalausweis.

»Danke.« Leonhardt gab ihr den Ausweis zurück. »Und Gernot Wulff ist Ihr Lebensgefährte?«

»Ja.«

Leonhardt nannte Gernots Geburtsdatum, das sie ebenfalls bestätigte. »Wir müssen einfach nur sichergehen, dass wir nicht durch ein Missverständnis die falsche Person informieren.«

»Worüber denn? Ist er …?«, fragte Lea, wurde aber von Camillas Worten unterbrochen.

Bleib in deiner Rolle, mahnte Camilla sie. *Du kannst nur darauf Bezug nehmen, was du offiziell weißt.*

Lea nickte kaum merklich. »Ist etwas mit Gernots Mutter passiert?«

»Warum?«, fragte Leonhardt. »Wie kommen Sie darauf?«

Lea hatte zwar von Mallorca aus mit Vickys Handy als »Gernots Schwester« im Pflegeheim in Bad Wildbad angerufen, glaubte aber nicht, dass die Polizei das herausfinden würde. »Er ist zu ihr nach Deutschland gefahren«, sagte sie daher. »Er besucht sie gerade im Heim.«

»In Deutschland?«, wiederholte Leonhardt, woraufhin sich die beiden Beamten, wie schon zuvor vor dem Haus, einen kurzen Blick zuwarfen.

Dann räusperte Leonhardt sich. »Es tut uns wirklich sehr leid, Frau Fuchs, aber wir müssen Ihnen die traurige Mitteilung machen, dass Herr Gernot Wulff vor einigen Tagen tödlich verunglückt ist.«

»Und zwar auf Mallorca«, fügte Leonhardts Kollege hinzu.

Bleib in deiner Rolle!

»Mallorca?«, wiederholte sie laut. Plötzlich lachte sie erleichtert auf. »Dann kann das gar nicht Gernot sein, denn der ist in der Panorama-Vital Seniorenresidenz in Bad Wildbad bei seiner Mutter.«

Die beiden Kollegen blieben ernst. »Wir sind der Sache nachgegangen, die Kollegen auf Mallorca haben ihn eindeutig identifiziert.« Er zog sein Handy aus der Jackentasche, tippte drauf herum und schob es ihr dann über den Couchtisch hin. »Das ist ein Foto von Gernot Wulffs Reisepass, das uns die spanischen Kollegen gemailt haben.«

Lea starrte auf Gernots Bild. Der Arsch, der ursprünglich eigentlich sie fast über den Rand der Klippen gedrängt hatte, war jetzt also offiziell tot, dachte sie mit einer gewissen Genugtuung.

»Den Obduktionsbefund bekommen wir noch zugeschickt«, erklärte Leonhardt.

»Obduktion?«, wiederholte Lea ungläubig. »Sie sagten vorhin *tödlich verunglückt*. Was war das für ein Unfall? Und warum war er auf Mallorca?«

Leonhard rutschte unruhig auf der Couch herum. »Dazu können wir nichts sagen. Die Details müssen noch von der spanischen Polizei geprüft werden.«

Sie sah zu Leonhardts Kollegen und merkte, dass die beiden, nachdem ihr offizieller Auftrag erledigt war, den Rest des Besuchs möglichst rasch hinter sich bringen wollten. Verständlich, denn wer wollte schon gern mit einer frischgebackenen Witwe beisammensitzen, die möglicherweise einen hysterischen Anfall bekommen würde? Lea konnte es nur recht sein, wenn sie rasch wieder verschwanden.

Wie aufs Stichwort erhoben sich die beiden. »Unser Beileid.« Leonhard räusperte sich. »Wir gehen jetzt besser wieder. Frau Ulmer-Vogt wird noch bei Ihnen bleiben, falls Sie Fragen haben.«

»Wir finden selbst hinaus«, sagte der Kollege.

Sie drehten sich um und verließen das Wohnzimmer. Erst jetzt fiel Lea auf, dass sie die Schuhe anbehalten hatten und nasse Abdrücke auf dem Parkettboden hinterließen.

Frau Ulmer-Vogt hingegen saß in Strümpfen vor ihr. »Mehr dürfen Sie von denen nicht erwarten«, flüsterte sie und lächelte kurz. »Ich hingegen habe Zeit, wir können gern über alles reden, was Ihnen gerade durch den Kopf geht.«

»Tee?«, fragte Lea.

»Gerne.«

Pass bloß auf! Die Frau ist vielleicht gefährlicher als die beiden Typen vom LKA. Du musst deine Rolle auf jeden Fall gut weiterspielen und weißt nur das, was du soeben erfahren hast.

Fünf Minuten später saßen sie bei einer frisch gebrühten Tasse Tee wieder im Wohnzimmer. »Mallorca. Ich kann das immer noch nicht glauben«, stammelte Lea. »Ich weiß, dass meine Cousine gerade Urlaub auf Mallorca macht.«

»Mit der Familie?«

»Nein, allein.« Lea griff zum Handy. »Ich ruf sie an.« Sie wählte Vickys Nummer, wartete und hörte Sekunden später eine automatisierte Ansage, dass die Verbindung zurzeit nicht möglich war. »Sie ist nicht erreichbar.«

Ulmer-Vogt nippte an ihrer Tasse. »Wissen Sie, wo genau Sie Urlaub macht?«

Lea tat so, als müsste sie nachdenken. »Ja … ein neues Hotel … sie hat mir den Namen genannt … *Aurora Club* oder so ähnlich.«

Ulmer-Vogt holte ihr Telefon aus der Handtasche und suchte offenbar eine Weile nach dem Hotel. »Ah, vielleicht könnte es das sein? *Aurelia Bay Club Resort*. Hier steht die Nummer … Wenn es Ihnen hilft, rufen wir dort an.« Sie sah auf.

»Ja, bitte.«

Ulmer-Vogt wählte die Nummer, wartete, dann reichte sie Lea ihr Handy. »Die Rezeption …«, flüsterte sie.

»Danke.« Lea nahm das Telefon. Ihre Finger waren völlig starr, und sie musste das nervöse Zittern gar nicht mehr spielen, da sie innerlich so aufgewühlt war, dass ihr plötzlich am ganzen Körper kalt wurde. »Hallo?«, krächzte Lea.

»*Buenos días*, guten Morgen, *Aurelia Bay Club Resort* Mallorca, was kann ich für Sie tun?«, wiederholte die Dame an der Rezeption.

Lea erkannte an der Stimme, dass es Mercedes war. »Ja, guten Morgen … hier spricht Lea Fuchs … Äh, meine Cousine, Vicky Fuchs, ist wahrscheinlich Gast in Ihrem Hotel. Sie ist am Montagvormittag angereist. Es tut mir leid, dass ich Sie stören muss, aber ich kann Vicky telefonisch nicht erreichen, und es liegt ein familiärer Notfall vor. Wissen Sie, wo sie ist?«

»Vicky Fuchs«, sagte Mercedes, ohne lange nachdenken zu müssen, »ja, die ist Gast in unserem Hotel. Im Moment kann ich Ihnen aber leider nicht sagen, wo sie sich aufhält.«

»Vielleicht könnten Sie ihr eine Nachricht hinterlassen, dass sie mich dringend zurückrufen soll.« Lea nannte noch einmal ihren Namen und gab ihre eigene Handynummer durch.

»Das mache ich natürlich. Und ich melde mich auch gerne, sobald ich mehr weiß.«

»Danke, und …« Lea schluckte und warf einen Blick zu Ulmer-Vogt, die direkt neben ihr auf dem Sofa saß und vornübergebeugt mitgehört hatte. »… gibt es bei Ihnen vielleicht auch einen Gast namens Gernot Wulff?«

»Tut mir leid, dazu darf ich Ihnen keine Auskunft geben.«

»Verstehe, vielen Dank.« Lea unterbrach die Verbindung und

reichte Ulmer-Vogt ihr Telefon zurück. »Da stimmt etwas nicht. Ich wette, Gernot und sie waren im selben Hotel.«

Am Gesichtsausdruck der Dame sah Lea, dass auch sie eins und eins zusammengezählt hatte und vermutlich genau dasselbe dachte wie sie.

Hast du prima gemacht – vier Jahre Schultheater haben sich jetzt endlich bezahlt gemacht. Die Kripo wird schlussfolgern, dass Gernots Tod an den Klippen und Vickys spurloses Verschwinden auf der Insel zusammenhängen. Ein tragisches Seitensprung-Drama.

Erneut nickte Lea kaum merklich. Nun hatte sie nichts mehr zu befürchten, da sie Österreich letzte Woche offiziell gar nicht verlassen und mit dem Beziehungsdrama auf Mallorca nichts zu tun hatte. »Ich kann das immer noch nicht glauben«, presste sie hervor und starrte apathisch vor sich hin.

Ulmer-Vogt rückte nach vorn. »In Ihrer Situation ist Fassungslosigkeit völlig normal. Wut ebenso«, sagte sie sanft. »Sie dürfen wütend sein, das ist okay. Immerhin haben Sie gerade schlimme Dinge erfahren.«

»Gernot war offensichtlich nicht der, für den ich ihn gehalten habe …« Lea hatte keine Ahnung, wie sie sich jetzt gerade verhalten sollte, um möglichst normal zu wirken. Aber zum Glück nahm Ulmer-Vogt ihr diese Entscheidung ab.

Die Frau nahm ihre Hand. »Ihnen wurde gerade der Boden unter den Füßen weggezogen, und wie immer Sie auch reagieren möchten, geben Sie dem nach. Viele in einer ähnlichen Situation funktionieren sogar erst einmal völlig normal, verspüren gar keine Trauer und können trotz allem gut schlafen. Der Körper lässt immer nur so viel zu, wie er gerade verarbeiten kann. Und solange Sie eine Struktur in Ihr Leben bringen, sich mit Arbeit beschäftigen, immer etwas zu tun haben und nicht zur Ruhe kommen, werden Sie einwandfrei weiterfunktionieren.«

»Ich habe keine Ahnung, was es als Nächstes zu tun gibt.«

»Dafür bin ich ja da. Zunächst einmal müssen wir herausfinden, wo die Leiche Ihres Lebensgefährten ist und wie sie von Mallorca nach Hause kommt.«

»Und wie machen wir das?«

»Ich kann Ihnen dabei helfen, mit dem Außenministerium und der Österreichischen Botschaft in Spanien Kontakt aufzunehmen. Diese Art von Transport nennen wir im Fachjargon übrigens *Hugo*.«

»Hugo?«, wiederholte Lea. »So wie das Getränk?«

»Wie das Getränk.« Ulmer-Vogt nickte mit einem kurzen Lächeln. »*Human Gone.* Sobald der Leichnam freigegeben wird, wird der Sarg im Frachtraum eines Flugzeugs nach Österreich transportiert und im Flughafengebäude Innsbruck ausgeladen. Aber Sie müssen nichts tun. Der Bestatter steht in Kontakt mit Polizei und Staatsanwaltschaft, übernimmt die Leiche und kümmert sich darum, dass wir den Totenschein bekommen, damit wir das Begräbnis organisieren können.«

Lea nickte. Im Moment war es besser, wenn Ulmer-Vogt redete und sie selbst nur zuhörte.

»Und wie gesagt, wundern Sie sich nicht, wenn Sie erst einmal nicht viel spüren. Der große Zusammenbruch kommt normalerweise erst Tage, Wochen oder vielleicht Monate später«, fuhr die Frau fort. »Wenn es keine Ablenkung mehr gibt, kommt Ihr Körper zur Ruhe und setzt aus. Sie beginnen über alles nachzudenken und es zu begreifen. Oft verbunden mit einer heftigen Reaktion – Panikanfällen oder regelrechten Weinkrämpfen.«

»Das sind ja schöne Aussichten …«, murmelte Lea.

Ulmer-Vogt legte ihre Visitenkarte auf den Tisch. »Es muss nicht so kommen, aber ich möchte, dass Sie vorbereitet sind. Sie können mich jederzeit anrufen. Vielleicht wollen Sie auch eine Trauergruppe besuchen oder haben eine beste Freundin, die Ihnen helfen kann.«

Tja, das wäre dann wohl deine Cousine gewesen, aber die hast du ja dummerweise selbst die Treppe hinuntergestoßen – zum Glück bin ich ja auch noch da.

»Ich weiß, danke.«

Ulmer-Vogt ließ Leas Hand los. »Sie sind sehr tapfer.«

Und wie wir das sind.

»Wenn Sie wollen, mache ich uns frischen Tee«, schlug Ulmer-Vogt vor.

»Vielen Dank, aber das ist nicht nötig … ich denke, ich komme jetzt allein zurecht.«

»Gut.« Die Frau erhob sich und strich Rock und Bluse glatt. »Und wie gesagt, melden Sie sich jederzeit. Wenn ich gerade keinen Dienst habe, springt gerne eine Kollegin ein.«

»Es geht schon.« Lea erhob sich ebenfalls, wischte sich über die Augen und spürte dort tatsächlich den Anflug einer echten Träne.

Sie brachte Frau Ulmer-Vogt zur Tür, wo sie sich verabschiedeten.

Prima, dann hätten wir das auch hinter uns, sagte Camilla unbeeindruckt. *Damit ist die Sache so gut wie erledigt.*

Lea sah der Dame nach, wie sie an den Wagen der Bauarbeiter vorbei das Grundstück verließ und zu ihrem Auto ging. »Und was ist mit Pacula?«, flüsterte Lea.

Falls der nach seiner Haftstrafe mit deinem Brief in unser Leben tritt, lösen wir das auf unsere Art.

87. Kapitel

Drohmeier setzte sich Sneijder gegenüber an den Besprechungstisch. Nachdenklich tippte er mit seiner Handprothese auf die Tischplatte, während er zu den technischen Geräten blickte. »Können wir hier ungestört reden?«

Sneijder sah sich demonstrativ um. »Sicher.«

»Ich meine, *richtig* ungestört! Sind alle Verbindungen gekappt?«

»Ja, oder wollen Sie vielleicht in Ihr Büro gehen?«, schlug Sneijder vor.

Drohmeier wehrte vehement ab. »Nein, hier ist es besser.«

»Okay … einen Moment noch.«

Sicherheitshalber klappte Sneijder die Hülle von Miyus Tablet zu und schloss auch Sabines Laptop und Marcs Notebook. Dadurch, dass die Jalousien unten waren und sich der Videobeamer ausgeschaltet hatte, herrschte nun Dunkelheit im Raum.

Zuletzt aktivierte Sneijder auf seinem Handy eine Playlist mit den niederländischen Beiträgen der letzten zwanzig Jahre beim Eurovision Song Contest. Nicht dass ihm diese Musik besonders gefiel, aber niemand würde sich wundern, dass er ausgerechnet das hörte. Er drehte die Lautstärke höher, schob das Handy von sich, beugte sich über den Tisch und senkte die Stimme. »Was gibt es?«

»Mit ein Grund, warum ich will, dass Sie die Spur zu Ruth-Allegra Francke um jeden Preis verfolgen, ist, dass ich schon seit geraumer Zeit eine Vermutung habe, wer sich hinter diesem Namen verbergen könnte.«

Godverdomme. Sneijder kratzte sich an den Koteletten am

Kinn. Allein die Tatsache, dass Drohmeier ein so großes Geheimnis darum machte, ließ ihn ahnen, dass ihm die Antwort nicht besonders schmecken würde. »Und wer?«

Drohmeier streckte den Daumen in die Höhe. »Erstens muss es jemand sein, der mit seinen Kontakten in der Lage ist, ein internationales kriminelles Netzwerk aufzubauen.«

»Da kämen viele infrage.«

»Ziehen wir den Kreis etwas enger.« Drohmeier streckte den Zeigefinger aus. »Zweitens … allein die Tatsache, dass Ruth-Allegra Francke intensiv mit Paul Conrad zusammengearbeitet hat, spricht doch dafür, dass sie sich schon länger kennen.«

Sneijder nickte. »Und weiter?«

»Aber Conrad hat Ende der 90er Jahre seine Professur am Institut für Soziologie der Universität Mannheim wegen seiner Panikattacken niedergelegt und sich gänzlich aus der Öffentlichkeit zurückgezogen.«

Sneijder nahm den Joint, den er sich hinters Ohr geklemmt hatte, und drehte ihn wieder nachdenklich zwischen den Fingern. »Stimmt – also wie ist Ruth-Allegra Francke auf ihn gestoßen? Und wie sind sie in Kontakt getreten?«

»Das ist die große Frage«, sagte Drohmeier.

»Ich würde mal sagen, sie kannten sich womöglich schon viel früher … von der Studentenbewegung her … oder vielleicht hat er sie sogar an der Uni Mannheim unterrichtet«, spekulierte Sneijder.

Drohmeier nickte und senkte plötzlich die Stimme noch weiter. »Das geht in die richtige Richtung. Denn Conrad hat – und das ist der dritte Punkt –, wie wir jetzt wissen, früher auch Soziologie- und Psychologieworkshops gehalten, unter anderem für höherrangige Kripobeamte.«

»Ich habe schon lange das Gefühl, dass Conrad gute Kontakte zur Polizei gehabt haben muss, ebenso wie sein Anwalt Dr. Albrecht«, murmelte Sneijder.

»Das sehe ich genauso, und jetzt müssen wir nur noch eins und eins zusammenzählen«, sagte Drohmeier. »Je länger ich über alles nachdenke, desto mehr sagt mir mein Bauchgefühl, dass Ruth-Allegra Francke eine Insiderin ist.«

Sneijder sah auf. »Jemand Interner? Von der Polizei?«

»Oder sogar aus dem BKA …« Drohmeiers Blick wurde kalt.

Sneijder zog eine Augenbraue hoch. So weit waren seine Überlegungen noch gar nicht gegangen. Aber das erklärte Drohmeiers vorsichtige Zurückhaltung. Denn falls ihre Vermutung richtig war und sich derartige Verdächtigungen herumsprachen, würden sie Ruth-Allegra Francke aufschrecken. Und die würde sich dann sicher komplett in den Untergrund zurückziehen, sodass sie keine Chance mehr haben würden, sie zu schnappen. »Eine neue RAF-Generation, die ihre Wurzeln im Bundeskriminalamt hat«, murmelte Sneijder im Selbstgespräch. »Der alte Feind des BKA stammt diesmal aus den eigenen Reihen, die er infiltriert hat? Ein äußerst gewagter Ansatz.«

»Nun verstehen Sie mein Dilemma«, stellte Drohmeier fest. »Ich habe einen Verdacht, den ich nicht beweisen kann – und sobald ich versuche, ihn zu beweisen, zerstöre ich alle Möglichkeiten dazu.«

»Zumindest gibt es ein weiteres Indiz für diese Theorie, wenn auch ein sehr schwaches.« Sneijder steckte sich den Joint in den Mundwinkel. »Bad Kreuznach, wo Conrad gewohnt hat, liegt gerade mal vierzig Kilometer von Wiesbaden entfernt.«

»Das reicht leider nicht«, seufzte Drohmeier, »um etwas in diese Richtung zu unternehmen. Offiziell sind mir die Hände gebunden.«

Sneijder sah auf. »Und was ist Ihre rein private Meinung?«

»Die kennen Sie bereits. Wir müssen der Schlange den Kopf abschlagen, koste es, was es wolle, und zwar bevor es zum Äußersten kommt – und das meine ich …«

»Wortwörtlich?«, fragte Sneijder nach. »Sie meinen inoffiziell ausschalten? *Eliminieren?*«

»Wenn es sein muss.« Drohmeier nickte.

»Das ist der dümmste und zugleich riskanteste Vorschlag, den ich je gehört habe.« Sneijder zündete sich den Joint an, zog daran und dachte kurz darüber nach. »Aber er gefällt mir.«

88. Kapitel

Nachdem die Dame vom Roten Kreuz gegangen war, hatte sich Lea gleich um ihre Bauarbeiter gekümmert, ihnen die Wurstsemmeln und eine Thermoskanne mit heißem Kaffee auf den Tisch unter dem Terrassendach gestellt. Kaum war sie wieder im Haus, läutete ihr Handy.

Das Display zeigte 0034, die spanische Vorwahl. »Vielleicht ist es das Hotel«, murmelte sie.

Das ist Quintanas Nummer, widersprach Camilla.

»Stimmt«, entfuhr es ihr. Sogleich pochte ihr das Herz bis zum Hals. Sie atmete tief durch, dann nahm sie das Gespräch entgegen. »Ja, hallo?«

»Hallo, spreche ich mit Frau Lea Fuchs?«, fragte Quintana in seinem typisch abgehackten spanischen Akzent.

»Ja, am Apparat. Wer ist denn da?«, fragte sie, obwohl sie seine Stimme längst erkannt hatte.

»Hier spricht *Comisario* Quintana von der mallorquinischen Kriminalpolizei. Ich habe gehört, dass Sie sich nach einer Vicky Fuchs und einem Gernot Wulff erkundigt haben, richtig?«

Mercedes war ein Biest. Anstatt selbst zurückzurufen, hatte sie gleich die Polizei verständigt. »Ja, das stimmt«, sagte Lea so freundlich wie möglich. Dann erklärte sie Quintana, dass sie Vickys Cousine und Gernots Lebensgefährtin sei und wiederholte exakt das, was sie zuvor schon der Kufsteiner Polizei und der Psychotante erzählt hatte. Gleichzeitig hoffte sie, dass er ihre Stimme nicht wiedererkennen würde. Aber anscheinend war ihre Sorge grundlos; sie hatte ja auf Mallorca ohnehin tiefer gesprochen, um mehr wie Vicky zu klingen. »Und als ich erfahren habe, dass Gernot auf Mallorca verstorben ist, habe ich versucht, Vicky zu erreichen, um mehr zu erfahren«, schloss sie. »Wissen Sie, warum und wie er gestorben ist?«

»Darüber kann ich Ihnen im Moment noch nichts sagen, weil es sich um eine laufende Ermittlung handelt.«

»Wissen Sie denn, wo ich Vicky erreichen kann?«

»Sie wird seit gestern vermisst. Wir suchen bereits nach ihr. Soviel wir wissen, ist sie von einem Ausflug nach Palma nicht wieder zurückgekehrt. Weitere Details kann ich Ihnen leider nicht mitteilen.«

»Das ist ja furchtbar. Steckt Sie in Schwierigkeiten?«

»Wie gesagt, mehr kann ich Ihnen zurzeit nicht sagen. Aber wo ich Sie gerade am Telefon habe – was können *Sie* mir über die Pläne Ihrer Cousine und deren Aufenthalt auf Mallorca erzählen?«, hakte Quintana nach.

»Nicht viel. Vor zwei Tagen habe ich noch mit ihr telefoniert«, log sie. »Sie hat mir erzählt, dass sie so eine Art Selbstfindungskurs gemacht hat. Bei einem komischen Psychoguru … klang so ähnlich wie Dracula.«

Was tust du?, rief Camilla.

»Pacula, Ron D. Pacula«, korrigierte Quintana sie. »Ja, die Kurse gab es bis vor Kurzem noch im Hotel.«

»Gab es?«, wiederholte Lea. »Was ist passiert? Kann Vickys Verschwinden vielleicht damit zu tun haben?«

»Das kann ich nicht sagen.«

»Haben Sie schon mit diesem Pacula geredet? Vielleicht weiß er etwas über Vicky.«

Verstehe, worauf du hinauswillst, meldete sich Camilla wieder zu Wort. *Clever.*

»Wir haben ihn bereits vernommen, aber er hat mit der Sache nichts zu tun.«

»Vicky war aber ziemlich begeistert von ihm. Vielleicht könnte ich mit ihm reden. Möglicherweise …«

»Das ist nicht so einfach.«

»Warum? Ist er auch verschwunden?«

»Nein, aber er musste den Rest seiner geplanten Workshops absagen. Er hat bereits aus dem Hotel ausgecheckt und befindet sich auf dem Heimweg.«

»Er ist … abgereist?«

»Ja. Wenn Ihnen noch etwas zu Ihrer Cousine einfällt, rufen Sie mich bitte an. Meine Nummer haben Sie ja jetzt.«

»Ja, natürlich …« Lea starrte eine Weile ins Nichts.

»Und sobald ich Näheres erfahre, melde ich mich wieder bei Ihnen.«

»Vielen Dank.« Lea beendete das Gespräch, legte das Telefon weg und starrte die Wand an.

Hallo, Erde an Lea? Wollen wir vielleicht mal drüber reden, was da gerade passiert ist?, meldete sich Camilla zu Wort.

»Mist, warum haben die Pacula entlassen? Ob sie herausgefunden haben, dass er Ramona gar nicht getötet hat?«

Möglich, sagte Camilla, *aber der wahre Grund ist jetzt sowieso völlig unwichtig. Viel wichtiger ist, dass Pacula draußen ist und vermutlich deinen Brief im November mit der Post verschicken wird.*

»Was sollen wir jetzt tun?«

Ich weiß nur, dass das nicht gut ist. Und hast du seinen Blick gesehen, als er von der Polizei abgeführt wurde und dich neben der Palme erkannt hat? Er ahnt bestimmt schon was. Könnte sein, dass es noch schlimmer kommt und er den Brief gar nicht bis November aufhebt, sondern gleich selbst liest. Dann sind wir beide erledigt.

»Vielleicht kann er ja gar nichts damit anfangen.«

Träum weiter, Prinzessin! Du hast darin immerhin Vickys und Gernots Tod und deinen Wintergarten erwähnt. Und dann hast du auch noch mit DEINE LEA unterschrieben.

Sie versuchte sich zu konzentrieren, konnte sich aber nicht mehr genau an die Details des Briefes erinnern. »Habe ich das?«

Ja, du Genie!

»Okay, das war ein dummer Fehler.« Lea dachte an das rote Notizbuch, das sie aus Paculas Koffer geklaut hatte. »Du hast recht, ich hol mir den Brief zurück – und ich weiß auch schon wie.«

Ein Gefangenenaustausch?

»Genau.« Sie lief in den Vorraum, riss die Schublade auf und holte das Notizbuch heraus. *Für Rechtsanwalt Dr. Albrecht in Frankfurt*, stand auf dem Umschlag. »Dieses Buch muss ja verdammt wichtig für ihn sein.«

Klingt fast wie eine Art Lebensversicherung.

»Also gut, Mister Ron D. Pacula!« Entschlossen marschierte sie mit dem Notizbuch ins Wohnzimmer, fuhr ihren Laptop hoch und googelte den Mentalcoach. Auf Anhieb fand sie Paculas Website.

Wenn der Inhalt dieses Heftchens das ist, wofür wir es halten, ist Pacula doch garantiert kriminell, erklang Camillas Stimme plötzlich warnend in ihrem Kopf.

»Was denn? Kriegst du jetzt auf einmal kalte Füße?«

Ich und kalte Füße? Süße, da kennst du mich schlecht! Ich gebe bloß zu bedenken, dass es möglicherweise riskant sein könnte, einen Kriminellen erpressen zu wollen. Zumal wir nicht gerade viel Erfahrung mit solchen Leuten haben.

»Wer redet denn von erpressen?«, korrigierte Lea sie. »In meinen Augen herrscht hier eine Pattsituation. Ich weiß, dass dieser angebliche Mentalcoach ein gefährlicher Verbrecher ist, der auch vor Mord nicht zurückschreckt – denk nur an die arme Käthe van Zwieten. Und schlimmstenfalls weiß *er* bereits, dass ich in Wahrheit gar nicht Vicky bin, sondern mich auf Mallorca nur für sie ausgegeben habe.«

… und die echte Vicky möglicherweise verschwinden hast lassen. Das nennst du eine Pattsituation?

»Na gut, formulieren wir es anders. Brief gegen Notizbuch – eine Win-Win-Situation.«

Wenn er dich umbringt und dir das Notizbuch abknöpft, ist es eher eine Win-Situation für ihn und eine Lose-Situation für dich!

»Dann müssen wir eben dafür sorgen, dass wir besser sind als er.« Lea klickte durch die einzelnen Seiten der Website und wurde zunehmend frustrierter. In der Zwischenzeit dröhnten aus dem Garten das rumpelnde Abladen des Schotters, überlagert von den Rufen der Bauarbeiter. »Verdammt, hier gibt es zwar Links zu Kontaktseite und Impressum, aber die lassen sich nicht öffnen. Keine E-Mail-Adresse, keine Postanschrift, keine Telefonnummer. Hier kann man noch nicht einmal einen Newsletter abonnieren.«

Schau mal, ob er eine Facebookseite hat.

»Hab ich schon. Hat er nicht. Was ist das verdammt nochmal für ein Mentalcoach, wenn man ihn nicht erreichen kann?«

Ich habe dir ja von Anfang an gesagt, dass der kein normaler Coach ist.

Lea lehnte sich zurück und fuhr sich durchs Haar. »Shit, wie soll ich jetzt mit ihm Kontakt aufnehmen?« Sie fing wieder an, am Fingernagel zu kauen und blickte zu dem Notizbuch. »Ich könnte diesen Dr. Albrecht anrufen.«

Und riskieren, dass er von uns erfährt?

»Du hast recht, blöde Idee.«

Ich habe eine bessere Idee, wie wir das anstellen.

»Und zwar?«

Camilla kicherte. *Du wirst mich lieben.*

89. Kapitel

Nachdem Drohmeier das Besprechungszimmer verlassen hatte, saß Sneijder allein in dem dunklen Raum, rauchte den komplett verbeulten Joint und brütete über das, was Drohmeier ihm gerade gesagt hatte.

Er wusste, dass Drohmeier ein feines Gespür für Zusammenhänge besaß, Rückgrat hatte und nicht gerade zart besaitet war, wenn es um die Erfüllung seiner Aufgabe und die Sicherheit des Landes ging. All das machte ihn für Sneijder zu einem Chef, mit dem sich effizient zusammenarbeiten ließ. Dass sie beide damit nicht bei allen Kollegen und Vorgesetzten Bonuspunkte sammeln konnten, war klar – aber das war schließlich auch nicht der Grund, warum sie diesen Job machten.

Wie *gut* sie ihn machten, würde sich in den nächsten zwölf Stunden zeigen, denn es blieb ihnen nur noch wenig Zeit, um Ruth-Allegra Francke zu finden, bevor das *Kommando Rote Woche* mit der Offensive Null-Fünf loslegen würde.

Gedankenverloren nahm er Vickys Brief zur Hand und las ihn ein weiteres Mal. Das Gekritzel klang, als wäre diese Frau verrückt, bis hin zu dem falschen Namen, mit dem sie unterschrieben hatte. Andererseits war sie Sneijder trotz ihrer seltsamen Selbstgespräche nicht wirklich geisteskrank vorgekommen. Im Gegenteil. Sie war selbstbewusst aufgetreten, mit klarem Verstand, hatte konkrete Ziele für die Zukunft formuliert, gewusst, wie sie die erreichen konnte, und auch sonst einen überlegten, erfolgsorientierten Eindruck gemacht.

Also versuchte er, das scheinbar wirre Gekritzel des Briefes mit den Ereignissen auf Mallorca zusammenzubringen, und begann zu ahnen, warum Vicky diesen Brief unbedingt zurückhaben wollte. Es konnte durchaus sein, dass *sie* Gernot Wulff über die Klippen gestoßen hatte. Dementsprechend war vielleicht auch *sie* in Sneijders Apartment auf Mallorca eingebrochen und hatte es heimlich durchsucht, um an den Brief zu kommen. Wobei sie durchaus auch Conrads rotes Notizbuch hätte finden und klauen können.

Bevor Sneijder den aufgerauchten Joint auf einem Teller ausdrückte, zündete er sich mit der Glut schon den nächsten an. *Und jetzt bist du untergetaucht.*

Was hast du vor?

Er wartete auf eine Antwort.

»Dieser Fall ist echt beschissen, nicht wahr?«, drang plötzlich eine Stimme vom anderen Ende des Raums zu ihm. Aber es war nicht Vickys Stimme, sondern die eines älteren Mannes mit Schweizer Akzent.

Sneijder sah auf. Seine Augen tränten vom Rauch, trotzdem nahm er durch den Schleier die Umrisse eines grauhaarigen Mannes im Rollstuhl wahr. »Horowitz«, sagte er.

Sein ehemaliger Kollege war vor einem Jahr bei einem gemeinsamen Einsatz im Ausland ums Leben gekommen. Verbrannt, um genau zu sein. Plötzlich spürte Sneijder einen Brandgeruch in der Nase. Interessant, wie die Psyche einen austricksen konnte. »Dass *du* mich besuchst«, stellte er verwundert fest.

»Eine Schweizer Landsfrau wurde auf Mallorca ermordet«, sagte Horowitz. *»Ist das nicht Grund genug, mich in deine Ermittlungen zu mischen?«*

»Herzlich willkommen im Team, aber ich sag's dir gleich, die Ermittlungen laufen ziemlich stockend.«

»Hab ich schon gemerkt.« Horowitz stemmte sich mit den Armen kurz hoch und setzte sich bequemer in den Stuhl. *»Du hast*

der Reihe nach sämtliche Spuren verloren. So wenig wie jetzt hattest du noch nie in der Hand.«

»Scheint, als wäre diese Vicky Fuchs der Schlüssel zu allem.«

»Mann, was ist das eigentlich für eine Kackmusik?«, beschwerte sich plötzlich eine bärbeißige Stimme mit polnischem Akzent aus der anderen Ecke des Raums.

Sneijder sah hinüber und erkannte im Licht der roten Glut des Joints die Umrisse eines kleinen, drahtigen Mannes. In einer für ihn typischen Bewegung drehte Krzysztof seine Lederarmbänder immer wieder ums Handgelenk. Mit dem ehemaligen Auftragsmörder, den Sneijder seinerzeit in den Knast gebracht hatte, war sein altes Beraterteam komplett. »Niederländische Song-Contest-Beiträge«, erklärte er.

»Kannst du den Mist nicht ausschalten? Dabei kann ich nicht denken.«

»Seit wann bist *du* der große Denker?«, fragte Sneijder.

»Was bleibt mir denn noch?«, fragte Krzysztof. *»Mit Saufen, Sport und Herumvögeln ist nicht mehr viel, da, wo ich jetzt bin. Mein abwechslungsreicher Alltag beschränkt sich auf Gespräche mit diesem alten senilen Knacker im Rollstuhl.«*

»Jeder neue Tag ist ein Geschenk«, sagte Horowitz amüsiert.

»Ja, aber meistens sind sie scheiße verpackt«, knurrte Krzysztof.

»Reiß dich zusammen, alter Stinkstiefel!«, tadelte Horowitz ihn.

Krzysztof verschränkte die Arme vor der Brust. *»Halt's Maul, ich bin voll nett.«*

»Können wir uns vielleicht mal wieder auf den Fall konzentrieren?«, fragte Sneijder scharf.

»Ja, aber erst, wenn du die lahme Mucke ausmachst!«

Sneijder griff über den Tisch zu seinem Handy und beendete die Playlist.

»Danke, Mann!«

»Was hast du denn als Nächstes vor?«, fragte Horowitz.

»Im Moment nicht viel – abwarten und Tee trinken«, sagte Sneijder. »Ich warte auf eure Vorschläge.«

»Wenn Tee trinken nichts nutzt, die Kanne werfen«, gab Krzysztof seinen Senf dazu.

Sneijder ignorierte den tollen Ratschlag. »Vicky Fuchs ist im Moment die einzige Person, die mir weiterhelfen könnte. Aber sie ist der spanischen Polizei durch die Lappen gegangen, ihr Handy ist tot – und ich habe keine Idee, wie oder wo ich sie aufspüren könnte.«

»Vielleicht musst du das ja gar nicht.« Krzysztof näherte sich dem Tisch und warf einen Blick auf das Papier. *»Was ist das für ein Wisch?«*

»Vickys Brief.«

»Und den will sie unbedingt wiederhaben«, sagte Horowitz. *»Warte einfach ab, sie wird Kontakt mit dir aufnehmen.«*

»Sie weiß doch gar nicht, wer ich in Wirklichkeit bin«, gab Sneijder zu bedenken.

»Ist sie clever?«, fragte Krzysztof.

»Ja.«

»Dann wird sie es herausfinden«, sagte Horowitz.

Sneijder hörte Schritte im Gang. Gleichzeitig löste sich seine Vision in der roten Glut und im Rauch des Joints langsam auf.

»Grüß Sabine und Marc von uns …«, sagte Horowitz mit gedämpfter Stimme.

»Sie werden glauben, ich sei verrückt.«

»Kumpel, das tun sie doch schon längst«, bemerkte Krzysztof.

Im nächsten Moment waren die beiden verschwunden. Die Tür flog auf, und im Gegenlicht, das vom Gang hereinfiel, erkannte Sneijder die Umrisse von Sabine, Marc und Miyu.

»Hier riecht es wie in einem Coffeeshop«, stellte Marc fest. »Hast du mit unserem Präsidenten einen Ofen geraucht? Schade, und ich war nicht dabei.«

Sneijder gab keine Antwort. Stattdessen beobachtete er Sabine, wie sie kommentarlos zur Fernbedienung griff. Während sich die Jalousien surrend nach oben zusammenklappten, riss sie die Fenster auf. Frischluft wehte herein, und das kräftige Licht der frühen Nachmittagssonne fiel in den Raum.

Sneijder schloss geblendet die Augen. »Schönen Gruß von Krzysztof und Horowitz.«

»War es wieder mal so weit?«, fragte Sabine.

Sneijder nickte. »Sind beide der Meinung, dass sich Vicky bei mir melden wird.«

»Das wäre zu hoffen«, sagte Marc. »Denn die Tiroler Kripo hat vor ein paar Minuten zurückgerufen. Die Kollegen haben nichts Auffälliges in Vickys Haus gefunden. Steht mutterseelenallein und absolut verlassen da. Zuletzt hat die Kufsteiner Polizei Vicky in der Nacht unmittelbar vor ihrer Abreise nach Mallorca gesehen.«

»Und?«

»Die haben sogar mit ihr gesprochen.«

»Warum?«

»Kontrollbesuch.«

»Weswegen?«

»Falscher Alarm im Haus.«

Sneijder erhob sich. »Ich glaube weder an Zufälle noch an einen *falschen* Alarm.« Er wollte noch etwas hinzufügen, wurde aber durch das Klingeln des Handys in seiner Hosentasche unterbrochen.

Verdutzt starrte er auf sein Smartphone, das stumm auf dem Tisch lag. Das Klingeln in seiner Hose kam von Ron D. Paculas Telefon.

90. Kapitel

Auf Ramonas Handy finden wir bestimmt Ron D. Paculas Nummer, schlug Camilla vor. *Die hatten doch sicher Kontakt miteinander.*

Ohne etwas darauf zu erwidern sprang Lea auf, lief in den Vorraum, riss die Schublade auf und holte ihre Bauchtasche heraus. Im Seitenfach steckten Ramonas Handy mit der pinkfarbenen Hülle und die dazugehörige SIM-Karte, die sie herausgenommen hatte, damit niemand das Telefon orten konnte.

Nun schob sie die SIM-Karte hinein und schaltete das Handy ein. »Gesperrt«, sagte sie. »Wie vermutet mit Fingerprint.«

Genau dafür haben wir vorgesorgt.

»Stimmt.« Sie dachte an den süßen, kleinen Hund im Speisewagen nach Genf, der so gierig an ihrer Bauchtasche geschnuppert hatte.

Denkst du auch gerade an den Hund?

»Ja.«

Der war wohl scharf auf Fingerfood.

»Du bist unmöglich!« Lea kramte das Plastiksäckchen aus der Bauchtasche, in das sie die beiden Fingerglieder mehrfach eingewickelt hatte, und öffnete den Knoten.

Ein entsetzlicher Gestank schlug ihr entgegen. Angewidert ging sie damit ins Badezimmer, wusch die Blutkruste von der Haut, trocknete die Fingerkuppen und betrachtete ihr Werk, das auf dem weißen Keramikrand des Handwaschbeckens lag. Wie zwei eingeschrumpelte kleine Würstchen mit Fingernagel. Für einen Moment stülpte sich ihr Magen um, und Schweiß trat ihr auf die Stirn.

Mach schon! Gleich hast du es geschafft.

Mit einem säuerlichen Geschmack im Mund atmete Lea tief durch, öffnete den Spiegelschrank über dem Waschbecken und holte eine Tube Hautcreme heraus. Damit fettete sie die Papillarlinien des Daumens ein wenig ein, zog die Haut glatt und strich damit über den Sensor des Handys. Nichts!

Versuch den Zeigefinger.

»Und wenn der auch nicht funktioniert, sind wir im Arsch.«

Probier es!

Sie fettete die Kuppe des anderen Fingers ein und fuhr damit ebenfalls über den Sensor. Das Handy entsperrte sich. »Geschafft«, entfuhr es ihr. Der Akku war zu dreißig Prozent voll, aber Lea hatte ohnehin nicht vor, das Handy länger als nötig eingeschaltet zu lassen.

Die Menüführung war zwar auf Spanisch, aber nach ein bisschen Herumprobieren fand sie die Anrufliste. Rasch scrollte sie bis zum Montag, dem 20. Mai, zurück, jenem Tag, an dem Pacula auf Mallorca angekommen war. Sie konnte sogar die ungefähre Uhrzeit abschätzen, wann er das Hotel erreicht hatte, da sie ja dabei gewesen war, als er am Flughafen von einer Limousine abgeholt worden war, und ihn später vor der Lobby gesehen hatte.

An diesem Montagnachmittag hatte Ramona zwar mehrere Anrufe getätigt, aber nur eine Nummer mit der deutschen Vorwahl 0049 angerufen. Mit etwas Glück war das Paculas Handy.

»Hast du dir die Nummer gemerkt?«, fragte sie.

Ja.

Rasch ging sie in die Sicherheitseinstellungen des Handys, löschte die Fingerprintsperre und entfernte die SIM-Karte wieder. Zum Glück war es eher unwahrscheinlich, dass jemand Ramonas Telefon ausgerechnet in dieser kurzen Zeit in Kufstein hatte orten können. »Okay … das wäre geschafft.« Sie warf die beiden Fingerglieder in die Toilette, betätigte die Spülung und wusch sich danach mit Seife kräftig die Hände.

»Wie lautet die Nummer?«, fragte sie, während sie den Rand des Waschbeckens mit dem Handtuch trocknete.

Camilla ratterte sie mühelos runter.

»Gut …« Lea atmete tief durch und wählte mit ihrem eigenen Handy die deutsche Nummer.

91. Kapitel

Sneijder blickte auf Paculas Handy. Der Anruf kam von einer unterdrückten Nummer. »Jetzt wird es interessant«, murmelte er.

Marc kam näher und blickte auf das Display. »Stimmt, denn Paculas Kontaktseite ist immer noch offline.«

Miyu und Sabine traten ebenfalls näher und stellten sich neben Sneijder. Der wartete, bis alle ruhig waren, dann nahm er das Gespräch entgegen und schaltete auf Lautsprecher. »Ja, hallo?«

»Spreche ich mit Ron D. Pacula?«, drang eine weibliche Stimme aus dem Telefon.

Sneijder sah, wie Sabine die Augenbrauen hochzog und tonlos die Lippen bewegte. *Das ist Vicky Fuchs.*

Sneijder nickte. Er hatte die Stimme mit dem Tiroler Akzent ebenfalls erkannt. »Ja, am Apparat.« Er legte das Handy vor sich auf den Tisch.

»Können wir ungestört reden?«, fragte Vicky.

»Ja, sicher«, sagte Sneijder. Die anderen setzten sich leise um ihn herum auf die Stühle und beugten sich zum Handy.

»Ich weiß, dass Sie in Wahrheit kein erfolgreicher Workshopleiter und Mentalcoach sind.«

»Sondern?«

»Ist alles nur Tarnung. In Wahrheit sind Sie ein Krimineller.«

»Mit wem spreche ich?«

»Können Sie sich das nicht denken?«

»Natürlich kann ich das. Woher haben Sie diese Nummer, Vicky?«, wollte er wissen, um Zeit zu gewinnen. Er musste dringend nachdenken.

»Von Ihrer toten Komplizin.«

Allen Indizien zufolge waren Gernot Wulff und Vicky Fuchs zwar RAF-Sympathisanten, aber Vickys ganzes Auftreten auf Mallorca und auch die Art und Weise, wie sie jetzt über Ramona sprach, passten überhaupt nicht ins Bild. Offenbar hatte sie von Pacula und der RAF genauso viel Ahnung wie er von Kufstein und den Tiroler Bergen. »Was wollen Sie?«

»Ich habe etwas, das Ihnen gehört.«

Sneijder zog sein Akupunkturnadelset aus der Sakkotasche, auch wenn er gerade weder Cluster-Kopfschmerzen spürte noch sonderlich verspannt war. Manchmal halfen ihm die Nadeln auch einfach beim Denken. Eine davon stach er sich jetzt zwischen die Augenbrauen. »Ein rotes Notizbuch«, vermutete er.

»Genau.«

Er schloss die Augen, tippte leicht auf die Nadel und spürte ein wohliges Kribbeln, das über die Schläfen bis zum Hinterkopf wanderte. »Wissen Sie überhaupt, was Sie da in Händen halten?«

»Ich kann es mir denken. Ihre gesamten Kontaktdaten.«

Nein, diese Frau hatte keine Ahnung von der RAF. »Und Sie denken, die sind wichtig für mich?«

»Bestimmt, sonst hätten Sie das Buch nicht so gut versteckt. Also ersparen Sie uns Ihr geheucheltes Desinteresse.«

»Also gut, ich gebe zu, ich *bin* daran interessiert.«

»Fein, denn andererseits haben Sie *etwas, das* ich *gern zurückhaben möchte.«*

Sneijder öffnete die Augen und ließ seine Hand zu der Kopie von Vickys Brief wandern. »Ihren Brief?«

»Haben Sie ihn noch?«

Er raschelte mit dem Papier. »Liebe Vicky, nach deinem Tod hatte ich tatsächlich ein schlechtes Gewissen«, las er die erste Zeile vor. »Sie haben bei der Workshopübung ein interessantes Ergebnis abgeliefert, aus dem ich nicht ganz schlau werde.« Er hörte, wie sie am anderen Ende schluckte und etwas murmelte, das er aber nicht verstand. Vielleicht war das wieder eines ihrer merkwürdigen Selbstgespräche.

»Ich möchte Ihnen einen Deal vorschlagen«, sagte sie dann laut.

»Ich höre.«

»Wir treffen uns, um das Notizbuch gegen den Brief zu tauschen.«

»Nein«, sagte Sneijder fest entschlossen und bemerkte aus dem Augenwinkel, wie Miyu, Marc und Sabine zusammenzuckten.

»Nein?«, wiederholte Vicky ungläubig.

»Ich möchte das rote Notizbuch *und* Ramonas Handy«, verlangte er. »Das haben Sie doch, richtig?«

»Ja …«

»Gut, bringen Sie es mit. Wo treffen wir uns?« Er sah, wie Marc über den Tisch langte, sein Notebook aufklappte und einen Routenplaner öffnete.

»Kommen Sie morgen nach Kufstein, Österreich.«

Sabine zog die Augenbrauen zusammen und schüttelte leicht verzweifelt den Kopf. *Das ist zu spät.*

Sneijder tippte erneut auf die Nadel. »Nein, heute noch.«

Anscheinend überlegte Vicky, da es eine Weile still war. *»Von mir aus«*, sagte sie schließlich. *»Dreiundzwanzig Uhr. Schaffen Sie das?«*

Sneijder blickte zu Marc, und der nickte. »Ja, kein Problem«, sagte er.

»Sollten Sie nicht allein kommen oder irgendwelche miesen Tricks versuchen, verbrenne ich das Heft, ist das klar?«

»Gut, wir sind im Geschäft.«

»Dann bis heute Abend. Meine Adresse steht auf dem Briefumschlag.«

Die Verbindung wurde unterbrochen, und Sneijder steckte Paculas Handy wieder ein. Die anderen starrten ihn mit einem verwirrten Gesichtsausdruck an.

Ihm erging es nicht anders. Wenn Vicky wirklich eine RAF-Sympathisantin war, würde sie ihm wohl kaum dieses Notizbuch anbieten. Irgendetwas stimmte an der ganzen Sache nicht. Außerdem war es merkwürdig, dass sie sich mit ihm bei ihr daheim treffen wollte, in diesem leer stehenden Haus, das die Tiroler Polizei vor wenigen Stunden überprüft hatte.

»Und jetzt?«, fragte Sabine.

»Begeben wir uns nach Kufstein.«

Marc beugte sich über sein Notebook. »Es gibt Direktflüge von Frankfurt nach Innsbruck, und von dort ist es mit dem Mietwagen dann nur noch eine Stunde bis nach Kufstein.«

»Buch zwei Flüge.« Sneijder sah zu Sabine und zog sich die Nadel aus der Stirn. »Lust auf eine Spritztour durch die Tiroler Berge?«

»Ich …«

Bevor sie noch mehr darauf erwidern konnte, summte eine hereinkommende SMS auf Sneijders Handy. Er unterbrach Sabine mit einer Geste und las die Nachricht. Der kurze Text stammte von Kommissar Quintana. »*Wat een geluk*, endlich mal gute Nachrichten.« Entspannt sah er auf. »Die spanische Polizei hat Ramonas echte Identität herausgefunden.« Im gleichen Atemzug wählte er die Nummer von Major Thomsen vom BND und klemmte sich das Telefon ans Ohr.

Der Major ging nach dem dritten Läuten ran. »Sneijder, was gibt's?«, fragte er in einem schadenfrohen Ton. »Ich habe gehört, Sie wurden auf Mallorca festgenommen. War es dort lustig?«

»Meine Toleranz für blöde Witze und ich haben momentan Beziehungsprobleme, also seien Sie vorsichtig, was Sie sagen.«

»Ja, sorry«, seufzte er, »also, was wollen Sie?«

»Ich will, dass Sie und Ihre Schlipsträger und Sesselpupser vom Nachrichtendienst sich sofort hinter die Computer klemmen. Wir haben den Klarnamen einer RAF-Terroristin herausgefunden.

Teresa Piña, geboren in Palma de Mallorca.« Sneijder nannte ihm Ramonas echtes Geburtsdatum. In Wahrheit war sie zwei Jahre jünger, als in ihren beiden falschen Reisepässen stand.

»Sneijder, das ist großartig …«

»Ziehen Sie sofort wieder Ihren Kopf aus meinem Arsch und machen Sie sich an die Arbeit! Ich will alles über diese Frau wissen.«

»Okay, noch was?«

»Ja, Sabine Nemez und ich reisen nach Kufstein, Österreich. Halten Sie sich bereit. Vielleicht brauchen wir den BND vor Ort.«

»Und die österreichischen Behörden?«

»Brauchen nichts von unserem Besuch zu erfahren.«

92. Kapitel

Lea saß auf dem Rand der Badewanne, blickte nachdenklich auf die Wandfliesen und ließ die Hand mit dem Telefon sinken. Inzwischen hatte der Regen stark zugenommen, und die Geräusche der Bauarbeiter waren verstummt. Offenbar machten sie gerade eine Zwangspause.

»Wie ist das Gespräch deiner Meinung nach gelaufen?«

Ich glaube nicht, dass wir Pacula vertrauen können.

»Bestimmt nicht. Er wirkt irgendwie extrem abgebrüht.«

Wie immer die Sache ausgeht … stell dich darauf ein, dass er uns möglicherweise beseitigen möchte.

Lea kannte diesen Ton in Camillas Stimme. »Worauf willst du hinaus?«

Er hat den Brief geöffnet und gelesen. Er hat uns sogar daraus vorgelesen, um uns wissen zu lassen, dass er den Inhalt kennt.

»Worauf willst du hinaus?«, wiederholte Lea eine Spur lauter.

Selbst wenn wir den Brief haben, wissen wir nicht, ob er nicht Kopien davon gemacht hat.

»Und?«

Der Arsch weiß einfach zu viel.

»Ja, du hast ja recht …« Lea erhob sich, ging ins Wohnzimmer zurück und starrte auf das rote Notizbuch, das neben ihrem Laptop lag. »Wem würde deiner Meinung nach der größte Schaden entstehen, wenn dieses Buch in die falschen Hände gerät?«

Der Person, die am öftesten darin vorkommt.

Lea nickte. »Sehe ich genauso.« Sie setzte sich hin und blätterte durch das Buch, bis sie fand, wonach sie suchte. »Hier wird ständig eine Ruth-Allegra Francke erwähnt, mit Postanschriften, E-Mail-Adressen, Telefonnummern und TorBox-Kontakten aus dem Darknet.«

Was hast du vor?

»Anscheinend ist diese Dame extrem wichtig. Ich rufe sie an.«

Herrgott, jetzt denk doch zur Abwechslung mal nach!

»Hab ich bereits.«

Einen Dreck hast du! Was verdammt nochmal willst du ihr denn erzählen? Dass du Informationen über sie hast? Damit sie einen guten Grund hat, dich umzubringen?

»Damit sie einen guten Grund hat, Ron D. Pacula umzubringen«, korrigierte Lea sie. »Schließlich hat *er* dieses Notizbuch mit all den brisanten Informationen über sie und dieses Netzwerk angefertigt.«

Und was genau *willst du ihr sagen?*

»Dass er die Daten jemandem verkaufen möchte, der sie veröffentlichen will.«

Camilla hüllte sich in Schweigen.

»Na, überzeugt?«

Und wie willst du ihr das beweisen?

»Ich lese dieser netten Dame einfach ein paar interessante Passagen aus dem Buch vor.«

Und danach?

»Wird ihr nichts anderes übrig bleiben, als unseren lieben Ron D. Pacula zu eliminieren.«

Und dich gleich mit!

»Nicht, wenn wir es clever anstellen. Außerdem hast du doch selbst gesagt, dass er zu viel weiß und es besser wäre, wenn wir ihn loswerden.«

Verstehe, du willst dir nicht selbst die Hände schmutzig machen.

»Falsch! Ich *kann* mir nicht selbst die Hände schmutzig machen. Ich kann keinen kaltblütigen Mord begehen, nur weil *du* Angst hast, dass Pacula zu viel weiß.«

Aber du hast doch …

»Quatsch mich nicht voll! Bei Gernot und Ramona war es Notwehr«, würgte Lea jegliche Diskussion ab. Draußen hörte sie durch den Regen das Schlagen der Kirchturmglocken. Es war dreizehn Uhr. Zeit zu handeln.

Sie schlug das Notizbuch auf, blätterte zur letzten Seite und wählte eine von Ruth-Allegra Franckes Handynummern.

Eine Nummer mit deutscher Vorwahl.

Daneben stand Ruth-Allegra Franckes Realname.

93. Kapitel

Die Lufthansa-Maschine setzte bei der Landung in Frankfurt pünktlich auf der Piste auf. Irina, die Kabinenchefin, war schon lange dabei und hatte noch die Zeit miterlebt, als die Passagiere nach einer sanften Landung applaudierten. Mittlerweile war eine sichere Landung zur langweiligen Normalität geworden, vor allem bei solch einem eher kurzen Linienflug vom Flughafen Schiphol in Amsterdam, der gerade mal knapp über eine Stunde dauerte.

Zum Glück waren diesmal auch die Passagiere einigermaßen verträglich gewesen. Mit Schaudern dachte sie an den verkorksten Mallorca-Flug vom Anfang der Woche zurück, als dieses Ekelpaket in der Businessclass vehement auf einen Tomatensaft mit Wodka, Tabasco und Eis im Glas bestanden hatte.

An so etwas war Irina eigentlich gewöhnt – aber was ihr wirklich Sorgen machte, waren die letzten Terrormeldungen. Irina und ihre Kolleginnen konnten von Glück sagen, dass heute nichts passiert war. Schließlich hätte alles auch ganz anders ausgehen können. Vom Tower in Frankfurt wussten die Piloten und die Kabinenbesatzung bereits, was in den letzten zwanzig Minuten in Deutschland geschehen war. Ihre Fluggäste hingegen würden das erst jetzt erfahren, wenn der Reihe nach alle Geräte wieder ein Netz gefunden hatten und die ersten Newsticker aufpoppten. Einige der Passagiere zogen bereits völlig ahnungslos ihre Handys heraus.

Das war Irinas Zeichen. Rasch legte sie den Gurt ab, warf ihren Kolleginnen einen vielsagenden Blick zu und griff zum Mikrofon. Es knackte in den Lautsprechern. »Herzlich willkommen in Frankfurt. Wir hoffen, Sie hatten einen angenehmen Aufenthalt bei uns an Bord. Im Namen von Kapitän Jansen und der gesamten Besatzung hoffen wir, Sie bald wieder an Bord einer Lufthansa-Maschine begrüßen zu dürfen.« Sie machte eine Pause, während sie in den Mittelgang blickte. Bei jedem Flug war es immer wieder das Gleiche. »Soweit ich mich erinnern kann, ist es bisher noch keinem Passagier gelungen, *vor* seinem Flugzeug das Gate zu erreichen. Bleiben Sie daher bitte so lange angeschnallt sitzen, bis wir unsere endgültige Parkposition erreicht haben. Vielen Dank.«

Der Flieger wurde langsamer und fuhr auf der Rollbahn Richtung Flughafengebäude. Erfreulicherweise hatten sie einen Platz direkt am Gate bekommen, sodass sie die Passagiere nicht im Bus quer über das Gelände fahren mussten.

Irina wiederholte ihre Ansage auf Englisch, danach fuhr sie auf Deutsch fort: »Wir wünschen Ihnen einen angenehmen Aufenthalt in Frankfurt. Bitte vergessen Sie keine Gepäckstücke in den Ablagen über Ihnen oder in den Sitztaschen vor Ihnen. Für diejenigen unter Ihnen, die einen Anschlussflug erreichen müssen, habe ich leider eine schlechte Nachricht, und ich möchte Sie alle noch eine Minute um Ihre Aufmerksamkeit bitten.« Sie holte tief Luft. Jetzt war es so weit. »Wie wir soeben erfahren haben, gab es in Stuttgart, Köln und Dortmund Terroranschläge. Details dazu entnehmen Sie bitten den Livetickern auf den Monitoren am Terminal. Ich kann Ihnen garantieren, dass Sie am Flughafen Frankfurt nichts zu befürchten haben, da die Sicherheitsmaßnahmen drastisch verschärft wurden. Als Folge kommt es jedoch deutschlandweit zu Verzögerungen und Flugausfällen. Details erfahren Sie am jeweiligen Informationsschalter.«

Ihr letzter Satz war bereits im aufkeimenden Lärm untergegangen. Dennoch wiederholte sie auch diese Durchsage auf Englisch, auch wenn in der Kabine davon nichts mehr zu hören war. Alle redeten wild durcheinander oder telefonierten bereits lautstark.

Die meisten der Passagiere waren aufgesprungen, und diejenigen, die sich kannten, drängten sich zusammen. Binnen Sekunden herrschte in der Kabine ein völliges Durcheinander.

Zum Glück erreichten sie gerade das Gate. »Liebe Gäste, wir haben soeben unsere finale Parkposition erreicht«, sagte Irina der Form halber, obwohl ihr sowieso niemand mehr zuhörte. »Sie können das Flugzeug nun verlassen. Wir verabschieden uns von Ihnen. Auf Wiedersehen, kommen Sie gut heim und viel Glück bei Ihrer Weiterreise.«

Gemäß ihrer Anweisungen bemühte sie sich um Normalität bei der Durchsage, fügte aber in Gedanken ein *Gott stehe uns allen bei* hinzu. Wer wusste schon, was nach den Anschlägen in Stuttgart, Köln und Dortmund noch alles passieren würde. Und ob sie ihren Gästen an Bord nicht zu viel versprochen hatte, was die Sicherheit am Frankfurter Airport anging.

Dann öffnete sich die Tür, und die ersten Passagiere drängten sich an ihr und ihren Kolleginnen vorbei auf die Fluggastbrücke. Nur wenige nahmen sich beim Aussteigen die Zeit, um ihr zuzunicken, Auf Wiedersehen zu sagen oder alles Gute zu wünschen.

Nun öffnete sich auch die Tür zum Cockpit. »Alles okay da draußen?«, fragte Jansen.

»Ja«, seufzte sie und nickte. So schnell wie jetzt hatte sich noch nie eine Maschine geleert.

Erstaunlicherweise waren die Damen und Herren in der ersten und zweiten Reihe der Business Class geschlossen sitzen geblieben. Anscheinend wollten sie sich nicht dem hektischen Gedränge aussetzen. War ja durchaus sinnvoll, da sowieso alle zusammen auf das Gepäck warten mussten.

Eine der Personen kannte Irina aus den Medien. Das war doch Philip Degenhard, der Staatssekretär des Innenministers, der bei dem ersten Terroranschlag in Berlin vor genau einer Woche sogar live dabei gewesen und leicht verletzt worden war. An die Namen zweier anderer Gäste erinnerte sie sich von der VIP-Liste. Eva

Marquardt, dritte Präsidentin des Bundeskriminalamts, und Jon Eisa, Vize-Präsident des BKA.

Auch die restlichen Passagiere aus der ersten und zweiten Reihe schienen zu der Gruppe zu gehören, wobei einige von ihnen wie Securityleute wirkten. Sie alle unterhielten sich leise miteinander und warteten, bis sich die Kabine geleert hatte. Erst dann erhoben sie sich, um ihr Handgepäck aus den Fächern zu holen.

Irina und ihre Crew waren bereits vor dem Start in Amsterdam von Kapitän Jansen darüber informiert worden, dass sie hohen Besuch an Bord hatten. Weil soeben die internationale Sicherheitskonferenz in Den Haag zu Ende gegangen war, hatten sich mehrere deutsche Politiker und andere wichtige Personen an Bord befunden.

Als die letzten Passagiere an Irina vorbeigingen, blickte sie in lauter nervöse, besorgte und angespannte Gesichter. *Die wissen bestimmt mehr als wir*, dachte sie, während sie jeden Einzelnen der VIP-Gruppe freundlich anlächelte. Am Ende standen nur noch die drei, deren Namen sie kannte, im Gang des Fliegers.

»Bestimmt geht's jetzt gleich weiter ins nächste Meeting«, seufzte der große, gut aussehende Mann, während er die Nachrichten auf seinem Handy checkte. Bei ihm musste es sich um Eisa handeln.

Die Frau – dementsprechend dann wohl Marquardt – knöpfte ihren Blazer zu und klemmte sich ihre Notebooktasche unter den Arm. »War ja nicht anders zu erwarten.« Während sie eine Nummer auf ihrem Telefon wählte und es ans Ohr hielt, drehte sie sich zum Staatssekretär um. »Wann reisen Sie weiter nach Berlin?«

Degenhard verzog unglücklich das Gesicht. »Eigentlich wäre das erst für Montag geplant gewesen, aber so, wie es jetzt aussieht, wird mich vermutlich gleich ein Wagen abholen.«

»Sechs Stunden Autofahrt«, stöhnte Marquardt. »Ich beneide Sie nicht.«

»In dieser Situation beneide ich keinen von uns.« Eisa wischte über sein Smartphone.

Inzwischen telefonierte auch Degenhard. Sie würde wirklich nicht mit den drei tauschen wollen, dachte Irena. Die würden in den nächsten Tagen sicher pausenlos unter Stress stehen.

Im Gegensatz zu ihr. Irina blickte auf ihre Armbanduhr. Kurz nach dreizehn Uhr. Sobald auch diese Passagiere den Flieger verlassen hatten, würde ihr eigener Arbeitstag nach dem üblichen bürokratischen Kleinkram früher als geplant enden.

Während die drei telefonierend an ihr vorbeigingen, läutete in einer der Jackentaschen plötzlich ein weiteres Handy. Und auch, wenn Irina nicht ausmachen konnte, wessen Telefon das war, fiel ihr doch der äußerst merkwürdige Klingelton auf – ein geradezu bedrohlich klingendes, stetig lauter werdendes Klopfgeräusch.

Wie ein Countdown.

9. TEIL

Die Nacht auf Samstag,
den 25. Mai

94. Kapitel

Die tiefhängenden schwarzen Wolken einer Gewitterfront verdunkelten den Himmel, von der üblichen Abenddämmerung war nichts zu sehen. Sabine steuerte den Mietwagen zügig über eine pitschnasse Fahrbahn, während die Wischerblätter im strömenden Regen auf Hochtouren arbeiteten, es hin und wieder donnerte und die Scheinwerfer des entgegenkommenden Verkehrs sie blendeten. Immerhin würden sie bald die deutsch-österreichische Grenze erreichen, hinter der gleich Kufstein lag.

In den letzten Stunden war alles ganz anders gekommen, als sie geplant hatten. Jeglicher Flugverkehr von Deutschland ins Ausland war aus Sicherheitsgründen eingestellt worden. Stattdessen hatten sie das Glück gehabt, noch zwei Plätze für einen Lufthansa-Flug von Frankfurt nach München zu ergattern, wo sie sich einen Mietwagen genommen hatten. Damit fuhren sie seit gut einer Stunde in südliche Richtung.

Wegen der neuen Anschläge in Stuttgart, Köln und Dortmund, von denen sie kurz nach Sneijders Telefonat mit Vicky erfahren hatten, waren Teile des Bahnverkehrs zum Erliegen gekommen. Die Bomben hatten eine Politikerin in ihrem Auto in der Tiefgarage eines Bahnhofs getötet, die Server-Hauptzentrale eines Versicherungsriesen in Schutt und Asche gelegt und die oberste Etage des Bürogebäudes eines Erdgaskonzerns getroffen, bei dem der Public-Relations-Manager ums Leben gekommen war. Niemand wusste, was als Nächstes passieren würde.

Aber inzwischen gab es bereits weitere Nachrichten. Sneijder, der neben Sabine auf dem Beifahrersitz saß, las gleichzeitig den

Infoticker auf seinem Handy und tippte auf dem Sendersuchlauf des Autoradios herum, um eine der zahlreichen Sondersendungen hereinzubekommen.

»*... die jüngsten Ziele waren ein Verlags- und Medienhaus in Leipzig und ein privater TV-Sender in Hannover*«, drang die Stimme des Nachrichtensprechers aus den Lautsprechern, »*beide Anschläge konnten jedoch – so der Polizeipressesprecher – in letzter Sekunde verhindert werden.*«

»Zum Glück ...« Sabine ließ die angespannten Schultern sinken.

»Die Spezialeinsatzkräfte haben jeweils neunzig Kilogramm C4-Plastiksprengstoff sichergestellt und entschärft«, ergänzte Sneijder, während er übers Handy wischte. »Verlag und TV-Sender wurden geräumt, die Leute evakuiert. Wären die Bomben hochgegangen, wären mehrere Dutzend Menschen ums Leben gekommen.« Er seufzte. »Was veranlasst die Terroristen dazu, einen privaten Sender zu sprengen?«

»Welchen denn?«

»*Niedersachsen Konkret.*«

»Aha«, murmelte Sabine mit trockener Kehle.

»Was heißt *aha*?«

»Na ja, der Sender ist für seine reaktionäre Berichterstattung bekannt und befeuert mit seinen Reportagen jede Menge Verschwörungstheorien ... behauptet Marc zumindest«, erklärte sie.

»Wenn das so weitergeht, wird in Kürze die Hölle los sein.«

Ist sie das nicht schon?, dachte sie. »Gab es noch weitere geplante Anschläge, die verhindert werden konnten?«

Sneijder scrollte weiter auf seinem Handy. »Nein, bis jetzt nicht. Drohmeier ist deswegen gerade mit dem BND in Kontakt.«

»Und noch immer lässt sich kein durchgehendes Schema bei den Zielen erkennen«, überlegte Sabine und ließ die bisherigen Anschläge im Geiste Revue passieren. »Staatsnaher Betrieb, der siebenhundert Leute kündigt, Bankier der Kreditanstalt für

Wiederaufbau, Manager der Rüstungsindustrie, zwei Politiker, eine Ölfirma, ein Erdgaskonzern, eine Versicherung, ein Verlag und ein TV-Sender. Was wollen die? Wo ist da der gemeinsame Nenner?«

»Womöglich gibt es den gar nicht«, vermutete Sneijder. »Vielleicht wollen sie einfach nur Anarchie und Chaos stiften. Und die Willkürlichkeit der Ziele macht es schwieriger, ihren nächsten Schritt vorherzusagen.«

»Glauben Sie das wirklich?«

Er hob die Schultern. »Eigentlich nicht, aber im Moment fällt mir keine andere Antwort darauf ein.«

Sabine konzentrierte sich eine Zeitlang schweigend auf den Verkehr. Nur noch ein paar Kilometer bis zum Grenzübergang in Kiefersfelden. Sie dachte an die vielen Toten und all das Leid, das die Anschläge verursacht hatten. An all die trauernden Angehörigen. Trotz ihres gefährlichen Berufes war es für Sabine unvorstellbar, dass Marc etwas zustoßen würde. Oder ihrer Familie in München. Fast beneidete sie Sneijder, der bis auf seinen Basset Vincent niemanden hatte, der ihm nahestand und um den er wirklich trauern würde.

»Darf ich Sie etwas Privates fragen?« Aus dem Augenwinkel sah sie, wie Sneijder das Handy weglegte und aufsah.

»Hm?«, murrte er nur.

»Bei unserem Speed-Dating in Augsburg haben Sie mir von Ihrem ehemaligen Lebensgefährten erzählt … Arne Roth.« Sie machte eine Pause. »Sie sagten, er sei an einer Immunschwäche gestorben. Wie lange waren Sie zusammen?«

Sneijder antwortete nicht.

»Haben Sie damals bei ihm in Genf ge…?«

»Das erzähle ich Ihnen ein anderes Mal – nicht jetzt«, unterbrach er sie.

»Zu privat?«

»Nein, zu wenig Zeit, um es Ihnen in allen Details begreiflich zu machen.«

»Es ist okay, wenn Sie nicht darüber sprechen wollen, ich …«

»Außerdem will ich das hören.« Er deutete zum Radio, in dem gerade die Zwanzig-Uhr-Nachrichten eines österreichischen Senders liefen.

»*Das Attentat auf die deutsche NPD-Politikerin Astrid Wespenthal-Römer schockiert unser Nachbarland. Erst kürzlich stand die Politikerin wegen ihrer umstrittenen Autobiografie in den Schlagzeilen. Ob ihre Ermordung mit den Aussagen in ihrem Buch zusammenhängt, lässt sich im Moment noch nicht sagen. Kommen wir jetzt zu den Regionalnachrichten. Innsbruck – zwei Jugendliche …*«

Sneijder drehte den Ton leiser.

»Sie müssten auch einmal Ihre Memoiren schreiben«, scherzte Sabine. »Wird sicher ein Renner. *Vanilletee, Marihuana und Cluster-Kopfschmerzen. Ein Leben am Abgrund – in drei knappen und präzisen Sätzen.*« Sie drehte den Kopf und blickte zu ihm.

»Gute Idee«, sagte er nachdenklich. Anscheinend meinte er das wirklich ernst. »Dann könnte ich mein eigenes Buch bei Haital klauen und hätte gleichzeitig …«

»Moment mal …«, unterbrach sie ihn. Ihr war soeben ein Gedanke gekommen, der sie schlagartig wieder ernst werden ließ. »Wissen Sie, in welchem Verlag Wespenthal-Römers Buch erschienen ist?«

Er sah sie kurz nachdenklich an. »Nein …« Dann tippte er auf seinem Handy herum. »Ich weiß nur, dass es damals vor einem Jahr einen großen Medienrummel darum gegeben hat … ah, hier steht es. Im Kölpel-Verlag mit Sitz in …«

»Leipzig«, kam sie ihm zuvor. »Das ist das Medienhaus, das beinahe in die Luft geflogen ist, richtig?«

»Stimmt.«

»Worin ging es in diesem Buch?«

»Soweit ich mich erinnere, verharmloste sie darin den Klimawandel und propagierte Kohle, Öl und Erdgas als unbedenkliche Energiequellen. Scheint, wenn ich das hier richtig sehe …«, er scrollte auf seinem Handy nach unten, »… nicht die einzige Veröffentlichung des Verlags zu diesem Thema zu sein.«

Sabine kaute an der Unterlippe. »Googeln Sie mal den Namen des Bankiers, der bei der KfW gearbeitet hat, im Zusammenhang mit Umwelt- und Klimaschutzprojekten.«

Sneijder tippte auf seinem Handy herum. »Sie hatten den richtigen Riecher …«, sagte er nach einer Weile. »Der Mann hat sich gegen die Förderung erneuerbarer Energiequellen ausgesprochen und stattdessen dreistellige Millionendarlehen für den Ausbau von Kohletechnologien bewilligt.«

Sabine dachte nach. »Und bei wem ist dieser Hamburger Ölkonzern versichert, der in den Greenwashing-Skandal verwickelt war?«

Sneijder tippte erneut auf seinem Handy herum. »Bei der Stuttgarter Zweigstelle des internationalen Versicherungsriesen *Medeen & Lloyd*.«

»Und wo ist der Erdgaskonzern versichert, dessen Bürogebäude heute in die Luft geflogen ist?«

»*Medeen & Lloyd*«, sagte Sneijder nach einer Weile. »Die heute selbst Ziel eines Bombenanschlags wurden.« Er suchte weiter auf seinem Handy. »Die Versicherung ist übrigens auch an einer Großbank beteiligt, die dick im Ölgeschäft drinnen ist.«

»Und die fliegt vielleicht als Nächstes in die Luft.«

Sneijder nickte. »Langsam führen alle Fäden zu einem roten Strang zusammen.«

Sabine lief eine Gänsehaut über den Rücken. Dieser neuen, jungen RAF-Generation ging es nicht generell um den Kampf gegen einen faschistischen Polizeistaat, wie sie in dem Pamphlet geschrieben hatte, sondern konkret um jene ewiggestrige rechts-konservative Strömung, die mit ihren Ansichten und

Handlungen den Planeten schonungslos ausbeutete und dabei zerstörte.

»Diese Leute aus dem Jetset und der High Society mit all ihren Limousinen, Villen, Jachten und Privatflugzeugen, die von den RAF-Mitgliedern in den letzten fünf Jahren bestohlen wurden«, sinnierte Sneijder, »tragen aus Sicht der Terroristen durch ihren ausufernden Lebensstil garantiert eine erhebliche Mitschuld am Klimawandel.« Anscheinend war er gerade zur selben Schlussfolgerung gekommen wie sie.

»Und das erbeutete Vermögen fließt direkt in die Bewegung«, ergänzte Sabine. »Es gibt also doch einen konkreten Plan.«

Sneijder nickte. »Die RAF ist nicht mehr die ausschließlich politisch motivierte kommunistische Terrorgruppe der 70er Jahre, sondern eine moderne linke RAF der 2020er Jahre mit globalen Zielen …«

»… die gleichzeitig rücksichtsloser denn je über Leichen geht«, ergänzte Sabine.

Sneijder nickte. Dann rief er Marc an, der sich inzwischen mit Miyu am BKA-Standort Meckenheim im Büro der Cybercrime-Abteilung einquartiert hatte. Als er abhob, ließ Sneijder ihn gar nicht erst zu Wort kommen, sondern berichtete ihm ohne Einleitung über den möglicherweise bevorstehenden Anschlag auf die Großbank. Dann redete er schnell weiter: »Sobald die RAF ein Bekennerschreiben veröffentlicht hat, möchte ich umgehend darüber informiert werden.«

»Da musst du nicht mehr lange warten …«, drang Marcs Stimme verzweifelt aus dem Handy. *»Die RAF ist soeben an die Öffentlichkeit getreten.«*

»Was wollen sie?«

»Kann ich noch nicht sagen. Ich melde mich, sobald ich mehr weiß.«

Sneijder ließ das Handy sinken. »Jetzt ist die Kacke am Dampfen.«

95. Kapitel

Sabine sah im Scheinwerferkegel das erste Hinweisschild, das den Grenzübergang Kiefersfelden in fünf Kilometern ankündigte. Kurz danach begann bereits der Stau. Sie bremste so abrupt ab, dass der Wagen auf der nassen Fahrbahn ins Schlingern kam. LKW auf der ersten, PKW auf der zweiten Spur. Sicher gab es wegen der Anschläge massive Polizeikontrollen. Mit etwas Pech war die Grenze sogar völlig dichtgemacht worden.

Während Sneijder mit Drohmeier telefonierte, deutete er zur Rettungsgasse. Ohne zu zögern lenkte Sabine den Wagen in die schmale freie Spur und überholte zügig die stehenden LKW und im Schritttempo dahinrollenden Autos.

Einige der anderen Fahrzeuge hupten, woraufhin Sabine unbeeindruckt die Warnblinkanlage einschaltete und weiterfuhr. Nach fünf Kilometern erreichten sie den deutschen Grenzposten. Die LKW wurden auf einem Rastplatz zur Überprüfung in ein großes Zelt gewunken. Sabine querte rücksichtslos die Spur und drängelte sich mit dem Mietwagen vor den nächsten PKW, der sich dem Schlagbaum näherte. Drei deutsche Grenzbeamte mit Regenmäntel, Schirmkappen und Maschinenpistolen näherten sich dem Wagen.

Sabine rollte mit dem Auto bis zum überdachten Schlagbaum und ließ das Fenster herunter.

»Die Münchner Herrschaften haben es wohl sehr eilig«, stellte der Grenzpolizist gelassen fest.

»Erstens bin ich eine Frau«, sagte Sabine in noch relativ freundlichem Ton, »und zweitens ist nicht gesagt, dass wir

Münchner sind, nur weil wir ein Münchner Kennzeichen haben.« Wie zur Erklärung deutete sie zum Sixt-Schild auf dem Armaturenbrett.

»Und woher kommt die eilige Dame? Direkt vom Hockenheimring?«, fragte der Mann, während einer der Kollegen die Taschenlampe aufs Nummernschild richtete und über das Funkgerät das Kennzeichen überprüfte.

Bevor Sabine etwas antworten konnte, beendete Sneijder sein Telefonat, beugte sich zu ihr und blickte aus ihrem Fenster. »Wir haben keine Zeit für Süßholzgeraspel und Smalltalk!« Er zeigte seinen Dienstausweis. »Bundeskriminalamt Wiesbaden. Wir sind im Einsatz und müssen dienstlich nach Österreich. Und, nein! Wir können Ihnen nicht verraten, worum es geht, auch wenn Sie noch so nett danach fragen. Also Waffen runter, zur Seite treten und Balken hoch!«

Doch der Mann blieb stehen und der Schlagbaum blieb unten. Nun zeigte auch Sabine ihren Dienstausweis her. Der Beamte leuchtete mit der Taschenlampe zuerst auf den Ausweis, danach in ihr Gesicht und ließ den Strahl über ihre kugelsichere Weste und das Schulterholster mit der Glock gleiten, das sie darüber angelegt hatte. Unaufgefordert zeigte Sabine ihm auch noch die Genehmigung des BKA, dass sie bei Ermittlungen ihre Dienstwaffe auch beim Überschreiten von Staatsgrenzen mitführen durfte.

»Danke, ich muss noch einen Blick in Ihren …«

Sabine tippte bereits auf den Knopf, der den Kofferraumdeckel mit einem Klacken aufspringen ließ.

»Mann, beeilen Sie sich!«, knurrte Sneijder und betrachtete im Rückspiegel die Kollegen, die gemächlich am Auto vorbeigingen, um dann mit der Taschenlampe auf den Rücksitz und in den Kofferraum zu leuchten. Sogar die Unterseite des Wagens wurde mit einem Spiegel kontrolliert.

Nun klopfte auch noch einer der Grenzpolizisten an Sneijders

Seitenscheibe, wartete, bis er sie heruntergelassen hatte, schob die MP zur Seite, leuchtete ihm ins Gesicht und danach auf sein vom Schulterholster ausgebeultes Sakko. »Haben Sie auch eine Genehmigung für Ihre Dienstwaffe dabei?«

»Brauch ich nicht, die Glock funktioniert auch ohne Genehmigung«, sagte Sneijder.

»Sehr amüsant … darf ich sie sehen?«, bat der Beamte mit humorlosem Gesichtsausdruck.

»Habe ich mich vorhin unverständlich ausgedrückt?« Genervt kramte Sneijder das zerfledderte Dokument aus der Brieftasche, hielt es dem Polizisten mitsamt seinem Ausweis unter die Nase und blickte dabei demonstrativ auf die Uhr. »Ich frage mich ernsthaft, ob Sie und Ihre Kollegen Teil der Lösung oder Teil des Problems sind … oder nur Teil der Landschaft.«

Der Mann reagierte nicht darauf, nahm ihm stattdessen einfach den Ausweis ab und betrachtete ihn. »Hab schon viel von Ihnen gehört, Erster Kriminalhauptkommissar Sneijder.« Nun begutachtete er auch die Genehmigung und gab schließlich beides wieder zurück. »Dachte nicht, dass ich Sie einmal persönlich treffen würde. Sie machen Ihrem Ruf alle Ehre.«

»So?«

»Dass Sie immer im Mittelpunkt stehen müssen.«

»Muss ich nicht, sitzen ist auch okay.« Sneijder steckte den Ausweis weg. »Kleiner Tipp, stellen Sie sich neben dem Vordach in den Regen, vielleicht blühen Sie ja auf – aber vorher machen Sie endlich den verdammten Balken hoch!« Er wartete die Antwort nicht ab, sondern ließ die Scheibe wieder hinauf.

Der Kofferraumdeckel wurde zugeworfen, der Grenzbalken glitt nach oben, und der Grenzbeamte beugte sich zu Sabine herunter. »Alles okay, ich wünsche Ihnen …«

»Fahren Sie!«, drängte Sneijder.

Sabine trat aufs Gas und ließ, während sie beschleunigte, die

Seitenscheibe hochfahren. Hinter sich hörte sie das laute, frustrierte Gehupe der anderen Wartenden.

Die nächste Ausfahrt war bereits Kufstein. Sabine lenkte den Wagen von der Autobahn und folgte der Anweisung ihres Navis. Normalerweise hätte sie Sneijder wegen seines scharfen Tons und der Beleidigungen Vorwürfe gemacht – sie konnte einfach nicht anders, und die Hoffnung, dass er sich irgendwann mal ändern würde, starb schließlich zuletzt –, doch da sie wegen des Flugs nach München und des miesen Wetters knapp zwei Stunden verloren hatten, standen sie extrem unter Zeitdruck. Außerdem hatte die Polizeikontrolle sie gerade selbst ziemlich genervt. Also schwieg sie.

Während sie durch die Stadt fuhren, summte Sneijders Handy. »Eine Nachricht von Marc«, kommentierte er knapp. Dann wurde seine Stimme emotionaler. »*Godverdomme*, die RAF hat vor wenigen Minuten ein Bekennerschreiben und ein Manifest mit Zielen und Forderungen veröffentlicht. Haben alle Zeitungen, Radio- und Fernsehstationen gleichzeitig erhalten.«

»Und?«

»Marc schickt mir gerade einen Scan davon.« Während er wartete, starrte er wie gebannt auf das Display. »Es ist die Kampfschrift, die wir bereits aus dem Darknet kennen. Jetzt allerdings komplett ohne fehlende Teile … Und Ihre Vermutung war völlig richtig«, sagte er nach einer Weile. Dann drehte er sich zu ihr und las vor.

– Der Kampf geht weiter –

Wir – die vierte Generation der RAF – gehen davon aus, dass wir nach den bisherigen Anschlägen in den größten Städten Deutschlands Ihre volle Aufmerksamkeit haben. Wir fordern den sofortigen Rücktritt der Regierung und die Auflösung des Deutschen Bundes-

tags. Politiker sämtlicher Parteien müssen mit sofortiger Wirkung ihr Amt niederlegen. Eine Interimsregierung mit Expertenkabinett und Fachbeirat soll damit beginnen, innerhalb der nächsten fünf Jahre sämtliche Rüstungsausgaben zu stoppen und den Ausstieg aus allen fossilen Brennstoffen umzusetzen.

Der detailliert ausgearbeitete Maßnahmenplan dazu liegt bereits seit über zehn Jahren unbeachtet in den Schubladen des Parlaments unter Verschluss.

Für den Fall, dass die kapitalistische, reaktionäre, konservative und faschistische Regierung jedoch weiterhin das Volk belügt, weiter aufrüstet und den Planeten ohne Kehrtwende immer weiter zerstört, werden täglich weitere Maßnahmen folgen, bis wir diesen Umsturz gewaltsam herbeigeführt haben.

Unsere Forderungen sind nicht verhandelbar.

Dieser Weg ist alternativlos.

Denn der deutsche Staat muss wissen, dass er sich durch seine Lügen und Aktionen der letzten Jahrzehnte einen erbitterten Feind geschaffen hat: Das eigene Volk!

Solange deutsche Konzerne die Dritte Welt ausbeuten, den Klimawandel befeuern und der deutsche Polizeistaat mit seiner faschistischen Exekutive die Freiheiten der Bürger unterdrückt, so lange werden wir diesen Staat mit bewaffnetem Widerstand bekämpfen.

Wir werden das Gewaltmonopol dieser Regierung, ihre heuchlerische Verfassung, ihre korrupten Politiker, ihre verlogene Propaganda, ihre rechtsextreme Richtung und ihr kapitalistisches System der Zerstörung mit geballter, nie dagewesener Waffengewalt zum Umsturz bringen und den Weg für eine neue Demokratie freimachen.

Andere Länder werden unserem Beispiel folgen.

Kommando Silke Eisert

– R4F –

»O Mann!« Sneijder verstummte und ließ das Handy sinken.

Sabine stieß die angehaltene Luft geräuschvoll aus. »Puuuh ... damit passt alles, was sie bisher getan haben, zusammen und ergibt einen Sinn.«

»Auch Kara Petzolds Ermordung, die im Windenergiekonzern siebenhundert Leute kündigen wollte.«

»Und der Bankier der KfW, der sich bei der Förderung von Klimaschutzprojekten quergelegt hat«, ergänzte Sabine.

Sneijder nickte. »Dieser Kurs, den die fahren, ist extrem radikal.«

»Trotzdem fürchte ich, dass sie viele Anhänger finden werden.«

»Meinen Sie wirklich, dass es Teile in der Bevölkerung gibt, die so gewaltbereit sind, dass sie sogar den harten Kern des RAF-Führungskaders bei der Umsetzung seiner Ziele unterstützen würden?«

»Möglicherweise sind es gar nicht so wenige, die der Meinung sind, dass die RAF auf dem richtigen Weg ist ...«, murmelte Sabine.

Er warf ihr einen überraschten Blick zu. »Ist das auch Ihre Meinung?«

»Ich sage nur, dass sie eigentlich ein wirklich wichtiges Ziel anpeilen. Allerdings mit den völlig falschen Mitteln.« Sie machte eine Pause. »Sie sehen das anders?«

Sneijder schwieg. Sie wusste, sie würde keine Antwort von ihm erhalten. Er hatte sich noch nie politisch geäußert – und würde das sicher auch in Zukunft nicht tun. Seine persönliche Politik und die einzige Ideologie, die für ihn zählte, war es, Mörder zur Strecke zu bringen. Egal welcher politischer Couleur.

Schweigend fuhren sie weiter durch den Ort. Trotz der immer noch schwarzen Gewitterwolken, die ab und zu von Blitz und Donner begleitet wurden, hatte der Regen nachgelassen. Im Moment nieselte es nur noch.

Sneijder kniff die Augen zusammen und blickte wenig begeistert aus dem Fenster. Dann nahm er Vickys Briefkuvert vom Armaturenbrett und steckte es in die Innentasche seines Sakkos.

Sabine bremste ab und hielt vor einem Einfamilienhaus. »Wir sind da.«

96. Kapitel

Vickys Adresse vom Etikett des Workshopbriefs entpuppte sich als schmales Grundstück, darauf ein kleines Haus mit zwei Etagen, angebauter Garage und einem Balkon mit Blick hin zur Straße.

Es war 20.50 Uhr. Im Haus brannte kein Licht. Sabine stieg aus dem Wagen und ging im Nieselregen zum Gartentor. Ihre Kevlarweste spannte unangenehm, und sie zerrte am Schulterriemen. Sneijder stellte sich neben sie. Er hatte sich gegen eine kugelsichere Weste entschieden, um Vicky nicht misstrauisch zu machen. Aus demselben Grund hatte er anders als Sabine keine Handschellen, sondern nur Kabelbinder dabei. Im Notfall würde Sabine sein Backup sein.

»Wirkt verlassen«, stellte er fest.

Sabine öffnete das Gartentor, betrat das Grundstück und ging seitlich am schmalen Rasenstreifen zur Rückseite des Hauses. Sneijder folgte ihr. Im Licht der Handylampe erkannten sie eine überdachte Terrasse. Die Glastür hatte ein Schloss.

Sneijder hatte bereits die Glock gezogen und holte aus, um mit dem Griff die Scheibe einzuschlagen, doch Sabine legte ihre Hand auf seine.

»Sachte«, zischte sie, schob das Insektengitter beiseite, holte ihr Pickset aus der Seitentasche der Weste. Binnen Sekunden hatte sie damit den Riegel zur Seite geschoben und die Terrassentür offen – eines der wenigen Dinge, die sie besser konnte als Sneijder.

Sabine schob den Vorhang zur Seite, trat ein und putzte sich leise die nassen Schuhe auf dem Teppich ab. Am Türrahmen waren keine Kontakte zu sehen, und sie hörte auch keine Alarmanlage.

Sneijder folgte ihr mit der Waffe im Anschlag und gab offensichtlich einen Dreck darauf, ob er Spuren im Haus hinterließ oder nicht. Dann tastete er an der Wand nach einem Schalter, drehte das Licht auf und sah sich um.

»Echt jetzt?«, flüsterte Sabine.

»Wenn Vicky hier ist, weiß sie sowieso schon längst, dass wir auf ihrem Grundstück sind – und wenn sie uns eine Falle gestellt hätte, wären wir schon längst hineingetappt.«

Was für eine Logik. Aber gut. Sabine zog ebenfalls die Waffe. Getrennt durchsuchten sie das ganze Haus inklusive Garage, Keller und oberem Stockwerk. Kurz darauf trafen sie sich wieder im Vorraum. Hier war kein Mensch, und alles wirkte so, als stünde das Haus bereits seit Tagen leer. Genau, wie es die Tiroler Polizei nach ihrer mittäglichen Durchsuchung beschrieben hatte.

Nachdem sie nun wussten, dass niemand sie überraschen würde, durchsuchten sie das ganze Haus noch einmal, diesmal deutlich gründlicher.

Sabine begann im Wohnzimmer und ackerte sich durch Vickys Bibliothek, die zwei Wandschränke einnahm. Musik-, Film- und Literaturgeschmack verrieten ziemlich viel über einen Menschen, das war auch hier ganz deutlich zu sehen. Vicky hörte vor allem härteren Rock, und ihr Bücherschrank war ein Manifest ihrer ideologischen Überzeugungen. Neben Biografien von Che Guevara und Fidel Castro fanden sich außer *Moby Dick* von Hermann Melville auch die Klassiker der linken Studentenbewegung wie Engels, Marx, Lenin, Trotzki, Debray, Marighella, Marcuse und Mao Tse-Tung. Alle ziemlich zerlesen und mit Anmerkungen versehen – falls die Bücher nicht aus dem Antiquariat stammten, hatte Vicky sie ziemlich oft und gründlich durchgearbeitet.

Sabine fand auch Uni-Skripte aus den späten 90er Jahren. Eine Vorlesung hieß *Anarchismus und Überwachungsstaat im Zeitalter der modernen Informationstechnologie.* Gleich daneben standen Paul Conrads Diplomarbeit und seine Dissertation an der Uni Mannheim. Schließlich gab es noch zahlreiche Sachbücher über den Klimawandel, die Konsumgesellschaft, die zerstörerische Kraft des Kapitalismus und die Dekadenz des Informationszeitalters und der sozialen Medien.

Alles äußerst verdächtig – allerdings nur, wenn man wusste, wonach man konkret suchen musste. Kein Wunder, dass die österreichische Polizei bei ihrer Hausdurchsuchung nichts gefunden hatte.

Nach einer Weile kam Sneijder mit einer Kiste voller Fotoalben die Treppe herunter und ließ sich auf die Wohnzimmercouch nieder. »Sehen Sie mal.«

Sabine setzte sich zu ihm. Bei den Alben handelte es sich um die in letzter Zeit so populären Hochglanzfotoalben, die man selbst gestalten und drucken lassen konnte.

Sneijder blätterte das Erste auf. »Liebe Vicky, alles Gute zum dreißigsten Geburtstag«, las er vor und tippte auf das Foto einer rothaarigen Frau mit Brille, Shorts, schwarzem Ramones-T-Shirt und Schirmkappe. »Diese Frau ist nicht Vicky Fuchs«, stellte er fest.

»Doch, *das* ist Vicky Fuchs«, korrigierte Sabine ihn, »aber es ist nicht die Frau, die wir als Vicky kennengelernt haben.«

»Stimmt.« Sneijder zog eine Augenbraue hoch. »Sofern ich mich recht erinnere, hat die Frau, die sich als Vicky ausgegeben hat, nur während des Flugs von München nach Mallorca diese Brille getragen.«

»Richtig … danach trug sie, wenn überhaupt, nur noch eine Sonnenbrille«, überlegte Sabine.

»Aber die beiden sehen sich verdammt ähnlich.« Sneijder blätterte weiter, bis er auf ein Foto stieß, auf dem ein Paar vor der Treppe zur Festung Kufstein posierte. »Dieser Mann ist Gernot Wulff, der Tote von den Klippen.«

Sabine betrachtete das Foto genauer. »Und die Frau, die sich bei ihm eingehakt hat, ist die Rothaarige, die wir auf Mallorca kennengelernt haben … *Zur Erinnerung an unseren gemeinsamen Ausflug auf die Festung, Lea und Gernot*«, las Sabine den Text unter dem Bild. Sie sah auf. »Das muss diese Lea Fuchs sein, bei der Gernot Wulff mit Hauptwohnsitz gemeldet ist.«

»Vickys Schwester oder ihre Cousine?«, fragte Sneijder, während er weiterblätterte und andere Fotos von Lea fand.

Auf einem Bild, das beide Frauen zeigte, war der Unterschied deutlich zu erkennen. Leas rotes Haar war länger, sie trug keine Brille, machte einen sportlicheren Eindruck und war auch ein wenig hübscher als Vicky. Und vermutlich auch ein oder zwei Jahre älter.

»Stimmt, das ist die Frau, die wir auf Mallorca getroffen haben. Jetzt ist mir auch klar, warum sie ihren Brief an *Vicky* geschrieben und mit *Lea* unterzeichnet hat«, sinnierte Sneijder. »Und wir dachten, das wäre ihr zweites Ich, mit dem sie Selbstgespräche führt. Demnach war es auch Lea, die mich vorhin auf Paculas Handy angerufen hat.«

»Und was ist mit Vicky?«, fragte Sabine.

»Ich gehe davon aus, dass die längst tot ist – und Lea ihre Leiche anscheinend irgendwo erfolgreich entsorgt hat.«

Sabine erinnerte sich an den Beginn des Briefes. »*Nach deinem Tod hatte ich tatsächlich ein schlechtes Gewissen …*«, zitierte sie den ersten Satz aus dem Gedächtnis und nickte schließlich. »Die spanische Polizei wird Vicky wahrscheinlich niemals finden.«

»Die können nach ihr suchen, bis sie schwarz werden.« Sneijder erhob sich und marschierte durchs Zimmer. »Lea ist also in Vickys Rolle geschlüpft und an ihrer Stelle nach Mallorca geflogen – vermutlich, um sich ein Alibi für die Zeit von Vickys Verschwinden zu verschaffen. Sie muss sie also vor dem Abflug nach Mallorca getötet haben. Jetzt wird mir auch klar, warum sie diesen Brief unbedingt zurückhaben will.«

Sabine blätterte weiter und stoppte bei einem Foto, das beide Frauen am Ufer eines Flusses zeigte. »Hier steht es … sie sind Cousinen.«

»Wenn ich mir Leas Brief noch mal vor Augen führe, dann glaube ich nicht, dass sie etwas von Vickys und Gernots RAF-Kontakten weiß«, überlegte Sneijder laut, während er durch den Raum ging. »Sieht mir eher nach einer simplen Eifersuchtsgeschichte aus. Sie muss entdeckt haben, dass Vicky und Gernot ein Verhältnis hatten, vielleicht als sie Gernot überraschend auf Mallorca getroffen hat. Also lockt sie ihn zum Leuchtturm und stößt ihn über die Klippen.«

»Und danach tötet sie Ramona in deren Apartment, als diese sie auf der Suche nach dem Brief erwischt«, vollendete Sabine die Geschichte. »Ja, vermutlich ist sie nur zufällig in das alles hineingestolpert.«

Sneijder griff zum Handy und wählte eine Nummer. »Marc! Ich brauche alles, was du über eine Lea Fuchs in Kufstein herausfinden kannst … ja, genau die, bei der Gernot Wulff gemeldet ist.« Sabine hörte, dass Marc noch etwas sagen wollte, doch Sneijder hatte das Gespräch schon wieder beendet. »Wo ist Vickys Leiche?«, murmelte er.

»Keine Ahnung, aber ich glaube, ich weiß, *wie* sie gestorben ist.« Sabine sprang auf und schnippte mit den Fingern. *»Ich habe mir immer wieder vorgehalten, dass ICH es war, wegen der du gestürzt bist«*, rief sie.

»Richtig. Also kein vorsätzlicher Mord, sondern ein Unfall. Und das noch hier in Kufstein.« Sneijder machte eine Kehrtwendung, lief hinaus in den Vorraum und starrte die Treppe hinauf ins obere Stockwerk. »Vielleicht ist es ja sogar hier passiert. Das könnte auch den angeblichen Fehlalarm in der Nacht vor Leas Abreise nach Mallorca erklären.«

Sabine betrat ebenfalls den Vorraum. Sneijder hatte bereits das Licht eingeschaltet und kroch nun auf allen vieren über den Boden. Bei der Kommode, die unter der Treppe stand, hielt er inne, wischte über die Fliesen und betrachtete die Fingerkuppe. »Feine Glassplitter.«

Sabine schaltete das Licht wieder aus, nahm die kleine UV-Licht-Lampe von ihrem Schlüsselbund und ließ den Lichtstrahl über den Boden gleiten. Bei einigen Stellen auf den unteren Holzstufen tauchten im blauen Lichtkegel winzige helle Flecken und Spritzer auf. Was mit dem menschlichen Auge nicht mehr erkennbar war, wurde bei der Wellenlänge von UV-Licht sichtbar.

»Blut«, stellte Sneijder fest und sah hinauf. »Auf mehreren Stufen. Aber wo ist nur die Leiche?« Er schaltete das Licht im Flur wieder ein.

»Vielleicht ist es Zeit, alle Indizien und unsere Schlussfolgerungen der Tiroler Kripo zukommen lassen«, schlug Sabine vor. »Das ist ja sowieso deren Fall.«

»Und dann?«, fragte Sneijder. »Wenn die Lea verhaften, wird Conrads Notizbuch als mögliches Beweismittel sicher erst einmal mit Leas anderen Sachen in der Asservatenkammer verschwinden, und es würde Tage dauern, bis wir da offiziell über das österreichische BKA rankommen.«

»Sie wollen eine Mörderin laufen lassen?«

»Nur so lange, bis wir das Notizbuch haben und …« Das Klingeln seines Handys unterbrach ihn. Er ging sofort ran. »Eine Moment …«, unterbrach er den Anrufer und stellte auf Lautsprecher. »Jetzt, schieß los!«

Es war Marc, der hastig alle Daten herunterspulte, die er gefunden hatte. *»Lea Fuchs hat eine Ausbildung an der Polizei-*

schule gemacht, in Kufstein als Polizistin gearbeitet, wurde dann jedoch vom Dienst suspendiert, weil sie nachts in einem Kaufhaus einen unbewaffneten jugendlichen Einbrecher erschossen hat. Vorbestraft wegen fahrlässiger Tötung. Hat später eine Ausbildung zur Personenschützerin gemacht und lange in dem Job gearbeitet, bis sie sich mit einer eigenen Securityfirma selbstständig gemacht hat.« Zuletzt nannte Marc ihnen noch Leas Wohnadresse in Kufstein.

Sabine googelte die Anschrift und sah auf. »Ist nicht einmal zehn Minuten mit dem Auto von hier entfernt.«

Marc räusperte sich. *»Was hat das mit unserem Fall …?«*

»Danke.« Sneijder unterbrach die Verbindung und steckte das Handy weg. *»Godverdomme«*, fluchte er. »Mit dieser Vergangenheit und diesem Lebenslauf kennt sie bestimmt ein paar gute Verstecke für das Notizbuch.«

Sabine seufzte. Sneijder hatte recht. Selbst, wenn sie den Fall jetzt an die Tiroler Kripo übergaben, war fraglich, ob die das Buch bei einer Hausdurchsuchung überhaupt finden würde. »Und jetzt?«

Sneijder blickte auf die Uhr. »Wir haben noch über eine Stunde Zeit.« Er drehte in Flur und Wohnzimmer das Licht ab. Nun war es wieder finster im Haus. »Sie bleiben hier, falls Lea auftaucht.«

»Und Sie?«

»Ich fahre zu Leas Haus und überrasche sie, falls sie überhaupt noch dort ist.«

»Sie fahren *selbst* …?«

»Ja, diesmal schon«, unterbrach er sie. »Aber wehe, Sie erzählen das jemandem.«

Sabine wusste als eine der wenigen, dass Sneijder einen Führerschein besaß und durchaus auch Autofahren konnte. Allerdings verschwieg er diese Tatsache konsequent, damit er sich überall bequem hinkutschieren lassen konnte.

Jetzt streckte er tatsächlich die Hand aus und schnippte mit den Fingern, woraufhin sie ihm die Autoschlüssel gab. Während er zur Terrassentür ging, hörte Sabine ihn bereits mit Major Thomsen vom BND telefonieren

»Sind Sie schon vor Ort?«, fragte Sneijder und war im nächsten Moment nach draußen verschwunden.

97. Kapitel

Es war kurz vor zweiundzwanzig Uhr, als Sneijder mit dem Wagen die Anhöhe erreichte. Anders als vom Navi vorgeschlagen, war er absichtlich von dieser Seite des Hügels gekommen.

Nun ließ er den Wagen noch einen Meter die Gasse hinunterrollen und hielt dann an. Dreißig Meter weiter den Hügel hinunter befand sich die Hausnummer, die Marc ihm genannt hatte. Auf dem Navi-Display sah er, dass es sich um ein großes Gebäude auf einem lang gezogenen Grundstück handelte. Vielleicht waren es früher auch mal zwei Baugründe gewesen, die Lea zusammenlegen hatte lassen. Die Größe des Anwesens jedenfalls sprach dafür, dass sie recht wohlhabend war.

Sneijder stieg aus. Die Straßenlaternen beleuchteten die Gasse und ließen die Pfützen auf dem Asphalt glitzern. Im leichten Nieselregen ging er die Gasse hinunter an einer langen Heckenreihe entlang bis zum Eingangstor. Kürzlich musste ein LKW hier gewendet haben, denn auf dem Asphalt waren deutlich die matschigen Spuren zu erkennen, die direkt auf Leas Grundstück führten.

Er ging an einem geparkten Auto vorbei und öffnete das Gartentor. Ein von breiten Reifen leicht ramponierter Weg führte über das Grundstück. Nach einigen Schritten sah er die Baustelle. Neben dem Haus – ein moderner, stylischer Bau – war das Fundament für einen Anbau gegossen worden. Der Beton glänzte und roch noch ganz frisch. Bestimmt kam da der Wintergarten hin, den Lea in ihrem Brief an Vicky erwähnt hatte.

Im Haus brannte kein Licht. Sneijder ging weiter. Er würde seine Rolle als Mentalcoach Ron D. Pacula weiterspielen und sich unter keinen Umständen als Ermittler des deutschen Bundeskriminalamts zu erkennen geben. Auch wenn sie vorhin richtig damit gelegen hatten, dass Lea Fuchs nichts von den RAF-Terroristen wusste, so hatte sie dennoch drei Menschen getötet. Für so jemanden stellte jemand vom BKA eine größere Bedrohung dar als ein krimineller Mentalcoach. Und im Moment musste er Lea in Sicherheit wiegen, damit er endlich an dieses verdammte Notizbuch herankam. Er wollte sich gar nicht ausmalen, wie viele Menschen noch sterben würden, wenn das RAF-Netzwerk nicht endlich aufflog.

Langsam ging er weiter, ein Auge aufs Haus gerichtet, ein Auge auf die Baustelle, als er plötzlich in den Bereich eines Bewegungsmelders tappte und im grellen Licht eines Strahlers stand, der unter dem Dachvorsprung montiert war.

»Sie haben sich nicht an unsere Abmachung gehalten«, hörte er Leas Stimme mit dem unverkennbaren Tiroler Akzent.

Sneijder hob die Hand, schirmte das Licht über den Augen ab und sah sich um. »Warum bis dreiundzwanzig Uhr warten?«, fragte er, als er eine Gestalt neben der Baustelle erkannte. Sie trug Gummistiefel, einen schwarzen Regenmantel und eine Schirmkappe. Sneijder nickte zu dem Beton, der im Licht glänzte. »Schaut ziemlich frisch aus.«

»Hätte eigentlich am frühen Nachmittag fertig werden sollen«, antwortete Lea. »Begann dann aber zu regnen. Die Arbeiter mussten pausieren und sind erst vor zwei Stunden fertig geworden.«

»Zwei Stunden? Dafür wirkt es aber immer noch recht feucht«, stellte Sneijder fest.

»Spezialbeton, der langsamer trocknet.«

»Ist das für den Wintergarten?«

»Lassen wir das Gerede. Wir sind ja nicht bei *Schöner Wohnen*«, sagte Lea schroff. »Ich war gerade auf dem Weg zu unserem Treffpunkt. Wir hatten nämlich *Vickys* Adresse ausgemacht.«

Sneijder näherte sich ihr, konnte aber nicht erkennen, ob sie eine Waffe dabeihatte oder nicht. »Ich dachte, ich komme gleich direkt zu Ihnen.«

»Sie wissen also, wer ich in Wirklichkeit bin«, stellte Lea fest.

»Hat zwar eine Zeit gedauert, war dann aber nicht schwer zu erraten.«

»Und wer sind *Sie* in Wirklichkeit?«

»Ist das wichtig?«, entgegnete Sneijder. »Ich will das rote Notizbuch – Sie wollen den Brief. Hier ist er.« Er griff in die Innentasche des Sakkos.

»Vorsichtig! Ganz langsam«, warnte Lea ihn.

Sachte zog er das Kuvert heraus und zeigte es Lea.

»Nehmen Sie beide Hände hoch«, befahl sie. »Ich sehe, dass Sie eine Waffe unter dem Sakko tragen.«

»Die ich nicht brauche, wenn Sie wie versprochen das rote Notizbuch haben.«

»Das habe ich – nur die Ruhe. Trotzdem – Hände hoch!« Lea ging auf ihn zu, bis sie nur noch ein paar Meter von ihm entfernt stand. Sneijder blinzelte. Geblendet vom grellen Strahl der Lampe, konnte er nur Leas Umrisse erkennen. »Legen Sie den Brief dort neben der Mischmaschine auf die Ziegelsteine und gehen Sie ein paar Schritte zurück.«

Sneijder folgte den Anweisungen und entfernte sich. »Ich wusste nicht, dass wir das alles so kompliziert und geheimnisvoll machen würden.« Er hörte, wie der Nieselregen leise auf das Kuvert fiel.

Lea ging nach vorn, hob den Brief auf und zog sich wieder in den Schatten zurück. Im Licht ihres Handys betrachtete sie das Kuvert, öffnete es, nahm den Brief heraus und faltete ihn auseinander. »Ist das das Original?«

»Sicher«, log er.

»Haben Sie Kopien davon gemacht?«

»Wozu hätte ich das tun sollen? Nein, natürlich nicht!«, sagte er ungeduldig. »Und jetzt geben Sie mir endlich das verdammte Notizbuch.« Er wischte sich das Regenwasser von der Glatze und streifte die Nässe von den Schultern des Sakkos.

»Hände oben lassen!«, befahl sie. Ihre Handytaschenlampe erlosch.

Im grellen Gegenlicht der Hauslampe sah er, wie sie ihren Regenmantel öffnete, nach hinten griff und etwas aus dem Hosenbund hervorzog, das sie ihm vor die Füße warf. Dreck spritzte hoch.

Ohne auf weitere Anweisungen zu warten, bückte er sich und hob es auf. Es war ein dünnes rotes Notizbuch. Er hielt es ins Licht der Lampe. *Für Rechtsanwalt Dr. Albrecht in Frankfurt*, stand auf dem Deckblatt. Das Buch wirkte authentisch. Erleichtert sah er auf. »Und Ramonas Handy?«

Diesmal griff sie in die Innentasche des Regenmantels und warf ihm ein Smartphone vor die Füße. Sneijder erkannte eine pinkfarbene Hülle und hoffte, dass es sich tatsächlich um Ramonas Handy handelte. »Ist es noch mit Fingerprint gesperrt?«

»Nein.«

Er steckte es ein und richtete sich auf. »Danke«, knurrte er und ging rückwärts zur Straße, ohne Lea aus den Augen zu lassen.

»Bleiben Sie stehen«, befahl sie.

Er verharrte und kniff die Augen zusammen. »Was noch?«

»Haben Sie den Brief ganz gelesen?«

»Natürlich.«

»Und jetzt?«, fragte sie.

»Was *jetzt*?«, wiederholte er. »Wir trennen uns und sehen uns nie wieder.«

»Mit dem Wissen, das Sie über mich haben, lassen Sie mich in Ruhe? Einfach so?«, hakte sie nach.

»Einfach so«, sagte Sneijder. »Ich habe, was ich wollte – und nur das zählt.« Jedes Wort davon war ernst gemeint. Im Moment musste er sich um ganz andere, viel dringendere Dinge kümmern als um eine Dreifachmörderin. Wichtig war ihm nur das rote Notizbuch.

»Kann ich Ihnen auch wirklich vertrauen?«, hakte Lea misstrauisch nach.

Darauf ging Sneijder gar nicht erst ein, was hätte er auch sagen sollen. »Wollen Sie einen guten Rat?«, entgegnete er stattdessen. »An Ihrer Stelle würde ich mich der Polizei stellen. Mit einer halbwegs passablen Anwältin und guter Führung sind Sie in ein paar Jahren wieder draußen.« Er machte eine Pause. »Leben Sie wohl.«

Sie antwortete nichts darauf.

Nun ging er langsam weiter im Rückwärtsgang nach hinten. Lea blieb reglos neben den Ziegelsteinen und der Mischmaschine stehen.

Als er sich weit genug entfernt hatte, drehte er sich um, verließ das Grundstück und lief die Straße hinauf zu seinem Wagen. Außer ihm hielt sich bei diesem Sauwetter niemand im Freien auf.

Völlig durchnässt riss er die Autotür auf, setzte sich hinters Lenkrad und wischte sich den Regen aus dem Gesicht. Dann rieb er sich die Hände an der Hose trocken, schaltete das Deckenlicht ein und warf einen Blick auf das Notizbuch.

Godverdomme. Seite für Seite blätterte er durch die mit spitzem Bleistift angefertigten Notizen. »*Wat een vervloekt geluk*«, murmelte er. Er konnte es kaum fassen. Paul Conrad hatte ganze Arbeit geleistet und jede Menge Adressen, Telefonnummern und Realnamen zusammengetragen. Monatelang hatten BKA und BND gebraucht, um die IP-Adresse eines einzelnen Mannes – nämlich Paul Conrad – herauszufinden; und hier standen jetzt einfach so über hundert Namen, fein säuberlich notiert. Damit konnten sie das gesamte internationale Terrornetzwerk, das die RAF in den letzten fünf Jahren aufgebaut hatte, auffliegen lassen.

Gegen Ende des Buches stieß er gleich mehrmals auf den Namen Ruth-Allegra Francke. Mit zugehöriger E-Mail-Adresse, Festnetz- und Handynummer.

Die Postanschrift kam ihm bekannt vor. Und dann blieb ihm kurz die Luft weg – auf der letzten Seite stand Ruth-Allegra Franckes Realname. *Wirklich?*

»*Goedendag!*«, krächzte er dann.

Er kannte die Person. Und Drohmeier lag mit seiner Vermutung gar nicht einmal so falsch.

98. Kapitel

Nachdem Sneijder Vickys Haus durch die Terrassentür verlassen hatte, war Sabine wieder ins Wohnzimmer gegangen und hatte durchs Fenster gesehen, wie er ins Auto gestiegen und davon gefahren war. Danach hatte sie sich im Wohnzimmer in der Dunkelheit auf einen Sessel vor den offenen Kamin gesetzt und gewartet.

Die Glock lag geladen und griffbereit mit der ersten Patrone in der Kammer auf ihrem Schoß. Das leicht gelb gefärbte, matte Licht der Straßenlaternen fiel durch die Fenster ins Wohnzimmer. Sabines Augen hatten sich wieder an die Dunkelheit gewöhnt, und ganz deutlich sah sie alle Konturen und Schatten im Raum. Hin und wieder fuhr ein Auto vorbei, preschte durch die Pfützen, leuchtete kurz ins Zimmer und ließ dabei lange Schatten über Decke und Wände wandern. Danach war es wieder finster.

Die Straße war menschenleer, nichts war zu hören. Bloß einmal ging ein Mann mit Regenschirm und Hund am Haus vorbei. Hin und wieder war ein lang anhaltendes, weit entferntes Donnergrollen zu vernehmen, doch Blitze waren nicht zu sehen.

Sie fragte sich, warum Lea ausgerechnet dieses Haus für das Treffen und die Übergabe gewählt hatte. Warum kein neutraler Treffpunkt wie der Kufsteiner Hauptplatz oder ein Kaffeehaus? Vielleicht weil sich Lea in Vickys Haus einen Heimvorteil erhofft hatte. Instinktiv glaubte Sabine aber nicht, dass in dieser Nacht noch irgendjemand hier auftauchen würde.

Um zweiundzwanzig Uhr steckte sie sich einen Stöpsel ins Ohr und hörte die Radionachrichten über ihr Handy. Allerdings legte sie dabei sicherheitshalber das Telefon mit dem Display nach unten auf ihren Oberschenkel, damit kein verräterisches Licht zu sehen war.

Die Nachrichten dauerten nur fünf Minuten. Zu den bisherigen Anschlägen waren zum Glück keine neuen dazugekommen, zumindest keine, von denen die Medien schon wussten. Danach kamen Wetter und Verkehr. Sabine zog den Ohrstöpsel wieder heraus und wollte das Handy gerade auf Standby schalten, als sie sah, dass sie Nachrichten von ihrem Vater und ihren Nichten bekommen hatte. Sowohl von Kerstin und Fiona als auch von Connie, der Jüngsten. Die ahnten bestimmt, dass das gesamte BKA seit der ersten Terrormeldung im Dauereinsatz war, und wollten wissen, ob es ihr gut ging. Sie schaltete das Handy auf lautlos, ohne die Nachrichten zu lesen, und steckte es weg. Danach umgab sie wieder völlige Ruhe und Dunkelheit. Nur der Regen trommelte monoton auf das Blech der Regenrinnen.

Eine geschätzte Viertelstunde später ließ sie ein plötzliches Geräusch an der Rückseite des Hauses aufschrecken. Sie nahm die Glock, erhob sich und schlich durch den Raum zur Terrassentür. Durch die Glasscheibe sah sie den regennassen Rasen. In den benachbarten Häusern brannte Licht, und etwas davon schien sogar herüber. Ein Schatten huschte über die Terrasse. Sie riss die Waffe hoch und visierte die Person an, die jedoch im nächsten Moment schon wieder verschwunden war. Sneijder war das bestimmt nicht gewesen. Der hätte sich zu erkennen gegeben und nicht riskiert, dass sie ihn irrtümlich erschoss.

Mit pochendem Herzen lief sie in die Küche und sah auch dort durchs Fenster in den Garten. Nichts. Da es auch in der Speisekammer ein Fenster gab, schlich sie rüber, stellte sich auf die Zehenspitzen und spähte hinaus. Von hier aus war der längliche Rasenstreifen seitlich am Haus zu sehen, über den sie vorhin mit Sneijder nach hinten zur Terrasse gegangen war. Aber auch da war keine Bewegung zu erkennen.

Rasch lief sie wieder zurück ins Wohnzimmer, um durch die Fenster auf die Straße zu blicken. Alles ruhig. Auch kein neu hinzugekommenes Auto parkte in der Nähe. Woher war diese Gestalt also gekommen? Und vor allem – wo war sie *jetzt*?

Wieder hörte sie ein Geräusch. Diesmal *im* Haus. Knarrende Bodendielen. Sie fuhr herum. Das war aus dem Vorraum gekommen. Wie konnte das sein? Sneijder und sie hatten zuvor alles gründlich durchsucht, und das Haus war leer gewesen.

Mit der Waffe im Anschlag visierte sie die offene Tür an, die vom Wohnzimmer in den Vorraum führte, und machte einen leisen Schritt darauf zu. Ein erneutes Knarren, der Geruch von Nässe und frischem Regen. Und dann stand plötzlich eine hochgewachsene Gestalt im Türrahmen. Wasser tropfte von der Kleidung auf den Boden. Wer immer das war, musste sich absolut geräuschlos über den Vordereingang Zutritt zum Haus verschafft haben, während Sabine von Fenster zu Fenster gelaufen war.

Sabine zielte mit dem Lauf auf den Oberkörper des Eindringlings. »Lea?«, fragte sie, da sie nur anhand der Silhouette nicht erkennen konnte, ob es sich um einen Mann oder eine Frau handelte.

Die Person machte einen weiteren Schritt auf sie zu und füllte nun fast den gesamten Türrahmen aus. »Wer sind Sie?«

Sabine zuckte überrascht zusammen, weil ihr die Stimme bekannt vorkam, sie diese aber nicht richtig zuordnen konnte. »Sabine Nemez, Bundeskriminalamt Wiesbaden … und wer sind Sie?«, fragte sie. Doch die einzige Antwort war das Aufblitzen von Mündungsfeuer, gefolgt vom Ploppen eines Schalldämpfers.

Das Projektil traf sie mitten in den Oberschenkel. Sie fühlte den brennenden Schmerz im gesamten Bein und wurde nach hinten zu Boden gerissen. Noch im Fallen riss sie ihre Pistole hoch, doch die Person schoss bereits ein zweites Mal. Diesmal traf sie das Projektil in die Schulter, und auch wenn die Kevlarweste Schlimmeres verhinderte, war der Aufprall so stark und schmerzhaft, dass ihr die Waffe aus der Hand geschleudert wurde und über den Boden schlitterte.

Mit zusammengebissenen Zähnen robbte sie stöhnend zur Seite, um nach der Waffe zu greifen, doch der Schütze war mit schnellen Schritten bei ihr und wischte mit dem Fuß die Pistole weg, sodass sie außer Reichweite ans andere Ende des Zimmers rutschte.

Sabine schob sich weiter zurück, bis sie das Mauersims des Kamins im Rücken spürte, und lehnte sich dagegen. Unter sich spürte sie, wie warmes Blut den Stoff ihrer Hose durchnässte und sich danach auf dem Boden ausbreitete. Ein glatter Durchschuss.

Sie verfluchte sich. Warum hatte sie nicht gleich geschossen? Gleich darauf wurde ihr bewusst, dass sie es in so einer Situation nie riskiert hätte, einen vielleicht unbewaffneten und unschuldigen Menschen zu töten.

Sabine hob den Kopf. »Wer …?«, presste sie unter Schmerzen hervor und versuchte, das Bein zu heben.

Die Person stand direkt vor ihr, eingehüllt in einen langen Mantel. Sabine sah nur das feste Schuhwerk und die Umrisse, die von hinten durch das Licht der Straßenlaternen schwach beleuchtet wurden.

»… sind Sie?«

Das Gesicht der Person lag im Schatten.

»Ruth-Allegra Francke.«

Sabine wurde kalt ums Herz. Sie hörte, wie sich ein Auto näherte, durch die Regenlachen preschte und am Haus vorbeifuhr. Für einen Moment beleuchteten die Scheinwerfer das Zimmer, und mit Schrecken erkannte Sabine, wer Ruth-Allegra Francke in Wirklichkeit war.

99. Kapitel

Lea sah Pacula nach, wie er im Rückwärtsgang das Grundstück verließ, sich schließlich umdrehte und auf die Straße hinauslief. Mit zitternden Fingern hielt sie das Kuvert in der Hand. Was für eine verrückte Odyssee war das gewesen, bis sie diesen Brief endlich wieder in ihren Besitz gebracht hatte. Aber auch das war jetzt endgültig vorbei und überstanden.

Hallo?, meldet sich Camilla mit zynischem Ton zur Wort. *Du kannst ihn doch nicht einfach gehen lassen.*

»So? Und warum nicht?«, zischte Lea.

Dein Plan, Ruth-Allegra Francke und Pacula mit dem angeblichen Verkauf des Notizbuches gegeneinander auszuspielen, ist schiefgegangen. Du hast Francke zu Vickys Adresse bestellt, aber dort wird Pacula nie auftauchen. Er wird abhauen. Hast du seinen Blick gesehen? Hast du ihm zugehört? Er hat den Brief gelesen! Er weiß, dass Vicky tot ist und DU ihre Leiche hast verschwinden lassen. Außerdem weiß er, dass DU auf Mallorca warst, wo du Gernot und Ramona getötet hast.

»Sei still, ich muss mich konzentrieren!« Vielleicht hatte Camilla ja recht, und Pacula wusste zu viel. Aber zuerst musste dieser Brief ganz dringend vernichtet werden. Sie kramte das Blatt erneut aus dem Kuvert, faltete es auseinander und betrachtete es. Camilla hatte recht gehabt. Sie hatte tatsächlich mit *Deine Lea* unterschrieben. Nun holte sie ihr Feuerzeug aus der Manteltasche und ließ es aufschnappen. Die Flamme loderte auf. Bevor der Nieselregen das Papier völlig durchnässt haben würde, würde sie es verbrennen.

Halt!, rief Camilla.

»Was denn?«

Die Tinte! Sie verrinnt nicht.

Lea klappte das Feuerzeug wieder zu und hielt den Brief so ins Licht, dass sie ihre Schrift gut lesen konnte. Die Tinte des Kugelschreibers zerlief wirklich nicht. Daraufhin betrachtete sie den Brief genauer, drehte ihn hin und her. »Das ist eine verdammte Kopie!«

Und wo ist das Original?

»Dieser Arsch!«, fluchte Lea. »Das finde ich heraus.« Sie schnappte sich die erstbeste Schaufel, die neben der Mischmaschine lehnte, und rannte Richtung Straße.

Halt! Nimm den anderen Weg, stoppte Camilla sie.

»Den oberen?«

Sicher! Hast du vorhin nicht den Motor gehört und die Scheinwerfer hinter der Heckenreihe gesehen? Sein Wagen steht am oberen Ende des Grundstücks.

Richtig. Pacula hatte seinen Wagen oben auf der Straße abgestellt und war zu Fuß zum Eingangstor hinuntergegangen.

Rasch lief sie mit dem Spaten am Haus vorbei die Wiese hinauf. Dort befand sich zwischen den Hecken ein kleiner Hintereingang im Zaun. Sie riss die Gartentür auf und trat auf die Straße. Nur einen Meter von ihr entfernt stand ein nagelneuer Wagen. Pacula hatte ihn abseits der Laternen in den Schatten der Hecken gestellt. »Schwerer Fehler, mein Freund!«, flüsterte sie und schlich von hinten gebückt an den Wagen heran.

Pacula saß, noch ohne den Sicherheitsgurt angelegt zu haben, auf dem Fahrersitz und blätterte beim Licht der Deckenlampe durch das Notizbuch.

Rasch richtete sie sich auf, holte mit der Schaufel aus und knallte die Kante des Eisenblatts gegen die Seitenscheibe. Das Glas barst. Und noch während der Kerl den Arm hochriss, um den

Scherbenregen abzuwehren, der auf ihn herunterprasselte, drehte sie die Schaufel um und rammte ihm das Ende des Holzstiels mit voller Wucht ins Gesicht.

100. Kapitel

Sabine starrte in die fein gezeichneten Gesichtszüge des Mannes, die nun, nachdem das Auto vorbeigefahren war, wieder im Schatten lagen. Jetzt wusste sie auch, warum ihr die Stimme bekannt vorgekommen war. Sie hatte diese schon öfters in den Nachrichten gehört.

Vor ihr stand Philip Degenhard, Staatssekretär des Innenministers, und richtete eine Waffe mit Schalldämpfer auf sie.

»Wie sind Sie ins Haus gekommen?«, presste Sabine hervor.

Degenhard lachte etwas amüsiert. »Das ist es, was Sie von allen Fragen am meisten beschäftigt? Echt jetzt?« Er schüttelte ungläubig den Kopf, dann neigte er sich zu ihr herunter und sah sie an. »Das ist ein Mietshaus. Wie jeder Vermieter, so hatte auch dieser einen Reserveschlüssel. Ich habe ihn mir geholt.«

»Lebt der Mann noch?«, ächzte Sabine.

Er ignorierte die Frage. »Was macht das BKA hier?«

Sie gab keine Antwort.

»Wo ist Ihr Kollege?«

»Welcher Kollege?«

»Halten Sie mich nicht für dumm, ich bin über alles informiert.« Degenhard lächelte. »Ich habe kürzlich erfahren, dass ein Profiler namens Maarten Sneijder und seine Kollegin Sabine Nemez eine Spur zu Paul Conrad entdeckt haben.« Er machte eine Pause. »Leider war ich die ganze Woche bei der Sicherheitskonferenz in Den Haag. Während meiner Abwesenheit ist hier so ziemlich alles schiefgegangen, was nur schiefgehen konnte«, kommentierte er seelenruhig.

»Acht der zehn Terroranschläge haben allerdings perfekt funktioniert«, konterte sie zynisch.

»Ja, aber einige andere Dinge waren nicht so geplant. Conrads Identität fliegt auf, sein Haus brennt ab, seine Tochter stirbt, er wird geschnappt, begeht in der U-Haft Selbstmord und dieser BKA-Profiler reist an seiner Stelle nach Mallorca …«

»Könnten Sie mir etwas geben, um mein Bein abzubinden?«, unterbrach Sabine ihn.

»Nein, kann ich nicht – Sie werden diese Nacht sowieso nicht überleben.«

Sabine lehnte den Kopf an den Kamin und versuchte, langsam und regelmäßig zu atmen, um ihren Puls zu senken. Schweiß trat ihr auf die Stirn. »Haben *Sie* die drei Leute für Mallorca angeheuert?«

»War gar nicht so einfach, unauffällige Helfer für die Bewegung zu finden …« Degenhard neigte den Kopf. »… die nicht vorbestraft und trotzdem in der Lage sind, in Hotelzimmer einzubrechen und illegal Daten zu besorgen. Und dann wird Gernot Wulff die Klippen hinuntergestoßen und seine Leiche von einem Fischkutter gefunden, Teresa Piña in ihrem Hotelapartment ermordet und Vicky Fuchs wird von der Polizei gesucht, weil sie spurlos auf der Insel verschwunden ist. Von alldem habe ich erst heute Vormittag erfahren, als ich in Amsterdam am Flughafen Schiphol in der VIP-Lounge saß. Kann man so viel Pech auf einmal haben?«

»Sie tun mir so leid«, presste Sabine hervor.

Er drehte kurz den Kopf und lauschte, als erneut ein Auto durch die Gasse fuhr. Aber auch das hielt nicht an. Mit einem bitteren Lächeln fuhr er fort. »Und dann lande ich heute um ein Uhr in Frankfurt – und war ziemlich überrascht, als ich von einer mir unbekannten Frau einen Anruf erhielt, die mir sagte, dass Ron D. Pacula ein rotes Notizbuch mit allen Informationen über mich und mein Netzwerk besäße, das er heute um 23.15 Uhr verkaufen möchte. Ausgerechnet hier in Kufstein, bei Vickys Adresse. Allerdings wusste ich zu dem Zeitpunkt schon, dass Conrad seit mehreren Tagen tot war. Dann hat mir die Anruferin einige Daten aus dem angeblichen Buch vorgelesen, um mir zu bestätigen, dass es echt ist.« Er machte eine Pause. »Kam der Anruf von Ihnen, Frau Nemez?«

Wegen der pulsierenden Schmerzen in ihrem Bein, dem Brennen der Schusswunde und dem erheblichen Blutverlust hatte sie sich nur mühsam auf das konzentrieren können, was Degenhard ihr erzählte. Allerdings ahnte sie, dass der Anruf in Wirklichkeit von Lea gekommen sein musste. Bestimmt hatte Lea sich auf diese Weise absichern wollen – was ja auch super geklappt hatte!

Sabine biss die Zähne zusammen, wollte sich auf den Rücken gleiten lassen und das Bein hochlagern, um weniger Blut zu verlieren, doch Degenhard stoppte sie mit dem Wedeln der Waffe. »Vergessen Sie das. Keine Bewegung, Sie bleiben genau so sitzen. Sie werden sowieso sterben. Und Verbluten ist ein angenehmer Tod. Kein großer Schmerz, nur ein leichtes Durstgefühl, Schwäche, Schwindel und ein warmes, wohliges Gefühl, bevor Sie …«

»Mir ist jetzt schon verdammt heiß.«

»Dann sollten wir uns besser beeilen.« Er stützte die Hände auf die Knie und beugte sich zu ihr herunter. »Haben *Sie* mich angerufen, Frau Nemez? Wollen Sie mich erpressen? Oder will Sneijder mir eine Falle stellen? Was soll das hier?« Er richtete sich auf, breitete die Arme aus. »Sind Sie allein hier?«

»Sind *Sie* allein hier?«, entgegnete sie.

»Sehr witzig! Gerade heute sind alle meine Leute mit anderen Dingen beschäftigt – abgesehen davon muss man manche Sachen einfach allein erledigen.« Er wurde laut. »Wo ist das Buch?«

Sabine wusste, dass ihm sowieso gar keine andere Wahl bleiben würde, als sie zu töten oder auch einfach nur darauf zu warten, dass sie verblutete. Ihr Glück war, dass er zuvor herausfinden musste, wo Conrads Notizbuch steckte und wer noch davon wusste. Daher war ihre einzige Chance, auf Zeit zu spielen, in der Hoffnung, dass Sneijder rechtzeitig zurückkommen würde, um sie zu retten und Degenhard in den Arsch zu treten.

»Wo ist das rote Notizbuch?«, wiederholte er noch lauter und drängender.

»*Quid pro quo*«, flüsterte Sabine und wischte sich den Schweiß von der Stirn.

»Was soll der Mist?«, fuhr er sie an.

Sie versuchte zu lächeln. »Zuerst erzählen *Sie* mir, was *ich* wissen will.«

»Irrtum, so geht das Spiel nicht.« Er legte erneut auf sie an, streckte den Arm durch und zielte auf ihren Kopf. »Wo ist das Buch?«

101. Kapitel

Die Seitenscheibe barst mit einem Riesenknall, Splitter regneten auf Sneijder herunter, und kaum hatte er den im Reflex hochgerissenen Arm wieder unten, um zu sehen, was da passiert war, traf ihn etwas Hartes im Gesicht.

Seine Nase brach mit einem schrecklichen Knacken, und ein Schwall Blut ergoss sich über Mund, Kinn und Hemd.

»*Verdomme …*«, keuchte er. Hastig wollte er die Waffe aus dem Holster ziehen, da wurde auch schon die Tür aufgerissen. Mit einer Hand wurde er am Kragen gepackt und aus dem Auto gezerrt. Hart fiel er zu Boden, konnte aber vorher noch die Waffe herausreißen.

Da sah er im schwachen Schein der Straßenlaterne das Metallblatt einer Schaufel auf sich zukommen. Der Hieb traf seine Finger, die Glock fiel ihm aus der Hand und rutschte unter den Wagen. Trotz der Schmerzen wollte er sich aufrappeln, aber ein weiterer Schlag, den er nur ansatzweise mit der flachen Hand abwehren konnte, traf ihn seitlich am Kopf. Dann ein weiterer mitten ins Gesicht, diesmal mit der vollen Breitseite des Schaufelblatts. *Deine Nase ist jetzt komplett hinüber*, kam ihm absurderweise in den Sinn, während sich alles um ihn zu drehen begann. Er war kurz davor, das Bewusstsein zu verlieren. *Dieses Miststück!*

Benommen bekam er mit, wie er von zwei erstaunlich kräftigen Händen gepackt und ums Auto herum, über den Randstein und zwischen die Hecken auf Leas Grundstück gezerrt wurde. Er war völlig wehrlos, rang nur verzweifelt nach Luft und versuchte nicht am eigenen Blut zu ersticken.

Nachdem er mehrere Meter über die matschige Wiese geschleift worden war, blendete ihn plötzlich das Licht der Lampe mit dem Bewegungsmelder. Er lag neben der Baustelle.

»Was haben Sie vor?«, keuchte er.

Statt ihm zu antworten, ließ Lea ihn einfach los. Unsanft fiel er mit dem Rücken in den Matsch. Nachdem er nun beide Arme frei hatte, wischte er sich sogleich das Blut von der Nase, spuckte aus und atmete gierig ein, während ihm ein stechender Schmerz durch die rechte Hand fuhr. Durch den Schlag mit der Schaufel waren zwei Finger gebrochen, die unnatürlich wegstanden. Zusätzlich spürte er diverse Schnittwunden im Gesicht, die von den Scherben stammen mussten. Mit dröhnendem Schädel sah er sich um.

Lea war allein. Sie hatte ihn ohne fremde Hilfe ausgeknockt und hierhergeschleppt. Diese Frau war ein Monster. »Was wollen Sie?«, röchelte er nasal. *Verdammtes Miststück!* »Sie haben doch keine Ahnung, worum es hier geht.«

»Interessiert mich einen Scheiß!«, fuhr sie ihn an.

»Hören Sie mir zu, ich …«

»Nein, Sie hören mir zu, Sie verficktes Arschloch!«, unterbrach sie ihn schnaufend und keuchend. »Es gibt zwei Möglichkeiten … die harte Tour … oder die *ganz harte* Tour. Ihre Entscheidung.«

»Was geht schneller?«, röchelte Sneijder.

»Die ganz harte Tour.«

»Okay, dann bin ich dafür, weil …«

»Einverstanden.« Sie packte ihn am Kragen des Sakkos, zerrte ihn zur Holzverschalung des Fundaments, drehte ihn herum und warf ihn mit dem Kopf voraus in den Beton. Gesicht, Schultern, Hals, Brust und Hände klatschten in die zähe Masse. Zusätzlich drückte Lea seinen Kopf sogleich kräftig hinunter, und er sank ein paar Zentimeter tief ein.

Sneijder spürte den Beton auf den Lippen und in der Nase. Panik ergriff ihn. Beim Versuch einzuatmen würde er unwillkürlich den Beton in die Nase ziehen. Und er war ganz schlecht darin, die Luft anzuhalten.

Also versuchte er mit den Armen die Holzverschalung zu erreichen, um sich daran hochzustemmen, doch die höllischen Schmerzen in den gebrochenen Fingern ließen ihn zurücksinken.

Gerade als der Sauerstoffmangel unerträglich wurde und sich sein Brustkorb bereits im Atemreflex verkrampfte, zerrte Lea ihn am Kragen des Sakkos wieder heraus.

Mit einem schmatzenden Geräusch kam sein Gesicht frei. Er spürte den beißenden Geschmack des Zements auf den Lippen und atmete gierig durch den Mund ein. Die Augen ließ er geschlossen. Nach dem nächsten Atemzug spuckte und hustete er den matschigen Beton aus.

»Ich frage Sie das bloß ein einziges Mal. Ein einziges Mal! Wo ist der Originalbrief? Und wer weiß noch davon?«

Sneijder wischte sich mit dem Oberarm so gut es ging den Beton aus dem Gesicht. »Den hat Kommissar Quintana …«

»Du hast recht, ich glaube ihm auch nicht«, zischte Lea wie im Selbstgespräch, packte erneut mit einem kräftigen Griff seinen Kopf und drückte ihn zurück in den Beton. Diesmal so tief, dass ihm der Matsch in die Ohren lief.

Sneijder wusste, dass die Situation aussichtslos war. Aber wenigstens hatte er noch schnell seine Arme nach hinten reißen können, sodass die Hände nicht mehr wie vorhin im Beton gefangen waren, sondern außerhalb der Verschalung lagen. Mit den Handballen konnte er sich jetzt zumindest ein bisschen abstützen. Allerdings brachte ihm das nicht viel, da Lea ihm jetzt auch noch das Knie in den Rücken drückte, um ihn möglichst weit nach unten zu pressen.

Ihm schwanden die Sinne. Schneller als beim vorherigen Mal. Paradoxerweise musste er ausgerechnet jetzt daran denken, was Lea in ihrem Brief geschrieben hatte. Dass sie an Vicky denken würde, sobald sie in ihrem neuen Büro im Wintergarten saß. *Warum gerade da?* Plötzlich wusste er, dass Vickys Leiche in diesem neuen Fundament lag. Irgendwo tiefer unten, nicht weit von ihm entfernt.

Und er wusste, dass er genauso enden würde wie Vicky. Tot und einbetoniert, während nur wenige Meter entfernt in seinem Mietwagen die Information lag, die die nächste Terrorwelle verhindern konnte.

102. Kapitel

Sabine presste die Augen zusammen, in der schrecklichen Erwartung, ein weiteres dumpfes *Plopp* aus dem Schalldämpfer zu hören. »Wenn Sie mich jetzt töten oder sterben lassen«, sagte sie hastig, »erfahren Sie gar nichts.« Sie machte eine Pause. »Zum Beispiel wie viele Kopien es von dem Buch gibt und wer bereits eine besitzt.« Sie konnte nur hoffen, dass Degenhard ihr den Bluff abnahm. Und tatsächlich – als sie blinzelte, sah sie, wie er die Waffe senkte.

»Wo ist das Buch?«

Sabine ignorierte die Frage. »Wie haben Sie und Conrad sich kennengelernt?«

»Nehmen Sie dieses Gespräch auf?«, entgegnete er.

»Nein, verdammt. Ich zeige es Ihnen«, ächzte sie und griff nach ihrem Handy.

»Ganz langsam«, warnte Degenhard sie.

Sie zog das Telefon heraus und warf es ihm zum Beweis vor die Füße. Er stoppte es mit dem Schuh, richtete die Waffe darauf und schoss. Das Projektil durchschlug das Telefon und fuhr in den Boden, Splitter flogen in alle Richtungen. Dann stieg Rauch auf, und es roch nach verbranntem Metall und Plastik.

»Das wäre nicht nötig gewesen …«

»Da, wo Sie hingehen, brauchen Sie kein Handy mehr.« Er holte einen handgroßen, elektromagnetischen Scanner aus der Tasche und richtete ihn auf Sabine, um zu sehen, ob sie verwanzt war.

Nachdem das Messgerät nicht ausgeschlagen hatte, atmete Sabine tief durch. »Woher kannten Sie …?«

»Ja, doch!«, fuhr er sie schroff an, während er das Gerät wieder einsteckte. »Conrad war mein Soziologieprofessor an der Uni, mein Mentor.«

»Dann kannten Sie bestimmt auch Herta Bischoff?«

»Ja, aus der Studentenszene und von diversen Demos. Sie war drei Jahre älter als ich und hatte eine damals schon sechsjährige Tochter.«

»Anna Bischoff …«, sagte Sabine.

Degenhard nickte. »Conrad und Annas Mutter haben mir die Augen für die Politik geöffnet.«

»Und Sie maßgeblich beeinflusst«, schlussfolgerte Sabine. »Sie waren also Conrads Zögling. Und so jemand wird Staatssekretär des Innenministers?«

»Es hat sich alles sehr seltsam entwickelt«, seufzte er und fuhr gleich fort. Anscheinend hörte er sich selbst gern reden. »Seit vielen Jahren arbeite ich jetzt schon – genauso wie Sie – für einen reaktionären Staat. Und gerade wegen meines Jobs sehe ich hinter die Kulissen dieser konservativen Regierung, die tatenlos dabei zusieht, wie das Land und seine Gesellschaft Schritt für Schritt zerstört werden, und ironischerweise ausgerechnet jene verhaftet, die etwas dagegen unternehmen wollen. Eine Regierung, die ich im tiefsten Inneren von Jahr zu Jahr immer mehr verachtet habe, je mehr Einblick ich in alles gewann.«

»Bis Sie schließlich aktiv wurden …«

»Der Mord an einer demonstrierenden Studentin hat das Fass zum Überlaufen gebracht. Silke Eisert ist übrigens verblutet – genauso wie Sie –, ganz allein am Straßenrand. Die Polizei hat viel zu spät einen Notarzt gerufen.«

»Und nur deswegen …?«, keuchte Sabine.

»Nicht *nur* deswegen«, fuhr er ihr aggressiv über den Mund. »Ruth Schäfer und Allegra Böhm waren zwei junge, engagierte Klimaaktivistinnen, die ein Jahr vor dem Mord an Silke Eisert von zivilen Ermittlern bei einer illegalen Hausdurchsuchung krankenhausreif geprügelt und mit Hirnblutungen ins Krankenhaus eingeliefert worden sind. Der Fall wurde genauso vertuscht wie der von Franck Dovretsky, einem investigativen Journalisten, der während einer friedlichen Demo von Anhängern einer rechten Partei halb totgetreten worden ist. Ich könnte diese Aufzählung noch stundenlang fortsetzen, aber so viel Zeit bleibt Ihnen nicht mehr.«

»Deshalb also der Name *Ruth-Allegra Francke*«, dämmerte es Sabine.

»Ja, oder dachten Sie, dieser Name wären beliebig gewählt? Natürlich nicht – wenigstens auf diese Weise wollte ich den Opfern eines skrupellosen Staates Tribut zollen. Solche Vorfälle machen mich krank. Ich konnte nicht mehr länger tatenlos zusehen. Die Regierenden dieses Landes brauchen …«

»… einen Denkzettel?«

»Nein, Frau Nemez, das wäre zu wenig und zu harmlos. Ein Denkzettel verändert nichts. Wie naiv sind Sie? Es braucht ein gewaltiges Erdbeben, das alles zerstört, alle aufrüttelt und endlich aufweckt. Eine Radikalkur. Etwas, das diese Regierung für immer eliminiert und alles ausmerzt, was in Zukunft noch größeren Schaden anrichten würde. Und deshalb wird dieses Land ab morgen in einer beispiellosen Schockstarre lahmliegen, bis es am Ende der Woche einen letzten, vernichtenden Schlag erhält.«

»Und wie wird der aussehen?«

Er lächelte. »Sie werden es nicht mehr erleben. Aber seien Sie gewiss – er wird alles bisher Dagewesene in den Schatten stellen.«

103. Kapitel

Der Gedanke an das rote Notizbuch verlieh Sneijder neuen Mut. Er unterdrückte den Impuls einzuatmen, tastete mit den intakten Fingern über die Holzverschalung und wollte sich gerade erneut hochstemmen, als er eine gerippte Eisenstange neben der Holzplanke ertastete. Etwa einen Zentimeter dick und wohl eines der Überbleibsel der Metallgittermatte, die die Bauarbeiter zur Verstärkung des Fundaments in den Beton gelegt hatten.

Er umklammerte die Stange, bekam sie jedoch nicht frei, da er teilweise mit seinem Oberkörper darauf lag und sich selbst blockierte. Der Atemreflex kam erneut, doch bevor es zu schlimm wurde und er den Beton durch Mund und Nase einsaugte, zerrte Lea ihn wieder am Kragen heraus. Er spuckte, prustete und atmete gierig ein.

»Letzte Chance, Arschloch! Wo ist der Brief?«

»Ich habe ihn …«, keuchte Sneijder, »… ich habe ihn …«

»Wo?«

»Einen Moment … ich bekomme … keine Luft.«

Sie zerrte ihn ganz aus dem Morast und drehte ihn auf den Rücken. »Wo – Ist – Der – Brief?«

Mit der verletzten Hand wischte er sich den Beton aus dem Gesicht und öffnete die Augen. Es brannte wie Säure, aber immerhin sah er Leas Gesicht verschwommen vor sich.

»Wo?«, schrie sie.

»Im Handschuhfach meines Wagens«, log er. Und in dem Moment, als sie sich aufrichtete, holte er mit der Stange aus und schlug ihr das Eisen von unten gegen die Schläfe.

Sie taumelte zur Seite, fiel hin und hielt sich den Kopf. Allerdings hatte er nicht kräftig genug zugeschlagen, denn während er sich ganz aufrappelte, kam auch sie wieder auf die Beine.

Doch er war eine Sekunde schneller als sie. Schon wollte er mit der Stange erneut auf sie einschlagen, als ihr Regenmantel vom Wind erfasst wurde und aufklaffte. Kurzerhand umklammerte er das Eisen und rammte es ihr, so fest er konnte, mit Schwung von unten unter das Schlüsselbein ins Fleisch.

Sie stolperte schreiend zurück, und er setzte gleich nach, stieß die Stange tiefer in sie hinein und drängte sie so weit zurück, bis sie mit dem Rücken gegen die Mischmaschine krachte. Er spürte, wie die Stange mit einem Ruck ihren Körper durchstach und sich irgendwo hinter ihr in der Mischmaschine verkeilte.

Wie aufgespießt hing sie am Motor der Maschine, griff wimmernd und mit zitternden Fingern nach der Stange und wollte sie sich aus dem Leib ziehen. Aber Sneijder zog einen Kabelbinder aus der Hosentasche, packte ihre Hand und fesselte sie an das Gestänge der Maschine. Die höllischen Schmerzen in seinen Fingern ignorierte er mit zusammengebissenen Zähnen.

Lea zerrte an ihrem Arm, schlug um sich und schrie wie eine Furie. Unbeeindruckt packte er ihre andere Hand und fesselte sie mit einem zweiten Kabelbinder ans andere Ende des Motors. Nun hing sie wie ein Käfer am Rücken auf der Maschine. Unter ihrer Schulter ragte der Rest der Stange heraus.

»Sie verdammter Mistkerl!«, spie sie aus. »Sie mieses Arschloch!«

»*Sie* wollten die ganz harte Tour«, keuchte er.

Dann hörte er nicht länger hin, was sie schrie, sondern schlüpfte mit langsamen, schmerzhaften Bewegungen aus dem Sakko. Dann wischte er sich mit der sauberen Innenseite Gesicht und Hände ab, um sich so gut wie möglich von dem ätzenden Beton zu befreien.

Sein Hemd war ebenfalls mit der grauen Masse bekleckert

und wurde jetzt zusätzlich noch vom Nieselregen durchnässt. »Schade«, murmelte er und warf das Sakko achtlos in die Regenpfütze neben den Ziegeln. Dann sah er auf. Sie schimpfte immer noch.

»Halten Sie endlich den Mund«, murmelte er genervt.

Sie verstummte für einen Augenblick.

»Wissen Sie«, begann er. »Ich fand Sie trotz alldem, was Sie auf Mallorca getan haben, irgendwie sympathisch. Wirklich. Und das kommt nur verflucht selten vor, das können Sie mir glauben.« Er biss die Zähne zusammen und zerrte an den beiden abstehenden gebrochenen Fingern, um sie gerade zu richten. Der Schmerz fuhr ihm durch den Körper, kurz wurde ihm schwarz vor Augen, und er musste sich an den Ziegeln abstützen.

Keuchend atmete er mehrmals aus. »Ich wollte Ihnen, gegen alle Regeln der Vernunft, eine faire Chance geben. Aber Sie … Sie haben es verbockt.«

Sie begann wieder zu schreien.

Er fingerte das Handy aus der Hosentasche, wählte 112 und ließ sich mit der Innsbrucker Kripo verbinden. Während er wartete, stand er im Regen, den Kopf im Nacken, und wischte sich immer wieder erneut den Beton aus dem Gesicht. Nachdem er endlich eine junge Dame dran hatte, erzählte er ihr, wo er war und worum es ging, und wurde mit einem Kommissar Leonhardt vom LKA Innsbruck verbunden.

»Maarten S. Sneijder, Bundeskriminalamt Wiesbaden. Ich bin gerade in Kufstein«, sagte er und nannte dem Kollegen Leas Adresse. Deren Geschrei verstummte, und er sah aus dem Augenwinkel, wie sie ihn fassungslos anstarrte.

»Im Fundament neben dem Haus werden Sie die Leiche der vermissten Vicky Fuchs finden.« Dann gab er Leas Personenbeschreibung durch. »Auf Lea Fuchs' Konto gehen auch noch zwei weitere Tote. Teresa Piña und Gernot Wulff. Setzen Sie sich mit

Comisario Quintana auf Mallorca in Verbindung, der erklärt Ihnen alles Weitere. Sie finden Lea Fuchs übrigens auf ihrem Grundstück neben dem Fundament an eine Mischmaschine gefesselt. Einen Notarzt braucht sie nicht. Es geht ihr gut. Sie steht auf die harte Tour.«

»Was? Aber ich …«, stammelte Leonhardt, der bis jetzt kommentarlos zugehört hatte. »Beantworten Sie mir zuerst einmal …«

»Keine Zeit«, unterbrach Sneijder ihn. »Beeilen Sie sich.« Er legte auf und steckte das Handy in die Hosentasche.

»Bundeskriminalamt?«, keuchte Lea ungläubig.

Sneijder gab keine Antwort. Er hatte sich bereits abgewandt und wollte zum Auto gehen, als er daran dachte, dass sich in den Taschen seines Sakkos sowohl sein Ausweis als auch Brieftasche und Akupunkturnadelset befanden. »Ach, Scheiße«, knurrte er und drehte sich wieder um.

»Machen Sie mich los?«, fragte Lea.

»Das hätten Sie wohl gern.«

»Die Stange … Sie müssen mir Erste Hilfe …«

»Einen *verdomden mesthoop* muss ich.« Er bückte sich, holte sein Sakko aus der Pfütze, schüttelte es aus und legte es sich über den Arm. Er konnte sich nicht daran erinnern, sich jemals so dreckig, erschöpft und zerschlagen gefühlt zu haben wie jetzt gerade. Und das nach der Begegnung mit nur einer einzigen Frau.

Während Lea ihm etwas nachrief, was er jedoch großzügig ignorierte, ging er zum oberen Ausgang des Grundstücks, schlüpfte durch die Gartentür zwischen den Hecken und ging zum Auto.

Sein Mietwagen stand immer noch einsam und allein auf der Anhöhe, jetzt nur mit offener Tür und eingeschlagener Scheibe. Anscheinend hatte niemand etwas von dem Kampf mitbekommen und war hergekommen, um zu sehen, was los war.

Ächzend bückte er sich, fingerte die Glock unter dem Auto hervor und steckte sie ins Schulterholster. Dann wischte er die Scherben vom Sitz, warf das Sakko auf den Beifahrersitz und ließ sich stöhnend ins Auto sacken. Das rote Notizbuch, das er zuvor fallen gelassen hatte, lag im Fußraum des Beifahrersitzes.

Mühsam bückte er sich danach, faltete es zusammen und stopfte es, ohne die rechte Hand zu sehr zu strapazieren, in die Hosentasche. In der Nase und den gebrochenen Fingern pulsierte der Schmerz. Dann zog er die Tür zu, startete den Wagen und fuhr los. Auf den Gurt verzichtete er, auch wenn ihn das ständige Gebimmel des Bordcomputers nervte.

Während der Wind durch das kaputte Seitenfenster blies und einzelne winzige Scherben herumwirbelte, merkte Sneijder, wie das Hemd langsam steif wurde. Außerdem spannte der Beton auf seiner Haut, brannte auf seinem Gesicht und vor allem in den Augen.

Er lenkte vorsichtig mit dem rechten Handballen, fingerte mit der anderen das Handy aus der Hosentasche und wählte Drohmeiers Nummer.

Der hob sofort ab. »Sneijder, was gibt's? Sagen Sie um Himmels willen, dass Sie erfolgreich waren.«

»Ja«, krächzte er. »Ich habe das rote Buch.«

»Zum Glück. War sicher nur ein Klacks, oder?«

»Ja, sicher … wie immer.«

»Wer ist Ruth-Allegra Francke?«

»Sie waren ganz nah dran. Es ist Degenhard …« Dann ließ Sneijder die Hand mit dem Telefon erschöpft sinken und konzentrierte sich auf die Straße.

104. Kapitel

»Aber für Ihren großen Plan brauchten Sie zuerst einmal Geld«, presste Sabine unter Schmerzen hervor. Irgendwie musste sie Degenhard am Reden halten.

»Stimmt. Conrad hatte die interessante Idee mit den Urlaubsworkshops. Und ich verfügte über internationale Kontakte zu jungen Leuten aus der radikalen linken Szene, die die Gestaltung ihrer Zukunft selbst in die Hand nehmen wollten und nur auf eine Gelegenheit gewartet haben, um endlich etwas Sinnvolles zu tun.«

»Gemeinsam haben Sie dann die nächste Generation der RAF ins Leben gerufen.«

»Conrad war der geistige Vater unserer Philosophie. Auch er hatte noch ein paar alte Kontakte, und gemeinsam fanden wir rasch viele neue, junge Sympathisanten, die bereit waren, alles aufzugeben, um diesen radikalen Weg des Umsturzes bis zum bitteren Ende mit uns zu gehen. Sie glauben ja gar nicht, wie viele nicht mehr länger wie vollgefressene Schafe im Dämmerschlaf tatenlos vor sich hin leben wollen.«

»Und nebenbei haben sie ein paar kapitalistische Geldsäcke um ihr Vermögen erleichtert …«

»Ja, um damit die Bewegung zu finanzieren«, unterbrach er sie.

»Oder um selbst reich zu werden?«, fragte sie gehässig.

»Sie haben ja keine Ahnung, wovon Sie reden, und nicht den geringsten Einblick, wohin diese Welt steuert, wenn der Kurs nicht schleunigst korrigiert wird«, fuhr er sie an. »Dicke Bankkonten, Diamanten, Wertpapiere und Goldreserven nutzen niemandem etwas, wenn der Planet vor die Hunde geht, weil unser kapitalistischer Wahnsinn uns alle direkt an den Rand der Zerstörung führt. Das gesamte politische System inklusive seiner korrupten Instanzen muss gestürzt werden, damit alle in diesem Land endlich aufwachen«, brüllte er.

»Und das viele Leid, das Sie dabei verursachen?«, fragte sie. »Wahrscheinlich nur ein notwendiges Bauernopfer, nicht wahr?«

»Richtig erkannt – genauso wie Ihr Tod.« Er beruhigte sich wieder. »So, genug philosophiert. Uns ist doch ohnehin beiden klar, dass Sie mich genauso wenig überzeugen können, wie ich Sie. Sie verstehen es einfach nicht – wie so viele Ihrer Mitbürger.«

»Also bin ich einfach zu dumm, habe eine zu geringe Auffassungsgabe – und kann deswegen ganz einfach geopfert werden? So wie die vielen Menschen, die bei Ihren Anschlägen ums Leben kommen?«

Degenhard ließ sich auf keine weitere Diskussion mehr ein. »Ich habe Ihre Fragen zur Genüge beantwortet. Kommen wir zum Punkt: Wo ist das Notizbuch?«

»Warum existiert dieses Buch überhaupt?«

Degenhard ignorierte auch diese Frage. »Wo ist es, verdammt nochmal?« Er kniete sich neben sie und presste ihr mit aller Kraft den Schalldämpfer in die Wunde am Oberschenkel.

Sabine stöhnte zwischen zusammengebissenen Zähnen auf und begann zu hyperventilieren. »Warum gibt es … das Buch?«

»Woher soll ich das wissen?«, brüllte Degenhard. »Conrad war paranoid und chronisch misstrauisch. Offenbar wollte er sich absichern. Immerhin war ich inzwischen der zweite Mann nach dem Innenminister, mit dem er eine riskante Verbindung eingegangen war.« Speichel flog von seinem Mund. »Falls ihn irgendjemand eines Tages verraten hätte, hätte er uns alle mit sich reißen können. Wo ist es? Meine Geduld ist am Ende.«

Er war jetzt so nahe, dass sie nach seiner Schusshand hätte greifen können. Doch sein Finger lag am Abzug und die Gefahr war zu groß, dass er ihr im Reflex ein zweites Mal ins Bein schoss. »Sie werden das Buch nicht finden«, keuchte sie stattdessen. »Sneijder hat es, und er wird Sie damit fertigmachen.«

Endlich nahm Degenhard die Waffe von der Wunde, aber Sabines Erleichterung über den nachlassenden Schmerz war nur kurz. Denn er erhob sich, trat einen Schritt zurück und legte auf sie an. »Wenn das so ist, kann ich Sie ja mit ruhigem Gewissen exekutieren.«

Sabine nahm einen tiefen Atemzug und riss die Augen auf, als sie sah, wie sich sein Finger erneut um den Abzug legte. Ihre Zeit war abgelaufen. Sie fokussierte den Lauf der Pistole, um ihren letzten Moment ganz bewusst wahrzunehmen, als sie plötzlich einen beißenden Geruch wahrnahm – frischen, feuchten Beton. *Spielen meine Sinne verrückt?*

»Was …?«, röchelte sie.

Degenhard streckte den Arm durch. »Sie stehen der Bewegung im Weg.«

»Nein, tut sie nicht«, erklang eine Stimme von der Tür her.

105. Kapitel

Sneijder hatte die offene Haustür entdeckt und vorsichtig den Vorraum betreten. Mit tränenden Augen sah er in der Dunkelheit nicht besonders viel, außerdem klebten immer noch Reste von Beton in seinen Ohren, sodass er Philip Degenhards grelle Stimme nur wie durch ein Wattekissen hörte.

Lautlos schlich Sneijder weiter. Bei jeder Bewegung spürte er, dass sein Hemd immer sperriger wurde. Er trat in den Türrahmen, sah eine hochgewachsene Gestalt vor dem Kamin und zielte mit der linken Hand auf sie.

»Sie stehen der Bewegung im Weg«, drang Degenhards Stimme dumpf an sein Ohr.

»Nein, tut sie nicht.« Sneijder hörte seine eigene, seltsam nasal klingende Stimme. Er bekam kaum Luft durch die blutverkrustete Nase und bemühte sich, den bitteren Geschmack des Betons in seinem Mund zu ignorieren.

Degenhard fuhr herum, und Sneijder drückte zweimal ab. Es fühlte sich merkwürdig an, mit der linken Hand zu schießen und den Rückstoß abzufangen, aber die Rechte war mit den gebrochenen Fingern völlig unbrauchbar. Trotzdem traf er Degenhard beide Male in den Bauch. Im Licht des Mündungsfeuers sah er Sabine auf dem Boden vor dem Kamin.

Degenhard wurde durch die Wucht der Treffer mit der Schulter gegen das gemauerte Sims geworfen und sackte neben Sabine auf den Boden. Geistesgegenwärtig wand sie ihm die Waffe aus den Fingern und schubste sie kraftlos zu Sneijder, der sie mit dem Fuß weiter wegschob.

Kurz hatte Sneijder im Mündungsfeuer auch das Schillern einer gewaltigen Blutlache gesehen, in der Sabine lag. Sein Herz verkrampfte sich. »Ist das Ihr Blut?«

»Oberschenkel … wahrscheinlich ein Durchschuss«, keuchte Sabine.

Sneijder nickte und kam näher, behielt Degenhard dabei jedoch im Visier. Kurz blickte er sich im Raum um, sah aber außer den beiden niemand anderen. Licht drehte er absichtlich keines auf, um einem potenziellen Schützen außerhalb des Hauses kein Ziel zu bieten.

»Sind Sie das …?«, keuchte Degenhard. »… Sneijder?«

»Stets zu Diensten, Herr Staatssekretär.«

Degenhard presste sich die Handflächen auf die Wunden. »Schön, dass wir uns endlich persönlich kennenlernen. Wie war's auf Mallorca? Ihre Rolle als Paul Conrad haben Sie wohl ganz gut gespielt.«

Sneijder trat aus dem Licht, das durch die Fenster fiel, und lehnte sich mit dem Rücken an den Wandverbau. Nun blickte er zu Sabine, die tapfer gegen die Bewusstlosigkeit ankämpfte. »Halten Sie noch eine Minute lang durch?«

»Zwei, wenn es sein muss …« Sie nickte. »… der Mistkerl kratzt sicher vor mir ab – machen Sie ihn fertig.«

»Das wird Ihnen nichts nutzen …«, stöhnte Degenhard. »Selbst, wenn ich tot bin – Sie können die Bewegung nicht mehr stoppen. Es ist zu spät.«

»Die *Bewegung*«, sagte Sneijder abfällig. »Schade, dass der arme Conrad nicht mehr miterlebt, wie alles, was Sie jahrelang mühsam zusammen aufgebaut haben, binnen weniger Tage zerfällt. Als er gemerkt hat, dass wir seine Konten eingefroren haben und ihn observieren, muss er davon ausgegangen sein, dass Sie geschnappt wurden und ihn verraten haben. Oder ihn auch einfach nur hintergangen haben.«

Degenhard stöhnte auf. »Dieser Idiot …«

»Deshalb hat Conrad sicherheitshalber in der Nacht kurz vor seiner Flucht noch seinen Anwalt angerufen«, fuhr Sneijder seelenruhig fort. »Ich frage mich, warum er, obwohl nach ihm gefahndet wurde, trotzdem das Risiko eingehen wollte, nach Mallorca zu fliegen. Schließlich ist ihm erst bei dem Verhör am Flughafen klar geworden, dass das BKA noch gar nicht wusste, wer Ruth-Allegra Francke ist.«

»Wird das ein Kaffeekränzchen?«, keuchte Degenhard.

»Warum wollte er fliegen?«, wiederholte Sneijder.

»Welche Alternativen hatte er denn? Sie waren hinter ihm her, er musste das Land verlassen und seine Tochter vor Ihrem Zugriff retten.«

Sneijder nickte. So einfach war das also gewesen. Womöglich hatte Conrad gar nicht vorgehabt, den nächsten Job auf Mallorca wie geplant durchzuziehen, sondern wäre von dort aus unter dem Namen Ron D. Pacula einfach weiter geflüchtet. Sneijder blickte zu Sabine. »Haben wir alles, was wir von ihm wissen wollten?«

»Ja.« Sabine nickte. »Alles bis auf das rote Buch. Haben Sie es?«

Sneijder gab keine Antwort.

»Von mir werden Sie nichts erfahren«, fuhr Degenhard ihn an. »Meine Anwälte werden …«

»Ja, ich kann mir denken, wie es weitergeht«, unterbrach Sneijder ihn. »Hungerstreik, danach verbesserte Haftbedingungen und ein jahrelanger Prozess, dessen Medienrummel Sie zur Kult- und Galionsfigur macht, womit Sie den Terror sogar noch vom Knast aus fortsetzen können. Hatten wir alles schon mal, soweit ich mich erinnere. Darauf kann ich gern verzichten. Für das Geld, das das den Staat alles kostet, könnten stattdessen ein paar dringend benötigte Windräder errichtet werden. Also machen wir lieber kurzen Prozess. Ist doch sicher ganz in Ihrem Sinne, oder?« Er legte mit der Waffe auf Degenhard an.

Degenhards Augen weiteten sich. »Ist das ein Bluff?«

»Ich bluffe nicht.«

»Sie wollen mich …«, rief Degenhard, »… kaltblütig ermorden?«

Sneijder trat näher. »Mit dieser Vorgehensweise sind Sie doch bestens vertraut.«

Im Schein sich nähernder Fahrzeuge flackerten Degenhards Augen panisch. »Dann erfahren Sie …« Er verstummte, drehte den Kopf zur Seite und lauschte.

Vor dem Haus erstarb ein Motor, Autotüren schlugen zu, Schritte waren zu hören. Sneijder blickte nicht zur Tür. Stattdessen behielt er Degenhards Herz im Visier, den Finger am Abzug. Ihm blieben nur noch wenige Sekunden, um die möglichen Konsequenzen seines Handelns abzuwägen – allerdings hatte er sich im tiefsten Inneren schon entschieden.

Degenhard keuchte, die Hände auf die Bauchwunden gepresst. »Dann erfahren Sie nie, was wir …«

»Brauchen wir nicht. Mittlerweile kennt der BND Ramonas echte Identität, wir haben ihr Handy, kennen ihre Kontakte sowie die von Gernot Wulff, Vicky Fuchs, Paul Conrad und Anna Bischoff. Und wir haben Conrads rotes Notizbuch. Darin hat er alles fein säuberlich dokumentiert.«

Degenhard wollte etwas erwidern, doch Sneijder unterbrach ihn erneut, als er Schritte vor der Haustür hörte. Jemand betrat den Vorraum. »Ich habe keine Zeit für Smalltalk, muss einen Krankenwagen für meine Kollegin rufen, die Sie vor wenigen Minuten noch eiskalt exekutieren wollten.«

Degenhard richtete den Oberkörper auf. »Ich werde dafür sorgen«, spie er aus, »dass meine Leute Sie, Ihre Kollegin und Ihre Familien kriegen und …«

»Dazu wird es nicht kommen.« Sneijder drückte ab und schoss Degenhard mitten ins Herz.

Sabine fuhr erschrocken hoch. »Aber … ich dachte … Sie bluffen …«

Sneijder nahm die Waffe herunter. »Ich sagte doch, dass ich nicht bluffe.« Er hatte der Schlange den Kopf abgeschlagen. Genau wie er es mit Drohmeier besprochen hatte.

Mehrere Schritte und leise Stimmen waren zu hören. Im Vorraum ging Licht an, und Sneijder wandte sich langsam um. Er legte seine Waffe auf den Boden, richtete sich wieder auf, und hob gerade die Hände, als zwei Männer in den Raum stürmten.

106. Kapitel

Beide Männer hatte eine Pistole im Anschlag, wobei der hintere dem vorderen Deckung gab. Erst als sie sich einen Überblick über die Lage verschafft hatten, nahmen sie die Waffen wieder herunter.

Sneijder ließ die Arme sinken, als er Major Niels Thomsen vom BND erkannte. »Sie sind ziemlich spät dran«, kommentierte er.

»Wir standen an der Grenze im Stau«, knurrte Thomsen. »Und da das eine Undercover-Mission war, durften wir uns nicht zu erkennen geben.«

»Opfer der eigenen Anweisungen.« An Thomsens Seite stand Jon Eisa, der es sich offenbar nicht hatte nehmen lassen, höchstpersönlich als Verstärkung bei der großen Übergabe und der Festnahme des Verräters dabei zu sein.

Während Drohmeiers Vize wieder im Vorraum verschwand, hob Sneijder seine Waffe auf, steckte sie ins Holster und kniete sich neben Sabine in die Blutlache. »Sie wurden hier auch noch ein zweites Mal getroffen«, stellte er fest.

»Nur in die Weste …«, keuchte sie.

Er griff unter den Schulterriemen der Kevlarweste und spürte dort das verformte Projektil. Zum Glück hatte es sich nur wenig in Sabines Schulter gebohrt. Viel schlimmer dagegen war der Durchschuss im Oberschenkel.

Sneijder drückte den Ballen seiner verletzten Hand auf Sabines Wunde. »Legen Sie sich hin …«, wies er sie sanft an und half ihr dabei, das Bein anzuwinkeln.

»Sie sind selbst verletzt …«, murmelte sie.

»Kaum der Rede wert«, log er.

Indessen telefonierte Thomsen mit dem Notruf, erklärte, wer er war, was passiert war, gab ihre Adresse durch und forderte einen Krankenwagen an. »Nein, nicht in zehn Minuten … jetzt!«, rief er. »Eine Polizistin wurde lebensgefährlich angeschossen.«

Dann kam Eisa wieder ins Wohnzimmer und drückte Sneijder zwei frische Handtücher in die Hand, die er offenbar im Bad gefunden hatte. Mit seinem Taschenmesser schnitt er Sabines Hose auf und zog seinen Gürtel aus den Schlaufen. Gemeinsam legten sie Sabine einen Druckverband an.

Kaum hatte Thomsen das Telefonat beendet, holte er mehrere Sitzkissen von der Couch, um Sabines Bein hoch zu lagern. Besorgt standen sie danach zu dritt um Sabine herum. Mehr konnten sie im Moment nicht tun.

»Hilfe kommt gleich«, murmelte Thomsen. »Aber bevor die kommt, sollten wir noch eines klären.« Er blickte zu Degenhards Leiche. »Sneijder, wir haben gesehen, was Sie vorhin getan haben.«

Sneijder war völlig egal, was nun kommen würde. Wichtig war nur, dass der Schrecken ein Ende gefunden hatte, er das Notizbuch besaß und Sabine durchkam. »Und zwar?«, fragte er emotionslos.

»Sie haben Degenhard in Notwehr erschossen.«

Sneijder zog eine Augenbraue hoch. »Habe ich das?«

Eisa ging durch den Raum. »Ich habe es auch gesehen.« Er schob Degenhards Waffe mit dem Fuß über den Boden, sodass sie neben der Hand der Leiche liegen blieb.

Sneijder hätte mit vielem gerechnet, aber nicht damit. Schließlich nickte er. »*Dank u wel*«, sagte er knapp. »Bevor die Polizei kommt und alles hier beschlagnahmt, sollten wir aber noch ein paar andere Dinge erledigen.« Dann gab er in knappen, präzisen Sätzen seine Anweisungen. Schließlich blieb ihnen vermutlich nur noch wenig Zeit, bis eine Menge Fahrzeuge mit Blaulicht vor dem Haus halten und Polizisten und Sanitäter hereinstürmen würden.

Major Thomsen durchsuchte rasch das ganze Haus samt Keller und konfiszierte alle Notebooks, Tablets, Computerfestplatten, Notizhefte und Kalender, die er finden konnte, während Jon Eisa durch das rote Notizbuch blätterte, das Sneijder ihm gegeben hatte, die Seiten mit dem Handy fotografierte, sofort an die zuständigen Abteilungen des BKA schickte und danach ein paar wichtige Telefonate führte. Binnen weniger Minuten kam die gesamte gigantische Maschinerie des BKA ins Rollen.

Indessen saß Sneijder neben Sabine. Die Handtücher hatten sich mit Blut vollgesogen, aber Sabine war immer noch wach, obwohl ihre Lider unruhig zitterten.

Sie drehte den Kopf und blickte besorgt zu ihm hinauf. »Was gebrochen?«, flüsterte sie.

»Ja, alles«, murmelte er, woraufhin sie mit schmerzverzerrtem Gesicht lachte und dann umgehend zu husten anfing.

»Wird bestimmt alles wieder gut«, stöhnte sie auf, nachdem sie sich wieder beruhigt hatte.

»Vorsicht … denn dem Nächsten, der behauptet, die Zeit heilt alle Wunden, schlage ich mit einer Schaufel ins Gesicht und sage: Ist gleich wieder gut!«

Sie musste erneut ein Lachen unterdrücken. Dann atmete sie plötzlich tief durch und schloss die Augen. Schweißperlen liefen ihr über die Schläfen, und ihr ganzer Körper begann zu zittern.

Im Reflex drückte sie Sneijders Hand. Es war die verletzte, aber er sagte nichts, ließ sie gewähren und blieb tapfer bei ihr sitzen … bis endlich Blaulicht den Raum erhellte.

Epilog – Eine Woche später

WIESBADEN

Sneijder saß in seinem Büro und blickte missmutig auf den Schreibtisch. Seine Handflächen waren noch vom Beton aufgeraut, und die rechte Hand lag in Gips. Immerhin hatte er den bisher blütenweiß gehalten und alle Kollegen, die sich darauf mit Kritzeleien verewigen wollten, gleich wieder verjagt – bis auf Drohmeier. Der hatte darauf bestanden, ihm seinen Stempel auf den Handrücken zu drücken, und dann mit *Friedrich »Eisenfaust« Drohmeier* unterschrieben. Danach hatte er Sneijder kräftig die linke Hand geschüttelt.

Sich mit der Linken einen Joint zu drehen und anzustecken war gar nicht so leicht. Vom Platzieren der Akupunkturnadeln ganz zu schweigen. Dummerweise brauchte Sneijder das Gras mehr denn je, denn sein Anblick im Spiegel, mit der gebrochenen und eingerichteten Nase, der dunkelblauen, fast schwarzen Augenpartie, der aufgeplatzten, geschwollenen Lippe und den Verätzungen auf Wange und Stirn ließ sich anders nur schwer ertragen.

An seinem desolaten Zustand änderten auch ein gestärktes blütenweißes Hemd, blank polierte, neue Lederschuhe und der nagelneue Anzug von *Steenweg en Zonen* nichts, mit dem er heute nach einer Woche Krankenstand wieder zum ersten Mal ins Büro gekommen war.

Vor seinem Festnetzapparat und der Tastatur dampfte eine Tasse Vanilletee. Trinken schmerzte zwar immer noch, weil sein Rachen durch den ätzenden Beton teilweise noch wund war, aber kleine Schlucke gingen. Neben der Tasse türmte sich ein hoher Stapel Briefe und Flügelmappen mit Akten, gekrönt von einer bunten Ansichtskarte aus Mallorca, die zuletzt mit der Hauspost in sein Büro geflattert war. Seit fünf Minuten starrte Sneijder auf das Motiv der großen blau-gelben Qualle, die durchs Meer pulsierte. *Aurelia limbata.*

Er hatte einfach keinen Bock, sich durch die unerledigte Post der letzten Tage zu kämpfen, zumal er wusste, dass jede Menge Termine und Vorladungen zu Anhörungen und Zeugenaussagen auf ihn warteten. Derartigen Bürokram hasste er wie kaum ein anderer. Letztendlich war aber nur eines wichtig: Die Offensive Null-Fünf war vorüber und überstanden.

Letzten Samstag war es noch zu zwei weiteren Terroranschlägen in Duisburg und Bremen mit je drei Toten gekommen, aber der Rest hatte buchstäblich in letzter Sekunde verhindert werden können.

Das BKA hatte in Kooperation mit dem BND, dem Staatsschutz, allen Landespolizeien und Europol das gesamte Terrornetzwerk ausheben können. Insgesamt hatte es über zweihundert Verhaftungen allein in Deutschland und dreißig weitere in Spanien, Frankreich und Italien gegeben. Einige davon inklusive Autoverfolgungsjagden und wilden Schießereien.

Darüber hinaus waren bei Razzien in Deutschland neun Waffenlager entdeckt worden, unter anderem eines mit panzerbrechender Munition, ein Sprengstoffdepot mit zwei Tonnen C4 und zwei Vorratslager mit gefälschten Reisepässen und KFZ-Kennzeichen sowie zwölf Millionen Euro Bargeld in verschiedenen Währungen und in mehreren Hardware Wallets zehn Millionen in Bitcoins und anderen Kryptowährungen. In zwei weiteren Vorratslagern waren Funkgeräte, Laptops, Handys, Akkus, Störsender, Sturmhauben und Kevlarwesten sowie halb- und vollautomatische Handfeuerwaffen versteckt gewesen. Außerdem hatte die Polizei über vierzig Fahrzeuge beschlagnahmt, darunter auch zwei gepanzerte Fluchtwagen.

Hätte die RAF die gesamte Offensive Null-Fünf wie geplant verwirklichen können, wäre das verheerend gewesen. Insgesamt fünfunddreißig weitere Anschläge auf Energiekonzerne, Medienhäuser, politische Parteizentralen, Großbanken, Flugzeughangars, den Hamburger Frachthafen und die BKA-Standorte in Wiesbaden und Meckenheim waren vorbereitet gewesen. Zum Abschluss hätten gleichzeitig drei Bombenangriffe in Karlsruhe, Leuna und Gelsenkirchen auf die Raffinerien der drei größten Erdöl-, Erdgas- und Petrochemiekonzerne des Landes stattfinden sollen. Die wären danach in einem gigantischen Flammenmeer versunken, was die gesamte Energieversorgung Deutschlands lahmgelegt hätte.

Selbst wenn nur ein Bruchteil davon geklappt hätte, wäre das Land für mehrere Monate wie gelähmt gewesen. Ganz zu schweigen von dem Aufruhr, den das in der Bevölkerung hervorgerufen hätte. Wahrscheinlich waren sie nur knapp an bürgerkriegsähnlichen Zuständen vorbeigeschrammt, so dramatisch das im Nachhinein klang.

Nun schnappte sich Sneijder endlich die Ansichtskarte und drehte sie um. Der in geschwungener Handschrift verfasste Text war kurz.

Lieber Maarten,

hoffe, es geht Ihnen gut. Ich melde mich bei Ihnen, wenn ich demnächst wieder einmal in Deutschland bin. Sonnige Grüße,
Bianca Hagemann
PS: Muss Sie das fragen … ist die Stelle in der Kantine der BKA-Akademie noch frei?

Die Frau war hartnäckig. Er musste schmunzeln, verzog dabei aber im selben Moment schmerzhaft das Gesicht. Mit der linken Hand griff er zum Handy, suchte eine Nummer heraus und tippte umständlich eine Nachricht.

»Sie haben gute Chancen, das Budget des BKA wurde kurzfristig erhöht. M.S.S.«

Nicht einmal eine Minute, nachdem er den Text weggeschickt hatte, kam Hagemanns Antwort.

»Prima. Nächste Woche besuche ich meine Eltern in Berlin. Lust auf einen Kaffee ... äh, sorry ... Vanilletee?«

Sneijder zog für einen Moment amüsiert den Mundwinkel hoch. Dann schob er den Poststapel auseinander, und sein Blick fiel auf eine Vorladung vom Auswärtigen Amt in Berlin.

»Sicher«, tippte er. Bis dahin sah er hoffentlich schon wieder halbwegs passabel aus.

MÜNCHEN

Trotz des operierten Beins konnte Sabine mithilfe der Krücken schon wieder den Kiesweg entlanghumpeln, auch wenn sich das noch als ziemlich mühsam herausstellte.

Zumindest konnte sie sich Zeit lassen. Der Himmel war zwar etwas bewölkt, aber die Temperaturen waren angenehm, und es roch nach Sommer. Sie trug Turnschuhe, Shorts und T-Shirt. Marc ging langsam neben ihr, und mehrere Meter vor ihnen spazierten Sabines Vater, ihre Schwester Monika und ihre Nichten Connie, Kerstin und Fiona. Alle hatten einen kleinen Blumenstrauß in der Hand. Sie bogen in die nächste Grabreihe ein, Sabine und Marc folgten ihnen.

Sabine war insgesamt noch zwei Wochen im Krankenstand, erst danach würde eine mehrwöchige Reha beginnen. Bis dahin würde sie noch einige Tage mit Marc in München verbringen, ehe sie wieder in ihre Wohnung nach Wiesbaden fahren wollten. Und es war Sabines Idee gewesen, heute gemeinsam den Friedhof zu besuchen.

Nach ein paar Abzweigungen erreichten sie das Grab. Alle legten ihre Blumen auf den Stein, und ihr Vater zündete die Kerzen an. Dann standen sie nebeneinander und blickten auf die Marmortafel.

Weil Sabine ständig beruflich unterwegs war, war sie viel zu selten hier. Aber immer, wenn sie das Foto ihrer Mutter sah, rollten ihr Tränen über die Wangen. Mama war eine so hübsche Frau gewesen und viel zu früh gestorben. Sabine hatte den Verlust nie so ganz verarbeitet. Ihr einziger Trost war, dass sie durch den Mord an ihrer Mutter Sneijders Bekanntschaft gemacht hatte, was ihr komplettes Leben verändert hatte, und das – wie sie sich eingestehen musste – durchaus zum Besseren. Denn auch, wenn ihr Job nervenaufreibend und lebensgefährlich war, konnte sie nirgendwo anders so viel bewirken. Und am Ende hatte sie durch das alles schließlich auch Marc kennengelernt. Sie wechselte eine Krücke in die andere Hand und wischte ihre Tränen weg.

Nach einer Schweigeminute wandten sich Kerstin und Fiona ab und verschwanden zwischen den Grabreihen, nur Connie, die Jüngste, die mittlerweile elf war, blieb bei den Erwachsenen stehen.

»Diese Gören«, seufzte Moni.

»Lass sie doch.« Sabine wusste, dass die Mädchen gerade eine schwierige pubertäre Phase durchmachten. Und die hitzige Diskussion, die sie am Morgen über die Sinnhaftigkeit der Terroranschläge geführt hatten, hatte sicher auch nichts zu einer harmonischen Grundstimmung beigetragen.

Monikas Meinung nach gehörten alle Terroristen an die Wand gestellt und abgeknallt – genauso, wie sie es mit ihren Opfern machten –, aber die Mädchen sahen das völlig anders. In deren Augen waren die Mitglieder der Terrorgruppe fast schon Helden.

Du brauchst nur eine beliebige Zeitung aufschlagen, Radio oder Fernsehsender einschalten, um zu erkennen, was die Menschheit weltweit mit ihrem Planeten anstellt, hatte die vierzehnjährige Fiona erst vor wenigen Stunden beim Frühstück geschrien.

Und deshalb muss man unschuldige Menschen töten?, hatte Moni zurückgebrüllt.

Keiner von denen war unschuldig!, hatte sich dann auch die zwei Jahre jüngere Kerstin in die hitzige Debatte eingemischt.

Das wage ich zu bezweifeln. Habt ihr überhaupt mal darüber nachgedacht, dass auch eure Tante Sabine zu dem System gehört, das die Terroristen bekämpfen? Die hätten sie also auch abknallen dürfen?

Hier prallten zwei Generationen aufeinander – und während Moni mit zwei Jobs versuchte, als Alleinerziehende eine Familie zu ernähren, gingen Kerstin und Fiona mit ihren Schulfreundinnen bei Klima-Demos, Anti-Rüstungs- und Anti-Atomkraft-Demonstrationen auf die Straße.

Sabine hatte als Stimme der Vernunft versucht, den Streit zu schlichten. Sie verstand beide Seiten, aber man sollte – wie schon ihre Mutter immer behauptet hatte – nie etwas zerschneiden, was man auch aufknoten konnte.

Aber wie knotete man solche weltumspannenden globalen Probleme auf? Und vor allem: *Wer* konnte dieses komplexe Knäuel überhaupt noch aufknoten?

Als sie jetzt über diese aussichtslos scheinende Situation nachdachte, kamen ihr wieder die Tränen, und sehnsüchtig starrte sie auf das Bild ihrer Mutter. So gern hätte sie sich jetzt in deren Arme gekuschelt und sie um Rat gefragt. Vielleicht hatte Degenhard ja irgendwie recht gehabt, und dieser Planet ging wirklich vor die Hunde, während ein Großteil der Bevölkerung tatenlos dabei zusah. War sie dann mit ihren eigenen Taten als Ermittlerin Teil des Problems oder Teil der Lösung? Schon die Frage brachte sie völlig durcheinander.

Unwillkürlich musste sie an Philip Degenhards Tod denken. Irgendjemand ganz weit oben hatte entschieden, dass die Öffentlichkeit nie das wahre Ausmaß seiner Beteiligung an der neuen RAF erfahren sollte. Das würde genauso unter den Teppich gekehrt werden wie die Umstände seines Todes. Beziehungsweise seine Ermordung, denn wenn sie darüber nachdachte, war Sneijders letzter Schuss genau das gewesen – eine kaltblütige Hinrichtung.

Marc griff nach ihrer Hand, und sie sah zu ihm. »Ist es das Richtige, was wir tun?«

Er runzelte die Stirn. »Meinst du damit unseren Job? … Willst du etwa aussteigen?«

Sie sagte nichts, legte nur ihren Kopf an seine Schulter. Sie waren sich stets so nah, dass er fast immer auch ohne große Erklärungen wusste, was sie meinte.

»Weiß nicht …«, murmelte sie.

»Ich verstehe dich gut, aber was können wir denn anderes?«, flüsterte er. »Denk an Tina. Sie hat den Job zwar an den Nagel gehängt, ist dem Beruf aber als Detektivin treu geblieben. Was können wir schon, außer Verbrecher zu schnappen?«

Ja, schnappen, aber nicht hinrichten, dachte sie. »Werden wir dadurch nicht genauso wie die, die wir jagen, zu kaltblütigen Mördern?«

»Meinst du Sneijder?« Marc drückte ihre Hand, dann senkte er die Stimme. »Das war doch Notwehr.«

Connie sah kurz auf, sagte aber nichts.

»Ja, sicher war es das«, murmelte sie müde und wischte sich die Tränen weg.

Connie wollte jetzt doch noch etwas sagen, aber Moni nahm sie an den Schultern. »Komm, schauen wir nach deinen Schwestern.« Die Kleine vor sich herschiebend, entfernte sie sich.

Nun trat ihr Vater sachte von hinten an sie und Marc heran und umarmte beide. »Mein Eichhörnchen«, flüsterte er. »Denk nicht zu viel über alles nach, sondern werde erst einmal gesund und erhol dich.«

»Ja, klar«, seufzte sie, »aber das löst mein Problem nicht.«

»Verstehe«, brummte er. »Ich bin zwar kein Experte, aber für mich *ist* es sinnvoll, was du tust. Und wenn du es nicht für dich oder die anderen machst, dann mach es für deine Mutter.« Er nickte zum Grab. »Sie hätte es so gewollt.«

Sabine hob den Blick und betrachtete Mutters Foto und ihr Sterbedatum. Damals war es auch Mai gewesen. Sie selbst hatte in neun Tagen Geburtstag, und plötzlich musste sie an Mutters letztes Geburtstagsgeschenk für sie denken, das Sabine kurz nach deren Tod durch Zufall in Mutters Schrank gefunden hatte, wo sie es versteckt hatte. Es war ein Bildband über die Methoden zur Täterprofilerstellung beim BKA gewesen, in das Mutter eine Widmung für sie geschrieben hatte.

Alles Gute zum Geburtstag, ich hoffe, dein Wunsch geht in Erfüllung.

Ja, das war er – sie war tatsächlich Ermittlerin beim BKA geworden. »Vielleicht hast du recht«, seufzte sie.

»Na siehst du. Wann treffe ich diesen Sneijder eigentlich wieder einmal?«, fragte ihr Vater.

Sie blickte kurz zu Marc, dann wurde ihr plötzlich kalt ums Herz.

Sie wollte gar nicht, dass ihr Vater Einblicke in jene Welt bekam, in der Sneijder, Marc und sie mittlerweile lebten. »Besser gar nicht«, antwortete sie.

Besser gar nicht.

GÖLLERSDORF

Vierzig Kilometer nordwestlich von Wien lag Göllersdorf. Das Renaissanceschloss mit dem spätmittelalterlichen Kern war in den 1970er Jahren umgebaut worden und diente heute als Justizvollzugsanstalt für den Maßnahmenvollzug geistig abnormer Rechtsbrecher. Die Einzelzellen im Frauentrakt waren eng und spartanisch eingerichtet. Es gab nur Schreibtisch, Stuhl, Bett, Schrank sowie Waschbecken und Toilette. Das einzige kleine Fenster war vergittert.

Lea hatte auf TV-Gerät und Radio verzichtet und stattdessen um jede Menge Literatur über Strafrecht gebeten. Das würde ihr neuer, mittlerweile vierter Bildungsweg werden. Denn sie hatte sich fest vorgenommen, alles zu gestehen, was sie getan hatte, und wollte gemeinsam mit ihrer Pflichtverteidigerin eine perfekte Strategie für die Gerichtsverhandlung ausarbeiten.

Sie schlug den dicken Wälzer zu, in dem ein gutes Dutzend Post-its klebte, leerte den Plastikbecher mit mittlerweile kaltem Kaffee und rieb sich die brennenden Augen.

Darf ich jetzt endlich wieder was sagen?, fragte Camilla.

»Von mir aus«, murmelte sie, krempelte die Ärmel der Häftlingskleidung hoch und ging auf dem Boden in den Liegestütz. Da die OP am Schlüsselbein gut verlaufen war, versuchte sie seit gestern wieder zu trainieren.

Warum hast du dem Gerichtspsychiater eigentlich von mir erzählt?

»Warum nicht?«, keuchte sie, während sie langsam Liegestütze machte.

Ich dachte, das sollte unser Geheimnis bleiben.

»Wenn das Gutachten fertig ist und beim Urteil rauskommt, dass ich unzurechnungsfähig bin, weil ich Stimmen höre, dürfen wir hier im Maßnahmenvollzug bleiben«, erklärte sie.

Aha, clever! Bin also plötzlich doch für etwas gut.

»Ja.«

Du weißt, ich bin immer für dich da, wenn du mal Probleme brauchst.

»Ich weiß.«

Und was ist so toll an diesem Trakt?

»Die Vollzugsbeamten sind netter, und das Essen ist besser.«

Davon habe ich nichts.

»Oh, das tut mir wirklich leid für dich.«

Ja, schon klar, spar dir deinen Sarkasmus. Ich habe übrigens bemerkt, dass die Sicherheitsvorkehrungen hier lockerer als im normalen Frauenknast sind.

»Ich muss dich enttäuschen, aber ich habe nicht vor auszubrechen«, keuchte Lea.

Schade.

Lea hielt inne, ging in die Hocke und wischte sich den Schweiß von der Stirn. »Wie meinst du das?«

Okay, konzentrier dich, denn ich habe jetzt eine gute Nachricht für uns beide. Ich wüsste, wie wir möglicherweise von hier verschwinden könnten.

Lea rollte sich auf den Rücken und machte Sit-ups mit angehobenen Beinen. »Und wie willst du das anstellen?«

Hast du nicht gehört, was die Frau draußen im Gang letzte Nacht am Telefon gesagt hat?

»Welche Frau?«, keuchte sie.

Mensch, die Gefängnisärztin! Hast du das nicht gehört?

»Letzte Nacht? Sorry, da habe ich geschlafen.«

Ich war wach.

»Und was hat sie gesagt?«

Sie hat sich mit einem gewissen Arne Roth aus Genf unterhalten. Der soll in einem Jahr anreisen, um einen Häftling namens Piet van Loon zu besuchen, der zu der Zeit überraschend auf der Krankenstation liegen wird.

»Wer zum Teufel ist Arne Roth?«

Ist doch egal, wer der Typ ist. Scheiß drauf! Die Frage lautet doch, woher wissen die beiden, dass Piet van Loon in einem Jahr krank sein wird?

»Okay, und wer ist dieser Piet van Loon?«

Keine Ahnung. Aber lass uns das doch einfach herausfinden.

Danksagung

So, da liegt er nun, der vorletzte Teil der Sneijder-Reihe. Da meine Bücher immer dicker werden und damit auch die Anzahl der Kapitel zunimmt, sind es jetzt erstmals über hundert Kapitel geworden. Glauben Sie mir, das war keine Absicht. Das hat sich bei dieser Handlung einfach so ergeben.

Damit ich das stemmen konnte, möchte ich zunächst wie immer meinen Testlesern Heidemarie Gruber, Roman Schleifer, Veronika A. Grager, Robert Froihofer, Gaby Willhalm, Sebastian Aster, Dagmar Kern, Ulrike Schiesser, Barbara Karlich und Markus Leshem-Bernel danken.

Ebenso meiner hartnäckigen und nimmermüden Lektorin Vera Thielenhaus, dem gesamten Goldmann-Team – von mir liebevoll die »Goldfrauen« genannt –, meinem Literaturagenten Roman Hocke und nochmals meiner Frau Heidemarie, die meine Lesereisen organisiert.

Bei Thomas Borenich vom Kottingbrunner Reisebüro AUBORA VACATION, der nicht nur meine Lesereisen bucht, sondern mir auch bei den Recherchen zu den Reiserouten und Buchungsgepflogenheiten geholfen hat. Bei dem Berufs- und Linienpiloten Hans-Georg Rabacher, der unter anderem auch Privat- und Businessjets fliegt, als Fluglehrer arbeitet und mir so manche Dinge über den Ablauf an Bord eines Flugzeugs erklärt hat.

Bei Barbara Krussig für medizinische Beratung und Prof. Dr. med. Christian Jackowski vom Institut für Rechtsmedizin an der medizinischen Fakultät der Universität Bern für seine wie immer genialen Erklärungen, sobald jemand zu Tode kommt.

Bei Andreas Lechner für IT-Beratung, ohne die man heutzutage keine Thriller mehr schreiben kann, und bei Alexander Roll für alles, was im Entferntesten mit Handys und der Rückverfolgung von Daten zu tun hat.

Bei Sandra Kreger, ehrenamtliches Mitglied beim Kriseninterventions-Team des Roten Kreuz Triestingtal, die mir nicht nur erklärt hat, dass »Rotes Kreuz« im 2. Fall kein s hat, sondern auch wie Krisenintervention in der Praxis funktioniert.

Bei Rechtsanwältin Dr. Gerda Mahler-Hutter aus Berndorf für juristische Beratung und schließlich bei Notar Mag. Mark Holoubek und seiner Frau Marga Perez Artigues, einer gebürtigen Mallorquinerin, für sämtliche Recherchen, die mit Mallorca, Spanisch und dem mit auf Mallorca gesprochenen Dialekt der katalanischen Sprache zu tun haben.

Wie immer gilt, dass Fehler, die sich in das Manuskript geschlichen haben, auf meine Kappe gehen.

Wie ich auf dieses Thema gekommen bin?

Seit ich als junger Erwachsener Stefan Austs großartiges Sachbuch »Der Baader Meinhof Komplex« gelesen habe, fasziniert mich das Thema RAF. Ebenso empfehlenswert sind die beiden Diplomarbeiten »Geschichtliche Rekonstruktion der linken Terrorbewegung in der BRD von 1968–1998 dargestellt am Beispiel der RAF« von Mag. phil. Christoph Steininger und »… und natürlich kann geschossen werden – Eine Politik der Extreme unter näherer Beleuchtung des Roten Jahrzehnts in Deutschland und dessen Hauptakteur der RAF« von Mag. phil. Sophie Theres Kamlander, beide an der Universität Wien.

All das und vieles mehr hat mich schließlich zu der Frage geführt, was die RAF wohl heute tun würde, gäbe es eine vierte Generation.

Manche würden sich wünschen, das herauszufinden, manche davor zurückschrecken. Das überlasse ich Ihnen, liebe Leserinnen und Leser. An Sie geht zuletzt mein Dank, dass ich wieder für Sie morden durfte … und wie immer hoffe ich, dass Sie sich dabei *verdomd* gut unterhalten haben.

Autor

Andreas Gruber, 1968 in Wien geboren, lebt als freier Autor mit seiner Familie in Grillenberg in Niederösterreich. Mit seinen bereits mehrfach preisgekrönten und teilweise verfilmten Romanen steht er regelmäßig auf der Bestsellerliste. Mehr zum Autor und seinen Büchern finden Sie unter www.agruber.com sowie unter www.facebook.com/Gruberthriller.

Andreas Gruber im Goldmann Verlag:

Die Reihe um Maarten S. Sneijder und Sabine Nemez
Todesfrist. Thriller
Todesurteil. Thriller
Todesmärchen. Thriller
Todesreigen. Thriller
Todesmal. Thriller
Todesschmerz. Thriller
Todesrache. Thriller
Todesspur. Thriller

Die Reihe um Walter Pulaski und Evelyn Meyers
Rachesommer. Thriller
Racheherbst. Thriller
Rachewinter. Thriller
Rachefrühling. Thriller

Die Reihe um Peter Hogart
Die Schwarze Dame. Thriller
Die Engelsmühle. Thriller
Die Knochennadel. Thriller

Außerdem lieferbar:
Herzgrab. Thriller

(alle auch als E-Book erhältlich)